Billon. Franç. De

L'article *Denys Étienne* qui concerne François de Billon dans
laquelle pour perpétué et l'écriture et que en reproduisant
a Billon qu'il a comparé la lecture de Roy. &... tems
aux Lecteurs et aux factuaires &... ancien testament ; &...
nomme et baigne tous les l'écriture du Roy. François &...
François I et D. Henry II...

Extrait

Moreri Conforme au texte de f. Maille

(a) La Croix du Maine, pag. 93.

(Cat. Etat. N°. 2428.) in 8°.

(b) Voyez les biblotheq. francoise de du Verdier pag. 395.

(c) Henry Etienne apologie d'herodote. Chap. XIIII. p. 94.

Billon (François de) Secretaire, natif de Paris, fit un livre intitulé, le fort inexpugnable de l'honneur du sexe feminin, qu'il dédia a Catherine de Medicis, et a quelques quatre Princesses (a). Son Epitre dedicatoire est dattée de Rome, au Camp antique de Mars, l'an 1550. C'est un ouvrage bisarrement construit, (b), dans lequel Henry Etienne a trouvé beaucoup de blasphemes, qui consistent en comparaison entre les anciens prophetes, et les secretaires du Roy de france, (c). Il fut imprimé à Paris, l'an 1555, in 4°. je l'ay cité quelquefois. (A). Je pense qu'il auroit été secretaire de Guillaume du Bellay, Seigneur de Langei,

(A) (Il etoit neveu d'un Evêque de senlis) Le chapitre XIII. de son livre contient une reigle que la plume fait aux donne en faveur des secretaires. Ils se sont fastueusem faisir, represente ton dans cette reigle (1), des fruits provenans de cueillettes henry que l'ingenieux de cesar, qui sous son Ations ou Billon né mon plus espargné au batimens d'iceux, pour la defense et reste d'une ... civil Billon (2) n'a pas longtems Evêque de senlis son oncle, faisoit en normandie pour la protection du pays par lu deffendu et soulagé de mainte charge, donc il emporte de son vivant le nom de pere de la patrie à la mode antique,

(1) Billon fort inexpugnable folio. 229.

(2) C'est peut etre une faute d'impression pour Billon.

suivant Lacroix du Maine la 1ere
Ed.on de cellivre est de 1555. à Paris
Jean Dallier.

Francois de Billon etoit de Paris
et s'ésoit à la Cour du Roy henry 2.d
Cellivre au reste n'est qu'un mauvais
bavardage : l'Allegorie est pitoyable,
mais ony trouve par cy par là quelques
histoires singulieres et amusantes.

Il y a
La 1ere Ed.on de 1555 est placée aux
Romans Mosaiques sous le titre de
fort inexpuquable &c

N. à cet Article.

LA

Defense & Forteresse

INVINCIBLE DE L'HON-
neur & vertu des Dames, diuisé
en quatre Bastions.

Le premier

Desquelz contient la force & vertu, dont elles sont meu-
blées: addressé à tresillustre & magnanime Dame,
ma dame Catherine de Medicis, Royne, mere du Roy.

Le second

Est de chasteté & honnesteté, à ma Dame la duchesse
de Sauoye.

Le tiers

Embrasse leur clemence & liberalité, à ma Dame la du-
chesse de Neuers.

Le quart

Leur deuotion & pieté, à dame Anne de Ferrare, Du-
chesse douairiere de Guise.

Par Francois de Billon, Secretaire.

Auec priuilege du Roy.

A PARIS.

Chez Nicolas Chesneau, à l'enseigne de l'escu de froben
& du Chesne verd, rue sainct Iacques.

1 5 6 4.

A TRESHAVTES ET ROYALES

Princeſſes , Madame Catherine de Medicis.
Royne de France Madame Marguerite
de Frãce Ducheſſe de Berry, Madame
Iane apreſent Royne de Nauarre,
Madame Marguerite de Bour-
bõ Ducheſſe de Neuers, Ma-
dame Anne de Ferrare,
Ducheſſe de Guyſe,
Françoys de
Billon. S.

LA VERTV de vous famillié-
re (Princeſſes treſuertueuſes) me
congnoiſſant, peult eſtre, inclyné
enuers votre honorable Sexe par
ɋlque louable inſtinᶜt, à, ce coup,
trop plus eü de regard a ſa nayue
proprieté(qui eſt de parfois appeler a haut affaire
les plus petitz) que a ma baſſe condition, pour ſe
ſeruir d'inſtrument ala fabrique d'vn Oeuure peu
moins enuyé que requis, ſoubz le titre d'vne Fortereſſe d'Hõneur de vous toutes. Au moyen de laquelle Proprieté i'eſtime auoir eté choiſy ſur tous
autres plus ſuffizans Ouuriers que moy a ſoutenir
& remetre ſus les trop amortyes & precieuſes qua-

A ij

litez de toute Femme, dôt la côditiô a faute d'vne
Plume bien taillée, s'eſt par ſimplicité pieça laiſſé
entourer du Voile epéz d'oubliance touſiours depuis agité d'un vent meſpriſant du vulgaire. Me
ſentant(par ainſi) fauoriſé de la ſpirituelle ſemon-
ce de Vertu ala ſtructure d'vn FORT en rien
ſubiet a démolitiô: Voyant de plus, que le fundement de ſi nouuelle plante n'eſt aſſiz que pour
lappuy de l'Honneur, Honneur voire de celles de
qui les hômes tyrent chacun iour naturelle Origine, Ie me ſuis, par la, apperceü eleué de baſſe a ſi
haute fortune qu'onquespuis n'ay eü crainte d'eſtre odieux a toute Creature aduerſaire de feme-
nyne Eſſence, pour eſſayer de vous faire maintenant quelque immortel ſeruice.　Voila pourquoy Princeſſes treſroyalles, Comme celluy qui
eſt meü de iuſte regret ou pityé pour l'indigne &
generalle ſeruitude des Femelles de ce temps, l'ay
a ſaizon oportune, ce me ſemble, côſtruyt en Italye cete maſſyue Fortereſſe d'Hôneur, auec le plus
iuſte département de chacune de vous es Baſtions
d'icelle que m'a eté poſſible: Enquoy ſi ie n'auois
ſuiuy tous les degréz ou conuenances cerymo-
nialles y requiſes, ie pretés eſcuze, tant pour le regard de la qualité de la Place, ou les perſonnes &
choſes ça & la chacun coup ſont tranſportables,
que pourautant que vous vous ſçaurez leans trop
myeux arrenger & ayder l'vne a lautre, que ne l'o
zerois & ne dois preſumer. Laquelle Fortereſſe(en
Rome ainſi fundée que la voyéz)vous eſt mainte-

nāt auec toute Reueráce, preſentée par celluy, qui
d'autant moins ſe repute indigne de votre fauorable protection, qu'il s'eſt éuertué de faire qu'en tou
tes Courtz & endroitz l'Hóneur, non l'hóneur tāt
ſeullement mais auſsi les circonſtáces honorables
de tout votre Sexe ſe puiſſent deſormais cófeſſer &
fermemét emologuer, veü qu'il ne ſuffit pas(s'ainſi
ie puis parler) de tenir le point d'hóneur, ſecret ou
bien logé en la penſee, ſi quand & quand' aumoins
l'on ne s'efforce a vertueuſement & pour bon exéple le faire apparoir & iuger tel par le dehors, puis
que de ſa nature Hóneur ne cherche qu'a ſe rédre
viſible, tout inuiſible qu'il ſoit de ſoy.   Receuez
donc treſdignes Princeſſes cete nouuelle Pláte de
FORT myRomain, ceſt a dire, fait en Rome par
vn Françoys, & d'autant plus l'ayez pour cher pre-
ſant, que lon ne ſçauroit ça bas offrir choſe plus ſacrée a Perſonnes illuſtrées de Royauté cóme vous
etes, Puis que l'Hóneur eſt le ſeul preis que demā-
dent les Dieux, diſoit iadis vne diuine Muſe.   En
vous ſuppliant ſur tout plus que treſhumblement
de n'attyrer a vous riē de mauuais odeur de choſe
qui cy dedans ſe puiſſe offrir a voz yeux, Ains vouloir ſur tout preſuppoſer que le fil de mon trait ty
re droit(ſi bié y eſt prins garde) a trois principaux
pointz, A la reputation du Sexe peu priſé , A la diuine grādeur de la Couróne Gaulloyſe, & a la viue
recómendation de la Vertu, pour le bien du Cómun, que i'eſpere y attirer par la douceur de quelques choſes plaiſantes & moins graues que le reſte

parmy la defcription des Vices & aufsi des Vertus
d'aucunes Natiós, fans qu'on le doyue prendre a ca
lumnie. Ce fait, & en vifitant par vous a commodité ces Baftions pour vous y equipper des Armes
ou perfections a chacune aparfoy les plus propres,
vous ferez bien toft entreuoir a tous Blafonneurs
& Vicieux, quelle fut & par Raifon deura eftre a iamais voftre Authorité & naturelle excellence, fans
parler de l'acquyfe. Qui ne fera fans en tous autres
puis apres faire louer le Dieu des merueilles, qui a
l'Enuye aura fait baiffer l'immortelle tyrannye:
Aux Langues affétées la trop vayne licence, & aux
Liures a vous toutes contraires le cours indu, non
fans reftitution de l'antique Liberté a infinité de
Femmes en diuers lieux efclaues & mal traitées.
Le tout par la puiffance de Verité & des effaitz durables de fa Raifon, capitale Gouuernante de cete Place.   En laquelle Raifon (fainement poffé-
dée) le S E I G N E V R a qui l'Honneur eft deü,
vueille icy maintenir la vye de chacune de vous, en
attendant l'éternelle.   De Rome au Camp antique de Mars.   L'an 1 5 5 0.

LE PROLOGVE.

ETANT chofe conuenable que pour le foulagement des Efpritz eueillez à l'intelligence de tout Oeuure nouueau l'Ouurier en peu de parolles fe face entendre, & comme par forme d'vn petit model il face comprendre à chacun la difpofition particularyfée de fon Ouurage auant que faire ouuertu
re d'icelluy, cecy à cete caufe fera maintenant propofé, pour denoter à tous,
Que veü la trop ancienne & iniufte Guerre de mefpreis qui encores fe fait à
l'encontre de toute Princeffe & Dame en fon Sexe, par tant d'Hômes qui plus
toft s'armêt de Couftume que de Raifon, l'Autheur s'eft nagueres efforcé d'ou
trepaffer tous autres, qui par Armes ou autremêt fe foient emeuz d'honnefte
volonté à fouftenir l'honorable côdition des Femmes, foit entre Hebreux, foit
entre Grecs, Latins ou François. A cete fin, & pour à toute outrance en montrer les effectz, Il a conftruit dès l'an 1550. cé FORT inexpugnable D'HON
NEVR Femenyn dans le Camp antique de Mars à Rome fouz forme de de-
clamation. Conftruit s'entêd, non pas côme imobile, mais plus toft côme mobile
& fpirituellement par tout tranfportable pour fa durée, & maffiuement ap-
puyé de quatre doubles & bien emparez Baftiôs, enfemble d'vne groffe &
haulte Tour au millieu d'iceulx. Laqlle Tour eft precedée d'vne Ecarmouche,
qui par les Calûniateurs du Sexe femenyn fut icy dreffée auant le paracheuêt
de la Place, dont on les verra en partye prifonniers & en plus part confuz.
Chofe(ceftaffauoir Ecarmouche) qui onc ne fut encor par autre fouftenue en
quelque deuoir d'Efcripture que fe foiêt mys plufieurs Doctes, fouz leur Corre
ctiô, à quoy fe fouxmet l'Autheur, côme n'ayant rien de leur qualité que le defir. Du premier defquelz baftions(qui eft nômé de FORCE & MAGNA-
NIMITE)la dedication a eté faite à la magnanime Royne de Frâce, qui en
a prins la charge & perpetuelle deffence. Du Second(qui s'appelle de CHA-
STETE & HONNESTETE)à la trefchafte Marguerite de France. Du
Tiers(qui porte tiltre de CLEMENCE & LIBERALITE)à la vertueufe ducheffe de Neuers. Et du Quatriefme(qui eft de DEVOTION &
PIETE)eft par mefme forme octroyée la charge à la fpirituelle Ducheffe
de Guyfe. Mais quant à la TOVR, côme premiere s'offrant à l'oeil des appro
châs après l'Ecarmouche fufdicte, leans s'eft uoulu equipper(pour par les forces de fon Efprit la deffêdre)la ieune & des Letres trefaymée Royne de Nauarre. Souz & à l'enuiron defquelz Baftiôs, y a puis vne CONTREMY-
NE de facô encore non plus veüe, car elle eft faite & gouuernée par celle qui
eft l'antique diftributrice des Artz & Sciences, la PLVME, qui à la feconde
edition ou impreffion de cecy t'efpere faire voir vne France figurée en fon
hault

ij

hault & diuin appareil en quoy pour bon respect elle n'a peu satisfaire cete foys, ny à aucunes autres choses reseruées. Ainsi Lecteur,
voila ce qu'en peu de parolles te peult estre ouuert du compliment de cete For
teresse. Si tu es amy ou seruiteur de Princesse ou dame aucune, entre hardiment, & soys soigneux à te garder du feu de leger iugemēt aupres de la grāde diuersité de fines poudres de Raison sur lesquelles tu pourras passer: Ains
te supplie d'affection treshumble vouloir vn peu suspēdre le iugement de ton
prompt esprit à chacun point, iusques à ce qu'à ta commodité tu auras le tout
visité, selon que requiert la prudence de tout homme sage qui se veult mōtrer
tel, Car ainsi que disent les Praticiēns, il fault voir le fons du Sac, auāt que iuger. Mais au cas que l'assiete du lieu te feust odieuse, Arriere ie te ie conseille,
Ent'auizāt qu'à lendroit ou tu penserois le plus seuremēt donner l'œil pour recongnoistre le fossé, tāt de Canonnades viendroient à estonner tes Sens que tu
n'en rapporterois que confuzion. Et sur ce pas te laissāt la place en son entier,
qui rien de fabuleux ne cōtient, la fin de se Prologue sera sur le pestifere etat
des nobles Calumniateurs de ce tēps, qui cōme Roartz suspectz se font volon
tiers suyure d'vn si grand taz d'Espritz de cōtradition, qu'ilz ne fauldront çà
& la s'assēbler à l'encontre de l'Autheur pour en diuerse sorte le poindre &
heurter, apres qu'ainsi que vieilles Mouches ayans tyré du suc de son labeur,
ilz aurōt fait leur ordure dessus: voire sans en riē s'émouuoir au son du bacyn
de Sapiēce diuine qui leur va chacū iour tyntynāt l'ouye de ce bruit, Assauoir
que tous ceulx de leur qualité sont l'habomination des hōmes & qu'ilz deussent au moins pour leur hōneur, pardōner à leur lāgue. Chose qui au pys aller
me seruira d'honorable deffense, s'ilz ne me peuuēt becqueter d'autre cas Fors
de dire, que le langage de ce Liure ne suyt en maintz passages le commun &
familier vsage de parler, veu les motz difficiles, ambiguz, ou equiuoques qui
y sont, ce que pourtant ne s'y est fait sans cause ou particuliere entente. Cela
me seruant encore de bon appuy cōtre ceulx qui subit pourrōt dire que cy dedans ie traite de trop haultēs choses parmy les basses (si tāt est qu'ilz estimēt
si peu les Fēmes). Lesquelles femmes ou toutes Princesses pour elles, soustenās
ma cause en cela, soustiendrōt aussi par raison qu'il fault en cete façō introdui
re & faire gouster les choses grāues, tout ainsi que sur tables de grās Princes
les precieuses viādes parmy les fleurettes & communes dragées. Toutesfois
pour ne trop m'arrester icy à culx sera meilleur de s'addresser des maintenāt
à toutes autres hōnestes personnes: En leur promettāt a la mode des Venitiēs,
non pas pourtant cinq cens escuz de chacune teste d'Ennemy ou Calumniateur
qu'ilz me pourroient apporter en ce FORT, mais seullement vne bōne partye des labeurs de la PLVME pour les honorer. Et auec ce la tierce partye
de la confiscation de ces Zoiles, qui desapresent comme pour lors sont en

leurs

leurs propres & priuéz noms (ſ'on les ſurprend) ià condamnéz Eſclaues dans vne
Gallere épycurienne, qui dans Veniſe a prins commencement d'Equipage . En
laquelle Gallere l'Autheur les ira viſiter & recongnoiſtre comme bon Comite,
pour par enſeignementz de belles Anguillades ſcommatiques leur faire par
fois dextrement manyer la Plume, A celle fin que par effait comme Eſclaues, &
non plus par parolles (ainſi qu'dz feront en derriere contre cecy) ilz ſoient forcez
de reſpondre a ſon Cyſletz Au moins ſilz ſont ſi reſoluz de bon Sens ou Sauoir côme ilz ſ'efforcent par tout le vouloir faire croire, ſans que iamais de par eux ſ'en
produyſe vn Enſeignement fors de la langue qui en mainte aſſemblee ne ſert qu'a
poindre par vn famillier ſouryz d'Enuye tout ce qu' aucuns a grand trauail
labourent, pour a eux meſmes autant qu'a tous autres offrir quelque contâtement
d'Eſprit, qui eſt l. ſacré ſouhait de l'Humanité.

AV LECTEVR.

Qvi voudra voir, vn Oeuure contenir
Trop plus en tout que son Titre ne porte,
Sans au Subiet pozé contreuenir:

Qui voudra voir traitter de bonne sorte
De Mariage, ains que s'y enfourner,
Veü qu'a chacun est cas qui trop importe:

Au Bastion
de chasteté
Chap. 2.

Qui voudra voir que ce'st d'vn Nom tourner,
Et qu'en tous Noms y à quelque mystaire,
Sans qu'altercaz en puisse retourner:

A la Con-
tremyne
Chap. 4.

Qui voudra voir vne Plume retraire
Au vif, parlant de cas si merueilleux,
Qu'on en fera plusieurs choses extraire:

A la Con-
tremyne.

Qui voudra voir par vn texte orgueilleux
Décheueler & recoésser Iustice,
Qu'aucuns auront pour cas fort chatoilleux:

Cótremyne
Chap. 12

Qui voudra voir la trop longue Iniustice,
Qu'a Ganelon faisons de son Honneur
Pour aux Gaulloys s'estre fait si propice:

Cótremyne
Chap. 13.

Qui voudra voir les Biens du haut Donneur
Faitz aux Gaulloys dez l'antique Origine
Qui comme morte, fait aux siens peu d'honneur:

Chap. 13.

Qui voudra voir (sans qu'Homme l'imagine)
Vn Heür secret, qui se nourrit pour France
Dedans l'Etat de Secretaire insigne:

Cótremyne
Chap. 14.

Qui

Qui voudra voir garder à toute Outrance
La Dignité de toute Femme honneste,
Voire d'un autre en qui n'y eust Constance:

Qui voudra voir (sans faire longue enqueste)
Infinité noble d'Inuentions
Qui toutes sont en ce temps de requeste:

Qui voudra voir (en fin) par portions
Vn Oeuure emply çà & là de fleurettes,
Entre en ce FORT, laissant ses passions.

Et qui voudra fuir les contrefaictes
Impressions, qu'on pourroit bien tyrer
De cete cy, par nature incorrectes,

Don. 1.
Preuilege.

Qu'il tienne au seür, que pour l'en retyrer,
L'Autheur a fait de sa main ce Paraffe
Es Liures bons, Espérant attyrer
Quelque Imprimeur, qui a son Don s'agraffe.

Guerre
Guerre
Guerre

MOTIF, ET
ATTACHE D'ECAR-
MOVCHE.

Chap. I.

PLVSIEVRS maintenant piquéz de l'e-
guillon d'Enuye, au mespreis des personnes
& choses qui leur ont au besoin donné plus
grand secours: plus tost, ie croy, d'eux mesmes iroient semer sotz propos en chacun lieu, qu'ilz
ne trouuassent les moiens de metre en euidence
tant par parolles de langue trop esfrénée, que par ele
gans tretz d'Ecriture, leur felonne conception su
quelque cas imaginée. Ce que souuent ilz font de
la tresnoble, gracieuse & plus que nécessaire Condition des Femmes : Abbuzans ainsi de l'honorable
humilité d'elles, quand ilz s'efforcent imprimer au
cerueau d'autruy, la fragilité de tout leur Sexe estre
telle, que capacité de Science & vertu ne sy puisse
trouuer, ny pareillement aucune exellence de No
blesse : & que cete Femenine Cōdition, au regard de
la masculine, est Variable, Indiscrete, Ostinée, Incorrigible, Pusilanime, & (qui plus est) Imperfaite par
erreur de Nature, voire & contre ce que deueroit

icelle nature. Sans q'uilz puiſſent croire ou côfeſſer,qu'au côtraire de cete ingrate opinion,ou(pour mieux dire)Frenefye, il ny à riens au monde plus proche de verité,que le grãd Formateur de l'vniuers, Pere & bõ Paſteur de l'vn & l'autre Sexe, par ſon Amour Sapience & Puiſſance, créa l'Hôme ſemblable a ſoy Maſle & Femelle: la diferéce dequoy n'eſt cõgnue ſinon es parties corporelles, eſquelles étoit requiſe la neceſſaire diuerſité pour l'vſage de la gene ratiõ:donnât a l'vn & a l'autre ſemblable & meſme forme d'Ame,de ſorte qu'entre icelles Ames ny à diferéce de Sexe.La Féme à le pareil entédement de l'Hôme,la meſme raiſon,la formelle parolle, aſpirans tous deux égallemét à vne felicité, en laquelle encores moins y aura diference, par ce que ſuyuant la verité euangelique, la ſemblance des Anges eſt promiſe a tous. Ne pouuans encores clairemét aperceuoir ceux que deſſus ainſi éguillonnez d'Enuye, que(outre ce)tout le bien de l'Humanité prend & tyre ſon cours du Sexe dont eſt queſtion, en cela plus que naturel. Conſideré, en premier lieu, que ſans la Femme aucune maiſon & choſe domeſtique ne peult auoir durée, veu qu'a faute d'elle, ne s'étend progenie, ny à point d'heritage & moins d'affinité, & aucun nom de famille ou Pere de famille ne ſauroit eſtre attribué à l'homme, qui(ſans elle)outreplus, ne peult former l'ordre requis de ménage, meſme ſelon le dire du Roy Salomon, qui à témoingné la Femme ſage eſtre l'edification & ornement d'vne maiſon. Ce qu'a été cauſe auſsi (comme eſt vrai ſemblable)qu'en pluſieurs Citéz d'Italie, & ſpeciallement en celle de Naples, on ne ſe ſoucie pas grandement de l'interieur ornement des logis, veu que l'vſage du pais eſt, de ſeulement s'efforcer a tenir les Femmes bien en ordre & clairement luyſantes & non ſans cauſe : eü regard que la ou la belle Femme aparoiſt, certes tout eſt clarifié de ſa preſence. D'auantage (reuenant a propos)les Enuyeux cy deſſus touchéz, ne peuuent encores bonnement comprendre, que céluy qui eſt priué de Femme, ſe ſent comme déprouueu de maiſon,veu qu'il ne peult ſanſelle quaſi

arré-

Sainct Mathieu xxij.

Prouerb. xviij.c

arréter fon manoir, & foit qu'ainfi fuft, il habitera pourtant en icelluy ainfi qu'etranger en hoftellerie. Qui eft
fans Femme,& fuft il plus riche que Crefus, il n'a prefque
chofe qui foit a foy, comme n'ayant a qui fe confier affeurément : en maniere que tout fon poffeffoire eft fubiet a
guet de rapine, entant que feruiteurs le plus fouuent fef-
fayent le dérrober, & aufsi que par fes compagnons & familiers mefmes,luy eft a tous coups tendu le retz de fubtile deception. Encorés en tel état lon ne peult eftre bien
aymé de fes voifins : ny fi bien affeurer fes richeffes,qu'elles foient exemptes de la pince importune des parentz,
ainfi que gens d'Eglife preuuent chacun iour. Aufquelz,
& a tous autres non mariéz, fi Nature abatardie vient a
donner quelque enfant, ce ne leur eft que honteufe nourriture : & pour raifon dequoy aufsi la Loy deffend à femblables perfonnes de pouoir laiffer a leurs enfans l'heritage paternel. A propos dequoy lon trouue par écrit qu'autreffois Homere foutint fus cecy, qu'vn Prince fans hoirs
legitimes, n'eft qu'vne perfonne priuée alendroit de fes
fubietz, car, comme difent Hefoide & Euripide Poetes
Grecs,c'eft chofe fort fouhaitée de toute Communité, de
voir le fils du Seigneur : pour efperance en luy d'eftre
toufiours maintenue auec moindre opreffion , & fans
tranflation de la Seigneurie . Finallement, celluy qui eft
fans Femme , femble aucunemét eftre incapable de charges publiques, en confideration que l'Homme a peine
peult il eftre digne de regir vne Cité, qui n'a aprins a gouuerner vne maifon : & celluy fe fent inhabile(generallement parlant) de tout autre adminiftration de chofe publique, qui n'a congnu que poife l'adminiftration de la
priuée.Qui eft,indubitablement,le premier habit de tout
perfonnage afpirant a publiques dignitéz : & à faute duquel les terres de l'Eglife par gens non mariéz gouuer-
nées, deueroient deformez porter enuye de regret a celles des Princes temporelz,entretenues par hommes honneftement mariéz. Chofe qui pour la raifon cy deuant,
fut autreffois bien entendue par les Anciens de Grece, la

ou s'étans vn coup engendréz grans discords, l'vn d'entre eux nommé Phelipe Macedon (acompagné du vieillard Leontin qui se vantoit de tout sçauoir) s'efforça par bon zele de vouloir mettre fin a iceux discordz au moien d'vn traitté composé par ledit Leontin sur cet effet de Concorde: lequel traitté fut si honteusement reietté desvns & autres du pais, qu'oncques puis ces deux Autheurs ne se sçeurent releuer de la moquerie qu'ilz receurēt pour leur labeur: disans iceux discordans, que ceux cy étoient bien déprouueuz d'entendemēt de penser metre paix en Grece, qui ne sçauoient en leurs maisons seulles donner forme de tranquilité: veu le continu debat & crirye que lon sçauoit estre es menages d'iceux Macedon & Leontin. Au moien dequoy les Sages ont tousiours estimé, que l'authorité presumée de ceux qui ne sçauoient appaiser les debatz domestiques, n'étoit pour étaindre les publiques mutinations. Par cela tout Homme ne se sachant gouuerner luy mesme, & qui est appelé aux dignitez d'vne Republique, a peine pourra il estre prouueu d'icelles qu'auec mauuais augure. Ce que sans cause ne fut, ce semble, notté par sainct Pol en vn passage: qui pourtant ne *A Thim.4.* répugne à ce qu'en vn autre prochain, il dit, qu'il est bon, & conseille a chacun d'estre sans Femme comme luy, s'il *L'etat de ma-* est possible. car puis que sans offense il est permis se ma-*riage tresno-* rier, lon congnoist que pour mille autres raisons, cela est *ble et tres-* plus que necessaire & par tout honorable. Eü regard que *necessaire.* tout Homme non marié, fait profession ou de vie chaste ou de vicieuse. S'adonnant a la derniere desquelles, lon peult iuger quel appareil il donne a la fin de sa vie. Mais si en état de Virginalle condition il obserue le vœu de Chasteté, on ne peult nyer icy ne allieurs que telle vie puisse estre que grādement louable, & qu'elle n'outrepasse tout' autre: ne fusse que pour le respect du mistaire haut de l'Omnipotent, & reuerence deüe, pour cela, a celle qui entre les Femmes fut dignement salüée de Benediction par angelique voix. A l'honneur & protection souueraine de laquelle, ce present œuure à été principalement construyt

pour

pour plus grand gloire du Roy fupercelefte qui tant l'honora. Ce nonobftant, la vie coniugale, tant a l'occafion de
la necefsité de foy, que comme étant côprinfe en la vertu
de Chafteté, approche de fi pres cete Virginalle, qu'elle,
étant bien côduite, fe rend fort fa voyfine en titre d'exellence. veu, outre ce, que l'Homme non marié eft hors du
monde, il veit feul pour luy: & comme tel, ne préd iamais
grand' cure des Siens, ny de la chofe publique de fon pais.
Qui eft vne vie (pour naturellement parler) directement *Opinions des*
contraire a la doctrine des Stoiciens, dont Zeno de Cipre *Philofophes*
Philofophe Cinic, & Crifipus, furent les Princes enuiron *fur la neceſſi-*
quatre cens vingtquatre ans auant l'Incarnation du Re- *té du Ma-*
dépteur de nature. Lefquelz Philofophes ont bien côgnu *riage.*
les Hommes eftre procrééz pour les Hommes. Telle vie
fait encores contre l'authorité du diuin Philofophe Plato
Athenien, floriffant auãt la fufdite Incarnation trois cens
quatre vintz ans ou enuiron. Lequel Plato à bien fait entendre par fes œuures l'Hôme n'eftre point nay pour foy,
ains pour le païs, pour parentz, enfans & fes amys. Etant
dauantage, côtraire icelle vie, de Femme élongnée, a l'authorité d'Ariftote, (natif des enuirons d'Athenes, & difciple d'icelluy Plato) qui a foutenu que la Nature fe pour-
chaça la côiunction, à fin que l'efpece del'humain lignage
fe peuft côferuer. Et, qui plus eft, elle aparoift encor' affez
côtraire a l'exemplaire induction d'icelluy Redempteur, *L'etat de Ma-*
qui feulement n'a pas defendu les Noces, mais a icelles fe *riage approu-*
voulut préfenter pour les magnifier de myracle. A l'occa- *ué de Dieu.*
fion dequoy, confideré d'abondãt, que le feul état & repos
de l'Hôme (auquel il fcauroit chercher, defirable vie) gift
fimplemét en la Femme: a l'Inftitution d'enfans: Regimét
de famille: regard curieux de fes biés de fortune, & mutuel
recours de côfolation: & que cela fut a iamais le complet
du contentement téporel dés humains. (bien que fouuent
il foit broillé de perfecutiôs, qui ne font contre ce propos,
veu que qualité de vie aucune, çà bas ne fut onc deliure de
fa croix) Et côfeffé de plus, que tout ce que deffus fut iadis
mis en fi haute deliberatiô par les premiershabitãs de Ro-

me,que n'ayans Femmes enleuerent lors par ſutil moyen
les filles des Sabins leurs voiſins,en nóbre de cinq céſ quatre vintz & trois,trois ans apres l'edification d'icelle Cité,
en retenât par force en leurs maiſons telles Femelles,la ou
elles furét touſiours du depuis tenues ſi enſerrées par ialou
zye,qu'vn Italien qui en tiét yne tresbelle dãs Lyon, à encores telle peur qu'on luy rende la pareille en tel cas,qu'il
ne la pert iamais de veüe ſi ce n'eſt la nuyt. Conſideré, en
ſomme, que toute notre humanité feroit,ſans les Fémes,
peu moins plaine de rudeſſe & Sauuagine que l'apre nature des Animaux C'eſt yne étrange crace de ſuperſti-
tion de tant d'ingrates perſonnes, qui ſans raiſon valable,
en eux meſmes nonſeulement entreprenent de tenir ce
haut Sexe femenin en ſi vile opinion,Mais auſſi ſ'étudient
par tout & de telle façon le becqueter,qu'il ſemble quaſi
par maniere de dire, que la beauté des Femmes étant paſ-
ſée, elles ſoiét ce iourdhuy moins dignes que vieilles ſouches au preis des Hómes. Combien,au contraire,que
leur Sexe,ſoit, en nature créée,Treſlouable,Perfait,&
Treſneceſſaire,voire le plus aymable, ainſi que lon verrà
en la Contremine de cete Forterefſe. Leſquelles perſonnes ainſi maldifantes & ingrates, tendans au but d'aſſopir
l'honneur & grand' valeur de ce Sexe trop patient,l'ont
touſiours, ſans contredit, declaré iuſques a maintenant,
Imbecile, Superbe, Incapable, vil, Incóſtant, Puſilanime,
Fragile,Oſtiné,Venimeux,Occaſió de mal,& Imperfait,
ainſi qu'a été dit. Et a cet effeĉt, ſe font communement
fundez ſus aſſez ſottes, & neaumoins vraiſemblables,opi-
nions,pour par diuers moiens exquiz pouuoir mieux en
cela cófirmer leurs adherétz, qui le plus ſouuent ſe voiét
puis, dégorger diuerſité de Raiſons,Deuyz,& Allega-
tiós tát etráges & ridicules,que ce n'eſt cas qui puiſſe meriter yne des moindres reproches ou contradiĉtions de
cete Ecarmouche, fors pour en tyrer plaiſir,& les chacer d'entour les Dames, ainſi que Mouches importunes
au ſon du Baçyn. Et pourtant ne ſera honte, ains trophée de gloire, de deploier en premier lieu, aux yeux
de

de toutes vertueuſes Princeſſes & Femmes,leſdites Allegations,Raiſons Argumentz , & tous autres menuz propos de meſpreis & calomnye . A celle fin que dorenauāt
elles ſoient plus certaines de quelz Hobergeōs , Morriōs,
& vieilz Vouges eſt munye l'Armee des Aduerſaires, leſquelz ſe ſont alencontre d'elles de tout temps éleuez, &
entretenuz de toutes les vielles munitiōs de raiſon,qui par
le plain de la Cāpagne de cete Place ſeront à iamais trouuées corrumpues, a l'auantage d'honneur de toutes Femmes & confuſion du plus grand Detracteur de la moindre
d'entre elles . Et lequel déploy ou exibitiō d'Armures &
Allegations ennemyes,ſe fera preſentemēt, par forme de
vigoureuſe Ecarmouche, auāt qu'entrer au deſſein & viſitatiō magnifique de ce Fort inuīcible,fait & cōſtruyt pour
garder que toutes langues enuyeuſes & legeres,ne ſe puiſſent iamais plus ſi ayſémēt promener au mortier iniurieux
de leur bouche,que par le paſſé. Cōcluāt, quāt a ce point,
que l'antique queſtiō qui iuſques a maintenāt à duré(Aſſa
uoir ſil étoit cōuenable à Homme ſage ſe marier) eſt entierement determinee, tant par l'exemple des ſages Philoſophes qui honneſtement ſe marierent,(comme Pithagoras natif de l'Ile de Samos, qui fut Autheur du nōm de
Philoſophe, Socrates natif d'aupres d'Athenes,Ariſtote,
Crates, Cleobolus Lidien, & autres) que par les Loix du
grand Licurgus, lequel fit iadis publier es pais des Grecs,
que tout Hōme qui auroit veſcu en ſolitude & ſans Fem
me, ne peuſt entrer en Theatre, ny autre feſte publique:
& que le premier qui auroit encouru telle faute , étoit ia,
condamné comme pour lors, a faire, tout nu, la ronde en
plain hyuer dans le marché de la Vile . Ce que par ceux
de Sparte bien receu, y adiouterent par édict grandes peines nōſeulement a tous hommes en age de marier, non
mariez, mais auſſi a ceux qui trop tard ſe marioient, enſemble a tous autres qui ſeroiēt congnuz mauuais mariz,
ainſi que la plus part de ceux du tēps preſent, qui de leurs
Femmes puiſſent deuenir eſclaues ſilz ne ſe changēt,au-
moins pour crainte du retabliſſemēt de telles ordōnāces.

*Lo'x anti-
ques contre
les nom,ma-
ryez et mau
uais marys.*

Chapitre II.

LA premiere des Armes allegatoires des Malueillans & Blafonneurs du noble Sexe femenin, dequoy, en general, ilz font fouuent la
principale pointe, & dont les plus expertz, en
particulier, fe fortifient, eft vne vieille & enroillée Salade,
qui pour philofophale Sentéce eft par eux eftimée: & dé-
robée, cóme eft vraifemblable, fus vn texte dixneufieme
d'Ariftote, écrit en fon troifieme liure de l'Ame: ou bié fus
le dernier chapitre de fon premier Liure de la Generatió
des Animaux, compofé trois cens ans ou enuiron, auant
celluy de Grace. De laquelle Salade (ou, pour mieux dire) Liure tout enfumé, ilz ont extrait cete Propofition, Sauoir eft, [La Femme, eft vn Mafle occafionné.] Ceft a
dire, felon leur deuis, Imperfait & fuperflu a la nature mafculine, comme pafsif, & fans action de foy. Sus laquelle Propofition, ainfi que fus quelque vigoureufe loy, n'ont
eu horreur, & n'ont encores ces Ennemys, de dire & foutenir par écrit la Femme eftre imperfaitte. Ouy iufques à
metre en argument que la Creation dicelle n'a deu auoir
été faitte, cóme non neceffaire, . Difans & argumentans
en cete forte felon la fufdite Propofition [La Femme eft
vn Mafle occafionné. Or rien occafióné ou deffectueux
n'a deü eftre en la generation des chofes : Par cófequent,
la Femme n'a deü eftre créée] qui eft pour vne de leurs
Armeures & opinions. Et pour vne autre (qu'ilz ont femblablement arrachee du fixiefme chapitre du quatrieme
Liure fus allegué) ilz difent ainfi [Les occafions de peché
font reietables, Or DIEV à preueü que la Féme feroit a
l'Homme vne occafion de peché, Et pourtant la Femme
n'a deu eftre produite] A la confufion defquelz ; & pour
cófutation entiere de ces deux Lourdes Argumétations,
& de tout autre obiet qui pourroit eftre dorefnauát auácé

quant

*Argument
des Ennemys
prins fus A-
riftote.*

*Autre argu-
mét des En-
nemys.*

*Refponce de
Lautheur a
ces deux Ar
gumétz,*

quant a ce point conuient cete fois que chacun entende, qu'il à été & est plus que necessaire la Femme deuoir
estre faite & procréée pour l'ayde, soulagemēt & Generation des Hōmes, & non pour autre fin temporelle, cōme
lon voit par les sainctes lettres. Car toutes choses qui (en
especial) furēt faittes par la main de D I E V, sont necessai-
res & bonnes, veü que selon l'Ouurier doiuēt estre les œuures. Etans donc les Femmes ses creatures, non seullement offense, qui les vitupere & contemne, mais aussi
blapheme D I E V en ces œuures. Et par ainsi se demōtre
ia, quelles ne peuuent estre accusees d'estre occasion de
peché, puis que cest chose certaine (outreplus) que si Eue
n'eust failly, iamais la gloire de D I E V cōtre Satā n'eust
été congnue. A raison dequoy Sainct Gregoire disoit
ainsi. O heureux peché qui as merité d'auoir vn si grand
Redempteur. Et quant a ce qu'ilz soutiennent la Femme estre vn Masle occasionné, Sachent que cōbien qu'elle soit engendrée outre l'intention de nature particuliere,
cest a dire, outre la simple production de la premiere Essence de notre nature, qui fut en Adam auant la creation
d'Eue : Toutesfois elle à été faitte auec & par l'intention
de la nature virile, qui requiert l'vn & lautre Sexe pour
l'entiere production de l'spece humaine. Ainsi donc, ne
voulant, en ce cas, du tout démolir l'authorité du Philosophe susnōmé (qui à écrit en iceluy tiers liure de l'Ame,
que la chose actiue & efficiente est tousiours plus perfaitte que la passiue) mais bien enseuelir la sotte Interpretation des Enuieux : Sera confessé (la licence des Dames
treshumblement implorée) que si la Femme merite aucunement estre dite, vne chose occasionnée ou deffectu-
euse en nature, Ce point autrement ne se doit prendre, &
seulement s'interprete, en ce que la vertu actiue & generatiue de l'homme entend reallement, & de soy, engendrer semblable a soy, sauoir est, Creature entiere selon le
Sexe masculin. Qui fait, pour telle raison, que la Femelle, (quoy qu'on la die occasionnée) n'est toutesfois moins
perfaite en sa perfection que le Masle est en la siéne : voire

B

Gene. 2

& tant s'en faut que en sa Partie elle ne soit aufsi entiere
que luy, que l'Hôme sans la Femme, ne seroit & n'est que
demy fait, parce qu'il n'est pas posible qu'vn Homme(
pour perfait qu'il soit)sceust engendrer posterité sans son
autre moitié qui est sa Compagne collateralle, en laquelle, pour cela, consiste le souuerain bien de la vie, qui est
de Generation.

*La cause na-
turelle de la
creatiõ de la
Femme.*
SVs tout ce que desfus, voulant satisfaire à ceux qui de-
sirent entendre la cause pourquoy la Femme communément s'engendre au contraire de l'intention actiue de
l'Homme, Cela ne procede d'allieurs(naturellemét parlant) que de la debilité & foiblesse de cete vertu actiue de
l'Homme, a faute de competente chaleur ou autrement,
ou bien aufsi, a cause de quelque indisposition materielle,
ou, peult estre, a loccasion de qu'elque transmutation de
chose extrinseque, comme de ventz Austraux qui font
humides, selon ledit Aristote en autre passage. Qui font
les causes effectuelles & naturellement naturelles de la
nayssance de la Femelle au ventre de toute Mere. La-
qu'elle, sans doute meriteroit plus tost estre appelée Da-
*Que cest de
Nature.* me Nature que blamée d'aucune imperfection. Car Nature est, en plus part, vne vertu ça bas par le Createur ordónée, qui maintient, augmente & fait pululer ce Monde par cõgeneratiõ & accroissemét de chacune chose corporelle auec son semblable, respectiuemét. Sans laquelle vertu, ainsi coniointe à cete Nature, les Hommes mesmes ne pourroient naistre. Et combien que telle vertu
ayt habandonné & laissé déchoir plusieurs graces ou perfections de cete Nature, de sorte qu'en nous elle est, & à
iamais sera, plaine de passions & erreurs: Cela étant auenu par le peché du premier Pere, & non par celluy de la
Mere(ainsi que cy dedans sera aplain declaré) les Femmes font d'autant plus louables, quelles tiénent plus, de la
premiere & generalle nature sudite, que les Hommes,
& consequemment plus d'efficace vertueuse de la vertu
supercelefte dessus mentionnée.

ORes, pour euiter l'attainte de lautre Flechade argu-
mentée, par laquelle ces Blafonneurs f'efforcent faire
entendre, la Femme n'auoir deü eftre créé, comme étant
Occafion de peché a l'Homme, Sera dit, de plus, qu'en la
Coucourde de telz Dialecticiens conuient congner (bien
que dificile foit) cete Harquebuzade refpōfiue. Affauoir
qu'il eft indubitable, que fi le grand Fabricateur euft retiré de la terre toutes chofes qui offrent a l'Homme occafion de peché, l'vniuers feuft demouré imperfait, & eux
mefmes plus que les autres, Imperfaitz, veü le peu d'om-
bre de perfection qui les fuyt ou précede. Et parce il n'a
été conuenable enleuer le bien commun & principal du
monde (qui eft ce gentil Sexe) pour obuier a vn mal particulier, & principallement a l'occafion de ce que le Redempteur a tresbien fceu ordonner & remettre tout mal
en plus grand bien. Et aufsi que s'ilz amplifient la deffus
(comme aucuns ont acoutumé) que la perfonne de la
Femme eft d'attirer l'Homme, & le ftimuler a concupi-
fcēce, tout ainfi que la Tourterelle, qui naturellemēt étin-
celle quelque chaleureux appétit au corps de l'Homme
qui f'en repaift: qu'il alleguent quant & quant, fans le tenir caché, que cete Tourterelle eft douée de fi rare proprieté, que tant par fa voix plaintiue que par fa continence naturelle, elle peult feruir d'vn plus grand bien, qui eft
de retirer l'Homme de peché, & de l'inuoquer a penitence, pour peu contemplatif qu'il foit, f'il y prēd garde. En
cōfeffant par eux que ny plus ny moins eft il de la Femme honnefte, par la parolle douce delaquelle, & confideration de fa chafte contenance, tous vicieux pourfuyuans
fe trouuent fouuēt repouffez au loin: & les autres incitéz a quelque fecrete continence, trop mieux qu'ilz n'euffent peu eftre par autre maniere. Et cecy doit fembler
fuffifante contradiction ou combat a tout ce que deffus
affez lourdement & tant de fois mys en auant alencontre
de la perfection naturelle des Eemmes.

B ij

Chapitre III.

La Fëme eſt autant que l'Hôme, par la ſuſtance des choſes.

Ais d'abondant, par forme de ſubtile & furieuſe reuanche en cete Ecarmouche, & auant qu'entrer au dedans de notre Place forte, faut que ces Blaſonneurs entendent, que, Suyuant la ferme apparence des eſſences corporelles, la ſuſtance de quelque choſe que ce ſoit ne peult, en ſoy, receuoir le plus ou le moins. C'eſtaſſauoir, que tout ainſi, qu'vn Rocher ne fut onc plus perfaitement Rocher qu'vn autre(quãt à ſon eſſence) auſſi ſoutenir ne ſe peult, qu'vn Homme ſoit plus perfaitemét Homme qu'vn autre, & par conſequent, que le Maſle(quant a ſa materielle ſuſtance)ſoit plus perfait que la Femelle : pourautãt que tous deux ſont reſpectiuemét comprins ſouz eſpece d'Homme. De ſorte que tout ce que lon peult penſer de diference de l'vn a lautre, eſt choſe Accidétalle,& non Eſſencialle. Et pour cete cauſe la Femme ſe trouue autant perfaite par nature que l'Homme. Si donc ceux cy auront cy apres enuye de ce funder(en ce cas)ſur l'Accidét naturel : En allegant la Femme n'eſtre tant perfaite que l'Homme, cóme n'etant,ſi forte ſi adroitte, & robuſte: & pour ce point,ſe munir d'vne autre Brigandine d'icelluy Ariſtote,qui au neufiéme de l'Hiſtoire des Beſtes,premier Chapitre,conclud, les Maſles eſtre les plus fortz & plus eſtimables par nature, ilz ſe trouuerõt incontinét mal garnys de raiſonable habillement de teſte. Conſideré que les Dames aurõt icy pour contraire deffenſe,le Glayue trẽchant de l'Autheur parcydeuant nommé, Capitaine de bien autre Philoſophie : lequel,en ſon Epitre premiere aux Corinthiens,dit ſemblables parolles. [L'Omnipotét par ſa puiſſante victoire, a élu les choſes qui au monde ſont foibles, pour confondre les fortes d'icelluy, & les infimes, meſpriſées & qui ne ſont, pour détruyre celles qui ſont,] Sus cecy.

cecy. Qui a été ça bas plus grand Patriarche qu'Abraham ? touteffois il luy conueint faire felon que fa Femme
luy difoit. Qui plus fort que Sanfon ? Sa force pourtant
fut domtée par la Fême. Et quât a la dexterité de corps,
ou eft l'Homme qui onc ayt été plus abile ou adroit de fa
perfonne en toute forte d'agilité, & fpeciallement a faire
foubrefaux perilleux, qu'vne pauure Femme d'Auuergne,
refidente a la Palice, toute en feynte qu'elle fe foit peü
trouuer lors qu'elle en a été priée? Mais laiffé tout ce que
lon pourroit ayfément amener pour renforcer ce paffage, c'eft cas manifefte, & le nyer eft ignorance, que la force, viuacité ou fplendeur de l'Efprit (comme ioyaux en
l'Homme les plus rares) ne foit bien autre douaire en la
Creature, que cete force de corps deffus alleguée par Ariftote, & dont les Femmes font participantes ny plus ny
moins que les Hommes. Car cete maffe corporelle (mefme ou vertuz naturelles feulement f'aperçoiuent) eft fubiete a fi diuerfes & baffes corruptions, qu'elle n'eft prefque
digne d'eftre prifée en l'Homme: comme échelle peu feruant à l'affaut de vertueufe breche.

ET quant a l'autre point cy deuant touché de la qualité
effencialle : Si autres que ces Mefdifans fe veullent
maintenant entremettre de iuger la Femme moins perfaite que l'Homme: nous les forcerons icy de confeffer a
plain, que quant aux forces de l'Efprit (ou gift le triûphe
de l'Humanité mortelle) la Femme pourra toufiours eftre
autant & non moins capable que l'Homme. Confideré *La Fêmeplus*
que tout ce que peult imaginer ou compofer l'Homme, *viue d'efprit*
la Femme aufsi le peult : & la ou penetre l'Intellect de *que l'Hôme.*
l'vn, peult par femblable penetrer l'Intellect de lautre: ouy
encorés dauantage, fuyuant ce que n'a peü nyer icelluy
Ariftote au mefme endroit que deffus, la ou il dit, que
les Femmes font plus aptes a fouuenance, plus vigilan-
tes, plus fobres & plus conftantes. Ce qui démontre
bien en elles quelque grace fpecialle d'intelligence & force d'Efprit.

POur ces raiſons donc, Cas de petite merueille n'eſt de
l'humeur étrange que lon voit deſcendre de ces heau-
mes enfuméz, ſus leſquelz on ne peult gaigner ce point,
qu'on leur puiſſe faire diſcerner le vray du faux, & le
certain de l'incertain. Conſideré qu'il eſt indubitable,
que ſi tendres Pucelles étoient cóme ieunes Maſles communément inſtruites es haux degrez de Science & Vertu, & exercitées en exercices corporelz : Autant ou plus
ſe trouueroient de Femmes doctes, vertueuſes & fortes,
que d'Hommes de telle qualité. Mais l'Enuyeuſe Iniquité à ſi doucement ſceu vſurper cet auantage ſur les
Humains, que iamais ſi debile, peu congnue, ou ſi ſerue
ne fut la Vertu,qu'elle eſt maintenant : ny (combien que
viue ſoit)en leur endroit ſi mortiffiée. Tant que pluſieurs
ſe vont imaginant la Dame eſtre quelque étrange Monſtre, qui, de bon zele induite, ſentremet de compoſer vn
fard litéré, vn fard interieur & diuin, cóme ſil étoit vray
que Science (ainſi que dit Cicero en ſes Tuſculanes) ne
feuſt vn bien de ſoy deſirable, & que la Nature humaine
(ſelon qu'a été amplement approuué par toute ſecte Philoſophalle)ne ſefforçaſt naturellement de voir & ſcauoir.
Lequel fard interieur, eſt veritablement bien autre & du
tout contraire a lexterieur fard d'ignorante malice,dont
le front des Hommes eſt ce iourd'huy tant fariné, qu'entre parentz meſmes ny a plus forme d'aymable congnoiſ-
Articles qui ſance. Qu'il ſoit ainſi, ſcauoir eſt que les Femmes ſoient
corrompēt la autant ydoines a tout acte corporel & ſpirituel, que les
vertu des Fē Hommes, on ne le ſcauroit myeux comprendre que par
mes. la declaration de la cauſe motyue de la puſilanimité preſente de leur Sexe (ſainſi conuient parler)Laquelle decla-
ration(procedant de la ſuſdite Enuyeuſe ou diabolique
Iniquité)à tellement procuré les Articles qui enſuyuent
es tenebreux iugementz des Hommes, qu'elle les à fait
publier, & receuoir par la commune vſance du Vulgaire.
Le premier deſquelz Articles, eſt, Que la Femelle étant
yſſue du ventre maternel ſeroit(comme elle eſt)de la en
auant tenue en la maiſon, quaſi en ocieuſe vie, ny plus ny
moins

moins que s'elle feust incapable de plus haute educatiõ:ne
luy étãt permis de s'exerciter,en plus part,qu'au fil,& a l'e-
guille. Lautre,Qu'elle seroit soumize a l'empire de Ialou-
sye matrimonialle, ou bié entre les mains de Religieuses,
comme en petites cachettes de prison serrée,si tost qu'elle
auroit attaind a son age meur. Cõsecutiuemẽt,tous Offices publiques luy sont prohibéz par aucunes Loix : Et cõ-
bié qu'vne Féme soit prudéte, il ne luy est pourtãt loysible
proposer son droit en Iustice : & auec ce,elle est deboutée
de tout acte de Deffence, de Procuration, de Iudicature,
d'Adoptiõ, de Tutelle & Garde, & de Cause testamétaire
& criminelle.

VRay est, que ie n'entens icy nyer,qu'il ny ayt vn ordre
requis en toutes choses, qui diuersement doiue maintenir le Monde:& en especial,par vne Superiorité & Inferiorité de Sexes,d'Etatz,& de Personnes. Mais de vouloir
aussi vser de cela,sinon pour la forme, & pour le politique
gouuernement, sans qu'en cœur & par iugemét de raison
chrestiéne on se vueille montrer humilié(quelque grand
qu'on soit)vers ceux qu'on tient pour les plus petitz:seroit
autant que peu a peu vouloir anichiler le Precepte du
DIEV Viuãt, qui veult que ceux qui entre les Humains
sont constituéz,ou se tiennent les plus haux,ayent a s'estimer les moindres & en leurs cœurs s'humilier cõme le petit enfant. Chose qui s'ainsi se faisoit,les Femmes trop plus
que volontiers cõporteroiét par leur humilité,& auroient
a hõneur,d'estre estimées plus basses que les Hõmes,& ne
seroit plus cy dedãs,ny allieurs,question, de cete vieille &
odieuse Guerre des deux Sexes : & moins de toutes ces
disputés & aigres restrinctions de liberté femenine cy deuãt declarées. La cause motyue desquelles restrinctiõs ne
peult auoir été fundée(cõme est vray semblable)que sus la
sotte pusilanimité des premiers Habitãs d'Athenes(ediffiée en Grece, deux mil,quatre cens trente cinq ans apres
le bastimét de l'Vniuers)Lesquelz Habitãs,s'etãs alorsper-
suadéz que les premieres ruynes d'eaux qu'ilz eurẽt, pue-
noiét de la part de Neptune,irrité de ce,qu'a la nominatiõ

d'icelle Vile, la Déeſſe Mynerue fut préferée a luy par la
pluralité de voix des Femmes, Pour appaiſer la fureur d'i-
celluy, fiérement ſe vengerét ſus ce pauure Sexe: En commençant a le priuer par nouueaux ſtatutz de tous les cas
deuant narréz. En quoy de plus ilz n'oublierent de faire
publier (pour plus déprimer la Féme) que les enfans de la
en auant porteroient le nom des Peres, & non plus celluy
de leurs Meres. Ce qu'a été iuſques a maintenant entrete-

Les enfans
ont iadis por-
té le nom des
Meres.

nu. & qui n'etoit. car ſpeciallement en Lydie, Region
d'Aſye pres de Troye la Grand', les enfans portoient iadis, non ſeullement les noms propres de leurs Meres, mais
auſsi les noms & titres Seigneuriaux étoient portéz d'elles: &, qui plus eſt, les filles étoient heritieres, non les filz,
qui, pour cela, alloient ſouuenteffois chercher leurs auan-
tages allieurs : quaſi tout ainſi que font les pauures Puynéz de Bretaigne alenuiron des belles Mulles de tous Papes & Cardinaux de Rome. Dauantage, iceux Lydiens,
entre autres peuples, ſouloient donner leurs honneurs
& prééminences a leurs Femmes. Le contraire dequoy,
ce nonobſtant commécerent a metre en vſage les Athe-
niens, pour la cauſe ſus déclarée : de ſorte que peu a peu
cela ſe laiſſa introduire & acoutumer de pais en autre, au
grand ſcãdalle de la Dame Mynerue, & meſpreis de toutes Femmes, qui deſlors ſarmerent de pacience, ainſi que
la Vertu, par les Hommes, de long téps, desheritée d'honneur authoriſé, pour au Vice en donner la poſſeſsion.

Démarche de
l'Autheur
pour obuyer
aux obietz.

TOutes leſquelles remontrances de reſtrinction ſont
aſſez valables pour abbatre le grand Voele de l'opinion du Commun, qui touſiours a gardé d'aperceuoir les
Femmes eſtre capables de vertueuſes operations : & auſsi
de voir que l'outrecuydance de pluſieurs faiſeurs de Loix
(ayans ſus ce cas plus toſt ſuiuy Coutume que Raiſon)
a été de prononcer la Femme de moindre condition que
l'Homme. Ce qui vient formellement a contrarier aux
graues ſtatutz des Anciens, que lon ſcait (par vertu d'Hiſtoire) auoir fait obſeruer en diuers temps, que les Filles
                                                    égallement

égallement heritaffent aux Seigneuries comme les filz,
ainfi que fpeciallement elles feirent es païs des Afsiriens,
des Medes, des Grecs & des Thebains, & comme elles
font encores de prefent es païs d'Efpagne, Efcoffe & allieurs. A l'occafion defquelles Loix modernes(qui con-
tinuent leur cours, fus ce que lon voit peu de Femmes in-
ftruites es pratiques de ce Monde) ce noble Sexe vaincu
par le Mafculin, eft contraint de cedder & f'afferuir a icelluy, au moyen d'vn ioug coutumier de longue façon de
faire, aydée de quelque finiftre Conftellation : & encores
fundée, comme il femble, fus quelques articles de l'aueuglée Philofophye d'aucuns, non moins que fus vne autre
opinion du mefme Ariftote, écritte au troifieme chapitre
de fes Politiques, la ou il foutient, Que pourautant que
l'Homme à été congnu meilleur, fcauoir eft,(comme il
dit)plus fort & vigoureux(rigoureux deuoit il dire)que
n'eft la Femme felon nature: il a obtenu par deffus elle la
fuperintendãce, que nous difons icy, par les Vicieux auoir
été conuertie en grande tyrannye, generallemẽt ce iour-
d'huy trop préfumée fus toutes Femmes de la terre. Pour
myeux couurir ou authorifer laquelle préfumptueufe façon de faire, ne faut douter, que plufieurs ne foient ia appareilléz d'alleguer quelques Authoritéz de la Saincte
Ecriture, mefmement vne de Sainct Pol, qui en fa premiere Letre aux Corinthiens, difoit, que l'Hõme eft la Tefte
de la Femme : eftimans par cela, les Fémes moins dignes
& plus viles que les Hommes, & comme telles naturelle-
ment ferues d'eux. A quoy defirant m'auancer, & n'eftre   *La tefte n'eft*
preuenu de ceux qui tacheroient d'affeoir vn fommaire   *pas la plus*
appuy de raifon la deffus : ie diray(fans touteffois derro-   *digne partde*
ger à telle Authorité) que le Sexe femenin, n'eft point   *l'Hommes*
pourtant plus vil en nature que lautre : entant que la Tefte, n'eft pas(bien qu'il le femble)la plus noble ny la plus
aymable partie du corps de la perfonne. Car pofé que,
felon l'opinion de Plato écrite en fon Dialogue de la Nature du Monde, la Tefte foit plus apte à fentir & plus prudente que tout le refte : elle ne laiffe pour cela, d'eftre dite

C

la plus foible & debile, ainſi que bien au long il le prouue.
Adőcques la plus noble partie du corps humain doit eſtre
cherchée lendroit, ou l'Ame(ainſi que l'Aregnée au meillieu de ſa toile) eſt maiſtreſſe & reſidéte ſelon ſon eſſence:
qui eſt au fons & centre de notre cœur, d'ou elle épend &
influe ſa vertu vyue, ſenſitiue & mouuáte par tout le corps
qui luy eſt vny. Ce qu'eſt confirmé par Beda ſus l'Euangile Sainct Marc, diſant ainſi. Le lieu principal de notre
Ame, n'eſt pas, ſelon Plato, conſtitué au cerueau : ains au
meillieu du cœur ſelő I E S V C H R I S T. Auquel cœur
pour cela, telle préeminence (comme eſt vraiſemblable)
fut donnée ſus tout le corps, qu'il eſt aſsis en icelluy, comme le Roy au meillieu de ſon Royaume, & neaumoins le
premier formé par dame Nature : le premier viuant de
tous les membres, & le dernier mourant : quelque choſe
qu'en ayent voulu ſoutenir au cőtraire, aucuns Medecins,
qui ſoſtinoient a prouuer leur teſte oſtinée, eſtre la principalle partie du corps, & la premiere formée, a raiſon
qu'en elle ſont les commencementz de vie. Iceux Me-

decins, ſuyuans en cela l'authorité d'Auicene, qui maintenoit auoir veu marcher vn Moutő ayãt le cœur étainct:
& que cela ne ſe pouoit faire, ſi la vie ne prenoit commé-
cement de la teſte. Dequoy euidemment ſeſt voulu mo-
quer Auerrois au ſixieme de la Phiſique(qui ſuyt en cela
l'opinion des Philoſophes)diſant, au rebours, qu'il auoit

veu courir ça & la, vn Mouton ſans teſte. Mais de reſoudre touſiours, ce nonobſtant, que la teſte eſt la plus noble
partie du corps humain : lon peult bien dire qu'il eſt ainſi,
par apparence tant ſeullement. Car il ne faut douter que
Nature n'ayt colloqué au beau meillieu de l'Homme, la
plus exellente partie de luy, pour y eſtre myeux cőſeruée,
plus loin de danger, & comme pour ſe faire myeux obeir
de toutes les partz d'alenuiron, tout ainſi qu'vn Roy, de
tous les quartiers de ſon Royaume, quand il plante ſon
principal ſiege au meillieu d'icelluy, comme a été dit. Et
ſeroit opiniő aſſéz vaine de péſer que le S E I G N E V R
euſt logé vne ſi diuine Regéte qu'eſt l'Ame, en vn endroit

de

de la perſonne qui feuſt moins digne que quelque autre.
Par ainſi, la Teſte n'etãt pas la principale partie de l'eſſence humaine (fors d'apparence tant ſeullemẽt) les Femmes
a cete cauſe, ne furent onc moins perfaites & nobles, que
les Hommes, c'eſt à dire quãt au regard du texte de Sainct
Pol, qui appele l'Homme, la Teſte de la Femme. Ains
au contraire, iceux Hommes pourroient eſtre plus odieux
& imperfaitz pour vne conſideration : Veu que ſainſi eſt
que les Femmes ſoient naturellemẽt Oſtinées & de mauuaiſe teſte (comme dit le Vulgaire a qui ie parle) & auſſi
que les teſtes des Femmes ne ſoiẽt point leurs teſtes, puis
que les Hommes portent les teſtes d'elles : il ſ'enſuyt fort
bien que les Hõmes ſoient eux meſmes teſtuz & de mauuaiſe ceruelle : & les Femmes (a l'oppoſite) bonnes & do-
ciles, comme ayans été contraintes, a faute de teſte, de retirer leurs Eſpritz & volũtéz plus pres du cœur & de l'Ame
que n'ont fait leurs aduerſaires qui ne l'ont qu'en la teſte.
De laquelle, pour cõcluſion, maintes perſonnes ſe font ce
iourdhuy cõgnoiſtre pour Hõmes trop plus que de cœur,
Soit qu'en icelluy ſe recongnoiſſe la partie, ſus laquelle le
S O V V E R A I N à plus de regard, ſelõ ce qu'a été dict
cy deuant.

AVTRE RECHARGE
d'Ecarmouche.

Chap. IIII.

AV ſurplus, & pour redoubler encores cete Ecarmouche, à l'œil ſera preſentement montré, le
lieu du recours ou retraitte de ces Vieux Soldatz, d'anciẽneté bãdéz cõtre le Sexe Femenin:
Soldatz, ie dy, nõ pas de Piémõt, cõme aſſéz mal exercitéz
en palladine diſpute. Laquelle retraitte par eux couarde-
mẽt ſe fait en la vieille tẽte d'imaginatiõ, ceſt à dire, en la
pẽſée, d'eux mal expoſée, de Plato le diuin Philoſophe. Et
ce, quãd ilz préuoient leur Route par la pointe rompue de

Lieu de la re-
traitte des
Ennemys.

Plato rendoit
graces a Dieu
de quatre cho-
ſes.

C ij

leurs friuolles raifons. Lequel Plato, ainfi que refere La-
ctance, rédoit graces a D I E V de quatre chofes, entre autres. La premiere, pourautāt qu'il étoit nay Hôme, & nõ
brute Befte. La Secõde, pource qu'il étoit Grec, nõ Barbare. La tierce a l'occafion de ce que fa nayffance auoit été
en Athenes, & du téps de Socrates. Et la quatrieme, pource que D I E V l'auoit plus toft créé Mafle, que Femelle.
O pauurete affeurance & affamée retraitte, O mince couuerture pour ces braues Pietons. Sans dificulté leur fuytte
égarée n'eft diferéte a celle de la Perdry: car tout ainfi que
fe voyāt de l'Oyfeau pourfuyuye, f'en va fourrer la tefte en
vn trou de Taupe aueuglée : & penfant eftre derrobée de
toute veüe, autāt cõgnoift le fons de la foffete, que fon derriere découuert: aufsi ces Enuieux aueugléz, étās épouentéz du Leurre des Dames, par le Reclamer feullement, ou
difpute de leurs feruiteurs, & ainfi abatuz en terre parl'Oy
feau de valable raifon, penfent fermement auoir la ceruelle bien couuerte, quand ilz difent, qu'en l'Opinion de
Plato(qui leur eft vne foffete obfcure) ilz mettent leurs
oreilles a couuert, & f'arrettent fus icelle, en laquelle icelluy Philofophe remercioit D I E V de n'auoir été Fême.
O pauures Perdreaux, ilz ne congnoiffent pas que la grof-
feur de leur tefte embeguynée à empefché leur derriere
d'entrer au fons de l'entente de cete foffe pour fe cacher
ou couurir : laquelle tente ou reffuge fufdit(i'entens l'interpretation du dire platonique)ne gift pas au terrier de la
Letre, ains a l'intention pure dudit Plato, qui eft fort lointaine de leur fantaftique expofition. Car il eft certain
que ce diuin Philofophe n'a iamais penfé rendre graces
a D I E V de n'auoir été Femme, pour opinion qu'il euft,
la Femme eftre de foy moins perfaite que l'Homme ou
moins ydoine a tous cas : & encores moins penfa(a propos des Argumentz cy deuant refoluz) la Femelle n'auoir
deu eftre crée, cõme nõ neceffaire. Mais feullemét il fit a
D I E V telle réditiõ de graces, pourautāt qu'il cõgnoiffoit
bié que par l'Ignorāce ou Auarice de fes Parétz, ou bien,
pour enfuyure la Coutume, norriffe du Vulgaire, fil euft
été

été Femme, il ne feuſt iamais, peult eſtre, paruenu a tel
degré de Science qui là tant anobly: Conſideré que(pour
telles Raiſons) trop peu de Femmes ſont induytes a cela,
& que peu d'Hommes pour chace de literature tendent
auiourdhuy le retz. Pour plus grande preuue de laquelle
intention de Plato, & de nos Blaſonneurs nullement ſon-
dée, que dirót ilz ſi luy meſme au cinqieme Dialogue
de ſa Republique à plainement ſoutenu la capacite de la
Femme eſtre de telle recommendation, qu'il amonneſte
toutes Sciéces & Pratiques du monde deuoir eſtre enſei-
gnées au Sexe, auſsi bien comme au Maſculin: & que le
gouuernement des Viles & Communiautez ne luy eſt
moins propre que ſont a l'Homme tous Offices de Guerre? Meſmement ſi cela leur eſt approuué par l'apparence
qui en à été n'a pas long téps, ſans toucher l'antiqué, en la
perſonne de la haute Princeſſe Marguerite, fille de l'Empereur Maximilian? Pareillement par l'exemple de la
Royne Iſabel d'Eſpagne, & autres Dames qui ſe ſont ſi
vertueuſement acquittées de telles charges, que par vigueur de Lettres, la memoire nen ſera ſubiette a oubliãce?
Que diront ilz, ſi(auec ce)le grand Commentateur Auerrois, au Liure des Parafrazes ſus l'œuure de la Republique
du meſme Plato, à ſuffiſamment prouué par certains
pointz, les Femmes eſtre autant capables par nature &
auſsi ſuffiſantes a toute adminiſtration de choſe publique
que les Hommes? Que diront ilz, ſi de rechef icelluy Plato en ſon Dialogue des Loix, prouue nonſeullement les
Offices & Etatz deuoir eſtre cómuns autant aux Femmes qu'aux Hommes de toute Cité bien ordonnée: mais
auſsi donne les Raiſons, par vertu dequoy Femmes & fil-
lesdeuſſent eſtre exercités aux Armes, pour pouuoir ſuruenir a quelque accident inopiné de la Guerre? Car certainement, & ſelon que bien amplement il deduyt & or-
donne, Ceſt vn honteux reproche a vne Vile de nourrir
ſi puſilanimement les Femmes y engendrées, qu'elles ne
peuſſent, a vn beſoin, autant faire contre les Ennemys de
leurs propres enfans, que ſont & peuuét faire les Oyſeaux

pour la deffence de leurs Petitz, contre tous autres A-
nimaux, voire & contre les Hommes propres : & ce, le
cas auenant, que ce feuft contrainte que la Vile tum-
baft en leur fecours & fauuegarde, a loccafion de la perte de leurs Hommes qui feroit entreuenue en la Campagne par quelque redoublée faillye : Comme aufsi fil
auenoit, que pour la grande multitude des Ennemys
tenans les Champs, ce feuft force que les Femmes prinffent les Armes auec leurs maryz. Qui font accidentz
autreffois auenuz en grandes Principautéz, & qui pourroient bien encores entreuenir. A quoy aumoins fe pourroit quelque fois obuier, moiennant que les Femmes
feuffent inftruittes de plufieurs chofes qu'elles ne fcauent, ainfi que celles qui fi heureufement (a ce propos)
fecoururent vn iour le grand Roy Cyrus & toute fon
Armée. Et ne faut icy alleguer que le fufdit Plato ayt
réué en plufieurs endroitz de fa Conftitution de Republique, & fpeciallement (comme il femble) es difcours
faitz des Femmes, la ou il, dit que fon auis feroit, quelles deuffent eftre communes, fans loy de Mariage. Car
en ce cas, il eft a excufer au regard du but de fon intention, qui totallement étoit de procurer le bien public. Surquoy confiderant (a par foy) cete trop plus
precieufe que requife Ioyffance de la Femme, & que
la plus part des habitans dune Cité ne font communément maryez, tant pour la Ieuneffe, que pour la diuerfité des Etatz & fantafies, il euft bien voulu que chacun euft peü licitement auoir part a fa voyfine, pour former (outre ce que dit eft) la refidence plus continue des
Hommes en leur païs, a laugmentation dicelluy. Voila donc comment Plato ne remercioit pas DIEV de
ne l'auoir fait Femme pour incapacité qu'il penfaft eftre
en la condition du Sexe, a la barbe de tout Mefprifeur
de Femme.

La Morie ou
Follye d'E-
rafme.
EN apres, defirant icy faire tefte a vn paffage affez fa-
cheux : Ceft grand' merueille que Erafme de Ro-
the

therodame fe foit tant oublié en la côpofition de fon Liure intitulé, La Follye, d'y auoir mys alencontre de la
prudence naturelle des Femmes, vn blafon affez incon-
fideré, & indigne de fa theologalle profefsion, quand
il dit, que fuyuant vn Prouerbe des Grecs, tout ainfi
qu'vn Singe, eft toufiours Singe, de quelque habit qu'il
puiffe eftre vétu, Pareillement qu'vne Femme eft toufiours Femme (ce la fentend folle comme il l'expofe)
de quelque fcience ou don de Nature qu'elle puiffe eftre
ornée. Aquoy pour deffence, ce ne fera que difcretement fait d'effacer le Nõ du fudit Erafme du Rolle des
Calumniateurs,& luy pardonner:veu qu'en fon Liure il
a fait parler fa follye naturelle, qui eft telle entre les
Hommes, qu'elle ne laiffe iamais paracheuer l'age entier de chacune perfonne, tant fage qu'on puiffe eftre,
fans faire vne faute pour le moins, & principallement
en ce, dont l'Homme fait plus grande profefsion, felon que luy mefme à écrit au fecond chapitre de fon
Liure du Soldat chreftien, Duquel (puis qu'il vient
apropos) l'Autheur fe veult icy armer contre les Calumniateurs du prefent Oeuure: Auquel Chapitre fe
trouue elegamment notté, qu'il ny a Doctrine ny œu
ure d'humaine Science,qui ne foient broillez de quelque
tache d'érreur. Puis en vn autre paffage du mefme Liure, ledit Erafme à bien montré le contraire de la Sin-
gerie fus declarée, quand il conclud, que tout perfonage fage & fpirituel,doit aymer fa Femme, en efpecial,
pour la contemplation qui eft en elle de l'Image de
DIEV, fauoir eft, de la Piété, Modeftie, Sobrieté &
Chafteté, le tout ainfi fpeciffié par luy mefme: Qui
font qualitez biẽ differétes de follye. Au regard dequoy
l'erreur qu'il à ainfi commys, d'eftimer la Femme eftre
folle, entre fes fautes, peult bien eftre compté pour vn.
Veu dautrepart,que Follye morefque,ne peult pas de foy
fi longuemẽt raifonner,côme elle fait, fans fe coupper &
quelque peu bégayer,ainfi qu'au beau commencement
du Liure fufnommé,la ou elle a trop impudemment ta-

xé toutesFilles & Femmes de Follye.

CEcy eſt, a celle fin que les Aduerſaires de leur Sexe, ne ſoient a l'auenir ſeduytz de la reputatiõ dudit Eraſme, meſmement pour le regard de la faueur par luy faitte à cete Morie leur Mere norrice , declarant ſes louenges. Laquelle Mere norrice, qui eſt Dame follie, ſeſt touſiours efforcée d'aprendre cete game à ſes enfans, le plus ſouuent battifez au Lac du vulgaire . Ceſt aſcauoir, que les Femmes ne ſe deuſſent iamais meſler que de la Quenoille ou Menage, de ſorte que pluſieurs ainſi biẽ norriz, & tenans cete premiere impreſſion cymẽtée en leur cer uelle, ne la peuuent démolir, Soit qu'ilz deuſſent auoir record que le Saũueur de l'humain lignage leur ayt vne fois voulu ſignifier le contraire, en le faiſant écrire par ſainct Luc, en ſon Euangile, la ou lon chante bien ſouuent, que de deux Femmes nommées Marte & Marie qui étoient diuerſement émues de deuote affection enuers luy, il diſt, a celle qui ſoccupoit a la reception actiue & traitemẽt de luy , ces parolles : Marte , Marte, tu t'empeches & prens peine en pluſieurs cas : Mais vn ſeul eſt neceſſaire . Marie (diſt le Seigneur de l'autre qui étoit en contemplation) a élu la meilleure part, qui ne luy ſera iamais otée . Par cela , congnoiſt on pas, que le Redempteur induyt les Femmes a la vie contemplatiue, en les reuoquant de l'actyue, encor qu'elle puiſſe eſtre bonne : ny plus ny moins que tous en general, y ſommes appellez par le texte des

Vertu des Sainctes Lettres. Letres ſainctes ? Dans lenclos deſquelles Letres, y a telle Diuinité (comme elegamment teſtifie ſainct Criſoſtome en ſes Omelies) qu'il eſt impoſſible la perſonne qui les à en cœur, pouoir eſtre en peché : a tout le moins y demourer longuement. De laquelle diuinité certes, lon ne peult nyer, que la plus grand part des Humains ne ſoit fruſtrée & du fruit qui en procede, par & au moien de l'Ignorance, qui ſe garde tant qu'elle peult que ſes enfans & amys ayent locil ouuert ſinon es choſes vaines de ce monde . Au ſeruice duquel étans occupez &

ſou-

fongneufement eüéilléz fans auoir cure du feruice des
Cieux fors a tatons, & par vne fourde coutume den vfer,
le plus fouüent aufsi par maniere d'aquit, ilz ne congnoiffent pas que par benefice de cete Dame aueuglée, ilz de-
uallent peu a peu en la Vallée tenebreufe, de laquelle Virgile dit, que lyffue eft dautant plus dificile, que lentrée en
eft ayfée. Et puis (ce difent les vns) fi nous auons été en
ce monde pecheurs, ce a été par Igonrãce. O que grie-
ue offenfe font ceux, qui magnifient l'Ignorance, com-
me filz trouuoient en elle quelque contentemẽt. Le filz *S. Auguſtin*
de fainéte Monique ne leur a pas donné cete Leçon en
fon Liure des verbes Apoftoliques, quand il furnomme
l'Ignorance Mere de tous erreurs, en declarant le nom de
fes deux Filles, Faucèté & Doutance. La familiarité defquelles eft euitable aufsi bien par toute Femme que par
tout Homme, puis qu'entre l'Ame de ces deux, le Maiftre
ne feit iamais differẽce. Donques apres ces conclufiõs,
& en enfuyuant mes premiers termes, Quelle incapacité pourra lon maintenant plus alleguer alencontre du
foutenable Sexe Femenin? Quel vice, quelle imperfeétiõ
coutumiere ou naturelle? Ce fera peult eftre, de dire, cõme plufieurs ont acoutumé, que les Femmes font grãdement vicieufes de fe farder d'vn milion de Drogues pour
aparoir plus belles : & qu'en cela elles contrefont la Nature: Chofe (difent ilz) qui dõne figne d'Orgueil, d'Incõ-
tinence & vanité, & finalement que la Femme n'eft rien
que deception, fardée d'vne douceur bien aprinfe, pour
attaindre a fes apetitz fenfuelz. A toutes ces circonftances dernieres, on touuera cy apres ample refponce & foudroiante contrarieté felon l'ordre des Vertus & Imperfe-
étions qui y font nottées. Par ainfi, ne voulant toucher
pour ce coup, que ce point premier qui accufe les Femmes de fe farder: Ceft cas étrange, que telz Hommes foient eux mefmes ainfi fardéz de contrarieté, ceftaffauoir
de mal dire apart, de chofe qu'ilz defirent en tous lieux, *La France-*
& quilz confeffent maintefois eftre tãt aymable. Ces Le- *neſt couſtu-*
tres ne fadreffent pas a la France, qui n'eft coutumiere *myere de fe*
Farder.

                                        D

de fofiftiquer fa Face de cõpofitiõs broillees . Donc fi les
Hõmes des autres regions fe cõplaifent de veoir leurs Féme s biẽ luyfantes & claires , & les maintiennent en telle
coutume, il femble, qu’il ny ayt en ce cas, aparence aucune de Blafon qui puiffe poindre les Dames: Ains plus toft,
qu’elles en meritent louenge, puis qu’il eft licite a la Féme
d’auoir foin de fa beauté, & que tout ce que Nature produit de bõ ou beau, à befoin de quelque appuy pour plus
durer . Sõmairement fi telle vfance de Fard deffudite a
été mefprifée d’aucũs, ce Mefpreis ou moquerie ne peult
dõner attainte a telles Fémes, ains plus toft a leur Maryz,
qui de Fard mefme fouuẽtefois font potages : & qui de tel
les myftiõs font inuẽteurs ainfi que de tout genre de Maf-
querie . Aufsi n’eft il, que Fard d’Italie pour fe faire bien
entrant.

*Les fauces
Iniures du
Commun.* OVtre tout ce que deffus , Pour trophée de victoire fe
pourront bien icy déploier quelques trouffes de Flechades cõmunes de ceux qui fans cõduite de raifon, nour-
riffent leur memoire d’affez vaines fantafies & inuectiues,
ce leur femble, grãdement nuyfantes a ce Sexe honorable . Aucuns defquelz cõmunement ne peuuẽt dire autre, fors que les Fémes font pauures de prudence & Riches de malice : qu’elles font guydes de tout mal , & mai-
treffes de méchãceté. Et furce cõclurrõt quelques Iaquetz
qui marchẽt apres, que la Femme eft la plus incorrigible
Creature de toutes ſes autres : Veü que le Lyõ peult bien
eftre domté par l’Hõme: que le Cheual eft gouuerné par
le mors, & autres telles fimilitudes qu’ilz mettent peine
d’aproprier pour myeux colorer leur dire enuieux, & fe
faire receuoir en toute cõpagnye conuyée, ou en laquelle
ilz fé conuiẽt, pour Philofophes, ou plus toft Lifrelofes na
turelz . Les autres , pour renforcer les fufditz , alleguẽt
de plus que la Femme eft ſe telle forte, que pour peu
de faueur & hõneur qu’on luy porte, eft trefayfée d’entrer
en fuperbe mouuemẽt d’Efprit, & aufsi pour peu de deplai
fir encor plus facile a receuoir grãd hayne, & qu’ilz lõt cõ
gnu par experiẽce. Vn Mõfieur, voulãt émologuer le dire

de

de tous ceux la,&pour faire dõner audiéce a ſa meure de-
liberatiõ,adiouſtera que la Féme veult touſiours parler,&
eſtre ouye, & pour fin du plaidoyé, diraque tout ainſi que
chacune Beſte à ſa force ou propriété en certaine partye
de ſon corps,cõme le Beuf aux cornes,l'Aigle au bec,& le
Serpent a la queue, Auſsi que les Fémes l'ont en la lãgue:
& qu'il fait treſdãgereux ſe confier a elles d'vn Secret. Sãs
qu'ilz ayent enuye de ſcauoir qu'il ny eut onc Hõme (ie
croy) qui de ſon cœur ſecret feiſt ſi vertueuſe ouuerture,
que iadis en la Cité d'Athenes feit vne pauure Garſe nõmée Lééna,laquelle ſe voyãt cõtrainte par la Iuſtice,d'acuſer aucuns cõpagnons de ſon amy , pour raiſon de quelque grand Crime : en vn iſtãt elle ſe trécha conſtãment la
langue par le meilleu a force de ſes dentz,& en la crachãt
en terre,Iura quelle nen feroit riã. Choſe qui clarifia mer
ueilleuſemãt en ce cas la rare cõſtãce & ſecrete fidelité de
tout le Sexe femenin, quãd il eſt beſoin . Pour memoire
dequoy luy fut fait vn ſimulacre d'erain,qui la reſembloit,
pour eſtre aſsis au plus apparãt liéu de laCité,ſans lãgue en
bouche . A l'imitatiõ de cela,l'Empereur Gallicula dõna
du depuis deux mil Eſcus a vne Chambriere, pour n'auoir
voulu declarer les forfaitz de ſon Maiſtre, nonobſtant les
grãds tourmentz qui luy furãt dõnéz a la torture pour luy
faire cõfeſſer ce qu'elle en ſauoit . Au cõtraire toutesfois
de ce que dit eſt, Aſſauoir d'alleguer que les Fémes veul-
lãt touſiours parler & eſtre ouyes, il y en a aucũs en Italie
qui maintiennent l'oppoſité, blamãs les Fémes de tel païs
de trop peu parler,& diſent qu'elles ont telle façon de faire,ſeullemãt de peur de dire parolles de trauers, & nõ pas
pour ſageſſe qui ſoit en elles,Cõme celluy qui depuis peu
d'ãnées à mys en lumiere vn Liure intitulé les Paradoxes,
En vn chapitre duquel,il a biã ozé écrire ce qu'il a peü ma
chiner alécõtre de la reuerée patiéce des Fémes,ſans grãd
fundemãt de raiſon (biã qu'il ſoit docte) Ayãt publié entre autres choſes,que le repos d'vn Menage eſt en grãd pe
ril,quãd la Dame d'icelluy eſt prudéte & ayme ſon Mary,
veü,dit il,que telle Féme deuiãt alors plus ialouze que nul-

D ij

*Acte Mer-
ueilleux de
fidelité de fil
le Secrete.*

*Erreur de
Lautheur des
Paradoxes.*

le autre . Dequoy pourtãt ilz ſeſt péſé couurir au vingtie-
me Chapitre du meſme liure,ſouz couleur de la louenge
qu'il y à nottée d'aucunes,auſquelles il a voulu cõplaire,
cõme peult eſtre,n'ayãt ſceu faire demoins. Mais cela luy
eſt petite couuerture, Cõſideré que l'hõneur qu'on fait a
vne ou deux,n'eſt pas ſuffiſant a ſ'excuſer dù blame qu'on
à ſemé ſus toutes . Pour cela toutesfois iene l'entens coucher au nõbre éhõté des Calũniateurs , Eü regard au titre
& qualité Philoſophalle de ſon œuure,qui(quãt a ce point)
à auſsi bõne grace qu'vn Italiẽ qui ſe moque d'vn Frãçoys
ſon bõ amy.

Autres Bro-
cars contre
les Femmes.

ENncores y en a il dautres qui ne pouuans arréter leur
Euyé detractif, n'auront vergongne de dire ſus chacun propos de Dame ou ny à aucũ protecteur, cõme trop
ſouuent entreuient, que les Fẽmes ſont de ſi peruerſe nature, qu'elles voudroient touſiours cõmander, & n'obeir
a perſonne: qu'elles ne deſirent que la liberté & tenir les
Hõmes en ſubiectiõ. Mais que cela n'eſt pas lemotif,pour-
quoy elles ſouhaittent cõmunemẽt d'eſtre Hõmes,& que
ceſt pour la congnoiſſance qu'elles ont de leurs imperfe-
ctiõs, & de la perfectiõ naturelle de l'Hõme : En adiou-
tãt dabõdant, que elles appetẽt par trop de voir , & eſtre
veües . A quoy ſ'attachant quelque Badaut de Paris, lourdement viẽdra dire ainſi . Et Ian voire , auſsi élles n'oſe-
roiẽt aller a ſainct Fiacre, cela leur eſt defendu . Sãs qu'il
puiſſe imaginer, que tel pellerinage eſt trop voiſin de celluy de ſainct Mathurin , ſeulemẽt entretenu pour les folz
de la Cité . Et pour cõſummatiõ de méſpris , ces autres,
au propos precedãt, attirẽt a tous coups en teſmoingnage
cete graue Sentéce du vulgaire : En tout païs toute guyſe, toute Fẽme mal apriſe . Mais ilz deuſent dire ainſi. En
tout païs toute guiſe, fait voir des Hõmes la ſottize : Laquelle ſottize, eſt ſi prõpte(a ce propos) à incõtinẽt dégorger la trop volõtureuſe nature ou Lubricité de la Royne
Cleopatra & de quelque autre , qu'ilz deuſſent premierement confeſſer que le vice d'elle , eſt trop plus loüáble,
que les imperfaites vilanyes du Roy Ptolomée ſon Ma-

ry

ry & fon frere, ne meritēt filéce de bouche. Pour myeux
amplifier l'Hiſtoire antique de laquelle Cleopatra, ilz
f'efforcent fouuenteffois de l'acoupler a vne moderne, par
l'exemple de quelque pauure ſimplette, ou plus toſt de la
belle Cordiere de Lyon, en ſes ſafres déduytz : ſans qu'ilz *La belle Cor*
ayent l'entendement de conſiderer, que f'il y a choſe en ſa *dicre de Lyō.*
vie qui puiſſe eſtre taxée, les Hommes premierement en
ſont cauſe, cōme Autheurs de tous maux en toutes Creatures : ny auſsi ſans pouoir compenſer en elle, les graces &
gentilles perfections qui y ſont, a tout le pis qu'on pourroit eſtimer de ſes autres qualitéz : leſquelles, pour reſolution, ſi mauuaiſes ſont, des Hommes ſont procedées : &
les autres qui ſont louables, des Cieux tant ſeulement. Et
par cela, qui deſormais voudra blaſmer Fémes de ſa robbe, regarde, que de ſoy meſme il ne forge vn blaſon, veu
que les Clercs diſent en cas de Femmes, Hic & Hæc, Ho-
mo. Parquoy, comme lubrique ou autremēt vicieux que
puiſſe eſtre a preſent le Sexe Maſculin, icelle Cordiere
ſe pourra bien dire Homme : meſmement qu'elle ſcait
dextrement faire tout honneſte exercice viril, & par
eſpecial aux Armes, voire & aux Lettres, qui la pourront
touſiours releuer de toute notte que telz Brocardeurs (cy
deuant aſſéz promenéz) par malice enuyeuſe ſe ſauroient
efforcer de luy donner : ainſi qu'ilz ſont a toutes, ſans ex-
ception, de mil autres ſornettes ſi treſapres, que cela bien
ſouuent les preſerue, a faute d'autres meilleurs propos, de
f'endormir a la table, La ou cete pauure Cōdition Femenine eſt queſtionnée, & en forme d'Anatomye tellemēt
découppée, que c'eſt merueille qu'ilz n'ayēt quelque peur
que Plato, acompagné de toute ſon Ecolle, ne face vn iour
ſaillye des Enfers, pour leur montrer que ſon Academye
(ou il failloit diſputer aſsis) ne doit eſtre encōbrée de telz
Ecolliers : & qu'a tout le moins, il ne les chace ou renuoye
en l'Academye peripatetique d'Ariſtote, la ou les diſputes
de choſes naturelles (comme ſont celles cy deuant dédui-
tes) ſe faiſoient tout debout, & en ſe prcmenār. Mais encores telle Ecolle, ce ſemble, ne leur ſeroit propice. Car

D iij

bien fouuent (filz fe promenoient en faifant leurs belles
conclufions)on les verroit, tant ilz f'echaufent, écumer a
la Flamande, & tûber a la renuerfe, au fcandalle des honneftes compagnies, côme Philofophes qui entrent fi auât
en matiere, ou tant il en entre en eux, qu'ilz en chancel-
lent fouuent de corps & d'Efprit. Qui feroit, pofsible,
que ledit Ariftote (qui en pourroit auoir pitié, côme grâd
fpeculateur de nature beftialle)les feroit doucement conduire iufques au meillieu de l'Academye Epicurienne,cô-
me en leur vray repaire, ou fecte, d'eux la plus praticquée:
Si ce n'etoit touteffois celle du bon Baccus, leur agreable
enfeigneur : Enquoy facilement on pourroit auoir icy
equiuoqué, en parlant de celle de Plato, veü qu'en l'Academye ou Ecolle de ce Philofophe iouflu, il faut eftre
afsiz, aufsi bien qu'a celle de Plato, toutes & quanteffois
qu'il eft queftion de faire trotter chopinettes fofiftiquées,
& Andoilles faupoudrées entre gens qui ont la bouche
a deliure.

FVYTE ET PRINSE
d'Ennemys.

Chap. V.

R' pour venir à fin de notre Ecarmouche &
laiffer iazer étre treteaux tous telz Acariatres
Philofophes,auec leurs vieilles picques & hay
neufes argumentations, qui ne font pour pa-
uoir mordre fus les harnois & ingenieux corfeletz que lon
verra cy apres en noz Baftions par épouentable ordonnance : Quelle deffenfe,quel vifage, quelle raifon de verifimilitude pourrôt deformais prefenter tous autres Fran-
carchers,hocquetonnéz de difputes Satyriques,& de tout
chef entendu habâdonnéz? Peuuét ilz eftre, a votre auys,
enrolléz (veü leur équipage de friquenelle)fouz le Guydon

don de ſage Philoſophie? Certes nenny & ne furent onc,
aumoins depuis que les Armes de Pallas delaiſſées, ilz ſe
ſont voulu conioindre en mariage fantaſtic, auec la bonne Femme Radotte. Duquel Mariage embeguynéz, &
voulans comme deſeſperéz ſuſciter guerre alencontre de
ce noble Sexe, ſe ſont lourdement gettéz en campagne
ainſi bien arméz que cy deuant à été veü : la ou étans découuers par l'Ingenieur de ce Fort (Humble miniſtre de
vertueuſe nature) & de par luy pour ſon deü, diligemment
recongnuz : ont été, comme il appert, tout d'vn chemin
raiſonnablement & virilement repouſſéz. Rompant en   *Routte des Petitz Gau-diſſeurs.*
fuyte & chace ébranlée l'Eſquadron des Homoloques,
qui ſ'entend, de tous petitz Gaudiſſeurs qui ont acoutumé de n'eſpargner leur honneur ny celluy d'autruy la ou
ilz ſe rencontrent, pourueü qu'ilz puiſſent complaire.
Leſquelz Homoloques (ainſi battiſéz par Ariſtote en ſes
Ethiques) ſe vouloient armer, pour ſecours, de meſmes
Brigandines que les autres. Ce neaumoins l'Ingenieur
enuyé, ſeſt bien voulu ſaiſir & attrayner en ce Fort, pour
bon reſpeĉt, trois des Capitaines plus hardyz des Aduerſaires des Dames, qui ſouz leur pauois de papier aſſem-
blé, tentoient de recongnoiſtre le foſſé. N'ayant trop
grand regret, qu'vn nommé l'Arioſte luy ſoit échapé des
mains, pour deux raiſons, L'vne pourautant que le Peuple d'Italie euſt oublié de bien chanter ſil feuſt icy demouré : Lautre, parce qu'en ce fait, il ſemble aucunement eſtre neutre : veü que tout ainſi qu'Ariſtote ſeſt autreffois montré variable quant a l'immortalité de l'Ame,
Cetuy cy pareillement, en ſon Liure de Rolland furieux,
ſeſt aſſéz clairement montré double enuers les Femmes, comme bien & mal ayant leans écrit d'elles par fi-
ĉtions elegamment depaintes. N'ayant ſemblablemết   *Fuyte del A'u theur des Motz doréz*
regret, d'auoir laiſſé fuir celluy qui en ſon Liure intitulé
[Les Motz doréz de Caton] fait de fort belles preuues
alencontre des Femmes. Mais en ce titre, il a failly, aumoins pour l'orthographe d'vne lettre R, au lieu d'vn T.
pour mieux ſe faire entendre que ſon Liure traittoit des

Mors doréz, ou plus toft, des Morfeures dorées d'vn autre
que Caton, quant a ce qu'il à rymaillé contre le Sexe Femenin. Duquel Autheur, pour cete caufe, ne fera pas

Fuyte de Ien-
nequyn. grand' perte, ny pareillement d'vn Maiftre Clement Iennequin, qui ne fachant enquoy ébaudir fon humeur mufi-
cal, à nouuellement mys fus table d'Imprimerie (pour faire valoir fon nom)vne chanfon intitulée [Le Cacquet des
Femmes] Excufez le Dames, il auoit peu a faire, & la chã
fon de Robin luy euft éfté plus propre.

L Efquelz troys Prifonniers cy deuant touchéz, & arrétéz comme vieux Capitaines, ont bien ofé dreffer en
campagne d'Ecriture grandes batailles au deshonneur de
tout l'honorable Sexe Femenin. En ordonnant icelles
batailles, tant en Latin, Françoys, que vulgaire Italien.
Prinfe de Ian Lun defquelz, & comme des plus renomméz, (Las aura il
Boccace. tant de vergongne d'eftre cy dedans notté) fappelle, Le
Florentin Ian Bocace. O grande perte, Eft il pofsible, que
fi louable Efprit, a mal dire fe foit ainfi adonné? Eft il poffible que luy, de Pallas le Soldat, ayt contre fa Dame &
Maiftreffe infidellement ofé prendre les Armes? Dames,
que vous en femble? De ma part ie lay faify pour tel, car a
l'enuiron du tymbre de fon Armet, ce mot eft écrit. [Le
L A B E R I N T E d'Amour compofé par Ian Bocca-
ce Florentin.] Ce titre, a votre auis, auroit il point été derrobé au vieil monument d'icelluy Boccace? veu que cetuy
ne tient rien de fon elégant ftile : & aufsi qu'il n'eft a croire, qu'il fe foit tant oublié de fe montrer Aduerfaire de la
beauté de Nature aymée des Cieux, qu'il à en aucũs lieux
tant exaltée : Bien que le Courtizan le die tel, & qu'aucunemẽt il en apparoiffe par fon œuure du Philofophe.Tou-
teffois il eft croiable, que tout ainfi que fouz le bouchon
d'vne bonne tauerne emprunté, maintz Broilleurs cherchent d'expedier leurs Befsieres : Aufsi plufieurs(mefme
d'Italie, ou Femmes font comme Barbettes en chambre)
voulans faire receuoir au mõde quelque Ecritture fardée
d'affez mauuaife grace, empruntent volontiers le nom de
quelque

quelque Docte qui a eü bruyt, & fe gardent bien de mettre le bouchon a la porte, de peur de honte. Dequoy, pour
en femblable taxer aucūs François, Marot feroit tefmoin,
quant aux Adieux, vn iour faitz contre les Dames de Paris. Qui me fait croire ce beau Laberinthe d'Amour
auoir été forgé d'aufsi bonne main, qu'vn petit Dialogue
nagueres mys au vent parmy la France, fans nom d'Ou-
urier, & fe fait appeler [La Dignité des Femmes] parauāt *Le Liure de la*
compofé par vn Mefsire Speron. Souz couleur duquel *dignité des*
nom de Dignité (qui à quelque attrait de chofe d'hóneur) *Femmes de-*
lon induyt cautement le lifant a voir vne Dame Beatrix, *ceptif.*
qui conclud en tel Dialogue, les Femmes eftre Imperfaittes: Mais que cela (pour le faire trouuer doux) ne leur eft
imputé a riens de moindre qualité, Ains que telle imperfection leur fiet tresbien: & aufsi qu'il eft conuenable que
la Femme foit ferue, puis qu'elle eft créée telle. Allegant
ce Traducteur, encores nõ battizé, pour perfuafion de tel
cas, quelques raifons de Theatres & farces farinées de
Mere Sotte, ainfi que lon peult voir a la fin de tel Liure,
fait a la hafte fans brodequin, & non fans efperon a la Ro-
manefque: Cōme en femblable fe peult bien dire d'vn
autre petit traitté qui trotte encor' par le Palais de Paris, &
qui f'appelle [La louenge des Femmes] compofé, com- *Le faux Li-*
me fe peult croire, de quelque bon Pantagruelifte, dans *ure de la lou-*
lequel l'Efprit de Maiftre Ian du Pontalais a voulu tenir *enge des Fem*
les afsifes, pour en gergonnāt des Femmes, faire rire tout *mes.*
gaudiffeur Varlet de boutique. Chofes qui font d'autant
moins d'efficace, qu'elles ont eü ce bon heur, de fe découurir en cete faifon de guerre ouuerte contre tous Ennemys de femenine grace: outre ce que lon fcait tresbien
(apropos de Liures qui n'ont point de nom d'ouurier) que
le loyer d'vn bon labeur, n'eft autre cas, que la notice du
Maiftre, qui n'eft moins defirée, en chacun Homme bien
faifant, qu'eft le Scauoir par l'ignorant: Aufsi que ce feroit
pufilanimité de reietter fi peu d'honneur qui en peult pro-
cedder, ainfi qu'a prouué Ariftote au fecond de fes Ethiques, adherant a l'opinion de Plato notée en fa Republi-
                                                    E

que,furquoy Cicero à toufiours appelé l'Hóneur,le Norricier des Scíéces & l'Eguillô de vertueufes operatiós,& feló
cela,le Courtifan cóclud,que tout ainfi q̃ c'eft vice de cher
cher honneur immerité, pareillemẽt eft il,de fe défrauder
foy mefme,de l'hóneur merité. N'en déplaife au nouueau
Tradu̇cteur des Paradoxes alléguées en l'autre chapitre.

Prinfe d'vn
Docteur,cha
ftié par les Fẽ
mes.
MAis pour reuenir a mes Prifonniers, Le fecód, eft vn
Mefsire Ian de Nauizane(comme lon dit Iurifcóful-
te , & quoy que foit mal cófeillé)lequel en la Vile de Thurin fe mótra fi éceruelé que,quelques années y a, il machi-
na vne furprinfe par luy peu apres gettée en euidente im-
prefsion Latine,au mefpris du gẽtil Sexe cy dedãs décoré,
& en efpecial des Dames Piémontoifes , Qui fut le Liure
intitulé [La Foreft de Mariage] toute tendue de toiles de
detrȧction. Lequel Liure, ayant éte apperceũ des Dames
de Thurin,pour libelle diffamatoire,fon Autheur(icy prifonnier)fut incontinent empongné & honteufement par
elles dechacé a belles pierres. Vray eft que certain temps
apres il obteint fon Rappel de ban ,au moyen de l'obeiffance & honorable Amĕde qu'il leur veint faire a genouz
ployéz : Ayant attaché au frõt,pour figne apparent de penitence, les deux vers Latins qui enfuyuent.

Rufticus eft verè qui turpia dicit de Muliere
Nam fcimus verè, quod omnes fumus de Muliere.

Ruftique & fot, dift il, qui blafonne la Femme: Car nous
fcauons que tous fommes de Femme. Cete Rhyme Latine ne doit eftre tenue pour ridicule, Car encores qu'elle
n'ayt été faite de perfonage trop prudẽt, elle fut faitte aumoins par Homme (comme fort chafte) capable d'Efprit
angelique, Confideré que depuis le cas tel que dit eft, &
iufques a fon trefpas, il ne fceut onc trouuer Femme(pour
vieille qu'elle feuft)qui luy dreffaft la paille de fon lict: dequoy le bruyt n'eft encores étaind par le païs. Ainfi le bon
Homereaueu
glépourauoir
mal parlé de
Femme.
Mefsire Ian receüt fon propre guerdó d'auoir prins peine
à mefdire des Dames,aufsi biẽ que feit iadis Homere, qui
pour auoir(comme dit Marcilien Ficin en fes Epitres) dé-

gourdy

gourdy. fa veine poetique alencontre de la belle Helene,
deuint aueugle,& a bõ droit, Car iamais Homme fage ne
dift mal de Femme, ne fuffe que pour le regard, que tous
maux ne proceddent finõ des Hommes,ainfi qu'en notre
Contremyne pourra biẽ eftre veü. Et pourtãt qui ne voudra dorefnauãt fouffrir dommage en fa reputatiõ, ceffe de
blamer la Fẽme: Et d'en dire biẽ,foit prins exẽple a l'exel-
lẽt Orateur de Grece Ifocrates, qui, au cõtraire dudit Homere,déploya fes graues fentéces a la defcriptiõ des louẽges d'icelle Helene : qui(a le bien prendre)ne fut caufe de
la ruyne des Troyens,Mais bien l'Adultaire Páris qui l'alla chercher & rauir par façon tyránique : & dõt les François d'aprefent fe font,certes, vn beau chapeau de Gloire,
quãd ilz difent qu'ilz font defcenduz de cetuyla, & de fon
frere : Ce qu'eft faux,cõme lon verra pareillemẽt au douzieme chapitre d'icelle Contremine.

ET quant a l'autre de noz Capitaines de mefpris : c'eft *La Prinfe de*
vn nommé Drufac,n'a pas long temps,Lieutenant du *Drufac.*
Senéchal de Thoulouze. Lequel Drufac, à cõpofé & mys
en vente(ô le bel œuure)[Le Liure de la Controuerfe du
Sexe Mafculin & Femenin] tout femé de venimeufes Rõ-
ces & mefdifantes picques. Dames,affin que le congnoif-
fiez, il étoit de Robbe courte ce Lieutenãt, de fageffe plus
courte,& d'vne peau de malauyfé iufques aux piedz vetu.
Malauyfé i'entens, cõme n'ayant iamais penfé d'eftre pri- *Admonitiõ*
fonnier en vn Fort, nõ plus que péferõt fe voir attachéz a *de l'Au-*
vne Gallere epicurienne qui f'equippe, tous ceux qui vou- *theur.*
drõt rebecquer cõtre cete Place & fon Autheur, defquelz
lon ne fait plus qu'attẽdre les Noms & la notice,pour leãs
leur aprendre a écrire au fyflet d'vn nouueau Comite, & a
force d'Anguillades broccardées leur faire dégorger leur
venin naturel fus le plus barbare Elément, & non pas fus
l'honneur deü de toute ancienneté au Sexe, duquel ilz
feront nommément montréz au doigt dans telle Gallere, ia ce femble, a eux dedyée par la teneur du Prologue. O Gẽtifemmes de Thoulouze(apropos de celles
de Thurin)vous laifferez vous préceder de Piémontoifes

E ij

en nobleſſe de cœur? Y a il pas Court de ſouueraine raiſon
en votre Cité, pour du forfait entreprins contre vous toutes, faire faire honorable reparation ? Ou etes vous Dame Clemence Iſaure, en tel païs ſi celebrée? Les Orateurs
& bons Poetes a preis d'argent de vous entretenuz pour
l'ornement de cete langue, prendront ilz point vn iour
auſſi bien les Armes immortelles de Science pour ſoutenir votre Sexe en general, cóme en particulier ilz ont di-
uerſemét fait votre vertu en doctrine vſitée? Le noble &
courageux Paſcal (de qui la langue Latine à quelquesfois
émeü d'admiration tout vn griſâtre Senat de Veniſe) eſt il
plus entre François renommé, pour auſſi dru promener
encor' vn coup icelluy Druſac en ſon ſepulcre, comme de
honte il luy feit vn iour paſſer carrierre dans Thoulouze
pour la deffenſe de l'honneur de votre Sexe?

ORes icy les voyez tous trois, garrottez des Iartieres de
victorieuſe raiſon, & ce, pour rendre compte du motif de leur Guerre & picque tyranniquement par eux entreprinſe alencontre des Dames. De la garde ou entretenement deſquelz, & auſſi de leur Rançon, en ce Fort ie
m'en décharge: conſiderāt qu'il ny a Róyaume qui peuſt
eſtre pour eux ſuffiſante caution, ny tourment condigne
a leur pugnition, ſi tāt l'honneur de vous Dames, eſt eſtimé qu'il le merite. Et deſquelz Priſonniers, ou de leur
deliurance & rétabliſſement de renommée, totallemét
ie m'en remetz a la diſcrete volonté des Regentes &
Maiſtreſſes de cete Place. Eü regard, qu'vn ſimple Ingenieur ou Batiſſeur de Place forte, doit a telles choſes
legerement metre fin, pour myeux penſer a la quadratu-
re, compas & perfection de ſon œuure encommencé.

Le Docteur
Rabelais eſt
preſenté aux
Dames pour
Butin. VOire mais, du Butin (pourroit dire quelqu'vne) qu'en a
il été fait? Quel Bagage, Quelles munitiõs auez vous
peü buttyner ſus noz Ennemys, pour témoingnage plus
aparét du retour de votre Eſcarmouche? A cela, Dames, ſe
reſpõderoit, que pas grãd cas. Car moy étãt ſeul cõbatãt, &
ſeulemét armé du Cõpas & de la Plume pour metre main
a l'œuure

a l'œuure : ie me veis enuironné a l'improueü, d'vne flotte
d'Ingratz & Mesdisãs, tãt que petite faueur de Ciel ne m'a
été, a me detraper de leurs griffes : & m'auoiët prins. Mais
ie les ay pourtãt, iusques icy attraynéz cõme, Cheualiers
de Bretaigne. Toutesfois, & nõobstãt qu'ilz m'ayët dõné
affaire, ie n'ay été si fort éblouy de bõ sens que ie ne puisse
bié certifier tout leur Bagage auoir tousiours été gardé
de pres, par vn tas de Morfõduz Pãtagruelistes, lesquelz(
la prinse de leurs gens apperçue, & pour n'habandonner
le Pyot) se sont gettéz dans vn vieil marécage fangeux.
Iay dit Pantagruelistes, à celle fin qu'on ne pense que se
feussent quelques Landores dégoutéz, Car se sont tous
gẽs de myse Satirique, qui pour vous denigrer Dames, en
propos & écritz, Suyuent volontiers le Guidon d'vn gros
Rabelier, qui (comme Rondibilis qu'il est) ne courut onc
en Guerre, mais y mene ses Supos en roullant, non pas cõme Oliuier proprement, mais bien comme vn Baril autant ou moins aquatique que Diogenique, encores qu'il
se soit dit le vray Philosophe du Tonneau. De maniere
qu'il à si bien triboulé son vaisseau, que pensant les Prisonniers cy dessus, qui sont de sa liurée, estre par moy attray-
nez à quelques noces, s'est aussi tost trouué, auant sa mort,
arreté aux fossez de cete Place, qu'vn Conte Guillaume
Allemant aux trenchées du Camp de Iallon en Chãpa-
gne Lan mil cinq cens quarante trois. Tant y a Dames,
que le braue Guydon dont est question fut surnõmé Rabelais, lequel(ou son nom pour luy) vous sera icy presenté au lieu de toutes les munitions de voz Aduersaires, cõme celluy qui tousiours étoit (D I E V luy face mercy) si
bien fourny de ce qu'attend vne Chaire persée apres la
decoction, qu'il n'eust iamais rendu sa Place par faute de
vituailles. Pour Butin vous étoit aussi offert, comme la
plus belle Hapelourde qui feust de Paris àChinon : & si ne
fut onc vn tel Ioyau, ny vne si fine piece en tout l'amaz
de ceux qui cõtre vous font bander l'Ecriture. Or' qu'il
me soit frotté pour auoir plus beau lustre. Ia seroit ce
dommage, & peu nous estimeroient ses Supos de l'epar-

E iij

L'Autheur entend que tous petitz detracteurs Suyuent Pãtagruel.

Rabelais guydon des Pãtagruelistes.

gner. Et pourtant, Arriere, arriere qui voudra murmurer ou dire, que ceft trop hardiment fait de toucher ainfi
les valeurs ou eftimés d'vn, qui ne f'eftimoit luy mefme
pour eftimer ou taxer tout le môde. Lon fcait affez que
le Monde d'auiourdhuy va toufiours a l'empire, mais
qu'ont affaire les Femmes auec les Hômes pour en eftre
blamées? Qu'en peuuent elles mez? ont elles le gouuernement des chofes de la terre? Quelle occafion donc, à
peü mouuoir l'Humeur enfumé des cerueaux de notre
temps, à vouloir rafrechir les vieilles matieres de caufer
aux nouueaux Mefdifans de fi noble Sexe, pour à plaifir fe
pouoir gaudir de chacune Dame fans crainte de repré-
hencion? De mefdire & a tous coups picquer vne Nature
douce, fi longuemét armée de pacience: qui pour le prefent n'a puiffance aucune non plus que la Vertu: & de laquelle Nature, tout le môde eft éleué & foutenu, appellez
L'Autheur vous cela fureur poetique? Par ainfi, quel malheur à peü
retorque cô- caufer cet effeeft en l'Eprit dun tel Medecin, d'aller fi pre-
Kabelais les
termes dont fumptueufement faire anatomye cruelle des qualitéz &
il vfe en fon des parties interieures des Dames, fus Bouticque d'Im-
Pantagruel
contre les Fê- primerie? En eftimant par luy, que tout ainfi qu'aucuns
mes. peuuent auoir dans leurs petitz boyaux d'Eléfant, vn Animal, vne chofe inteftine & viue, toute intreufe, mor-
dicante, lanfquinante, d'Alteration chatouillante, qui
rauit tous leurs fens, enterine leurs affeeftions & con-
fond tous leurs penfementz à l'enuiron du mefpreis d'autruy (côme il a bien ozé écrire contre vous, Dames, au
trentedeuxieme Chapitre du tiers Liure de fon Pantagruel) il faille aufsi conclurre & croire felon fon opinion,
que les Femmes foient naturellement tourmétées de pareille forte d'Animal. De maniere que Plato (dit il) ne
fache pour cela, en quel ranc les colloquer, ou en celluy
des Animaux de Raifon, ou en celluy des Beftes brutes.
O belle & bien formée Réuerye philofophique, mais plus
toft Pantagruellique, digne a bon droit d'une vraye Cor-
nucopie de Raillerie: tout au contraire dequoy, icelluy
Plato & fon Difciple Ariftote, ont mille fois écrit, ainfi
qu'eft

qu'eſt facile de recongnoiſtre a lœil es enuirõs de ce Fort,
en ſes raiſons trop plus qu'inexpugnable.

AInſi donc Monſieur Rondibilis mon Amy, en enſuyuant votre opinion, Quand vous diſiez Femme, vous
iuriez ſus les ambles de votre Mulet, que c'eſt vn Sexe
tant fragile, tant variable, tant inconſtãt & imperfait, que
Nature vous ſemble auoir été égarée de ſon bõ ſens quãd
elle feit la Fẽme : & auez bien preſumé d'enregitrer cela
au Liure ſuſnommé. En determinant, de plus, que ſi ce
n'étoit vn peu de honte qui retraint les Fẽmes, on les verroit (ce dites vous) faire de ſauuages tours. Depuis quãd,
ie vous prie, etes vous ſi rogue deuenu euuers choſe ſi dou
ce qu'eſt la Fẽme? Y en à il quelqu'vne qui vous ayt autrefois forclos du regard de ſon vrine? Mais encor', Si les Fẽmes ſont telles que les arguéz, par valable cõſequẽce vous
étes donc tel, qui etes nay de Fẽme, Si vous n'etiez, peult
eſtre, Filz vnique de la Fẽme de votre Mulet duquel vous
ayméz tant les ambles. Iay dit peult eſtre, à toutes auen-
tures, Rememorant qu'en l'année Mil cinq cens quarãte
huit, il fut bien veü a Rome vn Cheureau barbu & à
teſte humaine, ſorty du ventre d'vne Cheure. Mais confeſſé, que vous ſoiéz ſorty du corps d'vne hõneſte Fẽme,
de vous tant deprimée en ſon Sexe : & ſ'ainſi eſt auſſi que
cõme Hõme (de ſoy ſubiet à erreurs) & non cõme Mulet
qui bronche, vous ayez diligément cherché & trouué par
vertu de lunette anatomique les Fẽmes auoir en leurſper-
ſonnes vn Animal ſi étrange que dit eſt, & que l'auez fait
entẽdre par rapport d'Ecriture, Gardez que ne ſoyez cetuyla propre, lequel votre mere getta hors ſes inteſtins, ne
le pouãt plus cõporter, tãt etiez intreux & mordicãt. Car
ie ne croy que ça bas, y ayt vne plus étrange ſorte d'Animaux, que de ceux qui ſont enclinéz à déprimer, & ſans
raiſon aller tendre les griffes & la langue alencontre de la
Creature aymable qui dõne l'eſſence aux hõmes : En ſe
montrãs ingratz de tãt d'offices maternelz apres la pro-
duĉtiõ dicelle eſſence, qui eſt le tout. Veü qu'il n'eſt que
d'eſtre, cõme vous ſauez, ſi vous n'etiééz, par ſort, de ceux

la, dont au troifieme Liure de Pline eft parlé, qui foute-
noient eftre chofe bonne, nauoir iamais été nay . Mais
D I E V vous preferue de telle fantazie, Car cela eft la
fentence de Iudas le grand traytre.

Ommairement Dames trefaymées, & pour ne contefter d'auantage auec Conuaincuz, voire par vn qui ne
fcait, finõ dautãt qu'il defire fauoir: Celluy dont eft queſtion fut vn Medecin fort renõmé en tout point de Literatu
re, mais il ne feft pas pour ce coup voulu moutrer tel en
votre endroit : & fi à vn defect ordinaire de Medecin, qui
eft, de ne fe pouoir guerir foymefme : comme ne fetant,
cetuyla, peü garantir du mal de Létargie, au regard des
offences qu'il vous a faites . Lequel, mal à rendu fa langue ingrate enuers vous, pour n'auoir eü fouuenance des
biens paſſéz par luy receüz de vos graces neceſſaires .
Des fecretes conditions duquel , mais plus toft de celles
d'aucuns non incongnuz qui contre vous faydent de fes
Armes, ie vous referue vne Hiftoire de plaifante nouueauté auant que Pantagruel ayt fait terminer le Riz referué en fon foixante & dixhuitieme liure . Laquelle Hiftoire pourra bien eftre encommencée, la & au cas, qu'en
ne voulât acquieſſer à ce que deffus, on face tant foit peu
femblant de remuer cy apres la queue en compagnie femenine, au mefpreis de l'vne de vous, ou calumnye de ce
Fort, Roche durable de votre honneur . Et la deſſus chacun fe garde de mefprendre . Eftiméz ce pẽdant, fi a tous
ceux qui fe fentiront houfpilléz en cete Ecarmouche il fera deformés fi loifible de débander l'Arc de Detraction a-
lencôtre du Sexe, à qui leur fang fera toufiours tributaire.

Arquoy , en finiſſant ce propos de Butin, & la malauenture des Caufeurs prifonniers , & voulant prefen-
temẽt éueiller les Efpritz de tous pauures endormyz, par
le Son de la Trõpete victoriale de cete Place, Auec def-
fiance de toute autre qualité d'Aduerfaires de ce haut Sexe : Aufsi pour les ramener tous, de tenebreufe fottize en

la

la trenchée de lumiere, affin que la, ilz ſoient forcéz comme Faineantz mecaniquement pyonner, tant par forme d'obeiſſance ſeruile, que pour lexpedition de notre Oeuure. Finallement en ſomme, pour à tous nobles Eſpritz faire entendre choſes non moins veritables que au detriment du public trop cachées, Qui oreilles à pour ouyr, ſi entende, Qui de la crace d'Ignorãce aura les yeux fangéz, ſi les nettoye : & qui en ſon palais langue entretient, ſi la déclique Pour manifeſter à toutes Natiõs, ce que par le Cleron d'argentine Renommée de cete immobile Fortereſſe leur ſera clariffié. Lequel par vn Son fort inuſité châtera partie, & non le tout, des Geſtes & Perfections de ce tant honorable & plus que neceſſaire Sexe femenin. Leſquelz actes & geſtes nonpareilz ſont encloz dans iceluy Fort, Conſtruit de quatre doubles, & fiers Baſtions, & d'vne groſſe Tour au meilleu d'iceux, ainſi que lon verra cy apres ſuyuant lordre ia dénotté en notre Prologue. Aprochant aux viſieres de noz Aduerſaires laquelle Fortification, leur Enſeigne de Detraction baiſſée, confeſſeront, non ſans regret, que iaçoit Que les Femmes puiſſent eſtre honorées d'infinité de choſes, elles ſont & ſerõt touſiours à réuerer a cauſe de cinq Prérogatiues & Préeminences principallement. De la plus part dequoy ie n'oze dire, qu'apeine lautre Sexe ſen ſoit ſentù authoriſé. Le moindre deſquelz Baſtions, d'vn bruyt tonnant dégorgera telle quãtité de Boulétz du grãd calibre de Raiſon, que toutes les Alpes & autres aſſiéttes limitrophes de la terre en ſeront ébranlées, & conſequemment retenties en louye de chacune Creature. Le tout pour faire teſte a l'impetuoſité meſdiſante des ventz enuyeux, qui a iamais ſenfleront pour vouloir ruyner cete incomparable Fortereſſe d'honneur, faite pour l'honorable perfectiõ & digne qualité du Treshaut & Excellent Sexe Femenin.

Les Femmes ſõt a honorer de cinq doubles vertus.

F

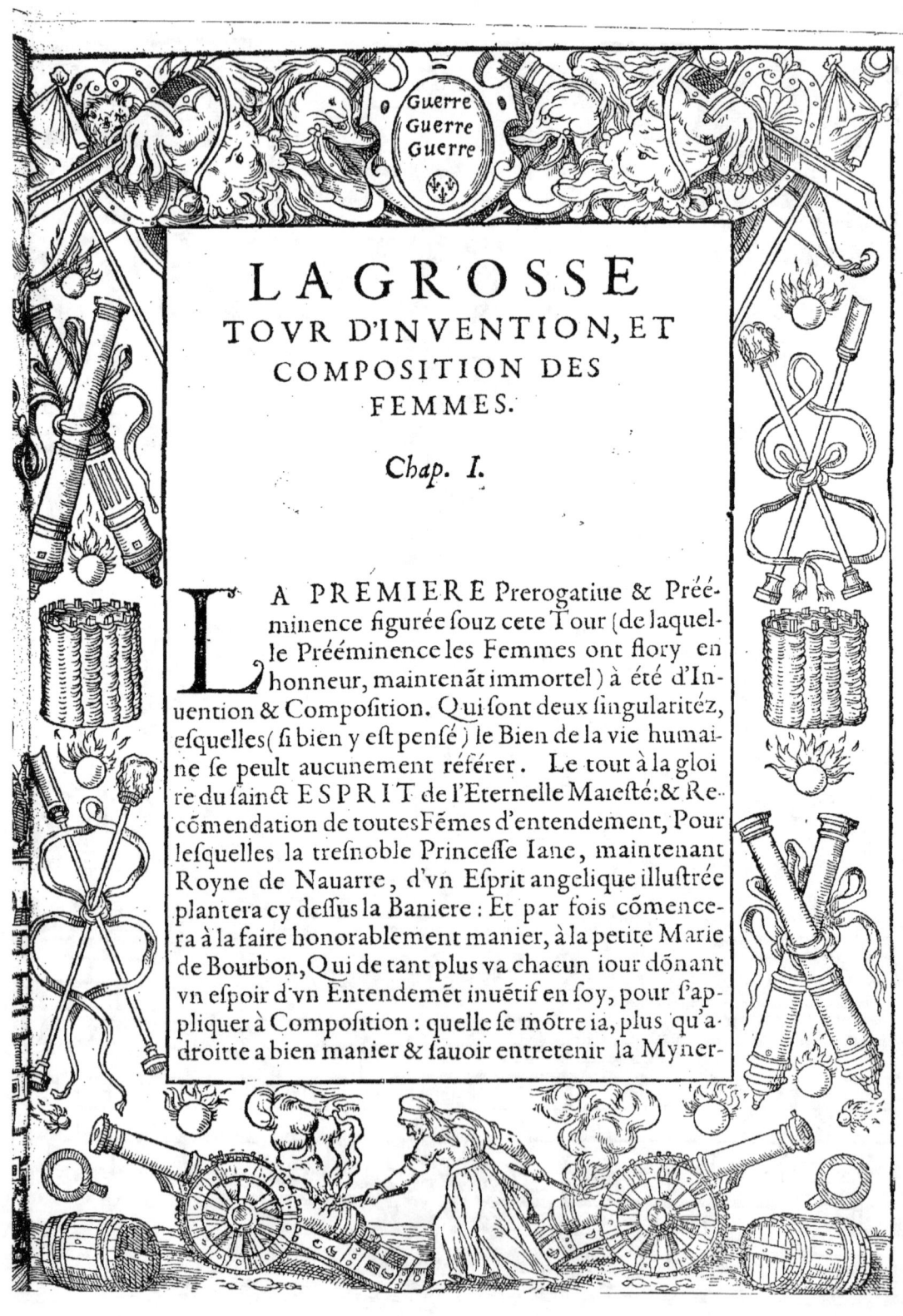

Guerre
Guerre
Guerre

LA GROSSE
TOVR D'INVENTION, ET
COMPOSITION DES
FEMMES.

Chap. I.

L A PREMIERE Prerogatiue & Prééminence figurée fouz cete Tour (de laquelle Prééminence les Femmes ont flory en honneur, maintenât immortel) à été d'Inuention & Compofition. Qui font deux fingularitéz, efquelles (fi bien y eft penfé) le Bien de la vie humaine fe peult aucunement référer. Le tout à la gloire du fainct ESPRIT de l'Eternelle Maiefté:& Recómendation de toutes Fémes d'entendement, Pour lefquelles la trefnoble Princeffe Iane, maintenant Royne de Nauarre, d'vn Efprit angelique illuftrée plantera cy deffus la Baniere : Et par fois cómencera à la faire honorablement manier, à la petite Marie de Bourbon, Qui de tant plus va chacun iour dónant vn efpoir d'vn Entendemét inuétif en foy, pour f'appliquer à Compofition : quelle fe môtre ia, plus qu'a droitte a bien manier & fauoir entretenir la Mynerue de notre age, la Plume . Par la grace de laquelle fera maintenant entamé propos de l'Inuention des chofes en faueur de tout le Sexe, En difant qu'a toufiours pour veritable doit eftre tenu , que vers la fin du premier age du Monde (qui dura depuis le commencement de l'vniuers iufques au Deluge, mil fix cens cinquante fix ans,& auant l'incarnation de L'HOMME Diuin, cinq mil foixan-

Lart de tyf-
fure & dra-
perie. Inuen-
té par Féme.

te neuf) vne Femme appelée Nœma Fille de Lamech inuenta l'Art de Tiffure & de la Layne : premiere le Lyn en fil étendre demontra : & pour le foulagement de nos corps, compofa aufsi l'vfage de la Drapperie. Au parauant laquelle,l'habit de l'Homme n'etoit, que de peau de Befte fauuage lourdemét affemblé. O Conuenable proprieté,à peine ferez vous prifée des Calumniateurs de cete Place, car pour proprement eftre vétuz d'vne parure, ilz fe feuffent ayfément paffé d'autre Inuention d'habit que de pecorines peaux pour le dehors de leurs perfonnes, veü que le dedans fe fait affez congnoiftre chalureux de beftialle fourrure.

Canōnad

APres ce, & au temps du tiers age du Monde qui commença à la natiuité d'Abraham, & dura iufques à Dauid enuiron neuf cens cinquante ans , Mais (pour plus clairement parler) du temps du troifieme Roy des Gaulles nommé Satron , premier Inftituteur des Colleges & Vinuerfitéz pour reftraindre la Ferocité de fes Subietz, maintenant François, qui fut trois cens ans

Nauyres In-
uentées par
Femme.

iuftement apres le Deluge , la Royne Semyramis Imperatrice des Afsyriens,fut la premiere qui trouua l'vfage & conduyte des Nauyres, Hourques & Carraques, ainfi que fut notté es Croniques anciennes : Bien qu'aucuns vouluffent vn temps attribuer telle Inuétion a Néptune, & les autres a Dame Mynerue. Laquelle Sémyramis pareillement donna la formelle erection des Empires & Cítéz apres la mort de fonMary Ninus, premier Monarque:tout ainfi que femblablement feit du depuis la Royne Dido au batyment de fa grāde Cité de Cartha-

ge

ge en Affrique, mil trente cinq ans auant la naiſſance du
FILS du Haut BATISSEVR. La premiere qui
donna le moyen de conduire Charriot Royal à quatre
Cheuaux fut Tritonia, ainſi qu'aucuns ont voulu: A quoy
le Peuple d'Arcadie contredit, ſoutenant que ce fut vne
Dame nommée Mynerue Corie, de laquelle Cicero en
ſon Liure de la Nature des Dieux fait mention. Quoy que
ſoit, ce fut Inuention Femenine, dont l'ayſe ſe prend encores chacun iour à ſouhait par les Romains de maintenant, comme par gros Cochons dans le ventre de leurs
Coches, le tout ce pendant au meſpris de la pauure Mynerue, qui voit en Rome toutes ſes bonnes diſciplines miſes ſouz, pour au lieu d'y vaquer, ſe faire trayner a tout'
heure par les rues dans ces Chariotz qu'ilz appelent Coches, pour aparent ſigne, peult eſtre, que leur Etat eſt en
auſſi grand branle de ſa grandeur, que leurs principalles
volontéz ſont a preſent ébranlées.

Charriot Royal Inuĕté par Femme.

Dauantage, la belle Gorgofone fille du Roy Perſeüs
(duquel la Region de Perſe ſelon Iſodore, tiĕt le nom)
fut celle, qui apres le treſpas de ſon premier Mary, donna
Raiſons a l'Inĕntion & établiſſement de ſecondes Noces,
lors entre les humains inuſitées auant qu'elle ſe remariaſt
a vn nommé Ebalde. A la malheure pourtant, de maintes Femmes honneſtes de ce temps, qui trop myeux auroient aymé demourer Veuues, voire n'auoir onc été mariées, que d'entrer en ſecondes Noces & miſeres, en hayne
d'vn ſi grand nombre de Maryz odieux. Contre leſquelz
on ne voit quaſi plus que pauures Femelles çà & la pour-
ſuiure la Iuſtice, au grand ſcãdale de la ſacrée Loy de Mariage : qui (auſſi) n'etant plus recognue que par authorité
de Bourſe ou faueur, & ſans que Vertu ſoit plus conuyée
aux Noces de maintenant, ce n'eſt ſans myſtaire, que la
fin n'en puiſſe eſtre que Repétaille & Langueur. En horreur dequoy, c'eſt ſagement préueü a infinité de Femmes,
de fuir ou a tout le moins ſi bien cribler vn Mariage, qu'elles ne puiſſent tumber en telz infernaux Laberinthes de

Secõdes No- ces Inuentées par Femme.

F iij

ce monde. O en quelle Prifon eft fouuenteffois par fouz Canõnade.
les bras menée, la fimplette Epouzée, qui apres auoir fait
tout vn iour bien la Sage, eft puis toute fa vie contrainte
de faire l'enragée, pour l'iniufte & rude traittement du
vieil Renart qui aura prins la Poulle.

O Vtre plus, Celles qui au monde premierement enfeignerent la forme d'honneftement fe recréer, fu-
Danfes Inuē- rent ces deux nobles Dames Melpomené & Terpficoré,
tēes par Fē- pour l'Inuention qu'elles donnerent aux humains de châ-
mes. ter & faire Danfes : Dont les baffes furent iugées les plus
douces & propres a Nature, n'en déplaife au voltigeant
Bal d'Italie, ny au folatre Trihory de Bretaigne. Au iugement touteffois de l'honnefte Damoifelle de Mauri-
court, qui tant eft adroitte en cela, qu'elle effaceroit l'honneur de tout Balladin de Court, Si la grace du Bal moderé
n'etoit myeux feante a Damoifelles, qu'a GentisHommes & autres qui en font profefsion. Lefquelles Femmes
fufdites peürent bien eftre antiquement (pour ce cas de
baller) reputées Déeffes felon l'opinion du Grec Hefiode,
qui, fuyuant l'erreur des Gentilz, étoit d'auis, que ceux
qui enfeignerent aux Mortelz les moyens neceffaires de
fe réiouyr, feuffent les vraiz Dieux de Nature. Ce nonobftant, telles Femmes euffent, de ce temps, perdu reputation en cela, & fans fin fe feuffent émerueillées des nouueaux moyens de folatrer qu'inuentent auiourdhuy les
Hommes, Comme de non feullement aprendre a danfer Canõnade.
a toutes fortes d'Animaux, mais aufsi a chofes inanimées,
Etrange In- & fpecialement, O Cas nouueau, de faire danfer plus de
uention de douze ans, fans ceffe, dans le grand Palais des Roys, vne
Danfe. Aumuffe Canonialle de Chartres, au Son d'vne Regalle
accordée auec des Violles. A quoy plufieurs gros Ruféz
prindrent lõguement leur ébat, Au cõtraire touteffois, des
Gens du Roy qui (en fen SousRyant) Brufloient de iufte
defir de faire ceffer la Danfe : voyans bien la Regalle eftre
fauffe. Inuention, ce femble, yffue de l'Efprit peripatetique de Brufquet, qui premier, au Son des Haubois, feit
baller

Canónade. baller ſa Cappe a l'œil des Princeſſes de France. O In-
uentions non moins louables, que dignes de Gens d'Egli-
ſe: de ſi bien arromatizer vn Proces, qu'on luy face fleurer
Immortalité entre les choſes mortelles. Qu'vtile ſeroit
Princeſſes treſvertueuſes, qu'vtile ſeroit, voir telz Inuen-
teurs de Plaiderye enſemblément acouplez a la grand'
Danſe Maccabée, pour la faire ſonner au bas Preau des
Antipodes.

Qvi plus eſt, & ſuyuant le propos des Choſes inuentées par les Fémes, Celle qui pour ſon aygu Eſprit,
ne fut indigne du lict matrimonial d'vn Roy Sicilian, a
tort ne fut (aumoins du tout) iadis reuerée de diuins honneurs, a loccaſion de ſon inuentif enſeignement d'Agri-
culture tant neceſſaire, par elle donnée en diuerſes Contrées. Ce fut la Dame Ceres, qui enuiron l'an mil huyt
cens trente ſept auant celluy de Grace (& ſelon qu'atteſte
Cicero : Selõ auſsi qu'ont écrit Virgile en ſes Georgiques,
& Ouide en ſes Metamorphoſes) premiere domta le Beuf
au païs de Sicile, & au ioug de la Charrue l'accommoda,
donnant ſemence a la terre : Dequoy conſequemment
elle ſceüt deſlors pétrir le Pain, & d'icelluy faire gouſter la
ſaueur aux Hommes, qui comme pauures Beſtiaſſes (ne
veux dire Pourceaux) ſe norriſſoient lors de Glan & frut-
tages ſilueſtres. Laquelle pour tel bénéfice (duquel Pline
fait mention en ſon ſeptieme Liure) & auſsi pourautant
qu'elle donna les Loix de bien viure a iceux Hommes, fut
eſtimée pour immortelle & appellée Déeſſe des Fruitz.
Le fruit de telle Inuention pourtant, auoit ia été receü par
ceux d'Egipte, au moien de la Dame Iuno ſurnõmée Iſis,
fille de Cam (qui fut le mocqueur de ſon Pere Noë) ſœur
& Femme de Oſiris, cõme dict Beroſe. Laquelle Iſis premieremét dõna telle vſance auſditz Egiptiés pour les gra-
tiffier d'vn beſoin ſi naturel. Puis elle étát Royne du païs,
inuéta pluſieurs cas ſeruãs au ſoulagemét du Bié public: &
entre autres, la mode de former les Cloches & Trõpettes.
Mais ſus tout cas meritoire de ſa Repub. elle fut douée de
telle grace & bõ Sens, qu'elle inuéta & dõna a ſes Subiectz

Lagriculture Inuentée par Femme.

Le pain mys es mains de ceux d'Egi-pte, par vne Femme.

Les Cloches & Trompe-tes Inuentées par Femme.

l'vfage des lettres appelées Egiptiennes ou Hierolifiques maintenant fort rares & peu congnues, Au parauant lef- *Canonade.* quelles iceux Egiptiens ne f'entrepouuoient faire entendre leurs Conceptions que par bouche. O gratuite Inuention au Ciel remercyée, Combiē eft a réuerer le Sexe duquel font forties femblables Inuentions. Caufeurs, & de Dames ennemys, que conuenable feroit en la Foreft porchyne vous voir, auec le grouyn tout fouillé du bourbier d'enuie,gratter encores le glan qui vous étoit (auant le fecours de telles Femmes)pafture bien ordonnée. A la miéne volonté, non pas que Cloches & Trompettes fonnaffent pour votre decéz : mais que a l'efclauonne vous feufsiéz tant feullement bien marquéz au front, d'vne de ces letres Hierolifiques. Elles font rares & dificiles, les Dames touteffois vous pourroient ayfément recógnoiftre en tout lieu pour Detracteurs par tel figne.

Mynerue fut vouuée pres d'vn Lac. SVyuant ce que deffus, & en l'an parauant la naiffance du SAVVEVR éternel, deux mil & cinq, ou enuiron, la Pucelle Mynerue apparut au Lac de Triton qui eft en Libye, region d'Affrique : a l'occafion dequoy elle fut *Mynerue fur* premierement appelée Tritonia. C'eft celle que depuis *nommée Pal* lon nomma aufsi Pallas,a caufe du lieu de fa norriture,qui *las.* fut vne Ifle es quartiers de Thrace en Grece, dite Pallante : ou bien (comme aucūs le veullēt)a caufe du Gean qui fut par elle occis , lequel fe furnommoit Pallante. Cete *Mynerue en-* Pucelle(depuis fille adoptiue de Iupiter de Lybie)premie-*feigna au peu* rement donna l'inuention de l'ordonnance militaire aux *ple de Iybie* *de faire la* Roys & peuples du païs de Lybie : & comment il failloit *Canonade.* *guerre.* mener la guerre, ainfi qu'a écrit Berofe. De forte que de tout triumphe martial elle fut tenue la Princeffe durant fa vie, & reputée Déeffe apres le cours d'icelle. O Cheualliers & braues Capitaines, quel hommage,pour cela,vous *Les Tour-* deuez a nature Femenine a caufe de voz Armes ? & dont, *noyx Infti-* *tuéx en l'hon* a vray dire, vous n'etes aufsi ingratz, car publiquement *neur de My-* vous en rendéz les deuoirs a chacun Tournoy ou Ioufte, *nerue.* qui(fi bien ny eft penfé)ne fe fait que pour cela,& pour re-

crécr

créer les Dames . A l'œil & iugement defquelles, vn bon
Homme d'Armes remet toufiours fa courfe & fon éflay
en general : & en particulier a l'œil d'vne, qui figurant en
foy la premiere Maiftreffe de l'etat de la guerre , luy peult
donner le preis de la Bague. En apres, la fufdite Myner- *Mynerue In-*
ue ou Pallas enfeigna la maniere de purger la layne : & a *uēta le moyē*
cete fin compofa vn fer de façon dentelée. Pour fouue- *de purger la*
nance durable dequoy elle fut du depuis par longues fai- *layne,*
fons honorée chacun an par les anciens Foulons & Tain-
turiers,ainfi qu'eft notté au troifieme des Faftes d'Ouide.
Inuenta pareillement l'vfage de l'huyle aux Mortelz alors *L'vfage de*
incongnu. Et qui plus eft, O Cas incomparable, Philofo- *lhuyle Inuē-*
phes, Orateurs , Poetes, Sauantz & tous modeftes Hu- *té par My-*
mains,a vous ie parle, Le port de la Queue de cete Dame *nerue.*
vous attend. Elle feulle fut tenue par les Gentilz pour
Inuentrice des Artz & Sciences, qui vous peuuent rendre
clariffiéz d'honorable immortalité: & pour cete caufe ap- *Que fignif-*
pelée Mynerue , quafi mynuant ou diminuant les nerfz, *fye Myner-*
c'eft à dire,la vigueur corporelle des Hommes ftudieux: *ue.*
Ainfi que cela eft approuué en la face de plufieurs,en toutes Contrées : côme en France, a l'afpect, en efpecial, de
l'Ariftote de notre temps,Sombre Précepteur de l'Alexā-
dre nouueau : comme aufsi a l'afpect des Euefques de Va-
lence & Bayonne,Monluc & Freffe furnomméz, Enfans
cheryz & bien chatyéz de Dame Mynerue leur Mere : &
comme telz aufsi, en leurs perfonnes affez extenuéz. Si
effe pourtant qu'au contraire de la fufdite diffinition ou
propre qualité de Mynerue, ffen trouuent aucuns delaif-
féz treftriches de fes biens par labeur ftudieux , qui touteffois ne feroient iamais (a l'exemple fufdit)prins pour enfans d'icelle Mynerue, tant ilz font de forme exterieure
differens aux autres , & en rien diminuéz de leur prefence corporelle : Ainfi que f'apperçoit en celle du Studieux,
Eloquent & honorable Arceuefque d'Ambrun nommé
Claude de la Val, fi rarement inftruyt es Pratiques de
ce Monde, au moyen des graces a luy faittes (& a tant
d'autres aufsi) par la Dame Pallas, que le haut Titre de
G

Royne ou Déeſſe des Sciences luy fut pour ſemblables
cauſes atribué auec le ſurnom de Mynerue. En maniere pour cela, que ſa grande Renommée, étant ſemée par
les confins de la terre, elle commença, d'antiquité, a
eſtre célebrée en ſi digne façon, que Téples magnifiques
furent édiffiéz a ſa louenge: A quoy Treſoriers & Gens

Les Treſo-
riers obligéz
a Mynerue
qui Inuenta
le Get.

de Compte, ne ſe feirent tirer l'oreille, veü que pour l'expedition ſumptueuſe de telz Temples, ilz fourniſſoient
volontiers Deniers: en ſouuenance de ce que ladite Mynerue (ainſi que dit Tite Liue, en ſa premiere Decade)
auoit inuenté, & leur auoit enſeigné a nombrer & getter, comme ilz ſcauent encores trop plus inuiſiblement
que miraculeuſement tresbien faire. Choſe, pourtant,
qu'on ne deuſt prendre a vice, comme aucuns ſy ſont
étudiéz, au grand deſauantage & ſoufreteuſe vydange
de la Bourſe de France, qui depuis quarante ans en ça
ſen eſt fort deſenflée. Conſideré que pour l'auoir voulu par trop ſerrer ou étraindre, les Cordons ſe ſont rompuz: & au lieu de Blancey, lon à trouué Blanque, meſme depuis qu'elle fut tyrée ſus le Pont cher de Paris a

Temple de
Mynerue en
Aſye & en
Rome.

grande extorcion. Et a ce propos de la magnificence
des temples conſtruitz a l'honneur d'icelle Dame Mynerue, outre ce qu'il en apparut en Aſye, il en appert
encor' ce iourdhuy en Rome: la ou eſt le temple vieil
de Mynerue, dignement par les Chreſtiens attribué a
la vraye Mynerue, qui a toute nature, eſt encor' incom-
prehenſible. O venimeuſe, & maldiſante enuye, qui
comme les Corbeaux, t'efforces cacher l'honneur de
telz bienfaitz dans les murailles de ruyneuſe matiere:
Quand viendra la ſaiſon que toy ſortie de la fange d'Ingratitude, laiſſeras le monde en tranquilité? Quand ſerace que tu confeſſeras, que tout ainſi que l'huyle (de Femme inuentée) ſurmonte touſiours leau, la Science vertueuſe ſurmontera par ſemblable, ta malice enuyeuſe a
ſon plaiſir?

Au

AV ſurplus, aux Sauãs ne peult eſtre caché, que la Nym- phe Carmentis, mere du Roy Euander, laquelle pre-diſoit en carmes les choſes futures, n'ayt inuenté & don-né l'vſage des Lettres aux Latins, qui fut enuiron l'An mil deux cens & trois auant la Conception de la Nymphe ſupercéleſte. Leſquelles Lettres (comme propremét re-cite Iſodore au premier de ſes Ethimologies) ont été trouuées pour la memoire de tous cas : & les nomme, Les enſeignementz des choſes, & les ſignes des parolles, qui ont tant d'efficace, qu'elles nous repreſentent ſans aucu-ne voix les propos & volontéz des abſens. Deſquelles Lettres, les François, Italiens Eſpagnolz & autres na-tions, iournellement ſe ſentent encores ſoulagéz par le moyen de la ſuſdite Carmentis. Choſe pour vray, de telle importance, que ce bien ſeul, contraint tout Hom-me a honorer la moindre d'entre les Femmes, non moins qu'vne Veſtale ſacrée. Vous donc O Blaſonneurs, ſe-rez vous pas forcéz par enuye, de calumnier ce paſſage ſus tous autres, puis que cete Dame a été cauſe par ſon Inuention de Lettres, que maintenant vous ſoit dreſſé cy dedans, vn ſi beau procés par écrit ? O ſerez vous bien preſenter icy voz Lunetes ſans, comme lon dit en Prouer-be, vous prendre par le néz?

L'inuétiõ des lettres, Don-néc aux La-tins, par Fé-me.

Canõnade.

D'Abondant, la premiere qui iamais eut l'induſtrie de compoſer Enigmes, fut la fille d'vn des ſept Sages de Grece qui ſ'appeloit Cleobola, viuante enuiron ſept cens quatorze ans auant la naiſſance de L'HOMME Diuin qui ça bas veint diſſoudre tout Enigme Salutai-re. Et qu'il ſoit vray, icy eſt la Propoſition enigmati-que d'icelle fille ſurquoy pluſieurs Doctes de ſon temps eurent a ſonger auant qu'y ſauoir donner expoſition, Aſ-ſauoir, Il y a, diſt elle, vn Pere au Monde(Meſſieurs) qui à douze enfans tous diformes : leſquelz enfans, bien qu'ilz ſoient Immortelz, ce neaumoins ilz meurent & deffaillent. O Geñtilz Cauſeurs qui par langue trop affettée ſauez ſi bien diſſoudre les Plottons de Vertu Fe-

L'Enigme In uéé par Fé-me.

Canõnade.

G ij

menine, explicquéz vn peu ce petit Enigme, Si vous pouéz. Sinon Fémes vous puiſſent ſouhaiter le Dépit mortel
d'Homere, qui pour n'en auoir ſceu expoſer vn, que quel
ques Gaudiſſeurs Maryniers vn iour luy preſenterent ſus
le bord de la Mer, mourut de rage. Et ſi voz Lunettes ne
ſont propres a l'Enigme ſus declaré: Aumoins eſſayéz a
les pozer ſus cetuycy, qui d'vne grad Dame en ce Fort cé-
lébrée, à été de ce temps compoſé comme ſenſuyt.

Homere mort de dépit.

Enigme d'v-ne Dame.

De Chair ie ſuis, & ſus Chair éleuée:
De Chair nourrye, & de Chair enleuée.
Ie n'ay de Chair ny forme ny ſuſtance,
Et comme Chair ſuis molette en enfance.
Bien & mal fais : & moins pourtant ie puis
Lors que de corps plus entiere ie ſuis.
Outre cela, s'on me trenche la teſte,
Tout auſsi toſt de boire ie ſuis preſte
D'vne liqueur, dont ma Leure moillée
Me rend ioyeuſe ou d'humeur embroillée.
Ie réiouyz les triſtes Amoureux,
Et donne eſpoir aux Amans langoureux.
Princes & Roys ie frequente & accorde,
Et ſi ie veux, ie les metz en diſcorde.
Sans moy la Guerre a droit ne ſe peult faire,
Et moins la Paix : & prou Gens fais deffaire.
S'vn Prince grand de m'aymer ne fait ſigne
Ie me dépite, & parfois l'égratigne
Et bien qu'en moy n'ayt Auarice aucune
Cauſer, pourtant, puis grans maux par pecune.
Deuinéz donc, Si ie ſuis pas quelqu'vne.

Qve diray plus? veult on congnoiſtre la Capacité de
ce gracieux Sexe en choſes plus hautes qu'en graces

çes d'Efprit de Prophetie dont tant de Femmes ont été diuinemét illuftrées ? Y à il Inuention de chofe humainē qui foit à égaller a vne préuifiō des cas à auenir ? Pour té- moignage exēplaire dequoy en Efprit de Fēmes, Ie ne fe- ray trouué prolixe d'en nōmer icy quelques vnes à l'hon- neur de leur Cōdition, & en éfpécial, la noble Dame An- ne qui fut Fille de Phanuel : La Sainteté de laquelle eft amplement atteftée es Regitres de la Foy . Elizabet aufsi & Abigail la belle, Pareillement Delbora, Iudith, & celle qui fut mere d'vn grād Preftre des Hebreux, & prophetiza la Deftruction de Hierufalē . Apres celles la, y à aufsi Ra- chel, Rebecca Thamar Sara & Therba. En mefme Ver- tu font femblablement cōprinfes la Sœur du Grand Secre taire Moyfe, nōmée Marie, & Obée, parēte de Hieremye. Toutes lefquelles, & infinité d'autres, ont en diuerfes fai- fons prédit diuerfes chofes aux enfans d'Ifrael. Et pour faifon plus moderné y à eü Sainte Brigide qui fut Suyffe, la quelle en fes Reuelatiōs entre autres chofes parlant de la Courōne de France, iadis declara ce que deffouz [Du Iar din de l'Occident (dift elle) fortira vne Fleur de Lys qui croiftra a foifon en la Terre virginalle : Recouurera les chofes perdues, De fon odeur amortira les venimeufes, Se ra plus forte que le Cedre, & finallement fa derniere lou- enge fera, que l'Aigle vollera fouz icelle.] O Fleur heu- reufe, par vertu femenine premierement fentue & déco- rée, que par Homme . Mais qui plus eft, En vn autre paf- fage des Ecritz de telle Femme, cecy miftiquement eft ex- pofé fus les trois Lyz, Affauoir, que le premier denotte les Roys trefchreftiēs eftre Succeffeurs & Miniftres de l'Au- tel du Vicaire de IESVCHRIST, tenant la main fe- neftre es Epitres de toutes Natiōs . Le fecond denotte & promet qu'iceux Roys font les Collonnes de la Chreftiē- té, plantées au terrouer d'Occidēt, & faittes de cete Pier- re, qui fut taillée de la Montagne fans ouurage de main. Et le tiers donne fignifiāce, qu'iceux Roys font Aduocatz de l'Efpouze de CHRIST : portans couronne de Lys odoriferant fus Chef Trefroyal . A cete caufe ilz font

Capacité des Femmes en Propheties.

Prophetie de fainĉte Bri- gide.

De l'exellēce des fleurs de Lys.

G iij

nomméz treschreftiens entre les Roys · O grand beauté
du Lys reluyfant en l'Eglife: De l'Ange apporté, De fainct
Remy facré, De fainct Denis demontré, De fainct Loys
exalté, & de la France en france decoré, & ores bien entretenu du Prince, qui à ia commencé a d'autant abaiffer
la grandeur de fes Aduerfaires, comme la fienne fera vn
iour exaltée par lénuye qu'on portera a fa Felicité, ainfi
deduyte & en Efprit prophetique premierement anon-
cée par la Femme faince, qui fut la fufdite Suyffe. Laquelle (pour reuenir a mon propos cy deuant entremys)
n'eft feulle, qui auec les autres fufnommées a obtenu du
Haut S E I gneur cete grace plus qu'inuétiue de Prophetye, Veü que ie pourrois encores icy nommer pour telle
preuue, plufieurs Dames de notre temps, en mefme qualité, comme Helgarde, Dame Colombe qui fut Mylanoi-
fe & Religieufe de fainte Marthe, & autres que conuient
taire pour breueté veü la qualité de cete Forterefle: ou les
referuer pour notre Contremyne. Lefquelles Femmes
n'ont moins participé en ce cas & tout autre, de la grace
du Sainct E S P R I T, que les Hommes. Et, pour ab
Les Sibiles· bregér, Soit, ie fuplye, rememoré en la penfée d'vn cha
cun quelle capacité & grand' grace fut celle des ancien
nes Sibiles (Femmes Greques) d'auoir non feullement
declaré aux Empereurs Romains & à autres, ce que leur
étoit futur, mais aufsi dauoir prédit au Monde aueuglé
l'admirable Incarnation de fon Redempteur ? Lequel (
pour clorre ce paffage & ne l'ofufquer de multiplication
de geftes d'Inuention) ne feit onc acception de perfonnes ny de Sexe, & n'eft a fon gré qu'entre nous elle fe face, qui fommes ça bas pour le glorifier (entre autres cas)
en la face de toute belle & honnefte Femme, cóme Norme & feulle forme des chofes humaines. Icelluy mot de
La Fême eft Norme procedant de la prudente Dame, appelée Nor-
Norme de ma, qui de fon temps enfeigna les Artz mecaniques aux
tous cas. Hommes de baffe códition pour gaigner leur pauure vie.
Enquoy (fauoir eft de faire le contraire de ce que deffus
contre le gré du Seigneur) lon vous voit clairemét trebu-
cher

cher O Mefparlans, qui tenéz en voz péfées &, écritz trop plus la Condition du Mafle que de la Femelle commé en votre endroit ou balance iniufte de moindre poiz.

COMPOSITIONS D'AV-
cunes Femmes du temps antique.

Chap. II.

AV demeurant, Quant a la preuue des chofes ingenieufemét compofées par Fémes, pour montrer que Raifon Poetique & Oratoire peult & a peü en elles dreffer fon habitacle, & nétoit que ce feroit f'habandóner en vne Mer, Sus cela fe pourroiét alleguer mile éxemples par authoritez d'Hiftoires bié ap prouuées: Qui fera, que d'vne moindre partie de telles Fémes feulemét fera fait recit. Neaumoins auát que dy entrer, ne fera hors de propos d'ouurir vn peu quelques fundemétz de l'exellence de la Poéfye, puis que fon bruyt de tout temps célébré, à cuydé eftre amorty depuis quelques années en ça, par Enuye & Ignoráce, comme Science (a vray dire) de peu d'Hómes ce iourdhuy bié entédue, Tát que plufieurs auoiét ia cómencé a croire que ce feuft chofe ridicule de manier la Plume pour cópofition poetique, cóme vaccatió (ce leur fembloit) indigne de graue proffffion. Ie demáderois volótiers a autres, qu'a ceux qui mefprifent les Mufes, la Raifon pourquoy, les Poetes furent iadis appeléz vaticinateurs. N'a ce pas été pourautát que par experiéce lon auoit cógnü, que tel Art donne ou augméte a la perfóne qui en eft experte, quelq efpece d'Efprit non vulgaire plus qu'a vn autre? Ie faurois volótiers auffi, de ceux qui ne cherchét que d'amortir la lueur qu'ilz ne peuuét foufler, que veult dire ce Nó de Poete. Si celluy qui fcait rendre compte de toutes chofes, eft appelé Docte & fcauant, l'interpretation qu'on à autrefois faite de ce mot Poete (qui en Grec fignifié facteur ou Ouurier expert) fera ce pas Sauát? Certes il ny à doute qn'vn bon Poete ne mérite d'eftre en tous lieux éftimé tref-

L'Excelléce de l'Art poetique.

docte, d'autant que Science aucune , quaſi , n e luy peult
eſtre obſcure, ainſi que Strabo au premier de ſa Geogra.
phye à ſuffiſamment prouué alencontre de Eraſtoténes.
A propos dequoy auſsi,le Diuin Plato en ſon Dialogue de
Science appelle les Poetes, Interpretes des Dieux . Outre ce, nous appert (meſmes ainſi que dit Philon Iuif, qui
a flory du temps d'icelluy Plato) que auparauant les Poetes ny à eü Autheur de faculté aucune qui ayt écrit : Et
leſquelz Poet es ont eté les premiers qui en Egipte étans
Preſtres & Prophetes, (enquoy les Secretaires étoient
auſsi comprins ſelon le teſmoignage de Ioéſphus)ont dôné la notice des choſes Humaines & Diuines . Surquoy
appert que Vulcain filz de Nilus(lequel declara lesSecretz
de Nature par ſes Carmes) à été vn Poete des plus antiques que lon ſache, & pareillement de Cadmus filz d'A-
genor,& de Lynus ſon Diſciple, deſquelz Orphéus & autres aprindrent & premiers illuſtrerent l'Art dont eſt queſtion . Ainſi le premier qui écriuit Hiſtoire Grécque en
Carmes, fut icelluy Orphéus , Et auant qu'Homere ny
Heſiode, Princes de la Greque Poéſye, euſſent compoſé
aucune choſe, ny à eü Homme des Gentilz qui ayt écrit
en Medecine, en Loix , ny en Philoſophye . Leſquelz
deux nobles Poetes, ont flory, Sauoir eſt, ledit Homere,
enuiron cent Soixante ans auant l'edification de Rome,
& l'autre,cent ans apres.De ſorte que l'Eſprit des Poetes à
touſiours été ſi merueilleux, que le ſuſdit Strabo à declaré
tous les Hiſtoriographes, Legiſlateurs & Philoſophes a-
uoir prins leurs fundementz dudit Homere . Auquel

A Homere
fut Donné la
charge de cor
riger la Lan-
gue Greque.

Homere, eſt aſſéz vraiſemblable que pour ces reſpectz
feuſt anciennement donnée l'Autorité de reformer laLã-
gue Grecque, comme réfere l'antiqué Autheur Archilo-
cus en ſon Traité des téps & Saiſós.Lequel ne dit pas,qu'
Homere euſt preſumé de ſoy telle Authorité : Ains qu'il

De la Nou-
uelle reforma
tion de la lan
gue Frãcoiſe.

ſy laiſſa appeler, ny plus ny moins que(auec ſuportatiõ)ſe
pourra bien dire icy, que deueroient faire pluſieurs François de ce temps,qui aſſéz librement & confuſément ſen-
tremetent de dôner correction a cete Langue, Souz pretexte

texte de leur congnuë experiéce ou Sauoir en autres cas,
Le tout (ce semble) plus pour attaindre a quelque degré
de nouuelle Reputation, que pour autre fin. Pour la consequence dequoy, lon coniecture, qu'ilz ne veullent pas
congnoistre la confusion & diuerse obscurité d'Ecritture
& Lecture qui s'en est engendrée auec le honteux & encores continu tyrepoil d'entre eux : ny ausi que notre
langue Françoyse (qui sans doute, en aucuns lieux merite
bien l'épreuue) tient ie ne scay quoy de la naturelle Fran-
chise ou liberté de ceux qui l'entretiennent, & ne peult
pas bonnement souffrir, que pour luy donner nouuelle
forme de Déclinaison ou Ortographe, on la vienne déflorer de sa naturelle Douceur, sur tout en soy préuilegiée,
puis qu'ausi bien elle ne se voit pas née, a pouoir estre ré-
duite à la grammatique Régularité de la Grecque ou Latine : & par cela d'autant moins maniable par Ces léttréz
silz n'ont a suffizace congnu & pratiqué les diuerses qualitéz d'Ecriture de la France, la ou se fait publique profession dicelle langue, pour en faire vn sain Iugement de bié
asize Reformation, Ce dont peu d'entre eux se peuuent
vanter. Etant d'auis (comme fils de la Plume) que la
quinte Essence ou perfection de notre Langue, ne se sauroit bien au seür former ou extraire, que de quatre Elémentz qui feussent a cete fin assemblez, C'est assauoir d'vn
bon Courtisan, D'vn bon Praticien, d'vn Docte, & d'vn
Secretaire ou bon Financier, fort élégant & clair en ses
Décharges.

MAis à reuenir a la Reputation merueilleuse des Poetes, Ce ne fut sans grand' cause de diuine louenge
que le Prophete Royal Dauid ordonna aux Siens, qu'ilz
célebrassent à DIEV, en Carmes & Seaumes, qu'il com-
posoit luy étant en paix & hors le peril de ses guerres,
selon qu'atteste Iosephe susmentionné, au settiéme de
ses Antiquitéz : Qui a été vne Constitution si tresdigne
qu'encor aprcsent elle s'obserue en chacun Temple. Et
parce l'Art Poetique ne fut onc contemné fors de ceux

H

qui a leur parolle ou écritture ne fcauent aucun ordre.
Quoy plus ? fans la Poéfye (qui eft fi grand' Dame qu'elle à la Mufique pour ferue) feroit impofsible de perfaitement orner vn Triumphe ny autre cas digne d'honneur : & fans elle femblablement les vicieux ne pourroient eftre courtoifement & viuement reprins pour les
forcer au feruice de la Vertu. Qui eft (peult eftre) la
caufe motyue du contennement de la Poéfye, dont les
gens de bien fe deuroient complaindre, n'étoit que ie les
fens afféz empéchéz a deplorer l'exil dicelle Vertu leur
Maitreffe, hors des principaux Sieges de la Chreftienté : Sans l'efpoir du retour de laquelle, ce feroit pieça
fait de toute bonne Difcipline qui feuertue d'impetrer
fa Grace & Rapel de ban par tous moyens & en diuers endroitz. Vfant continuellement en cela parmy la
France (pour fa part) de fes plus propres Inftrumentz
qui font les Poetes françois d'aprefent, Peres recongnuz
en leur Art, de leurs Gramperes a eux nullement com-
parables en langue Françoife : Et en cecy ne foit of-
fencé le bon Pere Ian de Vauzelles, Souche premiere
de Poéfie Françoife de notre temps. Entre lefquelz

Poetes Fran-
cois de ce
temps.

de maintenant, le Heroique Salel, fi honorablement
gratifié, par le trefchreftien Roy François, eft pour cela, le Poete Royal furnômé, Heroel (dit la Maifon neuue)
du Poete philofoficque à le nom, non fans merite. Puis
y à Ronfart, le Pindare François, de toute grauité reuétü.
Du Bellay l'Horace François, Saint Gelais, des Mufes
le mignart, Marot le regreté, Iodelle le prompt, & Bayf le
Docte. Pelletier, de la Nature Imitateur, Belleau, Thi-
ard, Mailly, & autres, qui par leurs œures allieurs fe feront
plus congnoiftre que cy dedans : Aufquelz toute la France eft fort obligée pour la peine qu'ilz prennent a luy leuer la pepye qui aucuneffois la fait parler grofsiere, Mais
que ce foit, pourtant, fans luy écorcher la peau delicate de fa Langue, ny la faire cryer.

OR', retournant a mon entreprinse, Puis qu'il est ne- Compoſitiõs
cessaire faire preuue exëplaire des effectz de la Poé- de Femmes.
ſye par les Muſes diuinement entretenue & par elles
departye aux Femmes qui ſy ſont ingenieuſement employées : Conuient reduyre a memoire, que cent cinquante quatre ans apres l'edification de Rome, vne Dame nommée Sapho Crexéa à doctement été floriſſante en cete Science poeticque . Laquelle deſlors inuenta l'Archet de la Lyre ou Rebeq .Compoſa grande quantité de Vers Lyriques, & grandes choſes prophetiza,
étant de multitude de Diſciples reueremment ſuyuye
pour ſon Sauoir. Depuis lequel temps vne autre Gen- Sapho lautre
tifemme qui fut nommée Sapho Lesbia acquiſt en ſes Poetrice.
iours ſi louable renom, que les Romains erigerent en
ſon honneur vne Statue de Pourfire richement ouurée,
Seullement pour auoir été trouuée fort experte en Cõpoſition poetique . Les œuures de laquelle Dame, qui
tous en vers Lyriques étoient elegamment façonnez,
Canõnade. ont été long temps à (comme aſſéz d'aurres choſes) per-

duz par la negligence de noz Anceſtres, ou bien par
la deſtruction des Citéz d'Italye. O quelle perte Cauſeurs, qui de rage vous euſt maintenant fait deuenir
tous Poetes ſi les euſſiez veüz. Suyuant mon dire vne
Religieuſe nommée Elizabet en memorable renom feit
de ſoy courir bruyt par le païs de Saxonne, pourautant
qu'elle écriuit lors pluſieurs viſions par reuelation de la
ſupreme Intelligence. Dequoy fait preuue le Liure intitulé Les Chemins de DIEV.

OVtre ce, nous appert. Que en lan de notre SEI- Proba Poetri
GNEVR quatre cens vintquatre, la Femme d'vn ce Romaine.
Proconſul Romain non moins belle que Docte, nõmée
Proba, meit par écrit en Carmes heroiques le contenu
tant du vieil que nouueau Teſtamët iuſques a la deſcëte
du Sainct ESPRIT , voire en ſi ornée Compoſition
qu'aucuns eſtimerent le Poete Virgile auoir été Euangeliſte,pour le regard de tel œuure,qu'ilz croiët eſtre fait de
luy. Lequel œuure (a cete perſuaſion) fut intitulé [Les

H ij

Centones de Virgile, en la louenge de CHRIST] &
lequel fut par aucuns autres particuliérement attribué (
mais de tous infciemment) a vne Romaine qui fut Femme de Theodofius le ieune, comme par elle compofé,
Veü qu'en cas de Poefye elle auoit de fon temps, attaint le Laurier. Et pour n'entrer en foreft de prolixi-
Femmes an- té quant à ce propos, fera force d'appeler icy quelque
tiques Poe- nombre de celles qui font pour femblable cas, hono-
trices. rablement rendues immortelles par la Plume des Anciens Hiftoriographes, comme celle qui inuenta les
Enigmes cy deuant nommée, comme aufsi Cornificia,
Corinna aymée du Poete Ouide, Lefbia la ieune, Claude Ruffine, Erinna, Elpis, Femme de Boéce, Polla, auffi Femme du Poete Lucain, laquelle fouuentefois à mys
la main au paracheuement des Poéfies de fon Mary,
pendant qu'il écriuoit la Pharfalie. Auec celle la ya
encores, Anagora, Millefia, Congila, Colfonia, Eülica &
Salauinna, Vienne aufsi l'autre Lesbia amye de Catul-
le, Sulpitia Femme de Calenus, Theophila, Horten-
tia, Lucéra, Valeria, Copiola, la Romaine Cornificia,
& Thesbia qu'on appelloit Compofitrice d'Epigrames.
Et depuis le temps de Salufte, Sempronia. Et en ce
ranc ne foit obmyfe cete autre Poétrice Corinna, laquelle par cinq fois eüt iadis victoire d'honneur fus le Poete Pindarus, qui dans la Cité de Thebes l'auoit pu-
Le Poete Pin- bliquement deffiée en contencion de l'Art Poétique, de-
darus vaincu quoy quelque iour de l'Année fe faifoient en Grece ieux
par Femme. honorables de preis, comme aufsi fe faifoit d'autres Scien-
en Poéfye. ces. Et fi en cas de Poéfie icelluy Poete Pindarus Grec,
fut anciennement vaincu de ladite Damoyfelle : mainte-
nät aufsi le femblable fe pourroit quafi dire de notre Pindare françois, qui de fa Caffandre ne nyera pas auoir été
vaincu, pour par le moyen de telle victoire, fe donner le
Laurier verdoyant aufsi bien que Petrarque a caufe de la
victoire fur luy acquife par Dame Laure tant celebrée.
Mais quel befoin eft il de prolonger ce paffage par la nomination de tant de vertueufes Femmes fi long temps à
de-

décedées? Venéz, Venéz icy Poetes renomméz, Venéz *Merueilleuſe*
icy, comme au fons de la fontaine Cabaline. En laiſſant *Femme en*
(aumoins pour ce coup) la double teſte de votre Mont *Poeſye.*
Pernaſe, pour ça bas (ſans ſonge) reuerer la ſeulle Idée de
Poeſye. Voire, & de tous ceux qui furent onc féſtoyéz
du Laurier, faittes vne élite : pour tous enſemble venir cõ-
templer la memoire incroyable d'vne Gentifemme Florentine, qui, comme de tout Laurier la Maiſtreſſe, fut diuinement nommée Laureta : & en Rome encor' a preſent
de ſes blanches mains couronnant votre Princeſſe, qui
pour ſes Seruiteurs (ſans fainte) à les Ioues vermeilles
d'vn peu de honte, les voyant tous porter la Queue
d'vne ſi rare & trop peu authoriſée Damoyſelle : A laquelle, ne ſauroit eſtre preſenté aucun Subiet ou Matiere
de quelque qualité que ce ſoit, Que ſur le champ, &
ſans demander Papier ny Plume, elle n'en face vn elégant diſcours poetiquement diffiny en vers lyriques par
elle poſément chantéz. Dont la langue de tout Doſte
qui luy prete l'oreille, moins ne ſ'en ſent arrétée, que ſon
Eſprit étonné, tant eſt merueilleuſe, & touteffois a pluſieurs odieuſe, la diuine Poeſye de cete Femme. O Ver- *Exortation à*
tueuſe & treſilluſtre Princeſſe de Médicis, qu'vne ſi rare *la Royne de*
Perle repareroit ton Royal Cabynet, c'eſt à dire, que pour *France.*
plus décorer vne Court françoiſe d'vne telle Gentiféme,
cherchaſſes de luy bailler place entre tes Nimphes : ne
fuſſe (aumoins) que pour la retyrer des pattes de la vieille
Louue, qui par ſa fierté ne priſe encor' riẽ que ſoymeſine.
Laquelle Gentifemme, enſemble toutes autres expertes en l'Art poetique, mõtrent aſſez que ſi celles de maintenant étoient communémẽt entretenues a l'Etude, grãd
temps ne paſſeroit qu'on ne confeſſaſt les Femmes eſtre
d'entendement auſſi approuué, que les Hommes : ouy
& quelquefois plus, par l'exemple de la ſuſnommée Laureta, que i'oſeray icy intituler l'Ame de Poeſye. Qu'eſt il
de penſer en cecy, puis que par nature ſimplement, on apperçoit (d'autrepart) ce noble Sexe outrepaſſer bien ſouuent les Maiſtres de toute diſcipline? Or' ceſſent les Rhe-

toriciens de se vanter d'estre maistres du beau parler, & ne soient plus si ostinéz en ce cas, comme sont les Italiens de maintenant sur le faict de l'Eloquence & Rhetorique: quand ilz soutiennent qu'ilz en sont les propres filz, & que leurs predecesseurs leur ont montré l'Eloquence, Tant qu'ilz n'estiment autre nation que la leur en tel honneur, en appelant les François barbares au regard de soy. Vray est que de la, viennent les beaux Hableurs & bons Charlatans, Neaumoins ilz ne peuuent pas bonnement nyer que ce qu'ilz scauent de Rhetorique leur fut enseigné es écolles de Rome par vn Lyonnois nommé Plotius, il y a enuiron mille cinq cens ans : & dont l'Orateur Romain n'a été si ingrat qu'il n'ayt confessé qu'en sa ieunesse luy & son frere eurent instruction de la langue Latine par icel-

luy Plotius : ainsi qu'en pareil cas à fait Iuuenal quant aux Anglois, ausquelz les François ont aussi aprins l'Eloquence Latine. Pour cela donc, il ne faut pas que les Rhetoriciens s'aillent plus vanter de la maistrize de bien parler par sus les Fémes. Car lon verra, outre ce, que les Hommes sont myeux aprins par les Meres & Norrices que par eux. La Dame Romaine qui s'appelloit Cornelia, forma elle pas iadis la parolle treséloquente de ses enfans qu'on nomma les Gracques ? La Royne Hystrine n'enseigna elle pas pareillement la lãgue Grecque a vn de ses enfans nommé Sylus filz d'Aripithe, Roy de Scithye qu'on dit maintenant Barbarie ? La Contesse de Tonnerre d'apresent, qui porte le nom de Loyse de Clairemont, seroit elle pas suffizante de departir, non seullemét a ses enfans propres, mais aussi à tant d'aymables Courtisans, la grace d'agreable eloquence, tãt elle est plus par nature, que par art, tresprompte & hardiment copieuse en son parler ? Et non pour autre cause aussi que celle deuant ditte, le renommé Plato & Quintilian ont souuent amonnesté que les Hõmes qui voudroiét leurs enfans deuenir eloquentz eussent a choisir Norrices suffizammét disertes, A celle fin que la parolle d'iceux enfans se peust dextrement former : veü que l'vne des plus grãdes differéces de l'Hõme a l'Animal brut,

brut, eſt la parolle. Choſe qui par Mercure Trimegiſte fut
autreffois eſtimé vn preis de l'Immortalité, & par Heſiode, le bõ Treſor de l'Hõme. Doncques, & ſ'ainſi eſt que
les Hommes ſoient premierement induytz a l'aprehẽſion
de l'Eloquẽce par les Meres & Norrices : & que la Nature, cõſiderãt cela eſtre vn des principaux pointz de l'humaine cõuerſation, le voulut dõner aux Femmes, tãt qu'a
peine en peult on trouuer vne muete : Pour telle ſignifiãce
ſera il pas permis de ſoutenir en ce cas, la Fẽme nõ moins
eloquente par nature que l'Homme ? Pour plus grãd' ap-
parẽce dequoy, nous n'auõs faute de celles qui pour auoir
du temps des Romains cõſtammẽt plaidé Cauſes ciuiles
en plain Senat tãt pour elles que pour autruy, ont acquis
louable renom, ainſi que feirẽt les deux Sœurs Mucyes,
Amẽzie, & ſemblablemẽt la Sœur de Pithagoras : qui ſ'appelloit Theoclée : De laquelle il n'a pas ſeullement confeſſé auoir comprins choſes grãdes, mais auſſi ſ'en eſt gloriffié. Outre celles la, y à encores Dame Hortẽſe Quinte,
& celle qui fut Femme de Lycin Bruxion, cõme dit Vallere, ſurnommée Afranye : Et pour parler de ſaiſon plus
voyſine y à eu en Italie la Vertueuſe Catherine de Sienne
autant priſée qu'vne Sibile, comme celle qui écriuoit aux
Papes de ſon temps, choſes de ſpirituelle doctrine : & depuis elle, la Damoyſelle Conſtance Sforſe, & auſſi celles
qui ſ'appeloient Treuolſe, Corona Peruſine, Faunye, Gil-
berte, Cornelia veronnoiſe, Eliſabeth Malateſte, & autres
que lon voit honorées es volumes de diuers Autheurs Latins, a cauſe de l'experience d'elles en la Rhetorique : Sans
autremẽt vouloir faire mẽtion de celle qui par ſon eloquẽce & grãd' Doctrine, & nõ par autre voye, à autreffois obtenu la Dignité Pontificale de Rome, & fut nommée le
Pape Ian. Le recit plus ample de laquelle, ne ſeroit indigne de cete Tour, quãt a ce point de Cõpoſition dont y
eſt fait diſcours : nonobſtant tout ce que lon pourroit alleguer de ſon vice. Car outre que de tout ſon cas les Hõmes
furẽt cauſe, lon verra en la Cõtremyne de cete Fortereſſe
les fautes Femenines approuuées es Sainctes Ecrittures,

*Femmes qui
ont plaidé en
Rome.*

*Pitagoras en-
doctriné de
Femme.*

*Femmes Do-
ctes d'Italye.*

trop plus que n'ont été les bonnes operations de plusieurs
Hómes, Qui est vn point duquel a toute heurte les Femmes se pourront seuremét seruir alencontre de leurs Aduersaires, qui pour ny sauoir respondre chose valable auront la honte de donner silence a leur Mesdire enuyeux.

COMPOSITIONS DE
Dames de ce temps.

Chap. III.

RES que pourroit on maintenant, & sans passer plus outre, arguer alencontre de ce Sexe
entier? Rien autre sans dificulté, fors(dira quelque langue a mentir bien aprinse) telles Femmes sont long temps a passées, Secondes a elles ne trou-
uons. Et quand ainsi seroit, Ou sont, ie suply, les Hommes qui de present en tout ce que lon voudroit alleguer,
se voyent par moralle Vertu seullement(sinon bien peu)
ensuyure la trace des Anciens? Ce nonobstant pour faire
entendre qu'en la saison presente y a eü des Dames qui
(étans parées d'autant de Vertu que de Royalle progenie)
ont voulu montrer effetz de leur Etude & Composition
par industrie plus singuliere qu'aucunes des antiques : &
que celles cy ont donné de leur viue splendeur vne bien
autre lueur que celle qui reluysoit es anciennes Poetrices:
Qu'à faict? Quelz œuures à composé la memorable Princesse, Myroer de Chrestiéne Douceur, Exemple de charitable continence, Marguerite Sœur vnique du tresChrestien Roy François, des François n'agueres le premier?
O Palme Royalle plus qu'Imperialle au Ciel plantée.
O Race heureuse, O noble Sang diuinement & par secret admirable caché dans le germe du Lys Royal(voire
auant que du Martial Croissant en France feust nouuelle)
qui te pourra louer qu'en se taysant? Cete Princesse donc,
qui

La deffunte Royne de Nauarre.

qui du Sceptre de celeste Philosophie n'etoit moins digne
que du Nauarrois, ayant voulu, de son viuant, signiffier a
tous le blanc de son Etude & Composition(qui de visiere
temporelle a peine se peult attaindre) à elle pas, entre autres choses, composé & mys en lumiere cet Oeuure doré,
& des Chrestiens, ie dy Chrestiens, non Mesdisans, seulement fueilleté[Le Myroer de l'Ame pécheresse?] O rare

petit volume, Mais tresgrand œuure, sur le titre duquel,
simplement, lon pourroit bastir vne Bibliotheque theologalle, Que feroit on du reste? Duquel Liure, & de la Diuinité qu'on peult fleurer par icelluy en sa Factrice (sans
ce que par les operations exterieures en fut congnu)force
m'est icy trencher propos & le taire, pour le grand Raiz
qui mes sens tãt plus fort éblouyt, que ie me vois efforçant
a luy dessigner quartier en cete Forteresse, cóme de celle

(ainsi que ce Raiz me denotte) qui plus haut & bien autre siege à acquis, que toute Superiorité en terre ediffiée.

O Vulgaire ignorant, qui , au regard de l'amour inusité &
soutenable faueur qu'en Charité Chrestiëne cete Princesse
portoit a tout Hóme de preis, en s'efforçãt redresser les dé-
uyéz, la vouluz vn coup improperer de mauuaise Foy. Au
fruit l'arbre est il pas cógnu? Sa Vie, son Décéz, sa Charité
qui la suyuye, en portent ilz témoingnage?

E N apres, l'Oeil du Cómun à il bien merité, qu'icy ie-in-
uoque vne Grace si rare, vn Esprit en Lettres si fructueux, vne Pallas contre Ignorance armée, & non au
Lac de Triton rencontrée comme sa sœur Mynerue ,
Ains au Iardin tresantique des Gaulles, la Royalle Marguerite de France? O Brune Fleur par dedans reluysante, souz l'vmbre de qui, cecy sera conserué : Fleur du haut
Lys par le Monde congnu : Fleur qu'amortir ne peult la
glace d'Ignorance, & qui du Suc de Sapience (Gardienne des Choses)es si remplie, que l'odeur de tes Oeuures
ou fruitz, est par toute l'Europe ce iourdhuy épars, pour
immortelle preuue de ton Etude & Composition : Voire
Composition, qui tant en soy, fleure la Spiritualité, que
materielle Impression(si i'ose dire)n'en est encores digne,

*Madame
Marguerite
Soeur du Roy
Henry.*

I

pour feruir ça bas de quelque fpecial exemplaire de chofes vertueufes , comme on voudroit. Eftimant que les
Cieux a cela facent quelque fecrette refiftance , qui comme defireux de chofe a eux femblante,te feuffrét le moins
qu'il eft pofsible la Plume entre les doigtz, Tant pour te
faire plus haut porter vifée , que pour retenir a foy l'vfuf-
fruit de ce noble Efprit d'Angelique Princeffe, par leur
fpeciale bonté, fi enrichy de telle purité & folidité, qu'il fe
fent pacifique poffeffeur de toute la fleur de la Philofophye Poefie & Hiftoriographie . O donc fille du Phenix
tresChreftien & proche Soeur du Croiffant de l'Europe,
de ta clairté luyfante & en Science ardente mon œil foit
clariffié, pour myeux vn' autreffois découurir la malicieu-
fe imagination de tous ceux qui font tant a&ifz a deuorer l'honneur de ton Sexe, A celle fin qu'en la Chapelle
des enfans de cœur, imitateurs de la Vertu , les louenges
incroiables de vous deux vertueufes & Do&es Princeffes
& de tout' autre noble Dame aufsi, foient deformaiz a

La nouuelle
Royne de Na
uarre.

plain chantées au dépit de tous Lâgars.mefprifeurs:Apres
touteffois qu'en gracieufe compofition de Mufique elles
auront été nottées par la mygnonne de deux Roys, Fille
d'vne Royne, qui a vn Duc Royal Vendommois auant la
fin de fes iours par amour la donna,en bon augure:Et a laquelle Fille(qui maintenant, ainfi que fa Mere, f'appelle
Royne de Nauarre) femble dignement auoir été prefentée la Garde de cete Tour, comme a celle en qui (outre
fon amoureufe inclination enuers toute nouuelle inuention de Science) la Beauté la Grace, l'Efprit & Courtoifye
humaine, furent tellement vnyz, qu'il femble auoir pleü
a Nature employer plus que fon pofsible a faCreatió,pour
en elle former vn fingulier exemple de telles Speciofitéz.
Laquelle rare Princeffe de fi pres vous fuyt toutes deux es
perfe&ions dont eft queftion,qu'en Trinité de Douceur
bien vnye,la France vous à toutes trois voulu éleuer,pour
tirer(que ie croy)des Sages de Grece,la Science d'eux im-
meritée,& la tranfmettre en vous,Souz efpoir de f'en pouuoir bâlchir la face a l'aduenir:ainfi qu'elle a ia cómencé a
faire

faire des liqueurs fructiferes de Sciéce de la sufmétionnée
Royne de Nauarre décedée, Lesquelz fruictz de Sciéce ont
été tãt agreables es etrãges païs, que trois Dames Angloi-
ses de Royalle Virginité illustrées, & nommées Anne, *Trois Vierges*
Marguerite & Iane, en ont fait mémoire celebrée par di- *d'Angleterre.*
gne Composition de cent Distiques Latins, chantéz sus le
Decez heureux d'icelle Royne : & en France mesme Impriméz a la barbe de tout Detracteur qui ne faict cas par
son enuye de l'Esprit & Composition des Femmes.

EN fin, & pour reuenir a la noble qualité de ces trois *De l'exellence*
plus que Princesses de France, A Esprit Humain est *de la Lignée*
quasi impossible de bien comprendre les Graces, les Per- *de France.*
fections & acroissementz d'icelles qui sont infuses en cete
Royalle plus qu'Imperialle Lignée : veu que ceux & celles qui peuuent aprocher de son paré Pourpris : & principallement qui se voyent reposées en la Couche matrimonialle du haut Lys, Incõtinent(comme de Mosaique lueur
enuirõnéz) se sentent trãssiguréz en quelque aspect de plus
haute Noblesse & Grandeur. Chose qui ne se peult bõne-
mẽt expliquer en plus bas stile, Mais qui fait regner & viure telles Creatures apres la mortelle cõsumptjon des Cé- *La noble Prin-*
dres : En preuue dequoy i'appelerois volontiers icy(auec *cesse de Mé-*
toute reueréce) la treshaute & tresroyalle Princesse de Mé- *dicis.*
dicis a present Compagne tresaymée du Roy des Gaulles
Henry. Pour bien entamer les louẽges de laquelle, tant en
Sauoir, bon Sens, q̃ toute autre Grace dõt elle est illustrée,
outre son experimẽté iugement(comme il est bruyt) en la
Sciéce Mathematique, Seroit necessaire par quelque nouueau moyen de la Magye, tyrer de sa chaste Poitrine vne
partye des Sibiles tant renõmées, qui ont choisy leur manoir en tel endroit a elles conuenable, A celle fin qu'elles
peussent épandre clair tesmoingnage de l'heur & des proprietéz louables dõt elle a été douée des Cieux. Ou biẽ(&
au lieu de cela) seroit besoin d'entierement demolir le ba-
styment de ce Fort, Et sur le fundemẽt asseuré des Vertuz
de sa Maiesté, assoir & réedifier les quatre Bastiõs d'icelluy

pour plus elegãte forme d'Architecture. Mais ayãt defiré, comme Courône de Magnanime Douceur qu'elle eſt, de l'aſſoir au plus haut de cete Tour, pour eſtre vn aparét Myrouer de Royaulté a toute Dame : & n'ayãt ſceü bónemét lequel élire des trois moyens cy deſſus pour ſatisfaire a ſes merites(biẽ que le premier de noz Baſtiós luy ſoit iuſtemét attribué)ne ſera que diſcrettemét fait de luy faire ouuerture de tous les endroitz & Secretz de cete Place forte. Pour en chacun d'iceux engrauer ſon nõ, en memoire & ſignifiance durable, que de toutes les Vertus y élargies elle eſt douairiére & participante, voire & ſera toute ſa vie, a l'auantage des nobles Dames d'Italye ſpecialemét, qui pour recongnoiſſance de ſes treſdignes meurs (dont elles pourront touſiours prendre vn Patron ſans eguille) ne ſeront ingrates, pour le moins, de luy ſouhaitter de tout leur courage la Couronne Ducale de la Floriſſante, non plus floriſſante, Fleur de leur Region, qui doublemét luy eſt due, ainſi qu'a iour determiné effectuellement apperra, & dont aucuns pourront étroittement payer les Arrerages. Et n'eſt ſans myſtaire(a ce propos)que le Lys Royal ayt pour cela, pieça prins lettre de Marque ſus la plus haute des Põmes Rouges que lon voit es Armoiries d'icelle grand' Princeſſe, qui par effect poſſeſſoire, doit voir Floréce ſouz la France, comme elle en voit les Armoiries ſouz le Lys par ſigne bien figuré.

Femmes Do-
ctes de moin-
dre qualité.

APres ces treſilluſtres Dames, & maugré l'enuieuſe oppreſsion d'aucuns, encores y à il pour le iourdhuy Femmes de moindre qualité, qui, a la dérrobée, & nonobſtant les epynes de prohibition paternelle, ont, ainſi que Roſes, bourionné en Science apperceüe par leur Compoſition, outre & par deſſus les autres ſingularitéz de Ciuile grace, deſquelles le Ciel, comme de luy bien aymées, les à voulu orner : Singularitéz ie dy, qu'on pourroit bien ſouhaitter en maintz Hommes Vertueux. Deſquelles Femmes ſi lon faiſoit icy ſilence ou ſimple declaration, ce ſeroit trop puſilanimement pretermettre vn deuoir d'Homme droit, a la crainte de quelque Brocard

de

de Malebouche: tant parce qu'aucunes encor' viuantes,
se trouuent honorablement enregiſtrées en volumes Latins : que auſsi pour ſuyure l'ordre commencé de la De-
coration de la Republique Françoiſe, ou elles floriſſent
pour ſa reputation, comme Region de tout le monde, la
ou Dame Science oſe pour le iourdhuy plus ſeuremēt poſer ſes piedz fugitiz, quoy qu'en dye quelque autre nation,
ou ia les bős Paintres luy ont fait des ayles aux piedz, auſſi bien qu'a Vertu ſa maitreſſe . Suyuant ce propos , & en
commençant a la noble Vile de Lyon, qui iadis fut édif- *Lyon de qui
fiée par lun des antiques Roys des Gaulles appelé Lu- edifiiée.*
gdus, Il eſt notoire quelle ſe ſent fiere dauoir produyt, dãs
ſon Bourg ou enclos, vne ſinguliere Marguerite de Bourg *Marguerite*
qui par induction ſeulle de ſes rares perfections en tous, *du Bourg*
Artz liberaux (outre ſon elegáte & cóplete hőneſteté) tiēt *Lyonnoyſe.*
continuellement en ſon Chateau de Gaige, deux petites
fleurettes de preis, de ſon Sang yſſues, ſi diuinemēt arro-
ſées de toute liqueur deſirable d'eſprit, qu'il ſéble que pour
quelque gaige d'honneur, elle les vueille vn iour preſenter, pour illuſtrer tout le Lyonnoys, Et ce, tout ainſi qu'il
luy ſouuient auoir été de ſemblable Honneur précedée
de temps , par deux treſuertueuſes Sœurs, appelées Clau- *Claudine &*
dine & Iane Sceues, Les Compoſitions deſquelles (ſi bien *Iane Seues*
étoient recueillies) ou bien, que par le loyer de labeur ſtu- *Lyonnoyſes.*
dieux les Femmes feuſſent auſsi ardamment induyttes a
cela, que les Hőmes y ſont pouſſéz , moins n'auroient elles decoré tout leur païs, l'vne pour la Science de Poeſye:
& lautre pour ſes tretz de nayue Charité & aſsidue cőtem-
plation es choſes diuines, qu'a fait & ſefforce faire celluy,
qui portant le nom de Maurice & pareil Surnom qu'elles
deux, ſemble eſtre leur frere, & dequi aumoins, les œuures (bien cőmentéz) pourrőt vn iour auoir l'heïr du Petrarque. Teſmoin, ne ſcay quelle eſperance, que de nouueau, Marot en à donnée par vn Sizain de ſa veine, qui le
decore du Blaſon du Sourcil par luy fait de ſi viue façon
que le Roy François, en toute Sciēce experimēté, en print
merueille : A propos dequoy icelluy Marot diſt ainſi.

Mais du Sourcil la beauté bien chantée
A tellement ceſe Court contentée
Qu'a Son Autheur notre Princeſſe donne .
Pour cete fois, du Laurier la Couronne.
Et m'y conſens, qui point ne le congnois
Fors qu'on ma dit que ceſt Vn Lyonnois.

EN la meſme vile de Lyon, outre celle qui par ſon hôneſte renom ſe fait congnoiſtre pour Claude Peron-
ne, y a eü pour Poetrices, vne qu'on nommoit Iane Gaillarde & vne autre dite Pernette du Guyllet, qui à mys en
lumiere vn Liure intitulé les Rhymes Amoureuſes & autres Poéſies: non tant, ce ſemble, pour le fruyt d'honneur
que merite tel labeur, que pour faire entendre aux dures
Ceruelles, le Sens de la Femme n'eſtre aucunemẽt préce-
dé de celluy de l'Homme en dons ſpirituelz, Conſide-
räs biẽ les ſuſdites Damoyſelles, que les Ames ne ſont ny
Maſles ny Femelles: Ains que quelquesfois ſe trouue des
Femmes, qui par vn zele aſſidu quelles employent aux
choſes d'Eſprit, Si fort ſe transformẽt en icelluy, q̃ par l'ap
parence viſible de la dimunition de leurs perſonnes, elles
ſont iugées ſi fort Spirituelles, que les Maryz y perdẽt ſou
uẽt l'attẽte de la Curée, Ainſi qu'en la perſóne treſgẽte de
la Damoyſelle Anne Tullóne Macónoyſe qui ſe deuſt pl⁹
toſt appeler Tuliane, pour la pfection de ſes Myſſiues plus
que Ciceroniannes , faites par grace ſpeciale de naturelle
viuacité, nó par Art: outre les infiniz dons de D I E V, qui
ſouz ſa douce Humilité merueilleuſement s'agrandiſſent.

APres cete noble vile de Lyon, la Picardye ne reçoit
peu d'honneur par l'Eſprit meruéilleux de ſa fille He
liſenne. Les Compoſitions de laquelle ſont ſi ſouuent es
mains des François ſe delectans de Proſe, qu'il n'eſt beſoin en faire autré diſcours . Car, ainſi qu'on dit en Prouerbe, l'Oeuure couronne l'Ouurier. Bien pourroit on dire pourtant, qu'en vn paſſage de ſon Liure touchant les
Angoiſſes amoureuſes, elle donne vne facheuſe touche a

tout

Iane Gaillar-
de.
Pernette du
Guyllet.

Anne Tul-
lonne Mâ-
connoyſe.

Damoyſelle
Heliſenne
Picarde.

tout detracteur de Féme, quand en vne Letre qu'elle enuoya à vn certain Elenot(qui maintenoit fort & ferme les
Fémes ne fe deuoir mefler que de filer) elle renuerfe aufsi
plaifamment fes ironiques Raifons, comme feit vn iour
certaine autre Damoyfelle d'Efprit, a vn Brocardeur, qui
a la Soufcriptió d'vne Lettre a elle enuoyée, voulut parler
en cete forte [De par celluy qui vous dóna dimenche vn
Bouquet Damoyfelle de Fenoil, a l'heure q̃ cómencyéz a
difner, damoyfelle de Pómes cuytes] Aquoy faifant refponce la fufdite, & pour luy mótrer qu'il n'auoit pas a faire à vne fotte, luy écriuit en telle maniere a la fin de fa Let
tre . [De par celle qui vous dóna , lundy vn Cordon Gentilhomme fait en lourdoys, Pour metre a votre Chapeau
Gentilhomme de paille.]

AV demeurant, Rouen fe taift, pour laife & fecret con-
tentemét receü en particulier de la finguliere Grace
en Sauoir & bó Sens dont eft parée la Fille du graue Sena
teur & Prefidét Raymond. Car Paris n'eft content de telle vfurpation, qui a endoctriné cete hónefte Damoyfelle,
laquelle (ainfi que f'eft entendu en Italie) à cómencé a fai
re congnoiftre aux Hómes, que le Luc, qu'on dit ne pouuoir trouuer fon Maiftre , en elle a trouué fa Maitreffe.
Toutesfois cete gráde Cité de Paris à patience, voyant
qu'afféz d'autres de fes belles bráches & florettes n'ofent
getter leur odeur de literature: tant pour la feruile Coutume, qui par tout f'efforce étandre fon bras vfurpatif, que
pour le trouble de l'Herefye, qui a gardé de germer beaucoup de belles Plantes, aumoien de la continue Rofée de
Sufpició qui tumbe fur tout ce que lon f'efforce metre en
lumiere . Pour cela Paris eft cótraint en cete faifon de fe
payer du cómun Prouerbe, le cófeffant veritable , qui eft,
Que fouuét les bons le perdét pour les mauuais .Neau-
moins il ne fera pourtát excufé de l'Abbus qu'il a laiffé fai
re depuis quelque temps en ça, fus le titre ou nomination
du College de Chápagne (que lon dit Nauarre) au preiudice de l'Intention de la fundatrice d'ycelluy qui fut Madame Iane de Champagne, Cópagne du Roy Phlipes le

Abbus de Paris au def. auantage des Femmes.

Les Colleges de Nauarre de Bourgon- gne fundéz par Femme.

Bel. Laquelle(ne voulant icy obmetre que la Brye & Châpagne par elle furét deſlors vnyes a la Courône)auoit ordô
né que tel College fuſt nômé, Le College de Châpagne.
Ce que les Enuieux de ce haut Sexe ont obſcury par vne
Coutume de le faire appeler Nauarre. Ce qu'ilz euſſent
ſemblablement bien voulu faire, ſilz euſſent peü,du College de Bourgongne, auſsi fundé par vne autre Royne
de Frâce, nommée Iane,Conteſſe de Flâdres & de Bourgongne. Qui ſont œuures Femenins, Eſquelz ou peult
bié congnoiſtre les Fruitz qui en ſont procedéz, au grand
honneur du Royaume de France : lequel pourroit bien
eſtre touché d'Ingratitude ſil ne ſefforçoit de celebrer la
ſouuenance de Dames ſi memorables,& le Zele vertueux
qu'elles auoient aux Lettres, qui les émut d'eſtre Funda-
trices des deux principaux Colleges d'vne Vniuerſité au
Monde ſans pareille Duquel Zele, ou ſemblable, fut
auſsi diuinement picquée en courage,la prudente Mare-
ſchalle de Chaſtillon, nommée Loyſe de Montmorency
n'a pas long temps decedée, Mais plus toſt encores viuâ-
te, ſpeciallement pour le ſecret & charitable entretenement quelle faiſoit,durant ſa vie, des hommes, a pluſieurs
preferéz, en la Doctrine de notre Relligion & autres de
Science humaine. Par le ſage conſeil deſquelz elle ſeuer-
tuoit a dreſſer l'etat de l'etude des vertueux enfans qu'elle à laiſſéz en France,pour y fructifier,a la gloire du haut
S E I G N E V R & ſeruice de ſon Roy treſchreſtien. Entre tous leſquelz nobles enffans procréez du corps de ſi
digne Femme (& pour montrer de ſon Ouurage) ne ſera
icy moins neceſſaire qu'apropos, de nommer, auec toute
reueréce,l'Illuſtre Cardinal de Chaſtillon, Eueſque & Cô
te de Beauuais & auſsi Per de France. Lequel pour le peu
de temps de ſon ſeiour à Rome lors de la Creation de Pape Iulle tiers,feit bien côgnoiſtre ſans bruyt, la Seméce &
viue Graine de Vertu, que les Cieux (par inſtrument de
Mere) voulurent planter en luy drez ſon enfance. Voila
comment, O Detracteurs de Femenine Eſſence, Voila comment les Hommes,les Regions & Citéz ſont iour-

La Mare-
ſchalle de
Chaſtillon.

Canônade.

nellemēt decoréz & fecouruz de telles Fémes & Meres,
Qui fait que du perfonnage fufmētionné & de fes freres,
l'vn aprefent digne Admyral de Frāce & l'autre Seigneur
d'Andelot,fera dit en France & allieurs ce mot, Heureux
fe corps qui telz hommes à produit.

OR' pour trécher ce difcours & aufsi celluy de la Compofition des Femmes de notre temps, facillement fe
pourra à cet' heure prefupofer,que chofe dificile ne feroit
de produire cy dedans vne infinité d'autres Femmes &
Dames Françoifes expertes en tout point de Cópofition,
fi la Place n'etoit ferrée ainfi qu'il conuient à vn Fort imprenable: Aufsi que laiffant en arriere la Cité de Paris(autant ce iourd'huy illuftrée des Graces admirables de la
belle & honorable Damoifelle de Conan,yffue des Hen-
nequins,qu'elle fe tient eftimable pour fa Grandeur, fus
toutes autres)lon pourroit dire vanité d'aller chercher
preuues de femblables Cópofitions es autres Citéz de la
Frāce. Et pourtant,prolixité ne fera icy appelée,& fus Paris la Plume plus auant ne fetandra, congnoiffant bien
qu'apeine feroit il pofsible manifefter les noms de celles
qui y font Doctes & en plufieurs cas fingulieres (comme
l'honorable Prefidente de Roffignac,ou la bien inftituée
Marye de l'Hofpital)Sans en cela euiter indice de flatte-
rie.Cófideré de plus que tout ce qui fe fait de bon ou excellent entre les humains,n'eft tant cógnu ny fi toft clarifié que le mal, aquoy l'oreille du vulgaire eft par trop at-
tentyue.Lequel Vulgaire,cóme norricier vigilāt de toute
mauuaife Coutume,à toufiours été appelé Malebefte par
l'elegāt Demoftenes,& par le Philofophe Plato,l'Animal
à beaucoup de teftes trefdāgereux, Au regard dequoy ne
fe faut émerueiller de la hayne par luy cóceüe alencontre
de ce noble Sexe, Car la Vertu ne fe trouua onc plus fort
pourfuyuie,que du Diable & du Vulgaire enfemblément
acoupléz,&,comme dit vne noble Poetrice de ce temps.

Rien n'eft plus vray,qu'Enuie & Ignorance
Enfemble font volontiers demourance,
Pourfe bander contre les Vertueux.

K

A V furplus, & en mettant fin à la vifitation de notre
Tour, figurée fouz la Prérogatiue d'Inuention & Côpofition: Que diront ces pauures Blafonneurs, fi tout ainfi
que la France fe complaift des Dames plus que Royalles
cy deuant mentionnées, & autres, à caufe de l'honneur de
leur compofition & vertueufe étude, l'Italie fait le femblable pour le Renom épandu en fes terres & allieurs, de la
treshaute & trefilluftre Princeffe Madame Renée de
France, Ducheffe de Ferrare? Laquelle, outre fon amour
naturel enuers les Sciéces, & ceux aufsi qui en font douéz
(témoin le gentil Poete qui difoit. D I E V gard' la fille au
Roy Loys qui me reçoit quãd on me chace) a voulu pofer
fon principal but de ftudieufe inclination fus la feulle Phi-
lofophie qui rend les mortelz coheritiers de l'Empire celefte: Chofe, qui pourtant n'eft grand' merueille en cete
Dame. Confidere, qu'ainfi que le Lys inuincible & beau,
pour armoiries Françoifes, eft defcendu du Ciel en figne
de quelque grace fpecialle de peu de gens confeffée: Auffi, elle qui eft yffue du germe Royal de ce Lys azuré, ne
peult degénerer de la beauté propre d'iceluy, & moins faire, qu'en aprobation de telle Grace, elle ne foit vn tableau
de vertu chreftienne à toute femme Italienne, come elle
eft, quoy que le Vulgue en ayt peü murmurer. O qu'odieu
fe en fut toufiours l'engence, qui par tous moiens ne cherche qu'a metre en ruyne de mefpris vne excellente purité de femme, quand elle eft aperçeüe: En la pourfuyuant à
extermination prefque tout ainfi que Iuifz vne Diuine
humanité. De vray vne Deité en terre, eft ce iourd'huy
toute Dame, qui étant chafte & humble, eft prudente &
litterée. Heureux le Palais qui garde tel Trefor.

I L ne faut autrement icy prolonger par écrit l'eftime d'a-
moureufe perfection & gentilleffe incroiable des deux
nobles Princeffes & filles procrées en bon augure de la
Ducheffe fufnommée: Afçauoir de Anne & Lucrece de
Ferrare, Pour le regard tant feulement, qu'il eft plus que
vraifemblable tout le Sexe femenin de fi opulête maifon
eftre

Madame
Renée de
France Du-
cheffe de Fer-
rare.

Canõnu

Nobles &
doctes filles
de Ferrare.

eſtre entierement diapré des plus riches ioyaux de Science & Royauté, puis que les moindres Damoyſelles de la
famille, ont elles meſmes été nompareilles en doctrine
acquiſe: Et ſpecialement vne nommée Olympia Morata, *Olimpia Mo-*
rata Italiëne.
qui n'ayant encor' attaint lan vintiéme de ſon age (outre ce qu'elle cópoſoit en letres Grecques & Latines) fut
iugée treſexpert en Phiſique & Methaphiſique. Enquoy
ſeſt autrefois grandement delectée auec icelle Damoyſelle l'Ainée de Ferrare, ce iourd'huy Ducheſſe de Guyſe,
qui du depuis, pour faire reluyre en France ſes Graces &
grádes valeurs, veint decorer la plus excelléte des Courtz
Royalles du monde, en ſe ioignant par nœu de mariage à
l'vn des plus excellentz & hardiz Princes de la Terre, qui
pour Deuiſe auſsi, porte la Sempreuiue: Qui eſt vne Her- *La Sempreuy-*
be, qui par ſa vigueur naturelle fut en toute ſaiſon de du- *ue du duc de*
Guyſe.
rée, ainſi que ſera la vertu de ce Prince Royal, qui a cete
fin à voulu choiſir telle Deuiſe, pour l'aſſeurance infallible
qu'il ſentoit luy eſtre donnée en nature, dez ſa naiſſance,
d'attaindre au hault point d'Honneur & grand' Proeſſe,
Dequoy l'Europe, la France, vn grand Empereur, & la treſ
noble Maiſon de Lorraine en ont ia tresbien apperceü les
effaitz.

ET pour abbreger, quant au faict de la compoſition des *La Docte*
Dames & Damoyſelles d'Italie, cy deuát métionnées: *Marquiſe*
de Peſcare.
Ou etes vous, entre autres, Prudente Marquiſe de Peſcare, qui trop toſt au gré des vertueux, auéz habandonné ce
Ciecle, & qui en voz compoſitions Latines & Italiques
auez flory dás Rome à la barbe d'vne infinité de Togues
viriles, depuis lan de notre ſalut, Mil cinq cens & vingt,
iuſques au quaráteſettiéme? Etes vous ébloue de ſi gráde
lumiere: ou les neuf Cieux vous font ilz telle nuée que ne
voyéz l'honnorable commemoration que, ça bas, font
encor' en votre louenge aucuns Cardinaux Romains,
& autres, qui de la fidelle Aſtronomye font profeſsion?
Sentéz vous point l'infete vaporation des oſtinéz, à l'encontre de la capacité de votre Sexe qu'auéz en terre tant

K ij

eſtimé que pour riens à celluy de l'homme n'euſsiez voulu faire échange?Il ſemble qu'ilz vont ia ſourians,que ſans
propos on vous ayt cy appelée, pour la cloture de cete
Tour de Compoſition,parce que de tel cas ne leur eſt apparu aucune choſe en vous. Que n'impetrez vous licence de la haut,pour d'ilec faire vn peu deſcendre votre
Epoux(de vous autreffois tant honoré)A celle fin que l'é-
pée de realle verité au poing,il leur peuſt prouuer, & metre en teſte, qu'ilz ſont,ou ignorans,ou malins menſongers?Car il eſt notoire que iamais Mary ne feit en honneur ou commemoration de ſa femme, la moindre part
de ce qu'auéz fait pour le rendre au monde immortel,
luy ia décédé, outre les Oeuures Sainctz forgéz de votre
main,qui de vergongne ſont rougir le front de maint re-
gullier les lyſant. Ainſi que l'Italye le va encores chacun iour confeſſant maugré l'enuie d'aucuns qui ſen ſont
fable,pour le regard que ce ſont oeuures de Femmes, du
vulgaire touſiours mal fleuréz comme choſes inuſitées,&
non qu'elles ne ſoient recepuables & dignes.

La Princeſſe
de Salerne. OV etes vous auſsi Dame Iſabel de Vilemarine Prínceſ-
ſe de Salerne, qui rédéz émerueillée toute oreille re-
ceuant le recit de voz Carmes & elegantes Proſes? Ou
etes vous, Toutes pauures Dames enſerrées du païs, qui
ne deuſsiéz en lieu d'oiſiueté faire autre cas par voz écritz
& fortes raiſons que d'employer les nuytz & heures à
rompre les dures Priſons coutumieres de voz Chambres?
Pour aumoins vous getter vne foys en liberté Françoiſe,
& n'eſtre plus Eſclaues de Coutume côme vous etes, par
trop puſilanime courage, comme il ſemble. Cité de Naples qui n'es des moindres de l'Europe,& ou tant de courageux perſonnages prennent chacun iour origine par
grace de femenine Fécondité, En rendant vn iour tribut
à la France,au gré de votre tant aymé & plus qu'honorable Prince de Salerne, luy feréz vous pas auſsi feſte par
exemple d'Honneur,de trois Damoyſelles(entre autres)
amyes d'honneſteté, & plus ſtudieuſes en bonnes diſciplines

plines que vous n'etes bonne Françoiſe? Et qui ſont celles

Canōnade. la? Eſſe pas(ſi ie la ſcay nommer) la memorable Conteſſe de Nolle, pour vne : Violante Carlone & Violante Sanſe-uerine pour les deux autres? O miſerable Enuye qui a tel-le inclinatiō es inclinée, qu'outre ce qu'en autruy la Dou-ceur t'eſt aigreur, En toy propre non en aigreur , mais en venimeux bruuage eſt tournée . Et puis, Femmes ny à de preſent, qui ſoient, ce dit on, capables de choſes grandes:

Canōnade. Qui ſachent Compoſer ou Inuenter aucun cas de Louen-ge, ne qui ſoient dignes d'eſtre entretenues aux Lettres. O Superſtition d'Ignorante Malice. Que beſoin te feroit la Doctrine d'vne ſeulle Eſpagnole, qui dans Rome n'agueres faiſoit ſi encores ne fait , publiques & merueilleuſes Predications , voire quelques fois en preſence de Prelatz & reueréz Am-baſſadeurs de la France. Qui comme d'vne Etrangére, d'étranges & haultes choſes diſputant, en faiſoient étrange & louable admi-ration.

K iij

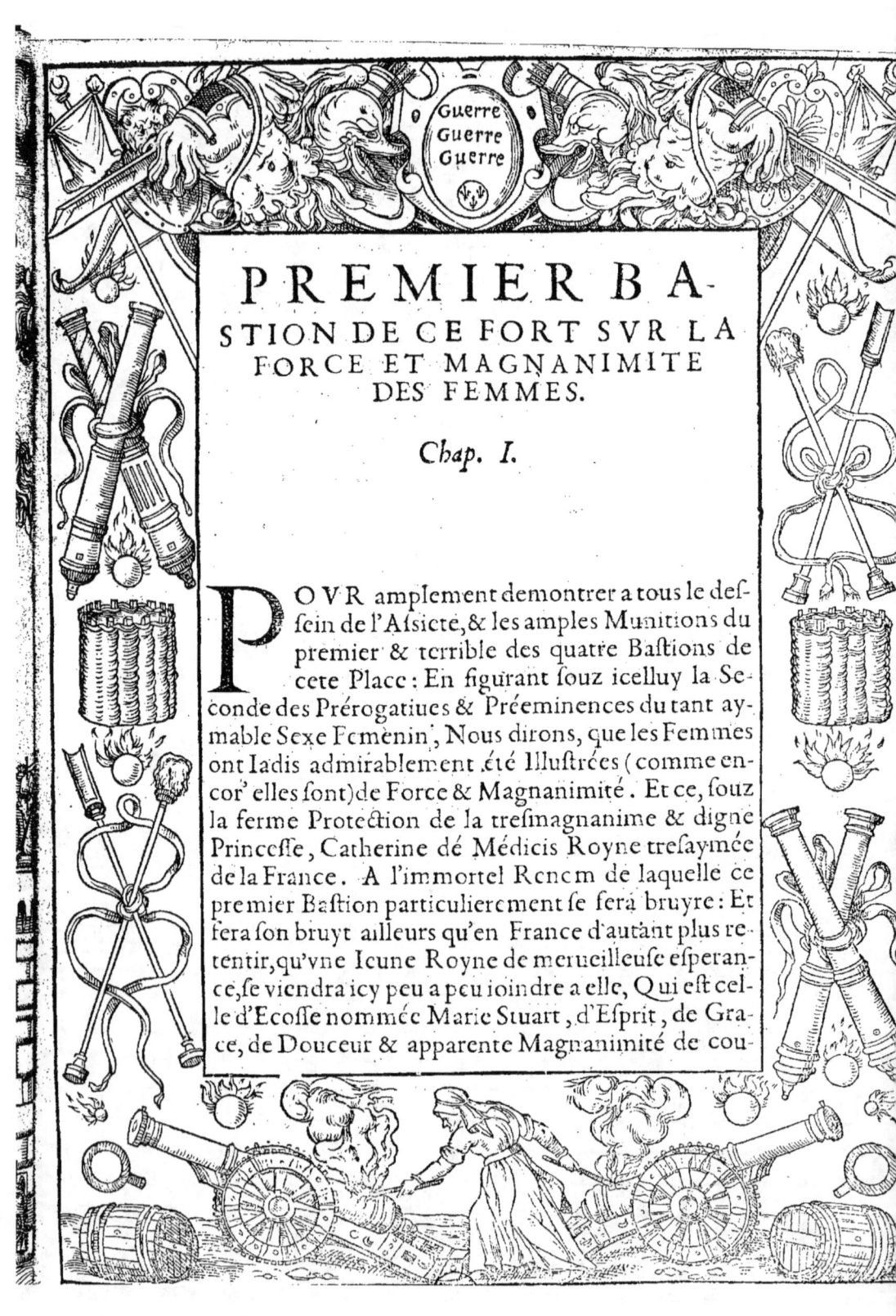

PREMIER BA-
STION DE CE FORT SVR LA
FORCE ET MAGNANIMITE
DES FEMMES.

Chap. I.

POVR amplement demontrer a tous le deffein de l'Afifcté, & les amples Munitions du
premier & terrible des quatre Baftions de
cete Place : En figurant fouz icelluy la Seconde des Prérogatiues & Préeminences du tant aymable Sexe Femenin, Nous dirons, que les Femmes
ont Iadis admirablement été Illuftrées (comme encor' elles font)de Force & Magnanimité . Et ce, fouz
la ferme Protection de la trefmagnanime & digne
Princeffe, Catherine dé Médicis Royne trefaymée
de la France . A l'immortel Rencm de laquelle ce
premier Baftion particulierement fe fera bruyre : Et
fera fon bruyt ailleurs qu'en France d'autant plus retentir,qu'vne Icune Royne de merueilleufe efperance,fe viendra icy peu a peu ioindre a elle, Qui eft celle d'Ecoffe nommée Marie Stuart , d'Efprit, de Grace, de Douceur & apparente Magnanimité de cou-

La Royne de France Gardienne de ce Bastion.

Que c'est de Force & Magnanimité.

Femmes Instruites a la Guerre par Pallas.

Semyramis nompareille entre tous les Hommes.

rage diuinement acomplye drez le printemps de ſa vie. Laquelle Prérogatiue de Magnanimité (cy deſſous deduyte en faueur de tout le Sexe Femenin)eſt vne Vertu moralle tendant directement a honneur pour bonne fin: Et ainſi qu'il a pleü a Ariſtote la diffinir au quatrieme de ſes Ethiques, eſt vne Vertu qui rend la Perſonne digne de grans choſes, quant auſſi on ſe cognoiſt dignes d'elles. Suyuant cela, Qui eſt celluy qui ne ſ'emerueillera de ce que Princeſſes & Dames ont autant Magnanimement entreprins que executé? Quelle Magnanime Proeſſe fut celle des Femmes Palladines (inſtruytes par Pallas) de domter en Guerre bien ordonnée le farouche & cruel Hyarbas, iadis puiſſant Roy de Lybie en Grece? Grande Vertu Femenine, qui ia drez l'An du Mōde, deux mil ſoixante & huict, ſi Magnanimement ſe déploya contre les forces du Roy ſuſnommé: de ſorte qu'il enuoya chercher *Canōnade.* paix a elles, auec offre de treſriches preſentz, pour ſigne d'hommage rendu a leur puiſſance, a cauſe de ſes païs. O Puſilanimes Enuyeux, qui entre les treteaux étes ſi Magnanimes: A la mienne volunté que pour vous banir de compagnie Françoiſe, l'on vous enuoyaſt au fons de ce païs de Lybie, voiſin de l'Iſle de Samos, pour voir les reliques & depoilles du ſuſdit Hyarbas, & faire Cronique plus ample de cete tant ancienne Hiſtoire. Que feit en apres Semyramis Royne des Aſſiriens? Laquelle(en prenant la poſſeſſion de telle Monarchie trois cens deux ans apres le Deluge, pour la rendre la premiere du Monde) acquiſt & conqueſta par forcés d'Armes, toute l'Ethioppe ſoubz ces Armoyries & Enſeignes, qui etoient d'vne Columbe, dont a parlé Hierémye. Souz le guidon deſquelles auſſi, elle feit cruelles Guerres a vn Roy des Indiens nommé Staurobates. Auquel vn iour pour luy rabatre ſes menaſſes hautaines, elle voulut reſpondre par lettre, ces motz. Cōbatre faut de faict, non de parolle Staurobates, Le tout ſuyuāt ce qu'amplemēt en a ecrit l'Hiſtoriographe Dion. Dauantage, entre les heroicques Faitz de cete Princeſſe aueint, qu'elle ayant vn iour entendu par auertiſſement

(comme

(comme à notté Iustin) que la Vile de Babylone par elle
ou restaurée ou ediffiée, etoit en trouble de quelque Rebellion : Et elle etant empeschée apres l'atour de ses cheueux, monta ce nonobstant a Cheual, & auec bône trouppe de Gendarmerye (ainsi qu'vn Magnanime Roy François deuant Landrecy, Ou, pour plus propremēt alleguer,
ainsi que le grād Conestable Montmorency a Bordeaux,
pour la Rebellion faite au commencement du Regne de
son Roy Henry) elle se meit en campaigne : ou vaillamment (& non sans combat, dont elle fut forcée) remeit sa-
dite Vile de Babylone en sa premiere liberté a elle obeis-
sante : En la desenulopant de la rebellion susdite, tousiours
ses cheueux ainsi demy atournéz & ependuz. Dequoy,
selon que dit Vallere en son neufieme Liure, luy fut erigé vne Statue magnifique en Babylone, qui viuement la
representoit en l'état qu'elle exécuta si louable affaire. Laquelle Princesse, en somme, regna autant triumphamment, que feit onc Prince ou Roy de saison antique, par
l'espace de quarante deux ans. A la confusion de tout langard qui tient la Condition femenine pour indigne de
choses grandes, A l'ocasion dequoy c'est force d'vser icy
des termes du tresantique Autheur Berose de Caldée, de *Berose Cal-*
toute ancienneté enregitréz , en faueur de cete haute *dée.*
Dame : En disant speciallement, qu'elle auoit (de son tēps)
outrepassé tous les Mortelz en Gestes martiaux, en Triū-
phes, en Victoires & en Richesses : & de plus, qu'il ny auoit
Homme a elle comparable : veü (dit il) tant de choses admirables dittes & écrites de sa Magnificence : encores
qu'en aucunes, on l'ayt peü taxer. Et cecy est la sustance
des parolles d'icelluy Berose, nottées en son cinquieme
Liure des Antiquitéz , propre a tout moderne incredule
de muliebre Vertu.

E T pour reuenir a Vallere Historiographe Latin, il semble qu'il n'ayt obmis (parlant de la susdite Dame) de
bien déchiffrer l'odieuse vie de tous Detracteurs , qui par
haine enuieuse s'efforcent de parler mal, de ce qu'ilz deus-

L

sent auoir en plus grand' reuerence. Car il n'a tant peu
estimé vn Acte autreffois executé en Rome par vne ieune
Damoyselle(nōmée Cloélia)que en faisant d'icelluy memorable description en son troysieme Liure, il n'ayt ron-
dement afirmé telle Femme estre a préferer aux Hommes, en lumiere de Vertu. Et ce, pourautāt qu'elle ayant
vn iour été enuoyée en Hostage es mains du Roy Porsen-
na, auec neuf des plus nobles Vierges de la Cité du temps
de Tarquin le superbe, que les Hetruriens setoient campéz aux Ryues du Tybre Romain : elle feit tant par vigueur de Magnanime courage, qu'vne nuyt elle échapa
des Tentes ennemyes: monta a Cheual: passa hardiment
le Tybre perilleux:& auec soy attyra toutes ses Cōpagnes.
De sorte que par la vertu de si resolüe Gentiféme, la Guerre print yssue d'honorable amortissement pour les Romains : qui n'estans ingratz de si grand bien, feirent peu
apres eriger, en memoire de ce cas, vne riche Statue a
l'honneur de tout le Sexe Femenin,& a la Remembrance
de la susdite Cloélia : Laquelle Statue fut afsise en la grād'
Rue Sacrée de Rome, ainsi que plus a plain Tite Liue en
fait le recit.

Cloélia Ro-maine préfe-rée aux Hō-mes.

Que dira lon de Iudith, qui si hardiment pour la deli-
uráce du Peuple d'Israel entreprint,& de faict tren-
cha la teste au Superbe Holofernes, Lieutenant du Roy
Nabugodonosor qui tenoit en Iudée la Vile de Bethulye
afsiegée ? Pour Remuneration de tel Acte plus que Magnanime (en quoy elle n'auoit epargné le peril euident
de sa vie)fut elle pas, de son temps, dignement préferée a
tout le Peuple Iudaique? Cela ne sera il pas congnu pour
vn grand signe de barre gaingnée sur toute oppinion de
Mesdisant,au mespris de ce Fort & Vertueux Sexe Femenin ? O Glayue trenchant de Iudith, qui feis execution si
meritoire, Que trāquilité Femenine auroit besoin de ton
fil aygu, pour coudre ou tailler vn peu le Gorgerin de ces
Lieutenans de mesdisante Gédarmerye,Ramassée pour
le décroissement de l'honorable Reputation des Dames.

Iudith préfe-rée a tout le Peuple Iu-daique.

Dauantage

DAuantage Qu'a faict Panthaſilée Royne des Amazones, qui pour ſoutenir le party des Troyens ſe trouua
furieuſement équippée au Siege de Troye auec ſes puiſſances ? Ce nom, tant ſeulement, deuſt il pas faire trembler tout Ennemy de Femme, puis que les Grecs l'ont ex-
poſé ainſi, Panthaſilée, quaſi tout ſubiugant? Laquelle Panthaſilée (auec celles qui luy ont ſuccedé par l'eſpace de
cent ans, au gouuernement du Royaume) ſeſt montrée
digne d'auſi grand triumphe en Faictz martiaux, comme
dit Iſodore, que fut onc Alexandre le grand. Lequel pourtant (ainſi qu'a écrit Dares Frigius, grand Cheualier &
Hiſtoriographe qui ſe trouua dans Troye lors de ſa deſtruction) les ſubiuga, Touteffois non pas comme declare
le ſuſdit Iſodore : Car en l'Hiſtoire d'Alexandre eſt écrit,
Que luy, ayant enuoyé Ambaſſades vers icelles Amazones, pour leur demander Tribut : & en cas de reffuz leur
ſigniffier la Guerre : Les Princeſſes d'entre elles, qui lors
Regnoient, enuiron trois cens cinquante ans auant le
REDEMPTEVR, luy enuoyerent Letres reſponſi-
" ues: la teneur deſquelles fut ainſi. [Tu donnes Prince ex-
" cellent grand ébaiſſement de ta Prudence & Conſeil, de
" te mouuoir a chercher Guerre alencontre des Femmes.
" Conſideré, que ſi par volunté des Aſtres il auenoit que
" tu feuſſes vaincu ou repouſſé de noz Forces, Ce te ſeroit
" bien grande confuſion, pour la memoire, qui a iamais ſe-
" roit offence a ta Grandeur, Vaincue par Femmes & des
" Hommes inuincible. Mais poſé le cas qu'il aueint que
" par quelque deſaduéture nous feuſſiós aſſeruyes a ta Puiſ-
" ſance : Quel Pennache d'honneur en pourroit il eſtre ad-
" iouté a ton Héaume: qui aurois ſeulemét domté des Fem-
" mes tant peu inſtruytes a la Guerre : ſi pauures, & en ſi pe-
" tit nombre au preis des Hommes ? Et pource que par ton
" bon auis, tu pourras comprendre quelle eſt notre fin &
" notre affection en ton endroit : & qu'auec ce, tu ſcauras
conſiderer aux circonſtances fauorables que merite notre Sceptre. Nous ne te ſerons ennuyeuſes de plus longue
harangue. Les Dieux te conſeruent.] O diſcrete & pru-

Panthaſilée Royne, occiſe au Siege de Troye.

Letres des Amazones au grand Alexandre.

Canonade.

L ij

dente dépefche d'Ambaffade. Cete Letre veüe & reueüe
par ce haut Prince : Puis communiquée a fon Confeil,
Auant neaumoins qu'aucun fur icelle formaft opinion,
fe leua fus, & pour refolüe conclufion de tel affaire, déclara, Que pour ne donner attainte a fa Reputation : & qu'il
confideroit n'eftre chofe honnefte de f'éfforcer a furmon-
ter les Femmes par Armes ny par toute autre voye forcée : Voire qu'en cela la folle nature d'vn Homme fe dé-
couure, il n'entendoit f'auancer dela en auant a la conquefte du Royaume des Amazones par autre voye, que
celle qu'Amour luy enfeigneroit. Et que cela étoit le feul
moyen honorable a l'acquifition de Puiffance Femenine:
En declarant par luy, outre ce, que deflors il donnoit plaine liberté aufdictes Amazones, & que c'etoit la Seruitude
qu'il requeroit auoir d'elles, fans plus. De maniere qu'elles furent ainfi vaincues de ce grãd Monarque, par Alian-
ce amoureufe tant feulement. Aufsi effe, certes, l'Artillerye qui, feulle, peult faire breche es cœurs des Dames.
Chofe pourtant qui faict a leur plus grand honneur. Car
comme chante vn Philofophe Poetique parlãt d'Amour:
& que c'eft le Seigneur des Femmes, ce que deffouz n'eft
que trop veritable, affauoir,

Ie voy qu'Amour faict pour fa gloire expreffe
D'vne grand Dame vne moins que Bergere,
D'vne Bergere vne Sémydéeffe.

O Cœurs d'enuyeufe Penfée, qui fentirez offenfer votre
Vifiere a la veüe de cecy. O tyrannique oppreffion du
Vulgaire, qui as foumys la Femme a ton feruage? O Rudes & renfrongnéz Marys, marryz du Bien qui reluyt en
voz Femmes, Ne fera il iamais plus veü vn autre Regne
d'Amazones, pour vous dépoffeder du fruyt immerité,
dont tout Ame amoureufe deplore le malheur ? Verra
lõ iamais auec vous, voz Complices Gaudiffeurs Mefprifeurs & autres (a qui le laict eft amer) fouz l'Empire de Femenine Puiffance? Ou bien, ferez vous onc tant amys de
Raifon, qu'elle vous preferue de ces Canonnades?

Canõnade

Canõnade

Mais

MAis pour reprendre la Suytte de Magnanimité cy
deſſus entamée, De telle vertu, ny des louenges qui
en peuuent ſortir, ne pourra iamais eſtre peu décorée, vne
noble Dame dite Artemyſia., qui autreffois gaigna les *La Princeſſe*
Rhodiens, domta leur Armée, & print leur Iſle : Pour teſ *Artemiſia.*
moingnage dequoy luy fut erigé vne Statue en la Cité
de Rhodes : Comme plus à plain le pourront à touſiours
ſoutenir les nobles Cheualiers de la Religion, à tous incredulles detracteurs de Dames : Voire, & de courage auſſi vertueux que le môtra auoir l'vn d'eux, a la prinſe d'Affrique, tenue par les Infideles, l'année de la Fondation
de cete forte Machyne, Soit qu'il mouruſt vaillamment
a la Breche, au grand regret de l'honorable Maiſon de
Diou, dont il etoit yſſu. A l'exemple duquel noble Cheualier (quât à ſon ardeur de courage) tout autre de la Frâce (ce ſemble) entreroit ſans dâger en grâd' Breche d'hô-
neſteté, de maintenir à tout Contrediſant, que tout ainſi
que pour l'honneur de la Dame ſuſnommée, Rhodes eüt
memoire d'elle, au moyê de la Statue y erigée, pour ſigne
de ſa Force & Magnanimité : Auſsi, & par ſemblable, que *La grand'*
les François deuſſent celebrer la memoire de la Princeſſe *Magnanimi-*
Iſabel, Sœur du Roy Charles le Bel, & Conſorte du Roy *té d'vne Fille*
Edoard d'Angleterre. Et la raiſon eſt, Que enuiron lan de *de France.*
Salut, mile trois cens vintſix, Voyant cete Magnanime
Dame, ſon Mary eſtre tout diapré de barbares imperfections de vye, & ſur tout auoir a vil preis ſon Sexe : tant
que d'elle propre, il commençoit à faire ce que rudes hômes font ſouuent des choſes plus exquiſes, entreprint &
conſtamment delibera de luy faire côgnoiſtre la puiſſance & Valeur d'vne fille de France, par le magnanime vou
loir qu'elle eüt de l'expulſer hors le Royaume d'Angleterre, & de ſa compagnie, comme elle feit . Pour donner
exécution a laquelle entreprinſe, cete Dame ſacôpagnât
de ſon filz Edoart, Prince de Galles, ſe retyra ſecrettemêt
en France, en eſperance d'auoir ſecours d'celluy Charles
le Bel ſon frere, pour mieulx paruenir à ſes fins. Ce que luy
ayant promis, puis apres refuzé a la perſuaſion d'aucuns

L iij

du Royaume qui trouuoient étrange qu'vne Femme s'é-
leuaſt contre le Mary: elle ce nonobſtant print courage,
& s'en alla en Haynault ou elle auoit acquis des amys. Par
le moyé deſquelz, & de leur alliáce, elle paſſa la Mer auec
bon nombre de Gendarmerie: deſcendit en Angleterre:
Aſſiega ſon Mary Roy d'icelle, dans vne Cité nommée
Briſto: Le print par force d'Armes: l'enuoya priſonnier à
Londres, & finalement comme ſeulle & triumphante
Princeſſe du païs, elle feit tenir les Etatz. Par vertu dequoy, & au regard du merite de ſes raiſons, elle feit iuridi-
quement deſtituer le Roy Edoard ſon mauuais mary du
Sceptre de la Couróne: En faiſant, en ſon lieu créer Roy
d'Angleterre, le Prince de Galles ſuſnommé, ſon filz, Auquel par apres elle feit épouzer la Niece d'vn Cheualier
Hennuyer pour recongnoiſſance du ſeruice qu'elle auoit
receü de luy, a l'exécution de ce que deſſus. Au grand re- *Canõnade.*
gret du Roy de France ſon frere charnel, qui en cela fut
taxé de peu d'amytié fraternelle, & vn peu plus de Puſilanimité, voyant la gloire de ſa ſœur, non par luy, mais par
Hennuyers & Allemans meruelleuſemét exaltèe. O cas
admirable, aux Prínces ſeruát d'exemplaire, aux mauuais *Canõnade.*
Marys d'Inſtruction, & aux Cauſeurs de vergongne nota
able. O noble cœur de Françoiſe Princeſſe, naturellemét
réply de magnanimité: Voyre & iuſques aux ſimples Fil-
La Pucelle lettes de la Region, ainſi & par la maniere qu'on à treſbié
d'Orleans. congnu du depuys le cas cy deſſus, en la treſcourageuſe
Pucelle Iane, dite d'Orleans. Laquelle en l'an du Redép-
teur de nature Mil quatre cens vingthuit, du temps de
Charles ſeptieme, en forme d'vne guerroyante Amazone, Vne Epée ſemée de Fleurs de Lys au poing, & conduiſant toutes les Armées des Fráçois, lors éleuez alencontre des Anglois qui occupoient le Royaume, combatit
autant vaillammét, & auec ſi heureux Sort (ſans eſtre na-
urée que d'vn coup de fleche à la cuiſſe au combat faict a
la porte ſainct Honoré de Paris, & d'vn autre coup a l'é-
paule, deuát Orleans) que les ennemys par elle ainſi vaincuz en diuerſes attaches, elle reſtitua quaſi tout le Royaume

me perdu,aux Françoys:en déracinant d'icelluy par merueilleuses effusions de sang lesditz Anglois. Ausquelz,
helas,elle fut vn iour aprés miserablement uendue deuãt
Cõpiégne qu'elle alloit secourir:& depuis par iceux Anglois brulée, tant pour la haine du nom Frãçois,q̃ pource
qu'ilz luy feirẽt acroire qu'elle étoit sorciere:aussi qu'elle
échüt en leurs mains, vétue d'habit de Cappitaine,qui fut

Canõnade. en lan mille quatre cens trente & vn: An de sa mort re-
grettée,au moys de May, dans la Vile de Rouen: Voila
comment, O Princesses vertueuses,Voila cõment,entre
les Enuieux Barbares,les louenges & celestes qualitéz de
votre Sexe sont traictées. O pauure Pucelle,qui as si heu
reusement,& par ta peine vãgé les oppressions faites aux
François:Les tortz & griefz,les mespreis & rudes traicte-
ments par si long temps souffertz d'vne infinité de pauures Dames Françoises,seront ilz iamais vangéz d'aucune ta semblable? Qui te feit eriger la Statue sur le pont
d'Orleans,fors les nobles Dames de la Cité par leur grande poursuyte?Esperent elles pas encores vn iour estre cer
taines de ce que dessus, par quelque diuin Oracle d'y de
toy attendu, en recompense de leur bon office en ton
endroit?

Canõnade EN apres,Quelle magnanimité,en general,se peult cy
deuant équiparer à celle des Filles & Femmes de la
Gaule Celtique? O gentifemmes,qui etes du grand res-
fort du Ballyage de Sams, A vous ie parle,Car la vertu ma
gnanime de voz Grãmeres est icy réueillée:Lesquelles,
iadis,voyans leurs Parentz & Maryz, seuérement irritéz
en Guerre al'encontre de leurs Ennemys, & prestz vn
iour de se chocquer en bataille pour eux non asseurée: elles oserent bien,d'vne commune Force d'amoureux courage,se getter au plain meillieu des Armes & dardz des
vns & autres:& tant faire par vne vigoureuse douceur de
voix,qu'aumoien de leurs pitoiables larmes, gestes gracieux,& parolles y accommodées, les cœurs des Guer-
royantz furent si commuz à pitié & paisible silence, que

leur furieuſe volonté ſubit ſe conuertit en paix & fraternelle Confederation. De ſorte que d'vne part & d'autre,
rompans le Camp, comme amys iuréz ſe retirerent en
leurs maiſons: Et quaſi ny plus ny moins que ſouz la Cō-
duyte de la Princeſſe Herſilia femme de Romulus, ſei-
rent iadis les femmes Sabynes parauant dérobées par les
Romains, déffiéz & appareilléz à Bataille contre les Sabins pour tel Rauiſſement. A l'ocaſion de laquelle prece-
dente Hiſtoire de Dames Frãçoiſes, fut établye vne Coutume entre leurs Maryz, que touteſſois & quantes qu'il é-
toit beſoin d'entrer en Conſeil pour le fait tant de Paix
que de la Guerre, A cela les Dames étoient appelées, cōme treſſages & de fort courage: Dequoy auſſi ne fut, en ſō
tēps peu douée la Priceſſe Marguerite, Royne de Suyſſe,
qui défit le Duc Albert: le print Priſonnier, & triumpha
de luy a la mode des Empereurs de Rome. Ie tairay icy
la Magnanimité des Femmes Liciès & Myléſies, & non
pas des Saguntines. O cas etrange, Ces Dames ayans
vn iour caché les Glaiues trenchantz entre leurs Mainel-
les par grand'aſtuce, ſe montrerent ſi fermes de courage,
qu'elles accompagnérent leurs Amys & Parentz à vne
entreprinſe dreſſée alencontre des Gens de Hannibal:
Comme pareillement feirent autreffois aucunes femmes
d'Alemagne, qui n'ayans plus dequoy ſe deffendre: gęt-
toient leurs propres petitz enfans aux teſtes de leurs Ennemys, pour ſe getter apres toutes mortes a leurs piédz,
plus toſt que de ſe rēdre. O ſecourable Sexe femenin, que
choſe propre ſeroit, voir que ce ſigne de complete Douceur, figuré en la ſeparation des deux belles Pommettes
de chacune Femme honneſte, pretaſt quelquefois ſa place au Poignard aygu d'vn dédaing: pour rompre & dechacer du Camp de bōne grace voz Aduerſaïres Dames,
trop plus que familiers, & touſiours odieux à voz Amys
& Seruiteurs: Leſquelz comme curieux de votre hōneur,
feront touſiours preuue, que outre les Dames cy deuant
nommées, y en à encor' d'autres aſſéz, qui en pareilles
vertuz que deſſus, ont été grandemēt illuſtrées: Ainſi que
celles

Canōnade.

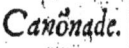

Canōnade.

Les coura-
rageuſes Sa-
guntines.

celles cy qui s'appeloient Valleria Pieria, Policreta, Are-
taphila, Stratonica, Tymeolia, Erixona, Zenocrita & autres, Aufquelles il conuient, & eft force que les Hommes
fe rendent en cela, & fuyuant le Prouerbe des Latins, ilz
leur prefentent l'Herbe, en figne de Courfe gaignée.

ET toy Delbora qui, enuiron mil trois cens vintdeux *Magnanimi-*
ans, auant la defcente du IVGE Diuin, as eü cete *té de Delbo-*
Aurhorité, de donner vint ans durant tes Iugementz gra- *ra.*
ues fur le peuple d'Ifrael, qui t'honoroit comme chofe fa
crée, Les longues années des Siecles te peuuent elles cacher le Los immortel prouenu de ta vertueufe vie? non.
Car maugré toute faifon coulante fera toufiours manifefte, que iadis vn nommé Barach (chef élu) recufant le
Choc de la Bataille prefentée par le puiffant Roy d'Affor
nommé Iabyn, tu fuz en fon lieu dignement choifie pour
Conductrice & pour feul Chef de l'Armée d'Ifrael: & luy
démys de telle charge. En laquelle auec peu de iours tu te
montras fi fage & magnanime, que la flotte des Ennemys
renuerfée: le Roy en fuytte, fon lieutenant (qu'on nommoit Sizara) mys a mort par Iahel pauure Femme, triumphamment retournas de deffus le Mont Thabor, le Laurier de Victoire au poing. Lequel au lieu de fecher, fera
toufiours floriffant en terre, c'eft a dire, en la memoire des
hommes, & fe voit encores verdoyant au beau iardin de
l'œuure fainct, intitulé le liure des Iuges: duquel la porte (ô
Canonade. caufeurs, qui maintenéz ce Sexe, eftre Pufilanime) eft ordinairemét barrée a ceux qui, cóme vous, ont fi malin iugement qu'ilz ne font dignes d'y cueillir vne fleur de raifon exemplaire a eux profitable. O enuyeufe flotte de
Detracteurs, Efquadrons de Mefprifeurs, Embuches de
Canonade. Calumniateurs. O Cornette de fuperbe Ambition, qui
cherches de tyrãnifer fur la Courône d'hôneur de fi haut

Sexe, Quãt viendra le iour que feréz tous conduytz aux
marécages plutoniques fous l'enfeigne de l'mpiteufe Clo-
tho votre Princeffe? Quant verra lon (au contraire de celle cy deffus) vn Rameau de malediction en fes poings

M

pour triûphe de la Victoire qu'elle aura obtenue sur vous
& sur l'Armée enchesnée de la Contrée infernale. Alors
nous dirons ça haut, que brauement elle vous aura mené
en belle boucherie, belle s'entêd, parce que tousiours lan-
guissantz ne pourrés puis apres voir la mort premiere, qui
vous seroit alors fort sauoureuse.

*Trop plus
qu'amirable
façon de cou-
rage femenin*

OVtre ce, nous est recité par l'antique Historiographie
qu'en la Guerre vn iour entreprinse par le premier
Roy des Perses Cyrus, a l'encontre d'Astiage, & la Bataille ia ébranlée en houteuse Fuitte, elle fut ce nonobstant,
remyse en ferme Ordonnance par l'adresse des Femmes
qui la se trouuerent. Lesquelles voyans la Pusilanimité de
leurs Gens, & pour par vergongne étrange leur remettre
le courage au corps, elles n'eurêt honte de s'assembler de
ranc: hausser leurs Cottes & Chemises, & de dire a leurs
Maryz Soldatz qui s'enfuyoient semblables parolles: O

Canönade.

*Par le moyen
hardy de fem
mes, vn Roy-
aume se feit
Empire.*

Couartz, plus que Couartz, entréz entréz icy en notre
ventre d'ou vous étes sortyz. Canaille virile qui vous van-
téz de toute Proesse, votré Vertu magnanime est elle demourée en noz Matrices? étes vous dignes d'estre engendréz de nous? Chose qui fut a ces pauures effrayéz Soldatz & Capitaines de si grãd Creuecueur qu'incontinent
tournerêt visage: Reprindrent forces nouuelles, & com-
batirent de sorte, que ce iour la, la vie & honneur de tout
vn païs se remit sus. Veü que la Iournée fut en fin, tant fauorable au Roy Cyrus, que, graces au Ciel & aux Femmes, il en obteint vne braue Victoire. Et au moyen de laquelle (tenant alors le Royaume des Medes en sa main:
ensemble leur Roy qui étoit son Oncle cy dessus nómé) il
se feit peu apres créer premier Empereur des Perses, qui
depuis deueint si grãd seigneur, qu'il forma la secõde Mo
narchie du monde a luy & a ses successeurs Roys de Perse. Pour recongnoissance duquel bien & magnanime Secours des Femmes (qui ne douterent a lors se ioindre aux
batailles de leurs Hommes) & considerant icelluy Cyrus
qu'en son enfance vne simple Bergere luy auoit sauué la
vie

üie & puis doucemēt alleté,il ymagina en faueur de tout
le Sexe femenin, de cōstituer vne Loy en ses païs. Laquelle faisant émologuer, étoit telle. Qu'il falloit que tout
Roy de Perse de luy Successeur donnast à chacune Femme du Royaume, vne certaine piece d'or monnoyée a
l'Entrée qu'il feroit en ses Viles & Citéz. Et ce, pour l'immortel Guerdō de la Magnanimité secourable des Femmes cy deuant narrée. De sorte que cete constirution
fūt du depuis obseruée par le grand Alexande, en la premiere & seconde Entrée qu'il feit es Citéz de l'Empire.
Lequel d'abondant (& pour authoriser de par luy telle
Canōnade. Ordonnance) ordonna, que aux Femmes qui seroient en-
Seynte le iour de toute Entrée de Vile, le Don meritoire
de la piece d'or fust redoublé & de par luy presenté. O
Blasonneurs ingratz, A votre auis, ce grād Prince Alexā-
dre eust il authorisé telle Loy, en faisant redoubler l'efait
d'icelle a toutes Femmes grosses,s'il eust pensé que de la
en auant elles eussent deü engendrer enfans, qui diaboli-
Canōnade. quement (comme vous) se feussent efforcéz les denigrer,
veü l'effort que luy & ses predecesseurs faisoiēt de les honorer? O Race odieuse & foible, vigueur Serpentine, que
tu serois prompte a remettre sus,non vne Armée en fuyt-
té élancée,mais vne trouppe de Brocardz sensuelz cha-
céz de quelque pudique langue de Femme.

OR' puis qu'ainsi est que nous sommes tumbéz en pro- *Bataille de*
pos de ce grand Roy Cyrus premier Empereur des *deux cens mil*
Perses,qui regnoit cinq cens cinquāte neuf ans auāt l'in- *hommes gai-*
carnation du diuin R O Y qui tant honora la Femme, *gnée par vne*
ne sera que conuenable de reciter icy vn Fait d'incroya- *Royne.*
ble Force & Magnanimité, trente ans aprés executé a-
l'encontre de luy,par vne Princesse, lors Royne de Tar- *Vengēce grā-*
tarye, qu'on disoit Scythie, nommée Thomyris: Lequel *dé d'vn Prin-*
Cyrus iaçoit qu'il fust alors quasi Dominateur de toute *ce antique.*
l'Asie,comme second Monarque:& en sa nature deuenu
si superbe, que pour dépit qu'vn sien Ecuyer monté sus
l'vn de ses Cheuaux s'étoit noyé au Fleuue de Ganges

M ij

qui tumbe(ce dit Orofe) du Paradis terreftre, il iura qu'il
le rendroit le plus petit Ruyffeau du monde: & defaict le
feit diuifer en quatre cens foixante cours & ruyffeaux.
Nonobftant tout tel exemple d'Orgueil & grand' puiffance,cete Dame deliberant fe vanger de luy,fon plus grand
Ennemy:entre les mains de qui le filz d'elle, prifonnier,
s'etoit occis de regret:auifa (ainfi qu'ecrit Iuftin)d'ordonner fecretement vn bon nombre d'Ambufcades, dreffées
& bien ordonnées fus & al'enuiron d'vne montaigne du
païs:Faignant & faifant courir bruyt icelle Thomyris de
fe ftre retyrée la,auec fa Court & grãd part de fes Forces,
a l'ocafion du dueil de la mort de fon filz, qui étoit toute
fon efperance:& pour la priuation duquel elle vouloit fai-

re vie comme deferte,ce difoit-on.Dequoy affez mal informé icelluy Cyrus,lequel (ainfi que l'Oyfeau a double
tefte) bruloit de defir d'aneantir cete Dame pour fe faifir
du Royaume : Et fe confiant par trop de fes Forces, feit
marcher fon Armée, qui étoit de deux cens mil Hommes,vers la Montaigne. Al'enuiron de laquelle,par l'An-
guienne ou Vendomoyfe Magnanimité de la fufdicte
Royne.(O quel Stratageme) tous ces deux cens mil hõmes furent vn beau matin en Routte Cerizolée, vn peu
plus qu'humainement receüz. Cela s'entend myz en pieces. De maniere que du Thais bien auifé de leurs Aduerfaires on leur rompit la tefte.Ce fait,entre les troupes
de ceux qui étenduz en terre portoient la rouge écharpe
de la mort:Cete Princeffe(qui a lordonnance comme vn
feigneur de Boutieres,ou Dampierre:& au combat cóme
vn feigneur Dauffun ou Bóniuet,s'etoit mótrée,alla cher
cher en Geftes & Termes valeureux,le corps d'icelluy fuperbe Empereur,qui, certes, de la molette des efperons
du Marquis du Vaft eüt alors trefgrand'faute. Duquel
Empereur(ainfi que dit Plutarque)elle ordonna la tefte
eftre feparée des épaules:pour fur le champ la faire plonger dans vn vaiffeau plain de fang recueilly des corps
morts en telle Defaitte. Ce que elle feit, en difant ces
parolles. Tu as eü foif de fang,Cyrus,Soule toy de fang.

En

La iournée de Cerifoles icy reprefen- tée.

Le deffunct Seigneur d'Anguien Prince du fang,Lieute- nant pour le Roy en Pié. mont.

Le Seigneur de Thais Co lonnel des Gafcons.

Le Seigneur de Boutieres Capitaine d'hommes d'armes.

Le Seigneur Dauffun Ca- pitaine de cheuaulx le- giers.

Le Seigneur de Termes General de la Cauallerie.

Canõnade

En fin & confiderant bien , cete Princeffe , qu'aprés cela,
il étoit neceffaire donner rafrechiffement a fes Gens, Elle
commit que fouz la Fontaine du lieu , richement maçon- *La Fontaine*
née,fes deniers fuffent mis a la Rengée:pour par plus gra- *treforier.*
cieux moyen la double paye eftre liurée a chacun Soldat, *La Rēgée fon*
& aux Capitaines preft fauorable eftre faiſt de leurs étatz, *Commis.*
& fpeciallement a ceux , qui fe plaignoient d'auoir perdu
le braue Acier de leur Harnoys, qui ce iour la, fut brizé:
Au grand regret non feulement du grand Roy François
& de toute fa Court, Mais aufsi de la treshonorable Iane
d'Acier, a prefent Conteffe du Rhin fa propre Soeur :tant
Canōnade. pour l'vniformité d'eux deux en toute Vertu & adreffe,
que pour l'amour naturel de l'vn & lautre enuers les Le-
tres:cōme douéz de bō Sens par diuine faueur. O Magnanimité Forte. O Iournée, O Faction martialle au Monde

fans pareille,Ne feras tu iamais viuement reprefentée par
l'éffufion du fang de tant de vieilles veines & nerfz cor-
déz qui font a prefent fi fottemēt tenduz es corps ingratz
Canōnade. de ceux,qui f'efforcent du tout demolir l'honneur qui plus

qu'eux durera, & qui des Aftres fur Beauté Femenine a
été étyncellé? O que grand marché lon auroit lors de ces
langues enfumées en chemynée d'enuieufe pourriture.

MAGNANIMITE DE FEM-
mes en chofes Sainêtes.

Chap. II.

DAbondant Qu'ont fait tant dautres Femmes *L'Eglife cele-*
defquelles les Hiftoires antiques font enuiron- *bre la mgna-*
nées? Et pour defcendre a faifon plus prochai- *nimité des Fē-*
ne de notre temps, & fueilleter les marges de *mes.*
la Sainſte Ecriture, Qui oferoit bien nyer la tant grand'
multitude des Filles & Fēmes,qui pour le zéle Amoureux
de D I E V, apres fi griefz tourmētz,n'ont refuzé la mort,

mais icelle plus toſt cherchée par Magnanimité de fidelle courage : Dequoy notre Mere Sainɗe Egliſe fait elle meſme immortelle Celebration en chantant ces motz. [Deus qui inter cętera potentię tuę miracula. &c.] C'eſt *Canõnade.* à dire, S E I G N E V R qui entre autres miracles de ta puiſ ſance as auſsi conferé au Sexe Femenin la Palme Viɗorieuſe de Martyre?&c. O quel dépit, quel creuecœur a ces Aduerſaires detraɗeurs, quand ce leur eſt force de laiſſer retentir telle Louenge es Egliſes. Alors (qui bien y prendroit garde) on les pourroit voir écouler du Temple, ainſi que beaux Diables pour l'Eaubeniſte , Rongeans leur freyn rydé ſur Verité d'eux ouye, & iamais confeſſée: bien qu'elle ſoit congnue de tous autres . Veü qu'au fons des Liures Sacréz, il appert aſſéz de la Foy & Magnanime cõſtance de ce Vertueux Sexe, Et en particulier par l'exemple de Ruth la noble Dame, de la belle Veuue Iudith(de la quelle a été par cy deuant parlé) comme auſsi de la Royne Heſter femme d'Aſſuere qui fut de ſi Magnanime Foy en D I E V, qu'elle deliura ſon Peuple de mort honteuſe. Le ſemblable dequoy auſsi, ſe peult biẽ dire de la Veuue Sarrétane, qui aſſéz feit cognoiſtre la force de ſon courage par la croiance qu'elle préta aux parolles quaſi incroiables du Prophete. Auec ce, de Eliſabeth ne ſera fait ſilence, qui ayant eü l'Eſprit de Prophetie en Vertu de ſa Fidelité, prophetiza auec le Ventre & la parolle : & ce, apres que Zacarye ſon Mary (reprins de l'Ange pour ſon incredulité) deueint muet, Laquelle Eliſabeth grandement honora la *Canõnade.* Vierge & Mere, lors qu'en la ſalüant, elle luy diſt. Toy biẽ heureuſe qui as creü ce que de la part du S E I G N E V R t'a été anoncé . O Blaſonneurs qui ne pouuéz croire aux circonſtãces admirables que le C R E A T E V R à manifeſtement voulu faire pour ſa Gloire, en la Creation de la

Hiſtoire de treſſainɗe Magnanimité d'vne Mere.

Femme. O generation d'Ignorãce enuyeuſe, Quelle ra- *Canõnade.* ge te ſera-ce de racompter icy la merueilleuſe Magnanimité d'vne Mere, qui auec ſept enfans(ainſi qu'eſt écrit au ſecond Liure des Macabées) fut liurée à la mort en la preſence du Roy Anthioche, lors Prince de Syrie, pour le ſoutenement

tenement de la Loy, apres touteffois que ſes ſept enfans
furent maſſacréz deuant ſes yeux?

Sept enfans a
l'oeil de la
Mere Mar-
tirs.

AV plus grand deſquelz enfans parlât ce Tyran, & en le
perſuadant de manger chair de porc (anciennement
prohibée aux enfans d'Iſrael) eüt pour Reſponce entiere
de tous, qu'ilz étoient plus appareilléz a la mort qu'a l'in-
fraction de leur Loy. Dequoy irrité ce Roy impiteux, cõ-
manda que fers ardans feuſſent apportéz, & que la langue
de cet Ayné feuſt percée, puis toutmenté d'autres affli-
ctiõs, tant que la mort ſen enſuyuiſt, le tout en la preſence
cõme dit eſt , de la pauure Mere , & des autres ſix enfans,
qui ce pẽdât etoiẽt par elle incitéz a porter telz tourmẽtz
en patience. Sur le ſecond deſquelz, le ſemblable fut executé : qui auant qu'expirer diſt ainſi. O Malheureux, qui
nous tourmétes en cete vie, le R O Y du Monde nous re-
ſtaurera de vie éternelle . Apres la mort duquel, la langue
du tiers fut perſée, qui tant moins faiſoit de reſiſtance a la
mort que les deux autres , qu'incõtinent il expoſa ſes bras
pour eſtre par la hache ſeparéz de leurs poings, en diſant
ces motz. Ce Benefice i'ay du Ciel, que ces membres me
ſoient trenchéz, & peu m'en chaut pour l'eſpoir de les recouurer auſſi du Ciel: & lequel (cete parolle finye) rendit
l'eſprit comme les autres auec admiratiõ du Peuple, com-
müe de la conſtance de ſi puerille ieuneſſe . O Conſtante
Magnanimité maternelle. Le quatrieme fut tourmenté
de pareil martyre & conſecutiuement le cinq & ſixieme
auſſi. Pendant l'interualle deſquelz tourmentz la pauure
Mere fortiffiée de Sapience diſoit a haute voix & plus que
pitoiable lamentation. Ie ne ſcay par quelle maniere en
mon ventre vous auéz été tournéz : mais ie ſcay bien
que l'Eſprit & Ame n'auéz receu de moy , & que ie n'ay
été factrice de voz membres . Et ſi ſcay myeux que le
C R E A T E V R de la terre, qui a trouué la naiſſance des
Humains& l'origine d'vn chacũ, vous rẽdra a tous l'Eſprit
en ſa perfaicte miſericorde , & la vie auſſi, tout ainſi que
maintenãt vous en faites peu de cõpte pour ſon Amour.

Canõnade.

Sus cela, reſtant encores le plus ieune & dernier: Ce cruel
Payen aucunement commeü de ſa Beauté, ſ'efforçoit de
luy faire grandes promeſſes outre la vie ſauue, ſ'il vouloit
enfraindre la Loy du S E I G N E V R. Et a cete fin inci-
toit au poſsible la Mere de le luy metre en teſte. Laquelle
au côtraire, O Magnanimité rare, ſ'inclinant vers ce petit enfant ſon ſeul filz, luy perſuadoit bien autre choſe en
ſon iargon Hebraique par ſemblables parolles. Mon filz
(diſoit elle en pleurant) ayes pitié de ta Mere, qui t'ay par
trois ans ſuſtanté & nourry du laiɕt de ces Mamelles: &
qui t'ay pouſſé & faiɕt croiſtre en ce peu d'age auec le trauail de mes bras: Vers le Ciel & la terre, ie ſupply, tourne vn peu les yeux: C'eſt l'Ouurage du Grand D I E V
qui t'a formé: qu'il ſoit donc adoré de toy: & peur puerile ne te face retyrer de la compagnye de tes Freres: en laquelle ie t'eſpere bien plus doucement ambraſſer que iamais. Ce qu'ayant entendu ce ieune enfant, & de courage plus muny que deuant, ſe print a dire a haute voix. Qui
eſſe Tyrans qui eſt ſoutenu de vous? Ie vous declare qu'en
rien ie ne veux obeir au Commandement du Roy: ains
ſeulement a celluy de la Loy, qui par Moyſe nous a été
donnée. Et toy Cruel, n'euiteras la main de D I E V. Ce
que depuis aueint. Car il mourut a l'éſcart de ſon Armée
plus puant qu'vne charongne, des corbeaux meſmes inſuportable. Pour leſquelles parolles ſuſdites écumant de rage icelluy Antioche, feit embrazer la langue de l'enfant.
Ce faiɕt & pour plus cruellement le priuer de vie, luy feit
trencher les poings, puis la teſte. O grande mais petite
angoiſſe a ſi vertueuſe force de Mere: dequoy coroborée
elle n'auoit, helas, quaſi le loyſir d'atendre la fureur du
glayue tyrannique, ains pour plus toſt ſentir la vie par icelluy, elle importunoit la ſoubdaine execution de ſon dernier ſouſpir: tant qu'en vn inſtant cete pauure Mere de-
laiſſant au Monde le Sceptre immortel de Martyre, icelluy, neaumoins elle emporta es Cieux, cent quatre vingtz
& cinq ans auant l'Incarnation du S E I G N E V R Viuant, au nom duquel telz maux furent voluntairement
portéz.

Canönade.

Canönade.

portéz. O douleur infuportable de Mere fi Magnanime.

Canonade.

O recompenfe perdurable. Qui feront ceux qui auec cete Dame auront fruition du Repos eternel? Pour le moins ne faut eftimer, O Caufeurs, que ce foient ceux qui par naturelle inclination font vfitéz a porter en leurs penfées ce Monftre Cerberus a fept teftes, qui font les fept pechéz, entretenuz de tout Ennemy de Vertu Femenine, pour la faueur qu'il porte a l'enuie & Detraction, vicieufes norrices d'Iniquité.

ORes en quelles Contrées peult on ce iourdhuy chercher l'exéple vif de Force & Magnanimité? Les Hommes (outre ce) furent ilz pas bien fortunéz, qui en diuerfes faifons ont receü double Bien de leurs Femmes: Scauoir eft le Bien matrimonial: puis l'heureufe Conuerfion a la Foy, qui leur à ouuert la porte d'eternelle Felicité? Quel Heür (a ce propos) peult-on penfer auoir receü en cela, le Roy Clouis par l'amour fructueux de la Royne Clotilde fa Compagne Fille d'vn Roy de Bourgongne, côioincte a icelluy Clouis luy encores Payé? Cete Princeffe, toufiours en doubte de la frenéfie du Roy fon Mary, fecretement battizoit les enfans procréez d'elle en tel mariage: & comme Mere éguillonnée d'vn zelle charitable, ne peüt onc auoir contentement iufques a ce que plainement elle eüt reduyt a la Foy le Pere & les enfans. Ce que fut fait, icelluy Clouis ayant Guerre alencôtre des Suyffes, Mais plus toft felon plufieurs, alencontre des Gotz qui lors occupoient la Vile de Thoullouze, defquelz il fe fentoit fort opreffé. Enquoy cherchant tout remede de fecours, f'entr'auifa des perfuafions fidelles a luy quelque fois crainty-uement faictes par la fufdite Royne fa Côforte. Lefquelles a luy reiterées, feit Vœu, que fil pouuoit auoir Victoire de fes Aduerfaires, il fe feroit fidelle Chreftié. Au moyé dequoy au lieu qu'il fe fétoit Vaincu, Vainqueur toft apres fe trouua, par Diuine Puiffance, d'iceux Gotz, & de leur Roy qui f'appeloit Alaryc, qui fut occis a la Bataille. De-quoy au Ciel & a fa Femme rendât graces, meit fon Vœu

Grand Heur auenu a diuers Peuples par la Magnanimité de Femmes.

Le Roy Clouis Chreftien par fa Fême.

N

a effait. Lequel Roy Clouis (donc) quant a cela, fut San-
ctiffié luy Infidelle, par la Femme Fidelle, côme dit Sainct
Pol en fa premiere aux Corinthes. O nobles Dames Françoyfes que la France vous eft obligée. Ie dy la France, côtre laquelle grand préfage de nouuel accident pourroit
bien eftre veü, fi la flotte d'ingrate Gendarmerye de méfongers Blafons embouchée qui parmy fa Court tiét garnifon, ne tourne bien toft vifage a fon acoutumée detra- Canõnade
ction : quant on aura recongnü & bien épyé l'afsiette de
cete Forterefse. Mais qu'on garde bien de fe découurir,
O Auancoureurs, Car tout ainfi que l'apparence de ce gé-
til Sexe eft prompte a courtoyfe falutation: aufsi cete Place (dont les fundementz ne font fatiz que de muliebre Canõnade
matiere) a bien faluer ne fera iamais deffaillante . O quel
Salut Moquars des vieilles Bandes. Y à il fi beau Moryon
doré, ou fi belle Raifon fardée fouz icelluy, qui ne f'en en-
leue de la huppe? Y à il Tymbre ou Pennache arrogant,
qui en figne d'obeiffance, ne f'en trouue plat en terre?

Magnani-
mité de la
Royne des
Perfes.

Vtreplus, que feit Cefaréc Royne des Perfes? Ho le
bois Gentilz Soldatz, & retenéz le patrõ du Plaftron
de fi Magnanime Princeffe : Laquelle pour le grand zelle
de fon courage enuers notre Foy: & en l'An du RE-
DEMPTEVR fix cens quatre vingts & trois, d'habit
difsimulée & de peu de feruiteurs acompagnée, delaifsa le
Royaume & le Mary, tyrant chemin vers Conftantino-
ple. La ou étant Royallemét receüe de l'Empereur, fe feit
peu apres couronner du facré Baptefme. Dequoy certiffié
le Roy de Perfe, enuoya incontinent Ambaffadeurs audit
Empereur, aux fins de Renuoy d'icelle Royne Cefaréc.
Duquel Empereur ilz eurent pour réponfe, que a l'arbitre
de la Dame étoit le choix de f'en retourner, ou bien de demourer, & qu'a cela il ne faifoit inftance . Surquoy la
Princeffe ouye, elle declara rondemét aux Ambaffadeurs,
qu'elle ne partiroit iamais de tel païs, qu'il ne feuft, comme elle, conuerty a la Foy & baptifé . Par vertu de laquelle refolution, icelle diligemment enuoyée au Roy: Subit,
acompagné de quarante mil Hommes, tout d'vn coup
                                                    volontairement

volontairement ſe diſpoſa au vœu d'icelle Ceſarée, & au chemin de Conſtantinople. Ou arryué, luy auec toute ſa trouppe baptiſé, fut triumphamment traicté, puis reconduyt auec ſa Femme iuſques aux Frontieres de ſes terres, par bon nombre de Seigneurs du païs, émerueilléz de la Magnanimité gracieuſe de telle Royne : A la confuſion de tout puſilanime Babillart, Flagorneur, ou Meſpriſeurde valeur Femenine. Laquelle valeur auoit auſsi bien été aperceüe en elle par ſon Mary en pluſieurs autres cas, que le deffunct & braue Cheualier de Thais l'auoit aprouuée *Charlotte de* en la noble Charlotte de Mailly ſa Femme : Qui par vi- *Mailly.* gueur de ſa Magnanimité & bon iugement : & comme cognoiſſant tresbien que vault ſon Sexe, ne voulut onc cedder au Mary en aucun deuoir de Mariage au preiudice de l'vniformité de la Loy d'icelluy, ny du Ranc de la Fe- me : Sans en riens auſsi, luy faire tort de ce qu'appartiēt a tout vertueux Mary, alendroit de ſa compagne. Et pour entendre que les ſuſdites Dames n'ont ſeulement cauſé ſemblable bien en particulier es païs alleguéz : ains auſsi pluſieurs autres en diuerſes Contrées, Les Eſcoſſois fu- *La Ciuilité* rent ilz pas excitéz a la Foy Chreſtienne, du temps de *confirmée en* l'Empereur Conſtantin, par vne ſimple Femme qu'ilz te- *Eſcoſſe par la* noient captiue, tout ainſi qu'en honneſte & ciuille grace *Soeur du Duc* ilz ont été forméz puis n'agueres par la ſage Princeſſe, a *de Guiſe.* preſent leur Royne & Gouuernāte, propre Sœur du vail- lant Duc de Guiſe? En apres la fille du Roy de Bauieres (qui ſ'appelloit Theodelmia) à elle pas induit les Lōbardz *Les Lōbards* a meſme felicité? Griſile Sœur de l'Empereur Henry, feit *tyréz a la Foy* elle pas le ſemblable du peuple de Hongrye? Sans telles *par Femme.* Femmes, etoient ilz pas les pauures Hommes, quelques *Les Hongres* grands qu'ilz feuſſent, ſouz le ioug de l'Empire Infernal, *Chreſtiés par* comme ſont les Ennemys de ce Fort, trop aſſeruyz ſouz le *Femme.* mors effrené de leur maldire? Ces Faitz, ces Geſtes flo- riſſantz laiſſera lon couler en Mer d'oubliance, par le cy- flet odieux de Langues ſerpentines?

Q Ve dirons nous de la Foice & Magnanimité de deux *Grād coura-* Sœurs Romaines qui furent decapitées en Rome *ge de deux* *Romaines.*

pour le Filz de la Vierge en la preſence propre de l'Empereur Vallerian? (lequel auſsi en feit fort belle fin : car il mourut en la ſeruitude d'vn Roy de Perſe, qui des épaulles d'vn Empereur ſe faiſoit faire eſcabeau toutes les foys qu'il montoit a cheual) L'vne deſquelles Filles nommée Ruffine, voyant que ſa Sœur la précedoit a la mort commandée par icelluy Valerian : elle ſ'écria Magnanimemét en cete ſorte. Que veult dire cela, Valerian, que tu fais donner a ma Sœur la Palme de Martyre premierement qu'a moy? La penſe tu plus Chreſtienne que moy? O diuine & rare Enuye de Femme. Les Docteurs de l'Egliſe militante ſont ilz de toy fainte Cronique ou Relation? Sur-ce pas, S'il y en à aucuns qui vueillent apliquer la Magnanimité, en la Conſtance & Prudence de l'Eſprit, ferme a ſupporter les Fortunes & les paſsions de l'Ame, a quoy les Humains ſont ſubietz (qui eſt vne autre eſpece de Magnanime Vertu approuuée de toute Philoſophie) il ne fault faire autre preuue de cela, entre les ſingulieres qualitéz du Sexe Femenin, que d'appeler icy pour ſuffire, la

La Royne Leonor Magnanime.

Magnanimité bien cógnüe de la Royalle & treſvertueuſe Princeſſe, qui cy dedans préſide : enſemble le conſtant Courage de Dame Leonor Sœur vnique du Puiſſant Empereur Charles quint, & Compagne du treſchreſtien Roy François. Laquelle indubitablement à bien montré (ainſi que l'or en fournaiſe) la Magnanimité de ſon Courage & grád' Valeur de droiture a l'enuiron & pendát le téps des longues Guerres d'entre ſon Mary & ſon Frere. Elle n'eſt pourtant ſeulle Princeſſe, qui (en pareil cas, & pour obuier a obietz) ſ'eſt mótréetreſlouable, & quaſi plus qu'humaine. Ce qu'eſt force de taire icy pour n'auoir termes ſuffiſantz, a proprement ny aſſez dignement figurer telles Vertus en particulier, ſeló le merite d'elles. Veü auſsi que ceux qui ſe ſont éuertuéz d'auoir notice des Dames exellétes de main tenát, ne ſont ignorátz de la digne & mal ſatiſfaite renó-

Des qualitéz de la Royne Iſabel d'Eſpagne.

mée de chacune de telles Dames : & en eſpecial (outre la ſuſdite Royne Leonor) du bruyt louable qui touſiours durera par vigueur de Letres, de l'exelléte Iſabel d'Eſpagne

Royne

Royne de Castille. La magnanimité, la bonté & iugemét
expert de laquelle, en tant de Volumes, & par tát de bouches recitéz, serrét le bec à toute Plume, qui s'efforçát de
les specifier ne feroit que reditte, ny mesmement des graces confessées en la Dame Angelle de Belasque Féme du
Connestable de Castille. Laquelle en cete Prerogatiue a-
compagnera volontiers la Duchesse Isabel d'Aragonne,
sœur du Roy Ferrand, auec infinité d'autres, qui sont &
ont été, peu de temps-à viuátes, & en tout cas florissantes
parmy les Espaignes, & es Gaulles aussi, ou elles ont été
tousiours plus librement traittées. Desquelles Vertuz de

Canōnade. Femmes, les Barbares de la grand' Asye ont plus de con-

gnoissance que n'ont les priuéz Ennemyz du Sexe qui ne
doit estre poind. O quelle rudesse & Barbarisme étrange, par Enuie ou Ignorance, vouloir suprimer ce qui est
excellent. Et pourtant (suyuant ce que dessus) approchent
approchét, & qu'en Cápaigne se gettent, ces Paltoquiers
de mesprisáte Cauallerie: & s'ilz ont en leurs faulses tren
chées Mortiers ou Couleurynes de raison égalles à celles
cy, qu'ilz donnent & delachent. Mais qu'ilz gardent bien
que, comme eux, elles ne creuent de dépit, en éclatant.

AVTRE MAGNANIMITE
de Femmes en fait de Guerre.

Chap. III.

Auantage, & pour encores reuenir à notre
Prérogatiue de Force & Magnimité souuentefois déployée par Femmes en faitz mar-
tiaux, Que lysons nous des Filles du païs de *Etrange cou-*
Sarmatye, qui n'etoient iamais mariées (suyuant ce qu'a *tume de païs,*
bien noté Polydore Virgile) qu'elles n'eussent fait apparoir, d'auoir mys a mort vn de leurs ennemys pour le *La magnani-*
moins? Mais, en especial, que lisons nous aussi d'vne gran- *mité et Force*
de Princesse, qui iadis possedoit l'Empire de l'Orient : & *d'vne Royne*
de Leuant.

qui s'appelloit Zenobye, parauant Femme d'vn Roy des
Palmyriens? Sera ce vergongne de declarer icy partie de
ses Magnanimes gestes a l'honneur de toute Royalle
Dame, pour crainte de clarifier qu'elle fut a la fin vaincue
par Aurelian fundateur d'Orleans, puissant Empereur des
Romains? non, Ains au contraire, sera congnu, que combien qu'elle fust triumphée de tel Empereur, elle triupha
aussi de luy: Tant au regard que long temps parauant elle
auoit tenu tout l'Empire Romain en crainte, que pour les
furieux Combatz, les Alarmes, Camisades étroites & trauaux, qu'elle donna audit Aurelian, en lan de Salut deux
cens soixante & seize: Comme aussi elle auoit encores
fait a deux autres Princes parauant luy, deuant qu'elle
peust estre domtée (non rendue) comme elle fut, par euidente faueur de Ciel qui apparut a icelluy Aurelian, vn
iour qu'elle l'auoit mys en fuytte, lors qu'il la tenoit assiegée dans vne Vile de ses païs nómée Emessa en Syrie, cóme aucuns ont amplement écrit, & specialement Flauius
Vopisque Syracusan.

L A Grãdeur & adroite Magnanimité de laquelle Princesse: bien que par les douaires admirables de ses Conditions & gestes, se peust aysément cognoistre: Ce nóob-
stant elle ne sera de peu magnifiée, au respect d'vne Mys-
siue de par son Aduersaire, enuoyée a vn Prince Romain,
son familier, nommé Mucapor. Laquelle letre, écrite au
Siege de la susdite Vile, étoit telle que s'ensuyt.

Lettre de
l'Empereur
Aurelian a
vn siẽ Amy.

L E S Romains, amy Mucapor, vont disant (cóme i'en- "
tens) que ie suis icy arreté a guerroyer cótre vne Fem- "
me, comme si Zenobye auec sa Force seulle, combatoit a- "
uec moy. A la mienne volunté qu'ilz sceussent par expe- "
riẽce la difficulté de si apre Resistãce: Quelle est l'Ordon- "
nance, & prouidente Conduyte de cete Femme: Quelle "
quãtité de Dars, de Pierres, de Fleches, & autres Instru- "
mientz de Guerre, & en conclusion, quelles cruelles In- "
uentions de Feu, dequoy l'entour des murailles de cete "
Place est muny. O quelle Femme, qui cóbat, non cóme "
Femme craignant la peine. I'espere toutesfois que les "

Canõnade.

Dieux

„ Dieux(qui a mes Forces font toufiours fauorables) don-
„ neront ayde a la Repub.Romaine.

CEte Letre a Rome ainfi enuoyée:& quelque temps
apres fe trouuãt icelluy Empereur laffé d'auffi gaillãr-
de defféce d'icelle Royne,que fut celle du valeureux Duc
de Guyfe,dõt fe trouua cõfuz & arreté l'Empereur Charles quint deuãt Metz,fus la fin de l'Année. 1552:aduifa icel
luy Aurelian,d'écrire vne Letre a ladite Royne,pour ten-
ter la Rendition de la Vile, auec promeffe de vie fauue tãt
feulement. La teneur dequoy a été extraite au vray de
l'Hiftoire antique en femblables parolles. Aurelian Empereur de la Puiffance Romaine,& Recepteur de l'Oriẽt,
A Zenobie & autres qui en Guerre l'accompagnent.

„ IL euft été cõuenable qu'euffiéz pieça fait ce qui eft com *Lettre d'Au-*
„ mandé par la Prefente:Ie vous enioins de vous rẽdre a *relian a la*
„ moy la vie fauue.En maniere que toy Zenobye, iras vfer *Royne Zeno-*
„ tes iours auec les tiens,l'endroit ou ie te collequeray par *bye.*
„ auis du Senat : & confereras au trefor Romain, tes Ca-
„ meaux,tes Cheuaux,tes Draps de foye,& outre ton Or &
„ Argent,tes Ioyaux & Pierreries. Te promettant que aux
„ Palmyriens,tes Vaffaux,fera fait Droit.

CEla receü par la Royne:elle y feit incõtinent Repõce
fi hautaine, que l'Hiftoriographe eftima qu'elle l'euft
ainfi arrogammẽt compofée pour épouenter ledit Empe-
reur.Comme en appert par fa teneur qui fut ainfi,
Zenobye Royne de l'Orient, a Aurelian Augufte.

„ HOmme viuant finon toy, n'a encores demandé par *Refponfe Ma-*
„ Letre ce que tu demãdes.Mais tout ce qui eft a faire *gnanime de*
„ en Guerre,y doit eftre cherché par vertu.Tu veux que ie *la Royne.*
„ me rẽde a toy,cõme fi tu ne fçauois pas q̃ la Royne Cleo-
„ patra ma parẽte,ayt mieux aymé mourir,que viure en au-
„ cune dignité,auec fubietion. Saches pour abreger, que le
„ Secours des Perfes ne me peult faillir. Ia font pour moy
„ les Saracenyens,& les Armeniens,& te fouuienne,Aure-
„ lian,q̃ les Voleurs & Larrõs Syriens ont batu ton Armée.
„ Que diras tu fi ce Réfort me viẽt?Qu'efpere tu plus? Cer-
„ tes tu rabaifferas l'orgueil, qui t'a fait cõmãder que ie me
„ rende:comme fi tu étois déia Victorieux.

CEte Réponce étant faite en langue Syrienne par la
Royne mefme, fut mife en Grec par vn appelé Ni-
comaque, affin d'eftre plus élégamment tranfmyfe a l'Em
pereur. Qui l'ayant receüe, & en conuertiffant vne honte
en furieufe colere, delibera de mettre fon Armée a perdition, ou bien, de fe voir Victorieux en peu de iours. De
forte qu'en tenant la Vile plus étroittement affiegée que
deuant, s'efforça de rompre le Secours qui venoit a Zenobye. Au moyen dequoy, & de certain Signe qui luy apparut en l'air pour fon ayde (en memoire duql, il feit depuis
côftruire en Afye & en Rome le Temple du Soleil) il fut
vainqueur, & print icelle Royne, qui fur Dromadaires fe

Le Triumphe fauuoit en Perfe. De laquelle Royne en efpecial, & de la
de Zenobye côquefte qu'il auoit eüe en fes païs, voulant auoir Trium-
dans Rome. phe a fon retour le fufdit Aurelian, Suyuant la Coutume
des Empereurs antiques : Il entra en Rome auec non
moindre pompe que feit en la Cité nompareille de la
terre, le Roy Henry fecond, au moys de Iuing, de Lan de
grace mil cinq cens quarante neuf. Et premierement a-
uec quatre Chars royaux façonnéz par deffus & alenuiron de Pierrerye trefriche, qui triumphamment étoient
conduytz deuant luy, auec les Perfonnes de qualité, en
Afye & allieurs afferuies a l'Empire fouz fa Conduyte.
Entre lefquelles Perfonnes, furent recongnues par titre
expres, dix Femmes de la progenye des Amazones, qui
(entre celles qui furent tuées) auoient combatu & fait
chofes quafi incroyables a l'encontre d'icelluy Aurelian
en la Guerre des Gotz, toufiours vetües en Cheualiers &
braues Cappitaines. Dans le plus magnifique defquelz
Chars (qu'auoit fait faire icelle Zenobye, penfant triumpher de fon ennemy) elle étoit fi fumptueufement menée
a ce Triumphe, que iamais le Peuple Romain n'auoit veü
chofe pareille, cedit l'autheur : Confideré que tout fon a-
coutremêt étoit fi étoffé de Pierrerye, qu'encores qu'elle
fuft affize, elle enduroit ce neaumoins grand faiz. Veü
qu'il eft enregitré es Papiers de Spartian, Cronicqueur de
tel temps, que iaçoit, qu'elle fuft Femme tresforte & a-
porter

porter Armes trefufitée, elle difoit toutesfois, ne pouuoir
endurer la pezanteur de fon habit. Ses mains & piédz, é-
toient lyéz de Chefnes d'or mignonnement entrelacées:
& deuant elle marchoit fon Brufquet, portant en main le
Collier triumphal de fa Prinfe . À laquelle Pricefe ainfi
prifonniere, ayant vn coup dreffé la parolle en plaine rue
du Triumphe icelluy Aurelian : luy dift pour fe donner
gloire, femblables parolles. Ha Zenobye, qui t'a fait tant
prefumer de t'eleuer, & tenir fort alencontre des Empereurs Romains? A quoy faifant réponfe, luy dift a haute
voix. Ie te congnois pour Empereur, qui es Victorieux:
mais les autres, comme Gallien & Claude, ie ne puis
eftimer telz. Soys certain Aurelian, que i'ay defiré vn
Vaincueur femblable a moy, fouz efpoir d'eftre coniointe a luy, en la fruition de mon Royaume, fi l'opportunité
des lieux le permetoit. Prudente, certes, fut la Réponfe
de cete Dame prifonniere, qui encores efperoit (en fe
montrant de courageufe nobleffe a fon aduerfaire) le pouoir rendre Amoureux de foy, apres eftre vaincue : & de
fon Vainqueur en faire fon égal par Maryage. O trium-
phantz Gafoilleurs de muliebre hauteffe, Ce compte (a
votre dépit vn peu prolixe) vous donnera-il pas matiere
de défiler votre Babil alencontre de celluy qui le vous
prefente, voyans que fur la prinfe de cete grande Royne
ne fçauriéz mordre? Or' cachéz votre blafarde prefence,
fi le refte vous eft molefte. Car ie diray, que le Triumphe
finy, l'Empereur impetra la Grace de la Vie d'icelle Zè-
nobye, en reuerence de fes rares qualitéz: bien que toute
l'Armée demandaft fa mort, pour les grands trauaux
qu'elle auoit fait fouffrir aux foldatz Romains. Outre laquelle Grace deffufdite, le Senat octroya à icelle Zenobye, le beau lieu de Tyuoly, pres Rome, pour poffeffion
& propre manoir, la ou elle vécut du depuis patiemmét, a-
uec fes enfans, comme vne grand' Dame Romaine.

Canõnade.

D'Icelle magnanime Princeffe Orientalle, entre autres chofes, icelluy Spartian à laiffé par écrit, que lors

Des façons de viure de la Royne Zeno-bye.

de ſa Liberté & Puiſſance, elle fut congnue de ſi grande
Continence, qu'elle ne voulut onc l'approche du Mary,
Sinon quant élle étoit picquée du deſir de progenye : éü
regard qu'apres auoir repoſé vne nuyt auec luy, elle n'y
retournoit, qu'elle n'aperceuſt auant, ſelle étoit enſeinte,
ou autrement. Voyant que non, elle pretoit volontiers
encores vne autre nuyt, pour ce deſir de Conception.
Elle à vécu en auſſi grand' Pompe Royalle que feit onc
le Roy François premier de nom. Et combien que pour
le regard de ſes Magnificences, elle ayt quelque fois été a-
dorée a la mode des Roys de Perſe : toutesfois tant pourtant, cela ne ſeroit quaſi à comparer à la complette Magnificence de vie, de la prudente Dame Adriane de Tou-
teuille, Ducheſſé de ſainct Pol. Laquelle au temps de ſa
Viduité, à fait voir vn nouuel exemple de Magnificence
a tous Princes de la France. C'eſt aſſauoir, de tenir treſho-
norable Court, De faire baſtir ſur ſes Terres, De payer hô-
neſtemét ſes debtes, & d'Aqueſter tout enſemble. Choſe
que la Royne Zenobye ny autres plus grans Seigneurs
pourroient à peine faire a preſent, pour grande que peuſt
eſtre leur richeſſe. Apres tout ce que deſſus, & nonobſtāt
ce, Icelle Zenobye faiſoit ſes Feſtins a l'vſance des Empereurs Romains : la ou elle ſe ſeruoit de Vaiſſelle d'or, &
d'vne quātité de Vaiſſelle ſemée de Pierrerye, q̃ luy étoit
demourée des meubles de la Royne Cleopatra, cete derniere Royne d'Egipte, qui poür montrer ſa Magnificence
a la barbe des plus grandz Seigneurs de Rome, dépendit
a vn ſouper, trois cens mil eſcuz en viande de valeur. Laquelle des Fraçois d'autant plus eſt a éſtimer & ſoutenir
que pour leſtime qu'elle faiſoit de leur force & grand fide
lité, plus que de tous autres hommes de la terre, ellé auoit
ordinairement pour ſa garde quatre cens hommes Gaullois, que Ceſar (layant vaincue) donna pour ſingulier pre
ſent a Herodes Roy de Iudee : Outre ce que la Mer de Le
uant luy eſt encores fort redeuable de l'honneur qu'elle
luy feit, lors que pour aller trouuer le Romain Anthoine
en Cilicye, elle monta deſſus auec vn Gallion a Pouppe
d'or

Madame la ducheſſe de Toute ville.

Cleopatra ſe ſioit aux Frā cois.

d'or, aux Auyrons d'Argent, & a Voele de Pourpre, auec
la fuyte de tout cela, qu'icy feft trouué a propos, parlant
de fa Vaiffelle dont auoit été, en partie, heritiere la fufdite
Royne Zenobye. Laquelle etant au befoin, contrainte *Facon de Ze-*
(Suyuant lordre militaire des Empereurs) de faire publi- *nobye en fes*
ques harangues parmy fes troupes pour commouoir fes *Batailles.*
gens a f'encourager a quelque hazardeufe entreprinfe, f'y
prefentoit les bras tous nudz, & couuerte d'vn treftriche
habillement de tefte, fait en forme de Heaume antique
artificieufement bouclé a lendroit des Oreilles, en façon
de Coquille a gros Lymaz. Au derriere duquel Heaume,
pendoit vne plantureufe Cornette de Pourpre a l'Egyptiè-
enne, dont les deux boutz etoient entierement frangez
de Perles & gros Rubyz. Outre ce, elle étoit contumie-
re de marcher en Bataille a beau pied, au premier ranc de
fes Efquadrons, deux lieues de chemin, & plus. Enquoy
elle ne faifoit petit acqueft des cœurs de fes Soldatz. Et
en telle maniere elle auoit (auant fa prinfe) fait fi cruelle
Guerre a Sapores Roy de Perfe, tenant fon Mary prifon- *Le Col d'un*
nier, que nonobftant qu'il fuft fi grãd Seigneur, que du col *Empreur fer-*
d'vn Empereur Romain (Valerian cy deuant mentionné) *uant de mon-*
il feift fon efcabeau a chacun coup qu'il montoit a Che- *touer a vn*
ual: Cete Princeffe pourtãt, luy dõna la chace, & cõquefta *Roy.*
fur luy le païs de Mefopotamye & la Liberté de fon Mary.
Apres le deces duquel, elle magnanimemẽt fe faififfant de
l'adminiftratiõ totale du Royaume, dõna tel bruyt de fa
Proeffe & grand Valeur, que les Egiptiens Orientaux, enuieux de fa profperité, ne luy oferẽt pourtãt mõtrer figne
de Guerre: Ains cõme cõtans de garder leurs terres, redou-
toient fa Puiffance, & diffimuloiẽt Amitié enuers elle.

Vant a la qualité de fa forme, il eft écrit qu'elle a- *Aucunes*
uoit le trait du vifage aquilin, & de couleur affez bru *qualitez de*
ne. Les yeux circuyz d'vne grãde viuacité, & noirs: Voire *la perfonne*
& d'vn regard fi penetrãt & vif, que l'œil d'autruy ne l'euft *de Zenobye.*
peü cõporter lõgue pofe, nõ plus qu'on pourroit le Soleil,
ou le regard fixe du grãd Roy des Gaules: Et a la façon de
telz yeux: on faifoit biẽ certaine cõiecture du gẽtil enten-

demét qui étoit en elle. Deſes détz eſt fait expreſſe mention pource qu'elle les eüt ſi tresblanches, qu'aucuns les
tenoiét pour Perles Orientalles ainſi taillées par vne ſinguliere nouueauté. Elle eüt auec ce, la voix ſi douce & hár
dye, qu'elle en déployoit au beſoin vne virile ſéuerité de
Prince furieux: & quant elle vouloit auſſi, la meſme douceur & bonté des humains Princes de Vendome. Elle
fut ſagemét Liberalle & Conſeruatrice de Treſors: Vſant
voluntiers en ſes Voyages de Chariot Royal: de Lyttiere
bien peu, & le plus ſouuét de Cheuaux. Au ſurplus (& qui
n'eſt a oublier) elle cómádoit ſi étroitemét L'étude latine
a ſes enfans, que peu ſouuent, & auec dificulté pouuoient
ilz parler le langage maternel, ny le Grec: Et de ſa part,
elle ne fut ignoráte des Letres Latines. Elle auoit, de plus,
perfait vſage du parler Egiptien: En maniere qu'elle étoit
acomplye de tant bonnes partz, qu'outre tout cela, elle
ſçauoit ſi bien ſur le doigt les Hiſtoires d'Alexandre le
grand, & les choſes Orientalles, qu'aucuns Autheurs luy

Ma Dame
d'Etampes.

dónent ce los, qu'elle à commenté telz Oeuures. Et quát
eſt de l'Hiſtoriographie Latine: Elle l'auoit autát ſtudieu-
zemét leüe, q̃ la premiere Ducheſſe d'Etápes ſçauoit merueilleuſement bien par cœur, toute l'Hiſtoire de France,
Pour cela auſſi tant fauoriſée du Roy François, lequel
par vn diuin Amour qu'il portoit a toute choſe de preis,
louoit en chacun ce qu'il y trouuoit de louable. O Femme grandement éſtimée (icy ie vous attens Cauſeurs) ſil

Sentence de
Plato.

eſt ainſi (comme dit Plato en ſon Dialogue de Science)
qu'il ſoit bien dificile de trouuer vn homme ingenieux,
doux & viril tout enſemble. Car ces trois pointz furent

Zenobye ap-
pellée Empe-
reur.

ſpecialement trouuéz en la Perſonne de Zenobye, qui
(pour conclure ſon Hiſtoire) fut celle, qui porta le tiltre, non d'Imperatrice, mais d'Empereur, pour la Vertu
& Magnanime Force de guerroyer, dont elle vſa au gou-
uernemét des Regions Orientalles tant de fois enuyées
par les Romains.

Vne infinité d'autres cas honorables ſe pourroient dire d'elle, non ſeulement pour ſon auantage, mais auſſi
de

Canõnade

de toute Femme, A la honte de tous Aduersaires qui en-
uyeusement soutiennent les Femmes estre indignes de
choses hautes, par quelque naturelle Condition de leur
Sexe, Touteffois il faut marcher plus outre, & par autre
moyen faire entendre icy, quelle à tousiours été la Magnanimité des Femmes, & de quel proufit a lendroit des
grandes Republiques. Ce que lon pourra aysément comprendre par vne Histoire autant plaisante que merueilleuse, d'vne Gentifemme Romaine nommée Vecturia.
Laquelle feit leuer vn Siege épouentable iadis campé
deuant la Cité de Rome, qui s'en alloit ruynée, sans cete
vertueuse Dame. Pour bien comprendre lequel acte
Magnanime, Conuient noter(ainsi qu'écryuent Tite Liue & Eutrope) que iaçoit que pour le seruice de la Republique, le Cheualier Romain, appelé Coriolan, eust (en
sa ieunesse)quasi luy seul été cause de la Victoire, que Rome eüt vn iour alencontre des Peuples Volsques & Coriolz dont il acquist le Surnom de Coriolan, Neaumoins
aueint, que les Romains(ingratz de si grand seruice)quel-
que temps apres le dechacérent, & pour desir de l'endommager le forcerent de se banir & aller rendre es terres d'iceulx Volsques & Coriolz, par luy mesme au parauant combatuz : Le tout par vigueur de l'enuyeuse pour-
suytte d'vn Boutehors de Court, duquel bien souuent lon
ne congnoist l'importance dommageable, tant qu'elle se
soit fait apparoir maistresse de vengeance, comme aueint
selon que cy dessouz est declaré.

CE braue Cheualier ainsi expulsé (qui fut deux cens
soixante & trois ans apres l'edification de Rome)
s'efforça, auec le temps, de se montrer si gracieux & noble en son aduersité entre iceulx Volsques : En donnant
aspect de si martial & éleué courage en soy, que l'ocasion
(iointe a la volunté)s'offrant a ceux la, de mouuoir Guerre de Rebellion alencontre des Romains: deux ans apres
fut leuée vne grosse Armée a cet effait : de laquelle ilz
constituerent Chef General,le susdit Coriolan,pour l'oppinion ferme qu'ilz auoient de sa Proesse, & de son cou-

*La Magna-
nimité des
Femmes vti-
le a toute Re
publique.*

*La Liberté de
Rome recou-
urée par vne
Femme.*

*Boutehors de
Court.*

O iij

rage vindicatif. Auquel Etat, luy (enflammé de vengeán-
ce) veint pofer le Camp, a cinq mil pas, c'eft à dire, a vne
lieüe trois quartz de la Vile de Rome : Apres touteffois
auoir aufsi dru conquis toutes les places & Fortz d'alenuiron, que le Roy Henry Second en l'An troifieme de fon
Regne, mil cinq cens quaranteneuf, au mois d'Aouft, con-
queit & gaigna dru tous les Fortz & Portz maritains, a
grandes fueurs conftruytz par les Anglois, alentour de
la Vile de Boulongne en Pycardye. Or Rome étant ainfi
afsiegée par les Peuples fufnomméz, Ce Cheualier commença peu apres a la faire enuirôner au myeux qu'il peüt,
a celle fin (ce dit Frontin en fon Liure de l'Art Militaire)
que difcord fe peuft engendrer entre les Maieurs, & le
Peuple, & par ce moyen effayer de la prendre, fans perte
hazardée de fes Gens. Qui feit, que le Populaire Romain
fe fentant furprins, & pour faute de Viures, ou autremét, a
la Paix toufiours dreffant l'oreille, Incita les Peres & Gouuerneurs, d'enuoyer Ambaffade par deuers le Lieutenant
des Ennemys, qui étoit Coriolan, pour traiter appointement. Lequel Enuoy d'Ambaffade, fut expedié quafi tout
ainfi que (a propos de Boulongne cy deffuz) furêt les Gouuerneurs d'Angleterre vers le Roy Henry, pour la Rendition d'icelle Vile, apres la martialle prinfe de leurfditz
Fortz. Touteffois telz Ambaffadeurs Romains furent autant rudement renuoyéz par ledit Coriolan, que furent
aufsi quelques autres du depuis déleguéz a mefme fin.
Quoy voyans les Romains (qui ia par tous moyens cher-
choient d'appaifer le vouloir pertinax de leur Aduerfaire)
y enuoyerêt apres, les grãdz Preftres, ornéz de leurs paru-
res cerimonialles: Lefquelz neaumoins f'en retournerent
vn peu plus froidement qu'ilz n'etoient venuz. Dequoy
quafi defefperée la Cité, & ne fachant plus qu'imaginer
pour l'efpoir de fa Liberté. Alors les Femmes Romaines
vinrent a déployer leur valeur: En faifant tout deuoir de
foliciter la Mere d'icelluy Coriolan (chef de l'Armée cam-
pée) a ce que le plaifir d'elle feuft fe tranfporter pour la deliurance du païs, au Camp des Ennemys. Et en f'accompagnant

Premiere en-
treprinfe du
Roy Henry.

Secours de
Femmes Ro-
maines au
befoin.

pâgnant de la Femme de ſon filz, & de deux ſiens petitz
enfans, vouloir tant faire enuers luy, qu'il leuaſt le Siege
de deuant la Cité, qui n'auoit plus aucun nerf de reſiſtance. Ce qu'acordant icelle Mere : & en la compagnie que
deſſus étant en voye achemynée, fut rapporté a Coriolan,
qu'on auoit aperceü quelques Femmes ſortyes de la Vile,
qui tenoient le ſentier de ſes Tentes. De cela pourtant il
feit bien peu de compte, iuſques a tant, que l'vn de ſes domeſtiques luy veint certiffier, qu'il auoit (a ſon auis) entre-
ueü parmy telles Femmes, ſa propre Mere & ſa Femme,
Dequoy alors par nature émeü, ſaillit hors du Pauillon:
Puis faignant ſe promener, ſen alla, paz a paz, au deuant,
tant qu'aperceuant ſus toutes ces Femmes Romaines, ſa
propre Mere, plus fort ſauança. De ſorte qu'a l'inſtant, &
pour ſapprocher d'elle, luy commençoit faire doux Recueil. Mais cete prudente Femme (qui n'etoit oubliante
de la nature de ſon filz) en ſe retirât vn peu de luy comme
étrangere (le tout pour mieux venir a ſon deſſein) Magnanimement commença a parler : ouy ſans crainte d'eſtre
recullée a coups de pied, comme pourroit bien eſtre quelque Romaine d'a preſent, ſi en moindre affaire que cetuy,
elle preſumoit quelque peu alendroit de ſes enfans, & diſt
ainſi. Auant que de toy Coriolan ie reçoyue aucune ca- Propos de
reſſe, écoute la fin de mon dire, & me declare, ie te ſup- *Mere a ſon*
plye, ſi vers mon filz, ou vers mon Ennemy ie ſuis main- *filz Chef*
tenant arriuée : & ſi en ton Camp ie ſerois bien priſonnie- *d'Armée.*
re, ou autrement receüe. Las iuſques icy, la vieilleſſe
m'aura elle bien peü conduire, pour te veoir bany & en-
ſemblement de ta Mere Ennemy? Eſſe ainſi que tu entens augmenter la Terre, ou tu as prins naiſſance? Certainement ſi ie n'euſſe en mes coſtéz porté le faiz de ton
corps, Rome qui m'à donné vie, ne ſeroit ce iourdhuy
oppreſſée : & ſi la mort m'auoit priuée d'enfant, i'eſpere-
rois ſans aucun ioug de Seruitude, conduire mes vieux
iours. Sur leſquelles parolles, cete Mere étât interrompue,
tant par l'impatiente commotion, & ioye de la Femme
d'icelluy Coriolan, que par la tremyllante feſte de ſes

deux petitz enfans:il commença a débonder sa vengeance inueterée par semblables termes . Mere(ce dist il)tu as
a ce coup abbatu mon yre. A ton Ventre ie donne le païs,
Ie donne Rome, & sa Liberté. O que merueilleuse fut cete Femenine Grauité, qui ce iour la propre, restitua a son
païs le Repos desiré, par la Retraitte qui fut faite de ce
grand Camp,causée de la Force & prudent moyen de tel-

Recongnois- le Gentifemme . Combien aussi elle fut recongnue des
sance du bien Romains. Consideré que par Decret de tout le Senat fut
de la Femme ordonné,Que au lieu bien marqué de si heureuse rencon-
par le Senat. tre, seroit ediffié vn Temple souz le nom de Fortune, tãt
pour obuier a toute tache d'ingratitude qu'on eust peü
(a faute de ce)donner a la Republique, que pour durable
memoire de tel Bienfait,receü par le Magnanime moyen
d'icelle Mere:& qui plus est(O Dames,soyéz attentiues,

Arrest du vn Arrest se va prononcer a votre proufit) Il fut pareille-
Senat en fa- ment ordonné en mesme Senat, que de la en auant les
ueur des Fem Hommes feroient vne honorable leuée de bonnet a tou-
mes. te Femme rencontrée par la Vile. Cela s'entend, comme
pour vn titre d'honneur , merité par la congnoissance de

Que c'est d'hõ Femenine vertu simplement.Car honneur n'est autre cas
neur. qu'vn vmbre , acompagnant la Vertu de la personne honorée . Duquel honneur,la Femme est également participante par nature en tout degré de qualité,côme l'Hom-
me:ainsi que bien amplement est noté es Expositions des

Ordonnance Oeuures de Plato. En consideration dequoy, il est asséz
domestique vray semblable, que la deffuncte & grande Duchesse de
de la Duches- Bourbon, ne fut iamais commue d'autre Raison que cel-
se de Bour- le la, a faire qu'en sa maison les Gentishommes n'eussent
bon. ozé entretenir ses Damoyselles, que par le maintien d'vn
Genou en terre. Ce qu'elle faisoit étroitement obseruer,
aussi bien que les Romains feirent l'ordonnance susmen-
tionnée en toutes leurs contrées, a cause de la premiere
& principalle Raison susdeclarée. Voire de sorte que l'ex-
trait du contenu en icelle, se trouue pour le iourdhuy en-
cores tresbien enregitré en la pensée de tout honneste
Personnage. O Celeste Ordonnance , qui apres mil &
mil

mil ans, fe voit encores entretenue des Barbares mefmes,
qui des aymables qualitéz de ce gentil Sexe n'ont grand
notice, comme ces Enuyeux.

Dauantage, Par mefme Audience, il fut lors aufsi decreté par le Senat(iadis le plus haut Parlement de la
terre) que pour le regard des intereftz payables par les
Hommes a toute Femme, pour droictz & deuoirs non
faitz en ce que deffus : Scauoir eft, par faute de telles honorables reuerences au precedant la Publication de telle
Sentence ou Arreft : & cofideré que telz intereftz étoient
irreparables, tant furent grandz & plains d'ingratitude:&
affin aumoins que ces fautes(de tout temps commifes par
les Hommes) feuffent a l'auenir confeffées, c'eft à dire,
d'auoir fi longues faifons parauant été ingratz de telles
reuerences : fut, comme dit eft, decreté, que les Femmes
auroient de la en auat plaine authorité.(O caufeurs voicy
votre torture)de forner de toute couleur finguliere d'habit:& que de Chefnes,Dorures, Brodures, Perles, & Pierreryes elle feroient Carcans, Parementz & Coéfures a
leur volunté : Voire iufques a fatacher communément
d'Epingles, qui furent deflors inuentées pour les moins
Riches d'entre elles, comme chofe plus que toute Eguyl-
lette d'Homme,gentille & propre. Et ce,a celle fin, que
pour l'auenir autant d'étincelles d'honnefteté feuffent recongnues en chacune Dame honnefte,qu'il luy conuiendroit d'Epingles fur fon Acouftrement. O celefte Iuftice, Que iufte feroit d'autant de pinfades reueiller la fourde nature des lourdaux Ennemys de ce Sexe, par la pointe aygüe des Epingles a groffe tefte leurs femblables . Ce
Reueil, O vous leurs Adherens, leur pourroit il pas faire
penfer, que le motif d'vn Statut tant authorifé que celluy dont eft queftion, eft fuffizant pour funder vn decret
du banyffement de leurs Prefences, hors de toute ciuile
compagnye? O finiftre préfage, Ne veult on point autrement remedier a la peftifere alayne de ces Corps mortz
defquelz l'Efprit malin fenuloppe,quand en affemblées

Côgé aux Fê-
mes de por-
ter Dorures a
leur plaifir.

Canonade.

Canonade.

L'inuêtiô des
Epingles.

Canonade.

Canonade.

P

honneftes il cherche d'exercer fon enuyeufe tyrannye
de Detraction?

MAis affin que lon ne puiffe douter de l'Arreft cy deffus mentionné, & moins de l'obferuation d'icelluy,
telle que dit eft, mefmement pour confundre ce qu'a été
imprimé au contraire, au Liure de la vie de l'Empereur
Marc Aurelle : la ou il eft dit, Que les Préuileges cy deuant fpecifiéz, furent cauféz par la Liberalité que de franc
courage les Femmes Romaines montrerent vn iour en
furuenant aux affaires du païs du temps des Entreprinfes
de Camile, Et ce, par les Dons & Prefentz qu'elles feirent
a la Republique dans le Capitolle, de leurs Riches Cabinetz : Il fault notter, qu'il eft facile a croire, que ce feuft
pour caufe de plus grand' importance, Comme fut la deliurance de telle Captiuité, & perdition du païs, apparente par le Siege de Coriolan. Confideré que fi les Femmes
euffent obtenu les Préuileges fufditz a l'ocafion feulemét
de cete Liberalité dont elles vferent pour furuenir aux
Charges de la Guerre de leur païs(chofe qui fe reftitue
comme vn Emprunt de Vile)elles fe feuffent apres, montrées trop temeraires d'afsieger, ainfi que magnanimemét
elles feirent, le Palais de la Lignée de Brutus, qui foute-
noit la Loy Opye, pour la faire adnuller. Par vertu de laquelle Loy, les Femmes auoient été priuées, vingt ans durant, des Preuileges honorables que deffus : au contraire
de l'Arreft du Senat prononcé en faueur du Siege leué de
deuant Rome, par l'heïr & Magnanime prudence de la
Mere d'icelluy Coriolan, qui fut la fufdite Vecturia. De
l'abolition de laquelle Loy Opye, qui empéchoit que les
Femmes ne fabillaffent de Dorures a leur plaifir(comme
femblablement feit du depuis celle du cruel Nero qui leur
deffendit de porter le Pourpre) elles veinrent brauement
about, ainfi que plus a plain en a écrit Vallere, en fon
neufieme Liure. De maniere, en fomme, que le grand
Palais Brutal fut vigoureufement afsiégé par icelles Femmes Romaines : & cete belle Loy de Pye adnullée a leur
iufte

*Caffation de
la Loy Opye
en faueur des
Femmes.*

Canōnade.

iufte pourfuytte, Auec defpens & Réintegration de leurs Préuileges. O que merueilleufe toufiours à été la Magnanimité Femenine en tout cas, quand elle fe déborde. Caufeurs qu'en diriez vous? Vn decret n'a pas long temps *Vn decret du* émologué au Parlement d'Aix en Prouence, fut il pas *Parlement* renuerfé par vne ferme Proteftation des Femmes de la *q ué par les.* Cité? Par lequel decret il auoit été deffendu aux Fémes du *Femmes.* païs de dancer a la Dance de la Volte. Ce que neaumoins elles n'ont laiffé de faire en vertu de leur Proteftation, qui fut telle, qu'elles feirent entendre aux Confeilliers de ladite Court & autres leurs Marys: que comme iuftes Complaignantes en cas d'abbus & de nouuelleté, elles en appelleroient en Auignon, & la iroient vfer de leur droit & ébat acoutumé a la Dance de la Volte, puis que dans Aix cela leur étoit prohibé. Admirable certainement fut, & eft encores la Femenine préeminence, de non feulement faire Batailles incomparables, & en emporter la Victoire:

Canōnade.

Ains aufsi de faire retracter les Ordonnances des fouuerains Parlementz, comme eft apparu cy deuant quant au Senat Romain, & celluy de Prouence. O pauures Ialoux à qui cete Volte prouenfalle fut tant odieufe, Les Femmes auront elles pas quelque iour plaine Audience entre les Sages, pour amplement former leurs Complaintes alencontre de voz extorfions & vmbrageufes deffenfes, entreprinfes fur la Liberté reciproque de Foy coniugalle?

OR' pour fuyure noz premiers termes, il fault refoudre *Rome vne* que toutes les faueurs & preuileges par cy deuāt fpe- *autreffois fau* ciffiéz, ne furent donc octroyéz aux Femmes fans grand *uée par vne* merite, qui fut, que par l'heureux moyen d'vne feulle *Femme.* d'entre elles, la Liberté d'vn païs tel que le Romain auoit été viuifiée, & aux enfans des Hommes reftituée: Et comme encores vne fois depuis il aueint du temps des Gotz, par la grace d'vne Royne nommée Placide qui diuertit fon Mary Atulphe Roy des Perfes, nõ feulemét de mil extorfiõs & rappines: meit la paix, entre l'Empereur Honorius & luy, mais aufsi le garda par fages remõtrances, de la

P ij

Canonade.

deliberation qu'il auoit faite de ne laiſſer Pierre ſur Pierre en Rome. O iuſte & graue Ordonnance Romaine dô-
nant a Femmes liberté totalle de ſorner, non indigne
(a mon Iugement) d'vn tel Parlement, & ſi haut Senat.
Laquelle, tant en Rome, Venyſe qu'en autres lieux d'Italye ou Dames ſont en bruyt, eſt encores ce iourdhuy inuiolablement obſeruée : & tant approuuée des habitans
& frequentans icelles Viles, que Cheſne aucune ne ſe
voit entortillée au Col de l'vn d'eux : qu'auant la neuuay-
ne, on ne la puiſſe bien recongnoiſtre au Col ou Bras de
quelque belle Femme. Ayans iceux Romains principallement, & autres Italiens montré tel chemin de Liberalité a grand nombre de François qui depuis quelque
ſaiſon en ça ont viſité l'Italye : Leſquelz y ont laiſſé toutes
leurs Cheſnes, Images & Boutons., ſans en rapporter
d'autres. Veü que l'vſage eſt a vn Tramôtain, d'en ſortir
cômunement bien plumé, ou myeux pelé. Et neaumoins
iceux François n'ont encores penſé au fundement premier de ſi gente coutume d'Italye, ou toutes Dorures ſe
laiſſent porter aux Femmes. Lequel fundement n'eſt autre que celluy de l'Arreſt de l'antique Senat de Rome deſ-
ſuſdit, encores maintenant entretenu en Italye. I'entens
montré(mot la ſus marqué)Non pas que ie vueille préferer en honneur liberal, la nature d'Italye, a la Françoiſe.
Car l'on ſcait tresbien, que le Palais magnifique de Liberalité, à de tout temps été en la France, ou l'on ne mange
point de poix chiches comme en Italye, meſmement que
Vallere le grand en ſon ſecond Liure,(parlât de l'immortalité de l'Ame)ſe mocque, & ſe donne au Diable que la
coutume des Gaullois étoit de ſ'entrepreter argent a rendre aux Enfers(Côme pourroient hardymêt faire les Vſu-
riers de France) Choſe, que croy, Banquiers Romains ny
Changeurs d'Italye ne feirent onc, en quelque païs qu'ilz
ſe trouuaſſent. Car ilz ne veullent pas aller chercher leurs
Debtes ſi loin, & ſi veullent faire au plus hault monter le
Tant pour Cent. Veü, en eſpecial que du têps du Roy Ph-
lippes de Valloys & en l'an mil trois cens quarâteſept,les
Heritages

*Le Priuilege
des Dorures
obſerué en
Italye.*

*Liberalité de
France ſus
toutesautres.*

*Les Gaullois
pretoient ar-
gent a rendre
enlautre mô-
de.*

heritages & meubles, de plusieurs Italiens qui lors resi-
doient en France, furent confisquez au Roy, a l'ocasion *Vsure fort*
de leur Vsure tant excessiue, qu'il apparut publiquement *memorable.*
que neuf mil liures qu'ilz auoiét preté sur bon gage, leur
etoient reuenuz a vingt quatre cens mil liures, selon les
termes de l'Hiftoire: Laquelle à bien obmis de les louer
quant & quát de la Metamorphofe qu'ilz cópofent encor' chacun iour sur les Efcus de Fráce, fi toft qu'ilz font
entrée en leur païs, taut ilz font fubtilz en Philofophale
tranfmutation des Metaux. Donques (pour clorre ce paffage) ne faut que autre nation prefume de f'equiparer en
honneur liberal, a la Francoyfe: Aufsi qu'en Italie (en efpecial) on n'à encor' point acoutumé d'ouyr crier Largeffe au Couronnement ou autre triumphe de Prince qui y
foit. Et puis que ces Medifans & langardz (pour retour-
Canõnade. ner au point cy deuant delaiffé) fe viennent cy apres en-

tremetre de caufer de l'Ornemét des Dames. Sy hardy
de dire plus, fur peine d'eftre Sot, O Caufeurs, que leur E-
tat ne porte pas de S'etoffer le front de chofes fi precieufes. Mais qui les portera donc? Pour qui effe (a leur ad- *La terre pro-*
uis) que la terre les à produyttes comme petitz Cailloux *duit les cho-*
ou Florettes de preis, a enrichir la Beauté gracieufe des *fes precieufes*
Femmes, Sinon pour ceux, mais plus toft pour celles qui *pour la Fême*
(comme naturellement parées de quelque luftre defiré)
ont donné ayde de falutaire gratification a icelle Terre
qui produyt telz cas, & aufsi a fes enfans qui font les hômes? Par cela, la Terre demontre qu'elle met hors toute
forte de Ioyaux, fpecialement pour le Sexe femenin, puis
que par les fecourables operations de la Femme, le droit
du Public a été foutenu & conferué, pour la norriture du
quel, cete Terre (qui eft l'antique Mere de tous) fe voit elle mefme endurer tout le long de l'annee, infinité d'op-
prefsions, tant par Chaleur & froidure, que par mil & mil
coups de Piq & Hoyau. Donc fi les Femmes en ce téps,
& principallement aufsi par le paffé, ont fait aux Hómes
tant d'autres Secourables biens de nature, que cete grád'
Mere f'en foit en foy mefme ebranlée de Ioye: & f'ainfi

eſt auec ce, que de telle éiouyſſance, elle face chacun iour demoſtration par ſes offices d'abondance fructueuſe : A qui, par droit, les Bagues les plus rares de cete Grammére (qui ſont dorures & Pierreryes) ſeront elles deſiurées par raiſon meritoite ? De qui portées, Sinon de ce noble Sexe pour lequel cete Antique nourriſſe les fait germer, cóme pour plus richemēt douer ſes enfans, ꝗ mieux le me ritent & luy font par œuures continuz plus d'honneur ? Et qui ſont ceux qui luy donnent en honneur plus de cótentement ? Sont-ce pas ceux qui ſans ceſſe labourent & ſeuertuent en trauail le plus naturel pour l'acroiſſement de ſa maiſon ? Or' qui ſont ceux la ? Ce ne ſont pas ceux *Cãnõnade.* Mais ce ſont Celles, qui ſont appelées Filles & Femelles bien aymées de la Grammere premiere parente de l'Hóme. O belle œconomye & gentil ordre de ménage ce ſeroit, voir que les Fayneantz dune famille (au meſpreis des autres) heritaſſent le Fief & les plus beaux meubles de la Grammere.

A uſurplus, & affin que dorenauant lon ne puiſſe plus ré-calcitrer a ce point, Il conuient entendre que les cauſes cy deuant déduyttes, pourront touſiours eſtre confirmées par vn exemple de pugnition Diuine, que le Haut IVSTICIER voulut faire congnoiſtre ſur la perſonne de Herode Agrippa iadis regnant en Iudée, qui mourut a locaſion de la mondaine Superfluité de ſes riches Habitz. Ce que n'aueint iamais a Femme, pour precieuſement ornée, qu'elle ayt été. Choſe qui demontre aſſéz les Dorures & Pierreryes aucunement appartenir, plus a la Femme qu'a l'Homme. Ainſi donc ſera notté (ſuyuant ce qu'a écrit Ioſephe au neufieme Liure des Antiquitéz, dequoy auſſi Eüſebe à fait mention au ſecód Liure de ſon hiſtoire Eccleſiaſtique) que ledit Herode Agrippa arriuát vn iour en la Cité de Ceſarée, pour faire dreſſer des Ieux a la louange de Ceſar, y abborderent grandes multitudes de perſonnes de toute qualité, tant que le ſecond iour du Theatre ce Seigneur meit peine d'entrer en icelluy auec vne pompe d'habit la plus excellente que luy fut poſſible.

Pugnition diuine ſus l'hóme trop ſumſtueux.

De-

Deſorte qu'etant aſſis en ſa Chaire parée,& cõtemplant le
myſtaire,peu a peu le Soleil veint getter ſes rayons ſus luy
& ſus ſes Pierreries eſquelles il ſe myroit : Au moyen dequoy,& procedant de ce cas, vne repercutiõ de double lu
eur aux yeux du peuple qui ſen émerueilloit : & que cela
demontroit en luy quelque choſe de plus que Nature ne
peult faire : ſubit chacun cõmença a luy cõplaire . De façon que dune cõmune voix il ſe laiſſa doucemēt appeller
D I E V, Qui fut cauſe,que a l'heure ſe ſentāt oprreſſé d'u-
ne paſsion d'eſtomac & trēchée de ventre , Il fut cõtraint
hab'andonner cete lueur trop honorable . Et en ſe faiſant
porter en ſon Palais par ſes miniſtres:de moment a autre
il gettoit la veüe ſus eux,& diſoit ſemblables parolles .Ha
moy votre D I E V,ſuis mené a la mort.Par cela,enlumy-
né qu'il fut lors de haute lumyere,il eüt grace de prophé-
tyſer l'heure de ſa mort qui peu apres l'empongna.

OR' que l'on aille trouuer vn exemple pareil a cetuy
de Femme qui ayt été au monde ainſi diuinement
chatiée pour quelque riche parement qu'elle ayt appro-
prié ſur ſa perſonne, ny pour arrogāce qu'elle en ayt peü
receuoir.Puis on verra ſil ſera neceſſaire cõfeſſer les precieuſes ſingularitéz de la Terre appartenir & deuoir eſtre
portées autant par les hõmes que par les Femmes.Qu'on
aille voir ſi la Pompe d'vne Courtizane Romaine , qui du *Pompe d'une*
temps du Pape Sixte quatrieme étoit dautāt plus exceſ- *Courtizane*
ſiue,quelle ne portoit Pantouffles qui ne feuſſent ſemees *de Rome.*
de Pierrerye, fut onc reformée par vn tel exēple de pugni
tion comme celuy que dit eſt,Soit qu'un ſage Cardinal &
Moyne d'alors,nõmé frere Pierre Ryer,au dépit de ceux
qui faiſoient pomper les beaux courtiſans,mainteint cete
Damoyſelle en tel triũphe d'habit,& ne permettoit quelle couchaſt ſus Matraz qui ne feuſſent de toile d'or. Ainſi
que plus au long à recité vn Autheur Italien en ſes Proble
mes. Vray eſt que pour cõtrarier icy a la trauerſe,on me
pourroit metre ſainĉt Pol au deuant,lequel par la premie
re Epitre qu'il enuoya à Thimotée, deffendoit aux Femmes chreſtiennes les grãdes ſumptuoſitéz d'habitz:Mais

la deſſus y a aſſez de conſiderations qui pourroiẽt adoucir le Sens literal de tel paſſage& (pour brieueté)y cõuiendra ſeulement penſer qu'icelluy Sainct Pol ayt plus toſt écrit telle Sentence, pour (comme lon dit) batre le Chien deuant le Lyon, que autrement, S'étant en ce cas fundé comme eſt vrayſemblable, ſur ce qu'au Bapteſme tout Chreſtien generallement renonce aux pompes de Sathã. Par ainſi, ſemble qu'en tel endroit ne ſoit parlé des Femmes, Sinon pour faire entendre aux hõmes que ſi cela eſt aucunement deffendu a elles, ſelon la qualité de chacune qu'ilz conſiderent au preis, de combien ilz en ſont indignes. Et pourtant faut reſoudre, que tant moins les Fẽmes ſorneront de Dorures & autres choſes : encores moins auſsi, les Hommes en deueront faire montre : En maniere que finalement, ce gentil Sexe aura touſiouts par raiſon plus d'authorité en ce cas que le Maſculin, au dépit de tout enuieux Reformateur. Et que ce n'ayt été de tout temps : Il ne faut que pour cela prendre garde au bon gouuernement de la Signeurie de Venyſe, qui entre autres choſes, à congnu que la magnificence ou Pompe de l'Homme, ne peult plus honorablement apparoir que

Reſpect louable du Roy, ſur les habitz ſur la perſonne de ſa Femme : Et a cete fin les Femmes ſont leans induytes a porter ſur leur teſte des Courónes, comme petites Roynes, pendant que les Mariz ſont coéféz de ſimples Bonnetz a Crouſte de Paſté (A quoy ce ſẽble) peüt bien auoir egard au Commencement de ſon Regne, le treſchreſtien Roy Henry. Lequel en ſon Conſeil (commeü de pareilles raiſons que deſſus) à ſagemẽt donné Réformation aux habitz des François ſes Subiectz. Enquoy il à diſcrettement fait congnoiſtre le reſpect meritoire qu'il conuenoit auoir a lenuiron de telz cas en faueur des Dames, contre leſquelles, la Reformation ne fut de beaucoup ſi etroitte que contre les Hommes, comme moins fauorables qu'elles en tous poinctz : Et ſpeciallement que les François n'auoient aprins leur Pompe ou Magnificence d'habitz ainſi reformeé, que des Aſſyriens premier Empire du Monde : leſquelz auant tous autres,

por-

porterent Soyes Odeurs,& Gans mufquéz, par Inuentiõ
de Semyramys leur Imperatrice. Laquelle (outre ce)fut
celle qui porta premieremét la chauffure des Calfons,&
les feit porter a toutes fes Damoyfelles,tãt pour fe garder
du vent de Byfe, que de la main trop ligere des Mignons
de fa Court: Dequoy encores les Dames d'aprefent, ont
reprins l'ufage,Ou pour le Renom de la grandeur d'icelle
Semyramys,ou bien, pour fignifiance de ie ne fçay quelle
femblance du Sceptre d'iceux Affyriens a celluy des Frã- *Le Royaume*
çoys, cóme tous deux feuls égaux en leur durée par def- *des Affiriés*
fus tout' autre. Mais plus toft (ce Semble)pour vne fignif- *& celuy des*
fiance fecrete a l'auenir q les Fémes(en cómenceant par *Francoys ef-*
le deffouz) pourront bien reprédre quelque forme d'ha- *gaux en du-*
bit viril, pour a temps oportun(& qui ne fera alors trouué *rée.*
fi étrange qu'il feroit de prefent) Se veftir a la ligere: Se
chauffer & équipper, a celle fin de reprendre la Guerre
cóme Amazones a lencótre des vieux teftusEnnemys de
leurSexe trop inquiété de mefpreis par leurs adherés.Voy
re & de reprendre quãt & quant l'ufage antique d'adroit
piquer les Cheuaux comme les Hommes, qui du temps
d'Alexandre leur fut prohibé, pour leur faire oublier le
meftier de la Guerre. Ce qu'il femble auiourdhuy eftre
quafi entendu d'elles, fpeciallemét en Italye,la ou peu fen
faut qu'elles n'aillent chercher l'eftryer de hors mótouer,
pour adroit fe remetre a cheual,Comme feftymans plus
aptes a tel meftier que les Hommes,pour lemoins d'em- *la Royne de*
pefchement qu'elles ont fur le deuant,de la Malette des *Hongrie.*
Turcs abhorée. Pour rétabliffement defquelles chofes a
l'honneur de toute Femme & confufion de fes Calumniateurs,il fuffiroit ce iourdhuy, de la magnanime Ptinceffe
& Royne de Hongrye Marye d'Autriche,fœur propre du
puiffant Empereur Charles quint. Veü qu'elle eft douée
de tant de qualitéz a tout bon Empereur conuenables, &
aux Armes fi exercitée,Que tous Aduerfaires de Fémes
affembléz alencótre de cete Place,deuffent ormais crain
dre, Que fouz couleur de venir quelque coup coutre la
Picardye auec fes forces des baz païs(ainfi qu'elle à puis

Q

nagueres fait pour la fecours de fon frere : Elle ne fe viéne
fecretement plus toft ranger cy dedans auec les Royalles
& trefdignes Princeffes qui y font; A intention de faire
fi cruelles Saillyes, Que tous les vieux Corbeaux du païs
d'alenuiron foiét eux mefmes émeüz de faffembler auec
les Colóbes, pour venir au maffacre & mort dilanyée des
Cormorans d'enuieufe affemblée: & non fans caufe dy-ie
la deuffent ilz craindre, Cófideré que fi les Roys trefchreftiens commencent vn coup a trouuer belles, les fecretes
& trop amortyes Vifieres du Sexe femenin , tant au gouuernement des chofes publicques que faitz martiaux :
Pour le moins ne tiendront ilz plus leurs Princeffes & Dames en fi ocieufe nourriture qu'on à fait par le paffé. Ains

*Lempreur
s'eft ferui de
Fémes aux
grans affai-
res.*

a l'exéple d'icelluy fage Empereur Charles & des autres
antiques, Ilz cómenceront a fen feruir(ayder pourroys-ie
dire) & a les employer es chofes grandes, autant certes
a leur aduantage, qu'il à fait congnoiftre d'auoir fait au
fien, de plufieurs Dames en toute contree qu'il a peü, com
me en Lorraine, & en Angleterre, Mais en efpecial comme il à fait de la fufdite Royne Maryçfa Sœur, es baz
Païs de Flandres & Haynault alencontre des Gaullois:
& vn long téps parauant, de la Ducheffe de Parme fa fille, dans la Cite de Rome, qui léans luy à trefbien feruy d'un néceffaire Gouuerneur & Chef, pres le Sainct Pere fus tous cas qui fofroient en Italye alencontre du memorable Roy Fra nçoys. Icelles Princeffes aufsi, de vertu
tant illuftrées, que Magnanimité, prouidence, doux acueil *Canónada*
Science & toute adreffe (aquoy elle furent induittes de
ieuneffe) leur font toufiours quafi naturelle compagnye.
O Gaudiffeurs & maigres Boufós de Vertu femenine, gar
déz bien ces dangers, Car la feroient les commencemétz
de voz douleurs & plaintes. Deflogéz donc toft dicy deuant, ou Rendez vous aux Dames. Autrement vne pudique veuue qui Defloges fe nomme (en force d'honnefte courage toufiours bien logée) vous deflogera, & fans
trompette fi plus vous tardez, Car elle à cy dedans la char
ge des doubles pieces de Douceur femenine, pour y met-

tre

tre le feu, Et bien, qu'en signe de quelque rare Grace d'Esprit elle soit Damoyselle de Marque (si lauez veüe) & d'une
Rougeur pudique vn peu tainte par nature, En rien pourtant elle ne vous epargnera, en vous attendant a la Curée.
Car son vouloir est inuincible: & a la Royne est tresobeis-
sante. Deslogez donc, si ne voulez au lieu de votre Mere
Dame Enuye, receuoir les Canonnades foudroiantes,
qu'en ce flanc vous voyez a deslacher appareillées. O Mal
heüreuse Enuye. O detestable iniquité de naturelle crace.
O vituperable creature d'infernale contrée. Quand sera
ce que la terre de toy tyrānysée s'ouurira, & par le meillieu
trenchera le centre de ses entrailles pour t'engloutir ? Es
tu bien digne de penser sur la pensée de l'emparement &
durable Fortification de ce premier Bastion ? Le récit d'i-
celluy (ne veux dire le bruit) est il pas assez puissant en ses
raisons, pour en vn moment te reduire en poudre ? Toy
miserable si quelque fois la Vertu auoit telle estandüe sur
les humains que le Vice flateur & mensonger qui t'entretient. Pour plus grande confusion duquel, & de ses nour-
rissiers Blasonneurs, Ie n'entens dauantage amplifier ce
quartier de Magnanimité par la longue declaration des
causes pour lesquelles Temples furent iadis édiffiéz en
Romanye en l'honneur de Vénus armée & de Vénus ca
lue, ny pareillement, Comment la Feste des Chambrieres fut instituée par la Déesse Iuno, A raison de ce
qu'icelles Chambrieres auoient sauué la Vile des En-
treprinses de ses Aduersaires. Parquoy la fin soit impo-
sée a ce Bastion en l'honneur & relief de Reputation du
Noble & Magnanime Sexe femenin: le tout, souz la Déf
fence & tuitiō du Nom florissant de la haute Princesse dé
Médicis, a bon titre, non moins Magnanime & Douce,
qu'elle est des Françoys la Royne Bienuoulüe.

Q ii

Canonade.

Guerre
Guerre
Guerre

DEVZIEME
BASTION SVR LA CHASTETE ET HONNESTETE DES FEMMES.

Chap. I.

MAINTENANT, ne sera qu'a heure oportune d'entrer au second de noz Bastions, figuré sus la Prérogatiue honorable de Chasteté & Honnesteté : En désseignant & montrant a l'œil, les honnestes Singularitéz & Secretz admirables d'icelluy, a peu de Nations manifestes : & incongnues de toute maligne Secte de Calumnie, comme cas tellement circuyz de veritable lueur, qu'ilz ébloissent les yeux de toute arrogante pensée. Pour apparente notice duquel Bastion (& supposé que cete Prérogatiue est vne Vertu rendant les Humains par angelique familiarité, disposéz a reception de toute grace, & agreables en tous lieux) premierement lon ne peult nyer, qu'vn nombre infiny de gracieuses Femmes, n'ayent vertueusement préposé leur precieuse Chasteté & honnesteté, a tout l'aise ou Bien temporel qui se soit iamais peü souhaitter en ce mortel territoire : & ne le façent encores iournellement : & pareillement qu'elles ne soient plus promptes a se disposer au peril de la Mort craintiue, que de contreuenir, non seulement a tel point de Vertu tant singulier, mais aussi a toute maniere de deuoir, auquel l'Honnesteté & Ciuilité exterieure des personnes d'honneur est requise. A ce propos (qui d'vn ris d'Hostellier, comme se dit en Prouerbe, fera icy estandre la machouere de tout Langard) & pour rabatre tout obiect de blason dissimulé, que lon pourroit amener alencontre des Femmes d'apresent : En allegant (comme est ce iourdhuy l'vsage) qu'elles ne sont si Chastes, Vertueuses & Honnestes, que *Madame* furent les Anciennes, Cete haute & tresroyallement no- *Marguerlte* ble Princesse, Marguerite de Vallois, Duchesse de Berry, *de France,* Sœur vnique du nouueau Restaurateur esperé des Gaul- *Gardiéne de* les, estendra cy dessus la Baniere, comme sur le deuzieme *ce Bastion.* Bastion de notre Forteresse a elle dignement dédyé, pour la défense d'icelluy : tout ainsi qu'a vne virginalle & ferme Colonne d'honneur, ia depuis trente ans de son age assize en la Frāce, pour borne & marque de toute hōneste Chasteté, voire & pour le seür appuy des bōnes Lettres. Touteffois pourautant qu'en cas de Chasteté, semble chose requise d'incōtinent entamer propos de l'immortel Renom par le Monde semé de la Diane antique, aumoins de faire celebration aucune de son nom : Cela fera que de la nouuelle d'apresent, le subiet a chacun deura estre agreable. *La nouuelle* C'est assauoir de la pure & ieune Diane de Vallois, n'ague- *Diane de* res Duchesse de Castres : Tant pource que souz la con- *Vallois.* duite & enseignemēt de la susdite Marguerite (braue Duchesse, c'est à dire, digne Conductrice d'Honnesteté) elle se rendra de bonne heure vsitée, a soutenir tout assaut de vicieuse pensée : que pource aussi, qu'elle est ia apperceüe estre naturellement douée d'aussi grande ardeur de desir, de se trouuer toute sa vie a la tuition de chacū point d'Hō- *La mort du* nesteté, que le Magnanime & trop vaillant Duc de Ca- *Duc Horace.* stres, Horace Farnese son feu Mary, fut poussé de desir d'honneur & proesse, a se trouuer en tout lieu d'assaut &

deffense,

deffenſe, ou le ſeruice du Floriſſent Roy Henry, l'appeloit:
Au grand regret pourtant de la France, & d'Italye: qui a
iamais trop plus déplorerôt la perte de ſi Valeureux Prince, què la perte ou Prinſe de la Vile de Hedin, laquelle le
voyant abbatu ſur ſes Rampars, ſe laiſſa le lendemain abbatre, & du tout confundre de deſeſpoir, au moys de Iuillet, de l'Année mil cinq cens cinquantetrois. Pour cela
touteffois cete digne & noble Diane de Vallois (de qui la
puerile & delicate Perſonne en larmes ſe cuyda auſsi confundre) ne laiſſera d'eſtre cy dedans autant courageuſement militante pour l'hôneur de ſon Sexe, ſouz l'enſeigne
de la Fleur d'honneur d'icelluy, qu'elle eûſt peü faire au
parauant. Ce pendant, que lon ſe garde bien, O Gaudiſſeurs, de vouloir faire icy comparaiſon de la vie ſilueſtre
de l'antique Diane, a la ciuile & familiere de cete nouuelle, luy penſant donner attainte: Car Femmes chaſtes vous
pourroient bien ſouhaitter la Chace d'Actéon, qui mil *Temps de la mort d'A-ctéon.*
trois cens quatrevingtz & ſept ans, auant l'enfantement
de la PRINCESSE de Chaſteté angelique, fut déchi-
ré de ſes propres Chiens, en vne Region de Grece, dite
Boéce. Conſideré que ce n'eſt ſans raiſon que toute Diane de maintenant, en conſeruant titre de Chaſteté, ſe
puiſſe legitimement marier, & conuerſer es honneſtes
compagnies des Hommes. Veü que ladite antique Dia- *Loy de Diane antique.*
ne autreffois ordonna, & par Decret feit obſeruer, que
les Femmes qui en leur vie auroient fuy le Conſorce des
Humains, ainſi qu'elle, ne feuſſent iamais élües pour Sa-
gefemmes, ny appelées telles, comme témoigne Plato au Dialogue de Science: & au regard dequoy les Vertueuſes Dames d'apreſent (& en particulier cete nouuelle Diane) ne contreuiennent en rien aux circonſtances
du préuilégié titre de Chaſteté, pour ne fuir le conſorce des Hommes. Ains plus toſt donnent elles luſtre
a leur Diademe d'Honneur, par la frequentation familiere & chaſte, qu'elles peuuent auoir pres de tout
Prince ou autre, pour l'eſſay que ſecretement elles font,
par vigueur de leur pudique regard tant ſeullement, de

Canõnade.

dreſſer en la parolle & mouuement de chacun perſonna-ge qui les aborde, vn nombre infiny de rarés Myroers d'honneſteté, parmy la France : tout ainſi & a la ſemblan-ce, que l'antique Diane feit dreſſer & voir au Monde, vne infinité de beaux Myroers, apres que l'Inuenteur de Me-decine Eſculapius, eût, a ſa priere, compoſé le premier qui iamais y fut veû. Enquoy pour l'amour d'elle, il employa toutes les forces de ſon Eſprit.

ET pource que quand on voit vne grand' Dame ſeulet-te, le ſot Vulgaire dit, qu'elle eſt égarée ou perdue : Celle a qui la Protection de ce Quartier eſt conſacrée, ne luy donnera telle matiere de cauſer. Car elle ſera veüe cy dedans trop myeux acompagnée & Seigneuriallement ſuiuye d'honneſtes Damoyſelles d'apreſent : que ne fut onc icelle antique Diane. Voire encores d'aucunes de cel-les, qui iadis ont voulu ſuyure par les chaſtes ſentiers de la terre icelle Déeſſe : & qui par elle ont été mandées des Champs Elyſées en ce Fort, a l'occaſion du bruyt de l'ho-norable renommée qu'elle à, depuis peu, entendue tant de ſon Image figurée au vif en la digne preſence de la ſuf-dite Royalle Marguerite : que de ſon Nom ſi proprement appliqué a laditte de Vallois. Donc la premiere des ver-tueuſes Nymphes, ou Damoyſelles de Chaſteté icy tranſ-portées pour la deffenſe de ce Lieu, a l'honneur de tout le Sexe Femenin, eſt l'Irréprehenſible Suzane, Floriſſante en ſa beauté chaſte, ſix cens ans auât la vraye D E E S S E de Chaſteté. Laquelle Suzane, ayma trop myeux ex-poſer ſa propre vie au hazard du Iugement incertain des Hommes, que ſon treſor d'honneſteté entre les bras de Vieillars luxurieux. Ou etes vous Mignons, qui reputans ce Sexe d'auſſi petite Continénce que vous, du premier regard le penſéz tenir au filé de votre cupidité ſenſuelle? Et apres auoir a telle folle pourſuyte conſommé le temps, & les biens, le recours eſt, de ſattacher a belles iniures & vanteries, que votre douce mémoire vous repreſente, & que n'oſates iamais fermement eſperer. Conſeſſéz a pre-ſent

sent ce qu'en la belle Lucrece Romaine est tout notoire, *Lucrece Ro-* pour preuue d'honneste Chasteté. Laquelle, par moyen *maine & le* forcé, congnüe du filz de Tarquin Roy des Romains : Et *temps de sa* abbreuant cete courageuse Damoyselle, de son sang, le *mort.* Couteau malheureux, ia la blanche leure toute ternye, autre cas pour testament ne peüt dire, fors, Il me sera(dist elle)plus honorable de mourir, laissant preuue de ma Cha- steté, que viuante secher en regret : Et a l'exemple de Lu- crece, iamais noble Femme violée ne viura : Et mourut, l'An cinq cens & douze auant la vie restituée a Nature par la mort du F I L S de la Vierge. O digne geste d'enflá- mée Pudicité. O Miserable Glaiue, & en malles eaux dé- trempé : que ne fus tu ausi bien émolu, pour deslors sa- crifier sus l'Autel de Diane, les gros Veaux de Disme, qui premiers se prindrent a blasonner les Femmes ? Que te nuysoit le sang si doux, entour les veines de si Chaste Beauté?

E N apres, par aprobation du grãd Historiographe Val- *La chaste* lere, nous appert, que iadis vne Fëme de Grece, nom- *Hippo Fem-* mée Hippo étant prinse sus Mer par Fustes ennemyes : & *me Grecque.* voyant son honneur en peril de tyrannye, ayma mieux, de sa vie donner ioyssance aux Vndes sallées, qu'en façon aucune faire largesse de son corps a Homme de la Bar- que. Au moyen dequoy elle fut du depuis fort celebrée entre les Grecs : Ainsi qu'en semblable fut aussi vne Da- moyselle de Capua, au Royaume de Naples, lors que la *Instinct de* Vile fut prinse par les François. Entre lesquelz aucuns *Gascons.* Gascons(subietz a pillage Femenin)menans cete Genti- femme hors du logis ou elle fut rauye, pour la serrer en vn lieu plus secret, qui étoit de l'autre costé du fleuue de la Vi- le : elle feit semblant, par le chemin, de vouloir ratacher la Courroye de sa Pantousle : Enquoy faisant elle sélança ligerement dans la Ryuiere, d'ou ny eüt ordre la pouoir tyrer viue. Que dirons nous icy des pudiques Filles d'vn *Etrange fa-* Duc d'Italye nõmé Sizulphe ? Lequel ayant été occis par *con de Cha-* vn Roy des Huns, qu'on appeloit Cacan, & la Vile prinse: *steté.* les pauures Damoyselles craignans de tumber a l'haban-

R

don du Roy, ou autres de fa troupe, inuenterent vne nouuelle defenſe de Chaſteté. C'eſt aſſauoir de faire mortifier
des Poulletz ſouz leurs Eſſelles : A celle fin qu'en ſentant
leur Epaule de Mouton(comme on dit en Prouerbe) elles
donnaſſent ſi mauuais odeur de leur charnure, que leur
aproche ne peuſt eſtre comportée. En maniere que par ſi
étrange inuention, elles exempterent leur Virginité de la
tyrannye martiale des Gens barbares. Le tout du temps
de Heraclius vingtdeuzieme Empereur de Conſtantino-

Chaſteté de Fémes Ale-mandes.

ple. Que dira lon, auec ce, des Femmes plus que pudiques
des Theütons? Leſquelz iadis, étans domtéz par le Cheualier Romain, Mariüs, qui eüt charge de la Guerre Cym-
brique, ſix cens cinquante deux ans apres l'edification de
Rome, Icelles Femmes feirent requeſte treſinſtante, qu'il
pluſt a leur Aduerſaire victorieux de leur faire tant de grace, d'eſtre enuoyées & miſes au Couuent des Veſtalles ſacrées de Rome : En iurāt par elles de garder, de la en auāt
le vœu de Chaſteté, ainſi que les Dames du lieu : & leans

Canonad

vouloir porter patiemment la Defaite de leurs Marys. Ce
que n'ayans peü obtenir de luy : & pour l'aſſeurance qu'elles ſe donnerent(aumoins)de mourir chaſtes, O cas merueilleux, la nuyt enſuyant elles ſ'étranglerent toutes. Diſant ſur ce, l'Autheur de cecy, que ſi les Marys de ces pauures Femmes(qui furent Allemans, autrement nomméz
Cimbriés)euſſent été de courage autāt magnanime qu'elles : ſans dificulté, au lieu d'eſtre vaincuz, ilz euſſent été

Canonad

vainqueurs de leur Guerre: Veü d'autrepart, que telles Fémes venans furieuſement au deuant des Romains, leur
gettoient leurs enfans a la teſte a faute d'autres Armes.
Or' abordéz maintenāt icy, O gros Theütons & ronde-
letz Cauſeurs : & en vous accompagnant d'vn tas de re-
chignéz Ialoux, ſachéz ſ'il y eüt onc Mary qui ſ'étranglaſt
plus toſt que rompre Mariage.

Sus tout acte de chaſteté cetuy eſt le plus admira-ble.

Dauantage, ie n'entens laiſſer icy couler, l'exemple de
ferme Continence, protrait en vne Vierge, qui fut
nommée Eüfronye. Laquelle(ſelon qu'eſt écrit en la vie
des Peres) pour plus vertueuſement cacher ſon Treſor

d'honneſteté:

d'honnefteté : & enuiron l'An de notre S A L V T quatre
cens vintquatre, fecrettement habandonna la maifon de
fon Pere: f'habilla d'habit de Relligieux : & fe retirant en

Canōnade.

vn Monaftaire d'Hommes (ou elle fe feit appeler Sma-
ragdus) en icelluy faintement paffa fa vie, fans eftre pour
Femelle aucunement recongnue fors a la mort. O incroiable perfection de Chafteté: Au combat de toute ten-
tation chercher a fubiuguer ce qui la pouuoit domter &
confondre. Ou etes vous Chafteté de Pithagoras? Ou etes
vous Continence de Xenocrates, de qui plufieurs ont fait
fi grād Trophée? Ou etes vous celle du bon Seneque, dont

Canōnade.

les Hiftoriographes font immortel eftime? Ou etes vous
aufsi celle de Socrates, qui fe fait appeler Inexpugnable?
A celle cy prefumeréz vous eftre parangonnées ? O Dé-
trouffeurs de louenge d'autruy, ferace bien fans faire vn
hocquet de tefte a Frōt ridé, que vous verrez cet Oeuure?
Que vous en femble? Voz fages Coucourdes, couuertes
du grād Feutre de fonge malice, oferoient elles faire tant
de faueur a ce Sexe (aumoins pour cete fois) de confeffer
combien de Vierges & pudiques Veuues ont été depuis
mil & cinq cens ans en ça, qui pour le zele amoureux de
I E S V C H R I S T, & de la grand' V I E R G E & Mere,
ont au Ciel cōfacré leur Chafteté? Mais fi cete charge vous
eft molefte, pour vous ie la veux entreprendre. En mon-
trāt neaumoins qu'il n'eft befoin en faire plus lōg difcours:
cōme de chofe non moins vraye que vrayfemblable, puis
que Femmes (mefines qui n'eurent congnoiffance de la
Foy) ont tenu leur Chafteté & ciuile honnefteté en fi grāde obferuāce, qu'il ny a chofe portant Ame en ce Monde,
qui n'en ayt ébaiffement: & principallement de l'ancienne Romaine Portia, fille de Cato Vticence, & Femme du *Celle qui*
fecond Brutus, l'vn des coniurateurs de Cefar, Cete Gen- *pour chafte*
tifemme étāt démourée ieune, tresbelle & richement ap- *la les char-*
parentée apres le trefpas de fon Mary (pourfuiuy a mort *bons ardans,*
par Cefar Augufte, a caufe de fa Coniuration) remémorant vn coup a par foy, la pourfuite que faifoient plufieurs
Romains de l'auoir a mariage : & aufsi l'oftinée volonté

qu'en cela, auoient ſes parētz, eſtima tant la Perle honorable de Continēce, qu'elle declara vn iour frāchement a la
barbe de tous, qu'ilz ſabbuſoient de la penſer remarier:
Pour l'oppinion qu'elle eût, n'eſtre choſe due, ſe marier
deux fois: & qu'en le faiſant, on ne pouuoit eſtre Femme
du ſecond Epouzé: & n'eſtre poſsible d'auoir bien aymé
le premier, ainſi qu'elle diſoit. Surquoy arrétant le but de
ſon intention, congnut que par menaces de ſes parentz
(qui par coutume n'ont l'œil qu'a la Richeſſe) elle pouuoit
bien eſtre contrainte ſe remarier, ſelle ny remedioit par
nouueau moyen. Pour lequel, & le plus abbregé, elle delibera de ſe vouloir tuer. A quoy penſans obuier les Peregrans, ſefforcerēt de la tenir bien gardée, & de leuer d'entour elle, tous les moiens mortiferes qu'ilz ſeurent imaginer. Ce nonobſtant aueint qu'vn iour apres, tous les Prochains, d'vn accord aſſembléz en la maiſon d'elle: & par
douce maniere premierement, puis par rudes parolles la
cuydans induire a Mariage, ſi fort la detraquerent de Raiſon, que tournant la face a la cheminée, auança ſubitemēt
la main au Foyer, ou elle print charbons ardans, & conſtamment, en vn riens, les aualla. O l'apre cruauté & ferme chaſteté. Quoy faiſant, nę peüt (la pauurette) acheuer
ces dernieres parolles commencées: aſſauoir, Amys, Vous

Portia plus
Magnanime
que Cato ſon
Pere.

m'etes Ennemys, & ne m'auez ſceü vaincre. Ainſi le Pere magnanime d'icelle Damoyſelle ſetant parauant fait
mourir: Sa fille auſsi (pour deſir de garder Chaſteté) ſe dō-
na mort cruelle, dont elle emporta honneur plus grand
que luy, comme à écrit Vallere, Veü qu'icelluy Cato, ne
voulant obeir a Ceſar, ſe feit mourir de façon aſſéz commune, l'Epée en l'eſtomac, ſelon Plutharque: mais elle,
d'vn nouueau genre de mort, auec charbons ardans en
bouche treſpudique. O Aduerſaires écerueléz, Cecy veü,
Vous verra lon point vn iour comme beaux Chatz enra-
géz, aualler de rage les charbons du Foyer de votre enuieuſe Fournaiſe?

La ſource de
l'hōneſteté des
Hommes eſt
des honneſtes
Femmes.

O Don des Cieux, honneſte Continence Femenine,
commēt tu es a preſent, plus que iamais, guerroyée &
cautement

Canōnad

Canōnad

Canõnade. cautemẽt fuyuye. O Source de touteHõnefteté,qui feulle
donnes a tes Ennemys propres, le ply bien feant de ciuile

Grace : Qui fais écouter les Sours,& dreffer toute lourde
Ieuneffe. Qui eft celluy, O Ames amoureufes (s'il en
fut onc) Qui eft celluy qui fe foit iamais peü vantet a bon
droit, d'auoir acquis la vertu de Temperancẽ (l'une des
Cardinalles) par laquelle l'homme fe va peu a peu mé-
furant en fes actions, tant au boire, au manger, qu'au parler,finon de lavertu de la Femme?Qui fe vantera,de plus,
d'auoir acquis le diapré Manteau d'honnefteté, finon de
l'attrayant Regard de la Dame honnefte ? Chofe certainement dont l'inftinct ne peult eftre autrement fpeciffié,
& ne vient que de la . Car la Science, fans la frequentation moderée de la Femme honnefte ne peult, fimplement, donner tel habit ou ply de ciuile prefence a l'homme,Comme tresbien fe pourroit certiffier, par vn Rofier,
De Rofieres nommé,& arroufé de toute ciuile liqueur au
plaifant Iardin de Bloys . Et qu'il foit ainfi, Combien
d'hommes Sçauans trouue lon chacun iour, qui neaumoins, ont autant de ciuilité exterieure que Ruraux ? Ciuilité,ie-dy, qui eft celle qu'on doit entendre par geftes &
propos de difcrete honnefteté,procedant de dedans, &
non pas d'Elegance de perfonne poupinement habillée
fimplement, que les riches Sotz tiennent pour Ciuilité
complette . Combien d'autres auffi, qui feullement vétuz de cet habit gracieux , & moyenné maintien de perfonne, attyrent à foy les cœurs des autres , tout ainfi que

Canõnade. l'Ambre le fétu : & font par tout reputéz Sages & honne-

ftes? D'ou prouient ce fruit? D'ou prend Source cete
Grace? O Blafonneurs ingratz? Effe pas de la contrainte
cordialle que l'homme (inhabile de foy) s'efforce auoir
vers la vertueufe Femme, feullement pour acquerir bonne opinion de foy en fon endroit ? Effe pas de s'appliquer
a retenir le ply de gracieufe apparence que lon voit reluyre en l'œil d'une Royne & Princeffe principalement?
Chofe mefme que l'Amye de Court a été contrainte de
declarer en vn paffage de fon Liure, parlant ainfi.

R iij

L'Amye de Court.

Mais deuifons vn peu de l'équipage
Des icunes Gens qui fortent hors de Page.
Bien aife fuis de les voir adreffer
Vers moy, qui prens plaifir de les dreffer.
Si i'en voy vn qui n'ofe a moy venir,
Et qu'il defire honnefte deuenir,
Ie vous l'appelle : En donnant hardieffe
A fa craintiue inexperte Ieuneffe.
Et vous le metz en propos et en Grace,
Tant qu'en honneur chacun autre il furpaffe.

Lefprit des hommes fe viuifie par l'honnefteté des Dames.

DAbondant, D'ou prennnent Source & mouuement premier, tant de gentilz Efpritz qui feuertuent es ieunes Hómes de l'Eürope, finon du Subiet éueillant de la Beauté honnefte de la Dame aymée ? D'ou à acquis le Petrarque (de fi long temps enfeuely) le Renom de louenge qui le rend ce iourd'huy plus vif, que lors de fa vie corporelle ? Auquel des deux, Sauoir eft, de Dame Laure, ou Petrarque, doit on rendre plus de Graces pour la fruition de fi agreable Poefie, que l'œuure bafty fur le nom de l'Aymée feulement ? O vigoureux attrait de Ciuilité, l'Oeil de la Dame honnefte, qui feul (pour plus authorifer fon efficace) a fait autreffois dire a vn Philofophe & Empereur Romain, nommé Marc Aurelle, ces motz en

Marc Aurelle Empereur.

fuftance, Ie confeffe, difoit il, & congnois, que l'Homme qui ne feft fentu éperonné d'amoureufe paffion, ne peult eftre qu'un Lourdault. Sentence veritablement digne d'un tel Prince, qui en cela fuppofoit tresbien, que le Regard de la Dame aymée, eft vne braue Vifiere d'Armet a rendre vn ieune Cheualier plus courageux a toute entreprinfe d'Armes: Ainfi mefmes qu'a lendroit des Anciens à été approuué. Lefquelz, lors que Soldatz alloient a vne Charge, les y faifoient códuire vn long chemin par les Damoyfelles & autres Fémes de leurs Citez, qui parti-

culierement les fupplioient, que pour leur amour, ilz ſeſ-
forçaſſent a quelque acte de vaillance dauātage : Comme
feirent celles de Marſeille a leurs Gens, du tēps que pour
tenir le party de Pompée, ilz ſe réuolterent côtre Ceſar : le
Liure ſecond des Cômentaires duquel, en fait honorable

Canōnade.　mention : Et côme encor' font a preſent les Femmes des

Suyſſes, quand ilz vont au ſeruice de France. Et puis, que
vous & tous voz Complices iuréz, O Calumniateurs in-
ſatiables de meſdire, qui délaſchéz ſi volôtiers Flechades
ſerpentines du bois de fauſe penſée, ſoyez encores ſi éfre-
nez de vous découurir deuant cete Place, Nouuellement 　Tout Mo-
conſtruite, pour vous môtrer, non a vous, qui le ſcauéz en 　queur de
cœur, mais a chacun autre, Qu'il eſt neceſſaire que vous 　Femme eſt,
ſoyez tous, ou Grandement Inciuilz (pour n'auoir hanté 　Ignorant,
Dames honneſtes, qui les meſpriſéz tant en leur ſexe) ou 　Inciuil; ou
Ignorās (pour les ſpecialles graces qu'elles ont des Cieux, 　Arrogant.
dequoy cete Fortereſſe vous fera ſçauans) ou bié que ſoyez
Superbes & Enuieux, qui voudriez côme le premier Ange
trebuchāt, vous voir, auec quelque Raiſon, ſuperieurs des
Femmes, & les tenir en eſtime de Seruātes creatures, Souz
couleur, ce ſemble, que l'Hôme fut créé deuāt la Femme.
Lucifer fut créé le premier, & pecha le premier. L'Hôme
fut créé en terre le premier : & pecha le ſecôd. Tellement
que du Maſle eſt procedé tout peché. Et ce nonobſtant, il
ſ'oſe bien preſumer ne ſçay quelle ſuperintēdance au con-
temnement de la Femme : côme ſi lon ne ſauoit pas, que
par deſſus toutes Creatures terreſtres, voire & par deſſus
toutes les Legions Angeliques, il ayt pleü au C R E A-
T E V R & Iuge ſouuerain des Choſes nobles, éleuér la
Femme, & Vierge. Le Peché de la premiere deſquelles
Femmes (pour obuier icy a obiet) fut de ſi peu d'importan-
Canōnade.　ce en elle, que ſi l'homme n'euſt cômis l'Erreur, les Fēmes

& Hômes n'en porteroiēt la peine. Pour ces raiſons donc,
confeſſez O Cauſeurs confeſſéz, que tout Detracteur ou
Vilpriſeur de ce noble Sexe femenin, ne ſe peult excuſer,
qu'il ne ſe ſente par dedans, Inciuil, Ignorant, ou Orgueilleux, pire de tous.

VEnéz donc à cet' heure tous à la fois, auec votre Bouclier de paille, que l'on dit en votre Iargon, *Casta quàm*
nemo rogauit . Dames, Vous femblent-ilz bien Armez,
pour faire tefte a fi noble Cornette, enuironnée de tant
de Raifons qui dans ce Fort brauement tournoyent, & a
foifon rompent boys de Saux, ou de Sotz (pour proprement parler) comme le plus fragile? D'autres Faucon-
neaux ces Oftinez ne peuuent dénicher les Colombes
qui fegayent fur ce Baftion, fors qu'en faifant cete aproche, La Femme, difent ilz, eft Imperfaitte : & celle la eft
Chafte, qui ne fut oncques priée. Ainfi ayans tyré ce bou-
let a la dérrobée : & cuydans fe preparer a autre deffenfe
fouz le pauois de quelque Raifon, ilz tournent honteufement l'échigne, tant enflée d'une boffe maldifante, Et fi
peu habile a fupporter le faix d'aucune Authorité, que de
quelque habit que Fortune les vueille atourner, ce ne fera pour le moins, de celluy du gros Prieur de Bourmoyan,
qui par bon vfage fcait trop bien que c'eft que Priere, mefmement femenine. Pour dequoy donner apparéce, C'eft
affauoir, que ces Gaudiffeurs n'entendent le mot de Latin
cy deffus, ou a tout le moins ne fcauent que c'eft de prier
les Femmes, Il eft certain, qu'ilz font de iour a autre congnoiftre, qu'ilz ont en leur temps autant abbatu de ce
beau bois de Pin elégamment dreffé, comme ilz ont fceü
vfer de la hache de fubtile Priere. Pour rage dequoy, &
ayans trouué ce bois de gaillarde Futaye trop ferme, &
leur hache trop rabottée, ilz ont fouuenteffois getté le
manche apres la congnée de leur vaine entreprinfe : &
comme defefperéz, encor' penfent ilz auoir quelque efpoir de conquefte, quand en propos de Femmes ilz peuuent getter ce Lardon venimeux, *Casta quàm nemo rogauit,*
de la plus part d'eux (comme dit eft) ainfi qu'ilz f'entendent, entendu. Et combien qu'ilz fachent que les anciennes Hiftoires ne font amplifiées que de l'Amour &
Fidelité qui a toufiours été, commme encores eft, diuerfement gardée par Femmes a leurs Marys (la plus part
dequoy eft force de trencher, pour n'exceder la forme

d'un

Le Bouclier
des Cau-
feurs, Casta
quàm nemo
rogauit.

Le bon Pri-
eur de Bour-
moyan de
Bloys.

d'un Fort) si esse que dabondant, il semble plus que necessaire d'en produire icy quelques exemples: tant pour doublement fortiffier ce Flanc (fort subiet a Batterie) que pour
ne donner doute de faute de munition en icelluy. Consideré que le plus grand Blason de la Femme, est d'estre taxée de peu d'honnesteté principallement, & quasi non
moins d'Orgueil, & de Gloutonnie, dont elles ont com- *Le Sexe fe-*
munement été ennemies plus que les Hómes: ainsi qu'il *menin tous-*
en appert, en especial, par l'exemple tout commun, de la *iours Sobre.*
sobre maniere de viure des antiques Femmes Romaines:
qui par plusieurs Histoires, sont fort louées, de ce que de
leur bon gré, elles s'abstenoient de boire Vin pour plus
Prouerb. conseruer leur Honnesteté. Car ainsi que dit le Sage, le
20. Vin est chose luxurieuse. Et combien que pour plusieurs
causes les Femmes d'apresent soient induittes a l'usage du
Vin, Toutesfois elles s'y gouuernent si tempérément, qu'il
n'auient aucun excés de leur part, touchant le trop boire, cóme lon voit ordinairement auenir entre les Hommes en toute contrée. Ce que bien cógnoissant vne Gentifemme de la mignonne Cité de Bloys: & se trouuant *Acte d'une*
quelques annees y à, a vne honneste table en compagnie *Femme de*
de son Mary, qui presuma verser de l'eau en son Verre, *Bloys.*
sans penser qu'il luy faisoit peu d'honneur: subit, (& pour
mótrer qu'elle n'étoit vn brin Sotte) cómanda a vn seruiteur, de porter ce Verre emply de Vin battizé, sus vne fe-
nestre la pres: puis sur le champ demáda a boire a vn autre, qui luy en apporta. Quoy voyant le Mary, qui pensoit
bien qu'elle eust rëuoyé ce premier Verre par dédain, luy
demáda au veü de tous, pourquoy elle ne buuoit le Vin de
son premier Verre. Vous l'auez (dist elle) moillé, mon
Amy, Quand il sera sec ie le demanderay.

MAis pour retourner a mes antiques Femmes de Rome, qui ont été ainsi Sobres que dit est, lon peult
croire qu'encores (& sans parler de la temperance vsitée
en cela par les Françoises & autres) il en appert par la Sobrieté de celles qui viuent maintenant par toute l'Italie.

S

Les Italiens ce v.ätent de Sobrieté.

Dequoy pourtât ceux du Païs ſe veullent attribuer l'honneur, & ſe faire eſtimer les plus Sobres du monde, ſpeciallement par force de blaſonner les autres nations de peu de Sobrieté. Et en particulier, tout ainſi que les Gaudiſſeurs de la Riuiere de Loire ne peuuent dire pis a vne Femme de Bloys que de l'appeler Madame la Bourmoy-

Les Francois ſont appel-léz Boutillôs en Italie.

ennée : Auſſi les Italiens ne peuuét dire pis a vn François (tant Sobre qu'il puiſſe eſtre) que cómunément l'appeler Boutillon. En quoy ilz mettent peine de faire iouyr la France de tel titre, pour ſe couurir par cela, & ce pendant retenir tresbien ſur leur conſcience l'vſufruit d'icelluy. Car veritablemét ce nom de Bouteille n'a point de cours en Italie ainſi que le nom de Flacon, qui y eſt renommé au double, comme vallant (a iuſte meſure) Bouteille & demye pour le moins. O Gentifemmes de Lombardie, gardéz voz Amys de cete Canonnade, ſi vous pouéz: Car elle eſt tirée de Furie françoiſe, contre tous ceux qui vous font abhorrer les honneſtes Baiſers de la Frâce. De plus, & par ce que ſur les effaitz des Choſes, comme auſſi ſur les Geſtes des perſonnes, les noms appellatifz ſe forgent, & s'attribuent aux vns & aux autres par propre maniere (meſmes ſelon les Loix des Gramperes Romains) lon

Les Italiens Flaconniers.

peult reſoudre deux petitz pointz ſus ce paſſage. Le premier, ceſt que les François pourront a iamais eſtre appelléz Boutillons parmy l'Italie, pour le regard tant ſeulement de la Coutume de tel titre : A quoy à été neceſſaire d'oppugner pour les François, pour doute de l'allegation d'un Chapitre des Decretalles, qui côtient, Qu'un Erreur auquel on ne reſiſte, eſt approuué. Mais pour le ſecond point, on doit conclurre, Que les Italiens, entre toutes Gens, peuuent deſormais eſtre proprement appeléz Flaconniers. Voire encores que l'Eueſque Iouio, leur Hiſtorien, n'euſt écrit, que l'un des plus braues Cheualiers qui fut onc en Italie, nômé le Grand Sforce, ne marchoit iamais en Campagne qu'il n'euſt pres de ſoy, vn fort cheual tout bardé de Flacons & Bouteilles. Entre leſquelles (qui plus eſt) fut vn iour prins par les François le Seigneur Pro-

ſpe

Canõnade

fpe Collonne, valureux Cheualier Italien, & d'Italie mené
en Frâce vn peu auât la prinfe honorable du Magnanime
Roy Frâçois, la ou il eût loifir de repenfer, lequel des deux
eft le plus Boutillon, ou celluy qui en côbatant eft fait prifonnier auec grâd' Gloire: ou celluy qui au beau meilleu
de groffes pieces a la buccolique eft contraint fe rendre a
l'Ennemy. Flaconniers donc, feront cy apres a bon droit
appeléz tous ceux d'Italie qui appeleront plus les Frâçois
Boutillons : Encores que outre tout ce que dit eft, il n'en
apparuft autre cas, fors, que depuis l'aube de chacun iour
de l'année, iufques a la nuyct, lon ne voit autre cas (en Rome principallement) que trotter Bouteilles, qu'on appele
Flafquetz, qu'ilz vont quéftans fans Cliquettes, de maifon en autre, Riche chéz Riche, & Pauure chéz autre.
Chofe qu'ilz nomment les Partz, Grand figne de leur
Vnion. Parquoy & pour trencher cete Interlocution, qui
n'offenfe, ains plus toft fait honneur aux vertueux perfonnages de la nation : & laquelle Interlocution eft tirée
(comme vn propos fait l'autre) du difcours de Sobrieté,
a la collaudation des Femmes, & confufion de leurs Aduerfaires : Ie les deffie tous enfemble, de pouoir icy amener vn pareil exemple de Sobrieté mafculine, a celluy
vne fois apparu dans la Cité d'Augufte, lors regnant en
France le Roy Loys douzieme, comme à notté Gaguyn:
Qui fut d'vne Fille, laquelle n'auoit prins refection corporelle durant l'efpace de quarante iours : Voire & fans
aucunement fe repaiftre (en cachette) de Chandelles, ny
d'autre chofe : ainfi que du temps de Pape Paule tiers, feit
vn Italien qui pretendoit quelque bonne Croce par vne
longue & fainte Sobrieté : tant que le Saint Pere defireux de découurir ce miracle, le feit enfermer l'efpace de
deux mois en lieu Secret, la où fe congneüt qu'il man-
geoit les Chandelles qui luy étoient portées, pour la nuict
dire fes Vigiles. Beau figne, certes, d'Italique Sobrieté, qui
(pour trop ne prológer le rire qu'il meriteroit) nous gettera hors ces exemples, & rentrer au point cy deuant entamé fur preuue de la Fidelité des Femmes enuers leurs

Marys:& conclurre quant au propos de Sobrieté, que les Fémes ont touſiours porté la palme de tel hôneur : & que ſi les Italiens (generallemēt parlant)montoient auſſi haut comme ilz auallent,ilz fuſſent pieça prochains voiſins de la Luné, autreffois priée d'Amour par vn de leurs Empereurs.

Fémes plus fidelles a leurs Marys qu'eux a elles.

DOnques,& pour plus doucement inuiter tous Aduerſaires & Papillons enuieux des Dames, au lumignon ardant de vergongneuſe honte ſus cete preuûue de Fidelité femenine,ſera maintenant préſenté vn Acte de Femme amoureuſe, lequel n'eſt moins incôparable que merueilleux,& qui fait poſer ſilence a tout Amour d'Homme de la terre a l'endroit de ſa Femme . Et ce, a celle fin que lon ne puiſſe plus ignorer choſe ſi apparente, qu'eſt la fidelle &cordialleAmytié femenine a Mary generallemēt,

Acte d'Amour de Femme treſexcellent.

Soit que pluſieurs ne le meritent. Et pourtant (ſelon qu'a écrit le Courtiſan) l'entendre eſt fumée a qui ne retient, que d'une belle Femme mariée,qui ſappeloit Camma,fut iadis amoureux le fils du Seigneur du lieu . Or étant ce ieune Gentilhomme en telle folle ardeur, chercha tous moyens poſſibles de tirer de cete honneſte Féme, ce que donné eſt irrecuperable . Ce faiſant, luy bien informé de l'amoureuſe Foy qu'elle portoit a ſon Mary, nommé Synat,congnut ſa pourſuitte eſtre vaine, ſi par gens attitréz,ſecrettement ne le faiſoit mourir. Ce qu'ayant fait: & apres peu de temps penſant attaindre, ſans plus d'empeſchement, au but deſiré, recommença pourſuytte plus véhémente. Mais voyant que moins il faiſoit de breche que parauant,la feit demander a Mariage,.aquoy cete Damoyſelle ne voulut preter l'oreille. Toutesfois tant a l'occaſion de la crainte de luy, que des Biens & Grandeſſe,elle fut contrainte a prendre le Party, par la perſuaſion importune de ſes parentz. Pendant les promeſſes dequoy:& approchant le iour des épouzailles, elle prouueüt ſecrettement a la vengeance de ſon Mary: De ſorte, que le iour Solennel d'icelles, elle feit porter

au

au Temple vn venimeux bruuäge, qu'elle auoit composé:
duquel deuant le Simulacre de Diane, elle auala franchement vne partie en presence de tous: puis de sa main (cō-
mo l'vsance étoit de Vin au païs de Gallatée en Grece, ou
ce cas aueint) elle présenta le reste a son Amoureux Fyā-
cé, qui le beüt sans aucun scrupule. Ce gentil cœur voyant
son dessein auoir sorty effet, toute gaye s'agenoilla au bas
de l'Autel susdit, disant a haute voix, O toy Diane qui
congnois le dedäs de mon courage, sois moy tesmoingnage cōment depuis que mō pauure Mary mourut, a grand'
dificulté ie me suis contenue de me donner la mort : &
auec quelle amertume i'ay porté le martyre de ma vie, en
laquelle ie n'ay receü autre bien, que de l'espoir de cete
vengeance. Et pourtant trescontante ie vois trouuer la
compagnye de moy tant régretée. Et en dressant la parolle a son Fyancé, luy dist ainsi. Toy Meurdrier de trois
personnes, qui penses iouyr de ce corps, songe au plus
tost, a l'appareil de ta Sépulture: Car de toy i'ay fait sacrifice, pour exemple a tout faux Amant. Luy étonné tant
de ces parolles, que du sentiment du bruuage, chercha incontinent tout remede : mais ny eüt ordre. En maniere
que la Mort feit faueur a la pauure Dame, d'étoufer l'A-
moureux, elle encores viuante. Dequoy aduertye, & aucunement confortée, se getta süs vn lict: la ou en souspi-
rant elle disoit, Amy, maintenant que i'ay par pleurs &
vengeance satisfait au deuoir que mon cœur te portoit: &
estimāt que riés plus ie ne puis ça bas, qui te sache agréer,
ny a moy aussi: Vien, te supply, au deuant de t'Amye, &
reçoys autant volontiers cet Ame, qu'elle te va chercher.
Ainsi larmoyant la pauure Gentifemme, & les bras étenduz (comme s'elle eust deü ambrasser son Mary) rendit
l'Esprit. O Amour admyrable. O Foy de Chasteté nō
commune. Ou est celluy qui ce iourdhuy t'apperçoit en-
serrée dans le nœu de Mariage? Qu'heureux est qui t'y
peult rencontrer: Veü que le Ramon de ménage ne se
voit en la main de la plus part des Epouséz, sinon pour de
leur Chambre cordialle, gettet hors tout amoureux fétü

Canōnade.

de reciproque Amytié. Ha ie les sens, ces Causeurs, qui
sur ce pas, vont ia disant, qu'encores esse cas fort dange-
reux d'épouzer belle Femme : au regard de la mort du
Mary de la susdite Camma. Mais il y aura pour eux bon
remede en cecy, toutes les fois qu'ilz auront enuye se marier : C'est qu'ilz aillent en Egipte, ou a la Ghynée prendre Femmes : & qu'encores ilz choisissent des plus baza-
nées. Ce faisant, & auant partir, leur sera donné Caution, que pour belle Femme aucune ilz ne souffriröt mort
ny pasion. En déclarant ausi par eux qu'ilz renonce- Canõnade.
ront a la iouyssance de tout' autre Femme : comme iustement étant due la reserue de tout beau Benefice femenin,
a ceux qui en font compte & honneste poursuyte. O Cié-
cle doré, que tu serois le bien reuenu, si tel Contract se
pouuoit faire. Mais ne vous y attendéz pas, Dames. Car

les Vicieux ne se peuuent naturellemét passer, de ce qu'ilz
blament & rudoyent. Et a ce propos, Vne noble Dame
De l'Abbaye
de Chatrisse. Religieuse, (non pourtant Veuue & encor' honnestement
viuante) étant, vint ans y à ou enuiron, en mile façons ru-
doyée par vn deffunct President d'Origny, fut pourtant
vn long temps prouchacée de luy, pour l'attirer a soy, &
puis la pouoir faire conioindre a vn sien Fils batard, lequel
(de sa part) faisoit ses diligences posibles a cëla : non pas
pour Beauté qui fust en elle (tousiours nommée Chatrisse
Champenoise) ains seullement pour sa Richesse & bon
Reuenu. De maniere, que (pour conclurre sus le mariage
de l'Histoire sus narrée) le Batard dont est question, a l'ayde & faueur de son Pere, qui fut Chancellier de l'Vniuer-
sité de Paris, séméut vn soir de vouloir embler cete riche
Relligieuse : & de tuer en icelle Vile, son Mary qui s'appeloit Abbé : & de fait, il feit amaz de quelques Gens &
braues Imprimeurs pourvenir a son intention, Au moyen
dequoy, peu apres, a vn iour de Penthecouste, heure de
grand' Messe a Sainct Benoist, ou étoit ledit Chancellier,
le Batard se pendit & étrangla dans sa chambre, auec le
Licou propre de son Cheual : dont le Pere depuis creua
de dépit & en mourut. Qui fait congnoistre les Iugementz

mentz de D I E V sur tous Voleurs de Femmes & Benefices diaboliquement prouchacéz souz faueur de parentz
ou Amys bien qualiffiéz ou riches : Affin d'y prendre
exemple, sur peine d'encourir la Sentence de Pasquin de
Rome, qui en ses Moralles, chante ce que sensuyt.

Qui veult enrichir en vn An
Et se fait pendre en six moys.
Ne voit le premier iour de l'An
Ny le Royboit crier aux Roys.

*Sentence de
Pasquin de
Rome.*

EN apres, qui est celluy des Mortelz qui peüst trop admirer la Préexellence du pudique Amour, de la haute
Princesse Arthémysia Femme de Mausolus, iadis Roy de
Carye en Asye ? Cete Dame ne pouuant trouuer Homme d'asséz viue Inuention pour décorer nouuelle façon
de sumptueuses Funérailles a l'honneur de son Mary peu
auant décedé,(qui fut enuiron quatre cens quarante huit
ans auât l'Incarnation du diuin R O Y)s'arreta susle but de
la dépense inestimable qu'elle y emploiroit, au lieu de cas
asséz digne selon son desir, qui peüst estre extreme en inuention nouuelle. Ainsi, en ensuyant la coutume des
Pompes funebres que lon faisoit lors, pour la Gloire (ce
sembloit)immortelle des plus grans Seigneurs : elle feit
(selon qu'a notté Strabo, au quatorzieme de sa Geogra-
phie)édiffier vn si magnifique Sepulcre, & de coust tant
excessif,qu'il fut depuis appelé l'vn des sept Myracles du
Monde,ainsi que recite Pline en son trentesixieme Liure.
Le tout pour faire apparoir dela merueilleuse Foy d'amou
reuse côionction qu'elle auoit portée a icelluy Mausolus:
outre les honnestes reffuz qu'elle feit, tousiours depuis tel
trépas, de plusieurs ieunes Princes la poursuyuans a mariage. De laquelle dépense, & de la grandeur de ce Mo-
nument(qui fut la premiereMole ditte Mausolée)la Royne n'étant contante : le tout paracheué : & lors qu'il
fut question de mettre le corps Royal en icelluy , feit
Réponse, aux Princes qui s'y emploioient, qu'elle auoit

*L'vn des sept
myracles du
monde fait
par vne Fê-
me.*

auisé ce riche Sepulcre n'estre assez digne, d'auoir en garde le corps de son Mary : & qu'ilz n'eussent soucy de la
dépense ia faitte entour le Monument, veü qu'elle vouloit
penser vne maniere de Sepulcre encores plus digne d'vn
tel Roy que luy. Touteffois apres auoir trouué qu'elle ne
pouuoit faire chose plus grande par industrie d'Esprit humain, ny par Finance de deniers, que ce Mausole tant
exellent, elle resolut de faire consummer en cendres le
corps du deffunct (selon l'vsance commune des antiques
Gaullois) par flammes de feu, auec triumphante cerimo-
nye, en lieu de l'enseuelir dans ce haut Sepulcre. Ce qu'elle feit faire en sa presence: Pour les cendres du corps consummé dignement recueillies, & iournellement meslées
en eau de ses yeux larmoyans, & autres liqueurs, en vser
tant & si longuement, que telles Cendres, ses Larmes, &
sa Vie, en vn mesme temps prindrent fin. Ne faut pourtant obmetre qu'alors de la Consummation de tel corps,
& auant que faire le premier essay de telle Boysson pour
sepulture, elle prononça tout haut semblables parolles.

Parolles de grande Prin-cesse. Combien que mon corps, dist elle, ne soit digne sepulcre
pour le tien Amy Mausole: Touteffois n'ayant peü inuen-
ter lieu humain qui en meritast la ioyssance, i'ayme trop
myeux l'enseuelir en l'enclos de ma personne, la ou il est
le plus aymé, qu'en nul autre: M'asseurant qu'aumoins
i'en auray ce contentement, de tenir mon seul Amy, non
pas sus moy, ny aupres de moy, mais dedans & au meilleu de moy. O Princes illustréz de Royauté, Que pre- *Canonade.*
cieux est le cœur d'vne vertueuse Princesse. O l'etrange
nouueauté de funerailles. O Dueil vnique & a iamais
memorable. Qui est l'Homme O Blasonneurs de Femenin courage, qui onc ayt seullement songé de sen- *Canonade.*
chaperonner du semblable? O Mere de toutes les Herbes
de la terre, Artemyse, qui par ta vigueur naturelle fais rompre la Pierre es corps des Hommes, & leur leues le trauail
d'vryner: fais aumoins qu'aux Mesdisans de ce noble Sexe, ta vertu soit interditte, iusques a tant qu'au renom de
toy, les louenges de la Princesse cy deuant mentionnée,
& qui

& qui comme toy s'appele, soient par eux recongnues, a l'accroissement d'honneur de celles d'apresent.

Laisserons nous, pour ce que dessus, en arriere le recit *Amour nō-*
gracieux de l'Amour nonpareil que, auant l'An de *pareil de*
Canōnade. L'AMOVREVX de Nature, mil trois cens & trente *Royne.*
huit, montra la Royne Alceste, enuers Admétus Roy de
Thessalie son Mary ? O cas plus que merueilleux. Prin- *Histoire pour*
ces Francois, sur ce pas, poséz vn peu les yeux. Le Roy *les Princes.*
susnommé étant vne fois échü en si grand' maladye, que
peu apres, sa Vie fut en doute es variables conieftures de
Medecine, eüt desir de sauoir la fin de son mal, par Ora-
cles qui antiquement se donnoient par bouche d'Idoles.
Ce qu'ayant fait : luy fut réuelé l'yssue de sa langueur deuoir estre priuation de Vie, hors mys vn seul remede, qui
étoit de trouuer vne personne, qui de plain gré voulust
mourir pour luy : Autrement qu'il deliberast de ses affaires. Ce Prince Royal conforté de tel Oracle, pour l'asseü-
rance qu'il se donnoit de trouuer plusieurs Gentizhommes qui luy offriroient volontairement la Vie : suyuant les
protestations de bouche, que, mesmes depuis le commencement de sa maladye, luy en auoient été faittes (comme
par certain regret de dire, qu'il leur fachoit fort, que leur
mort ne peüst estre sa Vie, & leur maladye, sa santé) feit
anoncer a toute sa Court, que ceux qui l'aymoient le plus,
le veinssent visiter a vne heure detérminée du iour ensuyuant : & qu'il auoit a leur communiquer vn secret d'importance. Or l'heure étant échue, la chambre fut bien tost
plaine de Princes, Cheualliers, Capitaines & autres Gentizhommes, qui a l'enuy s'approchoient plus pres du Maistre qu'ilz pouuoient : Lequel, apres auoir fait commander
a l'Huissier, que la porte feüst serrée : getant les bras hors
du lift, commença de faire vne harangue a l'Assemblée,
telle que le cas le requeroit : & en resolution, Que celluy
de la troupe qui l'aymoit le myeux, & auoit demótré d'estre
autreffois tant son Seruiteur, se presentast de bon cœur a
luy, leuast la main, & luy donnast sa Vie. Finyes lesquelles

T

parolles, tous les Aſsiſtans ſe regardãs l'vn l'autre, deuein-
rent incontinent muetz, en tenant trop meilleure contenance de Fondeurs de Cloches que de grans Seigneurs.
Quoy voyant la Royne, qui toute paſmée au cheuet de la
Couche, n'auoit encor' rien ſceü de l'Oracle mentionné,
ſe leua ſus, Rompit le Silence, & franchement diſt ainſi.
Ha Sire, Ou ſont voz Fauoriz, voz Seruiteurs & tant grans
Amys? Ou ſont ceux qui tant de fois vous ont dit, Sire, ſi
mile Vies étoient en mon corps, toutes ſeroient a vous, de
toutes pourriéz diſpoſer a mon contantemét, Ou ſont ilz?
Or' congnoiſſez qu'Amour de Femme eſt incomparable.
Car ie ſuis celle qui de cœur amoureux veux acheter votre Vie par la perte de la mienne, & mourir pour vous faire
reuiure. En Signe dequoy, ie vous donne vn Baiſer de
mort, pour mon Adieu. Ce fait & comme toute ſerrée au
cœur, paſſant par le meilleu de la troupe, ſe retira en vne
Garderobbe, la ou ayant prins vn Cyrop venefique, peu *Canõnade*
apres rendit l'Ame, en preſence de ſes Pere & Mere, comme plus au long l'à écrit Plato en ſon Dialogue d'Amour.
O Foy de coniugale Amytié ſans pareille. Dames tant
y en a, qui en ſemblable, vous offrét mile fois le iour la Vie
pour ſeruice, Püis étans prins au mot de moindre choſe,
ſe ſcauent myeux defendre du bec, par ſubtile répóſe, que
ceux de cy deſſus requiz de leur Vie. Fuyez, Fuyez telz Ser
uiteurs, telz Flateurs & Váteurs. Ce ſont vraiz Aduerſaires:
Car vray Amour iamais n'offre ſa Force,
Et ne le peult, Mais au fait il s'efforce.

Amour de
la fille de Ce-
ſar enuers
Pompée ſon
Mary.
Dauantage, & cóbien que ces Actes d'amoureuſe Foy
matrimonialle cy deuant déployéz, ſoient incomparables : Si eſſe pourtant que cela n'empeſchera de faire vn
brief recit ſus meſme effait, de la Fille de Iulle Ceſar, nommée Iullia, Femme du grand Pompée. Laquelle (comme
a écrit Polybe) ayant vn iour rencontré vn Gentilhomme,
qui portoit au logis d'icelluy Pompée la Robbe de luy, ſemée de ſang d'vne Beſte qu'il venoit de ſacrifier, S'imprima
                                                              ma

ma fi fort en la penfée, que fon Mary venoit d'eftre occis,
que fubitemēt, elle rendant l'Ame, rendit enfemblément
l'Enfant, dont elle étoit enfeinte : Tant fut violent l'A-
mour de cete Damoyfelle enuers luy : Qui d'autant plus
aufsi deueint enflammé d'amoureufe compagnye enuers
fa feconde Femme, Fille de Scipion l'African, qu'il auoit
congnu en la premiere, que valloit l'Amour d'vne Femme honnefte. Ce que deffus, au detriment touteffois de
 Canōnade. toute la Romanye : ou du depuis par préfage de tel accident, Guerres ciuiles fe multiplierent en grande deftruction : tout ainfi que Guerre ouuerte, O Detrouffeurs de
Los Femenin, fera cy apres publyée contre vous, au vitupere de votre pofterité. Suyuant notre propos, & pour
toufiours faire entendre par antique exemplaire l'incroiable Amytié Femenine alendroit des Marys, foit vn peu
rememoré ce qui a été trouué veritable en la Condition
des Femmes Indiennes : lefquelles étans anciennement *Preuue fau-*
contraintes par la Coutume du païs, a eftre iointes a vn *uage d'amour*
de Femmes
Mary, en telle maniere que quatre ou cinq d'elles fe de- *enuers les*
uoient contenter de luy : & lors qu'il auenoit qu'il allaft *Marys.*
de Vie a trefpas, elles mouuoient proces l'vne alencontre de l'autre, pour faire congnoiftre a l'envy, laquelle
de toutes auoit été la plus aymée du deffunct. Quoy par
l'vne d'elles fuffizamment prouué, puis gayement conduytte au lieu, ou, par feu, fe faifoient les funerailles de
tel Mary : Auec fon corps elle mefme franchement ex-
pofoit le fien parmy les flammes : & comme bien heureufe étoit ainfi confummée : Et les autres qui auoient
 Canōnade. perdu le proces comme moins aymées du deffunct, f'en
retournoient toutes defolées & deshonorées le refte de
leurs iours, ainfi qu'a écrit Vallere. O quel Amour.
Ou font les Filz d'Adam qui ayent oncques donné opinion de la moindre part de telles Amytiéz, de telles Fi-
 Canōnade. delitéz, & Geftes cy deuant narréz ? O que flammes
viues du feu de fol Amour peüffent vne fois ébloir les
yeux de ceux, qui myeux ayment l'Enuye. Pour faire
creuer laquelle, & tous les Gaudiffeurs de ce Vertueux Se-

T ij

xe, encores dirons nous vn mot de l'Amour obeyſſant de
la Fille d'Aſdrubal, vnye par Mariage au Roy Maſſiniſſa.

*Douce répō-
ſe de la fille
d'vn Roy.* A laquelle Princeſſe (qui ſ'appeloit Sophonisbé) étant vn
iour enuoyée certaine quātité de Poyzon dans vn Aneau,
de la part du Roy ſon Mary: a celle fin qu'elle le print pour
l'amour de luy, qui craignoit qu'elle tumbaſt es mains des
Romains ſes Ennemys, qui ſ'etoient campéz pres vne ſiēe
belle maiſon, la ou elle n'euſt peü eſtre ſecourue de luy:
A cela elle ne feit aucun ſcrupule ou friſſon: mais franchement cōmença a ſucer l'Aneau enuenymé, dōt elle mourut, apres auoir dit au Porteur ſemblables motz. Ie prens
(diſt elle) ce Preſent nupcial, & l'accepte de bon cœur, ſi
riens de plus beau le Roy ne m'a ſceü enuoyer. Ce nonobſtant tu diras cecy: C'eſt que ie mourrois bien plus cōtan-
te, ſi ie ne me feuſſe maryée en mes funerailles. Voulant
dénotter, qu'elle étoit nouuelle Maryée: & que ce n'etoit
petite angoyſſe de mourir en telle façon: voire par priere
de celluy qui l'aymoit le plus. Mais tel Amour, certes, eſt
par trop barbare. Conſummer du tout vn ſi grand Treſor
*Aduertiſſe-
mēt aux Da
mes.* pour crainte que l'Ennemy le poſſede? Dames ne tumbéz
iamais en ce laberinthe de Sophonisbé: & en lieu qu'on
dit en Prouerbe, Qui m'ayme, Ayme mon Chien: dittes,
& prenéz pour Deuyſe au propos que deſſus, Qui m'ayme,
Ayme ma Vie. O Meſdiſans au groyn bufalin, Si oncques
Femme vous peüt mouuoir le cœur, auréz vous point regret d'auoir ſi longuement porté ſouz le muſeau, l'Aneau
venimeux de Detraction au meſpreis de ſi agreable Sexe
qu'eſt le Femenin?

*Eſquadron
de Femmes
aymās leurs
Marys.* NOnobſtant les Actes merueilleux d'Honneſteté &
Amour de diuerſes Dames anciénes enuers leurs Maris cy deuant narréz: Pour la grandeur incomparable
dequoy, aucuns pourroient, poſſible, imaginer qu'on
ne peüſt aller plus auant a l'ampliation de telle matiere:
I'entens, au cōtraire, de mōtrer icy, que tout cela ne fait la
queue de la Cōpagnye ou grand' ſuyte de notre treſroyal-
le Princeſſe Marguerite, grāde Cōductrice d'Honneſteté.

Et a

Canōnade

Et a cete fin, pour éblouïr tout œil de quelque merueille, vn Champ de Bataille fera prefentement mefuré a l'enui-ron des murs de cete Fortereffe, pour y dreffer(quand be-foing fera) des bien ordonnéz Efquadrons ou Bataillons de Vertu, de diuerfes Princeffes & Dames : tant de celles qui ia font cy dedans en Garnifon d'Honneur, que d'affez d'autres, qui ne faudront a s'y venir renger en tel habit martial d'Honnefteté, qu'il conuient a leur qualité : Sans celles qui font ia en tel équipage des Riches Corceletz de paladine Valeur, que le tout de part en autre bien contem-plé, lon dira que telles Bandes de femenines Vertuz fe-ront de trop plus belle élite, & mieux fournies, que Com-pagnies mafculines qui ayent onc eü bruyt en quelques affemblées de Perfection qu'on les ayt peü choifir & ho-norer. Au iugement touteffois, non feullemēt de tout vieil Cheualier d'Honneur, ou de Cōmiffaire aucun de la Guer-re: mais auffi du grand Cōtrolleur general des Guerres du puiffant Roy des Gaulles. Lequel pour le deü de fon Etat, & en faueur des dignes Princeffes de ce Fort, qu'il tient pour Maiftreffes, & fpeciallement de la Dame qui l'entre-tient, qui eft l'Honnefteté, n'aura qu'a Honneur de fe pre-fenter a voir paffer la fi rare Affemblée des Dames fuf-mentionnée, pour par forme de Reueüe, en pouoir deü-ment dreffer vn fingulier Controlle ou Etat: Suyuant le-quel il puiffe par apres, faire de nouueau arranger telles Troupes dans la Foreft de bōne grace: & au lieu de Paye-ment foudoyé, y contanter les vnes de fon doux accueil acoutumé, & les autres d'vn Honneur de Bouche-tel, qu'il puiffe vn iour acquerir la Beneuolence de toutes.

La Foreft Controlleur des Bandes d'honnefteté.

AV premier defquelz Efquadrons (qui aucuneffois pourra eftre le dernier, ou parmy les autres entre-meflé en forme de Lymaçon) feront a perpetuité repré-fentées par immortalité de bō Renom les Dames qui en-fuyuent. Affauoir l'Antique Hipficratée Femme de Mi-thridates Roy de Ponthe en la baffe Afye, vers Septen-trion, qui la regnoit cent quatre vingtz & quatre ans auāt

La Femme du Roy My-thridates.

le Regne corporel du D I E V incongnu . Laquelle
Royne toufiours armée de chafte Amour matrimonial,
voulut fans ceffe acompagner le Roy fon Mary en toutes
fes Guerres & Entreprinfes qu'il eût alencontre des Romains, & autres fes Aduerfaires : tout ainfi qu'vne trefnoble Marguerite Ducheffe de Parme, qui metant en arriere toute crainte de Pere (qui étoit le grand Empereur
Charles) & auffi la perte de tout fon Reuenu, voulut cha-
ftement & vertueufement fuyure le Duc fon Mary, &
f'enfermer auec luy dans vne Vile longuement afsiegée,
lors que pour iuftes caufes (allieurs déduittes) il print le
party de France contre le refte des Puiffances & Oppinions d'Italie. A l'imitation de laquelle Royne de Ponthe (& tout ainfi qu'elle) vne trefmagnifique Dame de
la Maifon d'Amboyfe & Femme du deffunct Seigneur de
Barbefieux, ne laiffa onc de loin fon Mary, aux charges
& grans affaires qu'il eût au feruice du trefchreftien Roy
François. Ie dy, tout ainfi, pour plufieurs occafions : &
fpeciallement pour le regard de la treffage & honnefte
Catherine de la Rochefoucaut fa fille, veuve encores en
regret enfeuelye, pour la perte du noble Seigneur de la
Palice fon Epoux au Siége de la Vile de Metz, deffendue
par le Martial Duc de Guyfe contre le fufdit Empereur
Charles, quint. Et ce nonobftant (a propos de la Dame
de Barbefieux) que la fufdite Royne de Ponthe fe feift
abbatre la Cheuelure, & vétir d'habit viril a la fuytte du
Roy fon Mary . Pour pareil Amour dequoy, ne fera iamais peu prifée la gracieufe Claude de Ryeux, Conforte auffi trefaymée du Vaillant & fage Seigneur d'Andelot, pour les fafcheux & redoublez Voyages qu'elle à plus
que volontiers entreprins en diuerfes faifons, de France
en Italie, a effait de Confolation de luy, par trop longuement & contre le deuoir de bonne Guerre, detenu Prifonnier par les Imperiaux dans le Chafteau de
Milan.

En

La Ducheffe de Parme.

Feu Mada-me de Bar-befieux.

EN mefme endroit fera toufiours recongnue, a fon Tymbre couronné, la Pudique Royne Dido. L'honneur de laquelle dérrobé par le Poëte Virgile, pour donner couleur a fes Fables, fera icy rétably: En y démentant brauement icelluy Virgile, & tous ceux qui le voudroient foutenir es difcours méfongers qu'il à tenuz en fes Enéides au preiudice d'icelle Dido, Dame d'honneur, & de tout fon Sexe auffi. Lequel Démenty fera donné fouz la reuerence de la royalle Marguerite, qui cy-deffus préfide, & de la nouuelle Diane. Affin que tout Babillart de Court, foit redoutant le bandage de fon Arc: a la protection d'honneur de toute honnefte Femme de maintenant, & en efpecial d'icelle Dido: Qui (outre ce qu'elle étoit viuante plus de fix vingtz ans auant la venue d'Enée en Italie) fera toufiours munie pour fa deffenfe, d'un fort Pauois d'hiftoire autentique, confondant toute fable poëtique entre les huyt Picques qui enfuyuent.

La Royne Dido.

Virgile démenty.

Dido la Royne ediffia Carthage,
Mais on la doit bien prifer dauantage,
Qu'ayant defir d'un vidual repos
Tant chafte fut, que hors mys tout propos
De Mariage, elle ayma mieux fyner,
En dueil fa vie, & fon corps ruyner
En fe gettant d'un lieu fi haut en bas
Que d'épouzer le puiffant Hyarbas.

EN la troupe que deffus ne fera auffi defaillante la belle Abigail, Epouze de Nabal, la pudique parolle de laquelle le fauua de la fureur du Roy Dauid, Argia Femme de Polinyce de Thebes, Portia Femme de Cato, mere de celle qui pour ne violer fon vœu de Chafteté, aualla les Charbons ardans, Sulpitia, Femme de Lentulus, & confécutiuement celles que lon n'a peü

Abigail qui fauua fon mary de la mort.

contraindre a défloration , par pufilanimité ou crainte de Mort menaffée . Comme Athlanta , Calcidoma, Higénéa Grecque , Caffandra Troyenne : Et pour les Ayles de tous les autres Rancs , Les Vierges Lacédémonianes , les Spartanes , les Thebaines , les Miléfianes, & autres a miliers bien au long enrollées es vieux papiers des Hebreux , des Grecs, & des Latins, dont fe pourroit toufiours faire la Montre fus les vieux Rolles , au gré de tout ruzé Capitaine, fi les nouueaux n'etoient plus agréables a tout bon Controlleur.

A Cofté de fi noble & antique Efquadron de Femmes vertueufes & amoureufes en Marys , fera prins la plante d'un moderne , diuerfement ça & la remply de Princeffes, de Dames,& autres Gentifemmes, toutes fort louables d'affez d'autres Graces que de leur Honnefteté *La Duchefe* naturelle & Amour fidelle enuers leurs Marys. Et de pre-
de Boillon. mier front, pour faire tomber de honte, tout Aduerfaire du Sexe,y fera aperçue la haute & vertueufe Françoife de Brézé Ducheffe de Boillon dôt la Face droituriere & tres-hardie, démontre bien, qu'en fon cœur fiction n'eft logée: & qu'elle fe fent, comme vne bien affize Colonne de fer-
La Duchefe meté , a foutenir en tout lieu Droiture & Verité : ny plus
d'Aumale. ny moins que l'autre de Brézé, nommée Claude, & Ducheffe d'Aumale , fera toute fa vie vne figure viue de fimple & trefdouce Humilité fémenine, trefpropre au fage Prince qui fouuent la chérit, pour contempler & congnoiftre, comment en deux fubiectz fe peuuent vnyment affembler & faire fefte, deux contraires, La Douceur,&
Madame la Ferocité martialle de Nature. Au Ranc fuyuant,ne fe-
l'Amyralle. ra égarée la trefnoble , & benigne Amyralle de Chaftil-
La Maref- lon Charlote de la Val : Enfemble vn rond tourbillon de
challe de femblables a celle qui pour ce cas & autres precieux dou-
faint An- aires d'honnefte Beauté , fera , comme les autres , cy de-
dré. dans immortélle : & qui étant vne Marguerite de douceur illuftrée, fappele De Luftrac, Compagne fidelle du louable & trefaymé Marefchal de Saint André. Laquelle
Dame,

Dame, rencontrée qu'elle puiſſe eſtre en Vile, Bourg, ou
Chaſtel, touſiours ſe voit ſuiuye d'vne Diane honneſte, &
en tout ſon ſeruice, de Beaurecueil auſſi enuironnée.
Qualitéz de Damoyſelles, ſans fainte, d'un chacun fort
deſirables. Au meilleu duquel Tourbillon, Semble ia *Madamoy-*
l'Enſeigne eſtre fort éleuée du bras de la gracieuſe Da- *ſelle de The-*
moyſelle de Théligny, enfaueur de l'elegance de ſa per- *ligny.*
ſonne ſi treſagreable, qu'ele ne promet moins a tout bon
œil qui l'á vne fois contemplée, qu'vne Lumiere de cour-
toiſes & pudiques qualitézde ſes penſées : Si au vif pour- *Les deux*
tant, répreſentées en la Faze de chacune des deux belles *Sœurs Pien-*
Piennes, que pour le doute de la trop delicate Perſonne *nes.*
de la ſuſdite De Théligny, la Reſerue du titre honorable
de l'Enſeigne, leur pourra bien eſtre offerte en ce lieu:
Comme étans ces deux nobles Damoyſelles, ainſi que
lautre, treſaptes a bien entretenir en toute Court & ſaiſon
les Rancs d'honneſte & ciuile Conuerſation.

D ES Trouppes merueilleuſes deſſuſdites en tirerons *Madame de*
vne tierce, pour la former, quand meſtier ſera, en vn *Termes.*
tiers Bataillon d'Honneſteté. A la pointe duquel ſe viendra hardiment preſenter, la Pique de bonne Grace au
poing, vne autre treshonorable Marguerite de preis : de
tout ſalut non moins digne que du nom Signeurial de Sa-
luces. Laquelle a l'exemple de la Sageſſe & grand heïr
d'un Cheualier (qui, ſelon les termes qu'on en tient, ne
peult iamais rien perdre en Guerre) ne laiſſera, par ſemblable, rien déchoir de la dignité qui cy dedans luy eſt ordonnée, a la conſeruation de ſon honneur & de toutes
ſes ſemblables. Veü, outre ce, que ceſt la ſeconde Hipſi-
cratée, qui a la ſuytte des Guerres & trauaux d'icelluy
Cheualier ſon Mary en diuerſes contrées, ſeſt congnue
auſſi vſitée & forte d'eſpric & corps, tant ſur Mer que ſur
Terre, que Gendarme qui ayt ſuiuy le Lys ſouz le Commandement d'icelluy Cheualier. Duquel ſe trouue vn
Titre de chacun confeſſé dans les enroilléz Fragmentz
du Dieu Mars, aſſauoir, Sageſſe de Termes.

                                    V

Claude de Rohan.

EN la Fyle de la fufdite Marguerite, fe tient iointe & bien ferrée, la tresnoble Damoyfelle, qui, fouzvn nom Seigneurial de la Ferté, fappele Claude de Rohan, d'autant plus floriffante en toute Ciuilité, que les Mufes du beau Verger Angeuin, dont elle eft yffue, luy en ont particulierement voulu departir auec le naif de leur Poëfie. A

Aucunes Dames d'Italie.

l'autre cofté de cet Efquadron me femble auffi deuoir entreuoir, a queique figne particulier d'Hónefteté, vn nombre de Dames d'Italie, qui de Rome iufques en France n'ont iamais voulu habandonner cete Place d'Honneur, en laquelle elles meritent & cherchent louenge de durée. Entre lefquelles fe fait de loin apparoir vne noble Made-

La fœur du Marefchal Stroffy.

lene, affez naturellemét, ce femble, repréfentée en la perfonne adroite du Marefchal Stroffy, côme fa propre Sœur. De la Prudence & agreable rencontre de laquelle, de tous Romains & Florentins encores réuerée, ne fe doit faire icy plus ample defcription, pour en laiffer le fecret penfement a fon Frere, qui feul, feroit fuffifant a mener la Guerre a tout vn Empire (tant il eft Martial en nature) fi Fortune & Enuye, au fommet de fes Trophées ne fe feuffent toufiours voulu accrocher. Aupres de celle la, n'eft ca-

Ifabel Gonfaga.

chée la noble Marquife de Lufferre nommée Ifabel de Gonzaga, d'Efprit non moins que de Grace, tenue pour femme rare : & de fon Mary d'autant plus amoureufe qu'il eft de complexion Françoife & non diffimulée : Au

Iullia Gonfaga.

rapport de l'autre, Iullia Gonzaga fa parente : qui d'autre cas ne fauroit eftre plus dignement honorée, que de fon Etude ordinaire es Chofes faintes, Enquoy elle eft autant exercitée, que font Enuyeux a mefdire, felon que le foutiennent ceux d'Italie, enuers lefquelz fi rares Dames font eftimées, & pareillement toutes autres qui ne fe peuuent enroller cy dedans pour la grand' diuerfité de leurs Graces vertueufes : Sur lefquelles celles des Françoifes en cet Efquadron me femblent plus éminentes, comme vn peu plus humbles que les autres, & a chacun auffi plus familieres. Entre lefquelles, fe fait faire place, celle qui fans fe laffer, fcait fi longuement manier l'Etan-

dart

dart de tous le plus pénible, nommée Claude de Beaune, *Madamoy-*
sage & treſfidelle Seruáte de la grand'Royne qui pour ſes *ſelle du Go-*
diuerſes & hóneſtes qualitéz de longue beauté enuyrōn- *giyer.*
nées pres de ſoy la retient, auſsi honorablement que la
forte Vile de Beaune ſa tant eſtymée Pierrote Bouchyn, *Pierrote Bou-*
pour eſperance (ie croy) que tout ainſi que la petite pierre *chyn.*
Aleĉtore etant tenue ferme en la bouche d'vn Chéualli-
er, le rend aux combatz inuincible, ſelon l'opinion des An
ciens, pareillement qu'icelle Vile de Beaune ſera touſiours
viĉtorieuſe de louenge pres tout' autre de la Bourgongne
pendant qu'en bouche d'honneur elle metra peyne d'entretenir & honorer ſa Pierrote, de ſi ſingulieres proprietéz
qu'on l'eſtyme.

Pour renfort deſquelles Dames & Damoyſelles cy deſſus enrollées en ſi bonne ordonnance, ſeront icy en
bloc imaginées toutes celles, qui parmy la France & la
Normandye, ont renom d'honneſte & amoureuſe grace
enuers leurs marys, & d'eſtre en autres cas ſinguliéres:
Sachant au vray, que ſ'il y à Courtoyſie ou ciuile conuerſation en toutes contrées, & par eſpecial en la Normandie, ceſt pourtant, graces au Ciel & aux Femmes de
la nation, qui par leur douceur, donnent vn certain
ply d'Humanité non ſeulement a leurs enfans, mais
auſsi à l'Air, a la Terre, & aux plantes. En maniere que *La Norman-*
Normandye, (comme lon ſçait) ne fleure qu'Habondan- *dye plaine de*
ce, & Courtoyſie. Et ſ'il y à des Conars, auſsi à-il bien ail- *courtoyſie.*
lieurs: Voire & ſans auoir vn Abbé, qui au ieu de ſa Croce
ſache (ainſi qu'a Rouen) purger l'Humeur melencolique
de Ialouzye.

Voila les Bataillons & braues Bandes (Princeſſes treſroyalles) des Gentifémes de votre Sexe, qui en cas de
neceſsité, pour le ſoutenement immortel de votre Place
d'Hóneur, ſe peuuent équiper en belle Campagne: ꝗ facile no⁹ euſt eté faire tenir grand païs de lōgueur, Si le déſſein de cete Fortereſſe, & la viſitatiō entiere d'icelle, l'euſt
peü permetre par votre Licence: auec vn autre Sy, Qui

eft, de peur que les Perfections de vous toutes ainfi particulierement & trop au defauantage de l'autre Sexe éclarcies, peuffent obfcurir la lumiere de plufieurs Hommes de maintenant bien renomméz : & auec ce, que fi long trauail fe donnaft a tant d'honneftes Damoyfelles, de fe prefenter icy en Armes de valeur pour vne fimple Montre. Et pourtant la Retraitte f'eft ia cy deffus fpirituellement fait fentir, voire encores pour vne autre confideration, affauoir, Que les Femmes fachans auoir de fi long temps iufte matiere de Vengeance fur les Hommes, pour les Tortz & grandes Iniures coutumierement & fans aucun refpect, faites a leur honorable Condition par l'ofti-né Vulgaire, fe fuffent poffible peü emouuoir de iufte fureur en l'équipage deffufdit (f'elles y euffent vn peü penfé) pour ébranler la Picque alencontre de toute Creature portant Echarpe mafculine : A intention d'ouurir puis les moiens, en cete façon, de triumpher en toute l'Europe autant ou plus vaillamment que feirent iadis leurs antiques Sœurs d'Amazone en l'Afye. Chofe qui n'euft peü eftre fans le grand détriment mefme de ceux qui vous tiennent en telle Reuérence & Reputation, qu'il conuient. Et ce outre le regard de la Continente complexion irritée de vous toutes : qui euft peü bien eftre caufe (f'ainfi feuft fuccedé) de l'entier baniffement de l'Homme d'entour les délices de chacune Femme, fuyuant la coutume d'icelles Amazones, qui (côme bien fauéz) fe feruoient des Hommes, feullement pour maintenir leur Puiffance, & engendrer des Filles pour leur rô-pre la tefte. Qui feroit certes vn Défaftre trop plus grãd en general, que celluy qui entreuint pres de Rome fur les François, pour tant feulement auoir tenu peu de compte d'vne pauure Befte du Genre femenin, felon ce que fen-fuyt, Pour feruir d'auertiffement a chacun du Cas que l'on doit faire des Creatures que les Cieux fauorifent, côme voſ Dames, ainfi que votre treshonorable maniere de Vie le téftifie afféz a qui purement & non faintement vous fert & réuere.

L'Hiftoi-

L'Hiſtoire donc du Déſaſtre & grand malheür, pour vn
ſeul Meſpreis iadis auenu ſus a Bataille d'vn grand
nombre de François en Italye, ſelon Tite Liue en ſa premiere Décade, eſt ainſi. Que noobſtant qu'iceux François (alors nommez Gaullois) triumphaſſent de ce temps
la ſus l'Orient & ſus le Midy, & ſi braue ſorte, qu'vn
iour entre autres, apres auoir mi en pieces aucunes Lé-
gions Romaines, ilz en attachaſſent, pour vn nouueau
triumphe, les Teſtes des Romans au bout de leurs Lances & aux Poitralz de leurs Chuaux (dont touſiours depuis, le nom de Gaullois ou Fançoys leur fut odieux)
Neaumoins tout tel Triumphe & grande Reputation de
Gaullois, la chance tourna peu pres en aſſez lamentable
façon, Quand iceux Romains ſe raſſemblerent & feirent
nouuelles Legions en ſi grand diligence, qu'en vne belle
Campagne enuironnée de motagnes ilz ſe veinrent peu
apres camper au deuant les Tntes d'iceux Gaullois, qui
d'vne part & d'autre ne furent négligentz a ſe ranger en
ordonnance. En ces entrefaites aueint, qu'vne pauure
Biche etant a force pourſuiuy d'vn Loup, ſauiſa (par inſtinct naturel) de ſélancer le deſſus la montagne en
la Campagne en laquelle ſétient aſſizes les deux Armées ſuſdites, preſtes a ſentre heurter : la ou la pauure
Beſte ſe ſentant de trop pres preſſée de l'Animal affamé
acourut, & en vn inſtant ſe vint rendre pour refuge aſſeuré, au plain meilleu du Baaillon d'iceux Gaullois, cóme les fleurât (peult eſtre) par nature plus courtois enuers
muliebres Creatures que les utres. Ce Loup auyſant telle franchiſe de Cerue, pour dute de ſa vie ne l'oſa pourſuyure iuſques la : Tourna clemin, & ſen alla auſſi rendre dedans les Eſquadrons ds Romains, d'ou il échappa
ſans qu'on luy feiſt offenſe. Choſe qui ne ſucceda ainſi a
la pauure Biche : qui las, ſubi qu'elle fut entrée parmy les
rancs des Françoys, fut myſ en pieces, & ſus elle n'eürent honte (O grand' témrité) de ſacharner en cete
ſorte, Sans porter reſpect a a Condition femenine, a la
Princeſſe Diane, ny encor' a la ſimple cófiance de la pauure

*Vingt cinq
mil Francoys
rompuz pour
auoir meſpri-
ſé vne Femelle*

Canōnade.

ure Beste, qui les auoitchoifiz pour déffenfeurs de fa vie
alencontre du Loup, pûs toft que les Romains . Ce miftaire ayant eté, en efpecial, apperceû d'vn des principaux
Chefz d'icelles Legion Romaines : & apres auoir fundé
fur icelluy quelque augure, fuyuant l'antique fuperftition
de tel temps, commença a tenir a fes Gens femblables
termes . Voyéz vous (eft-il) Compagnons, côment noz
Ennemys fe font éfarouhéz alencôtre de la Cerue fuyan
te, qui eft confacrée a Dane ? En ce lieu la, nous ferons
indubitablement, ce iourdhuy boucherye des Gaullois:
Et nottéz, que le Loup, qi eft échappé fain & fauue d'entre noz Picques, nous annonnefte de notre martialle progenie & de notre prémie Prince Romulus, d'vne Louue
allaitté, comme vous faué. Courage donc Enfans, Diane
aura fur eux vengeance, &remplira noz forces . Ces pa-
roles paracheuées, guere ne tarda apres l'émorfe de
quelque Ecarmouche, qu le choq de la Bataille ne feuft
receû alédroit propre de lanalauêture de la Biche. A len-
tour duquel endroit furen mys en pieces vingtcinq mil
Gaullois de la Prouince dSams, ouy fans faire icy état
de huit autres mil, qui en refme Campagne furent faitz
prifonniers . O quelle inbrtune, & quelle perte pour
mefprifer, Mais quoy . Ce feft que la nature des Gentilz
de la France, de fi long teaps preiudiciable a eux mefmes, & a toute la Region, qu'il femble deformais eftre
faifon qu'ilz y penfaffent . Deplus, Soit vn peu confidé-
ré la longue fuyte du malhur de telle Bataille, prefigu-
rée, par bon augure, pour mfprifer & feftre montré rude
enuers Creature fi douce qu'ft la Femenine. Car il eft aucunement vraifemblable qe les Loups propres d'Italie,
fe foient toufiours du depus efforcez de paffer en France, pour (fouz couleur d'y auir rencôtré meilleure paftu-
re) fe venger de l'outrage faita cete Biche, & de l'intereft
qu'y pretendoit le Loup poufuyuât le tout felon l'opportunité des temps. Eü regard (ir ce propos) qu'il eft certain
que du viuât du Roy Charlefeptieme, & enuirô l'an mil
quatre cens trente, iceux Loups deuorérent cent quatre
vingtz

Canonade

Les Loups vê-
gerêt en Frâ-
ce la mort
d'vne Biche.

vingtz hommes au meilleu de la France , & depuis entrerent vn iour dans Paris, De ſorte que le païs de France, la
Bourgongne & la Picardye ont lõguemēt été du depuis
courües par les Loups,tenans les Paiſans en crainte & de-
uorans hommes & enfans,ce ſemble,pour L'antique vengeance du cas cy deuāt narré.Et ne fault ſarreſter au long
temps qu'il ya que le malheür de la Biche aueint,iuſques a
maintenāt, car les Loups romains ne pardónent iamais.
O Braue nation, de qui la Brauade fut ce coup la brauée
par les Italiẽs,pour auoir trop cruellemēt déchargé ſa premiere fureur ſus vne ſimple Creature Femenine . Voyez
icy Dames, ſi Mars voulut alors en faueur de Diane venger la mort d'vne ſiéne petite Beſte: qu'il feroit ſi pour vne
Diane ou ſimple Damoyſelle d'icelle,il en étoit picqué,&
d'elle on ſ'efforçaſt amortir l'hõneur , qu'on ne doit endurer eſtre étaint , nõ plus que le feu durable au temple antique des Veſtalles ſacrées.

canõnade.

PREVVE DOVBLE DE LA
Fidelité & Amour des Femmes enuers
les Marys.

Chap. II.

Ais pour reprendre le diſcours , ſur lequel notre principal fundement eſt de montrer les Fẽ
mes naturellement Continentes, Honneſtes,
& trop plus Fideles a leurs Marys,qu'ilz ne ſõt
a elles : & outre ce qu'en auons ia cy deuant déployé,Ou
ſont,ie vous pry, les Femmes, qui, tant par Fineſſes,
Epyonneries, Trayſons, Offres de deniers, & de Seruitude, Marchéz cauteleux, Subornations de Voyſins,
Lamentations éſpagnolles,Inuocations de Diables,Ban-
quetteries françoyſes, Eſchellementz de Feneſtres, Sa-
uorades d'Italie , Sautelleries prouençalles, Reprinſe-
branles de Paris, Faintes d'Eſpritz de nuyčt, Papifoué-
res de Ialoux, Nœuz de l'Eguillette, ou de Salomon,

Moyens ex-
quis des hõ-
mes pour de
ceuoir les Fẽ
mes.

Endortoéres pauotynes , Confeſsions de Moynes ap-
poſtéz, Sorcelleries , & mil autres pourſuiuyz moyens,
pourſuyuent maintenāt les Hommes pour volupté, comme elles font ça & la pourſuiuyes d'eux ? Que feroit ce,
O Gens contemplatifz , fi l'Honneſteté,fi la Vertu treſpudique, n'étoit fongneuſe Gouuernante des cœurs Femenins ? Que feroit ce pieça de leur Honneur precieux,fi la
Fortitude(dont les Hommes fe vantent tant)n'étoit bien
logée entour elles ? Ou trouue lon ce iourdhuy plus grād'
fragilité, qu'en Verres noblement foufléz de matiere virile ? Le grand & fi renommé Cheualier Rolland., le feit il

La confeßion de Rolland. pas bien entēdre a fa derniere Confeſsion faitte en l'oreille de l'Arceueſque Turpin,quand il luy diſt & confeſſa ces
motz ? Ie me confeſſe a D I E V, (mon Pere)de n'auoir
pas fi bien traitté la Sœur d'Oliuier ma Femme,comme ie
deuois,& de ne luy auoir pas gardé Loyauté , dont il me
déplaiſt. O que beaucoup de Cheualliers Françoys auront a amplifier femblable Confeſsion a l'heure de leur
Decez, tant ilz font plus que iamais peu Fidelles a leurs

La Lune priée de Cō-cubinage par vn homme. Femmes . D'autrepart, Ou fut onc grand' Princeſſe , ou
autre Femme, qui f'amuſaſt a faire l'Amour au Soleil, &
d'affection le priaſt de venir coucher auec foy : comme
faifoit le quatrieme Empereur des Romains Calligula,
qui mainteffois f'eſt leué de fon lict pour contempler la
Lune , & la fuplier qu'elle veint dormir entre fes bras?
O fuperbe humeur de Romaine conuoytize:Prefumer la
ioyſſance des Corps celeſtes & ne fe contanter des terreſtres . O Lunatiques écerueléz,ferez vous point ialoux

Acte folatre d'homme. de ce propos ? Lon parle de celle pour qui vous faittes
chacun iour tant de paz. Suyuant ce que deſſus, Ou fu-
rent onc trouuées les Femmes, O Poupins Mignons qui
dittes les Filles d'aprefent eſtre trop ruſées,Ou furent onc
trouuées les Femmes, qui pour féduyre ieunes Hommes,
& les faire tūber en leur fylé, difsimulaſſent tant l'Amour,

Le Verdelet d'Amour. que pour montrer vn'Efpérance infaillible de Ioyſſance,
f'habillaſſent vn long temps de verte Liurée:ainfi que feit
vn Gentilhomme Italien, dont l'Arétin fait mention?

O

Canõnade.

O sotte superstition. Cetuyla, pour donner a entendre a sa Dame, qu'elle se deuoit deliberer par quelque destinée contrainte, de luy donner contantement, fut plusieurs moys entierement vétu de Vert, Portant le Bonnet, la Cape, le Saye, le Pourpoint, les Chausses, le Manche de l'Epée & tout son fourniment, de verte parure : voire iusques aux Souliers semeléz de cuyr de Turquye. En apres, & sans faire autrement mention de la Plume, des Boutons, & de la garniture de ses Chemyses, il auoit tant le cœur a la verdure que ce qu'il aymoit le plus, étoiët Choux & choses semblables, comme Cougouches, Cytrons, Melons, Laytüe, Cicorée, Creçon, Epinars, tendres Herbettes & Bourraches. Et quant a ses viandes plus grosses, c'étoiët Pygeons farcyz d'vne chartée de Glan a l'Italienne, & Epaules de Mouton perforées de petrocile. Mais a ses Entrées de table, il vsoit volontiers de Gelée romanesque, a

Canõnade.

foison garnye de belles fueilles de Laurier : & s'il luy prenoit enuye de manger Beuf sallé, O grand' erreur en Angleterre, C'étoit tousiours sans Moutarde. En lieu dequoy, Saucieres de Sauceuerd fournissoient le Seruice. Et pour plus magnifiquement le diuersifier, n'étoit aucunement épargné le beau Verius de grain, celluy d'Ozeille, ny ausi la Senryete, souuentefois pilée dans vn Mortier de pourfire vert : & affin que son Vin eust a cela couleur plus voysi ne, il ne buuoit qu'en Coupes de Porcelene, & sobremët, quand le Baril étoit de chez soy, la ou le Compere iamais ne s'appelle. Quant au Pain, Affin ausi qu'il ne rédist l'entreprinse diforme, il étoit fait de Cougouches, de Pelures de vertes Orenges, & autres drogues amyellées, qu'on appele en Italye Pain papat. Or' de plus, le Repas de ce Gẽtilhomme finy : le Curedent verdelet en la bouche, il s'en alloit volontiers discourir en la place aux herbes : & la toutes ses pensées n'étoient peregrinées, que de Iardrins, de Préz, & de Primeverdure, tousiours le Petrarquyn a la Seiture pour prõpte authorité de ses amoureuses sentences. Ses Chansons, en semblable, n'étoient que de lamentable esperance, souz rameaux verdeletz de petitz Bocages,

                                X

lefquelles il prenoit peine d'entrelacer de Romarin, de
Pimpernelle, & de toutes herbes de la Sainct Ian, en atté-
dât la nuytée d'icelluy pour cueillir la Feuchere d'Amour.
O Dames a bien aymer difpofées, fuyéz ces Verdeletz: &
en leur faifant changer cete liurée d'Amour fardé, faites
leur porter le Noir, tant les Hommes ont maintenant befoin de Fermeté. Voyéz en ce que deffus, quelles Inuentions de vaines penfées font communément appareillées
es cœurs de la plus part des Hómes, pour abbuzer la trop
credule Condition Femenine.

E T pour maintenant toucher icy de l'Amour de Mariage, Ou font auiourdhuy les Hommes, tant vieux & fte-
riles qu'ilz peuffent eftre, qui ayent onc été de fi amoureufe béniuolence enuers leurs Femmes, qu'ilz leur ayent, vn
feul coup, daigné permetre de fe ioindre a vn autre pour
auoir progenye, ainfi que belles Femmes ônt fait, & mainteffois permis a leurs Marys? Lefquelles pour conferuer

*Bonté de Fé
mes enuers
leurs Ma-
rys.*

leur Continéce (comme pour autres raifons aufsi) & affin
que telz Hommes n'euffent caufe de lamétation, ont fouuenteffois introduyt ou laiffé condefcendre leurs Chambrieres auec eux: Voire & permis qu'ilz prinffent autre
Femme. Dequoy preuue fera toufiours apparante par la
renommée de la prudéte Sara Femme d'Abraham, & par
Rachel, & autres Dames, femblablement Continentes, de
plus proche faifon, comme feit la Femme de l'Empereur
Augufte, nómée Lyuia, qui luy alloit cherchât, elle mefme,
des Filletes pour le rendre contant: & ce tout ainfi qu'en
pareil cas feit lóguement a fon Mary vne Royne des Gal-

*Loy antique
en faueur des
Dames.*

latées qui f'appeloit Stratonique. Et combien que nous
lyfons que Licurgus & Solon, fage Gouuerneur de la Grece, ayent autreffois (c'eft-affauoir huit cens cinquantetrois
ans auất le Diuin A M P L I A T E V R de la Loy) fait vne
Loy, par laquelle tout Vieillart fuzané, ou (pour autre caufe) inhabile a Generation, & qui auoit ieune Femme, étoit
cótraint luy permetre l'élection d'vn ieune Homme honnefte,

Canonade

nefte, pour auec luy f'éiouÿr, & auoir enfans, qui du Vieillart feüffent tenuz pour legitimes : Et bien que telle Loy
ayt été quelque-fois publiée : Elle ne fut pourtant obferuée en riens : non tant par la repugnance ou ialouze contradiction des Hommes a cela, que par l'Honnefteté des
Femmes, qui en vertu de leur nayue Chafteté ny ont voulu confentir. Ains au contraire de receuoir cela pour foy,
elles ont plus toft émologué telle Loy en faueur des Marys, tant pour leur hôneur que pour auoir progenye d'autre perfonne que de la leur : Ainfi qu'vne Dame de Bar le
Duc, qui n'a pas long tẽps voyant fa Chambriere engrof-
fye de fon Mary, commença a fe fagoter de linge, faignant
eftre groffe, pour fouz couleur de cela, mener telle Cha-

Canõnade. briere aux Champs, & la faire acoucher fecretement, pour
en fe metant elle mefme au lict, adopter l'enfant batard a
veüe d'œil d'vn chacun. O grand' vertu de Femme. Ou
eft le Mary qui vouluft ce iourdhuy vfer de telz fecretz,
mefmes pour fon honneur, fi fa Femme étoit tombée en
pareil accident ? Vertu de Femmes, fans doute, fi fort en-
glutinée en leurs os, que le fang propre de leurs perfon- *Le fang de la*
nes eft ialoux de l'Honneur d'elles, voire encores apres la *Femme eft*
Vie, Comme trois mil ans y a, en apparut publiquement, a *Ialoux d'hõ-*
la Mort de la Vertueufe Mere du grand Alexandre, qui *nefteté.*
f'appeloit Olimpia. Laquelle, apres le trefpas de fon Fils *Mort de la*
fe voyant pourfuiuye de Iuftice par le Tyran Caffander, *Mere d'A-*
franchement foumeit fa tefte au fil de la Hache. Enquoy *lexandre.*
faifant, & le corps tumbât en terre, étandit quant & quant
Canõnade. fes mains fus les deux coins de fon habillement, pour ne
mõtrer ce dont, quelques fois, les Hõmes ne font dignes.
O figne d'Hõneur biẽ aymé, de qui les veines, fans l'Ame,
vouloient encor' eftre tutrices. Finallemẽt & pour irrepa-
rable preuue d'Amour Feménin enuers le Mary : & fans
plus aller fi loing chercher les Hiftoires, notre conclufion
fera arretée fur l'exemple de la Mere de l'Empereur Charles quint, Veuue delaiffée du Roy des Efpagnes, nommé
Phlipes. Laquelle Dame auoit fi extrémement aymé fon
Mary, que par grand excez d'amoureufe pafsion, elle fut

X ij

Amour ex-
ceßif de la
Mere de
l'Empereur.
vn long temps éſtimée hors du Sens : & comme telle
réleguée en vn Château d'Eſpagne, la ou étant la figure
d'icelluy Roy Phlipes inſculpée, elle la va encor' chacun
iour(ſelon le bruyt)ambraſſer & baiſer, en l'appellant par
ſon nom, & l'inuoquant a parler,iuſques a tant qu'elle laſ-
ſée de ſi paſſionnée viſitation, eſt contrainte de ſe faire
recõduire en ſa chambre toute triſte & rõpue. O Amour
nompareil de Femenin courage , Qu'ainſi deueinſſent
Amoureux de leurs Femmes trépaſſées tous rudes & farouches Marys.

Q Voy que ſoit, Et nonobſtant tout ce que cy deuant a
 été dict, lon ne ſent ſoufler autre vent de byſe es Cõ-
pagnies priuées,que celluy de Dame Enuye, pour faire
Le faux dire
du commun. croire qu'on ne voit par tout,de ce temps,autre choſe que
Femmes, ne gardans foy matrimonialle a leurs Marys.
Mais poſé(& non confeſſé) qu'ainſi feuſt, Qui en eſt cauſe, ſainſi quelque fois eſt auenu, Sinon , que foy rompue
& tant de fois briſée par l'Homme, affranchit par droit
(non pourtant diuin)la Femme du ſemblable, cõme étant
telle foy entre les deux reciproque ? Voire ſans parler icy
de l'exemplaire induction qui de tel cas, & autres, luy eſt
donné par l'Homme,a preſent ſeul Myroer de la Femme,
Sainct Hie-
roſme en fa-
ueur des Fé-
mes. Car(au propos de Foy reciproque)nous voyõs que Sainct
Hierome meſme,par vne Letre qu'il enuoya a vn nommé
Occean, dit ces motz en ſuſtance . Ce qui n'eſt licite aux
Femmes, n'eſt auſſi licite aux Hommes. Pareillement, &
Sainct Am-
broyſe. a meſme fin,Sainct Ambroiſe a laiſſé par écrit,qu'il n'apar-
tient aucun cas a l'Homme, qui ne ſoit auſſi apartenant a
la Femme: & qu'autant de fidelité eſt due a la Femme par
Sainct Au-
guſtin. le Mary, qu'elle luy en doit. A cela Sainct Auguſtin en
quelque endroit parle ainſi . Toy Maryé,deſire tu ta Fém-
me chaſte ? Soys chaſte . Car elle ne peult eſtre telle, ſi tu
ne peux eſtre tel. La meſme Egallité eſt encores com- *1.Cor.7.*
Sainct Pol. mandée en Sainct Pol , quand il dit aux Corinthes. La
Femme n'a pas la puiſſance de ſon Corps, Ains le Mary.
Semblablement

Semblablement auſſi, le Mary n'a pas la puiſſance du ſien, Ains la Femme. Finablement le ſuſdit Saint Auguſtin, *Sainct Auguſtin.* au Liure du Sermon de Dieu en la Montagne, vingtquatrieme chapitre. Ny à riens, dïſt il, plus méchant que de laiſſer la Femme pour cauſe de Fornication, ſi tel Mary eſt Adultaire. Lequel aumoins ſe deûſt payer de raiſon, *1.Rg.c.2.* par cete Sentence theologalle, qu'icelluy ſainct Pol écriuit aux Romains, diſant ainſi. En ce que tu iuges autruy, toy meſme te condamnes. La deſſus pour preuenir a ce que pluſieurs eſtimeroient icelluy Sainct Pol, auoir écrit en diuers endroitz a la diminution de l'authorité cy dedans attribuée aux Femmes : & affin qu'ilz ne puiſſent dire, que ſans alleguer ce qui fait contre elles, ce lieu ſe rempare de ce qui eſt en leur faueur tant ſeullement : Ilz ſeront conſtamment attenduz dans la Contremine cy deuant promiſe, ſ'ilz ont hardieſſe de ſ'y preſenter, pour leur faire voir la foudroiante lumiere de notre poudre de Raiſon, par la confutation, ou ſaine expoſition de tout ce qu'ilz ſauroient gabyonner ou metre au deuant de cete fiere Place.

SVyuant ce que dict eſt : deſirant touſiours reuenir a la Calumnye imputée a ce loyal Sexe femenin, ſur Infidelité de Mariage : Voit on pas euidemment en tous païs, trop plus de Fémes Chaſtes que d'Hómes Continentz? Et *Canõnade.* qu'il ſoit vray : En toute la Normandye, ou la beauté fémenine eſt ſi habondante, y euſt on ſceû nagueres trouuer (generallement parlant) plus d'un Preudhóme ? O Sei- *Requeſte aux* gneurs & Sages Gentizhommes qui careſſéz la Preudhó- *Gentizhommes.* mye, offenſiues ne vous ſoient ces Canõnades, cy dedans a couuert délachées : & pour exemple ſcandaleux, de vous ne ſoient, ie ſupply, entendues. Car du bruyt d'icelles iamais honneſtes Femmes ne ſeront étonnées : Puis elles ne ſont délachées de ce Baſtion, ſinon pour faire retyrer les Marys de malgouuerne en leurs Maiſons : & la vſer de telle conformité de Vie, que la bonté de leurs Conſortes ſoit égallement entretenue en ſon entier, par exemplaire

en eux, qui foit pacifique. Vous requerant comme bons
Parrins de l'honnefteté ciuile de ce Sexe, d'inftruire coup
Vn cas que a coup, telz Marys, & par charitable Confeil, leur metre
les mauuais en tefte, ce qu'a Femmes & a Letres auffi eft impoffible.
Marys ne C'eft affauoir, qu'ilz deüffent croire fans fcrupule, que le
peuuët croi- doux Laict mal conferué, eft coutumier de fe tourner &
re. aigrir par nature, au preiudice du lourd Norricier qui l'aura voulu traire fraiz de la meilleure Vache de la Contrée.
Et n'ayez iamais plus regard, a ce que cômunément (pour
cuyder confondre ce que deffus) les Malins alleguent par
les exemples des Mariages honteux, Comme de Sanfon,
de Iafon, d'Agamenon, & femblables tragédies. Confidé-
ré que fi les circonftances du malheür de telz Mariages
étoient bien fueilletées, lon congnoiftroit a l'œil leurs Fémes auoir été faucement accufées. Vne feulle defquelles
ne fut onc peruerfe a fon Mary : feulement pour vne petite
Raifon qui deüft fuffire a tout Hôme d'entédement, fans
en chercher d'autre, qui eft, Que la Féme ne fut onc mauuaife, fors au mauuais Mary : & oncques n'aueint autre-
Arrerages mét : outre que le Ciel iamais ne feroit, qu'une Féme feüft
font paya- facheufe a vn Mary hônefte : fpeciallement quand il n'eft
bles en droit pas de ces grans faifeurs d'arrerages. Et fus cecy ne mon-
matrimo- tréz-ia les dentz, O Detracteurs. Car il faut que vous con-
nial. féffiéz les Femelles eftre femblables aux Plátes par nature :
Veü que les Plantes produifent les Fruitz, & les Femmes,
les Creatures raifonnables : & tout ainfi que defaillát l'Air,
le Soleil, & la Pluye aux Arbres, ilz viennent a fecher &
mourir : Auffi de laiffer defaillir aux Femmes, & les priuer
d'un Air de fráche Liberté, d'un Soleil d'Amour fuffifant,
& d'une douce Rofée matutine plus que neceffaire en Ma
riage, ceft autant que les vouloir laiffer flétrir en décadence, en leur donnát congé d'aller (ainfi que les Fémes de Pa
ris) au lôg voyage de Montmartre vers fainte Ourfe, pour
auoir des enfans. Qui eft vne nôchalence trop indifcrette
a femblables Marys, digne proprement d'eftre appelée
Tyrannye, en lieu de Droitture matrimonialle. Dequoy
toute Dame qui en voudroit appeler côme d'Abbus, ne feroit

Canonade

roit(a l'auis de tout bon Aduocat)deboutée de ſes Interie-
1.Cor.7. ctions, meſmes auec l'authorité de ſaint Pol, Ains receüe
en icelles:& Iugé que le deſir de ſa pourſuite a Conionction n'eſt de ſoy vicieux, comme procedant d'iſtinct naturel ſimplement, & nõ d'autre choſe. Et par cela les Fémes ne furét onc mauuaiſes qu'a mauuais Marys, ny har-
gneuſes qu'aux Défectueux. Et de cecy ne deplaiſe a ceux
qui ſe voudroient dabõdant efforcer de metre en auãt les
tourmentz que Socrates le Sage, receüt en Mariage. Car *Sageſſe de*
pour neant il n'eüt la patience des hargnes de ſa Femme, *Socrates.*
que pour la cõgnoiſſance qu'il auoit de ſoy,& qu'il n'etoit
Hõme pour gouuerner vne Féme, quelque grand Philoſophe qu'il feüſt. Au moyen dequoy il conſideroit bien
auſſi, que par ſon defaut il étoit Forgeron de tel malheur, ainſi que deuroiét faire vn tas de Sotzcrotéz Marys
d'apreſent,qui,auec ce,deuroient(cõme l'autre)ſauoir par
experiéce, que tout Hõme Sage ne peult que diſcretemét
faire d'endurer de ſa Féme. Veü que par la, on apprent, au
moins, a ſupporter les Iniures de ſes Ennemis. L'exemple
dequoy euſt bien peü, auec hõneur, enſuyure le trop renfrongné poſſeſſeur d'une belle & rare Violle:de laquelle le
Son d'amoureuſe Foy incontinent ſaſſourdit, que les Ac-
cords cõmencerent a rõpre,qui puis,cauſérent les moyés
de vouloir mécõgnoiſtre icelle Violle pour ſon propre Inſtrument:& cõſequément chez ſon facteur renuoyée, Au
regret pourtant trop plus de celluy qui moins la ſceüt gou *Monaſtaires*
uerner en ſa mãiſon,que du Maiſtre duquel belle & bõne *ediffiex en*
il l'auoit recouurée. Quoy plus(apropos des Marys cy de- *Italie pour*
uant métionnez)En quelle ſaiſon fut il iamais veü,que ne- *les Femmes*
ceſſaire feuſt, fonder des lieux en forme de Monaſtaires *mal mariées.*
pour les Hommes mal traittez de leurs Femmes, comme
il à été beſoin de faire en Rome, & ſeroit par tout aillieurs, pour retirer les Femmes mal traittées ou delaiſſées de leurs Marys ? Sans doute, on ne trouuera iamais
que pour les Hommes on ayt fait telle choſe, ainſi qu'en
Italie depuis depuis peü, pour les pauures Femmes ny
Veuues,ny Mortes, ny Mariées. Signe treſapparent qu'il

y a au monde trop plus de mal Maryées, fans comparaifon, que de mal Mariéz. Dequoy certes les Elementz
mefmes, en font par fois fecrete Lamentation, ainfi que
la plaifante Riuiere de Loire, qui aux Ames amoureufes
du païs fructifere de Touraine, côme en fe complaignant,
f'eft rendue troublée quelques années y a, des regretz &
rudes traitementz d'une Femme d'angelique Beauté
dont la fufdite Cité de Bloys auoit la garde: & pour compaffion de laquelle honnefte Femme aucuns auoient a-
lors coniuré la mort du rude Mary, fans l'empefchement
de l'humble douceur d'elle, qui feulle en rompoit fecretement les effaitz, en efperance de peu a peu le pouuoir
gaigner par fa douceur & pacience comme elle feit, Suyuant le deuoir qu'il luy fouuenoit auoir entendu d'vne autre Gentifemme, qui a propos de telles chofes, & de fon
fafcheux Mary, ne répondoit autre cas pour remede, fors
ce que fenfuyt.

Honnefte o-
pinion de Fé-
me qui a
mauuais
Mary.

S'il eft hautain, Cruel, Audacieux
Ma Douceur peult le rendre Gracieux,
Lon dompte bien les Cheuaux éffrenéz,
Les fiers Lyons, quand ilz font gouuernéz
Par artifice ayfément f'apriuoifent
Sans faire mal en tous lieux ou ilz Voifent.
Doncques au preis, pourquoy n'eft il facile
Domeftiquer l'Homme trop plus docile
Que l'Animal, lequel nulle faifon
Ne loge en foy, comme luy, la Raifon?

Les mauuais
Marys For-
gerons de
leur mal-
heur.

REtournant a notre chemin, Si les Hommes & mauuais Marys, auoient (quant a leur part) vne fois en
leur vie, aumoins, le Sens bien difpofé pour fauoir fonder
la fource de leurs Maladies, Ilz apperceuroient clairemét,
qu'elle defcend de leurs Imperfections, non d'ailleurs.

Ce

Ce que chacun peult aucunement confeffer veritable par
le regard ou comparaifon, que pour tel remede, fe peult
faire de deux Maryéz qui font côtraires en Vie matrimonialle, quand lon voit le plus Sot, le moins Preud'homme,
ou le plus mal viuant des deux, eftre beaucoup plus fubiet
a ce deshonneur & tourment de Mariage, qui certes fait a
craindre grandement. Lequel, ainfi fe conduyfant au rebours, & fans auoir regard fors a ce que l'œil fenfuel luy
cômande : & ayant épouzé vne Gentifemme acomplye
de tout ce que requiert vn vertueux Mary : ne fe faut émer
ueiller fi en peu de temps elle aura changé d'habit. Car le
Vice de l'Hôme, qui cherche de la faire femblable a foy,
& outre mefure la veult tenir fouz le pied, luy peult ayfément aigrir la qualité du laiɛt de fa chafte poitrine. Et
pour vn peu toucher ces mauuais Mariages qui, comme
deffus, fe pourroient alleguer au mefpreis de ce loyal Sexe femenin. Que feroit ce, O Caufeurs, f'il étoit vne fois
permis aux Femmes de faire Loix & Hiftoires a la Verité
lefpace d'une année tant feulement? O que de Tragédies & abhominables forfaitz éclarciz, que de Rapines :
que d'Adultaires, & fommairement, que de Marys feroient éuentéz, qui nô feullement vfent a toute heurte de
propos deshonneftes a leurs Fêmes, mais encores cherchent de les induire a toute lafciueté, & qui pis eft. O mer
ueilleux ouurage de Patience femenine, de tant de pauures Femmotes, qui aucuneffois par amour, & le plus fouuent par Tirannye forcée, fe trouuent contraintes de ne
prendre a mauuaife part les incompatibles Fornications
de leurs propres Marys : ains f'approprient (côme cy deuant a été dit) a les celer iufques dans leurs Cabinetz mefmes, pour crainte qu'il foit fceü, & de donner mauuais exemple a leurs enfans. Y a-il en ce Monde autre Lymbe de
Purgatoire infernal a Féme honnefte? Pour ces confiderations, la Coutume enuyeufe qui à interdit aux Dames
de faire loix, eft aucunement raifonnable. Eftimant que fi
la Grammere de tous, auoit notice de la moindre partie
de ce que les Hommes cômettent fus le plain de fa Face :

*Merueilleufe
pacience des
Femmes.*

Y

elle enfleroit ſes antiques veines contre les Cieux, & feroit tant de Terrémotes, que tout ordre élementaire ſen
peruertiroit.

Abbus des
Hommes.

MAis quelle outrecuydée Preſumptiõ eſt celle la, qui ſi
cõmunément ſe voit regner entre Mariéz, les hebé-
tant de ſorte, qu'ilz ſe perſuadent auoir ſur leurs Femmes
toute Authorité, & nõ elles ſus eux? Ce qui eſt apertemét
abbuſé, cõtre Droit, nõ ſeullemét de la benigne Douceur
d'elles (qui cõme ſerues ſont rudemét traittées) mais auſſi
de la Conionction mutuelle cõmãdée de DIEV en telz
Contratz. Et touteſſois on ne ſauroit enter en leur groſſe
ſageſſe (puis qu'il plaiſt au Vulgairé les eſtimer ſages) & ſi

La Liberté eſt
vn preſent Ce-
leſte.

faut que maugré eux la Raiſon ſoit ainſi, Que la Liberté,
eſt vn Preſent celeſte, que DIEV voulut également offrir a tous Viuans, Lequel ne doit eſtre vſurpé de l'Hõme
vertueux, ſus la Femme autant que luy vertueuſe: & la ou
l'Homme, en cela, eſt inferieur d'elle, d'autant plus peult
préſider ſur luy, en Humilité de cœur Amoureux: ſi lon
veult cõféſſer, que la Vertu & la Raiſon ſoient maiſtreſſes
de l'Ignorance & Vice. Eü regard auſſi, que l'Hõme n'eſt
Dieu, ny rien plⁱ que la Féme enuers le CREATEVR,

Coutume tres
dangereuſe
Norriſe.

Outre, que de tollir ce qu'on n'a point dõné, eſt vn Statut
qui ne ſe peult bien aprouuer, Si ce n'étoit que Dame
Coutume le vouluſt touſiours ſoutenir. Laquelle, Helas,
eſt maintenant plus que iamais la vieille norriſſe de Corruption: & cõme telle, ſongneuſement par l'Homme vertueux abatue, tout ainſi que par vn bõ Laboureur, l'Arbre
qu'il voit en ſon Champ ſubiet a la Fourche, ſe dérracyne
par luy: & ny plus ny moins qu'en ſon lieu il ſefforce de
plãter choſe fructifere: Auſſi la digne Perſonne, qui maintenant ſe ſert de la Vigne de Vertu, cherche touſiours
d'extirper les vieilles ſouches de cete plante Coutume,
qui ne ſert que d'accrocher les Ignorans & Malins au Gi-
bet de tout Vice: & en ſon lieu ne ceſſe ça & la, de planter
la belle Palme de Raiſon, auec la Semence des choſes
Droiturieres qui ſont propres pour pouoir, ſuyant icelles, conduyre ſa Vie auec moindre Malheür quant au manyment

Canõnade. nyment des chofes profanes de ce monde, dont le detriment ne procede, que des fauces & acoutumées Opiniõs
dequoy le plus fouuent on fait habit en l'Efprit. O que ce
mot, [Tout chacun fait ainfi] eft vn traitre Meurdrier: &
qu'il fait d'outrage en l'Europe. Mais quoy? Il eft fils ayné de dame Coutume, Mere norrice du Vulgaire: & en
faueur d'elle entretenu en la bouche des Sotz: la ou il
maintient fi fort le Credit de fa mere, qu'il fait familiére-
ment affoir les Vices au lieu des Vertus, & les diaboliques
formes de faire, pour les bonnes & moralles, comme a
l'œil de tous eft plus que manifefte entre grand part des
Courtizans & braues Spadacins de la France. Par la cou- *Braue Cou-*
tumiere façon defquelz, eft vfité, que ceux qui par Blafe- *tume des Spa-*
me énorme fefforçent de mieux orner leur langage, font *dacins de*
France.
ceux qui penfent, par cela, donner plus grand' Opinion de
quelque animeufe ou animalle vertu en eux: & fe font receuoir pour braues Hommes, A quoy pourtant aura grace de remedier le debonnaire Roy Henry, qui n'étant
(poffible) bien informé de fi malheüreufe Coûtume en fes
païs, eft fort bien inftruit que fon titre trefriche de Trefchreftien ne doit fouffrir chofe a luy fi contraire, puis que
Leuitique par la Loy antique de ceux, en qui fes Peuples (par Foy) *Loy des En-*
c. 24. font régenerez, tout Blaphémateur étoit iugé indigne *fans d'Ifraël.*
d'eftre rompu dans la Vile: mais étoit getté hors les por-
Sapi. 14. tes, & là lapidé iufques a mort, cóme brute Befte: & que le
Ecle. 23. Sage dit, Que malencontre ne partira point de la maifon
de ceux qui Blaphement. Or' es Allemagnes en fembla- *Honnefte*
ble cas que cy deuãt, celluy qui trinque, fenyure & boit le *Coutume*
plus, eft le perfonnage qui plus leue la Crefte, & des autres *d'Allema-*
tenu des plus Robuftes, & bon Cópagnon. Pareillement *gne.*
auffi en Italie: la ou celuy qui diffimule le mieux, parle *Difcrete Cou-*
le moins & qui prend le plus cautement fon Ennemy *tume d'Ita-*
a lauantage, faffeure d'eftre eftimé le plus difcret, & af- *lie.*
feuré Spadacin. De forte que f'il auient qu'un Traitre foit
Canõnade. bon éxecuteur de fon office énorme fus vn autre, On oyt
(des enfans mefmes qui en fauront quelque chofe) dire
femblables parolles en louenge de l'officier, O le Gallant

Y ij

Hóme, Il luy à dóné la plus braue Pongnelade : & en ce-
Coutume fort religieufe de Rome. la peult on congnoiftre que vaut Coutume. Laquelle dabondant à fi bien labouré, en vn cas particulierement a-
chalandé en Rome, que fi es autres Viles de la Chreftienté lon Salmodie la nuyt de la Vigile de Noel, pour reioyf-
fáce du miftaire de la Natiuité du REDEMPTEVR,
En celle la, lon penfe bien glorifier DIEV, de chanter
Matines fur beaux Berlans, a Ieuz de Cartes & Déz, acom
pagnéz de ces petitz Flafquetz de Sobre bouche. Tenans
Le Berlan pu blique ouuert à Rome du temps d'Au gufte. encores (ceux du païs) telle maniere de Iouer, du temps
de Cefar Augufte, que le Berlan publique fut ouuert tout
le long du Mois de Decembre. En maniere, qu'il ny à encores ce iourdhuy, fi Hóme ou Féme de bien, Vieil, Pauure, ny grãd Seigneur, qui ne foit curieufement fretilleux
de metre quelque Argent a part, pour faire de cete nuytée
lá vne Vigile de Carefmentrant. Et touteffois les fimples
Fémes ont opinion en cela, de faire les œuures de Miferi-
La Faculté de Paris. corde, auffi bien qu'en la nouuelle Faculté de Paris, la Damoyfelle dé Vlco— Laquelle d'afféz d'autres qualitéz fe-
roit plus louable que du Ieu aquoy elle à été induyte par
l'Auarice des Hómes, fouz honnefte couleur de Paffetéps
d'apres difner, là ou trois petitz Hyllotz, & vne dame Premiere, fe prefentét fus table en lieu de Gobeletz, qui pour
cela ont perdu le Credit. O Coutume Italique, Baccanal-
le Norriffe de Cécité, qui par tes effortz fais que Francois, par le bout de leurs Láces, fondent toufiours l'Empire : que les Allemans ont pieca été en Empirant : & que les
Italiens, en leurs cœurs ont fi long téps brulé pour l'Empire qui les confomme, Es tu bien fi doucement chérie es
Regions payennes comme es trois fuf nommées?

A V propos, Si fuyuãt icelluy, les mauuais Marys préce-
Contre les farouches Marys. demment touchez, apercoyuét leurs Fémes en quelques Bronchures : & qu'eux mefmes les ayent guydées a
mauuais chemin, quel peult eftre le motif de leurs grimaf
fes renfroignées ? S'ilz difent telles Fémes eftre dignes de
punition : fe dónent ilz pas Sentéce de Condénation ? Les
faintz Docteurs de l'Eglife par cy deuãt amenez pour Tef-
moings,

moings, auroient ilz bien redigé les chofes fufdites par tãt
d'Ecritures pour la Doctrine du Peuple Chreftiẽ, fans meritoire caufe? Donc fi aucũs, de leurs propres mains fe dõ-
nent le tourment, quel eft, ie vous prye, le fubiet de leur
Plainte? Si chofe douce eft en Aigreur conuertie par le

Canonade. rude traittemẽt d'vn Mary: Susqui doit-il dégorger fa Colere, que fus foymefme, f'il ne la peult par raifon réfréner?
O l'étrange frenéfie, & trop offufquée d'inconfideration,
quand de fes propres griffes on fe va déchirant la peau, &
enfemblément heurler fur autruy pour la Douleur, en f'attachant du tout a l'Innocent. Brief, pour Medecine confolatiue a telz Maux, & autres aufi, lon peult tenir pour
veritable en fomme, Que celluy la eft biẽ pauure d'Efprit,
qui ne fcait, que chacun foit Forgeron de fon Malheür: ou
a tout le moins, qui en tous fes Affaires, n'a pour Guydon
ce petit Prouerbe françois. L'œil deuant la main. Yffũ *Prouerbe*
comme Oracle d'vn Gentilhomme, de qui le fain & pur *Francoys.*
entendement eft fi bien afsis dans la Motte Carrée de fon
Chef, qu'a fes effaitz fa Prudence eft notoire. Lequel Prouerbe (a qui bien le fondera) n'eft moins graue & vtile, que
fut la Sentence antique du Temple d'Apollo [Chacun fe
Nofce teip- congnoiffe] tant eftimée des Autheurs renomméz, que
fum. croyans eftre tumbée du Ciel, Sus icelle arreterẽt le Sommaire de la Sageffe humaine. Et parce l'Homme qui po-
fera (fuyuant ce Prouerbe) les yeux de fon Efprit fur vn af- *Inftruction*
faire, auant la main: (outre qu'en cela il ne fe pourra ia *fus le faict*
conduyre fans fe congnoiftre foy mefme) il ne pourra auf- *des Maria-*
fi entreprendre chofe qui luy puiffe couuer mauuaife fin, *ges.*
dont aumoins, il ayt caufe de Mélencolye defefperée,
enquoy telz inconfideréz perfonages, & mal Maryéz fe
fentent bien fouuẽt embroilléz, par faute de la congnoiffance ou record de ce gentil Prouerbe, L'œil deuant la
main. Car fi auant que prefenter la main de Foy mari-
talle, ilz auoient l'œil a autres cõfiderations, qu'a la beauté de bonne Bourfe: ou qu'ilz penfaffent a entrer en telz
lyens auec vne fin de Chreftienne déliberation: ou bien,
que y étans ia, ilz propofaffent d'amortir leur enclin vi-

cieux par quelque fcintile de prudence, certainement leur
negoce feroit bafty de meilleur augure : & leur Vie non
fubiete a tant de hontes & malheürs qui les trebuchent en
double ruyne. Mais quoy? Fol ne creüt onc qu'il n'eüft
De ceux qui receu: Puis y en a, qui ne voulans paffer leurs iours, fans
trop defirent par quelque acte infigne, faire parler d'eux, feroient bien
de faire par- marriz qu'ilz n'en euffent paffé leur enuye, au pis qu'il
ler d'eux. en peuft auenir. Et a cete fin, iroient plus toft iufques en
Afie pour bruler le temple de Diane, f'ilz penfoient qu'on
ne l'eüft autreffois fait: ou f'efforceroient de fe faire declarer Cocuz par beaux Arreftz, pour eftre congnuz de plus
loin : ou bien feroient de trop prodigieufes & fcandaleu-
fes Repudiations de leurs Femmes, honteufement d'vn &
d'autre vifitées a l'écart, au reproche infame de tout vn
parentage, plus toft, comme dit eft, qu'ilz ne laiffaffent no-
Exellentexé- toire témoingnage a auoir été nayz au monde: Sans qu'ilz
ple d'vn Ma fachent comprendre ou éplucher(en fomme)quelles font
riage. les circonftances & confiderations diuines, plus que neceffaires alenuiron de la Loy d'vn Mariage, tel que(pour
exemple)vn trefsingulier merite d'eftre icy recommandé.
Mariage, entre tous autres de fa qualité, aufsi heüreufe-
ment acomply, qu'on le fauroit fouhaiter : dont le model
eft plus que requis a tout Homme, qui auec fage Femme
cherche vn repos non vulgaire en fa Vie. Mariage, qui en
fes principes ne fut aucunement fundé fur faueur de Parentage, ny fus regard coutumier de Pécune. Mariage
non pourfuiuy par defir fenfuel de nature, & touteffois a
parétz quelque temps odieux. Mariage(pour ces raifons)
du Ciel tant bien récópenfé, qu'a rien d'Infime, de Dueil,
de Difcord ny honte, il n'eft aucunement tributaire. Mariage aufsi, qui d'vne part & d'autre fut cherché auec lumiere de Sauoir conduyfant les Parties a fin contente : &
ce pendant, a vne Continuation d'honorable Recueil vers
ceux qui pár grace de Vertu & Science, ont figne d'hónefte conuerfation. Damoyfelle Anthoinete de Loynes, &
vous petite Camile de Morel fa Fille (qui ia étes fi bien inftituée, qu'a la femblance de la Morelle, ferez vn iour, du
Ius

Ius de votre Efprit, écouter les Sours)feruirez vous pas en tous lieux de veritable preuue a mon dire, aufsi bien que celluy de qui vous portéz le furnom la rend en foy apparente en tout office de Vertu?

SVyuant tous mes precedents difcours, ne fera trouué étrange de taxer icy en general la trop vicieufe & damnable Opinion des Parentz de maintenãt, qui apres auoir confommé quafi tout le cours de leur Vie en Dépenfe & follicitude a moriginer leur Fille ou Niece, fans penfer q̃ chofe bonne, en mauuaife fe peult facilement conuertir par faute de conuenable appuy, ne tachent a autre but, qu'a foiller en terre tous moyens pofsibles de conioindre la pauure Fille, non pas a vn Homme, car ilz ny penfent, mais a vn Fils de gloutonne Auarice : ou(pour plus proprement parler)a quelque gros Animal comme vn Porc feullement vétu de Soye : fouz efpoir de quelque faueur en luy, ou qui eft efperée par fon moyen de parentage. Sans que telz Parentz ayent aucun éguillon de fouuenance d'vn Gendre, qui au cœur noble, feüft riche de quelque Vertu. Le femblable dequoy aufsi fe peult bien dire de plufieurs autres, qui étans riches de Biés de fortune, éftimeroient leur hôneur fort foullé, filz auoient prins a Féme quelque vertueufe Fille de moindre degré en bien têporel qu'ilz ne font. Mais les Romains paftéz qui(a la confufion de ceux d'aprefent)ont plus éftimé l'honneur que tout le môde, ne faifoient pas ainfi vn têps fut : Confideré qu'il appert qu'a l'imitation des Loix de Lycurgus Philofophe & Roy des Lacedemoniés (côme recite Plato)vne faifon a été, que les Peres faifans teftament, ne delaifoient chofe aucune a leurs Filles, fors l'inftruction de bône Vie, dont ilz les auoient vétues, Dequoy fimplemét douées, elles étoient beaucoup plus requifes a Mariage voire & des plus Grãs, qu'auiourdhuy ne fõt les plus richemét douées, des plus petitz Côpagnõs. O floriffãte faifõ. Au moien de laquelle inique façõ de faire d'aprefét aufsi, on ne voit plus par le môde, qu'Homicides, Scãdalles Empoyfõnemêtz &

Grãs erreurs de parentz fur le Mariage de leurs Filles.

Vice malheureux de plufieurs Riches.

Canõnade.

longs Proces en toutes Courtz Iudiciaires(cõme a Grenoble & autres lieux)de Parentz côtre Parétz & Côfanguins:
D'enfans contre les Peres : Des Meres contre les Enfans,
& des Freres contre Sœurs pour partages & biens de la
terre, & generallement de Marys contre les Femmes, &
de pauures Veuues contre les Parentz de leurs Marys.
O Ruyne euidente & non congnue de l'Humanité, qui
non d'autre lieu, que des iniuftes, mondains ou Auaricieux Mariages ne procede,& de la trop cuyfante Difcipli
ne du Haut I V S T I C I E R fur les Peres & Meres, Auquel plaift(& fi le fait cõgnoiftre a l'œil)que nonobftant q̃
telz cas foient par luy allieurs que ça bas pugnyz en éter-
nité, les veult pourtant encores chaftier en ce monde,
pour montrer & myeux faire entendre a femblables Hõmes que c'eft luy, qui en leurs Enfans trop & mal ayméz,
vient rompre leurs terriens défleins, & le pourfuyuy repos de Vieilleffe, puis qu'ilz n'ont iamais eü crainte d'aba-
tardir & broiller fa Nature, par la fabrique des Mariages
de leurs Enfans, qui de Race en race font puis des Enfans
de mefme pafte volontaire de leurs Gramperes , & de
mefme façon qu'eux viuans , & aufsi tourmentéz & malheureux,es negoces du monde comme deffus eft dit:Pour
en fin les voir viure en fi melécolique Vie, qu'elle n'attend
que d'eftre fuffoquée d'vne Mort quafi defefperée & rien

*Graue fen-
tence d'vn
Duc fus le
faict des Ma
riages.*

moins que Chreftiéne. Chofes, que de fon viuãt cõgnoif-
foit fi bien(ce femble)le tant renõmmé Duc de la Grece
Themiftocles (qui par fa prudéce deliura vn iour les Gre-
geois d'vne Armée de Dix cens mil Hommes)que luy
étant vne fois interrogé, a qui il donneroit plus toft fa
Fille a Mariage, ou a vn Pauure honnefte, ou a vn Riche
Lourdaut : répondit, I'ayme myeux donner ma Fille a
Homme qui eft fans Argent, qu'a l'Argent qui eft fans
Homme. O fentence plus que facrée, aux Chreftiens

*Le Mary acu
fable des fau
tes de fa Fé-
me.*

grandement néceffaire . Par deffus tout cecy, ſil auient
qu'apres les premieres & coulantes lyeffes d'vn Mariage
mondainement forgé, quelque honteufe tache fe foit affize fus le manteau d'honneur d'vne ieune Femme par
l'erreur,

Canõnade.

Canõnade.

l'erreur, inciuilité ou autre lourde nature de son Mary, qui
le iour de ses Noces n'aura été paré d'autre plus beau ioyau
que du Dequoy : Encores au lieu de chaſtier tel Homme,
ou l'inquiéter a réparation d'hôneur qui touche tout' vne
Lignée : Iceux Parétz plus toſt le reçoiuét en ſes hargneu-
ſes querelles, ny plus ne moins qu'vn iuſte complaignant :
& vont impoſant tout le faix du blame ou tort ſus le moins
coupabe, comme (au moins) ſi autant ne valoit celluy qui
tient & induyt, que qui écorche : Meſmement qu'on ſcait
tresbien les Femmes n'auoir tant de moyens a ſe iuſtifier,
que les Hommes . A cete cauſe, & pour obuyer a telz ac- *Exemple aux*
cidentz, le Pere bien auyſé en fait de Mariage de Filles, *Peres.*
prendra touſiours exemple au bon Veneur amoureux de
la Chace, lequel eſt coutumier d'étroittement regarder a
aſſembler vn Leurier de bonne race, a vne auſsi bonne ou
meilleure ſ'il peult : en ſe gardant tresbien de faire au rebours, pour n'encourir par apres aucun regret ou dommage : & ſur tout, ſe gardera fort bien (a la ſemblance de ce
que fut iadis réuelé a vn des Patriarches antiques) d'entrer
en la terre de Canaam, pour chercher correſpondance de
race : Laquelle terre de Canaam ſ'entend de celle, la ou
les meurs de Cam encor' apreſent ſont en regne. O que
diuerſes Natures & Imperfections de pluſieurs Marys,
cauſent ſouuent diuers ſcandalles & hontes : Et que d'é-
guyllons ſont iournellement donnéz a belles & honneſtes Femmes de leur iouer fauxbond : voire ne fuſſe que
par certains petitz tours de nonchalance & grouyn, ſi
treſodieux, que le moindre lyme peu a peu vne corne a
ſon Maiſtre : Ainſi que pour exemple ſe pourroit dire d'vn *A Bor-*
Homme d'apparence de la Vile de Bordeaux : Lequel *deaux l'An*
étant coutumier a chacun ſien réueil de la nuyt, de faire *1547.*
leuer ſa Seruáte pour luy apporter vn Liure, fut courtoiſe-
mét vn coup reprins par ſa Féme & Damoyſelle hôneſte,
qui apres en auoir bié enduré : & voyant que ſon Mary de-
mádoit touſiours ce fahceux Liure, diſt a la meſme Seruáte
ces motz. Apporte apporte moy quát & quát ma Quenoil
le, Ie ne dois pas eſtre oyſiue nó plus que luy a mó reueil.

Z

*Les Femmes
comunémét
a tort acusées
ou suspicion-
nées.*

MAis quoy? Que dy-ie de ces brocheûres & honteufes taches cy deuât touchées? Veritablemét tât f'en faut, qu'elles foient aperceûes en ce loyal Sexe Femenin, qu'au côtraire, par les Sufpicions d'aueuglée ialouzye de fembla bles Marys, toute Féme n'eft plus ce iourdhuy iugée cou-pable en cela, que par le debile témoingnage d'vn doute hayneux, fans que Verité y foit plus appelée: Etant chofe manifefte que a la fufcitatiô d'vne fotte Sufpicion, Fille de Ialouzie, née en Italye (laquelle Sufpiciô fut toufiours en-nemye d'affeurâce, lointaine de raifon, côpagne de Hay-ne, & a la foy aduerfaire iurée) tant de vertueufes Femmes au moyen d'icelle fufpicion, ont été nottées par la bouche redoublée du corrompu Vulgaire, que les Cieux font con-traintz quelques fois foudroier leur yre fur les Hommes, qui des beftes eft fentie, non côgnue. Efquelz Cieux, ce pendant, fe trouuent diuinement enregitrées ces paûures Femmes, ça bas fi tyrániquement aux Hommes, non aux Hommes, afferuies. Et qu'il foit vray. Sauoir eft, que l'exé-

*Eau portée
dans vn cry-
ble en figne
de chafteté.*

ple de telz Régitres ayt été fouuêteffois produyt aux yeux des mortelz, en forme d'acte de Diuinité irritée, pour caf-fer telles Opinions ou Sentences de fufpicion trop hayes du SEIGNEVR: Ou bien pour fpeciallement clarifier telles matieres aux perfonnes de Vertu qui en étoient en doute, & (fuyuant ce) tenoient aucunes Femmes honne-ftes en afféz ébranlée reputation, pour la grand'Cohorte de Mefdifans qui a telles coniectures les auoient incitéz, Qu'on aillevn peu fueilletter les Hiftoires de la Rome an-tique, & l'on verra, que iadis vne Vierge veftalle, qui f'ap-peloit Tucye, fe voyant a tort accufée en public de l'infra-ction de fon vœu virginal, fut fi hardye, que pour la foy qu'elle eût de fon Innocéce vers la vertu de Chafteté, elle print vn Cryble, qu'elle auifa en la prefence de tous, en di-fant a haute voix femblables parolles. O Déeffe de Cha-fteté, f'il eft ainfi qu'en ton feruice mô corps n'aytété polu, fais maintenant en témoingnage de ce, que dans ce Cry-ble ie puiffe boire de leau du Tybre, & le porter plain iuf-ques en ton Temple. Chofe qui par la grace des Cieux

(fauorables

(fauorables a toute beauté chaste) aucint en telle maniere.
A la grand' côfusion des Acusateurs d'icelle Pucelle. Que *Les Loix de*
lon aille pareillemēt fueilletter les anciénesLoix de Lôbar *Lombardye*
die. Par lesquelles Loix étoit pratiqué, q̃ si on acusoit vne *pour les Fēmes.*
Dame de Déloyauté de Mariage: A faute de preuue suffi-
zāte: Les Sacs ou procedures au feu, le premier qui pour elle entreprenoit de soutenir son hôneur, étoit receü a côba-
tre alencôtre de l'Acusateur en forme de Duel: Et lon ver
ra quelz & côbien de Côbatz, voire & Iugementz de Ciel
sus iceux, sont entreuenuz a lauantage & restablissemēt de
bonne renômée de plusieurs Fēmes suspiciônées, & faucement acusées de telles honteuses taches, qui tiennent sus
Ecarlate d'hôneur, trop plus que Crotte parisiēne. Lesquel-
Canônade. les Loix ne furēt depuis trouuées tant irraisonables par les
François, que d'iceux elles n'ayent été bien obseruées par
lôgue espace de tēps: & ce iourdhuy, O perte irréparable,
sont delaissées en arriére ainsi qu'assez d'autres bônes Reigles de viure. Pendant le cours desquelles, vn coup aucint *Gentillesse de*
qu'vn Côbat fut ordôné par les Iuges & exécuté pour telle *Gascons.*
matiere, ainsi qu'il en appert es Annalles de France, Surce
qu'etant vne vertueuse Dame acusée entre autre cas, du
crime d'Adultaire par son Mary mesme, acompagné d'vn
sien adhérant: Lequel Mary tēdoit a fin de la faire senten-
tier a mort, ou a tout le moins de s'en dépetrer pour a son
ayse iouyr de la Côcubyne: Etant aussi cete pauure Fēme
(qui n'auoit peü comporter cela) quasi demourée côuain-
cue a faute de suffizante Iustification au côtraire de l'Ac-
Canônade. cusation bien machinée, surueindrent de bon heür, & entrerent au Parc iudiciare deux gētilz Soldatz de Gascôgne
incongnuz a l'Acusée & a tous les Assistans. O DIEV,
Esprit diuin leans les conduysoit, Car en semblables lieux
peu souuent se retrouuent telz Aduocatz. Lesquelz Soldatz, éperônéz de noblesse de courage, cômencerent bra-
uemēt a arreter la parolle sentēcialle: & a dire, q̃ Pau Cap
de Sant Arnau, (en leur Iuron) puis que la Loy receuoit
tout Côbatāt a soutenir l'hôneur des Fēmes, ilz requeroiēt
côme Procureurs de celle la de combatre, & le Bouclyer

Z ij

Madame de
Candalle.

au poing foutenir a la pointe de l'Epée fi befoin étoit, la bō
ne Renōmée d'elle alencontre de fes Accufateurs. O forte & rare Dame de Candalle, qui as en tes iours, fi biē fceü
ranger la ferocité des Marys par vertu martialle, En tel cas
tu n'euſſes pas eü befoin de Hyllotz : Ie dys, Hillotz, non
pas que ce foit mot de vilpris , cōme aucuns le pourroient
prendre. Car ces deux-la montrerent bien, que par naturelle paſte, y a quelque efpece de Nobleſſe en ceux de
la Nation , qui eüt force de les faire combatre poür vne
Dame incongnue en païs étrange. Cōſiderans, peult eſtre,
iceux Gafcons, & tenās pour ferme, que deſlors que fut au
mōde établye la noble Cheuallerye : entre autre cas, tout
Cheualier iuroit de foffrir a la deffenfe de l'hōneur de tou
te Féme, a chacune occafion qui f'en préfenteroit : & que
celluy qui en cela eſt retif, rompt la Foy de Nobleſſe, & fe
fait congnoiſtre Vilain a pied plat, non Cheuallier. Or' du
Cōbat ainfi entreprins par les fufditz Gafcons, étās vn peu
épouentéz les Acufateurs : Touteffois pour au mōde couurir leur peruerfe intétion aymerét myeux au hazard des
Armes foumetre leurs perfōnes, que de reparer a la Féme
hōneſte l'hōneur derrobé & endurer d'vn defdire la hōte.
En maniere qu'ilz fe préparerét a foutenir le Cōbat alencontre des deux nobles Gafcons . A l'execution duquel
l'vn d'iceux, pourtant, fe trouua incontinent furprins de
tel regret, qu'en habandonnant fon Compagnon, il fauta
difpoſtement la barriere, & gaillardement f'élança en fuyte de courfe bifcayne. Ce nonobſtant, ny aufsi que l'autre
euſt lors a combatre contre les Acufateurs, Si eſſe, que par
vertu de la iuſte deffenfe de la Dame, il demoura victorieux. Ce fait, il print toſt apres le chemin de Byart, fe
doutant de l'enuye de fes ennemys. O grande preuue de
Femenine Innocence. O Valureux Cheualliers qui vous
gloriffiéz d'eſtre Vaſſaux d'honneſteté , quel exemple
de combat deuant voz yeux ? quel éguyllon, quel fil reçoit icy votre Epée ? O Loy de Lombars iuridique , a
il fallu que le pourchas de quelques timides Enuyeux
t'ayt fait perdre le cours ? O combien la Princeſſe Inno-
-cence,

cence, en ce bas eſtre, ſeroit reluyſante ſi telles Loix euſſent été gardées. Combien de Gentifemmes triſtement
enſeuelyes au ſepulcre de mauuais bruyt, ſe verroient re-
ſuſciter ſur la foſſe obſcure des Calumniateurs & mauuais

Canõnade.

Marys. Que de ſcandalles amortiz. Que de priſons dures
ouuertes. O que de Fémes ſeroient en ménage pacifique-
ment traittées qui, las, tant aigrement ſont tourmentées
par l'effort de diabolique ſuſpicion & ialouzye d'aucuns
inſenſéz, l'une main deſquelz de lautre ne peult auoir fiance. Eſt il pas écrit d'abondant, pour preuue de l'Innocence femenine, que le ſouuerain Médecin Hypocrates,
quatre cés vingt cinq ans auãt l'I N N O C E N T crucifié,
deliura vne Féme accuſée & par les Iuges d'Athenes condemnée a mort pour crime d'Adultere a elle faucement
impoſé? Dames d'honneur Lyſéz cecy deux fois au nom
de Diane: Car vous y verrez cõment cete pauure Gentifemme aiant fait vn Fils, qui a elle ny au Pere portoit ſemblance aucune, & pour cela condemnée, & ſon enfant déclaré Batard, ſurueint icelluy ſage Medecin, qui print le
Iuge apart, & luy diſt, qu'auant paſſer plus outre, il regar-
daſt ſi autour du lict de la Damoyſelle acouchée, y auroit
point eü quelque peinture d'image reſemblant' a l'enfant.
Ce qu'ayant été trouué, fut clairemét congnu la Damoyſelle eſtre innocéte de la lourde Acuſation, dont elle ob-
tint abſolution honorable: Au grand vitupere de ces Iuges, qui ne pouuans iuger que ſur ce qui ſe preſente a l'œil
par leur ignoráce, penſent eſtre les plus ſuffiſans du mõde
quand ilz donnent Sentéce, *Secundum Allegata & Probata*, ceſt
a dire (cõme diſent les clercs) ſelon ce qu'on leur allegue,
& qu'on leur preuue. Et par ce que deſſus, il fut donné a congnoiſtre aux Groſſiers, qué alenuiron de la Perſonne femenine y à touſiours quelque ſecret non encores
paruenu a la notice des Hõmes, & aura, Pour ſeruir d'a-
uertiſſement aux Aueugléz, de ne deuoir legerement ſen
tencier proces de Féme, & ne plus proceder ſi inconſidé-
rément alencontre de la dignité du Sexe cõme fut fait en
la Vile de Verſeil en Piémont du temps du Pape Innocent

Femme ſecou-
rue de mort
honteuſe par
Hippocrates.

Myracle de
Femme a tort
condamnée.

Z iij

premier, par vne autre Accusation d'Adultaire alencontre d'une Dame bien famée, qui pour cela fut ignominieusement mise souz le fil de la Hache par sept fois, sans qu'on luy peûst couper le Col. A l'occasion dequoy elle receût double honneur & liberté par Letres patentes de l'Empereur, lors regnant : Dequoy Saint Hierome à autresfois dignement écrit au Pape sus nómé, tout ainsi qu'il à fait recit de l'Histoire précedente en ses Questions sus Geneze. Pauure Innocence femenine, que d'aucuns Marys tu es tenue suspecte, mesmement, qu'on ne leur à iamais sceü faire entédre, que tant plus la Féme de bien est soupsonnée par le Mary, d'autant plus aussi elle est poursuyuie. O l'heureux Mariage & repos de parétage, quand bille pareille se cherche en l'Hóme vertueux : Car Paix le suyt, Amour le gouuerne, & Faueur celeste en Biens ne luy fait iamais faute. Vertueux s'entend, non pas ainsi que les Parentz de maintenant le prennent, quand ilz disent, Il me faut marier ma Fille a vn tel, cest vn Hóme de bien, fort vertueux, il fait bien ses besongnes : ou a vn tel, Il ioue fort bien de la Guyterne : il est bon Dáseur, bon Ecriuain, bon Chantre, cest vn gentil personnage & honneste. Ou bien (dira quelque autre) ie voudrois donner la mienne a vn tel. Car on luy a promis l'Office de grád Clacquebaudier du Roy, cest vn bel état que de suyure la Court, il ny faut qu'une heure & vn Amy pour deuenir riche. Toutesfois dira-il, ie songe a vn autre qui est Hóme bien Sage, il ne dit mot, & ne repond que par graues antihocquetz de la teste, & signes des épaules a l'Italienne. Non non, respondra quelque autre, de tout cela pas maille, Ie suis Gentilhóme moy, & veux marier ma Fille a vn Gentilhóme cóme moy, quoy qu'il me couste, & si n'ay rien. Il n'est que Noblesse. Tudieu, suis-ie pas Gentilhomme cóme le Roy? Et si ie n'ay si grand Charroy, Si vois-ie aussi bien a la Chace a mon plaisir : Ie cómande en mon Vilage ; Ie vois, Ie viens, Ie tracasse, Ie frappe, Ie huye, Ie renye, & si ay cét Vilains souz moy, voire deux cens, contraintz d'engresser le Chateau, & ne faut pas qu'ilz gródent : Aussi les garday-
ie des

Canōnade.

Les mots dorez du Commun sur le fait des Mariages.

Le dire du Gentilhóme commun.

ie des Gédarmes. Puis ie regarde, que a la Court, qui n'eſt
Gentilhôme, & feüſt il le plus hôneſte du môde, eſt en ca-
chete tenu, ainſi qu'un beau Maſtin entre Leuriers. Outre
cela, il feroit beau voir ma Fille ſans Touret de néz: & qui
plus eſt, Ie veux que de peur du hale, elle ayt ſon Tafetas
par deſſus, auſſi bien qu'une grand' Dame. Voire mais   *Le dire du*
Môſieur, répond lautre, Moins de Veloux & plus de pain.   *Marchant*
Et que diable me chaudroit il, que mon Gendre feüſt Gen   *vulgaire.*
tilhomme, & que ma Fille feuſt côtrainte d'aprendre a viure d'Amours, ou bié de la voir ſouz ſon Touret morueux
toute crottée ſuiure les paz d'un Conſeiller, plaidant pour
vne Cheneuyére, ou pour vne Réte fonciere de trois ſolz
& demy, ſubiete a vne obole pariſys d'hômage? Fy Fy, iay-
merois mieux par ſaint Pierre la bailler a vn autre, & choiſir quelque gallant hôme, côme vn que ie côgnois, lequel
a bien rodé le païs: puis il eſt enfant d'aſſéz bône maiſon,
& ne fait qu'attendre que ſon Pere meure pour acheter
quelque Office de Iudicature : Ma fille ne ſcauroit mieux
eſtre. Il n'eſt pour le préſent, Argent que de Gens de
plaid: D'un Marchant le temps n'eſt plus, Il tracace par
Mer & par Terre, puis voulant faire du Gentilhôme marchant a la Geneuoiſe, il cherche le ſiege d'un petit Banc, le
fons eſt debile, & ſe rompt, Le Marchepied renuerſe, &
voila mon hôme a Banquerotte. Compere (diſent ilz l'un a
lautre) que vous en ſemble? Il n'eſt que chercher la Vertu,
Ie l'ay maintéffois ouy dire au Sire Ian Godegryn de la
Rue ſaint Marry: & ceſt pourquoy i'ayme mieux m'aréter
a vn des premiers, & la, prouoir ma Fille. Notre féme n'eſt
pas de cet auis, mais c'eſt vne Femme, qu'elle ſe meſle de
filer ſa Quenoille. I'entens bien que notre Fille eſt amou
reuſe d'un Officier altératif, mais tout cela ce ſont lanternes, d'eſtre deux chiens a vn os. I'aymerois trop mieux la
bailler a vn grand Voyer de Paris qui ſe meſlaſt du Dom-
maine, Car (a ce que lon dit) il y à bien a gerber en telles
choſes a qui en veult amaſſer, Teſmoing celluy qui en à
tant amaſſé en la recepte de Paris, que pour n'auoir Féme
ny enfans, ne ſauroit, pour ſon honneur, choiſir moindre

heritier qu'un Roy. O Pauures Creatures qui des trois *Canonade.*
partz de la teste formée n'auez que la premiere, prenéz
aumoins encores la derniere pour auoir memoire de la
Sentence cy deuant alleguée : & lors que vous fentiréz le
regret deféperé des hontes auenues es Mariages fufditz
auaricieufement ou fottement par vous ainfi brafféz &
faitz, dittes affeurément felon cete Sentence, Nous fommes les Forgerons de notre malheür : Si nous euffions eü
l'œil deuant la main, Si nous euffions regardé plus a la
vertueufe doctrine de cœur, & a la Science proufitable,
qu'a Lauarice, a l'Ignorance,& qu'a toute imperfaite perfection d'exterieure Gentilleffe, noz vieux iours feroient
confoléz non defoléz, de par noz Gendres & Enfans
propres.

E N fomme, & affin qu'il ne femble qu'au paracheuement de notre Oeuure, l'ordre deffigné foit interrompu, conuiendroit faire vifitation du troifieme de noz
Baftions. Auant qu'entrer auquel touteffois : & iaçoit
que pour y tumber plus toft,grand quantité de munitions
foit delaiffée a faire voir : Entre icelles pourtant ne fera
oublyé de fe faifir & faire mention du plus neceffaire,
Chafteté mi- pour la conferuation de l'honnneur de ce Sexe, & fpe-
raculeufe d'- ciallement d'un Trophée de Pudicité affiz fus la royalle
vne Royne. vertu corporelle d'Egiltrude, lan mil cinq cens du Salut
courant, Royne d'Angleterre, & encores maintenant ré-
gnante de Sceptre trop plus precieux par la renommée
écrite de fa rare Virginité. Confideré, qu'elle ayant été
par trois fois repofée en lict matrimonial, & trois fois maryée en fon païs,ce fut pourtant,fans déuétir fon manteau
doré de Pucelle. Dequoy, (outre que plufieurs écritz en
font Foy) en fut donné apparente verifimilitude par le
Monument royal qui luy fut ordonné apres la fin de fes
iours, Dans lequel vnze ans apres, fon corps entier fut
trouué non corrompu ny rongé de vermine,fans que
pour cela, aucun de fes Marys euft fait émouuoir Iuftice
pour caufe de plainte & Repudiation. A propos de laquelle Royne ne faut icy oublier chofe encor plus merueilleufe

ueilleufe & incroyable a qui ne la veüe. Qui eft d'une Religieufe d'Italie qu'on dit a prefent Sainte Rofe, Le corps
de laquelle eft encores ce iourd'huy entier & beau, dans
l'antique Cité de Viterbe, depuis plus de cinq cens ans en
ça, dont toute l'Italie ne fe fent de peu pour cela authorifée a l'honneur particulier de toutes Femmes, & en efpécial de ladite Cité de Viterbe, qui eût iadis cet heür, outre
cetuy, que le premier Pain qui fut onc mangé en Italie
fut paiftry & goufté en icelle, de par la Dame Céres, qui
de ce cas entre les Gentilz fut longuement honorée
pour Deeffe des Fruitz. Ce que réferuât pour vn autre endroit, la Conclufion fera icy, en recômandation de l'honnefte Chafteté du Sexe femenin, & en particulier de la
digne Marguerite d'honneur qui de ce Quartier eft Regéte, Affin que fouz fon authorité & immortelle Réputation, la matiere & force d'icelluy foit mieux par tout confeffée en general, & que au regard des deux merüeilleufes
Hiftoires prochaines d'Incorruption de Corps femenin,
chacun entende, que fi-déifique Sainteté f'eft autreffois
voulu montrer (comme encor' fe fait) fouz le pauois corporel des Femmes, non moins que fouz celluy des Hommes, Ce ne feroit petite efpece d'oftination, de douter que
chofe de moindre preis (comme font toutes circonftances de Ciuilité & don de Grace) feüft moins digne de la
femenine Effence: & que la Femme de Soy & par Nature
ne feüft autant magnanime & Chafte, que l'Homme:
Sans ce, que (pour l'habondance de cete Prééminence
de Chafteté) lon pourroit encores foutenir, que comme
plus Continente par nature, en general, elle peult auffi
eftre plus Prudente: Si lon ne vouloit contredire l'Opinion d'Ariftote, qui au fettieme de fes Ethiques dit, *Ariftote.*
Qu'il eft impoffible qu'un Homme foit Intemperé & Pru
dent tout emfemble. Ce neaumoins, Quoy qu'a telz &
femblables Mafles, Marys, Enuyeux, & Blafonneurs, cy
deuant qualifiez, lon puiffe alleguer: Quoy que chofe aucune foit en ce Fort clarifiée a leur prouffit, fi bien la gou-

AA

ſtent, & a leur ſcandalle ſilz la tienñnent pour ridicule:
Quoy auſſi que par toutes authoritéz de moralle Philoſophie, & de la Theologalle puiſſe eſtre diuinement écrit
pour eux & contre eux : Pour tout cela, lon n'a iamais
peü dreſſer telle impreſſion en leur teſte, que les Oeuures
de leur Vie actiue (d'eux la plus aymée) peuſſent au moins
apparoir fardéz de quelque raiſon vmbragée d'aucun
point de Droitture : ou qu'ilz ſefforçaſſent donner aux
yeux des Prudentz vn ſeul ſigne de diſcrete complexion,
meſme entour leur maiſon, la ou par le bon ou mauuais
entreténement de Famille, ſengendre pour eux l'Honneur, ou bien le Vitupere : Ains au contraire, ilz manife-
ſtent a chacun qu'ilz ont en la penſée quelque pied d'E-
creuyce, qui les fait dautant plus gyroéter, qu'ilz ſe tra-
uaillent au rebours de Droitture par continuité de longs
iours, & ne le veullent apperceuoir. Ha peſtilencieuſe
ruyne de Viles & Citéz : Et puis ainſi maſquéz de ſuper-
be Oſtentation, & grauement ſe promenans, ilz ſe re-
putent, & ſont reputéz Gens graues & Sages par les petites Beſtiolles du Commun, qui (puis qu'il vient icy a-
point) ſont tant odieuſes a tout noble Eſprit, & ſpeciallement épouuentables par vn merueilleux inſtinct de nature, a l'honneſte & gracieuſe Damoyſelle de Lyuon
Pariſienne, que groſſes Beſtes n'ont garde de l'abborder
ſelle les peult tant ſoit peu fleurer ou recongnoiſtre.
O l'inique Sageſſe des Hommes cy deſſus, & de DIEV
(ainſi que dit Sainct Iaques en quelqu' endroit) totallement ennemye : La fin de laquelle n'eſt que damnable
Sépulture. Car l'Arrogance (la traytre chambriere) touſiours ſuyt telle Sageſſe : Cete Arrogance eſt ſuyuie de la
Cécité de l'Eſprit, Et la Cécité de l'Eſprit, de la ſenſuelle Affection. De cete Affection enſuyt tout épy de
vicieux fourment, auec certaine licence a peché : Cete
Licence de Coutume eſt ſuyuie, Et cete Coutume de
toute alienation de bon Sens : Qui fait que telz Hommes ſont ſans Raiſon. A l'ocaſion dequoy, ilz viennent

Ma Damoy-
ſelle de Ly-
uon.

Canonade

peu

anonade. peu a peu tumber es Lyens de la Mort corporelle, qui
las, de lautre eſt auec tout malheür recueillye. Auiſéz
Dames, quelle Sageſſe. O Miſerables Creatures, qui
voulans es Choſes temporelles, & par eſpecial en Mariage chercher repos, donnent a autruy & a eux
meſmes auſſi, tel Trauail, que étant ça bas
déterminé par Mort commune, Subit
il commence a prendre origine d'immortel Trauail
& tourment.

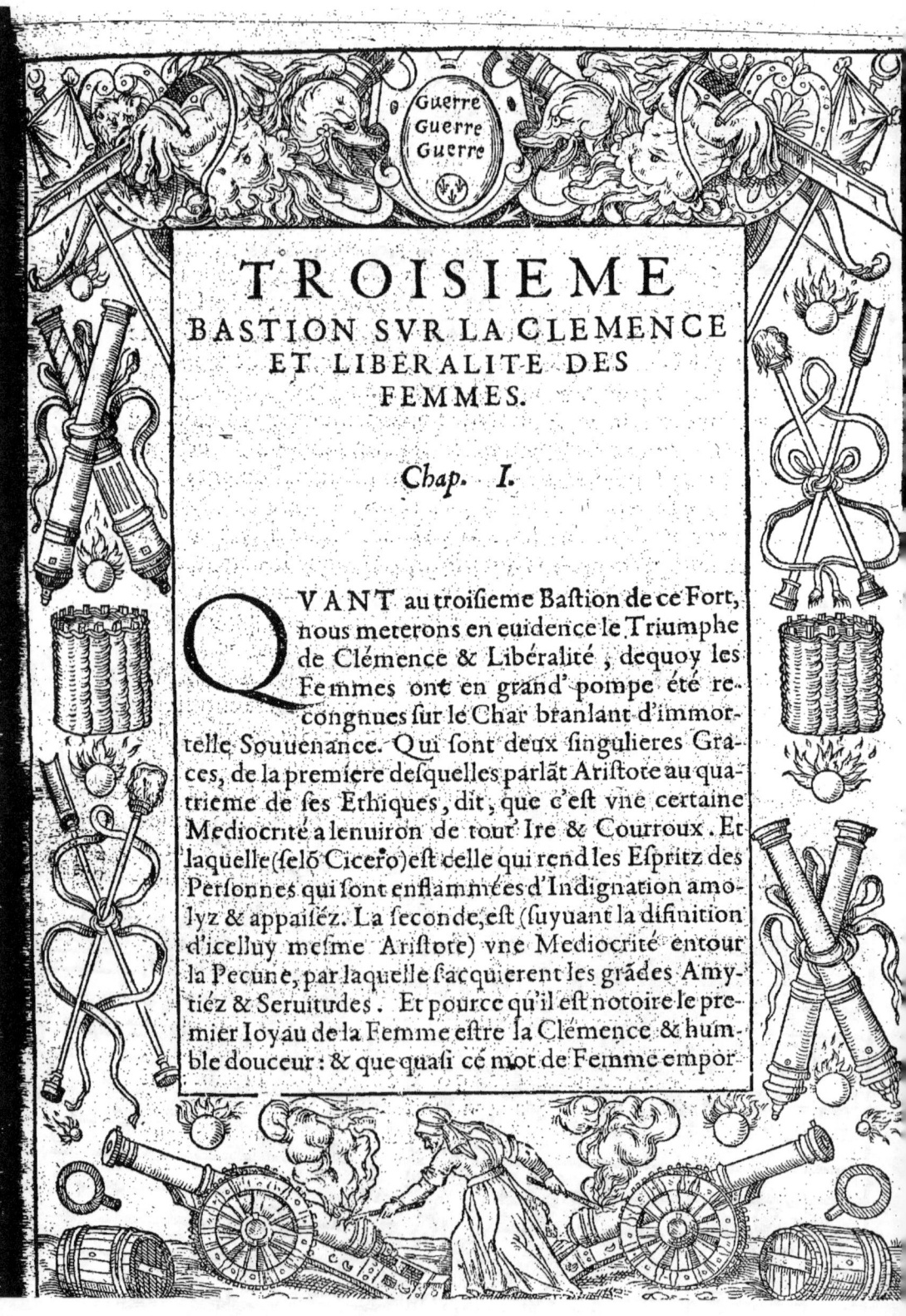

TROISIEME

BASTION SVR LA CLEMENCE ET LIBÉRALITÉ DES FEMMES.

Chap. I.

QVANT au troisieme Bastion de ce Fort, nous meterons en euidence le Triumphe de Clémence & Libéralité, dequoy les Femmes ont en grand' pompe été recongnues sur le Char branlant d'immortelle Souuenance. Qui sont deux singulieres Graces, de la premiere desquelles parlât Aristote au quatriéme de ses Ethiques, dit, que c'est vne certaine Mediocrité a lenuiron de tout Ire & Courroux. Et laquelle (selô Cicero) est celle qui rend les Espritz des Personnes qui sont enflammées d'Indignation amolyz & appaisez. La seconde, est (suyuant la disinition d'icelluy mesme Aristote) vne Mediocrité entour la Pecune, par laquelle sacquierent les grádes Amytiéz & Seruitudes. Et pource qu'il est notoire le premier Ioyau de la Femme estre la Clémence & humble douceur : & que quasi cé mot de Femme empor

te cete lueur auec foy, Voire de forte qu'il n'y a Race d'Hô
me, en particulier ou en general, qui en foit illuftrée (ainfi
que pour vif exemple fe pourroit dire de tous les humains
perfonnages de la Seigneurialle Maifon de la Guyche) qui
ne tienne & ayt receu cete vertu de la Condition maternelle tant feulemēt, Ne fera pour cete caufe, icy faitte aucune prolixité d'icelle Cleméce & douceur, A celle fin de
plus toft attaindre a la Préeminêce de Femenine Liberalité, de chacū en autruy tāt aymée: & propremēt recógnue
en la haulte & digne Princeffe Marguerite de Bourbon

La Ducheffe
de Neuers
Gardiëne de
ce Baftion.

Ducheffe de Neuers, a qui ce Baftion, par celle vertu qui
plus des autres la gouuerne, eft donné en charge, Comme
a Princeffe de qui la prudéte & libre complexion eft con-
fite en ferme & Liberalle Vertu principallement : & au
luftre de laquelle la Ieuneffe agreable de la Princeffe &

Madamoy-
felle de Ro-
han.

Damoyfelle de Rohan, fe va chacun iour fi fort confor-
mant, que ce ne fera hors de propos, pour la deffence immortelle de ce Quartier, l'inftruyre de bonne heure, mais
plus toft la recófirmer cy dedás en telles Vertuz, dont elle
à commencement naturel: A l'imitation cótinuelle de la
fufdite Ducheffe, a qui le point d'honneur de Liberalité ne
peult plus eftre leué, comme ayant toute fa vie entretenu
la guerre contre la fameufe Auarice, par elle en elle, a plat
renuerfée. Pour fommaire aparence de laquelle Vertu de
Clemence & Liberalité, faut notter qu'il fuffiroit & doit **Canónade.**
fuffire du premier Acte liberal de cy deffouz (fans en amener dautre) a cóbatre toute Liberalité d'Hóme de la terre

Liberalité de
Sabba.

qu'on voudroit aléguer eftre plus gráde. O Liberalité nó-
pareille : Vne Royne nómée Sabba, pour l'hóneur qu'elle
portoit a Sapience & bonne Doctrine, iadis fe tranfporta
des extremes limites d'Arabye iufques en Hierufalé, pour
voir le Roy Salomon : La Sageffe duquel émerueillée par
elle, luy feit cete vertueufe Dame, vn prefent (ainfi qu'eft
écrit au troifieme Liure des Roys) de Cent Vingt Talentz
d'Or, de la valeur de foixāte & dix liures d'Or pezant : qui
en pois de Balance, chacun fe feüft auiourdhuy monté
(felon que l'à déchiffré le docte Budé) a l'à fomme de neuf

cens

cens foixãte mil Efcus foleil. Et ce, fans faire mention des Pierres de precieufe fingularité, qui n'ayans quafi peü eftre prifées deflors, moins le pourrions nous faire maintenant. O gentilz Caufeurs, prodigues de trop liberalle Monnoye de mefdire, Quant ferace que la Byze malheureufe partira du lymitrophe clymat de l'Aquilon, pour vous guerdõner de Maltalent en hõneur de votre étude de Blafons fatiriques? Mais quelle eft, a votre fantafye, cete Cleméce & vertueufe Liberalité, mefmemẽt faite pour l'amour, nõ du Roy, ains du renom de fa grãd' Sapience? Ou fut onc telle Liberalité en Alexãdre le grãd, En Iulle Cefar, ny encor' en Charlemaigne renõméz tant liberaux? Ozera lon bien amenér, au cõtraire de cecy, la fpecialle Liberalité d'icelluy *Liberalité* Alexandre enuers Ariftote, telle que la recite le Grec *d'Alexãdre* Athénéus? Laquelle Liberalité (faite enuiron troys cens *pour la façon* ans auant la Liberalité de D I E V fur l'Humanité) fut, de *d'vn feul Li-* huit cens Talentz attiques: Chacun d'iceulx vallãt fix cens *ure.* Efcuz: & le tout enfemble montant a la fomme de quatre cens quatre vingtz mil Efcuz, pour le Loyer de la Cõpofition du Liure des Animaux, a cetuy autãt cõparable, qu'il y à de cõparaifon entre l'Hõme & la Befte bruté. Ou bien Oferoit-on icy, oultre cela, cõfrõter le départemẽt liberal d'icelluy Alexandre, du depuis fait de toutes fes Dominations & Trefors a douze de fes Amys, Incontinent qu'il fe fentit empoizonné en Babilone? Pourroit on bien, de plus, amener icy la Nature plus liberalle que la mefme *Le grãd Car-* Liberalité du grand Cardinal de Lorraine, puis nague- *dinal de Lor-* res décedé au lieu propre de la Charité, dont les Enfans *raine Liberal.* d'Italie faifoient merueille, & f'eiouyffoient, mefmes dans le ventre de leurs meres, quant il étoit bruyt de fa venue en leur Region? Et combien que la charitable Liberali- *Le Seigneur* té du Seigneur Claude d'Vrphé, a prefent Gouuerneur du *d'Vrphé cha* premier Fils de France & parauãt premier Ambaffadeur *ritablement* du grãd Roy Henry en la Cité de Rome, foit dautãt plus a *Liberal,* magnifier, qu'elle eft & fut couuerte, Cõme fecretement faite enuers la deliurãce de la Captiuité de tant de Tridẽtins, Boulõnois & pauures Romains, qui encores ne fauẽt leur Deliureur: Et que pour telle Vertu & autres fpecialles, le Roy l'ayt feynt de fon Collier Royal : & qui plus eft le luy ayt honorablement enuoyé iufques dans ladite Cité de Rome : ce qu'auparauant n'auoit onc été fait a Serui-teur de la Couronne : Qui fera pourtant celluy, qui vou-dra équiparer telles fortes de Liberalité que deffus a celle de la Princeffe Sabba cy deuant déduytte? Sans dificulté c'eft chofe admirable d'vne preftance virile illuftrée d'vn don de grace tant fingulier. Touteffois il faudra confef-fer tout cela ne venir au parágon de la Liberalité naturel-le du Sexe Femenin de foy tant fecourable : Soit dabon-dant (& pour ne rien obmetre) que cet antique Nom d'Vr-phé ne puiffe fonner qu'habódance & largeffe es plus hau-tes qualitéz de Vertu, a la fimilitude de la nature de l'Ifle d'Vrphé qui eft en la Mer Rouge, fi habódante en Mynes d'Or, que le Roy Dauid plufieurs foys y enuoya querir Or Argent & autres chofes, qu'il apporta en Hierufalem : de-quoy Salomon feit les vaiffeaux du Temple d'Ifrael, ainfi que les Ecritures nous temoingnent.

2. Reg. ca. 1.
1. Paralip.c.
17: & 18.

DAuantage, Ou eft Vallere? Ou eft Tite Liue floriffant vingt & trois ans auant la vifion corporelle de la diui-ne LIBERALITE? Que ne fe viennent-ilz prefenter icy par quelque tranffiguration, l'vn armé du quatrieme Liure de fon Traitté, fait fur la Liberalité: & l'autre, de fon fécond Liure de la Guerre Punique, pour faire entendre aux Aduerfaires incredulles en ce Sexe tant liberal (filz le meritent) la liberalle magnificence d'vne Dame qui f'ap-peloit Pauline Bucye? O Poëtes renómméz, voz Mufes font elles fi ialouzes de la rare apparence de cete liberal-le Vertu, que pour illuftrer d'immortalité vne telle Fem-me, la Plume vous foit prohibée? Princes & Conducteurs d'Excercités, la roide Lance qu'eft la Liberalité. Cete Da-me la tient en l'arreft, qui du temps de Hannibal voyant le nombre de dix mil Hommes de Guerre Italiens cha-céz en fuytte d'vne deffaitte obtenue par icelluy Hanni-bal contre les Romains : & apres amyablement receüz

Canóna

La vraye Li-ce d'vn Prin-ce eft Libera-lité.

par

par les Maieurs de la Cité de Canuſine en la Poille a preſent nommée Brundeſy (leſquelz Maieurs leur auoient ſeulement donné ce Refuge, pour amyable Rafreſchiſſement) de ſeulle Liberalité commue cete noble Femme, donna a tous ces dix mil pauures Soldatz, Habitz, Viures & puis Argent, quand vn long temps rafreſchiz, furent contraintz ou voulurent déloger d'icelle Cité, d'ou elle étoit Bourgeoiſe. O vieux Soldatz François tant renomméz : dont la Fureur gaillarde ſurpaſſe de beaucoup, la Soufrance eſpagnolle : l'Aſtuce Italienne : & tout planté Bataillon d'Alemagne, Ou penſéz vous trouuer ſi beau Loyer de ſeruice, ſi prompt ny ſi Liberal, que ſouz l'Enſeigne & ſeruice des Dames, ſpeciallement pour ébranler la Picque contre leurs Ennemys? Ou ſont donc ces Libéralitéz d'Empereurs & grandz Princes? En ſigne du mérite d'honneur liberal, la Pôme d'Or leur ſera elle adiugée?

Canõnade.

ET pour tumber en ſaiſon plus voyſine, De qui, & par qui, les Charitéz & Aumoſnes communes, deſquelles viuent encor' chacun iour tant de Pauures & Mendiantz (membres de DIEV) ſe font elles, ſinon des Liberalles Princeſſes & Femmes la plus part? Seroit il bien cy dedans permis ſans ſcrupule d'adulation ou doute de confuſion, d'en metre en ordonnance vn Eſquadron touſiours preſt a ioindre l'affamée Bataille d'Auarice? Ia choſe plus facile ne pourroit eſtre. Mais ce ſeroit, poſſible, mouuoir Ialouſie es cœurs des Hommes vertueux, qui en ce cas, ne penſérent onc eſtre auancéz de perſonne. Iaçoit neau- *Madame* moins qu'il leur ſouuienne aſſéz, quel brandon d'honneur *Anne de* a merité en cela (ſans ſpécifier les autres douaires de per- *Bretaigne.* fection) la treshaute & magnanime Anne de Bretaigne, autreffois Epouſe des deux Roys Charles & Loys douzieme, deſquelz en tout ply de Royauté elle ne fut précédée : Et ſemblablement la Royalle & vertueuſement li- *La Royne* beralle Claude de France, premiere Compagne du Roy *Claude.* François treſchreſtien, A preſent viuement repreſentée (comme Mere) au front Royal du Prince régnant ſus la

BB

France, qui femble eftre deftiné a retirer a foy, & au dedans les Cornes de fon Martial Croiffant, ce qu'a la mort d'Arnoul fettieme fut féparé de fa Couronne, qui y auoit été conioint & entretenu cent ans depuis Charlemagne: & qui, par apres, fut tranfmys en la Germanye par Paction volontaire d'entre le Pape Gregoire quint, & l'Empereur Otho troifieme. Et parce, fuyuant ce que deffus, fera chofe difcrete ne paffer plus auant nommément a la defcription des Dames, qui encor' viuantes font reluyre en elles la Perle eftimable de Liberalité. Laquelle vertu de Liberalité regnant es cœurs des perfonnes baffes & ignorantes, les fait dreffer, & quafi équiparer a hauteffe & doctrine: Abbaiffant, au contraire, & rendant vil tout Homme, qui fe laiffe afferuir a fon Ennemye, qui eft la criminelle Auarice: Bien qu'en tel Homme le Sommaire de toute Science feüft enclos, a l'ocafion dequoy il eft dautant plus a blafmer. Pour l'horreur & Blafme de laquelle Auarice, & vergongneufe honte de ceux qu'elle féduyt: & aufsi a l'exaltation de toute perfonne liberalle, Icelle grace de Liberalité à toufiours été dautant plus éftimée(voire & des Cieux, qui luy pretent fecours) qu'eft abhorrée cete langueur d'auaricieufe Soif. Ainfi, le Trophée celefte d'icelle Liberalité ne fauroit mieux eftre, ny plus haut éleué, qu'en demontrant la nature de lautre, fon damnable Opofite : Veü que plufieurs cas requierent eftre fondéz par la notice de leur contraire. Ce que fera fait auec affez aigre déclamation, comme parlant de chofe, a locafion de laquelle le Monde fe voit peu a peu renuerfer en ruyne, fans qu'il f'en apperçoyue, étant pour telle faute offufqué de ce qui déplaift a la diuine & liberalle M A I E S T E, autant ou plus que tout autre Vice énorme.

Defcription

DESCRIPTION
d'Auarice.

Chap. II.

Varice donc, Ennemye de Liberalité, battisée par Cupidité d'auoir, n'est autre chose en soy, selon sainct Pol, que la Seruitude des Idoles. Car l'Homme Auare atribue a la chose crée, & qui n'est que terre, ce qu'il doit au CREATEVR, la Foy & l'Esperance. Choses que tel Hôme s'efforse de poser au Metal & a Pecune pour la confiance & soucy qu'il a, plus en ses Tresors qu'en autre cas. De laquelle Auarice parlant sainct Augustin, dit, Que ce n'est autre chose qu'vn Amour de Pecune desordonné: Et d'icelle est aussi écrit en Salomon, la ou il notta fort bien, que celuy qui se haste d'enrichir, ne sera Innocent. Encores icelluy sainct Pol en autre endroit reffere, que la racyne de tout mal est le desir d'amasser. Et en sainct Mathieu est dit, que plus facile seroit voir passer vn Chable par le pertuys d'vne Eguille, qu'il n'est aysé a vn Riche d'entrer au Royaume des Cieux. Surquoy sainct Pierre, se glorifiant de son Indigence, disoit qu'il n'auoit Or ny Argent, Comme bien scauët dire encor' ce iourdhuy les mauuais Preteurs. L'Auaricieux semblablemét est touché par le susdit Salomô. En ce qu'il a écrit, que les iours de la vie de tel Hôme serôt osusquéz de miserables pésces. A propos dequoy dabondât le susdit sainct Augustin en son Sermô des Innocés, dit cete Sentence. Le Gaing au Cofre: détriment en la Conscience. O belle Felicité de mondaine Richesse (ce dit Boece au second de sa Consolation) Laquelle par l'Homme aquise, fait incontinent faire naufrage des Ioyaux d'Asseurance. O febricitante langueur, qui tant plus es arrousée, tant plus deuiens seche & chaleureuse, de sorte qu'il conuient que la Mort vienne étancher ta soif. Louables Payans qui au vitupere des Chrestiens, y auéz

Ephes.
5.

Prouerb.
28.

Thimo.
5.

Mathe.
19.

Acto.
5.

Ecclesia.
20.

Canõnade.

Canõnade.

Sainct Augustin.

Salomon.

Sainct Pol.

Sainct Mathieu.

Sainct Pierre.

Salomon.

Sainct Augustin.

Boece.

sceü si prudemment obuyer par les effortz de vertueux  *Canōnade.*
contennement. O Riche Thébain nommé Crates, qui

Crates.

desirant embraster la Philosophye, allas chercher la Cité d'Athenes, en gettant vertueusement au loin le grand
amaz de tes deniers : Estimant bien qu'il étoit difficile
d'ensemblemēt ioyr des Vertus & desRichesses. Sur cet ef-

Cicero.

fait, Qu'en dit le Pere d'Eloquence au premier de ses Offices?Auidité de Pecune, dit il, fait grādemēt a euiter, Car
cōme est notté en autre paltage, elle fait deuenir les Hō-

Liberalitéfait
l'Homme no-
ble & l'A-
uare vilain.

mes vilains, & la Liberalité les fait tāt nobles, qu'il ny a disoit il, chose si magnifique à vn personage qui n'a deniers,
que de les cōtēner, Et quād il en a, que d'en vser en liberalle acquisition d'Amytiéz, En apres, Qu'en dit Séneque en

Séneque.

son Liure de Vie heureuse:Richesses ès mains d'vn Hōme
sage sont en seruitude, mais ès mains d'vn fol & Ignorant,

Empymeni-
des Cretensis.

sont en titre d'Empire sur luy. Qu'en a écrit le Philosophe
Empyménides de Crete?La Pecune, sans doute, est le seul
tourmēt de l'Auaricieux, l'hōneur du liberal, & le Glayue *Canōnade*
d'Occision es mains du Malin. L'Auarice donc, est vn
pais de Vices,& vn exil de Vertu:de laquelle s'acroist le tre
sor qui iamais ne se pert. O Gētillesse & humaine Ciuilité
qui te mires entout acte de Royauté, Ou est icy ton Contraire? Ou le pense tu trouuer pour le détruire,sinō au Cāp
& pauyllons des Corps plus que vilains de ceux qui cōme
vastaux de chose la plus infime, ne peuuent estre plus propremēt appeléz? Vilains, qui se laistent lāguir eux mesmes
sur la terre,pour fantastique Impression de garder chose
moindre que terre,plus insensible & sourde que toute crace de la terre. Vilains qui s'asseruiroiēt a tout acte indigne

P.Auare vi-
lain & Serf
de toute cho-
se vile.

de bouche,pour en auoir:Qui se soumettēt a tout peril ha-
zardeux de fortune,pour l'amour de cete Royne Pecune,
& non pas pour zele aucū d'amytié ou seruice deü a Prince,dequoy plusieurs font souuent couuerture. O Princes
Grans,Telz que ceux la d'autant de pestes vont cotoyant
votre grādeur,que de foisilz vo'approchēt.Fuyéz les dōc,
& en toute assemblée prenéz peine a nazer tout Auaré &
Mēteur:Et vous souuiēne en cecy des heüreuses Amytiéz
du

du bõ Traian, puis (a la donaizõ des Etatz de voz Charges)
de la prudéce d'vn ancien Senſeur Romain, Si ſans hazard
de melencolique accident vous deſiréz de viure . Lequel
Cenſeur Romain (qu'on nommoit Apius) ayant vn coup
eü charge d'ordonner des Etatz de la Republique Romaine: & ſe voyant inſtamment vne fois requis de vouloir
par faueur, conferer vn Office public a certain Riche habitant de la Vile, Il demanda aux pourſuyuans, de quelle
famille on le diſoit. Surquoy ayans répondu, qu'il étoit
d'un vilage prés de la, & d'honneſte parentage, Il répli-
qua, demandant quel Etat de vie étoit le ſien. Et luy ayans
dit, Qu'il ſeſtoit touſiours meſlé de faire ſes Beſõngnes,
& d'amaſſer honneſtement Argent: I'entens bien, (diſt
icelluy Apius) Ceſt vn Architecte de Pecune: Or qu'il
ayt charge de ſon Argent, Car de Charge publique ie le
declare Indigne. Reffuz certes, que lon ne peult dire a-
uoir été fait ſans louable conſideration: Eü regard, qu'ainſi
qu'a notté Ariſtote au quatrieme de ſes Moralles, Cete　*Ariſtote.*
odieuſe playe d'Auarice eſt incurable : & auſſi que le Philoſophe Plato au Liure de ſa Republique, ſe moquant de　*Sentence de*
la Coutume dãgereuſe d'aucuns Gouuerneurs qui ne font　*Plato.*
cas que d'hommes Opulentz, dit, que ceux qui ſont commis a établir Perſonages pour l'Adminiſtration des Affaires d'un païs, & y reçoyuent vn Riche, ſans auoir é-
gard ſi ſa nature eſt inclinée a l'Auarice, ou non, font ny
plus ny moins, que ſi au gouuernement d'un Nauire ilz
préferoient vn Patron riche, a vn autre qui feüſt bon Ma-
rinier & pauure. Par l'ignorance & Richeſſe duquel Patron, au meilleur préferé, tel Vaiſſeau feüſt d'heure a autre
en peril. Et pource, retournant apropos, les Hommes qui
ainſi miſerablement ſe ſont renduz eſclaues de la Pecune,
a bon droit meriteront a iamais eſtre nomméz Vilains,
commé telz : Veü qu'ilz ſont plus que Vaſſaux, & en vi-
 Canõnade. uant ilz meurent d'une choſe qu'ilz poſſedent, de laquelle
pluſieurs qui ne l'ont, viuent auec eſpoir de la pouoir acquerir. O Nature ou Condition des Hommes ſur tout
déplorable, non imitable, Que ſera-ce Or & Argent, fors

Terre rouge & blanche? O Ciecle malheureux, auquel il **Canõnade.**
faut auoir la honte de congnoiftre, que l'Ecriture d'un
Poëte Payen (qui fut Iuuenal) ferue auiourdhuy de Prophétie acomplye. Lequel a autreffois dit, Que l'Amour **Canõnade.**
du Denier, croiftroit autant, que feroit la multiplication
de la Pecune. Y eût il iamais fi grand nombre d'Auares?
Fut il onc au monde tant d'Argent? Fut il iamais neaumoins fi fouffreteufe Pauureté? O merueilleufe contradiction, Le monde oncques ne fut fi Riche qu'aprefent:&
ne fut auffi iamais veü telle indigence en icelluy. Qui
pourroit donner follution de tel Argument en foy tant
contradictoire? Homme viuant: Si ce n'eft, entant qu'il
penfera, que la iufte pugnition de l'Auarice, requiert
cet ébloyffement de Raifon, pour plus aggrauer fon éf-
fait fenfible en general, & par la, faire cõgnoiftre en particulier l'horreur qu'en à le Ciel, qui voit fon F A C T E V R
admirable mys en oubly, pour admirer ce que les Infi-
Vertueufe re deles ont communement abhorré. A propos dequoy,
ponfe d'un le Courtizan fubtilement recite, au fecond de fon Oeu-
Turc. ure, que depuis Soixante ans en ça, fe trouuant Prifonnier a Rome le frere du Grand Turc, nommé Geyn
Ottoman: & luy, étant vn iour mené a certaines Iouftes
dreffées en icelle Vile, ou quelque Seigneur de la, luy faifoit grand fefte du Roy Ferrand pour fon agilité & difpofition de perfonne, a bien courir, fauter, voltiger, &
pareilz exercices, Répondit, qu'en fon païs les Efclaues & baffes perfonnes faifoient tout cela: Mais que les
Seigneurs & Princes d'icelluy aprenoient dres leur Enfance a f'exercicer a la Liberalité: & que de cete Agilité là, ilz fe louoient grandement. A quoy l'autre ne fceût
que repliquer: Sachant bien que la Princeffe Liberalité, ia long temps parauant auoit oublyé de baller a l'Italienne. Chofe qui aueint du temps du Pape Alexandre
fixieme, & du Voyage que feit le petit Roy Charles a Na-
Liberalité ples: Veü que le Turc fufdit fut celluy que le Roy de-
d'un Pape manda en Don au faint Pere fufnommé, qui ne luy pou-
a vn Roy. uant honneftement refuzer telle requefte, la luy octroya,
en

en luy prefentant de fa main le pauure Turc, empoizonné d'un Boucon de feze heures de digeftion , dont il
mourut fur le chemin de Naples au veü d'icelluy Roy,
qui n'auoit encor' iamais congneü telle efpece de Liberalité.

PArquoy, & en reprenant notre point cy deffus, Tout
Homme foit aduerty de ne f'eftimer meilleur, ou plus
noble d'un poil, f'il fe fentoit en Richeffe pecuniaire plus
grand que ne fut onc Créfus Roy de Lydie, cinq cens
cinquäte neuf ans auant le grand ROY de liberalle Grace : Ains au contraire, cetuy-la fe congnoiffe plus gar-
rotté & chargé. Certes celluy eft habondamment Riche, qui fermement peult contemner Richeffe. Vn grand
prouffit doit eftre eftimé, quand l'Efprit de l'Homme fe
peult enrichir par acquifition de Vertu. Car ainfi que
bien a écrit l'Orateur Ifocrates au Chapitre premier de *Ifocrates.*
fes Exortations. Ny eüt onc ça bas, plus précieufe poffeffion ny plus feüre que de Vertu, Au moindre ply de
laquelle, toute Richeffe n'eft a comparer. Neaumoins
tout ce que deffus, lon ne doit entendre que ce foit Vice
d'auoir grand nombre d'Or, Mais auffi d'en faire fi grand
cas, ou feullement d'en eftre mauuais difpenfateur , eft
vne Imperfection d'autant plus vituperable, qu'elle cherche naturellement a fe ioindre a tout Vice. En maniere *L'Auarice*
que la ou telle Ardeur d'Auoir dreffe fa fláme, & mefme fi *eft énorme es*
ceft es cœurs de perfonnages Doctes, ne faut eftimer telz *Hommes*
Doctes.
fourneaux propres a faire preuue d'aucune vertueufe intention : Ains plus toft a confufion de la Vertu, tant
plus on y met du Charbon de Science acquife : Comme
(pour mieux enfourner mon dire) fera toufiours foutenu de deux Fourniers Lyonnois , Gentishommes autant ennemys de ce Vice déteftable, comme par tout
ilz fe font congnoiftre Amateurs enflammez de toute
chofe honnefte : Congnoiffans bien au propos deffufdit
que fuyuant le dire d'Ariftote au fecond de fes Ethiques, *Ariftote.*
la Science feulle, ne fert de rien, ou bien peu, a la Vertu

sans l'operation, & aussi que telle Science (quelle-qu'elle
soit) n'est plus Science es Hommes subietz a cete Iniquité
d'Auarice, Ains proprement n'est que pure Ignorance en
eux, qui pour cela sont doublemẽt Ignorans, non pas Sçauantz . Veü dabondant, qu'ainsi que dit Erasme, L'Homme est Ignorant, qui ne scait rien pour soymesme en proufit desirable, Comme sont ceux ausquelz la Liberalité &
Charité, leur sont d'aussi mauuais goust, que le Pain au Palais d'une bouche febricitante. Lesquelz pour ces causes,
& pour celle aussi qui fut iadis écrite par Salomon, sont de *Ecclesia.*
si malheureuse Condition, qu'il ny à quasi rien au monde **10.**
Grand Vice plus pernicieux que d'honorer leur Vie. Mais quoy? (Ce
d'honorer disoit vn Philosophe) Il ny à rien de vilain, Il ny à rien de
l'Auare. détestable, la ou pend gaing de Bourse . A la mienne volonté que pour ne pouoir plus faire aucune difference de
monnnoye, tous Idolatres de Pecune eussent les yeux
pochéz : ou a tout le moins (& sans mal souhaitter) qu'ilz
les eussent semblables, Nõ a vn Aiglẽ, de qui la veüe ne se
blouyt du Soleil: Non a vn Lyncée, qui de son œil péne-
tre vne muraille, mais seullement a vn Thelin, qui de ses
yeux étonne quasi la Vertu en quelque personne qu'elle
puisse estre, tant il la regarde de pres pour en faire plus digne admiration . A lors lon auroit espoir, que ceux dont
est question, en lieu d'ainsi admirer la Pecune, priseroient
par Raison la Dame Liberalité en ses précieux Orne-
mentz, & serreroient les fenestres de leurs pensées a tout
vent pestifere d'Aauarice. Et qui n'aura eü congnoissance
du Thelin de si louable nature, Qu'on sen informe d'un
Secretaire, pour par luy auoir la Coppie d'un Secret de
Nature, qui signifie en soy vn Secret salutaire du R E-
D E M P T E V R, quand il disoit. O Humains, cherchéz *Luc.*
premiérement le Regne des Cieux: & toutes ces Vmbres **6.**
de basse Richesse seront adioustées a votre tresor . Et au
cas que telle Coppie d'auertissement, ne feüst suffisante
au gré d'aucuns pour sen pouuoir ayder au mespreis de
leur Auarice, Tel Secretaire y adioustera cete clause, C'est
asscauoir, qu'ilz doiuent cõsiderer que tout ainsi que celluy

luy qui court apres la lumiere du Soleil, eſt naturellement ſuiuy de l'umbre d'icelluy ſans ſ'en apperceuoir : auſſi, & par contraire, Si en laiſſant la lumiere du Soleil & luy tournant viſage, il ſe met a courir apres ſon vmbre, iamais pourtant ne l'attaint & iamais ne l'attrape, qu'il ne ſe ſoit laiſſé tumber dans vn Bourbier, d'ou lon ne ſe *Auares ſont* releue ſans vergongne. O Auares, Cruelz en autruy, a *cruelz a eux.* vous meſmes plus que Cruelz, & de la Vertu Ennemys, *meſmes.* votre Nature déchiffrée & vn peu denigrée, donne-elle pas luſtre & taint plus frez a la face aymée de la celeſte Liberalité familiere naturelle du Sexe femenin ? Y a-il moyen de mieux élargir ſes aymables circonſtances, & de tous les faire réuérer, que d'épanir & faire icy Anatomye de tes Griffes rauiſſantes ? O miſerable Auarice, qui a ſi fauce nature es vſitée, qu'il ne t'eſt poſſible engendrer autre ou meilleur Enfant que la Preſumption, mere *Auarice* de l'Arrogance, Directe ennemye de Clemence femeni- *mere de Pre-* ne : Et de cete Arrogance fais ſortir ce premier Tyran *Orgueil.* Orgueil, qui (a l'honneur de Dame Clemence) doit proprement cy deſſouz eſtre déteſté.

DESCRIPTION
d'Orgueil.
Chap. III.

Rgueil (preſumptueux deſir de grandeur) eſt celluy qui ſuyuant le dire de Sainct Au- *Sainct Au-* guſtin, ſ'efforce touſiours d'excercer ſa Ty- *guſtin,* rannie ſur tous cas au meſpreis de toute Inſpiration de Raiſon. O Blaſonneurs de la Clemence, Ceſt votre Pere norricier, qui de ſa Nature crapaudine vous fait enfler les coſtez. Ceſt auſſi celluy dont autreffois parla le Sage & treſriche Roy Salomon *Salomon.* en ſes Prouerbes. Ie déteſte (diſoit il au nom du SEIGNEVR) l'Orgueil, la mauuaiſe voye, & toute Langue double. Vous qui auez la langue a deux rebraz, notéz ces

CC

motz, Le Bónet a double rebraz vous feroit plus hónefte, pour au lieu de doublement parler des Femmes, doublement les Saliier. Le Vice propofé, eft auffi celluy qui par le mefme Roy fut demontré tellement hay du C R E A-T E V R , & des Hommes de Vertu, qu'il en dift ainfi. Iaçoit Orgueilleux, que tu fois auffi haut eleué que l'Aigle, & ayes fait ton Nyc entre les Etoyles, Ceft moy pourtant qui te dénycheray. Et fuyuant cela cóme dit Sainct Iaques, Le Superieur à detruyt le Siege des Princes Orgueilleux, & en leur lieu a faict regner les Humbles. En fomme, les Arrogantz & Prefumptueux font toufiours fuyuiz a la queiie par le T O V T P V I S S A N T, tenant fon glaiue Victorial a la main dextre, cóme bien demótra le bó Sénecque en fa premiere Tragédie. Pour notice exemplaire dequoy, il feft iadis veritablement congnu en la perfonne du grand Roy Pharaon & de fon Armée épouuentable, qui tenoit en fubietion dure les Enfans d'Ifrael, Car a l'occafion de ce, il fut miraculeufemét englouty de la Mer rouge, ainfi qu'eft amplement écrit en Exode. Pareillement cóme il fut auffi congnu en la perfonne du puiffant Roy Sennachérib, qui regnoit il y à trois mil quatre cens, vingtquatre ans. Lequel (felon le Liure des Roys) menaffant le Ciel & la Terre, & blafphémant contre le S A I N C T du D I E V d'Ifrael, par fon Orgueil, apres que fon Armée de cent quatrevingtz mil Hómes fut vn iour deffaitte par l'Ange en la Campagne de Hierufalem qu'il tenoit affiegée, Luy mefme, auec ce, la nuyt enfuyuant fut occis de la main propre de fes Enfans par Iugement de diuine Volonté. Le femblable dequoy eft probable en la perfonne arrogante du Roy Nabugodonofor, cóme eft recité au quatrieme liure des Roys, lequel vaincu d'Orgueil, & en fe pourmenant vn iour par les Galleryes triumphantes de fon Palais qui auoient veüe fus la Vile de Babylone, fe preint a dire ainfi. Effe pas la, la grád Babylone que i'ay édifiée en maifon Royalle, en la force de ma Puiffance, & en la Gloire de ma louãge & hóneur? Et pour cela il fe trouua peu apres déchacé de fon Regne,

errant

Salomon.

Sainct Iaques.

Seneceque.

Orgueil puny en Pharaon.

En Sennacherib.

Orgueil puny en Nabugodonofor.

Ecclefia. 10.

Iaco. 4.

Exod. 14.

Reg. c. 19.

Regum. 24.

errant par les Foreſtz ſept ans durant, ou il ſe repaiſſoit de
Foin côme Vaches & Bœufz, luy aucunemét tranſmué en
forme d'une beſte, Suyuât la Parolle angelique amplemêt
enregitrée en Daniel. Choſe qui aueint cent vingtquatre
ans auânt l'Incarnation du liberal INNOCENT, ou
enuiron. O heureuſe douceur femenine. Que dirôs nous
d'Antioche, d'Herode Agrippa, & de lautre qu'on apeloit
Aſcalonite? Quelle preuue pourriôs nous faire de notre
dire par l'exemple de tous ceux qui tant ſuperbement ont
autreffois triumphé es Empires & grâdes Monarchies des
Aſſyriens, Babyloniens, des Egyptiés, Royaume des Iuifz,
des Athéniens, des Perſes (qui du temps de Pline auoient
ſouz eux dixhuit Royaumes) des Grecs, & autres Potéſtéz
du temps paſſé? La Vertu ſupreme les a elle pas du tout re-
duitz a choſe de neant? Veritablement ainſi que chante
le Pſalmiſte, leur memoire eſt fondue auec bruyt & le
SEIGNEVR a iamais eſt demouré. Laiſſerons nous
les Superbes Romains en arriere, puis que ſommes tôbez
ſi auant? Qui du téps de Scilla, ſpecialement, ſe trouuerent
dans la Cité en nôbre de quatre cens ſoixante & trois mil
Citoiens de nom : là ou leur Seigneurie ne ſ'eſtendoit pas
plus de ſept lieües & demy (côme dit Oroſe) du temps que
Tarquin en fut chacé. Or' de ceux cy voulât expreſſémét
parler ſaint Auguſtin au premier liure de la Cité de Dieu,
dit, Que ce qui eſt de DIEV fut touſiours pourſuiuy en
l'Eſprit de ceux qui ont les Ames enflées d'Orgueil, & ayment qu'on die en leur gloire, ce mot. Pardôner aux Subietz, Surmôter les Rebelles. Mais a propos, Ou ſont maintenant leurs Puiſſances autreffois tyranniſées ſur toute la
Terre? Ou ſont les Legiôs & victorieuſes Armées? Ou ſont
les Pôpes de leurs grâdes Ambaſſades es confins de l'Vniuers? Ou ſont les Cômiſſaires étrâgers qui chacun an leur
portoient ſi grâdes ſommes de Deniers pour le Tribut de
Seruile obeiſſâce? Ou ſont, en apres, ces graues Senateurs,
Peres Côſcriptz, Côſulz, Préteurs, Céſeurs & autres Magiſtratz? Ou ſont ces Arcs triûphaux, Colloſſes Termes, Collonnes, Colliſées, Obéliſques, hautes Pyramides, & Mauſo-

CC ij

Daniel. c.
4.

anônade.

Salmo.
9.

Côfuſion des
Pompes Ro-
maines.

Parcere ſub-
iectis & de-
bellare ſu-
perbos.

lées? Ou font ces grans Palais & admirables Edifices, com
me ceux de Nero & de Calligula, qui quafi Seigneurioiët
toute la Cité ? Ou eft maintenant le Théatre fi fuperbe de
Saurus, qui entre autre cas, contenoit trois cens foixante
Colonnes de marbre d'Afrique, & trois mil Imaiges de
bronze, auec fon Etage fi vitré qu'il donnoit clarté a quatre vingtz mil perfonnes, affizes fus tapyz d'Or & de
Soye? Ou font puis les Temples tant élegamment baftyz
a l'honneur de leurs Dieux, & en particulier la Chapelle
qui apres le Triumphe de Pompée fut dreffée toute de
Perles, auec fon Horloge au deffus pour eftre dédyée aux
Mufes? Et a propos de Pompée, Ou eft maintenant ce bel
Echiquier fait de deux Pierres trefprecieufes, longues de
quatre piedz, & larges de trois, qu'il porta dans le Trefor
Romain le iour de fon Triumphe? Ou eft Cefar? Ou font
les Gaulles fouz l'Empire Romain autreffois par luy afferuyes, & ces trente neuf millions d'efcuz, acompagnéz des
huit cens belles Couronnes d'Or qui par luy en furent en
plus part tirées, & enfournées au Trefor de la Louue? Ou
font en fin, tous les autres Empereurs paffez, en qui dame
Nature a voulu faire complete anatomye de tout ce qu'elle pouoit & pourra onc en l'Humanité corrópue? Ou eft
en fomme ce grád Plat fi friant de maiftre Efope ou Pontalais de Rome, qui fut de telle merueille a ceux qui é-
toient de luy conuyéz, qu'il outrepaffoit chacune fois en
petitz Oyfeaux tant feullement, la Valleur de quinze mil
Efcus? La gloutóne magnificence de cetuyla, & auffi celle
de fon Fils, qui dónoit (a l'imitation de la Royne d'Egy-
pte) des Perles trefriches a manger a fes Banquetz, outrepaffoit elle pas celle d'Alexãdre le Grand, qui chacun foir
dépédoit mil Efcuz a fa Table? Voire & celle auffi du dernier Roy de Perfe par luy domté, qui ne faifoit Feftins qui
ne couftaffent deux Cens quarante mil Efcus chacun?
Ou font (pour conclufion) tant d'autres cas merueilleux
dont cete Ruyne Romaine donne encores a prefent,
grand ébayffement, auffi bien que fait la Nature toute
du Païs, fi bien vn coup décritte par le bon fainct Bernard?

Toutes

*Le merueil-
leux Theatre
de Saurus.*

*Merueilleufe
facon de Cha
pelle.*

*L'échiquier de
Pierrerye.*

*Le fumptu-
eux Plat d'un
farfeur Ro-
main.*

*Ce que val-
loit le Souper
ordinaire d'-
Alexandre.*

*Le Feftin de
Darius.*

Eccle.
I.

Toutes chofes de ce monde, dit Salomon, font fubietes a vn mutuel retour, tant qu'on peult clairement apperce-uoir, que tant f'en faut que Rome foit ce qu'elle à été, & que les Gaulles foient plus fubiettes a l'Empire, qu'il fem-ble au contraire, qu'elles foient en voye de retourner en leur premier & fouuerain état, pour fouz titre de Royau-me, poffeder l'Empire de l'Europe iufques en fin des Cie-cles. O Humaine Infirmité, O labile Condition des Hommes de f'éleuer en ce bas Territoire mortel au def-fus des Nues d'arrogante Ambition, en cherchant paix en icelle au mefpreis ou mefcongnoiffance du haut S E I-G N E V R pacifique qui feul la peult donner. Y a-il cho-fe de tout ce que dit eft, tant fuperbe & maffyue qu'elle ayt été, qui ayt refifté a la Puiffance du liberal S V P E-R I E V R? O Femmes bien & bien nées, Que votre con-dition par les Etoyles a eü influence de grand heür, qui trop moins que toutes autres Creatures etes fubietes aux Imperfections cy deuant mentionnées. O finiftre Conftellation, mais plus toft voluntaire déliberation de Conduyte humaine, qui de Vice pretens veftir la Vertu par long vfage: Quelle vergongneufe notte d'Iniquité a fceü tant offufquer les yeux de la Chreftienté, qu'elle ne puiffe voir qu'au monde elle ne fert quafi plus que de fa-ble a l'œil des Aueugléz Barbares, tant a l'occafion de ce-te peftilencieufe fumée d'Arrogance, que de l'odieufe Auarice, Reuerée, voire plus qu'adorée de tant d'Hómes, de maintz autres ce nonobftant caréfféz? Qui eft, ie vous prye, celluy, qui n'ayant autre habit que de peau de bon-ne Bourfe, ne fera communément le bien venu & chery par tout? Qui eft le Docte, l'Honnefte ou Vertueux, qui n'ayant vn habit de telle peau, fe pourra hardiment van-ter d'obtenir vne parolle d'audience complete en troupe aucune de maintenant fi ce n'étoit que la faueur de quel-que vray Prince luy donnaft telle franchife? Mais qui pis eft, Ou font auiourdhuy ceuxlà, qui font aucun femblant de fe retirer en foy, pour vn peu pourpenfer que la Cou-tume trop fouferte de telles Imperfections à le plus fou-

Canõnade.

Canõnade.

Canõnade.

Le Riche par tout bien ve-nu.

CC iij

uent été cause de la secrete démolicion d'vn Royaume? *Canonade.*
O Gentil Philosophe poétique, qui en tes œuures anciens
as préueü par moquerye pógnante la commune Vie de ce
temps, quand tu disois. O Citoiens Citoiens, en premier
lieu vous faut chercher Pecune, Vertus apres l'Argent.
O Calumniateurs de la Clemence & Liberalité des Fem- *Canonade.*
mes. O Princesse fatalle Dame Enuye, de ceuxla Conductrice songneuse, Qui veit onc saison aucune exempte
de tes surprinses alencontre de tout ce qui est le plus valable entre les mortelz? Aurois tu point enuye par Enuye
(en laissant pour quelque temps ce Ciecle en repos)d'essayer a rompre l'authorité de sainct Hierome, qui en l'E-
pitaphe de saincte Pole, t'a si fort touchée quád il dist, que *Canonade.*
de toy les Vertus sont poursuiuyes tout ainsi que les haux
Montz sont cómunément frappéz de foudróyantes con-
cussions? O pauure Vulgaire étourdy, & sur tout tant Ingrat en soy, qu'il ne peult & ne veult congnoistre la part
d'où luy prouient le bien tant necessaire au soutenement
de sa fragile Condition. Répons a ce que sensuyt pour có-
clusion de la Clemence & Liberalle douceur de la Féme.

Les biẽs que l'Homme reçoit de la Fé- me en enfáce.

Qvel fruit, quel secours, quelle curieuse éléuation &
entretenement peult receuoir l'Hóme en ce mortel habitacle, que du Trauail, Ennuy, & plus que necessaire Manyment de la Féme? Sera-elle cy apres reputée (veü
ce que dessus)pour fragile ou Imperfaitte, qui merite d'e-
stre appelée la seconde Nature, douce Nourrisse de toutes
choses? Et quand il ny auroit que ce point, Assauoir que
toutes les fraudes ou peruersitéz d'aucunes de ce Sexe sót
adnullées au regard du mal insuportable dont toutes Fem
mes grosses sont trauaillées,& des angoisses douloureuses
dont elles sont quasi démembrées a metre les Hómes en
lumiere,meritent elles pas pareille authorité que les Maryz,& de l'auoir par dessus eux, s'elles les outrepassent en
sagesse & bon gouuernement? Comme est il possible que
les Espritz des Hommes de Raison soient si faciles a estre
offusquéz de folye,pour preter l'oreille a deshonneur de
Femme

Canõnade.

Canõnade.

Femme aucune? O Cœurs humains l'enuyeuſe Ingratitude aura elle bien peü tyrannyſer ſur vous, telle Potéſte,
qu'aumoins toute votre Eſſence (en ſeconde cauſe touteſſois)ne recõgnoiſſiéz de ce noble Sexe:duquel le Corps,
la Vie,l'Eſprit & Cure,ſont ça bas pour vous plantéz cõme
delicatz bourgeons de Vignes habondãtes ainſi qu'vn cir-
cuyt fructueux de beaux Olyuiers?Seréz vous point com-
meüz de tãt de gracieux offices en general,qui procedent
de la peine amoureuſe & ſoin chagrigneux des Fémes en
vous tant neceſſaires? O quelle Reuerence leur eſt due, *Les douceurs*
quel Amour , Fuyéz Cauſeurs & tous malins Détra- *nourriſſieres*
cteurs,Fuyéz Blaſonneurs lãgars,& meſpreiſeurs Ingratz: *de la Féme.*
& en faiſãt creuer les taciturnes Enuyeux, dittes tous, que
par votre Ingratitude,vous n'etes dignes de ioindre vóz
oreilles a cecy.Las,elles etãs chargées du faiz treſgraue de
noz corps, quelle obſeruance,quel trauail & ſoucy les voit
on porter a leur vétre mais pluſtoſt au notre,en ſe rendans
ſi voluntairemẽt ſerues d'vne enfance encores nõ formée?
Se mettẽt elles pas au hazard de cõferer ſi chers ſeruices a
vn corps qui peult apparoir Monſtre(cõme ſouuẽt entre-
uiẽt)ou a tout le mois a choſe morte & qui ne fut oncques *Vn enfant rẽ-*
viue?ou bien encores a vn qui étant quaſi ſorty, rentre de- *tré dans le vẽ-*
dans la Matrice pour occir ſa propre Mere, en la maniere *tre de ſa*
qu'vn coup fut veü en Eſpagne du tẽps des Guerres d'entre *Mere.*
les Saguntins & ceux de Carthage?Ainſi la naturelle Bõté
des Fémes eſt aſſéz manifeſte de ſe nõchalloir elles meſ-
mes pour ſe challoir d'vne paſte mõſtrueuſe qui peult ſor- *La Féme n'eſt*
tir de ſon corps : Et dont la coulpe ne ſ'en attribue a elles *coulpable*
quãd ainſi eſt,ains en partye a la faute matérielle de l'Hõ- *d'vn monſtre*
me qui en eſt Pere,lequel pour production d'aucune ſorte *quand il eſt*
de Monſtre que ce ſoit,ne ſe peult excuſer que ſur quelque *engendré.*
Cõſtellation regnãte, qui aura peü dõner influẽce de la figure apparue en ſon fils Monſtre. Pendãt laquelle produ-
ctiõ ou enfantement(qui eſt de neuf mois)la pauure Mere
peult elle auoir en ſoy ſentimẽt de ſain appétit? Ce qu'elle
mange, peult il eſtre digeré d'elle, ny par elle ſeulle?Non.
Car celluy qui eſt caché prend paſture de la réfection de la

Mere, & de la cõmyſtion de ſes mẽbres, les mẽbres de luy
non encor' membres ſe repaiſſent & fortiffient, de ſorte
que cete Creature future ſe réſſazye des morceaux dau-
truy, qui eſt la pauure Mere. Laquelle outre tout cela, eſt
contrainte a ſ'abſtenir d'vne Infinité de choſes, & en eſpé-
cial de Vins fortz, pour la peur qu'elle à d'endommager la *Canõnade.*
Creature non encores congnuë, Conſiderant bien toute
ſage Dame, que dans ſon ventre l'Enfant prend diſpoſi-
tion ſelon le diſcret regime qu'elle ſ'efforce faire. O Pauuretes Creatures Femenines, qui certes autât de fois meurent, qu'elles enfantent : & autât de fois réſuſcitent, qu'elles ne meurent en enfantant. Dauantage l'Enfant étant
produit en ſon mortel eſtre, tout nud Imbécile, Impotent,
& moins par nature gratiffié que tout Animal, la benigne
Mere vient & du tout ſ'efforce de doucement preter ayde
a la paſte naturelle de ſon corps pour amour certain qu'elle luy porte: en luy donnant de plus, ſa blanche & premiere nourriture: Et en cete curieuſe façon elle ſ'étudye a le
preſeruer de tout cas contraire plus que ſoymeſme : en le
purgeant quant & quant de toute ordure & crace terrien-
ne enquoy la Nature (en cela des Hommes aſſéz mal ſon-
Acte vigou-
reux de Me-
re a ſauuer
ſon enfant. gneuſe) le laiſſeroit preſque pourrir. A propos dequoy: &
que la Femme ayt plus de cure d'Homme que de ſoy
propre, ny que Nature meſme, Que l'on m'allegue icy vn
Homme qui ayt iamais ſauué ſon Enfant de la patte des
Loups, comme feit au mois de Iuillet de l'Année mil cinq
cens cinquantedeux vne pauure Femme de la Vile de
Parme en Lombardye? Laquelle étant ocupée a la cueil-
le de quelques fruitz hors la Cité, & ſon petit Enfant ſé-
tant ce pendant vn peü écarté, fût incontinent rauy des
Loups. Ce qu'elle appercevant, & ſans auoir aucune
compagnye Baſton ny Glaiue, voyre ny reſpeƈt a ſa propre Vie, courut hardiment apres l'Animal, & tant combatit auec luy, qu'apres l'auoir laſſé, le contraignit lacher la
pauure proye dont il auoit ia rongé les flács. De maniere
que cete courageuſe Mere raporta ainſi ſon petit Enfant
dans la Vile: Elle toute défigurée & les mains a demy ron-
gées

gées en grande compassion. Au regard dequoy elle se
montra trop plus digne du nom viril & de valeur, que ne *Espagnolz*
feirent dans Rome depuis six ans en ça, ou peu auant, cinq *couars en def*
Espagnolz, qui embastonnéz & bien montéz, laisserent *me.*
deuorer a vn Ours vne tresbelle Femme qu'ilz menoient
aux Champs apres soupper en croupe d'vne Mulle. Voila
comment les Femmes sont aucuneffois en seureté auec
les Hómes, Qui tant s'en faut qu'ilz soient picquéz d'aucun point de charitable Secours enuers elles ny le Prochain, en general, que maintenant ne faut plus espérer
ayde ny douceur d'aucun tant Sçauant ou Riche Medecin qu'on puisse appeler (sauf l'honneur des vertueux) sans
luy gresser chacun coup la patte en soudiart. La ou au có-
traire, se trouuent ça & la plusieurs Femmes, Damoyselles & autres, qui (tout ainsi que les Moynes d'apresent soul-
lagent fort les Mytres du Tabut de la Chaire) soulagent
aussi les Hommes d'infinité d'Offices au publiq fort né-
céssaires, Comme entre autres se pourroit icy hardiment
dire en Paris, de la noble Damoyselle Françoyse de Lau- *Francoyse de*
thier, dont le fort coutumier secours par sa nayue douceur *Lauthier.*
& cleméce employé alenuiron de tant de pauures langoureux, habandónéz des disciples d'Esculapius, fait icy trencher l'Histoire de ses louables qualitéz pour plus les voir
vn iour exaltées, ou par l'ingrat silence de ceux qui en gou
stent les effaitz, ou bien par leur bouche, Si (comme Ennemys d'Ingratitude) ilz les voudront faire congnoistre a
qui en fait scrupule. Ce qu'en tout euénement Homme
de bon Esprit ne fera, quand il aura vn peu tant seullement
contemplé la gracieuse & mygnonne rencontre de Charlotte & Claude de Villemar ses Filles. Pour le grád respect
d'honneur qu'on doit porter ausquelles & a toutes autres
de qui les singulieres & secretes Beautéz d'Esprit ne sont
ou congnues ou bien conféssées, & auant que conclurre
sur notre propos de Fémes enseinte, ne fault oublier a dire
& rememorer a chacun, que pour semblables respectz &
autres de non petit regard, La diuine Pucelle Iane d'Orleans fut de son temps émeüe de faire établir vne Coutu-

DD

me en quelques quartiers de la France, qui est dautãt plus
merueilleuse & tenable, qu'elle est faite pour mémorable cause, & qu'elle est aussi faite contre la generalle coutume quasi de toutes les Regions de maintenant, la ou les
Hommes se sont tousiours donnéz la Superiorité de Noblesse par dessus les Femmes. Laquelle Coutume est, que
ladite Pucelle apres auoir congnu par experience la Foy
que les Champenoys auoient porté a leur Roy alencontre de l'Vsurpation possessoire des Angloys:& que de cela
etoient naturellement cause les Meres & Filles du païs
qui auoient engendré des Hommes si fidelles a leur Prince,& aussi pour sa mémoire,Feit tãt qu'elle obteint de luy
cete grace, Que tout Enfant qui dela en auant sortiroit
du Ventre d'vne Mere Champenoyse, feust deslors de sa
nayssance apres le Battesme anobly, sans autre respect ny
letres d'Anoblissement,voire ny regard si le Pere seroit ou
est Noble,pourueu que la Mere le feüst. Chose qui fut alors
trouuée d'vn chacun tant rare & bien octroyée, qu'encor'
a present, elle est par longue Coutume de trois cens ans
inuiolablement obseruée par le païs : Et auiourdhuy si enuyée ou mesprisée par aucuns Ministres de la Couronne
au desauantage de tout le Sexe Femenin (qui ne le deüst
en riens souffrir) Que si vn Enfant vient a naistre en
Champagne de la maniere dessusdite, on s'efforcera ce
neaumoins de le contraindre par Sentences ou Arrestz,
ailleurs donnéz, a payer Tailles & Tributz comme au
parauant l'établissement de tel & si digne Préuilege du
Roy.En auilissant ainsi le personage anobly, & portãt peu
de respect au Roy donateur de tel Preuilege,comme par
pareille Coutume(s'elle est soufferte)on viedra a faire des
Statutz des Roys qui florissent, apres leur decez. Qui est
vn cas qui touche ceux qui encor'sont viuãs,silz ont rien
cure de leur Reputation & Memoire apres leur Vie:& en
fin qui vient aussi a viuement toucher la Reputation, que
lon doit auoir de toutes Femmes honnestes en general,&
particulierement aux Damoyselles de Champagne pour
le cas susdit:En faueur desquelles cecy est venu cy dedans

a pro-

a propos fur le digne Trauail de toutes Femmes qui font
ou ont été enfeynte en leur Vie. Las fçauroient elles auoir
aucun repos ou fommeil, qui ne foit interrompu du cry
ennuyeux de l'Homme nouueau mys fur terre, & du vigi-
lant foucy de fa vie & vetement ? S'efforcent elles pas outre cela, de le faire parler, voire iufques a forger pour
luy vn Iargon de parolles doucement bégayantes, affin
de plus toft l'attirer au Son du Langage perfait ? Le tout
pour en fin luy apprendre bonnes meurs, Tant que con-
féquemment & en fomme, elles transfigurent & font deuenir les Hommes, de petites & lourdes Beftiolles, Hommes entiers, D'ou ilz fe peuuent par apres facilement
getter en la voye de Vertu. O Femmes heureufement créés, qui hors du Laberinthe d'humaine
& premiere Aduerfité enleuans les Hommes
leurs Enfans, a l'œil (ainfi que Sibiles, ou
qu'vne Royne blanche a fainct Loysfon
Fils)leur font congnoiftre,entant qu'a
elles eft pofsible,le But de ce haut
Bien,qui a Nature mefme eft In-
comprehenfible pour fa Grandeur, autant incongnue,
qu'elle eft des Bons
fidellement at-
tendue.

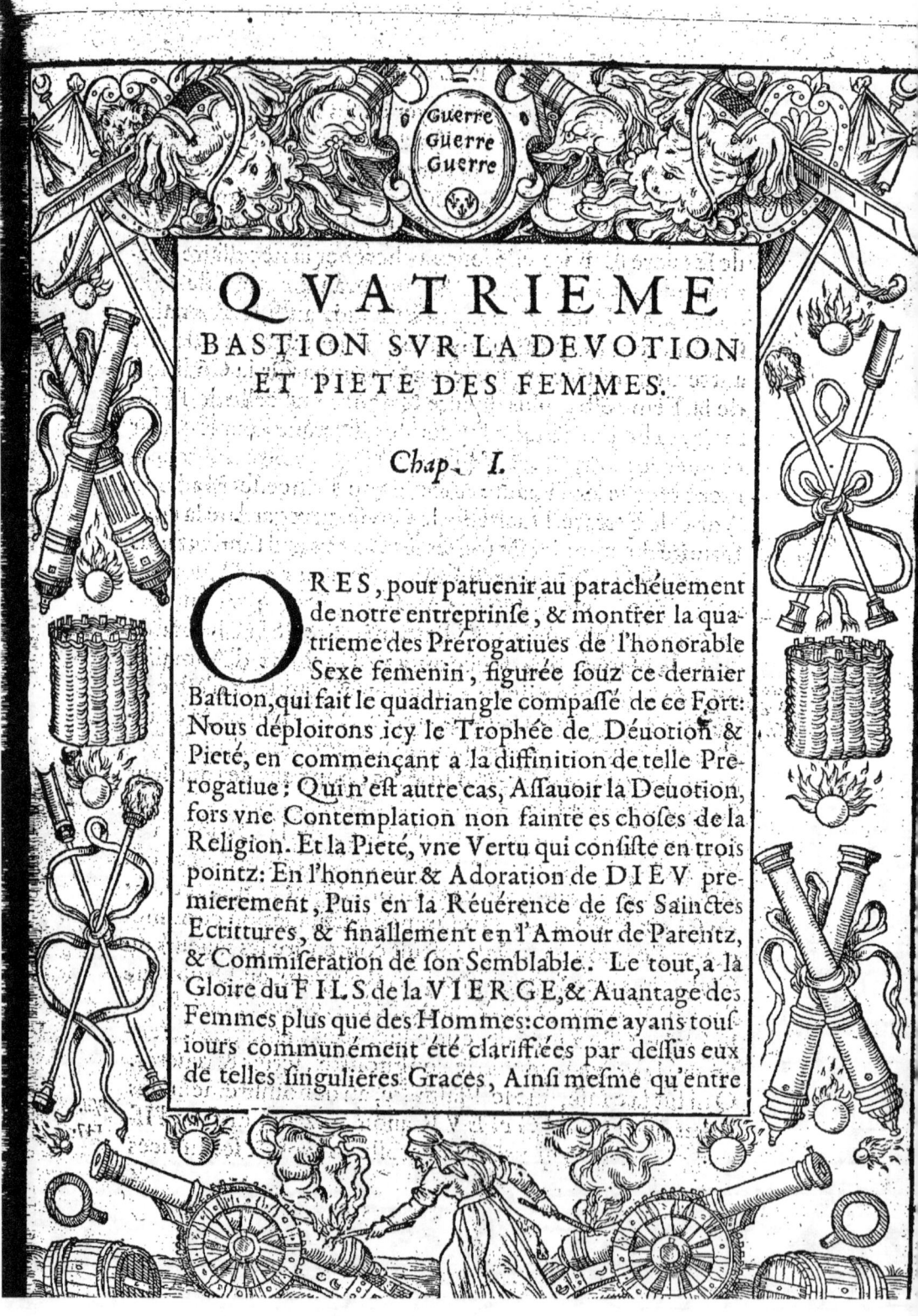

QVATRIEME
BASTION SVR LA DEVOTION ET PIETE DES FEMMES.

Chap. I.

ORES, pour paruenir au parachéuement de notre entreprinse, & montrer la quatrieme des Prérogatiues de l'honorable Sexe femenin, figurée souz ce dernier Bastion, qui fait le quadriangle compassé de ce Fort: Nous déploirons icy le Trophée de Déuotion & Pieté, en commençant a la diffinition de telle Prérogatiue; Qui n'est autre cas, Assauoir la Deuotion, fors vne Contemplation non fainte es choses de la Religion. Et la Pieté, vne Vertu qui consiste en trois pointz: En l'honneur & Adoration de DIEV premierement, Puis en la Réuérence de ses Sainctes Ecrittures, & finallement en l'Amour de Parentz, & Commiseration de son Semblable. Le tout, a la Gloire du FILS de la VIERGE, & Auantage des Femmes plus que des Hommes: comme ayans tousiours communément été clarifiées par dessus eux de telles singulieres Graces, Ainsi mesme qu'entre

autres Philofophes, n'a fceü nyer en fes Moralles l'Ariftote cy dedans fouuéteffois allegué: outre ce qu'il en appert
(au moins quant a la Pieté) par la nature de quelques Animaux de femenin Genre, cóme par la Cygongne, de laquelle parlant le fufdit Philofophe, dit, qu'en la Vieilleffe
de fes pere & mere, elle leur va chercher la neceffaire norriture: en les foulageant & échauffant a fon poffible de la
couuerture de fes ayles: A caufe dequoy auffi, les Romains
la nómérent l'Oyfeau pitoyable. Mais auant que deuoir
autrement entrer en matiere a faire apparoir la Códition
de la Féme eftre plus deuote & douce que celle de l'Hóme, Sera befoin de faire icy congnoiftre, que pour foutenir
ce quartier, la Deffece n'en pourra iamais eftre impropre-
ment receüe de la haute & trefdigne Princeffe Madame
Anne de Ferrare, Ducheffe de Guyfe, au regard de la conformité du complet de toutes fes Graces, qui tendent plus
a la femblàce de diuine Humilité, Douceur, ou Deuotion,
qu'a la fimilitude d'autre fienne perfection, Ainfi que pareillement fe pourra auffi licitemét dire de la Charitable
& de la Nature fort douce amye, Ducheffe d'Aumalle,
nómée Claude de Brézé: laquelle fe complaift d'eftre cy
dedans aperceüe fouz la cópagnie confanguine de la fufdite Ducheffe de Guyfe pour le foutenement des Forces
& qualitéz de ce dernier Baftion, a l'honneur de tout leur
Sexe en general.

S Vyuant donc la matiere propofée de la Deuotion &
Pieté, qui font les vrayes Filles de Religion: Ceft chofe
affez euidente que les Fémes en ont eü par grace fpecialle
du fainct ESPRIT, trefgrande participation cómunément. En quoy par cela fe peult cóprendre les faueurs du
Ciel, faites a ce Sexe, cóme plus Religieux ou Deuot que
l'autre. Veü que DIEV na point tant excercé fa Libéralité & largeffe au móde, que enuers ceux, aufquelz il à enfeigné la vraye façon de le congnoiftre, feruir & réuérer.
Qui fut la caufe, que le Pfalmifte, au denombrement des
Biens que le SEIGNEVR auoit faitz aux Enfans d'Ifrael, dift ainfi. Qui anóce fa Parolle a Iacob, & fes Iuftices

Pfal.
147.

&

& Iugementz a Ifrael. Il n'à pas fait le femblable a toute
Nation,& ne leur à manifefté fes Iugemétz. Or' qu'il foit
ainfi (fuyuant cela) que les Fémes foient douées de grand
zele de Religion & Deuotion, lon n'ofera pas nyer qu'au *Pieté des Fem*
temps de la Perfécution des Chreftiés, ne f'eft quafi appa- *mes enuersles*
ru autre nóbre de perfonnes que de ce déuotieux Sexe fe- *Martyrs de*
menin, qui par plus que naturelle Pieté ayt franchement *la Foy.*
mis la main a fuftanter & retirer les Pauures, Cófeffeurs,
Sainctz, & Martyrs, & ce, a l'acroiffement de noftre Foy:
ne qui ayt caché &gardé(génerallemét parlát)leurs Corps
en digne fepulture,Sás en cela,auoir eü crainte de la mort
tyrannique dont étoient opreffez ceux, que lon apperceuoit faifans tel œuure pour l'édification de la Chreftienté,
lors au monde non encores bien fondée. Nayans en telz
cas,icelles Fémes épargné Aromatz & Senteurs de preis.
De plufieurs defquelz Martyrs nous auons encor' la Veüe
& cómémoratiue Fruition,Graces,aux Cieux,& a ce tant
Deuot & Pitoyable Sexe. Dequoy tous Chreftiens fe deueroient tant refentir , que particuliérement pour telz
actes de Pieté, hóneur & bonne éftime font deüz, & toufiours payéz par les Hómes de Vertu, a toute Femme, de
quelque petite qualité qu'elle puiffe eftre : Voire fans autres & plus grandes Caufes que chacun fcait, & qui font
tremblées, non feullement es cœurs des Barbares, mais
auffi dans le Centre de la Contrée infernalle.Du benefice
de laquelle deuote Pieté,fe trouua iadis bié prouueüe, en- *Sainct An-*
tre autres,la Femme d'Egée,nómée Maximile qui pofa le *dré enfeuely*
par Femme.

Canonade. Corps fainct André en digne fepulture:dont l'Eglife en
l'Office fainct André,fait célébration,quand elle chante
Maximilla CHRISTO *amabilis tulit corpus Apoftoli.* O quel hóneur
cómemoratif,Maximile de DIEV aymée, (dit l'Eglife)
emporta le corps fainct André,& en bon lieu auec odeurs *Sainct Seba-*
aromatiques l'enfeuelit. En apres,fainte Lucine Romai- *ftien enfeuely*
ne, feit elle pas le femblable du corps de fainct Sebaftien? *par Femme.*
Drufiane, Mere pitoyable des Pauures, receuoit elle pas *Sainct Ian re-*
doucemét fainct Ian l'Euágelifte en Ephéze,lors de la fu- *ceu par Fem-*
rieufe faifon des Sainctz ? A caufe dequoy fuffe,que fainct *me en fes per-*
fecutions.

Pierre refufcita cete docte Femme, qui s'appeloit Dorcas, au port de Iapes pres Hierufalem? Fuffe pas au regard de fa charitable Pieté, qui auoit acoutumé de vétir & caréffer tous les pauures Chreftiens qu'elle rencôtroit? Qu'ont fait, en pareil, tant de miliers d'autres, qui par toute la Saincte Ecritture font dignemēt mencionnées? Lefquelles ont, outre la saincte Forme de leur Vie, prépofé par finguliere Déuotion, le fupport de la Foy Chreftienne, a toute Vie temporelle, comme Lucye, Paule, Auftribére, Anatolie, Anaftafie, Antomye, & Agnes en l'age de tréze ans. Bibiane, Columbe, Démétriane, Eüfémye, Euérenciane, Iufte, Lucine, Marciane, Otile, Romule, Sabyne, Theodore, Victorie, & les autres, que n'eft befoin nommément appeler, comme affez congnues, & principallement pour n'encourir prolixité. Sans touteffois metre en oubly, cete vertueufe Princeffe Angloife Hélene, mere de l'Empereur Conftantin, qui de fon mouuement, & côme illuminée de fpecialle grace de Deuotion, partit de Rome pour aller en Hierufalem, apres auoir donné la moitié de fes Biens aux Pauures: Ou arriuée, elle eüt tant de faueur du Ciel, que en lan trois cens & vingt apres le SA-CRIFICE précieux de notre Redemption, elle en obteint ce que tous les Hommes vniuerfellement ont toufiours depuis cherché, Sauoir eft, l'Inuention de la Croix, Fefte encor' auiourdhuy tant requife.

La vraye Croix trouuée par Femme.

A Infi pour obuier a longueur de matiere, comme dit eft, fera icy fpéciallement recité au dépit de l'Hipocrifye de tout Blafonneur de ce pitoiable Sexe femenin, vn acte de non moins vertueufe Deuotion, que digne de Chreftienne Imploration: Lequel du temps du Pape Eügene quatrieme, fut apperceü & veritablement approuué dans Rome, en la Perfonne de la deüote Damoyfelle nommée Francoife de Poncyane. Laquelle ayant acoutumé de fouuent receuoir le Corps du REDEMP-TEVR, fe tranfporta vn matin, entre autres, en l'Eglife de Saincte Cecile, la ou elle s'etant confeffée, & la Meffe paracheuée, pria humblement l'un des Miniftres de leans de luy

Myracle de pure Deuotion de Fème.

de luy cōmunier la Sainĉte Hoſtie. Ce q̄ montrant vouloir faire icelluy Miniſtre, feit peu apres approcher cete
déuote Damoyſelle a la Table Chreſtienne. A laquelle
Dame, par inaduertāce, ou autrement, Il fut ſi mal auyſé,
que de luy preſenter vn Pain non Sacré : En approchant
lequel a la bouche pudique : En lieu d'eſtre par elle recueilly de ſes Leures, en vn inſtant (& comme enluminée
de Diuinité) retira doucement la teſte, pour dire ainſi.
O Monſieur, Pere ſpirituel, plaiſe a DIEV vous pardōner :
Vous ne m'auez pas voulu tant ſeulement deceuoir, mais
auſſi m'auez voulu faire Idolatre. Dequoy le Preſtre, non
moins étonné que confuz, & les genouz ployéz, luy feit
humble Requeſte de mercy, au veü des Aſſiſtans. O Signe
de vigoureuſe Déuotion & chreſtienne Pieté, en laquelle
ſi fort flamboyoit la Lampe de diuine Grace, que l'œil de
l'Oratrice eüt lors ſi penetrante perfection, que de diſcerner vn Pain diuinement Sacré, a vn autre qui n'etoit rien
que paſte. O Calue & ſeche Caboche de Geneze, qui entre celles qui pres du Lac leuent la creſte, es la plus inepte,
A quātz coups pourroit-on entreprendre (ſi ce n'etoit par
vn Picard édiffiant, & auec Dépenſe d'Orryble Inquiſi-
tion) de te faire confeſſer cete Hiſtoire ? Nonobſtant la
quelle, & la miraculeuſe congnoiſſance de la ſuſdite Romaine, chacun n'en feit tel ébayſſemēt, que ſi elle euſt été
apperceüe en vne autre perſonne, Veü que pluſieurs Preſtres Romains diſoient (en propos de tel cas) que toutes
les fois qu'icelle Damoyſelle ſe communioit, ilz l'auoient
veü paſmer en extaze vn peu de temps. Leſquelz Preſtres
& autres Reguliers du lieu (deſirant touſiours plus amplement faire croire la Déuotion plus grāde es Femmes que
es Hommes) ont acoutumé depuis quelque temps en ça
d'entrelarder ſur les Orgues, leurs hautes Meſſes & Veſ-
pres, de Chanſons de Pétrarque, d'Aryoſte, & de Marot,
chantées quelquefois muſicalemēt par voix d'Enfant, ſur
icelle Orgues, tout ainſi quaſi, qu'en Feſtins mondains ſe
pourroit faire auec Epinettes & Lucs. Le tout, (ce ſemble)
pour éſſayer de maintenir par meilleur moien les Hōmes

Coutume de
Rome pour
faire deuenir
les Hommes
plu deuotz.

[marginal note left: ...ōnade.]

EE

qui font en Rome ,plus longuement & plaifamment au
Seruice diuin, de peur qu'ilz fy ennuyent. Chofe , que
lon ne peult dire auoir été introduite, pour y faire demou
rer les Femmes plus louguement , Confideré que en tel
quartier les Dames ont bien petite congnoiffance de Vef
pres ny Gran'Meffes:comme n'etant permis a la plus part
d'elles , de fortir de la Secrete,fors le Carefme , pour aller

Le Campos
des Dames
d'Italye. aux Stations, la ou Campos leur eft donné ainfi qu'a Eco-
liers , afin de humer de l'Air pour toute l'Année. Enquoy
pourtant ne fera comprinfe la Noble & Déuote Dame,
grande Commere des Ambaffadeurs de France par régé-

Helene Vrfi-
nt Romaine. neration d'Infidelles, nómée Heléne Vrfine, Veuue tref-
honorable & libre. La fecourable Pieté de laquelle , cer-
tes(& fans offenfer celles qui luy font pareilles en ce cas)
requiert iuftement d'eftre cy dedans rendue Immortelle
par exemple de Chreftienne Déuotion. Les geftes d'elle
enuers la Foy pourtant, feront laifféz pour ce coup a expofer aux Hómes, par bouche mefme d'aucuns Iuifz bat
tiféz,& autres de la fufdite Cité de Rome. Qui fera caufe
d'en trécher le propos, pour aufsi l'ouurir légérement de

Madame
margueritte
d'Autriche. la Magnanime Ducheffe de Parme , Conforte trefaymée
du Duc Octaue Farnéze,& Fille du haut Empereur Charles quint : Laquelle feant Pape Paule tiers, a feruy dans
Rome a fon Pere d'vn bié rare Vifroy, a l'auantage de fes
Affaires ainfi qu'en autre paffage à été dit:& au moien de
fes Vertus aufsi,myeux recógnue du trefliberal Roy Hen
ry que de fon Pere,lors que pour vouloir fuyure fon Mary
& fes fortunes, elle fe trouua de fes Parentz delaiffée , &
afsiegée dás la Cité de Parme,depuis fecourue par la promeffe inuiolable d'icelluy Roy, qui pour fecourir le Duc
la Ducheffe & la Duché print lors prémierement les Armes contre vn Pape,vn Empereur & vne commune Opinion d'Italie. Mais a parler de la Déuotion d'icelle Princeffe, Elle la eüe toufiours fi bien cymentée en fon courage,que fans auoir égard aux Diuifions temporelles des
Nations, A Guelfe ny a Gibelin ,ny a Croix Blanche ou
Rouge,Cete noble Dame auant ce que dit eft, donnoit
en

en Rome Penſion ordinaire aux Chapelains de l'Egliſe
des François, appelée, Sainct Loys, pour myeux y faire
entretenir le Seruice diuin. Et en cela, en eſpecial, fut con
gnue ſa debonnaire Pieté & Déuotion ſi treſgrande, que
toute ſa liberalle Inclination (qui en quelque autre cas
mériteroit bien par fois eſtre apperceüe) ſe voit maintenant toute retyrée en ſoy, pour n'en faire allieurs demon-
trance que es choſes de Religion. Qui eſt vn point (ſans
doute) ſus tous autres préuilegyé, Voire y eüſt il double
Obligation de bouche enuers tout rare Seruiteur. Suyuát
laquelle Liberalité de Princeſſe entour les choſes de la
Réligion, ne ſe doit icy oublyer (entre autres Dames de   *Madame la*
France) la Déuote & charitable dame Madame Made-   *Conneſtable.*
lene de Sauoye, tant pour ſa continuelle perſeuerance es
circonſtances de la Déuotion & Pieté, outre ſa prudence
en l'adminiſtration de ſa charge de Famille, que pour to⁹
ſes autres merites. Au moien deſquelz, il ſemble que Nature (tout Seruice a D I E V rendu) ne l'ayt voulu metre
au Monde, ny auſsi ſon treſprudent Mary, Duc de Montmorency, grand Conéſtable de France, que pour regir &
gouuerner, Elle en Choſe priuée, & luy en publique & generalle, dont la France de peu ne ſe ſent ſoulagée : Comme auſsi, treſbien & rarement adminiſtrée qu'elle ſe ſent
de par vn Seigneur qui eſt déſcendu d'vne Noble & treſancienne Maiſon par Sainct Denis la prémiere couron-   *Deux maiſōs*
née du Sacré Batteſme dentre tous les François, auec cel-   *de France pre*
le de Tournon, ainſi qu'aucuns doctes & vieux Perſonna-   *mieres Chre*
ges ont ſoutenu en maint lieu : Alegans de plus, icelle Mai   *ſtiennes.*
ſon auoir de long temps porté pour Deuiſe, ce mot grec,
Aplanos, ceſt a dire, Sans Erreur, tout ainſi que (ſans men-
ſonge) eſt ce iourd'huy recongnue celle de Tournon en la
treſdigne Perſonne de ſon Cardinal d'apreſent, qui par ſa   *L'Anciene*
naturelle Cóplexion ou Vertu, plus toſt endurera tout dé-   *et Chreſtien-*
trimét, que de démétir la Verité dequoy que ſoit en ſa Có-   *ne maiſon de*
ſcience : Et ce, non ſans quelque ſigne de Bénediction, có- *Tournon.*
me etát la treſanciéne Maiſō de Tournon cócurréte a celle de Montmorécy en cete premiere felicité de Batteſme :

EE ij

Dequoy entre les Prédeceſſeurs d'entre eux, ſeſt autreſ
fois veü altercaz : Aſſauoir qui fut la premiere de ces deux
Maiſons, qui par vn ardant zele de Foy ſ'efforça ſe plon
ger en vn meſme inſtant, dans les Fons de notre Régene
ration.

REprenant notre matiere, de femenine Déuotion, lon
pourra bien deſapreſent conféſſer, qu'il n'eſt ça bas
pitoyable & déuote Douceur que de Femme, ſpeciale
ment comme il en appert par la difference grande des
Hopitaux de France & d'Italie, pour le regard du gouuer
nement des Malades entretenu dela les Montz, meſ
mes en Rome, ou les Pauures ſont bien ſouuent traittéz a
la fourche, par vn taz de rudes Hommes, qui les laiſſent
quaſi mourir de fain : leur ſuffiſant que le Lieu, ſoit net &
bien poly, pour ſatisfaire a l'œil des Superintendans & du
Peuple qui le viſite : Et de cela faut que ſe repaiſſent les
pauures Malades, en rongeant le bois d'un Cureden de
Patience. Traittement que n'ont acoutumé les François,
qui le trouuét mortifere. Et qu'il ſoit vray, En l'un d'iceux
Hopitaux de Rome qu'on appele Sainct ESPRIT,
qui à tréte mil Liures de Reuenu, a employer au ſoulage
ment des Malades (auſſi bien qu'en à quarante, celluy de
Geneue, dequoy ſ'y fait la Lignole) vne grãd part de mile
a vnze cens pauures Compagnons François, y ſont mortz
de Fieure affamée, (pour telle pourtant non congnue, veu
la diuerſité des Langueurs) en l'Autonne de l'Année mil
cinq cens quaráte neuf, peu auant la mort du ſuſdit Pape
Paule, ainſi que fut de ce temps la, raporté par gens dignes
de Foy. Et ainſi ſont traittéz pauures François en Italie:
Et quant aux Riches, encores ny reçoiuét-ilz careſſes que
de Fémes égarées. Quoy que ſoit, ce traittement d'Ho
ſpitalité eſt ſi déplaiſant au Ciel & a la Terre, que les Pi
erres & Statues paſquinalles du païs ſ'en lamentent par
diuers cryz écritz, & du rude ſoin que lon à de telz lieux
au ſcandalle de l'Egliſe chreſtienne. Ce que n'entreueint
iamais es plus pauures Hopitaux de la France, qui de
tout temps ont été ſeruyz par Femmes Religieuſes.

La

La Douceur & benigne préfence defquelles auffi, eft
vne confolatiue Médecine a tout Languiffant, outre la
Sollicitude charitable, qui eft volontairement employée
par elles au foulagement du Sexe Mafculin. Et qui ainfi
ne le confeffera(O Mefdifantz)foit recómandé au fainét
Efprit de Rome, pour l'éprouuer. Voila comment, Voila
comment,la Charité des Hommes eft maintenant apper-
céüe en general, puis que des Rentes par les Anciens có-
ftituées au nutriment des Mébres de IESVCHRIST
on fait fi belle diftribution. Qui fait toucher au doigt,que
fi des Deniers de ceux d'aprefent étoit befoin de funder
Hopitaux, a peine pourroit on trouuer Pierres pour les
fundementz, ny Couureurs pour les paracheuer, tant on
chercheroit de dificultéz & longueurs en cela. Ce que les
Princeffes de la Chreftienté deüffent, par maniere de dire, fouhaiter; ne fuffe que pour faire clairement congnoiftre leur naturelle Charité par deffus tout' autre : voyans
qu'elle eft fuffoquée, aúmoins non congnue par le moyen
de la Superintendance & gloire que les Hommes fe pre-
fument fus tout Ouurage : & en efpecial fur la Maiftrife
des Hopitaux toufiours d'Homme exercée, pendant que
les pauures Femelles portent tout le faix curieux & con-
tagieux des Malades, Certes(& qui plus eft)trop myeux
vifitéz & foulagéz des Princeffes & autres Femmes, que
d'autres perfonnes: Voire & tant s'en faut, que Charité &
Pieté ne foient imprimées en leurs cœurs, que non feullement elles s'employent fecretemét aux effaitz: mais auffi
font fi actiues enuers toute chofe qui fonne Pauureté,Ma-
ladye ou Hofpitalité, que iufques aux perfonnes qui par le
nom leur reprefentent telz motz, elles pretent vne naturelle & benigne inclination : Ainfi que pour exemple
c'eft force dire icy de la Marguerite de hautpreis, Sœur
vnique du grand Roy : Laquelle au beau meilleu de tant
de vertueux & doctes Gens de la France, a voulu faire
choix d'vn, qui portant nom de Michel, eft furnommé
l'Hopital, pour en luy affeoir tout fon Confeil, & luy en
donner la Préfidence.Et comme induite qu'elle fut a cela

(marginalia)

Canónade.

L'inclination
des Femmes
enuers toute
chofe qui fon-
ne Hofpita-
lité.

Hofpitalité
recómandee.
Rom.12.
Ebr.13.
1. P. 4.

L'Hopital.

par inſtinct de charitable lueur, auſsi ny à elle été en aucū
point deceüe de ſon élection, veü qu'entre tous ceux de ſa
qualité qui en Europe ſeroient aptes (par le ſupport d'vn
Prince) de remetre la Vertu en ſon Siege préſidial, celuy
dont eſt queſtion ne ſera iamais l'vn des moindres. Eü regard que ſans indice de flaterie chacun pourra ſe perſuader a fiance, Qu'en tel perſōnage ſe peult voir cōuenable-
ment formé vn Hopital, vn Hoſtel & ſeüre demourance
de DIEV, & de ſes filles vertueuſes: puis qu'en ſon enclos
tous pauures oppreſſéz de litigieuſe langueur, y ſont béni-
gnement recueilliz, iuſtement & ſongneuſement traittéz:
& que Droitture (de Science conduyte) tient en luy la
Maiſtrize. O donc, Que ſus tel Hopital ne fait-on ſeoir
Iuſtice?

Les Femmes
n'habandon-
nerent le Re-
dempteur a
ſa Paßion.

AV propos, & pour en general ampliffier dabōdant l'e-
xellence de notre Prérogatiue de Déuotion & Pieté,
touſiours en faueur du Sexe en ce Fort exalté: Qui furent
(ie vous pry, Lecteurs) ceux ou celles, qui aſſiſterent a la
Mort fructifere du Celeſte Pellican par vigueur de fermeté & non timide Pieté? Qui furent ceux qui au Sepulcre
l'allerent prémierement viſiter? A qui fuſſe que luy mort
& réſuſcité, voulut prémierement ſe montrer? Fuſſe
pas aux Fémes? Mais pour quelle raiſon, plus toſt qu'aux
Hommes, ſinon a l'occaſion, en partie, de leur Douceur
humble & pitoyable Déuotion? Comme auſsi ſe peult dire a cauſe de leur ferme Foy qui fut en elles tellement recommandée, qu'onques n'habandonnerent le PHENIX
triumphant a ſa Paſsion, ainſi que feirent les Hómes qui
toſt apres ſe déſiſterent de leur Croiance non aſſeürée.
Pour réſolution, aucun Erreur d'Héreſie ou Perſécution
ne ſe ſt iamais faicte contre la Foy par les Femmes: mais
on ne peult pas dire ainſi des Hommes. CHRIST, le
Filz éternel de DIEV, fut Trahy, Vendu, Achetté, Accuſé, Condamné, Flagellé, Mocqué, mys en Croix amere, &
finallement a la Mort, non par autres, que par les Hommes, Renyé de Sainct Pierre, & Habandonné de ſes Apoſtres. Au contraire, ſeullement acompagné par Femmes
a la

a la mort & Sepulture. Et en ce cas tant admirable & en
tous Elémentz lamentable, ne se trouua onc Creature qui
eüst volonté, ou bien osast prendre cœur de porter parolle en sa faueur, fors vne Gentifemme, qui fut celle de Py-
late: laquelle meit peine possible a l'exempter de la mort.
Pour la douleur amoureuse & imaginatiue de laquelle
Mort, Chrestiens ne douttent de quelles aflictions fut trá-
spersé le cœur diuin, non du Myrouer de complette Déuotion, mais de l'humble Pieté & mesme Déuotion, Qui
fut Marie tressacrée, V I E R G E & ensemblément Mere
d'icelluy Passionné R E D E M P T E V R: En honneur &
reuerence delaquelle, si vne Féme etoit trouuée en faute,
on la deüst excuser, voire & la louer, plus tost que la blafmer, encores que le R O Y des Roys, la Sapience du Pere
& le grand Iuge futur, ne l'eüst ainsi voulu signifier, cóme
expressement il feit en Hierusalem par nouuelle façon de
mystaire, lors qu'en écriuant du doigt en Terre, il sauua
vne pauure Femme Adultaire d'estre lapidée: & aux Ac-
cusateurs donna vne honte d'inestimable confusion, &
comme dabondant il feit peu auant le traytre Baiser receü, quand dans la maison de Simon le Lépreux, il approu
ua dignement l'Oeuure d'vne Femme, qui sus son Chef,
auoit fait largesse d'vne liqueur de preis, en blamant tous
les Hommes ausquelz tel Office d'amoureuse Pieté femenine ne sembloit conuenable.

D E laquelle V I E R G E & Mere trespure susnommée
Couronne précieuse de toute vertueuse Dame, Aussi
de l'habondance de ses diuines graces sur toutes Femmes
elargies, Voire & encores sus les Payennes, Qu'en trouue
lon es Liures tant du viel que nouueau Testament? Y voit
on pas les Couches de riche Vertu courtinées, la ou infinité d'elles sont heureusement gizantes, & la, des Sages réuéremment visitées, pour retenir du Fruit de
leurs fruitz quélque diuin exemple? Mais quelz sont les
Fruitz de telles Accouchées dont elles sont a estimer?
Ce sót lès Fruitz des Corps de muliébre Douceur & bóté:

Ce sont Filles receües en telles Gezines de saincte Ecriture, & diuinement enfantées par infinité de Femmes vertueuses en Couches de saincte Vie, non sans trauail. L'aynée desquelles Filles & Fruitz sauoureux, est celle du SEIGNEVR tousiours la prémiere chérye, qui s'appele Foy: & les autres (o bienheureuses Acouchées) sont Espérance & Charité la plus grande de toutes. Puis y à Prudence. Solicitude, Authorité, Préuidence, Deuotion Piété, pure Conscience, Bénignité, Constance, Magnanimité, Continence, Chasteté, Sobriété, Mansuetude, Hospitalité, Relligion, Humilité, Liberalité & autres, desquelles la derniere est, celle, qui du monde cherche la Coefe d'honneur appelée Honnesteté. Voila les Fruitz, les Vertuz & les Filles de ce gracieux Sexe Femenin, & par Femmes effectuellemét produites es Couches que l'on voit (par bon exemple en elles) dressées & décrites en ces deux grás Palais de saincte Ecriture. Lesquelles Filles & Fruitz vertueux, ont tousiours ainsi été proprement entretenues en leurs noms, par leurs sages & authorisez Parrains, qui furent Patriarches Prophetes, & sainctz Docteurs de l'Eglise. Lesquelz Noms auec ce, furent de tout temps Femenins pour vn mistaire d'honneur eternel promis du Ciel, a la diuine VIERGE & Mere : & a l'vtilité de toutes autres Femmes qui prendront plaisir a la Cóception de telz Enfans: Comme de celle qui du temps du Roy Loys douzieme fut aperceüe en la Cité d'Auguste es Allemagnes,

Femme quarâte ans sans manger. laquelle par grace diuine, commeüe de ses vertueuses opérations, vescut quarante ans sans prendre repos ny corporelle réfection, dequoy Gaguin en ses Croniques fait rare commémoration. O digne & courtoise Hauteur Femenine, A la mienne volonté que Rigueur sauuage print vn iour place en votre Douceur, pour à vn moment de Cifler, voir confondre tous ces Aduersaires, Ingratz, & Incredules en voz louables qualitéz. Et que de gros Corbeaux se trouueroient dénichéz, Que de belles Colombes apres, Mais, possible, la Terre qu'il faut recongnoistre comme Grammére de tous s'en pourroit douloir : &

Canônade.

s'ainfi

fainſi auenoit ſen ſentiroit greuée, voire etoufée de tant
noire & odieuſe pourriture. Il vault donc mieux pour
n'empeſcher le repos de voz douces penſées, & n'irriter
cete Grâmere par l'infection de ſemblable maſſacre, laiſſer telz Hommes encor' vn peu diſcourir parmy l'air en
la campagne de Eſpritz diaboliques qui touſiours les ré-
plument quand ilz ſe ſentent houſpilléz par les Eperuiers
de Vertu femenine, car auſſi bien de iour a autre ilz ſont
attendans l'heure de leur deſtiné malheür, & ne la peuuent euiter, ny voulans donner ordre.

AVCVNS CAS MEMORA-
bles ſur la Déuotion & Pieté.

Chap. II.

Canõnade.

PAR ce qu'amplement a été cy dedans ſpécifié,
(O Nature etrange de Calumniateurs) le proufit general qui eſt d'entierement dénigrer les
circonſtances ſecretes de tes enuieux Offices,
nous contraint quaſi d'habandonner la fin propoſée de
cet Oeuure, & nous ruer ſur la déclaration d'iceux. Mais
le contentement que recoit tout œil vertueux a voir Geſtes memorables de Pieté, dont les Hiſtoires ſont aſſéz
chiches, nous force de paſſer outre. Ainſi deſirant getter
en lumiere vn Cas d'incomparable Pieté, tes Sacs & Pié-
ces vicieuſes ſeront remyſes a vne autre viſitation. A-
uant qu'entrer auquel cas, ne ſoit en rien moleſte pour ce *Lautheur par*
coup a tout Vieillart, de découurir vn peu la Blonde, *le aux vielles*
pour aux Ieunes donner exemple d'honneur non faint, *Gens.*
duquel ilz ſont a ce Sexe femenin trop plus tributaires q̃
bons payeurs: & pour auſſi leur faire penſer, que ſi Femmes payennes ont été illuſtrées de quelque Vertu ſecourable, A plus forte raiſon les Chreſtiennes le peuuent
eſtre par l'infuzion de grace veritable qui par le Batteſme leur eſt donnée & non aux autres. Surquoy en Letres

d'or requiert eftre notté. ce que Vallere n'a voulu taire
en fon cinqieme Liure fus la Pieté, parlant du Secours fauorable que iadis (fauoir eft, trois cens quinze ans auant
la défcente de la diuine Clémence) vne ieune Fille feit en
Rome, a fa Mere confinée en vne Prifon, par la fuftance
de fa feule Mamelle, qui fut caufe que la Vie luy fut réfti-
tuée : Pour memoire dequoy aufsi fut edifié vn Temple
de Pieté. La congnoiffance duquel acte pitoyable pourra eftre prefentement compris au long, par femblable
Hiftoire d'un pauure Homme, duquel en pareille maniere la Mort auoit été déterminée par rigueur de Iuftice.
O Peres vieux le Cotton blanc de voz fortes Oreilles,
foit vn peu tyré : Aprochéz, & entendéz ce cas, qui de voz
mains branlantes demande la iointure. Étant iadis vn
Caduc & vieil Perfonage par Sentence criminelle confiné en vne trefétroitte Prifon, a caufe de quelques Crimes a luy impoféz & dont il auoit été couaincu, pour leás
fans aucun boire ou manger terminer fes iours : Et de bo-
ne fortune ayant au monde vne belle Fille, D'icelle feulement & par fa vertu douce il fut quelques mois apres honorablement deliuré de fi cruelle Mort, comme fenfuyt,
Cete Fille, contriftée le pofsible, de la dure auenture de
fon pauure Pere, ne peut iamais inuenter autre cas pour
fa norriture & confort, fors de trouuer maniere de tant a-
molir le rude eftomac du Geollier par douces priéres,
qu'il luy daignaft permetre d'entrer fecretement, vne fois
le iour, & fans rien porter, en la Cauerne affamée ou etoit
fon Pere : afin aumoins qu'il peuft auoir ce bien d'eftre
vifité iufques au dernier foufpir : ainfi que plus au long elle fceut dire & fuplier. Ce qu'en fin, & non fans peine
elle obteint d'icelluy Gardian, Mais auec telle rigueur,
qu'auant paffer le Guychet elle etoit diligemment reui-
fitée, pour garder qu'elle ne portaft aucune chofe de fuftance au miferable Confiné. Continuant donc fa piteu-
fe vifitation : & ne pouuant employer autre deuoir de fecours a fon Pere (O merueilleux office de Pieté) las iournellement & par lamentable façon, elle luy donnoit ainfi
qu'a

Acte de grand Douceur de Fille.

Pere deliuré de mort par fa fille.

Canonade.

qu'a vn petit enfant, la Mamelle: En tetãt laquelle, le pauure Homme, par vigueur du fruit d'une blanche Poitryne
se repaissoit ainsi de Sustance a Vieillesse incongnue. O
laict suaue, O laict plus doux que Vie, viuifiant vne Vie
demy morte. Cela ayant duré quelques iours, la Iustice
(lors songneuse de ses Prisonniers) commença a prendre ébayssement de si longue durée de Prisonnier confiné, tellement que le Iuge cherchant tous moyens d'éclarcir chose si incroiable, & auerty de la visitation de la Féme qui se faisoit sans rien porter, luy print enuye de la
vouloir vn coup épyer par secrete maniere : estimant que
le Geollier luy laissast porter viures en la Prison pour son
amour. En quoy apperceuant le moyen de telle prolonga-
tion de Vie, & la miraculeuse Douceur & Pieté de ieune
Femme enuers son Pere, ne peüt se restraindre de larmes
compassionnées, ny aussi d'un Souspir de nature émerueillée qu'il laissa échapper. Lequel par vne peur crainty-
ue feit incontinent lacher la Mamelle a ce pauure Pere,
qui par cela, pensant cacher tel secret, plus fort le mani-
festoit a sa barbe grisonne d'ou tomboient les blanches
goutes de laict de sa Fille. Chose qui d'abondant peüt a-
molir le front rigoreux du Iuge, de telle sorte, qu'en éten-
dant sa main criminelle au Vieillart demy mort, deslors
luy restitua la Vie & la Liberté, & honora la Fille d'un hôneste present. Mais qui est le cordial Dyamant qui sans
frapper ne se feüst alors éclaté. O pitoyable & ioyeuse
Douceur, O l'Heüreuse & bien fortunée géniture, qui en
semblable cas que dessus s'apperçoit chacun iour en diuers lieux sans qu'aucun en face propos ou regitre, Ainsi
que se peult bien dire (entre autres) de deux ieunes & hô-
nestes Filles Parysiénes, qui du trauail de leurs bras se sõt
puis nagueres, nonseullement disposées a norrir leur pauure Pere décrépité autresfois riche, mais encor pour doute qu'un Mary ne peüst comporter la facheuse vieillesse
de luy, ou qu'elles n'eussent libre moyen de suruenir a ses
nécessitéz & seruices, veü la subiection des Femmes de ce
temps, ont Iuré par ensemble de iamais se maryer, pen-

Acte de filles, viuantes en Paris.

dant que leur Pere fera viuant. Et ainfi elles fe déftituent
de la fruition du Bien matrimonial de cete Vie, & du Repos de leurs bras, pour l'amour pitoyable qu'elles portent
a leur pauure vieillart & Pere. O donc encor' vn coup,

*Le Sexe feme-
nin a toufi-
iours porté bô
heur de fe-
cours.*
l'heüreufe & bien fortunée Géniture. Heureufe nonfeul-
lement la Femme mais encores toute pauure Befte de
Genre femenin, Comme portant bon augure en maintz
lieux, outre la grande Douceur de tout le Sexe. Confideré que l'heür fi grand de l'Empire Romain fut préfigu-

*Les deux fre-
res alaittez
par la Louue*
ré par le Secours de la Louue qui allaitta les deux petitz
Seigneurs Rémus & Romulus, comme Erécteurs futurs
d'vne telle Monarchie. Semblable myftaire de bon heür
long temps parauât auoit été congnu en la perfonne de

*Vn Empereur
norry par vne
Chienne.*
l'enfant Cyrus, grâd Roy des Perfes & premier Empereur
d'iceux, qui au fortir du Ventre de fa Mere étant haban-
dôné a la mort, fut nourry quelques iours par vne pauure
Chienne, qui aprement le deffendoit de tout autre Animal comme fon petit Chien, iufques a ce qu'vne Bergére
le retira pour le norrir auec fes enfans. Et ceux la ne font
feulz de qui la Fortune profpére fut coniecturée par le
Secours irrémunerable qu'ilz réceürent du Genre feme-

*Vn Roy nor-
ry par vne
Byche.*
nin : Car vn nommé Habys, iadis Roy des Thartéfiens,
en feit Foy, quand il eüt certitude que par les Tetes d'vne
Byche, fa naiffance auoit été miraculeufement fufcitée
contre la Confpiration de fa mort: & que la pauure Befte
de l'humeur de fes yeux en lieu d'eau, & de fa langue pour
drapeau, auoit tant de fois fait office de fongneufe norrice a le purger de crace naturelle. De pareille fuftance

*Le filx de her-
cules alaitté
par vne By-
che.*
fut releué le Fils de Hercules furnommé Théléphus, getté en vne fauuage foreft le premier iour de fa Vie par con-
mandement de fon Oncle : & finallement comme le
femblable eft ça & la affez legerement ecrit en diuers
lieux des Hiftoires d'vn nôbre d'autres, Ainfi q̃ de Pélyas
nourry par vne Iument, & de Páris par vn' Ourfe, & de
Egiftus par vne pauure Cheure: & fpecialement du grand

*Nabugodono-
for.*
Roy Nabugodonofor, qu'vne Cheure auffi nourriffoit en
vn boys quâd par le moyen d'un Hybou, vn pauure Ladre
le trouua,

le trouua.

Ie trouua & l'acheua de norrir en sa maison, & au moyen
dequoy il fut nommé Nabugodonosor, Veü que Nabu, en
lágue Babilomíque ou Caldée est vn Hybou, Chodo, vne
Cheure & Nosor, vn Ladre. Du Sort & bonne auenture
de tous lesquelz Hommes, ainsi gettéz a la mort quasi a-
uant leur vie, & doucement traynéz en Cauernes par ces
pauures Bestes Femelles (qui en les nourrissant de leur
propre sustance se montroient trop plus humaines que les
Parentz) leur Grandeur, cóme dit est, fut préfigurée par le
Secours de ces pauures Femelletes, Veü la Vie subsequé-
te d'iceux Enfans, qui fut honoreé de multitude de cas hé
roiques, d'autant plus, qu'ilz auoient été conseruéz par
Creatures si secourables que celles du femenin Genre.
Dequoy la noble Maison des Farneses fera pour soy, a   La maison
touliours bonne preuue, Comme celle qui par le secoura-   Farnese re-
ble moien d'vne simple Norrice fut autresfois suscitée   mise sus par
lors que tous ceux de la Race étans vn soir occiz en vn   vne Norri-
Banquet par ceux qui les y auoient conuyéz, & n'y etant   ce.
plus resté qu'vn petit Enfant que lon cherchoit a mesme
fin, elle dıligement le cacha dans vn Babeurre, Aumoyen
dequoy il eüt la Vie sauue : Se vangea puis fort violentement du cas enorme susdit, & remeit sus la Lignée de sa   Aux veil-
Maison qui encor' a present est en fleur. Et voila com-   lartz.
ment D I E V se sert, & fait souuentesfois grand cas des
pauures Femelles que le Monde mesprise. O Humains
& vieux Peres de maintenant laisseréz vous donques si
longuement décocher les Garrotz enuyeux de voz Filz
malins sur le mespris de ce Doux & a vous mesmes tant
secourable Sexe des Femmes? Leur rosaique Charneü-
re est elle ça bas reluysante, par grace deNature, que pour
au besoin vous viuifier, secourir en tout, & planter en voz
vieux Iardins ce bois soutenable duquel vous vous enté-
déz faire les Bastons de Vieillesse? Si vous l'enduréz, A la
plume des Coucyns moletz voz foibles Iambes soient re
commandées. Si vous l'endurez, le Sainct E S P R I T de
Rome, de fine Famyne vous puisse chacer iusques aux
Incurables, Et Sainct Iaques (qui en est le Patron) de son

Canonade.

FF iij

Bourdon vous puiſſe pocher les yeux iuſques aux Quin-
zeuingtz de Paris comme vieux peteux d'Egliſe ſi vous
l'enduréz. Dites vn peu, Bonnes gens, Si en troupes priuées, vous pretéz doreſnauant l'Oreille a ouyr blaſmer la
Femme en general ou particulier : Ou bien ſi en le diſſi-
mulant, vous faites ſemblant de l'auoir étoupée ou ſourde,
que ferôt ieunes penſées de Maſles égaréz qui ordinairement de ce qu'ilz voient & entendent ne font eſtime ſinon pour en tyrer leur plaiſir ſur le champ imaginé ? Au

Le Prouerbe demeurant, que ce vieil prouerbe d'entre vous, aſſauoir
des vielles Ne déplaiſe aux Dames, le Vin vault myeux, Soit effacé
gens. de voz Broillars & vieux Regitres, affin que nul de vous,
ayt hardieſſe d'en vſer cy apres, au ſcandale de ceux qui
y ſont ſobres. Ains en lieu de cela (ne vous voulant dimi-
nuer aucune cadence de voz antiques Dictons) dites plus
toſt ainſi. Ne déplaiſe aux Dames, les Hommes vallent
moins. Et n'ayez honte d'eſtre corrigéz en Age décrépité, aumoins de ce cas, Car vous n'etes immémoratifz
que par l'vne de voz anciennes Reigles il eſt dit, Qu'il
vault myeux tard que iamais.

E T pour vous leuer tout ſcrupule d'alenuiron la Préex-
lence da la Femme en cas de douceur & Pieté par deſſus l'Homme : & auſsi le doute, que ſi petite ſuſtance comme celle qui ſort de l'eſtômac femenin, peüſt longuemét
empeſcher l'extremité de la Fain corporelle d'vn Hôme :
ſelon ꝗ vous eſt aparu du pauure Pere cy deuant mentiôné. Quất au premier point, voz Lunetes ſoiét déchauſſées
de l'etuy pour vous élargir les caractaires d'une Sentence   *Ecleſiaſti.*
du ſage Prince Salomô, qui a ce propos, à autresfois main-   *.36.*
tenu ſemblables parolles. Lors que la Femme, diſt il, ſab-
ſente, le Malade ſe lamente. Or congnoiſſéz par cela que
la Douceur dé la Femme, ſans cauſe n'a eſté eſtimée par ſi
Royal Seigneur de ſinguliere force & ſecours, ſeullement
en offrant ſa preſence a Gens mal diſpoſéz, Donttous Ho
pitaux (pour cela) deuſſent eſtre adouciz, non pas rudoy-
éz, par le gouuernement de Vilains impiteux. Et quant
a l'autre point, de confeſſer n'ayéz vergongne, que l'e-
ſtômac

ſtómac de la Féme n'ayt de fort rares proprietéz, Cóme
de couuer naturellement entre deux Mamelles les Ocufz
des nobles petitz Vers qui font la Soye. Dequoy, outre ce
petit miracle, infinité de pauures gens gaignent leur Vie
par toute l'Italye a ce Meſtier qui fait le propre Vetement de tous Princes de la terre : Et auec ce, ne ſoit iamais nyé que le Laict femenin ſoit néceſſairement propre a la gariſon de pluſieurs Malades. Qui fait, que les
Medecins ne peuuent celer, que la mignonne chaleur de
la Mamelle d'vne ieune Femme, iointe a leſtómac d'vn
Perſónage vieil, ne luy puiſſe viuiſſier le chaut naturel de
la Vie, & qu'elle ne l'entretiéne & augmente. Choſe auſſi, qui n'etoit pas incongnue au Prophete Royal Dauid
Reg. 3.
C.I.
lequel elút la belle Dame Sunamite, pour en cete maniere
luy échauffer la froideur de ſa vieilleſſe. Et a l'exemple dequoy, eſt vrayſemblable, le Peregrant du Roy de Nauarre
dernier décedé, nommé Monſieur d'Albret, auoir en l'a-
ge de ſix vingtz ans, entretenu deux belles ieunes Fémes
a cet effait: Du laict deſquelles il vécut longuement ſans
autre ſuſtance quelconque, Luy, couchant au meilleu d'el
les, qui pour cela étoient auſsi honorées comme Princeſſes en ſa maiſon. Vray eſt, que ſus ce cy, ne conuient pas
que tous Hómes facent fundement, parce qu'il en pourroit ſouuent auenir, ce qu'il aueint vne fois d'vn Notai
re au Chaſtellet de Paris, qui ſ'appeloit maiſtre Martin
Maupin, Lequel faiſant bien ſon proufit de telles Hiſtoires, faiſoit de ſon viuant acroire a ſa Féme Ialouze, qu'il ſe
trouuoit ſouuent empeſché du mal de Dauid, a ce qu'elle
luy permeiſt l'aproche de ſa Chábriere, pour vn peu échauf
fer ſon eſtómac, en quoy la pauure Femme ſe laiſſoit par
fois circonuenir. Parquoy tout ce que deſſus ſainement
conſideré & auſsi tout ce que lon pourroit peſcher en la
Mer des Hiſtoires Grecques & Latines, & en icelles regarder auec autres lunettes q̃ celles qui ſe forgent ſus enclu-
me d'enuye, nyer ſera vergongne (ſi ce n'eſt de gens priuéz de iugemét, auſquelz, O Vulgue oſtiné, lon peult bien
ſans reproche laiſſer courir les rues) que les Fémes ſoient

Hiſtoire du
Seigneur d'al
bret.

D'vn notaire
de Paris.

Canõnade.

autant capables & fuffifantes en toutes chofes efquelles
fe peult loger la perfection, q̃ les hómes, ny d'iceux moins
prifables, interieuremẽt ou autrement, en quelque contrée
de Ciuilité qu'elles puiffent eftre veües.

ASSEMBLEE D'ETATZ.

Chap. III.

POVR dõner encor'plus claire apparence de
ce q̃ deffus, & en efpécial pour renuerfer la
Superfticion craceufe des Aduerfaires de ce
Sexe, qui f'efforcent de publier par tout, & y
faire confirmer, lesFémes eftre Imperfaites
par Nature, & a plufieurs cas inhabiles, Ceft force en quelque maniere, d'affébler icy les Etatz, pour en deliberer. Et
pourtãt, qu'on f'informe tout prefentement &aplain de la
Matiere: En faifãt iufte Recueil des fpecialles Reponces
que toutes fortes de Gens pourroient faire a la Verité de
leurs penfées, f'ilz etoient enquiz & appeléz par ferment
de dire, Si la Caufe pour laquelle iļz ne voudrọient auoir
été crééz Femmes eft fundée fur le regard de l'Incapacité ou Imperfection qu'ilz penfeñt eftre en la Condition
des Femmes, Ou fi telle Caufe eft fundée fur autres
confiderations. Premierement, qu'on f'adreffe a l'Ignorant, Et qu'on luy face leuer la main, pour déclarer a la
verité, la Raifon qui le peult mouuoir à ne vouloir eftre
Femme, & fe complaire d'eftre Hóme. Mais quoy, Cetuyla répondra, qu'il ne fcait. Et parçe (fans f'arréter a
luy)qu'on vienne au Laboureur. Veritablement il répõ-
dra plus toft cecy, que autre cas. Ceft, Qu'il ne voudroit
eftre Femme, a l'occafion de ce qu'il cognoift, qu'il n'eüft
été fi gaillard & robufte de fa perfonne, & en danger de
ne pouuoir paruenir par les Armes, a quelque degré de
Gentilleffe, comme plufieurs autres de fon etat ont fait.
Item, qu'on demande a l'Artizan. Il dira incontinent,
que

Affemblee d'
Etatz pour
deliberer de
la perfection
des Femmes
ou du cõtrai-
re.

L'Ignorant.

Le Laboureur

L'Artizan.

que ceſt pourautant qu'il ſeroit fruſtré comme eſt la Femme, d'vne ordinaire liberté d'aller gaudir, & boire les iours
de feſte le Gaing de la ſemaine auec les Compagnons:
& que ſi ſa Femme en grongne il à puiſſance de l'enuoyer coucher a Baſtõs rompuz: & qu'il ſeroit fort marry d'e-
ſtre nay en telle ſubietiõ, ainſi qu'il eüſt peü eſtre, ſi DIEV
l'eüſt fait Femme, plus toſt qu'Homme .   Item, qu'on *Le Praticien.*
viéne puis au Praticien . Apres auoir demandé Iour d'a-
uis, Enſemble la coppie de la Demande, pour proceder &
aller auant en outre cõme de raiſon, Il répliquera & chi-
canera, ſi beſoin eſt, que veü le mérite de la matiére, il ne
voudroit eſtre Femme, pour n'eſtre fruſtré du degré de
l'échelle d'Ambicion, ny auſsi des Prezans, & belles Le-
uées de bonnet qu'il reçoit chacun iour du Vulgaire, &
d'autres auſsi, qui ne ſauroient viure ſans Proces, ny ſe vétir le matin ſans Gibeſsiére a ethiquéte, au hazard de gou
ſter du Lyonnois Poyrier d'angoiſſe quand il faut rendre
les Fruitz, ou en payer les Intéreſtz. Et a ce conclurra ledit Déffendeur, auec Dépens.   Item, Soit la deſſus ſemblablement enquis l'Homme d'Egliſe . Il dira qué par *L'Homme*
Sainct Pierre, il ne voudroit eſtre autre qu'il eſt, Pource q̃ *d'Egliſe.*
ſil auenoit (ainſi qu'autre fois à été d'vne Femme) qu'il
feüſt elu Pape, il ny auroit point de Teſmoings ſecretz en
ſon Siege, qui (ſelon le bruyt) ſont encor' appeléz a telle
Election, Et a cete cauſe, qu'il ſeroit tout aſſeuré de n'eſtre
confirmé au Papat. Dequoy chacun Cardinal Italien ou
Eſpagnol, pour riens ne getteroit ſa part au Chat comme
pourroit bien faire, ſans regret, tout Cardinal François.
Car en Italie, lon demande vn bon Pape, & nõ pas vn
bon Homme: Puis la Nation Françoyſe ne peult rien *Le deffunt*
pour ſoy (ou bien peu) au Conclaue Romain . Le Cardi- *Cardinal de*
nal de Rauéne en eüſt bien ſceü que dire a celluy dé Pape *Rauenne.*
Iulle tiers, ſil y eüſt comparu: mais peu auant vn Cordel-
lier de Florence (a qui par force d'Aſtrologie il vouloit fai
re pronõſtiquer la mort de Pape Paule) luy donna tant
de coups de poing en ſon Oratoire, qu'il l'enuoya en maſque iuſques en ſon logis, & de la, aux Antipodes . Voila
                                                    GG

comment icelluy Cardinal,& le Moyne auec (qui eût fa part des horions)euffent été bien marrys d'eftre Femmes, en dáger de n'auoir dóné fi beau fubiet d'hiftoire en leur Vie. Et cela fut compté pour vne des félicitéz temporelles d'icelluy Pape Paule,qui vn peu auant fon decéz, en eût non moins de plaifir que de proufit. Item, & fuyuant notre Enquefte fur les Etatz, Qu'on demande au Gentilhôme pourquoy il ne voudroit eftre Femme(du Gentilhomme cómun fe doit entendre) Cetuy la,tout bigarré comme il à de coutume,le bonnet fus l'Oreille, & les Chauffes rompues aux talons,fans fe faire interroguer deux fois, dira, que par la Chair,par la Mort, & tout ainfi qu'il eft Gentilhomme luy, Ceft pourautant, qu'il n'auroit Liberté d'aller a la Guerre & fe faire valloir:& que de toufiours eftre à la Chace,ou de maftiner fes Subietz, on fen ennuye:& que pour bien(&fans y penfer)feruir le Roy on va fouuent a tous les Diables,ou lon deuient Cheualier de l'Ordre, A quoy vne Damoyfelle ne peult paruenir. Item,qu'on aille fupplier vn grand Prince d'en dire fon auis.Certes on peult croire qu'il dira,qu'il ne voudroit eftre Princeffe. Pourquoy? pource qu'il fe trouueroit loin d'efpoir d'eftre iamais Monarque: & qu'il ny eût onc qu'vne Femme qui le feût, Affauoir Sémyramis Royne des Affyriens , Item venons maintenant au Sçauant:Et fi de luy cautement on finforme de l'article dont eft queftion, On trouuera qu'il ne dira pas comme le premier, Qu'il ne fcait. Mais bien pourra dire auec Plato,que c'eft en efpécial, pourautant,qu'il feroit(peult eftre)illuftré de l'immortelle lumiére de Science,comme il eft, veü que les Femmes ny font induytes par coutume . Item,du Sçauant,qu'on viéne réuérément au Vertueux. Cetuy la, comme fetant déuétu de toutes baffes affections pour fuyure la Raifon, dira auec Verité, que fil y a caufe enfa penfée qui le peüft mouuoir a ne vouloir eftre Féme,eft,Entât qu'il a pleü a la BONTE Diuine le créer Homme mafculin,non femenin:& que le Nom de D I E V foit loué en tout Sexe,

Le Gétilhôme

Le Prince.

Le Sçauant.

Le Vertueux.

Item, qu'on demande génerallemēt aux Femmes pourquoy elles voudroient eſtre Hómes (ſi aucunes en y à qui
le deſiraſſent)leur Réponſe ſera,que ceſt pour le deſir naturel qu'elles ont de Voir & Sçauoir, Veü que la faculté
leur en a été otée des leur naiſſance. Cete Réponſe indubitablement, eſt vne commune Opinion de louable
volonté en elles,Qui a fait,ie croy,qu'autresfois le S E I-
G N E V R ayt ottroyé ce Souhait a aucunes, qui etans
Femmes naturellement entiéres, ſont deuenues Hómes
entierement maſculins. Choſe que les Hommes n'ont
encores iamais obtenu.Et a ce point ne fauroit on répondre, ſi ce n'etoit que régnant Loys vnzieme, vn Moyne
enfanta dans Yſſoire en Auuergne, Seló que dit Gaguin
lequel n'eſt pas ſi croiable en ce cas, que doit eſtre Pline,
qui récite ſouuentesfois eſtre auenu, que Femmes ſoient
deuenues Hommes de forme corporelle : meſmement
que Tite Liue en fait Foy quand il aſſeüre Qu'vne Femme apres auoir fait vn Enfant qui auoit parlé en ſon
Ventre, & dit ce propre mot , Io triomfe , deueint
Homme non longuement apres . Item & pour retourner a notre Enqueſte,Qu'on aille dabondant interroguer ſus l'article que deſſus les Femmes qui ſont vertu-
euſementDoctes : En leur demandant pourquoy elles ne
ſouhaiteroient volontiers d'eſtre transformées en Hommes auſsi bien que la ſuſdite qui étoit de Spolete, & veint
faire cete métamorphoſe es enuirons de Rome. Celles la , ſans vaciler, répondront ſagement, que tant ſen
faut qu'elles vouluſſent eſtre Hommes, que plus toſt elles voudroient deuenir Fées, pour l'experience qu'elles
ont pièça eü de la trop éfrénee Licence qu'ont auiourdhuy les Hommes en toutes choſes : Au moyen de laquelle (& en aſſeruant leurs Eſpéritz a leurs Senſuali-
téz communément) ilz vont au rebours de la voye de félicité,& cherchent ainſi le Soleil en la Terre comme les
Modenois ſont la Lune au fons d'vn Puys, ce dit-on en
Italye . Item , & pour Concluſion reſolüe de tous
Qu'on demande vn peü aux Proteſtans & Aduerſaires

GG ij

Les Femmes

Miracle.

Déca.
3.

Les Femmes
doctes &
vertueuſes.

Les Proteſtãs
Aduerſaires

degoutéz de ce noble Sexe femenin la Caufe qui les épe-
rône a dire, que pour riens ilz ne voudroient eftre Fémes.
Ces Malins ne diront pas, mais ilz feront répondre pour
eux Enuye leur norrice, qui dira, que ceft pour raifon de
ce que les Femmes font par nature Imperfaittes, Indoci-
les, Pufilanimes, Sotes & plus viles que les Hómes. De ma
niere que lon congnoift clairement, par toute l'Enqnefte
cy deffus, qu'il n'y à que les Enuyeux qui (defireux de
toufiours dénigrer l'Hóneur qu'ilz ne peuuent auoir) foutiennent la Féme eftre plus vile que l'Hóme par nature.
Confideré que de toutes autres qualitéz de Gens, cela ne
peult eftre raifonablemét foutenu: Qui, au contraire, em-
ploiront toufiours les deffenfes fufdittes pour les plus rai-
fonables a ce propos d'Inquifition, qui la voudra faire.
Chofe qui fait toucher au doigt, que leur dire n'eft pas
pour Opinion qu'il y ayt faute de perfection naturelle en
ce Sexe, au regard de laquelle chacun ne voudroit eftre
Femme: Mais bien a l'occafion de la Norriture acoutumée qui les à peu a peu priuées de toute virile education,
pour myeux afferuir ces douces Creatures a tant de ru-
Similitude des des Hommes. O propre fimilitude, Qu'elle difference
deux Bras. y à il, a votre auis Lecteurs, entre l'vn & l'autre Bras d'vn
Corps entier, finon par le defaut de l'ufage & exercice qui
n'eft cómunément dóné au Gauche ainfi qu'au Droit? Vn
Gaucher exercité a la gauche en l'Art d'Ecrime, eft il pas
aufsi vaillant & adroit qu'vn Droittier a fa droitte fil eft
autant exercité? Certes ouy, Voire & dauantage: Veü
qu'entre Spadacins les Gauchers font eftiméz les plus dá-
gereux. Qui fait croire, que fi les Femmes, comme Gau-
ches, etoient en tout exercitées aufsi fongneufement que
les Hómes (qui au regard d'elles fe difent Droittiers) elles
deuiendroient les maiftreffes de tous Meftiers & Sciences
qui fe peuuent acquerir: ainfi qu'elles ont fait entreuoir en
toute faifon paffée: & dont lon aura preuue cy apres. Au
regard dequoy lon peult bien coniecturer que cela à été
vn des principaux fundementz a faire les nouuelles loix
a lencontre d'elles: Par lefquelles plufieurs Priuileges leur

ont été otéz fouz prétexte de quelque Ordre diuerfifié
en Nature, qu'on peult bien dire eftre néceffaire au gouuernement des Chofes humaines, par vne certaine Supé-
riorité & Inferiorité des Sexes.

SVyuant ce, Et voulant par vn fommaire de Raifon diuine conclurre la Féme naturellement eftre égalle a l'Hô
me, ce fera au regard de ce que L'OMNIPOTENT, Sommaire de
raifon fus l'e-
galité des
deux Sexes.
En nous fignifiant egalité entre ces d'eux (Sexes ne voulons plus dire, ains feullemét Mébres non diuiféz & vniz
a vn Corps duquel IESVCHRIST eft le Chef, & le
Chef de luy, le feul DIEV) Voulut & en fa Prouidence
Gen. I. fut arrefté, de produire le Mafle du Lymon de la Terre,
comme du lieu le plus bas & materiel. Qui étoit, pour le
moins luy donner, par cela, argument démonftratif de
domter toute arrogance, fur difcrime de plus grande Nobleffe en luy qu'en la Femme. En apres aufsi la Femelle,
Pour en ce cas, ne f'arroger fus l'Homme quelque chofe
par aucun point qui eüft du vraifemblable : & a ce qu'on
ne la peüft en part aucune, reputer moindre que lautre, la
voulut icelluy SEIGNEVR nottáment créer, non de
la Terre baffe (ainfi qu'il auoit fait le Mafle (non du pied
d'icelluy (pour obuier a obiet de ferue côdition) ny pareillement de la Tefte, pour n'eftre generallement congnue
la Maiftreffe : Mais bien, iuftement, & dignement, de la
Gen. 2. Cofte, pour & affin qu'elle feuft tenue de luy Collateralle La Féme collateralle de
l'hôme.
& en cete façon, a luy à iamais égalle, & de mefme hauteur, au regard du miftaire d'icelle Création feullement :
comme de luy, apres fon Facteur la plus aymable. Confideré dabondant que la Féme fut deflors ordónée par la
Diuine Bonté a femblable & non autre Vie que celle de
l'Homme : & (qui plus eft) aufsi bien que luy appelée a nô
moindre Eternité. O Raifon militante & vigoureufe def-
Canônade. fenfe. A votre auis, Celluy qui d'vn tout eft capable, de
partie pourroit il eftre indigne ? Ces Canônades, ces Tyra-
des O Blafonneurs, font elles chargées ou fophiftiquées
de moytte poudre ? En quel naufrage conduyféz vous
votre Nef teftue, fi fort chargée de Brefil d'enuieufe pen-

fée? Quand vous fçauéz la Hune d'icelle (toufiours four-
nye de Dartz mefprifans) eftre découuerte de l'Ifle ou
Abbord de bône grace de ce Sexe, quelle Ryue eft celle
qui vous peult donner reffuge? Redoutéz vous point que
la iufte Vengeance des Dames foit délachée par les Meres fur vous & voz propres enfans? Grande Sottize, Ignorer la force de ceux ou celles, contre qui (mefmes a tort)

Malediction
maternelle.

lon fe veult bander: & de la tefte nüe vouloir rompre vne
Muraille, en ignorant fa trop dure matiére. Dames, helas,
Horreur mé poind: Votre pitoyable mercy fus eux feften-
de: Car les pauures hebétéz ne fauent qu'ilz font, & encores font en doute de quelle peau ilz furent enmaillotéz. A
cete caufe, fi le mérite de voz fidelles Seruiteurs & Amys,
n'eft fuffizant a vous cômouuoir a pityé vers eux, veü leur
Immérite, Ayéz aumoins quelque compaffion de voz
Enfans: Sans regarder qu'ilz pourroient a l'auenir retenir
quelque ply de telz Parentz. Car Malédiction maternelle (vous le fauéz) eft vn Orage foudroyant de telle forte
les entrailles des Enfans malins, & par efpécial de ceux
qui fadônent au mefpreis de leurs Parentz, qu'il femble,
(quand Cela que ie n'oze plus nommer, auient) que tous
les Elementz foient bandéz contre les Filz des Hômes.
Et pource Dames Vertueufes, voz nobles cœurs foient
fouuent appaiféz de la pitoyable douleur que iadis, pour
femblable cas, voulut bien porter le diuin Docteur Augu-

Sainct Au-
guftin en fa-
ueur des Me
res.

ftin, a fa Mere tant obligé. Lequel pour la miferable af-

D. Ciui. B.
22. c. 8.

fliction qu'il aperceüt vne fois en Enfans mauditz de
Mere, réfere en fes Oeuures, ce que deffouz. Affauoir, Que en Céfarée Capadoce, vne noble Veuue,
priuée de fupport, & aufsi de dix Enfans qu'elle auoit
trop mefprifée, fe trouua vn iour contrainte (aumoy-
en de ce) de leur donner a tous dix, fa Malédiction. Par Vertu de laquelle (qui fut authorifée du bras
de Diuine Iuftice) ilz fe fentirent incontinent frappéz
d'vne étrange peine, Qui fut d'vn Tremblement in-
ufité, frémiffant, & a chacun épouentable: Sans o-
pération de mort, qui leur eüft été douce rencontre.

Ce

Ce fait ne pouans plus eſtre comportéz du Conſorce des
Hommes, commencérent a errer par les apres ſentiers de
la Terre, Offendans l'œil de toute perſonne rencontrée.
Et en telle maniere ilz eürent forme de Vie, iuſques a tant
que la mort voulut puis auoir quelque pityé de leur miſé-
re. Sur deux deſquelz toutesfois ſ'auança la Miſéricorde
du S E I G N E V R, qui les feit préſenter dans la Vile de
Hyponie a icelluy Sainct Auguſtin, lequel par ſes Priéres
les cuéilla a telle pénitence & Oraiſon, qu'apres auoir ſa-
criffié a D I E V quinze iours durant en l'Egliſe Sainct
Eſtiene, ilz furent en préſence du Peuple deliuréz de ſi
deplorable Malheür, & reduytz a leur prémiére, mais plus
congnoiſſante nature. O Enfans rebelles & deſobeyſ-
fans. O Meſdiſans & meſpriſeurs, qui portez les parties
pectoralles tranſperſées de Piques enuyeuſes, Voyéz quel
exéple vous eſt icy déployé. Voyéz cóment vn Roy a plaine bouche vous appele Folz en ſes Prouerbes, Quand il
dit, Que le Sage Enfant réiouyt le Pere, & le fol meſpriſe
ſa Mere. Voyéz ce que l'Ecléſiaſtique vous prononce de
la malédiction de Mere, la ou il dit, Que ceſt ce qui dérracyne le fundement des Maiſons, & la proſperité d'vne
lignée. Voyéz en ſóme ce qu'il dit de pl°, Qu'il eſt maudit
de D I E V, qui rudoye ſa Mere. Que ſera-ce donc deuous
ſi votre Inclination coutumiére tyre long trait ? Dóneréz
vous pas légitime Occaſion aux Meres, de ſuffoquer voz
Sens de ſemblables Malédictiós ? Et pource qu'on pourroit
dire q̃ ce ſont cas qui n'auiennent pas ſouuent, Sera-ce hó-
re d'en produire icy vn autre d'vn aſſez fameux Bourreau
de Paris nagueres décedé & nómé Maiſtre Pierre le Gaſ-
con ? Lequel ayant été en ſa ieuneſſe peu obedient a ſes Parentz : & a ſa Mere portát trop peü de Reuerence & crainte, Elle fut émue de diuine Iuſtice a cómunémét ne l'ape-
ler puis après que Pandart, comme pour vn ſigne de quelque future malediction : Tant que luy ſe ſentant de men-
bres fort puiſſant, vn iour entre autres ſe débaucha de la
Maiſon paternelle qui etoit Riche, & en colere dépiteuſe
des bónes remontrances de ſa Mere ſe departit du païs

Canõnade.

Prouerb.
.15.

Eccleſiaſti.
.1.

Malediction
Maternelle.

veint a Paris & y feit ſi bien ſes beſongnes qu'il y deueint Canōnade
le plus inſigné & célebré Pandart qui y fut onc, & tel y
mourut, ainſi q̃ chacun ſcait. A propos dequoy O Enfans
Malyns dónerez vous pas, comme iay dit cy deſſus, iuſte
Ocaſion a toutes voz Meres de broiller votre Vie de pareilles ou pires Maledictiós? Cōment (ce pourrōt elles dire) Engendrons nous des Hómes, Sont ilz de nous eleuéz
leurdōnons nous ſi penible alyment, pour apres receuoir
de leur bouche (qui à tant de fois étraint noz Mamelles)
vn Venin odieux de Ddetraction? vne Irritation de blaſon-
néz propos? Vne penſée, vn Regard de malin ou vil con-
temnemét? Trop plus conuenable ſeroit leur dóner l'ap-
paſt du Pourceau en les faiſant tuer apres que les aurions
biē engreſſiz: puis qu'au meſpris de notre Sexe, chacun
d'eux cōmence a trayner ainſi les piedz ſus la gorge de ſa
Mere depuis qu'il ſe ſent démailloté.

Telles Concluſions Detracteurs, pourroient elles pas
venir a lendroit des Fēmes en raiſonable conſideratiō
pour pugnition de ſi grieues Offences? Certes Ouy. Conſideré que toute Lyme ſourde, Malſongeant, tout Langard
Blaſōneur & Meurdrier d'Honneur femenin eſt enflé
d'autant grād'Cruauté, qu'eſt vn Homicide. Car il eſt ecrit
Qui detracte, dénigre & hayt l'Honneur du Prochain, eſt
Homicide. Ainſi donc on le peult encor' eſtimer plus cruel que ne fut onc le magnifique Tyran qui iamais ne portoit vn Habit deux fois: Duquel la vituperable Renómée
a iamais aura cours, principallement a l'occaſion de la
mort (pour beaucoup de raiſons abhominable) qu'il feit
dóner à ſa propre Mere Agripine par deux de ſes Sattali-
tes, le iour propre qu'il eūt nouuelles dans Naples de la
Rebellion des Gaullois alencontre de luy: Auſquelz Sat-
talites, cete courageuſe Dame voyāt qu'ilz ſ'approchoiēt
aſſéz crāmtiuemént d'elle, pour luy ſicher le Glayue en la
Poytrine, ne voulut pourtant mōtrer aucun ſigne de fuyte ou reſiſtance : ains au contraire, elle hauſſant incontinent le deuant de ſa Cotte pour parler de ſon Ventre,
Commença a leur dire. Frapéz, Frapéz icy Meſchantz,
Ceſt

Io. 3.

La mort de
a mere de
Nero.

Canonade. Ceſt celluy qui a porté le Monſtre. O Pauure Princeſſe
ainſi cruellemēt traittée de ſon Fils a cauſe des enſeignementz de Vertu qu'elle luy auoit ſouuent voulu faire ſuiure. O Séuérité irrémiſsible de laquelle dépend tout autre en l'Hôme qui ſétudye a blazóner les Fēmes : lequel
ne ſe peult employer a cela, que enſemblément il ne der-
robe l'Honneur & Reuérence due, plus par luy que par
tout autre, a ſa propre Mere. Choſe, ſans difficulté, qui
tient d'vne rude Impiété: Soit, que tout ce qu'on pourroit
alléguer en ce cas, pour eſcuze, feûſt receuable. Or telle
Mere étant ainſi outragée, & en luy leuant cet Honneur
du Ciel receü, Ceſt la priuer de la plus riche piéce qui ſoit
en ſon Cabynet. De laquelle (qui eſt la Sainture d'Honneur) ſi vne Femme eſt déſſaiſye par ſon ſilz propre, il faut
iuger qu'elle aura été plus cruellement traittée que la Prin
ceſſe Agripine ne fut de ſon ſilz Néro. Veü dabondant, q̃
la cruauté de tel Empereur couua a ladite Dame ſa Mere,
vn bien de piteuſe memoire ſémée par le monde : Outre,
que cela renouuelle touſiours le ſage gonuernemēt qu'elle entreteint de l'Empire Romain, pendant la Mynorité
de luy. Mais cete façon tyrānique de Détractió mocarde
maintenant tant couſtumiére, ne peult pour les Dames &
noz Meres couuer ny eſtre cauſe, fors d'vne Sépulture de
tout le bien mortel de l'humanité, Qui eſt le bon Renom
tant general que particulier qui leur eſt leué par ſemblables Maſles leurs Enfans, Vólleurs de Reuérence femeni
ne. Deſquelz, en ſomme, les paũures Femmes ſeroient
iournellemēt occiſes par la pointe aygüe de mile Regretz
ſi magnanimité de Courage (enuéloppé d'vn humble
Douceur chreſtienne) ne préſidoit en la plus part d'elles.
Veü qu'il eſt ecrit (& ſi eſt vray) que la bonne eſtime ou
Canonade. bon Renom engreſſe les os. O Vermine domeſtique, qui
cherches a ronger l'Hôneur de qui t'entretient, Iuſques a
quand, Iuſques a quand ſera ce que lon te voirra abbuſer de
la Patience des Dames?

Qui dit mal des Femmes dit mal de ſa Mere.

Prouerb.
ℵ.

HH

FVNDEMENT

ET PREPARATION DE LA CONTRE-
MYNE DE CE FORT INEX-
PVGNABLE.

YANT maintenant par la viſitation de noz quatre Baſtions, & de leur groſſe Tour, fait apparoir les Femmes eſtre par nature, autant Capables de toute Inuention & Compoſition que les Hommes: autāt qu'eux Magnanimes, Libéralles, Chaſtes, Déuotes, & en tout vertueuſes: Et voulant de grand trayt m'élongner du propos cy deuant delaiſſé touchant la Malédiction de Mere, pour qui toute elémentaire Cóſtellation ſemble eſtre appareillée, ſera beſoin (pour trop ne nous confier de noz forces ou preuues) de recourir aux forces durables de la P L V M E Maiſtreſſe treſantique des Sciences, Pour manifeſter autrement & myeux, les ſinguliéres Qualitéz de l'aſſéz mal congnue Condition femenine. Et ce faiſant, Pource qu'icelle PLVME (noble ſeruante des deux Sexes) ne ſeſt encores mótrée affectiónée alendroit d'vne choſe plus que d'vne autre, l'induyre pour l'amour de Verité (ſi poſſible eſt) & par moyen de gratification, a donner a ce preſent Oeuure quelque agréable fin. Le tout a la Gloire du D I E V Viuant, Recongnoiſſáce de ſa V I E R G E aymée, & (ſouz ſon vmbre) a la Réſtauration d'hóneur de toute Femme, Comme la partie de l'Homme la plus précieuſe, tant fauorablement anoblye par Grace de ſa Maieſté lors de la Création. Et (ſur ce pas de Réſtauration d'Hóneur) De combien, las, eſt ce iourdhuy arreté le cours de Nobleſſe de pluſieurs, & d'eux meſmes ſouuent incongnu, cóme ſera cy aprés clárifié, par faute de la Viteſſe permanente d'vne PLVME bien taillée. Dames, Si les Hómes ſe veullét iuſques a la oublier qu'ilz ſoient tát ſeulemét deſireux de Plumes a Héaumes & Chapeaux bien ſeantes, montréz alors, & d'autant plus manifeſtéz la viuë Source d'ou vous prenéz ſaillye : Les premiers & clairs Ruyſſeaux de laquelle, vous cóngnoiſtréz cy deſſouz. Mais retenéz, Que pour ne dégenerer de votre Splendeur naturelle: & affin qu'aprés la Vie de voz Aduerſaires lón vous puiſſe a iamais entreuoir verdoyantes & viues, il eſt neceſſaire que voz Chapeaux & Tymbres d'honorable Renom ſoient deſormais ſongneuſement

L'Autheur.

La Plume Maiſtreſſe des Sciences.

Par faute de Plume, la nobleſſe de pluſieurs eſt enſeuelye.

Exortation aux Dames.

HH ii

*La Plume est
de la Liuré
du Roy.*

emplúméz des immortelz Pennaches de ces ñayues Plumes,qui touſiours furēt vétues des couleurs du ſeul Croiſſant de l'Europe. Lequel apres auoir congnu leur affection durable en ſon Seruice,& le beſoin qu'il en aura non
moindre que de Lances pour le rendre au monde immor
tel,ſ'éfforcera de plus en plus les faire entretenir en leur
belle parure ou liurée de luy reçeüe : Meſmement cóme
Prince qui ne pourra ayſémēt ſe diſtraire de la héroique
Vertu dont ſon Royal plus qu'Impérial prédecéſſeur
& Pere, François , ſera a iamais rémémoré es Bouches &
Volumes d'Hóneur:laquelle Vertu étoit,d'auoir bien aymé Science , Grand ſigne de Royalle Perfection. Conſideré que les Letres ont du Ciel telle félicité entre autres
cas,qu'elles font touſiours bonne cópagnie au Perſónage
qui les décore.Car elles l'aydent & ſuruiénent en ſon priué,dehors & en publiq,ceſtaſſauoir en lieu de Sólitude,en
lieu frequenté, en lieu de Ioyſir & d'affaires, En dónant a
leur Mécénas la vraye congnoiſſance de Vertu,& de pluſieurs Cas , par ſus quoyRien ne ſe peult penſer plus plai-
ſant,plus magnifique ne plus prouſitable a toute qualité
de Gens,qui par l'entrée des Plumes dont eſt queſtion,
ſe veullent entretenir en cela pour iouyr du ſecret &
précieux Contentement d'Eſprit en cete Vie humaine,
attendant l'eternelle Conſolation future , De laquelle
tous ceux qui premiers les caréſſerent ont été & font a iamais illuſtréz:Comme ilz font encor' outre cela,entre les
Hómes,de leurs durables Offices d'Ecriture,Dont le premier (qui fut le grand Moyſe) enſeigna a tousHumains
le fons & ſupernaturel cómencement de leur Origine &
Creatió par le moyen de ſes cinq Liures de Geneze,D'éx
ode,du Léuitique,des Nombres,& duDéütéronome,tout
ainſi q̃ par Ioſüé ſon myniſtre & Duc apresluy,fut fait de
l'hiſtoire du gouuernemēt du Peuple d'Iſrael ſoubz laLoy
du C R E A T E V R, & qui par apres ſe continua par les
Iuges,Roys & Prophetes,cóme par Samuel, es Ecritz de
ſes quatre Liures desRoys,tous diuinement par luy,& par
d'autres en autres cas façónéz auec l'Inſtrument & fidelle ay-

le ayde de ces nayues & petites Plumes, Aufquelles
pour cela,ny pour debat de plus antique Nobleffe,les Ta-
blettes ou Ecorces d'Abres des Gentilz, ny les Pinceaux
de toute Letre hiérolifique des Egiptiens, ne font a para-
gőner, Veü ce que par les Sainctz Regitres eft notté du
trefantique & digne vfage du Cornet & de la liqueur y có-
tenue pour la propre boyffon de ces diuines Plumes,
enfemble de la digne Eléction de D I E V alendroit de
ceux qui les portent fur les Reins au lieu de Piftoletz ou-
trageux, ainfi qu'il eft probable en Ezéchiel & autres paffages de l'Ecriture.

Ezéchi.
.9.

L Efquelles Plumes,Dames,bien que petites foient, ont
neaumoins nonpareilles propriétéz,comme vousvoy-
ez . Enquoy la prouidence du R O Y qui ayme les chofes qui de foy fe font apparoir petites & baffes en ce monde,eft d'autant plus magniffiée en elles,que plus lon voit
la trace de la ou icelles Plumes ont paffé,frefche& tenanté
apres mil & mil faifons .Eü regard aufsi, qu'elles ne furent
onc fubietes a l'impétuofité cyflante des grás Ventz & en-
uyeufes Pluyes,ny a Ruyne aucune de téporelle mutation
Ains maugré toute ignorấte Malice d'aucuns, maugré la
mort aufsi,fontviure par deffus le haut Olimpe de la terre,
nőfeullemět ceux qui les ayment &fauorifent,mais encor
ceux & celles qui de Vertu enfláméz, les portent fus diapréz Chapeaux d'Hőneur, & a les bien entretenir f'euer-
tüent.Vray eft que lon pourroit dire, cecy n'eftre Ecriture d'aucune nouueauté : Si effe toutesfois qu'il fe faudra
toufiours réduyre a ce point . Sauoir eft, Que tout le Só-
maire de l'Immortalité humaine tant requife:le but aufsi,
de Richeffe,de Vertu,& diuine Philofophye, fe trouuent
affeurément encloz dans le tuyau de la P L V M E : Ou
bien,aumoien d'elle tellement élargyz deuant noz yeux,
que(outre que par fon efficace toute Claufe de royal Se-
crét eft dignement cőmife a celluy qui tend & March'au
mont d'honorable Profefsion) elle peult eftre appelée
de chacun la Gouuernante & Diftributrice géneralle de
tous les biens de ce bas Poffeffoire, Ainfi que ia à été dit cy

Aucunespro
priétéz de la
Plume.

La Plume
n'eft a rien
fubiecte.

La Plume ho
nore ceuxqui
l'ayment.

HH iij

deſſus, N'en déplaiſe a la Maiſtreſſe des Cabaliſtes. PLV-
ME, qui les Batailles ſcays viuement repreſenter : qui in-
ſtruys la Terre de ſes Offices annuellement ſouhaittéz,
& aux Mortelz de tout, tu puis faire ouuerture. PLVME,
par la faueur de qui (ainſi que dit vn Poéte)

Les Anciens Heros, du Sang des Dieux venuz,

Sont encor' auiourdhuy maugré les ans congnuz.

PLVME, a ce propos, qui par la vigueur de ton bec tem
peré, as a bon droit, rendu regreté par la France le grand
Seigneur de Langey, en le faiſant plus redoubter de tout
vn Empyre generallement (luy en ſa Chaire, & toy entre
ſes mains) que n'euſſent peü eſtre vingt mil autres Cheualiers, comme luy, entre les Arçons bardéz de Cauallerye
Françoyſe. Conſidérant ſagement par benefice de Letres
ce Valureux Lieutenant de Roy en Piémont, que la ou
prémierement n'entre l'Eſprit par Science eueillé, n'entrent iamais bien les Armes: Et que la ou ne peult bécher
la PLVME, a peine y pourra iamais faire trenchée aucun
Pyonnier militaire. Ce que depuis le decez dicelluy Seigneur de Langey auoit eté bien comprins, de lavenerable
Vieilleſſe du treſvigilant & tresfidelle Prince de Melphe
en meſme degré par le Puiſſant Roy Françoys conſtitué,
au païs ſuſnómé: la ou entre autres choſes qui ſe pourroiét
dire de luy, ſa ſéuere droitture en Iuſtice, fut pluſieurs
foys adoucye par le moyen des Letres, deſquelles ſeſt
puis rendu polly parmy la France l'Honorable Prélat des Troyens, ſon Fils, Mais par ſus tous (quand a l'exécution de martialles Conqueſtes) le fort renómé & treſ-
rare Cheuallier de Bryſſac en ſi peu d'années qu'il a eü la
capitale Charge de la Courône de France es Terres Pié-
montoyſes. Ainſi que par ſes Geſtes martiaux en eſt appa
ru par tout le Païs ſouz le Nom & digne Election de l'heüreux Roy Henry . Apparu, ſentend, Veü que par forces
d'Eſprit, & ſans grans fraiz ny perte de ſes Gens, les Prin-
zes de tant de belles & tresfortes Viles en peü de Moys
faittes par icelluy Seigneur de Bryſſac ſur les Impériaux

Le grãd Lan-
gey Ama-
teur de la
Plume.

Le Prince de
Melphe.

Le Seigneur
de Briſſac.

en

en telle Contrée, sont d'autant plus , pour cela , louables
& a magniffier a iamais. Et ce,par la faueur de toy P L V-
ME , qui sçays de combien tu es aufsi de luy chérye en
son secret, contre l'ordinaire nature de Noblesse francoyse, qui (génerallement parlant) n'à de long temps
fait Etat que de ses Bardes. PLVME,des Ignorans tant
seullement mesprisée, & (au contraire) iadis tant adorée,
non honorée,du fameux Achylés:Combien tu fus encor' *Achyles &*
apres luy réuerée par ce haut Belliqueur & grand Monar- *Alexandrt*
que Alexandre.Que dist-il de toy , ce magnanime Roy *Amateurs de la Plume.*
lors seullement qu'il alla visiter,a ta faueur le sepulcre d'i-
celluy Achylés long temps parauant décedé?Parloit il pas
a luy,comme s'il eüst eté corporellement viuant : en le ré-
putant plus que vif par ta vigoureuse Viuacité ? Voire lors
& a l'instant mesme que ce grand Alexandre (gettant vn
souspir de regret sus la Tōbe dudit Achylès,pour l'enuye
qu'il auoit d'vn Homere qui luy peüst faire flamboyer sa
Mort en immortel Renom (comme à lautre) ne se peüt
abstenir de dire ainsi en sustance,

Toy bien beüreux, qui as aymé la PLVME

Qui te rend vif, sans peur de Mort aucune.

Voulāt quasi inférer chose sēblable a celle q̃ lePindare frā- *Ronsart.*
çoys,Ronsart,à en ses Poésies tresbien exposé,quand il dit,

Vn Roy tant grand soit il,en Terre ou en proesse

Meurt comme vn Laboureur, sans Gloire, s'il ne laisse

Quelque Renom de luy . Et ce Renom ne peult

Venir apres la Mort, si la PLVME ne veult

Le donner a Celluy qui doucement l'inuite,

Et d'honneste Faueur compense son Mérite.

Voila cōment on ne pourra nyer PLVME,que des plus
haux Personnages de la Terre, tu n'ayes eté soutenue,
pour le desir qu'ilz ont eü de Viure &reuiure au mōde par
toy:& dont les Doctes te deüssent grandement collauder
cōme ledit Homere, puis q̃ ses semblables peuuent estre
autant ou plus desiréz des Princes qui cherchēt d'Alexan

drizer fouz le Ciel, que le grand & digne Coneſtable de
Montmorécy pour la merueilleuſe Sollicitude, Mémoire,
Cógnoiſſance, & non offuſquée négociatió des Affaires de
l'Europe qui eſt en luy, a ſté de ſon viuant deſiré (par re-
gret) du treshaut Prince qui toute ſa Vie n'à cherché qu'a
Céſarizer en l'Occident.

O Gentil Pennache, es Roys tant aymable, du Thiérs
plus louable & plus recongnu que tu ne fus onc, Vn
Beauregard, vn Don des Cieux ta Charge eſt eſtimée côme a riens de mortel non côtable, Veü qu'en icelle ne ſe
fait Recette ſinon de Sens, Sçauoir & graue Théorique.
Treſors, deſquelz le Bureau ſeullement ſe tient en la grád
Chambre des Comptes de Vertu, En laquelle tout loyal
Receueur eſt, en fin, guerdóné de plus riche Taxe pour
ſes Vaccations, que grandes n'auront peü eſtre les Sommes par luy touchées & tyrées des Sacs de Graces ſpiritu
Exortation elles, qui ſont Sens, Théorique & Sçauoir côme dit eſt. O
de l'Autheur P L V M E riche, Hollande ſurnommée: Certainement,
a la Plume. pour reprendre propos(& ne donner ſigne d'Adulation
par les louenges qu'on pourroit elargir de toy) ie te ſens
aucunement inclinée a lendroit des Femmes, & n'eſt
merueille. Car ſi tu n'es proprement du Sexe d'elles, tu
es aumoins du Genre femenin. Donc, ſi en leur faiſant ſer
uice & immortel Honneur ce ne puiſſe eſtre ſans en tyrer mérite de louenge a toy propre (car ſeruir a elles, ceſt
côme regner en ce monde) Chante, Ecry, & par nouuelle
grace de ton premier Langage, prononce & fais hardiment apparoir a toutes Nations en ce Sexe incrédules, de
combien il te ſemble plus exçellent que cy deuant n'à été
montré : Et me décharge hôneſtement de ce faix. Car
outre ce q̃ pluſieurs me dóneroient attainte d'éfféminé
ſi ie préſumoys telle entrepriſe, (Bien que choſe ny ayt
ça bas plus deſirable que d'eſtre éfféminé par les Bézers
ſuaues de Verité) Ie congnois pourtant, qu'il me ſeroit
neceſſaire auoir Science infuze des haux Cieux : Encores
que ie ſache (ſuyuant l'Opinion des Philoſophes) que ceſt
Acte vertueux de dóner lieu à icelle Verité, ſus le diſcrime

de

de deux chofes enfemblément bien aymées comme eſt
de moy ce Gentil Sexe,& le Maſculin auſsi . Et qui plus
eſt,ieſtime que ma langue ſeroit toſt forcloſe , au hazard
de mouuoir Ryſée.Congnois tu pas aſſez,que mes forces
ne ſe ſont peü etendre a la centieme partye de l'Egalité
& Conformité de perfection,que ie me ſuis cy deuant efforcé montrer de la Femme a l'Hôme? Doncques, côme
ſeroit il poſsible qu'apreſét ie peuſſes conuertir cête Egalité & vniforme Semblance de Femelle,en ſuperiorité de
naturelle Exellence? A ces cauſes, timidité temporelle
ne te face retyrer de ta hardye coutume de faire.Car cête
Dame Verité, qui tient la haut le Glayue de Iuſtice paternelle,Sera pour toy.Ainſi, ne crains point de prépoſer
ſon vouloir a tout Amour fardé de mondaine Virilité.
En rémemorant en toy,que ſi depuisl'euacuation du grãd
Deluge, toute Puiſſance tranſitoire des Malins, n'à peü
effacer la trace de tes Caractaires ou Letres : Et as (Toy *Vigueur de*
qui es l'Ame nourriſsiére de tout Sécretaire) ainſi que *l'Aubeſpyne.*
l'Aubeſpin' elégant,fait ſortir Epines de durée pour ta déf
fence,maugré toute pourſuyuante Contrarieté,lors qu'as
ſenty tes fleurs fauoriſées vouloir eſtre ternyes & repouſ-
ſées au loin,par l'importune bouffée de Ventz enuyeux,
dôt toute Court Royalle eſt volontiers agitée a ſon chãgement. En rémemorant en toy tout ce que deſ-
ſus(comme dit eſt) Qu'elle pourroit eſtre doreſnauant toute aſſemblée Coniuration mondaine alencontre de toy? Puis eſt certain
que ceux qui voudront eſtre aperceüz
Vertueux(comme Imitateurs de leur
D I E V, qui tant fut amoureux de
la dame Vraye,que luy meſme
eſt la propre Verité)ne ſeront
ſcandaliſéz de ton Dire , &
contre toy ne déploy-
ront l'Enſeigne.

semper
voli
tans

ADLOCVTIO
PENNÆ

CONTREMYNE

DE CE FORT, FAITE SVR LE PARLER EXPERT DE LA PLV-ME, pour la Préexcellence de l'Honneur de son Genre.

La PLVME aux DAMES.

Chap. I.

MOY stimulée de mon si long Seruice a l'endroit des Humains (Noble Sexe & pure Géneratió femenine) A ce coup éguyllonnée de par l'Imperatrice du Monde Verité: Et pareillement me sentant cómue de compassion incroyable, de ce que plusieurs ont myeux aymé par le passé, faire apparoir l'Amour ou Réueré ce, qu'ilz ont portée a aucunes de votre semblance, par Mort sauuage (Seruices qui sont a Dames de peu de fruit) que d'auyser & s'éffotcer faire telle preuue d'amoureuse Foy, par moyens plus louables, & moins subietz a oubliance, Comme par la déclaration magnifiée de vos Louenges, ou bien par faitz d'Armes héroïques alencontre des Incrédules en voz perfé-

ćions, tant & en telle maniere, que votre Brandon d'hôneur eüſt peü flamboyer en paix ſans ſe mouuoir pour aucun orage d'enuye ou blaſon: Et conſiderant, a par moy, q̃
(ce que deſſus aſſez congnu) les Hommes toutesfois, ſe
ſont en cela vniuerſellement demontréz pareſſeux, Superbes, Contraires a icelle Verité, (ne veux dire Ignorans)
& diſsimuléz Amans de voz diuines Graces. Soit qu'au
cuns plus feruentz que les autres, ont eü quelque inclination à ce faire, & par fois en ont montré apparence, ainſi
que le tresprofond, confus, voire & aucunement prophétique Poſtel, au liure de ſa Mere Iane, qu'il fault entendre
de la grande Iane, Femme de Ianus, premiere Rénouatri-
ce de l'humain Lignage apres le Deluge, côme vraye Ti-
dée, ou plus toſt Idée d'icelluy : Et apres ledit Poſtel, le louable Courtiſan : Le Docte & Ieune Seigneur de Vineu,
& ſur toute ſpecialité de parler, le modeſte Lyonnois
Taillemont, auec le Concierge bien auyſé du Palais des
Dames : Neaumoins ſi froidement & comme par maniè-
re d'acquit, que ce n'a iamais été ouuertement, ny (côme
il conuenoit) a Banyére deployée iuſques a preſent, ainſi
que requier le Trophée d'icelle Verité : Ains ſouuenteſ-
fois ſouz couleur dautres propos & argumentz, tout ainſi
que ſi c'etoit crime de leze maieſté, d'allumer le flambeau
veritable des choſes baſſes, pour y entreuoir ce que Nature maſculine entreprend ſus la femenine. Le tout, pour
& affin, que les diuerſes ſortes de Meſpris, Moquerye ou
Détraction de femenine Eſſence ceſſaſſent, aumoins vne
fois, entre les Mortelz, pour leur honneur & meilleur repos de Vye. Veü que Meſpris a touſiours eté & ſera vne
choſe que perſonne ne peult endurer : Parce qu'il ny à
Creature de raiſon, ſi baſſe ou abiecte, qui merite eſtre mé
priſée : Et auſſi qu'en cela (outre ce qu'on y meſpriſe le Iugement & volonte de D I E V, comme Autheur de Nayſſance, en la Voccation des Creatures qui ſont en luy ré-
generées ſpeciallement) il auient quelque fois outre cela comme dit eſt, que ceux ou celles que les Hômes ont
a plus grand contennement, ſeroient quaſi dignes d'eſtre
adorez

*Les hommes
ont eté igratz
a ecrire pour
les Femmes.*

*Tidéa Nõ de
la Femme de
Noé.*

*Tout meſpris
eſt indigne.*

adoréz au preis des autres . Congnoiſſant finallement q̃
ce Fort Imprenable à bien merité quelque ſecrete Côtre-
myne pour la derniere confuſion & coulante fumée des
poudres de Raiſon ſotte de ſes Ennemys, qui m'ont côme
Eſclaue en la Gallere(dont me poyſe) ſouuent fait ramer
en Mer d'Ecritture maldiſante au meſpreis de votre dou
ceur acointable: Dequoy ieſpere iuridiquevengeáce, auec
titre de Magnanimité, ſi pour ouuertemēt hayr & aymer
ce que lon hait & qu'on ayme, la perſonne(côme dit Ariſtote)ſoit magnanime. Moy donc qui ſuis le Laurier anti   *Aucunes qua*
que & verdoyant des Poetes: des Orateurs la Memoire *litez de la*
locálle: des Hiſtoriographes le ſeul Reuenu : des Princes *Plume.*
le Clairon ſouhaitable: des Financiers laDécharge acqui-
tée : des Théologiens la Source: des Préſidentz & autres
Gens de Droit, la premiere Norriſſe, & la vraye Myneruc
ſouz figure d'vn' autre tant de temps célebrée . Moy, au
ſurplus, qui ſuis la Lumiére & Mere des Secretaires , qui
ne fus onc ſubiete a Vergongne, & ay ſur tout deſiré de
pouſſer a fin receuable tout Labeur vertueuſement entreprins. Ie n'auray Honte, ains Rougeur de gloire, Dames
& Maiſtreſſes, en ſoutenant Verité (mais plus toſt ſoute-
nue d'elle, qui cete fois me fait oꝛurir la bouche) de pré-
ter faueur a la débilité d'Eſprit de l'Ingénieur d'icelle votre Fortereſſe premiere au monde, Incomparable & Vnique . Et ne voyant de ſa part, choſe qui n'ayt tant prouo-
quée a ce point, que le Seruice cordial qu'il porte a Vertu
(nonobſtant quelque Remontrance gratifiée qu'il m'ayt
ſceü faire cy deuant) clairement & librement ie vous of-
friray pour Sacrifice deü, & diray en ſon lieu, aucunes Singularitéz, leſquelles, pour votre Exellence ſeront honorablement Immortelles, & qui ne pourront (i'en ſuis ſeüre)
moleſter les cœurs des haux Princes & autres Seigneurs
que lon congnoiſt en France & ailleurs, auoir deſir de mi-
liter pour le ſupport de la dame Verité, & de ſes fauoryſées *La Plume ne*
Compagnes en Vertu. Ce que ie dy, Dames, eſt pour vo⁹ *veult mouriꝛ*
montrer, en ſomme, la pure affeĉtion que i'ay touſiours *au ſeruice*
eü en votre Seruice, & que ie n'ay peü découurir iuſques *des Dames*

a prefent,que ne fuis plus muete. Auquel feruice pourtãt, ie ne veux & n'entens mourir (ainfi que plufieurs difent, & fe vantent fouuentesfois)Mais au contraire, viure en icelluy,& eftre de vous caréffée felon mon mérite, Car chofe morte,plus ne fait de Seruice. Lefquelles Singularitéz ou precieux douaires de votre Effence, feront (& le verréz)tacitement confefféz de plufieurs,au dépit de l'Enuye de tous ceux qui font toufiours contraires a nouuelle lueur de raifon,lors que i'auray prouué & conclud, votre humble Sexe eftre par grace diuine,en fa nature, trefexéllent & perfait,plus affez que cy deuant n'a eté prouué. Ce que fe fera non auec couleurs affemblées de parolles bardées , ny d'Argumentz de Logique fofiftiquéz, auec lefquelz afféz d'Hommes fçauent deceuoir les autres:Mais bien,auec Authoritéz d'Autheurs approuuéz, Auec exemples de fort breues hiftoires, Auec raifons apparentes, & tefmoignage euident de l'Ecriture Sainéte . Chofe que ie puis hardiment entreprendre,comme celle qui ay trefbien notté toute qualité de Science, & fans qui, par mes trauaux,chofe aucune (humainement parlant) ne peult eftre bien cõgnue. Par protéftaciõ toutesfois,que ie n'entens par mes propos vous inciter a monter fur voz Argotz(comme lon dit en Prouerbe)Dequoy ie ne prife pas dauantage les Dames d'Italye fur leurs Pianelles & hautes mules, Mais plus toft vous veux-ie inciter a plus douce Obédience & Humilité pour votre acroiffement d'hõneur & bien de chacune de vous:Veu que le premier triumphe d'Obédience,eft de Coronation, car il fe préfere a tout Martyre,fuyuant ce que me fouuient auoir autresfois enclos au premier Liure des Roys & allieurs, ou lon voit encores,que Obédience vault myeux que Sacrifice. Puis vous fcauéz,Que tout ainfi que la Dame honnefte, fans eftre Charitable,eft (comme dit Sainét Bernard)vne belle Lampe fans huyle : Aufsi la Princeffe ou autre, qui ne tient compte de fe parer du Ioyau D'Humilité,Comme vne Epouzée fans Chappeau fera par tout eftymée. D'Humilité prouient la grand'Nobleffe.

Proteftacion que fait laPlume aux Dames.

Obedience vault myeux que facrifice.

.1.Regum. .15. Eccle, 4.

De la

DE LA PREEXELLENCE
des Femmes par lordre de la Creation
du Monde, et matiere d'icelle.

Chap. II.

O R E S, pour donner commencement a lou-
uerture des haux Secretz en vertu defquelz
i'efpere, au pys aller, faire entreuoir l'exelléce de Noblefle de la Femme non moindre
pour le moins que de tout' autre(bié, que ce
ne me foit petite entreprinfe, veü la longue Opinion du
contraire, qui fera cete fois déffaifye de fon droit vfurpé
en l'imaginatiue de ceux qui fefforcent conformer laRai-
fon a leur fens, a laquelle ilz deüiffent afferuir les puiffances de leur Ame) Conuient, auant toutes chofes, préfuppofer icy le point indubitable debatu au commencement de l'Ecarmouche de cete Place forte, Sauoir eft,
Qu'il ny à aucune Préeminence de Noblefle en l'Effence *Reprinfe &*
de l'Ame d'entre la Femme & l'Homme, en vertu dequoy *confirmation du premier*
lun fe puiffe dire fupérieur de l'autre, Ains feullement vne *point de ce*
conforme & immuable Grandeur & Liberté. Cenonob- *Liure.*
ftant, Quant aux chofes qui font es Mafles outre cete diuine Effence d'Ame, la Condition des Femelles emporte titre d'Exellence. Premierement(& en confirmant tou
tes les Caufes ou Munitions de ce Fort, trouuées & bien
ordonnées en chacun de fes Quartiers)Entant que la Femelle eft vne trefexcellente Creature, au refpect des Dignitéz & Graces fpecialles qu'elle à obtenues plus que
l'Hóme au premier ordre de la Creation de l'Vniuers par
la main iufte du FORMATEVR admirable d'icelluy. *L'ordre de*
Confideré, qu'il eft notoire, que toutes les Chofes crées, *Dieu a laCre-*
font diferentes en ce qu'aucunes d'elles font a iamais in- *ation du mõ-*
corruptibles, & les autres corruptibles, Subietes a vari- *de.*

ante mutation: Aufsi n'eft moins certain, que a créer &
baftir icelles chofes, tel & fi merueilleux ordre a eté tenu,
que cômençant icelluy grâd Ouurier, au plus noble point
de l'une, il a aufsi voulu finir au plus noble & haut point
de l'autre. Ainfi, il créa en premier lieu les Anges, incor-
ruptibles par grace, Puis les Corps mefmement incorrup-
tibles, comme le Ciel, les Etoiles, les Elémentz, fubietz
neaumoins a diuerfes mutations. Defquelz Elémentz il
raffembla toutes les autres chofes qui font corruptibles
par nature. Cela fait, en tyrant auant es plus baffes
& viles, & montant peu a peu au coupeau de fon Oeuure

Le temps de par chacun degré de dignité, il parueint au complyment
la Creatiô du entier de cete Machine ronde. De la proueinrent les ma
Monde. tieres mynerables, puis les Herbes, les Plantes, les Arbres,
& autres fêblables. Apres ce, il crea par ordre les Animaux
Ceux des Eaux, de la Terre, & Vollatilles. Finallement il
créa l'Homme femblable a foy, puis feit la Femelle. En
laquelle font & furent finyz les Cieux la Terre, & tout
l'ornement d'iceux, qui fut enuiron cinq mil ans auant la
naiffance du ROY diuin, pour l'Amour duquel le tout fut

La Sapience ainfi elégâment bafty & compofé. Par cela ce grand & plⁱ⁰
de Dieu arré que parfait ARCHITECTEVR etant a la Creation
ftée en la Fê- de la Femme, fe répofa: côme n'ayant autre cas a former
me. plus honorable. De forte qu'en elle fut arretée toute la Sa
pience & Puiffance d'icelluy CREATEVR quant a tel
Oeuure. Veu qu'apres la Femme ne fe trouue & moins fe
peult penfer autre Creature. A l'occafion dequoy la Féme, étant la derniere chofe créée: etant aufsi la fin, le perfait & voluntaire acompliffement des Operations diuines, & la perfeCtion terminée du Monde, Ou eft celluy, ie
vous pry, qui fi legerement fe gettera deformais en Cam-
pagné d'irraifonable verdure, pour foutenir que la Femme ne foit digne de toute Exellence? Sans elle le monde
ia perfait, & de tous fes membres acomply, auroit il pas
été Imperfait? Lequel a cete caufe, n'a peü eftre autrement complet ou finy, finon en la moins imperfaitte des
chofes en luy crées. Car il n'eft a croire, & feroit cas indigne

Gene.
2.

gne de penſée, que D I E V eüſt termyné vn Ouurage tant
merueilleux en vne choſe imperfaite, plꝰ fragile, ou moins
noble qu'vne autre parauant faite. Eü regard, outre ce, ꝗ
cete Machyne ronde etant formée en figure d'vn Cercle
entier entierement perfait, il eſt bien néceſſaire qu'il ayt
été paracheué & clos auec la partie, qui auec certaine forme, vnyſt & aſſemblaſt a ſoy la premiere auec la derniere
la plus vnye de toutes. Ainſi la Femme, alors de cete vniuerſelle Creation, entre les Creatures fut la derniere de
temps, & de toutes la premiere en la Cóception de la haute Volonté, tant d'Authorité, que de dignité, Suyuant ce
que touchant cecy, l'Egliſe fait Cantique & Célebration
diſant ainſi. D I E V la elüe & préélüe, & la fait habiter en
ſon Tabernacle. Et ſil eſt beſoin de parler ſur ce propos,
en forme de Philoſophye rationale, l'eſtime l'Opinió des
Hommes de telle profeſsion auoir génerallement été,
Que la fin d'vn Oeuure, eſt le premier point en l'intentió
du bon Ouurier, & le dernier a l'éxecution. Donc & par
conſequence, la Femme fut la premiere, & la derniere
Operation de D I E V, Introduyte par luy, en ce mortel
Eſtre, comme Royne en ſon royal Poſſeſſoire, ia paré
& fyny de tous pointz pour ſon Entrée. Pour ces Raiſons
elle eſt droittement aymée, aumoins réuerée, de toute
Creature, comme pour porter reſpeẛ a celle qui eſt Royne, fin de chacune choſe créée: & qui eſt perfeẛion & gloi
re du tout treſbien déterminée. Enquoy pluſieurs circonſtances de Graces & ſpecialles Dignitéz ſapperçoiuent
auoir été oẛroyées a ce gracieux Sexe femenin tant ſeullement. Outre leſquelles y en à vne autre digne de réla-
tion, qui conſiſte en la diuerſité de la Matiere, de laquelle
les deux premieres Perſonnes furent formées. Car la Féme ne fut faite de matiere inanimée ou choſe de fange
cóme l'autre. Ains le F O R M A T E V R la voulut créer
de matiere purifyée, & ſenſiffyée, Sauoir eſt, d'Ame rai
ſonable, participante de l'Eſprit diuin. Ioint, que luy, fut
formé de la Terre, produyſant quaſi de ſoymeſme les Bé-
ſtes de toute eſpece auec coopération de l'influence des

La Féme eſt la premiere & la derniere.

Graces de la Femme par la Creation.

KK

Cieux : Et elle, fut formée de la main du MAISTRE fimplement,& fans aucune vertu cooperante,par deffus toute
Influéce de Corps celefte.A ces caufes,& confideré qu'en
cete façon , la Femme eft vn Oeuure trefsingulier de
DIEV, tous Enuyeux & fuperfticieux Eplucheurs d'Effence femenine aillent arriére , & foit maintenant finy le
long debat des Philofophes & Medecins,pour lequel ilz

debat des
ilofophes et
Medecins
icy finy.

fe tirent encores au poil, fur les matieres generatiues des
deux Sexes :Lefquelz vont fi obfcurement chercher ce
qu'ilz ne peuuent trouuer,qu'aucuns des plus Byzars d'ê-
tre eux,vont murmurant ça & la,que la Femme eft venymeufe au temps de fes fleurs : qu'elle occit les Fnfans au
Berceau,feullement a les regarder : qu'elle obfcurit aufsi
vn Myrouer bien net, a le voir : & que de fes Cheueux fe
peuuent engendrer des Serpens. Donc & pendant que
tous ces pointz font en ridicule altercaz entre eux,Qu'ilz
viennent Qu'ilz viennent en ce lieu,& au regard de la noble & pure matiére de la Féme qu'ilz ceffent d'ergotter a
la Baraliptône,En côfeffât leurs difputes & fubtiles Curio-
fitéz n'eftre q hargneufes Réuéries.Car ilz n'ont fceü tous
enféble nyer,q des fleurs de laFéme fimplemét,l'Hôme ne
foit norry par neuf mois au ventre maternel, quâd la Su-
ftance d'icelles(apres laConceptió)eft retirée auxMamel-
les,pour leans fe cuyre & blanchir, & puis fe conuertir en
Laiôt,qui coule d'vneVeyne, laquelle iointe aufdites Mamelles va droit au nombril de l'enfant, qui en cete façon
(côme myeux fauéz dames)reçoit fa norriture n'etant encores nay. Heureufe dôc la femenine Progenie qui(pour
retourner a ma matiere de Creation) fus produite par le
haut ORFEVRE,en fi pure maniere, Que tout ainfi que
l'Or (qui eft tyré & purgé du gros Or venant des veynes
de la Terre,le plus noble de fes Metaux) eft trop plus riche & apprécié que ce gros & premier,Aufsi d'autant plus
exellente par raifon claire tu pourrois bien eftre eftymée,
qui as eté noblement tyrée nette & pure , non pas de la
Terre,ny de fes veynes,mais proprement, des veynes du
Mafle le plus riche Ioyau d'icelle Terre:Lequel parauant
toy

toy, auoit eté extrait des Nerfz cendréz & non pur-
géz de cete Terre graſſe, pour de ſon Corps aſſopy,
diuinement en tyrer vne merueilleuſe Quinte Eſſence
a ſon réueil agreable. Nobles ſont Ceux que le Ciel
fauoryſe.

DE LA PREEXELLENCE
de la Féme, par le regard du Lieu
de ſa Création.

Chap. III.

D AVANTAGE, ſon peult euſdemmēt com
prendre par la lecture des Sainctes Lettres de
combien la Femme eſt digne de Préexellence
Speciallemēt par vertu du lieu ou elle fut ainſi
purement extraite que dit eſt, Qui fut dedans le beau
Iardin d'Eden, lieu plus que noble & délicieux. Au contraire l'Homme fut fait hors icelluy, en plaine campagne
du champ Damaſcene, d'ou il fut puis apres tranſmis en
ce Paradis (ou etoit le fruit de Vie) pour le ſingulier Chef
d'Oeuure de la femenine forme. Laquelle (pour faire apparoir de ſon Exellence) deuoit eſtre faite en la plus noble part de tout le monde. O belle & fauorable ſingula-
rité, encor' a preſent tant admyrable, que les Femmes,
pour cela, ne ſont ſubietes a vn tas de Maladies etranges
comme les Hómes, & entre autres, au mal vergongneux
de Phtyriaze, qui eſt vne Infirmité douloureuſe dont pluſi
eurs Hómes ſont autresfois mortz en leur lict, mãgéz de
Vermyne & de Pouz affaméz, ainſi que le Roy Arnoul
Allemant qui en mourut dans Bauyeres ſix cens ans y à
ou enuiron. Outre ce, le noble Sexe femenin n'eſt communément ſubiet a la paſſion mortelle de la Pierre, cóme
eſt le Maſculin, ny pareillement aux Goutes enragées de
Chyragre, ou Podagre : Car ceſt choſe bien plus que rare,

La Féme fut créée dans le Paradis.

Gen.2.

Gen.2.

Maladies à quoy la Féme n'eſt ſubiete a cauſe du lieu de ſa Creatiõ

de trouuer Féme ieune ou vieille, qui foit affaillye de cete douleur incurable, Comme ayant les membres trop

delicatz pour nourrir telle vermyne de maladie nodeufe.
Mais qui plus eſt, les Femmes non ſeullement ne font afferuyes a diuerſes qualitéz de maladyes, Ains elles ont
vigueur par diuin préuilege de guerir les Homes de plufieurs maux, Et ce, fans aucunement dérroger a la grace
myraculeufe des Roys treschreftiens, fur la guérifon des
Ecrouelles, ny aufsi de ceux d'Angleterre, fus le mal Caduc. D'entre lefquelz maux cy deffus promyz dont les Fémes peuuent guerir les Hommes, y en à vn afféz fpecial,
Qui eſt qu'en vertu du lieu de leur Nayffance, elles ont ce
Don de grace, qu'apres auoir eü deux Enfans d'vne Portée, elles peuuent guerir tout Hóme trauaillé du mal des
Reins, quand il ne fe peult ployer ou mouuoir, fi cetuyla
fe prefente a vne d'elles, en fe profternant a Terre, & en-
durāt qu'elle luy paffe le pied fus l'Echigne, pour faire deffus vn figne de la Croix, auec quatre parolles fecretes, que
ie referue a dire a part a chacune Dame qui en aura defir,
Combien que cecy foit vn cas affez notoire en Italye.
O grand preuilege, & figne de préexelléce, dont par trop
lon abbufe, que l'Hóme fe foumetant a la Femme, foit
ainfi myraculeufement guéry de fon mal. Encores, fi vn

Homme à mal aux yeux, & que cela procede de Cater-
re ou froidure, En farrozant lenuiron d'iceux deLaict de
Femme qui aura fait vn fils, par l'efpace de trois ou quatre
matins, a ieun, la lueur des yeux luy fera réftaurée, auec
euanouyffement de la douleur. Voila comment d'vne
fimple liqueur, qui de fleurs femenines eft compofée, vn
tas d'obfcurs Philofophes qui prouuent la Femme eftre
Venymeufe, fe peuuent ouurir les yeux, pour voir clairement & fans Lunetes, qu'ilz font Réueurs. Outreplus, les
Femmes, génerallement ne font fubietes cóme les Hommes (bien que la plus part d'elles ne le fache) a étourdiffe-
ment de Tefte, quand il femble que tout tourne: Et a caufe dequoy Plato feſt autresfois moqué d'aucuns de fon
temps qui vouloient foutenir que tout tournaft lors que
ce mal

ce mal les tenoit. Ne font femblablement fubietes icelles Femmes a éblouyffement des yeux pour regarder en
haut. Le tout par certain douaire de Nature, illuftrée de la
fplendeur merueilleufe du lieu noble de la Création feme
nine. A loccafion dequoy encores(& qui plus eft) quand
il entreuient qu'vn Homme & vne Femme tumbent en
femblémét en Mer ou Ryuiere hors mis tout fecours, lon
voit le plus cómunément la Femme flotter fus l'eau, &
l'Homme incontinent chercher le fons, ce femble, pour
myeux pefcher, comme feul Pefcheur & Pécheur furnó-
mé, Car de Pefchereffe ou Pefcheufe, les Eaux nont point
de congnoiffance, & de ce, l'experience a fait plufieurs
certains. Neaumoins, & fi quelque incredule ne vouloit
preter foy a mon Dire, Ie metray peine le luy faire comprendre par apparente fimilitude, prinfe fus vn cas d'vne
Femme groffe d'Enfant mafle. De la Mamelle droitte de
laquelle, fi lon tyre vne goutte de Laiĉt, & qu'on la gette
en vne Fontaine, fubit on la verra aller au fons. Au contraire, fi telle Femme eft enfeynte d'vne Fille, la goutte
de Laiĉt nagera toufiours fus l'eau. Chofe certainement
qui rend bon témoigñage de la plus fubtile & pure Nature des Femelles. Et au cas qu'aucuns feiffent difficulté de
croire, que la qualité du lieu de la Nayffance de quelque
chofe que ce foit, la peüft anoblir & faire valloir dauantage, Qu'ilz aillent vn peu recongnoiftre les Loix ciuiles &
fainĉtz Canons, que i'ay prémierement béchéz que tout
Imprimeur. Et fi tel Enuòy leur eft obfcur ou molefte,
Qu'ilz ymaginent icy, cela eftre vn point obferué de tous
Peuples, non feullement alendroit des Creatures Raifo-
nables, mais aufsi de toutes autres, voire & iufques a eftymer les chofes qui n'ont point d'Ame plus chéres felon
le lieu plus digne d'ou elles feront iffues, Ainfi q pour exemple fort vulgaire, il en appert es Orenges de Prouence
Pruneaux de Tours, Myne de Court, Mafque d'Italye, Feu
tre d'Efpagne, Marrons de Lyon, Féues de Marêz, & autres femblables, le tout participant de la qualité de fó Terrouer refpeĉtiuement. Qui font chofes fi euidentes, qu'el-

Vulp. lib. 1.
ad ediĉt. edil.
Cur.

les feroient fuffizantes a faire entendre non feullement aux Hommes, mais auffi a Souches mortiffiées, la Féme auoir eté vn peu plus douée de Splédeur gentille, que l'hó

En quel téps me? Outre que i'ay notté en diuers paffages, Que la no *La nobleffe fut* bleffe de ce Monde (qui des Ruyffeaux de moralle Vertu *eftablye.* non du Sang, a prins fource) fut inftituée, ou bien reftaurée & myfe fus, du temps que les Dames Amazones regnoiét & guerroyoient fans hómes contre les Hómes, deux mil ans y à ou enuiron. Qui fait congnoiftre qu'alors la Ver-tu etoit maiftreffe en triumphe, & que les Vertueux n'a-uoient faute de riens, fors du trop peu de la bonne grace des Femmes, dont a prefent elles font enuers plufieurs qui ne le meritent vn peu trop prodigues. Chofe qui tát plus leur etant alors denyée, d'autant leur perfection augmentoit, & tant plus, par cela, ilz congnoiffoient les perfaites graces de ce noble Sexe: Lefquelles en eux & par tout aillieurs, furent ainfi de plus en plus aymées & feruyes. O Siécle non aueuglé, comme celluy de main-tenant, Auquel la fenfualité de tout Amant réfrenée, fai-foit congnoiftre a l'œil le Bien fecret, & trefdouce gran-deffe dequoy fi gracieufement eft vmbragée la Perfonne de chacune Dame honnefte, Qui tant moins eft cógnue certes tant plus eft requife & honorée. Rare valeur eft toufiours précieufe.

DE LA PREEXELLENCE
des Fémes, A raifon du Nom de la pre miere créée, & quel Regard on doit auoir aux Noms des Perfonnes.

Chap. IIII.

N apres, La Nobleſſe préexellente de la Femme ſera touſiours a prouuer treſayſée, par l'éfficace & myſtaire de la premiere Nomination.
Adam, premier Nom de l'Hôme (que les Hé- *Adam ſignif-*
beruxdiſent Adom) ne ſigniffie autre choſe que Terre, *fie Terre*
d'ou a eté derryué ce nom general, Homme. Mais Héue, *Eue ſigniffie*
premier Nom de la Femme, & qu'iceux Hébreux appe- *vie.*
lent Cauah, ſigniffie, ſelon ſon interprétation hébraique
Vie, comme Mere de toute choſe viuante, ainſi qu'a expli
qué Ioſephe au premier Liure des Antiquitéz. Laquelle
Héue, fut principallement ainſi nómée par icelluy Adam
Congnoiſſant bien la perfection d'elle, nonobſtant qu'elle eüſt offenſé par l'offenſe d'autruy: Et luy dóna ce Nom
de Vie par diuine inſpiration, Comme ſil eüſt penſé pro-
phetizer, que la Vie morte des Humains auoit a eſtre viui-
ſée par le fruit de la Femme. Doncques par la vigueur
& intelligence de ces deux premiers Noms appert euidemment, que ſi la Vie, en tout & par tout eſt cas plus exellent que Terre, Sera force confeſſer la Femme eſtre
treſexellente & digne. Et diray de plus, qu'il appert encores de cete exéllence femenine par le regard des autres,
Noms appelatifz des deux Sexes: Entant que le Nom
general du Sexe maſculin, eſt, de dire Homme, qui ſignif- *Que veult di-*
fie Terre, comme dit eſt. Mais le Nom general du Sexe *re ce mot Fem-*
Femina, ſo- femenin, Femme, à bien plus belle ſignifiance. Car on ne *me.*
nés Fœtum. ſauroit prononcer ce mot, Femme, que lon ne dye quant
& quant, ardante, ſecourable, & douce norriciére. Et pour
ne riens delaiſſer, L'autre nomination latine de la Fem-
Mulier me, qu'on dit Mulier, fait encores a notre propos, Veu q́
Molis Aër. cela ſigniffie la pure matiere elémentaire dont les Fêmes
ſont formées. Cet argument ſera poſſible trouué de petit
efficace en la Ceruelle ſéqueſtrée d'aucuns, a loccaſion
de ce que i'ay aſſis le iugement d'icelluy ſus l'éthimolo-
gye & ſigniffiance d'iceux Noms. Mais il fault qu'ilz croient, Que le grand INVENTEVR & Faiſeur des Noms & *Les noms ne*
des choſes, eüt entiere congnoiſſance d'icelles auant qu'il *ſont donnéz*
aux perſones
les nommaſt ou feiſt nommer. Lequel ne pouuant *ſans miſtai.*

eftre deceü en ce qu'il veult faire , compofa les Noms &
fait,qu'encores en plus part ilz foient dõnéz felon que requiert la proprieté de l'Vfage,Nature,fauorable Douaire,
ou autre affaire aquoy il préordonne laPerfonne felon fes

La Science des noms fut dõnée a Moyfe Secretaire. ſecretes Volontéz. Ce que les Hebreux ayans bien entẽ-
du auant tous autres Peuples,feirent fi grand eftyme de la
Science & intelligence des Noms , qu'ilz la préféroient
à autre Science humaine,Eftimans que cela auoit eté dõné par grande Specialité a leur premier Duc &légiflateur
Moyfe,& aux Patriarches,non pas par Letres(dont ie na-
uois lors regret,veü ma ieuneffe)mais par lecture d'Efprit

Origene. pour eftre fucceffiuement delaiffé en cete forte aux Prophetes,de generation en autre . Surquoy Origene apres
auoir bien confideré la Vertu viue des Noms diuins, dit,
alécõtre d'vn nõmé Celfus(fi bien m'en recorde)que telz
Noms ne doyuent point eftre tranfmuéz de leur Langue
en autre,ains conferuéz & prononcéz felon leurs Caractaires,Ainfi qu'il femble eftre cy befoin de dire du Nom
de Ian, qui figniffie Grace,&vient,pour cela, de Ianus,qui
fut le grãd Pere Noé,& parce,ne fe doit plus écrire Iehan
a l'acoutumée. Pour meilleure preuue de laquelle fignifiance des Noms,Ariftote & fon Maiftre ont toufiours fou *Lib.1. c.1.*
tenu,que le vray Nom d'vn perfonnage, & de tout' autre
chofe auec, n'eft rien , fors vne certaine vigueur de la
mefme chofe nommée. Laquelle vigueur ou intelligẽce,
eft premierement conçeüe en l'entendement, depuis
exprimée par la voix,& confequẽment redigée par Ecri-
ture,dont ie fuis la Maiftreffe. Dabondant par les Loix *Celf.in l.La-*
Romaines toufiours a eté congnu, que l'ordre des Noms *beo.*
appellatifz des Anciens etoit tel, qu'il failloit qu'iceux *Tubero.d.*
fupel.
Noms figniffiaffent les Chofes aufquelles on les vouloit *Lega. lib.33.*
atribuer. Qui fait encor', ce me femble, qu'a lendroit des
Théologiens & Iuriftes,la Coniecture prinfe fur le nom
d'vn perfõnage n'eft de petite confequence pour ioindre
a la preuue ou clarification de ce que lon pourfuyt , felon
la matiére, Ainfi que lon voit de Accurfius Glofateur de
Droit,affez renommé,qui par l'efficace de fon nom fe difoit

soit eſtre Occurſeur aux ténebres de Droit ciuil:& pareil-
lement ainſi que lon voit par Ecritures Sainctes de la bel Sara maiſtreſ ſe enſa maiſõ
le Sara,Femme d'Abraham, qui (ſuyuant ce que deſſus)
n'auoit eté nõmée Sara ſans myſtaire. Veũ qu'en Hébreu
Gene. 16. Sara,eſt a dire Dame ou Maiſtreſſe, & elle fut telle en ſõ
humilité, alendroit de ſon Mary. Enquoy eſt, pour cela,
euidente la ſigniffiance des Noms . Choſe qui encores ſe
peult non ſans propos confirmer en ce temps , par le
Batteſme de l'heüreuſe Royne de France,Catherine dé
Médicis.Dans le Nom de laquelle ie laiſſe a penſer ſi tout Le Nom Ré-uerſé de la Royne.
l'heür & Richeſſe que le Ciel luy gardoit en ſa Vie, n'é-
toient pas enſerréz,puis que euidément cela ſe congnoiſt
en icelluy, par ces propres motz, *D'Amy Se Dict Riche Née.*
Et ce ny plus ny moins,que le Nom de la treſdigne Marguerite de Vallois me vient icy eſtre aydant,quand ie con
ſidere qu'elle eſt *De Vertus L'ymage Royal* d'effait autãt que de
nom . Le ſemblable dequoy(par contraire)eſt de meſme
façon approuué es Liures ſacréz des Roys,par la ſignifica-
1. Regum. 25. tion de ce mot Nabal qui eſt interpreté Follie : & duquel
auoit eté nommé le Mary de la belle Abigail , qui par les
riches & ſottes actions de ſa Vie fut congnu & iugé pour
la meſme follye,Comme doucement le déclara cete belle Femme,apres qu'elle luy eũt ſauué la Vie de la fureur
du Roy Dauid, qui porta ſi treſgrand reſpect a ſa prudence & beauté,lors qu'il fut vne fois irrité contre icelluy
Nabal. La digne Harengue de laquelle Femme ſeroit
icy récitée tant elle eſt mémorable & douce, n'etoit que
ie craindrois faire fondre en douceur de pitié tout cœur
de lyſant,au hazard de détremper cete pagée en larmes
improuueües qui la gaſteroient. Et pourautant Dames L'officace d'aucuns Noms de Seigneurs de ce temps.
qu'a ſuffiſance ſeroit bien difficile de narrer la Vertu ſou-
uentesfois encloſe dans les Noms des perſónes: Et puis q̃
ie veux chercher par tel moyen,de rendre ma preuue de
Préexellence femenine du tout inuincible(Auſſi que l'Oc
caſion ſeſt icy offerte)I'ameneray préſentemẽt quelques
Noms de vertueux Perſónages, qui m'ont a eux obligée,
tant pour leur Hõneur que pour principallement venir a

mes fins de la Loüenge des Femmes felon le théme de ce Chapitre. Et prémieremēt, Celluy du treffage & valureux Seigneur de Termes Cheuallier de Lordre de laCourône de France, & fon Lieutenant general es Païs d'Efcoffe, de Corfe & d'Italye. Dedans l'enclos duquel Nom Homme viuant ne peult nyer que tout l'heür de fon humaine pro-feffion n'ayt eté caché deflors de fa Natiuité, quafi cōme par vn miftaire fecret, dont la notice étoit réferuée, & n'a-uoit a eftre découuerte fors quant & quant ou apres les effaitz d'icelluy, qui ont eté trauaux honorables deGuerre continuz: Au moyen defquelz l'Honneur la rendu graue & de grand preis entre les Princes de ce temps. Qu'il foit ainfi, Sauoir eft que le Nom du fufdit Cheuallier portaft en foy le loyer de fes labeurs employéz au Seruice de fes deux Roys trefchreftiens Pere & fils, François & Henry fecond, Soit retenu que dedans ces deux motz, Paule de Termes (qui eft le Nom propre & Surnom du Seigneur mentionné) l'Oracle qui enfuyt f'eft naguéres découuert, affauoir, *De L'Arme Tu Pefe.* O cas de non petit regard, que les Cieux, ayans voulu donner Inclination de martialle influence a vn Perfónage deflors & auant la Batefine, luy ayent enfemblément dōné vn Gaige affeuré du Guerdon de telle profeffion. Et quel Guerdon, quelle Rétribution plus grande d'honorable Seruice, pourroit fouhaiter tout Cheuallier, que de fe voir entre tous (& par les Armes) en pois d'Honneur, en pois d'immortel Eftyme & Renom? Paule de Termes donc, *De L'Arme Tu Pefe,* c'eft a dire, Par les Armes ton Hōneur eft d'vn grand pois, cōme eft notoire. Chofe certainement qui étoit infaillible, puis que ton Nom fecretement t'en faifoit telle foy. Par la figniffiance fimple duquel, encores puis-je dire ce mot, C'eftaffauoir Que tu dois auant tes derniers iours (outre ce q̃ deffus) al-ler, ce femble, réchauffer en quelque part d'Italye les Ar-mes Françoyfes par trop y refroidies puis quelques mois ença pour plus grande Ruyne de l'Ennemy de la iufte Courône. Car ta nature à bōne trempé, cōme de chaud & froid egallement compofée. Le froid gift en ta Sageffe, le

Chaud

Celluy de Mō-fieur de Ter-mes.

De l'Arme tu Pefe.

Chaud & vif en ta Nature, ainsi que ton Nom susdit (sans
autrement le renuerser) nous en donne apparence, puis q̃
en Grec il ne signiffie autre cas que Chaleur.

MAis pour de haut Degré de Personnes en plus haut
faire apparoir les Noms n'estre commu̅némēt donnéz aux Humains sans quelq̃ raison significatiue, Bien que
peu d'Hómes y ayent egard: Et consequémēt pour tousiours par cela, faire p̃euue de la Préexellence des Princesses & Dames, quant a ce mistaire de Nomination, Ie ne
craindray ace coup tant présumer de moy, que ie nevueille
que quelque Honneur de Prophétie me soit atribué. Car
s'ainsi est, que l'Anesse de Balaam iadis prophétiza la premiere & seulle fois qu'elle parla, Pourquoy a present q̃ i'ay
la bouche ouuerte, & en prédisant vne Verité, ne me pourray-ie vanter de Prophetye? Doncques ie diray, Que veü
la magnanime, Voire & plus que hardye nature, & des Ennemys de la France ia congnue, du grand Duc de Guyse,
Iay long temps à, fait voir en luy par l'interprétatió qu'ay
faite de son Nom, cete siēne martialle nature & Inclination lors que manifestay par mes Tretz, que Francois
de Lorraine Nom & Surnom d'icelluy Prince, ne signifioit
autre cas, que ces trois héroiques termes, *Craindre Fera Lyons.*
O Véritable & secrete apparence de Vertu naturelle
Qui fusse qui feit craindre, voire, & brauement périr deuant Nancy, les Lyons dorés du Duc Charles de Bourgó-
gne? Fusse pas le Roy René de Sicile, Duc de Lorraine, grā
Pere de ce vaillant Duc de Guyse? Qui donc sebayra, Si
par sa Vertu, approuuée au sang de ses Parentz, enclose en
son Nom, & en son cœur bien imprimée, il fera craindre &
domtera les nouueaux Lyons? Lesquelz (pour éclarcir
telle maniere d'Oracle en Nom renuersé) ne sont autres,
a ma fantasie, fors Ceux, qui a double teste (comme l'Aigle
imperial) s'essayeront de heurter la Puissance des Gaullois,
pour lesquelz ce martial Prince sera tousiours courageuse-
ment militant: Comme naguéres par braues effortz il le
montra a la Défense de la Cité de Metz en Lorraine que
la Personne propre du grand Empereur Charles Quint

LL ij

tenoit affiegée de plus de trente mil Hômes qui fans feullement auoir peü récôgnoiftre a droit le foffé, y laifferent
les Armes & la Vie, tant fe trouuerent refroidyz de leur furieufe Entreprinfe par vertu de la Sempreuyue d'icelluy
Seigneur Duc, laquelle par la nature à eü telle propriété,
de refroidiffement outre celle de fa durée. Et voila comment les Lyons ont ia tremblé fouz ce Royal Prince, ainfi
que de long temps luy auoit bien prédit vn de mes Enfans
(peu côgnu) par la face de l'Epigrame qui enfuyt.

Ce que les Grecs *Antiftrophe* ont nommé,

   Ce que Latins difent *Conuerfion*,

Ce que *Francois* ont depuis furnommé

Noms renuerfer : Pour autre Intention

Fut il iamais mys en Inuention,

Que pour y voir l'Enclin de notre Vie,

Ou notre Sort? Voy donc ou te conuie,

Prince royal, ta Proeffe & ton Nom

Qui dois vn iour des plus Hautains l'Enuye

Faire trembler, par martial Renom.

Nom Renuer-
fé du Cardi-
nal de Lorrai-
ne.

En fouuenance duquel magnanime Prince, & de fa trefnoble côfanguinité, le Nom du trefilluftre & digne Cardinal de Lorraine fon frére, ne doit icy eftre obmis, tant
pource qu'il vient à y fortiffier mon Argument, qu'aufsi
pource que le luftre de fa grandeffe & Hôneur eft par icel
luy trefapparent. Lequel Nom, conuerty en mefme forme que les précédentz, luy à feruy & feruira de Gaige affeuré de ce que ia lon voit bien commencé en fa Perfonne au regard de fes vyues & trefprudentes Actions de
Vie, tant es Chofes éclefiaftiques que profanes, au foulagement du Public. Et quel gaige peult eftre cetuyla? Ceft
que pour meritée Rétribution de cela, il acomplira en foy
auât la fin de fes iours, tout ce qu'ont cherché d'acomplir
en leur Vie, les plus haux & vertueux Princes qui furent
onc, Ceftaffauoir de laiffer les Bouches & les Letres cé-
lébrans

lébrans leurHõneur & bon bruyt par la Terre, tant que des
Humains elle pourra eſtre Norrice. Et a cet effect, Que
lon iuge ſicelluy grand Prélat (nommé Charles de Lorraine) a bon droit ſe pourra pas attribuer, & dire par l'efficace
de ſon propre Nom, ce mot, *Los Ancré Delerray* ? Quaſi voulant
inférer, Que tant il ſ'euertura es choſes dignes de la Vertu,
qn'il rendra infaillible l'Oracle caché dans ſon Nom, & par
moy découuert, qui eſt, De deuoir delaiſſer vn Los immortel, vne Louenge durable & fort ancrée en Terre, pour luy
& toute ſa royalle Maiſon, qui a la lueur du Croiſſant **yra**
touſiours croiſſant & florira.

Los Ancré delerray.

DAuantage, & en ſuyuant l'ordre deſſus promis de haut
degré de qualitéz, en plus haut, Pour touſiours montrer la Fême eſtre vn des plº précieux Oeuures de D I E V
par le regard de la ſigniffiance des noms des premiers Parentz de l'Humanité, I'allégueray icy en ſeblable cas que
deuant, l'Interpretation ou Conuerſion du Nom du memorable Roy François, premier : Cõme de celluy qui par
ſa prudence & humanité, ſ'eſt ſouuentesfois voulu rendre
famillier de Moy pauurette, dequoy ie n'eſpere eſtre ingrate. Par l'expoſitiõ viue du Nom duquel valureux Roy,
le Fundement de mon point principal eſt encor' manifeſté, Veü que par icelle fut vn iour montré aux François, ce
que toutes Nations auoient auparauant aperceü en luy,
Ceſtaſſauoir, Que de toute maniere, & de tout point, il
étoit (de ſon viuant) tel, que poyſe le tytre de grand Roy.
Choſe qui a iamais ſera d'vn chacun couuertement confeſſée, toutes & quantes fois que ce Nom ſe prononcéra,
François de Valois, qui rien moins ne ſigniffie tant par le
nombre de meſmes Letres que par l'apparencé admyrable de ſa Perſõne viuante & ſes geſtes, que cecy. *De Façon
Suis Royal.* O nayue & veritable figure de Prince, ainſi viuement extraitte par Pinçeau de Muſe Clémentine. Semblablement, Et puis qu'il fault que ie dreſſe le bec vers
l'eſpéré Croiſſant de l'Europe, pour le deſir que i'ay de
le voir au plain de la Pôme Ronde, qui pour tymbre porte vne Croix, (Lequel Croiſſant, ô l'Italye, a ce q̃ myeux

Nom Renuer-ſé du Roy Frã cou.

De façon ſuis Royal.

Nom Renuer ſé du Roy Henry.

LL iiij

tu le congnoiſſes, eſt le Roy Henry Second, Fils & Succeſ
ſeur treſagréable de celluy cy deſſus mentionné) Ie puis
dire, que par ſon Nom il appert encores du Regard que
lon peult auoir a la ſigniffiance des Noms, Et n'en déplaiſe a tout outrecuydé Phyſionomiſte. Lequel Nom Royal, ayant eté de meſme forme interpretè que les autres,
ſans qu'on en aye peü tyrer autre Intelligence contraire a

Roy es de nul hay, cecy, à déclaré, Que l'heüreuſe Nature d'icelluy magna-
nime Roy, etoit déſtinée a faire Conqueſte de l'Amour
& Beniuolence d'un chacun (Vray Signe de Monarchie)
Et ce, par la ſuſtance de ces parolles, *Roy Es De Nul Hay*
Grand' faueur de Ciel, qui a ſon Croiſſant treſchreſtien à
ainſi voulu dóner gaige d'amoureuſe obeyſſance de tous
Que i'entens (pour bien expoſer ce mot de Nul) de ceux
qui ſeront Amateurs de la Foy, des Letres, & des Armes.
Car des autres a peine pourra il eſtre aymé, Veu le peu
d'eſpoir quilz auront a la mutation de ſon Enclin : Conſi-
derans qu'il tient la Foy bien cymentée en ſon Ame par
grace diuine : Les Letres par Nature : & les Armes par ardant Exercice. Mais au regard que ceux qui n'ayment
le ſupport de ces trois pointz peuuent bien eſtre tenuz
pour nulz & de nul nombre, cóme ne pouuans auoir puiſſance de mal ou bien, Ce Prince heüreux ſe peult vanter
a bon droit d'eſtre ia, & a l'auenir deuoir eſtre Roy de
Nul hay, meſmemét pour ſe mótrer cómeil fait, le plus ſecourable Prince de la Terre : & auſsi pour les royaux Douaires de perfeſtion qui enuyrónent a merueille ſa Préſtan-
ce & grandeur : Et par le luſtre deſquelz il ſera de plus en
plus non moins illuſtré de tout ce que, ſeulleté, ne requiert
vne Lune ou Diane entiére : que ſeürement ſon Nom luy
auoit delors de ſa nayſſance, promis le puiſſant Sçeptre
de Royauté Françoyſe, Bien que ç'ayt eté au rebours de
l'attente ou Intention de pluſieurs.

Nom Renuer ſé de la Vier ge. SVr cecy, Remémorant a par moy, Que veü, non la nou
ueauté, mais le peu d'vſage & croiance, que lon donne
ce iourdhuy a ſemblables Interprétations de Noms ren-
uerſez

uerféz, Aucuns s'efforceront calumnier mon Argument,
souz couleur d'alleguer que telles chofes fe font a plaifir pour tafter la faueur de Ceux desquelz ou s'étudye
interpreter ainfi les Noms : Ce m'eft force (pour leur
clorre le bec) de paffer plus auant,&(en delaiffant le Difcours de l'enclin prouué es Princes de cy deuant par le
fecret de leurs Noms) appeler icy le Nom gracieux de
la plus haute & exaltée Princeffe, MARIE MERE
& VIERGE treffacrée. De la Préexellence incomparable de laquelle par deffus toute Chofe naturelle pure, ie n'entreprendray faire grand propos (Bien que pour
& a la gloire de fon Nom, en efpecial, cete Place ayt eté
prémierement conçeüe en l'Efprit du Batiffeur, que con
ftruite ainfi qu'on l'apperçoit)Car de mes bas Offices cete grand'Dame n'a befoing pour magnifier fes diuines *Nihil in hu-*
préemynences,Voire & defquelles telle lueur d'exellen- *manitate pu*
ce eft impartie a toute Femme, Qu'il fera neceffaire con- *ra perfectius*
feffer en foy,celuy qui croit l'oppofite errer grandement *Point princi-*
toutesfois & quantes que lon viendra a rémemorer, que *pal de la pré*
de toutes Chofes qui furent onc & feront iamais creées *exellence du*
ou engendrées en ce monde felon le premier ordre de *Sexe.*
pure Nature fimplement, Cete diuine VIERGE eft
& a toufiours fera la plus Belle ,la plus Noble & la plus
Précieufe. Or' que lon m'ameine icy vn pur Mortel de
Genre mafculin,qui (en tout cas ou louenge ayt lieu) fe
puiffe iamais equiparer a elle, Puis ie confefferay,non
pas que les Femmes foient moindres ou plus viles que
les Hommes, mais qu'il ny à point de différence en la
Dignité de leur Condition. Et pourtant, pour reuenir a
ma preuue de Signifiance des Noms maintenant inuincible,qui fera arretée fur l'Interprétation hebraique,& puis
fur la Conuerfion Latine,qui fe font conformément ren-
contrées a lenuiron du Nom fi célébré d'icelle vnique VI-
ERGE,Ie conclus, femblables Secretz que deffus, n'a- *Chofe non*
oir eté enclos es Nominations des Perfónes fans quelque *ouye.*
deftynée Raifon,foit que chacun n'en puiffe auoir notice:
&veux mótrer en cecy,Chofe encores non ouye.CeNom

vénerable de Marye, que les Grecs, Latins & François ont
fait triſſilabe, & qui en Hébreu etant diſſilabe, eſt appelé
Miriam, veult dire ſelon ſon interprétation, La Goute de
la Mer. Veü que Mir en Hébreu, eſt autant que Guta,
ou Stilla en Latin, & Iam eſt a dire Mer. Sus lequel mot
de Stilla, i'eſtime, ce titre propre de Stella Maris, auoir eté
atribué a la VIERGE, par cõmutation d'vne Letre I, en
celle de E. Ainſi qu'on voit en ce mot Stilla. Toutesfois,
eü regard a la proprieté de l'étimologye de tel Nom hébraique Miriam, & pareillement a la Correſpondance a
icelluy que fait la Conuerſion de ces deux parolles Maria
Virgo, Ie pourray raiſonablement inférer, qu'il faut croire
le CREATEVR auoir donné ce Nom de Marie, a la ſuſdite VIERGE, qui ſigniffie la Goute de la Mer, pour en
partie faire congnoiſtre par cela, l'Heür a elle promis,
Qui étoit, d'eſtre la ſeule Goute de liqueur douce de la
Mer, ceſt a dire de ce Mõde, qui myeux ne peult eſtre cõ-
paré qu'a la Mer amere, pour les Vagues naufragantes,
Tempeſtes & Ventz cõtraires, qu'on experimente en icelluy chacun iour. Et a ce propos, ie ne veux oublier d'appliquer icy ce que naguéres me ſouuient auoir écrit auec
le bényn & docte Perſõnage P. du Val, Eueſque de Sées,
quand parlant de la Grandeur de DIEV en vn petit Poé-
me, il dit en Vers ce que ſenſuyt, de la Mer, & de la douceur aérée que le Ciel en tyre, laquelle il fait puis repouſſer
ſus la Terre pour en produyre la Pluye, le Tonnerre, la
Greſle, & l'Eclair. Choſe dont l'expoſition en ſera icy aſſéz plus haute & digne que ne promet la face de la Letre,
En interprétant iceux Vers ſelon mon Diſcours fait ſus
la Mer & ſus la Goute ou liqueur de la Mer, au regard
d'aucunes proprietéz du FILS de l'Homme, Qui comme
Pluye ou Roſée deſcendit au Ventre Virginal : S'eſt fait
bruyre comme Tonnerre entre les Humains : A fait re-
ſentir la Nature ſourde, ainſi que la Greſle fait l'Herbe
aquoyée : & à illumyné le Monde, comme l'Eclair fait
la nuyct ténebreuſe, Et ce, apres que l'Eſſence femenine
(qui en la Mer de ce Monde ſe trouua en Vne, non ſallée

lée par deſſus toute) fut par le Vent ou Aſpir du Sainct
ESPRIT de DIEV conuertie en douce Eau & bien
puriffiée.

OYéz encor' Choſes plus admirables
Infiniz Lacs, Fleuues innumérables
Vont en la Mer ſe rendre & dégorger
Et iamais rien on n'en voit regorger.

Touſiours l'eau douce en Mer eſt deualée
Et toutesfois touſiours elle eſt ſallée,
Ce qui luy vient de la Terre ou du Ciel
Soudainement eſt conuerty en Sel.

Et toutesfois, ce que le Ciel en tyre
Neſt point ſalle : Car la vapeur qu'aſpire
Le fort Soleil de ce large vaiſſeau
La haut en l'Air ſe tranſmue en douce Eau.

Et puis le Vent la pouſſe ſur la Terre,
Et de la vient la Pluye & le Tonnerre,
La dure Gresle, & le bryllant Eclair
Qui fend la Nue, & met la Flãbe en l'air.

ADonc la celeſte Pucelle, dont par ces Vers obſcuremēt
eſt faite mention, etant la Goute de la Mer, Ceſt a dire etant celle de qui la douceur ſauoureuſe ſ'eſt fait ſentir
es Ames perillantes des Humains au plain meilleu de l'a-
mertume des Vagues ſallées & miſeres de ce monde : &
ayant conſéquemment eté celle, qui ſeule a impetré la
grace miraculeuſe de la Mort horrible qui engloutiſſoit
les Hommes, Auyſéz O Perſonnes de Doctrine, Si ces

deux motz latins, *Mira Rogaui*, qui ont eté purement renuerféz de ce Nom propre & appelatif *Maria Virgo*, approchét
& se viennent pas acoupler a la sustance de la susdite Ex-
traction hébraique, *Guta Mariæ*. Quasi disant cete Princesse
ou (pour myeux dire) demontrant par l'exposition cõplete
de son Nom, sa Vie heüreuse & secourable Essence en-
tieremet declarée en la sustance de ces fructueuses parolles Latines, *Ego Dulcis Stilla Maris, Mira Rogaui*. Ce qu'en
François se doit entendre ainsi. Ie suis la seulle Goutte de
Douceur de ceMonde, qui ay impetré merueilleux cas du
SEIGNEVR pour la Restauration de l'Vniuers. O Sin-
guliére, & de DIEV prédestinée Interprétation de Nom
si tresdoux. Interprétation ie dy, qui cõme d'elle, ce semble, bien entendue, fut aussi par expres signiffiée en son cã
tique du Magnificat, quand elle dist. *Quia Fecit Mihi Magna Qui
Potens Est*. O Diuine Incarnation promise, Secretement
écrite en petit lieu: Qui pourroit nyer que l'éfficace de ce
Nom tant seullement, ne fust suffisant a confundre toute
Iudaique Secte d'Infidelité? Qui osera bien cy apres penser l'Interprétation ou Conuersion desNoms, estre cas de
petit moment, Speciallement pour alleguer que souuent
on peult tyrer d'un Nom, le tout ou partie de ce que lon
désire pour fauoriser ou mespriser le Persõnage qui le porte? Qui est celluy qui se voudroit vanter de sauoir tirer de
tous les Noms de cy deuant, autre Sentence, autre Intelligence ou parolles que celles que i'en ay fidellement ex-
traites auec obseruance de ce qu'est requis a ce faire?

*Ladmyrable
mistaire du
nom deDieu.* SVyuant cela, Et puis que i'ay prins le chemin de monter tousiours plus haut deDegré en degré de Personnes
pour la preuue de mon dire Et que ie me sens bien empé-
née par grace diuine, Ce ne me sera présumption (en tra-
uersant toutes les Sferes celestes) d'aller chercher la Con
clusion de mon Théme sus l'admyrableVertu de l'vnique
& plus q̃ précieux Nom du TOVTPVISSANT &
redoutable CREATEVR. Cõsideré que ce ne fut sans vn
spécial mistaire de sa hauteVolõté, que son Nom merueilleux

leux ayt eté & foit, de toutes Gens & de toutes Langues
prononcé & écrit en quatre Letres. Chofe fans aucun dou
te qui ne peult eftre auenue que diuinement, comme
pour vne particuliére figniffiáce de la nature du Seigneur
a tout Vaffal actif a contempler & curieufement obferuer
le Nom, mouuementz & Volontéz du Maiftre. Premierement les Hebreux ont toufiours pronócé ce mot adoré de
quatre letres D I E V, fouz quatre Voyelles, ainfi. Adonai.
Les Egiptiens l'ont de tout temps nómé Téüt. Ceux de
Perfe difent Syré. Les Sages de l'Orient (d'ou veinrent les
trois Roys) l'appelent Orfy. Les Arabes Alla. les Mahumé-
tiftes. Abdi. Les Grecs Téos. Les Latins Deus. Les Gaullois Dieu, Les Allemás Guod. Les Anglois Good. Les Ecof
fois Goda. Les Efpagnolz Dios. Et quant aux Italiens, ilz
font tout au rebours des autres, Car ilz prononcent & im-
priment ce Nom treffacré par fois en trois Letres & le
plus fouuent en cinq, Affauoir Dio & Iddio. De maniere
qu'ilz ne f'accordent (cóme lon voit) aux autres Nations
Si ce n'etoit qu'ilz voulfiffent dire, que en cecy, ilz vferont
de la Langue hétruriéne qu'on dit a prefent Tufcane, Veü
que les Hétruriens (premiers Italiens) iadis appeloient
D I E V par vn mot de quatre Letres ainfi que les autres,
comme vrais Gomérites Gaullois qu'ilz etoient, & dont
l'Empire fut erigé. Et en voulant nommer DIEV, difoient
Efar. Chofe en quoy les Italiens (pieça pourtant non plus
Hétruriens) Se pourroient fauuer de l'attainte deffufdite,
Mefmement au regard de ce, que cóbien que ce mot Efar
ne foit point a leur vfage, ilz ne lont toutesfois pas mis en
oubly. Confideré qu'il ny à encores ce iourdhuy fi petit Compagnon Romain qui ne face paindre ou engrauer fon Nom fur toute Porte, Feneftre & Chemynée de
fon Palais (logis n'oferois-ie dire) Voire & encores a lenuiron de toute Selle ou Chaire perfée qui en reçoit grád
Réputation. Et font cómunémét cela, iceux Romains en
efpoir, ce femble, d'eftre vn iour déiffiéz par quelq Grefle
fulminante du Ciel, tout ainfi qu'il leur fouuient que fut
vn coup leur Empereur Augufte. Le Nom duquel etant

Deus Tetra-
grámaton.

Les Italiens
differens aux
autres.

MM ij

engraué au pied d'vne sienne Statue, & sus lequel tumbãt
l'Orage qui en emporta la premiere letre, Estimérent(ainsi que récite le Secretaire Suétone) & luy feirent acroire
iceux Romains, qu'il etoit déiffié, au regard que la faueur
foudroyante des Cieux, luy auoit leué(pour dénoter cela)
la premiere Letre de son Nom C, & auoit laissé entier ce
mot Esar, qui en langue Hetruriẽne signiffioit DIEV, cõme dit est. De sorte que par tel accident, ilz iugérent icelluy César au nombre des Bienheüreux, Comme par tel
aussi, ilz attendent encores (a mon auis)d'estre béatiffiéz,
Ne s'estimans ordinairemẽt les inférieursd'entre eux, rien
moins que petitz Roys de basse Condition sus tous autres peuples, tant ilz sont magnanimes & de haute nature
Vray est que cest au iourdhuy plus que iamais S. P. Q. R.
cest a dire en quatre Letres Si Peu Que Rien. Souz la Ba-
niére dequoy pourtant & a la Création de Pape Iule tiers

*Acte des Ro-
mains en haÿ-
ne du nom
Gaullois.* Apres auoir en public foytté vn pauure Coq, le pendirent
comme a la Quintaine, & contre luy vailláment rompy-
rent leurs antiques Lances en belle présence des Cardinaux François & Mespreis du Nom Gaullois qui leur a
autresfois fait tant de gratuitéz & oportuns Secours : Et
non contans de cela, en menassant ce Royal Coq de luy
leuer la Couronne de dessus la Teste, le poursuyuirent de

*Vengeẽce du
Coq & du
Piq sur les
Romains.* Rome iusques a la Myrandole, La ou luy & le Pyc feirent
de telles preuues contre eux, que de ce que i'ay dit cy des-
sus, ilz eurent bien la vengeance en l'annéc mil cinq cens
Cinquante deux, que l'Aigle commença a baisser l'Ayle.

*Lexcellence du
nom du filz
de Dieu.* Qve diray plus pour finalle preuue de mon premier
Subiet vn peu entremis?Rien autre, fors qu'il est a
croire, Que des causes parauant déduytes sus le regard
des Noms, soit procedé l'Argumẽt que preint Sainct Pol,
Lors qu'il voulut montrer en son Epitre aux Hebreux la
Préexcellence incomprehensible du ROY des Roys. En
écryuant souz luy laquelle Epitre, ie ne fus négligente de
bien notter ce point, Assauoir que le REDEMPTEVR
est d'autant plus excellent par dessus tous les Anges, qu'il
a eü

*1 Cor.
15.*

*Hebr.
1.*

a eü leNom plus excellent que le leur, puis encor'vn autre
Nom : A célle fin qu'au Nom de IESVS (comme
eft écrit en autre lieu) tout Genou foit ployé, tant
des Anges, des Hommes, que des Enfers . Et l'autre
Nom fut CHRIST, qui figniffie Oinct ou Sacré . Lequel SALVATEVR fut ainfi nommé, pourautant qu'il
deuoit eftre, & fut, Roy, grand Preftre, & grand Prophete
enfemblément : Les Perfonnes defquelles trois qualitéz
etoient antiquement oinctes & Sacrées, non autres, Comme encor' en eft dignement entretenu l'vfage dans la Cité de Reims au Sacre des grans Roys de France . Et pour
conclufion entiere de ce que deffus, encor'ne laifferay-ie
a dire, que mon difcours eft par tout foutenable par le prémier Nom du Fils de DIEV (que ie pouuois alleguer le
prémier) lequel Nom étoit Pétra, témoin ce mot, *Petra Auté*

I. Corinth.
10,

Erat CHRISTVS. Et duquel Nom il luy plut fe dépoiller
pour le donner a Sainct Pierre, en figniffiance propre du
fundement de fon Eglife qu'il voulut affoir fur luy & fur
fes legitimes Succeffeurs. Parquoy ie tiens pour chofe indubitable (au moyen du miftaire de telle nomination en
particulier) que en la Vertu principale du FILS du DIEV
viuant, le vray fundement de l'Eglife vniuerfelle eft fur ce
Nom de Pétra & Pétrus. Pour tant & fi diuerfes Confidé-
rations donc, Ce ne peult eftre fansgrand' raifon, que mefme fuyuant lesLoix, on affiet Iugement non incertain fur
plufieurs Noms, pour en tyrer notice de quelques chofes.
A loccafió dequoy (& de rechef) Ie ne me puis trop ébayr
d'aucuns, ouy fçauans, qui ne fe peuuent perfuader aucune Vertu eftre enclofe dans les Noms, & encores moins
au dénombrement de ceux qui font iuftement renuerféz:
& tiennent cela pour chofe a plaifir . Ilz feroient bien
étonnéz, fi faifant faire expofition de leurs Noms a gens
qui f'y entendent, on leur faifoit lire comme en vn myrouer, ou le fecret de leur naturelle & plus importante Inclination, ou bien leur fauorable ou aduerfe Conftellatió,
fans en pouoir tyrer autre intelligence. Dequoy l'expérience ma fait Sage, Moy qui trotte & metz le bec par tout.

*Autre signi-
fiance de
Noms.*
BIen eſt vray qu'il y à encores vne autre ſorte de ſigniffiance de Noms qui dépend de la Raiſõ cy deſſus propoſée, mais non de tel efficace que la Conuerſion ou
Renuerſement dont a eté amplement parlé. Laquelle ſignifiance ſe peult prendre ſur la plaine forme de pluſieurs Noms & Surnoms de Perſonnes. Et eſt celle, ſur le
propos dequoy on à autresfois fait cete commune Sentẽ-
ce, Quand on dit. Que les Noms conuiennent ſouuent a *Conueniunt-
Rebus, nomi-
na ſepe ſuis.*
leurs Choſes, Comme bien ſe pourroit veriffier en vn Hõme, duquel l'Inclination eſt coniecturée & aucunement
eſtymée en luy par l'entente plaine de ſon Nom. Toutesfois ce ne ſeroit ſagement fait de prendre ordinaire fundement la deſſus, ſans prémierement auoir ſondé ſi la nature ou choſe ſignifiée par tel Nom, en pourroit dõner teſmoingnage, ou non. Conſideré que ſemblables Noms
qui ainſi de prime face font a penſer de leur Homme quelque cas de veriſſimilitude, doyuent eſtre ſouuentesfois
*Noms prins
au rebours de
Leur Son.* entenduz par Antiphraze & tout au rebours, En prenant
leur ſigniffiance au coutraire de ce qu'ilz ſonnent. Et ce
tout ainſi que les Interprétateurs des Songes ont pour coniecture obſeruée, que les Songes & nocturnes Viſions ſor-
tiſſent effaitz contraires, Comme de ſonger Pleurs, Bleſſu-
res, Morſures & Egorgementz, ſont ſignes non incertains
de proſpéres euénementz &fortunes, Et a l'opoſite, de Rire, Eſtre en delices &ioyſſance d'Amour(en ſongeant)eſt
choſe ſignifiant dõmages & langueurs. Laquelle contrarieté de ſuſtance de Noms ſuſdéclarée, eſt expreſſement
ainſi échue pour rendre tel ſecret vn peu plus dificile&in-
certain, qu'il n'euſt eté, ſi on l'euſt deü entendre plainemẽt
ſelõ la plaine forme d'iceux Noms. Pour exemple dequoy
comme de choſe qui merite quelque regard, Ie ſeray contrainte d'amener le Nom d'vn Perſõnage noblemẽt qua-
liffié de ce temps, Recueil de toute choſe d'Eſprit, & d'vne
vaillãtize d'honneſte Ciuilité enulopée, de Maligny, ce
*Le Seigneur
de Maligny.* nonobſtant ſurnõmé. Le ſemblable auſſi (pour mieux
confirmer mon dire)ſe peult en peu de parolles propoſer
de deux miens fidelles Enfans & Gréffiers, ſurnommez
de

de Malerippe & Guerre, que lon diroit incontinent par *Mallerype*
le Son ou aparence de telz Noms, qu'ilz pourroient eftre *Guerre.*
quelques Perfonnages de Male Ryue, de mauuais abbord
ou Rudeffe plains, Qui au contraire (a qui les à hantéz) ne
font egallemét tous deux qu'vn trefcourtois Acueil d'hô-
nefteté en quelque point que Ciuilité fe puiffe rencontrer. Par Vertu de laquelle, & de l'acuyté de leur vif Efprit
en tous cas, ne fut iamais congnu autre chofe en Eux,
que i'ay nourryz de Ieuneffe, fors tout le contraire de ce
que Guerre ou Rudeffe fauroient prometre ou figniffier
de foy. Ce que deffus fe pourroit prouuer par infinité d'au
tres Perfonnes, de qui les Noms (ainfi qu'a eté dit) fe doyuent prendre directement, & auec difcretion, felon l'orthographe d'iceux, Ou bien, tout au contraire fimplement: Ny plus ny moins qu'il apparut par ce Nom antique Iupiter (Homme qui iadis getta fon Pere hors fon
Royaume) lequel Iupiter, au contraire de ce cas énorme, *Iupiter.*
eft ainfi interpreté en Latin, Iupiter, *Quafi Iuuans Patrem,* c'eft
a dire, aydant fon Pere. Adoncques lon congnoift que
telz Noms ainfi différens a la nature apparente des pré-
cédément nőméz cy deffus, leur auoient & ont eté donnéz en miftaire fignificatif de leur honnefte Condition,
fouz le fecret d'vne certaine contrarieté: A quoy peu de
gens ont égard, Bien que ce foit cas de petite difficulté a
tout Homme de vif entendement.

MAis, O, trop légere que ie fuis, En quel labérinthe, En
quel erreur ay-ie cuydé couler? Certes peu f'en eft *Rare Nom*
fallu que pour la Réuérence que ie porte aux Princes *Renuerfé.*
cy deuant mentionnéz, ie n'aye clos ce myen Difcours *de Femme*
fur les Interprétations des Noms en faueur des Dames, fans introduyre en l'occafion cy offerte, & y faire
mention de la plus rare & perfaite Interprétation de
Nom femenin (fans toucher celluy de la VIERGE, &
de quelque autre) qu'onques fut en terre apperceü: Voire
& d'Vne, qui de tant plus à fur Moy de puiffance
qu'elle eft en Effaitz auffi bien qu'en Nom & fimple

prefence, *L'Idée De Vertu.* Sans qu'autrement foit icy befoin me prier de la faire cõgnoiftre, pour quelque raifon,
& en efpecial pour ne mouuoir Ialouzie en cœur de Princeffe aucune, Pres de qui, les Humbles & baz de qualité,
nont pas communément grand luftre, de quelque habit
de haute couleur qu'on puiffe eftre orné par dedans. Puis
il me fuffit que ie fois vertueufement careffée de celle que
i'entens: & a elle, que de moy elle fe puiffe voir feruye &
par tout couuertement célebrée pendant fa Vie, Pour pl'
feuremẽt, apres cela, pouuoir cueillir a plain le fruit d'immortelle memoire que i'arrofe, lequel apres le Decez ne
fe peult entieremẽt ny à fouhait attaindre (cõme elle dit)
quand pendant cete Vie, on a foif trop defireufe de f'en
affouuir. L'Idée de Vertu, eft le Nom d'vne feulle.

DE LA PREEXELLENCE
de la Femme par fa Beauté formelle &
autres figularitez qui en dépendent.

Chap. V.

Aintenant, puis que ia la Préexellence de la
Fẽme eft apparue par le regard du miftaire
de la prémiere Création des Chofes, par la
Matiére, par le Lieu, & aufsi par le Nom des
premiers Parentz : Et affin qu'il ne femble
qu'ayant attaché mon Blanc fur Matiére de femenine
Louenge, i'euffes allieurs vifée, Veü le propos qu'ay mis
en auant des Roys, Princes & autres Seigneurs cy deuant
mentionnéz (qui redonde a l'Honneur plus grand des
Ventres bien fortunéz qui les ont portéz) fera chofe afféz
conuenable de déduyre préfentement par le menu l'admi
rable forme de Beauté de ce gracieux Sexe, & les manife-
ftes proprietéz qui en dépendent, Qui me font (fi i'ofe dire) quafi fouhaiter de n'eftre plus Femelle, pour participer
vn peu

vn peu du Bien que les Hommes reçoiuent a lenuiron de
telles graces femenines. Lefquelles(que ie croy) furent le
feul motif des Vifions de Pétrarque. La Beauté donc,
felon que ie puis côprendre, & fans contredire a la Diffinition des Hômes, n'eſt autre cas, fors vne réplendiffante
Lumiere de Face donnée aux Creatures qui ioyffent de
cete Grace aymable : & laquelle éblouyt les yeux de
ceux qui la voient reluyre es corps qui en font douez:
ainfi que es Femmes fpeciallement, Éfquelles la Beauté
feſt fi fort déleétée exterieurement, que par dedans elle
a voulu affocyer leur Sang d'une gracieufe & indicible
liqueur, dont le luſtre faprochant quelque fois a la Pru-
nelle, en mortffiant viuifye tout cœur a aymer difpofé.
Chofe, certes, qui es feneſtres du logis corporel de l'Hôme ou n'apparoiſt, ou n'a pas grand'vigueur. De cete
Beauté procede, q̃ le Corps fouhayté de la Féme eſt naturellement delicat & fuaue tant au regard qu'au toucher.
La Paſte charnelle d'iceluy, douce & fermement molle.
La couleur belle & blanche, & la Peau plus nette que le
verre : Et pour laquelle entretenir toufiours plus freche,
la Femme du vingtquatrieme Duc des Venitiens, nômé
Dominique Sylue, ne fe lauoit iamais d'autre eau, que de
celle qui tumboit du Ciel a la Rofée, qu'elle faifoit cueillir
chacun matin a tel effait, & auffi pour faire Bains, a l'augmentation de fa Beauté lors merueilleufe. Mais pour
venir a la Déclaration particuliere de chacune portion de
belle Dame, Le Chef d'icelle en premier lieu, a toufiours
eté d'éxellente façon, côuenablement couuert de fes Cheueux doilletz & luyfans : Defquelz pourtant, on pourroit
en befoin de Guerre, faire valureufe Réfiſtance a tous
Aduerfaires, auffi bien q̃ fut fait, & iadis aueint en vne Cité
d'Aquilée pres Venife, affiégée par Maximyn vingtcinq-
ieme Empereur des Romains, De laquelle il fut honteufement repouffé, quand par le feul recours des Cheueux
des Fémes(dont elles feirent Cordes a leurs Arcs, voyans
que celles de Chanure etoient vfées) on ne laiffa de tirer
vn mylion de Fléchades a chacun Affaut. Et ce, a l'imita-
NN

Lib. 4.

La principale forteresse de Rome secourue par les cheueux des Femmes.

tion des anciennes Femmes Romaines, qui longues saisons parauant furent cause (ainsi qu'a recité Végéce de
L'Art Militaire) que le tant renommé Capitole Romain
fut vne fois sauué de la fureur des Gaullois : pource que
les Assaux y furent longuement soutenuz par le Secours
inusité des Cheueux dicelles Femmes Latines, desquelz
elles tressoient virillement gros Cordons, pour remonter
les Arcs de leursHômes. En apres, le trait d'acueillâte volunté du Front femenin, qui est plâtureux & polly, est vmbragé aux deux costéz de son poil crepelu. La modeste
Figure de la Face, sur tout merueileuse, est de Couleur
dun Laict plus riche qu'Albatre, & si souuent acompagnée
es Françoyses plus qu'es Italiennes de ie ne sçay quelle
Douceur Angelique, qu'a la contempler seullement au
trauers d'une Courtyne de la Damoyselle d'Ablon parisi-
enne, on diroit que toutes les Beautéz de Nature sont la
dedans gysantes, & dignes d'estre de nul autre regardées
que de celuy qui par lumyere de son grâd Sçauoir mérite
de garder vn tel Tresor. Les Yeux de si agréable Beauté
(qu'on dit estre Messagers du Secret) sont transperçans &
circuyz d'honneste Gayeté en la Grasse, de si belle &
bonne Grace que Paris s'en tient fyer. Sur lesquelz Yeux
aparoissent les ligers Sourcilz, arrondiz de façon si bien
fléchissante, qu'en contemplant telz Yeux, on y entreuoit ie ne sçay quoy d'interieure Beauté qui se fait
émerueiller : Ainsi que facile me seroit de dénotter par
l'Aspect des Yeux de la Seignora Bia, maintenant Da-

La Damoysel le Bia.

moyselle d'ozance, A l'imagination desquelz on peult
aucunement aperceuoir, ce que iadis on congnut en Bias
l'vn des sept Sages de Grece, assauoir, plus d'Esprit caché,
que le dehors n'en montroit. En apres, le Regard de la
Femme est pudique : aux Vertueux acointable, aux autres
redoutable. Le Néz égal & de droit fil (bien que l'Aquilin
ayt ne scay quoy du Mignon) souz lequel est assize la Ver-

La Damoysel le de Châte-lou.

meillante & petite Bouche de Chantelou la Blonde, en
pareille égalité de Leures simplement mouuantes. Entre
lesquelles s'ouurant vn Ris moderé, lon voit les Tuyaux de
l'organe

l'organe angelique (qui font les Dentz) cõpaſſées en blan-
cheur criſtalyne, moindres en nombre, que celles de l'Hõme, nõ mordantes ny grinſantes cõme les ſiẽnes. Le tout
frequenté & adoucy de la Langue legerement pezante,
treſapte a vocalle perfection : Soit qu'aucunesfois elle ſe
trouue doucemẽt bégayante, cõme en la Damoyſelle de
Vieilleuile, pour plus grand' grace & doux acueil. A lẽ-
tour, ſont les Ioues, Voeles naturelz de la Honte innocen
te. Le Menton, rond, polly, & muny de ſa iollye foſſete.
Toutes ces belles Parties, en vne conuenablement aſſiſes
ſus le Col de longueur proportiõnée, eleué & ſoutenu des
Epaules non moins fortes q̃ belles. La Gorge nayuemẽt
blanche, emplye de graſſeur delicate. La Poitrine large,
eleuée & naittement couuerte d'odoriférente Charnure:
Sur laquelle ont eté iointes & ſéparément bien trouſſées
ces deux Põmettes, Fõtaines de Vie naturelle, plus dures,
& plus ſouhaitables que toute Põme d'Or. En apres, eſt la
rondeur du Corps: auquel ſont cõprins les Flancs chatoilleux, & auſſi les Rains en leur froide largeur, plainement
compoſéz au deſſus de leur blanche Aſſiete. Mais de l'autre part, eſt le Ventre, dur & iuſtement punctué : La blan-
cheur, la Douceur, & ſoulas délicieux duquel, ie n'oſe & ne
puis exprimer, Craignant moy meſme paſmer de plaiſir,
au hazard d'interrompre mon ordre. Bien pourray-ie dire
que la delicate peau de ſi doillete partie, iointe a quelque
autre choſe que ie réſerue a dire vne autres fois, eſt de
treſgrand' efficace (ſeullement a la porter ſus ſoy) a faire
conqueſte d'Amytiéz. Qui fait (ie croy) que les Allemans
font ſi grand cas des Peaux de Cõnyns de France. Mais
pource que chacun n'eſt digne de mes petis ſecretz, Ie me
cõtenteray q̃ ce point ayt peu de crédit en la croyãce des
Hõmes: Et reuiẽdray a direq̃ pour me garder de l'arroy cy
deſſus, ceſtaſſauoir de rõpre mon ordre en penſant a choſe
ſi mignõne que la ſuſdite, me faut icy implorer l'ayde des
Bras de la Fẽme pour m'en garder. En declarãt qu'ilz ſont
vnymẽt bien pollyz ſur leur blãcheur de Veynes azurées,
ainſi q̃ leurs Mains des cinq doigtz acõplyes par meſure

*La Damoyſel
le de Vieille-
uile.*

NN ij

bien ordonnée. Suyuant cela, Sur les Cuyſſes d'élégante
façon ie ferois volontiers vn ſaut, mais elles ſont ſi fermement Ialouſes de leur aproche, que ie me trouue apreſent
comme ſcouée ſur les Iambes fortes & charnues: Souz leſquelles y à cete tant artificielle neruoſité des Piedz: Les
Extremitéz deſquelz finiſſent comme celles des Mains,
en rondeur bien ſeante. De maniere, que tous les Membres de l'exterieure Beauté femenine, ſont façonnéz chacun en ſa proprieté, de quelque naturelle Singularité, ſin-
gulierement ſingulariſée par le S I N G V L I E R desSin-
guliers, pour plus ſinguliere Singularité. Veu, outre ce, que
au geſte & mouuement de la Femme, & iuſques a la contemplation de ſon paz, lon peult comprendre vn ſi ſecret
& ſeant ply de bône grace, qu'il ne me fut iamais poſſible
(dont i'ay regret) le pouuoir non plus exprimer par mes
tretz, qu'il ſeroit poſſible a tout Orateur ou bon Paintre, de

*Madamoyſel-
le de Rohan.*

ſauoir figurer ou faire entendre au vif, la mygnonne &
ſemyllante Grace de la gente Princeſſe & Damoyſelle de
Rohan, ny auſſi la perfaite forme du Corps de la treſno-

*Madamoyſel-
le de Ne-
mours.*

ble Damoyſelle de Nemours, qui a ſa marche douce fait
chacun coup émerueiller les Richeſſes de Nature. O
Merueilleuſe Beauté femenine qui donnes ſi grande Réputation a toute la Terre, que Moy meſme m'ébayſſant de
la nayue Beauté d'vne, faut que ie lache ces quatre lignes
en la Recommandation immortelle de ſon Taint,

Fleurer Vn coup Vne Si belle Roſe
Que Celle la Qui floriſt en Lyon
Vaudroit trop myeux, qu'en Vn Bain fait d'Eau Roze
Nud ſ'égayer, de fois Vn myllyon.

En ſomme, La Femme eſt vne Créature Raiſonable
plus belle que ce titre de Beauté ne mérite eſtre employé pour elle, ſi bien l'on prend garde a l'Ordre de tout
ſon Corps, a la meſure, a la figure & agréable Eſſence d'elle. En quoy lon confeſſera qu'en tout le miſtaire bien or-
dóné des Créatures, ny à Speëtacle qui ſoit ſi merueilleux

Et

Et comme tel, ayant aufsi eté fait par la prouidente Bonté Diuine, A celle fin qu'au regard contemplatif d'icelluy
(en particulier) l'Oeuure du SEIGNEVR peüft eftre
fans ceffe émerueillé. Car on ne peult nyer, que toute Cré-
ture qui à Ame, ne fe donne ebayffement de la Féme: En
l'aymant & obferuant en diuerfes manieres. Confideré en
efpecial, que l'Ame de toute Perfonne a toufiours eü certaine inclination enuers les Chofes qui deleĉtent la Veüe
En forte qu'on ne fe laiffe facillement perfuader qu'vne
Creature de laide préfence, puiffe eftre belle en l'Efprit.
Qui me fait eftymer qu'aucuns Philofophes n'ont foutenu fans propos, que la laydeur du Corps foit caufe de l'obfcurité des puiffances de l'Ame : Et qu'en vn Subieĉt qui
dégenere de la Figure humaine, l'Ame ne peult reallemét
exercer fes Opérations. Donc, & pour replique, ie diray
encor vn coup, Que toute Créature fe donne ebayffemét
de la Femme, en luy portant Réuerence & Amour, Voire
iufques aux Pauures Chartreux, qui d'aucun Bien n'ont
cure. Lefquelz pour figniffiance de cela, ont coutumiére reigle, quand il entre quelque Princeffe en leurs Cloe-
ftres, de la faire conduyre, & fuyure chacune trace de fes
paz, par le Feu, le plus pur des Elementz Côme pour conduire & faire de foy Hôneur a la plus exellente Creature
de toutes. Et ne faut a cecy alleguer, que la façon de faire de telz Religieux fut myfe en vfage, pour dénoter quelque Indignité qui puiffe eftre en la Femme, ainfi que croit
le Vulgaire. Car fi on dit, que au Temple des Chartreux
les Femmes n'ont entrée, Ie dys aufsi qu'il feroit facile a
prouuer que antiquemét les Hômes n'ofoient fur peine
de Vie, aprocher de plufieurs Temples pour ie ne fcay
quelle Indignité, Côme fe congnut en Rome du Temple
de Diane, La ou vn Malheüreux opreffant iadis vne Dame, fut myraculeufement mangé des Chiens a lœil d'vn
chacun, Ainfi que plus a plain on peult voir cete Hiftoire par Moy recueillye es Oeuures Sainĉt Auguftin. Et
pour reprendre le propos fufdit de l'obferuance & Amour
que toute Nature porte a la Femme, Ie diray dauantage,

Toute chofe qui a Ame s'emerueille de la Femme.

Les Char-treux reuérét la Femme.

Les Espritz honorent la Femme.

que iusques aux Epritz Infernaux les Fémes sont chéryes, Aucuns desquelz ont ardamment aymé leur Beauté douce . Ce qu'on ne doit tenir pour faux ou ridicule qui considérera la Nature Diabolique en son enclyn, & les expériences qui s'en offrent chacun iour, Speciallement parmy l'Italye touchant vne autre maniere d'Espritz . En plusieurs Citéz de laquelle, Infinité de Filles & ieunes Fémes se sentent poursuiuyes foullées & caressées tant de iour q̃ de nuict (pourueü qu'elles soient seulletes) de plusieurs de telz Espritz, Tant que le Nom commun qu'on a donné a cela rend bonne croyance de la chose, & les appele-on Massapedes, & Espritz gentilz : Outre que L'expérience, fait croire aux Mescroyans Choses incroyables de la Femme . Et de telle sorte d'Espritz ie pourroys facilemēt croire que les Latins teinssent quelque semblance quant a estre asséz ardáment espryz d'amoureuse volóté enuers les Filles, Veü qu'ilz en montrent de plus chaux effaitz que les autres en tout lieu ou ilz ont nouuel abbord comme es Hosteleryes de France, ou quelques Hostesses (mesmes du chemin de Lyon) se lamentent encor, cóme i'entens, que a l'arryuée de plusieurs de la Nation susdite en leurs logis, elles sont aucunesfois forcées de cryer au feu, pour faire venir les Voysins au secours des Chambrieres, qui au beau premier pas qu'elles font en leur Chábre sont si importunément subit enulopées de telle maniere d'Espritz qu'ilz les font cryer a layde. Dequoy pourtant ilz sõt a excuser cóme vn peu eblouyz de quelq̃ nouueauté fauorable de doux traittement qu'ilz ne congnoissent en leur païs. Mais pour retourner a mon Désseing, En laissant icy couler ce que i'ay fabuleusement écrit es Poésies des Gétilz touchãt l'Amour de leurs beaux Dieux, Comme de Iupiter enuers plusieurs belles Femmes, d'Apollo enuers Daphné, de Neptune enuers Salmonée, d'Hercules, & d'infinité d'autres, La Saincte Ecriture (de qui i'ay eté premiere Ministre) loue & fait grand cas de ce Don celeste de Beauté donnée aux Femmes, entre leurs autres singularitéz. En temoignage dequoy, y est souuent

Espritz d'Italye qui couchẽt auec les filles du pais.

La beauté louée en Saincte Ecriture.

fait

fait mention de la belle Dame Sara Féme d'Abrahan. La
quelle excédoit en cela, quaſi toutes les Fémes de ſon téps
Et pareillement de Rébecca, Pucelle d'exellente grace:
Auſsi d'Abigail Epouſe du grosCazanyer Nabal cy deuãt
touché, laquelle fut treſprudente, de fort courage &Belle,
Au moyen dequoy, & par l'eloquence d'vne pitoyable requeſte, elle ſauua la Vie & les Biens de ſon Mary qui auoit
follement irrité le Roy Dauid, Lequel auoit iuré ſa mort,
& de toute Créature de ſa Maiſon, pyſſante a la Paroy (Iuron des Princes Hébreux) Ainſi le Mary fut ſauué par la
belle Féme, lors qu'icelluy Dauid (au deuant duquel elle
alla) luy diſt ſemblables Motz, Féme, vaten en ta maiſon,
I'ay ouy ta voix & honoré taFace. Et pourtant icelle Abigail fut complétement belle, tant par la prudence de ſon
Eſprit, facondité de parolle, que par la vénuſteté de ſa Per
ſonne, qu'on n'eüſt ſceü de ce temps quaſi myeux repré-
ſenter en France (pour Fille de Vile, & a quelque richeCa
zanier coniointe) que par laBeauté de chacun treſrequiſe
d'vne Lyonnoiſe appelée Iullia Blanche, par quelque
Ialouſye (ce ſemble) maintenant tranſportée de Lyon en
Carcaſſõne au regret de ſes Parentz & de la meſme Cité,
Qui (entre autres Belles Fémes) ſe complaiſt ce pendant
d'en auoir encor'vne pour ſinguliere fleur, Laquelle porte
le Nom (cõme ie penſe) d'vne Marguerite honorable: & la
quelle euſt bien peü ſeruir de pareille Cõpagnye de beauté a la ſuſdite antique Abigail, auſsi bien que en Italye eüſt
nagueres fait (ſauf la Reuerence de toutes autres) la Belle
Romaine Settimia, que lon bruyt, peu auant le Decez
de Pape Paule auoir eté mandée aux Champs Elyſées
par ſesParentz pour Dépit ou Ialouzye qu'vn Seigneur de
la Maiſon Farneze donnoit trop ſouuent Carriére deuant
la Porte. Ne ſçay ſi c'etoit l'Entendu, L'eloquent, Le Studieux ou le Hardy, Tous quatre yſſus du Corps d'vne Ducheſſe de Caſtres leur Mere, qui de ces qualitéz & autres
dignes, a touſiours eté fort eſtymée par l'Italie. Mais pour
réfigurer en la France l'Abigail ſuſmentiõnée, Cela, cõme
i'entens, ne ſe feüſt nagueres fait plᵘ au vif, que par la Pré-

1. Reg. 25.

Belle Femme Lyonnoiſe.

Setimia na-gueres taplus belle deRome

fence de la Belle & honorable Ducheffe de Mompenfier,
d'humble Douceur aufsi richement acomplie, que fon
Mary de toute Honnefteté familiere de Prince : & pour
telles caufes aufsi trefaymée de la plus noble d'entre
les Marguerites de ce temps, Sans toutesfois faire tort
aux complettes Graces de Beauté de plufieurs autres
Dames,& Princeffes de la Court de France & d'ailleurs,
qui ne fe pouuans particulierement nommer(aufsi que de
peu d'entre elles ie fuis congnue,ou n'en font cas)fe laiffe-
ra a penfer a tout perfait Courtifan:Laquelle grand Beauté d'Abigail fut aufsi caufe,qu'apres la Mort de fon Lourdaut Mary, elle fut choyfie pour Epouze du Roy Dauid.
Lequel en fon age décrepité demanda d'eftre rechauffé
de la Beauté de la Pucelle Abifaac Sunamite:Dequoy elle
fut tant honorée qu'apres le trefpas d'icelluy Dauid, elle
fut tenue &traittée commeRoyne.A cecy ne repugne ce
qu'on fçait de la Veune Iudith, douée de fi gracieufe apparence que fa Face donnoit eblouyffement a tout œil de
pres la regardant. Et outre ce qu'eft notté es Letres Sacrées de la Belle Suzane,DIEV dôna trois Filles d'Angé-
lique Beauté a Iob,apres fes perfécutions vaincues par Pa
tience. En mefme Cronique Sainte c'eft chofe admirable de la memoire des Vierges, entre autre cas louées de
leur Beauté:Mais par deffus toutes vniuerfellement l'vnique V I E R G E, M A R I E,Goute de Mer cy deuant in·
terpretée. O Chreftiens,c'eft votre Aduocate, qui fut illuftrée de Splendeur de Beauté fi diuine, Que le Soleil &
la Lune femerueillerent de la viuifiante lueur de fa Face.
Parquoy, & fi outre ce que deffus il appert, mefmement
en Exode,que la Beauté des Fémes ayt tant eté recommandée, que iadis le Roy Pharaon cômanda la Mort de
tous les Mafles qui viendroient a naiftre, & la Côferua-
tion des Femelles: & faınfi eft aufsi qu'en mefme lieu, il
foit ordôné ne faire dômage,a Veuues Femmes, Ains les
norrir,& leur laiffer le demeurant des Fruitz de la Terre
fans prendre gaige d'elles,tant elles font de D I E V fauo-
rifées : Et faınfi eft deplus (fuyuant ce que i'ay notté au
Deü-

*La belle Du-
cheffe de
Mompenfier.*

*Les belles fil-
les de Iob.*

*La diuine
beauté de la
Vierge treffa
crée.*

*La mort des
Mafles ordô-
née par,Pha-
raon.*

Reg. 2.

3.*Reg.*1.

*Exod.*1.

*Exo.*22.
*Deutero.*24.
Deutero 14.
1.*Thimo.*5.
1.*Corinth.*7.

Deut. 21. Déuteronome) qu'il fut permis aux Enfans d'Ifrael, de fe
Marier à celles qui feroient les plus Belles, Voire d'entre
leurs Ennemys, fans autrement éplucher qu'elles fuffent
bónes ou mauuaifes: Finallemét fi l'Hóneur foutenable &
grand Beauté de ce Sexe, fe trouuent fi dignement celé-
bréz en telz Volumes, & leur Dignité grauée en chofe fi
facrée, Qui font les Enuyeux ou Oftinéz qui ne voudrót
confeffer la Préexellence de la Femme, Puis que du PRE-
EXELLENT des Préexcellentz elle a eté ainfi fauorifée
& enrichye des premiers Ecuffons de gracieufe Gentilleffe de fa Maiefté? Nobleffe eft celle, qui du SEI-
GNEVR f'aprouue,

DE LA PREEXELLENCE DE
la Femme fur l' Amour non faint dont
fa Beauté eft enuironnée.

Chap. VI.

APRES auoir affez amplement figniffié la Pré
exelléce de l'aymable Sexe femenin par la Di-
gnité fpecialle de toutes fes Beautéz: Et veü qu'a *La vertu d'A*
cela Nature mafculine communément fe rend *mour.*
Serue, fouz titre d'amoureufe Paffion: Commodément fe
pourra bien traitter icy d'aucuns effaitz & proprietéz de la
dériuation de l'Amytié non fardée dont cete Beauté eft
naturellement myeux acópagnée, que n'eft tout Amour
faint des Hommes. En difsnt, Que les Femmes tiénen
en foy plus que les Hommes, quelque trait de fpirituelle
Semblance du FACTEVR, duquel il a voulu eftre recongnu fus toutes autres chofes, qui eft d'Amour. Par vertu
duquel premierement, puis par fa Sapience & Puiffance,
il crea le Tout d'vn rien: Et duquel Amour procedant celluy de toute Créature enuers fa Maiefté, puis rédondant
fus le Prochain, fe peult bien appeler, & dire, que c'eft le

principal moyen à dechacer de la Perſône, tout Habit d'o-
dieuſe Complexion, Car ainſi que dit l'Amye de votre
Court, Damés,

La ou Amour dreſſe ſon habitacle,

Facillement on peult rôpre l'obſtacle

De tout malin & vicieux Eſprit.

PAr cela donc, Et veu la précieuſe Source de l'Amityé
femenine, ie puis en premier lieu raiſonáblement propoſer que la Malice de quelque Féme mauuaiſe qui puiſſe
eſtre, n'eſt point ſi fort enracynée en elle, & ne peult eſtre
ſi volontaire, qu'elle ne ſe laiſſe facilement leuér, & conuertir en bien, beaucoup plus que de tout' autre Créature:
Et ce, par vertu de ce trait diuin, Amour, qui eſt ioint &
meſlé dans le Sang de toute Créature femenine côme ſ'a-
perçoit (toutesfois en l'vne plus qu'en l'autre) Et de tel cas
procede que les Femmes ordinairement ſont plus Amoureuſes, & moins labiles en leur Inclination d'Aymer, que
les Hommes: Et quand elles ayment, leur affection conduite auec moindre fiction, ouy ſans aucune. Et ne ſeroit
beſoing de plus faire congnoiſtre que les Femmes ſont
touſiours plus fermes en leur amoureuſe flamme que les
Hommes, Veu que cela, ſans difficulté, eſt tout commun,
& ſe côgnoiſt chacun iour en l'inconſtante Amytié des
Hômes. Par la plus part deſquelz tout nœu d'Amour eſt
ſouuentesfois rompu, ou conduit à ſcandaleuſe fin. Qui
fait que cete pure Amytié femenine ſe voyant abbuſée,
prend quelque fois vn ply de Hayne ſi fort plyſſé à lencontre de l'Homme parauant aymé, que ce gentil Sexe, en ce
cas, eſt congnu pour auſſi fort hayr, qu'il eſt actif à ardamment aymer. Souz vmbre dequoy, le Sot Vulgaire (que
ie meſure ſouuentesfois au cœur, non à l'habit) tient pour
Reigle, Que les Femmes ſont Variables & Oſtinées par
Nature: Ce dont tout le contraire luy fait honte. Car ſans
prendre icy peine de combatre cete Beſte à tand de Teſtes par Philoſophale Raiſon, facile eſt à croire que tel
Changement de courage femenin ne prend mouuement
que

que de la forcée Occafion, donnée par l'Homme trop
aymé, qui fouuent fe montre Vicieux & defaillant a la
Femme : Outre ce qu'il eft naturellement moins gar-
ny de l'Amour puriffié cy deuant declaré. Laquelle
Occafion caufe peu a peu, & fait fortir effait a cet vmbre de fragilité ou Hayne fufdite, au lieu de perfeuéran-
ce d'Amour. Chofe qui pourtant n'eft point Hayne, mais
plus toft vn iufte delaiffement de Bienfait, que lon deüft
equiparer a quelque femblance de Iuftice, fuyuant l'exemple qui f'en prefente aux Hommes fur l'Ordre Iudiciaire de leur CREATEVR, Qui les ayant trop
plus ayméz qu'ilz ne fçauroient penfer, Neaumoins, &
fans qu'on le puiffe dire muable, Son Amour fe congnoift
auoir forme de changement, quand il voit que par leurs
fines Raifons & lourds échapatoires de Nature, ilz le
penfent tromper, c'eft a dire, farder l'Amour qu'ilz luy
doyuent. De maniere, que mourans en cet etat, Son
Amytié diuine diminue & fe transforme en Hayne immortelle, (de la Mifericorde pourtant ne fe faut défier)
Laquelle diuine Amytié (ce nonobftant) n'eft pas Hayne, ains Iuftice vertueufe & digne, fans que la grande
Bonté du SEIGNEVR, perde aucune etyncelle de
fa Fermeté. Ainfi donc les Femmes ayment plus fer-
uentement que les Hommes par leur Bonté & naturelle Douceur : Et hayffent auffi plus a l'Ouuert par l'E-
guillon de tromperye d'iceux Hommes, qui les pouf-
fent a cela:Cóme, pour vn petit exemple, le montra bien
vn iour vne Gentifemme Italienne, qui fe voyant abbufée de celluy qu'elle auoit logé au meillieu de fon *Parolle deFé-
Cœur, & pour en faire la vengence, fe tua elle mefme, *me abbufée.*
en parlant ainfi. O Glaiue trenchant(difoit elle au Couteau)fi ne me priueras tu pas de la Vie,fans que ie fois van-
gée : Car en paffant par le fons de mon Eftómac, tu iras
meurdrir ce cruel Romain, que ie tiens vif dedans mon
Cœur. Suyuant la conclufion précedente, & pour cour-
toyfement faire voir les Femmes aymer plus ardamment
que les Hómes, Cela fe peult comprendre par le regard

CONTREMYNE

de l'amour vſité que toute Dame porte a petitz Chiens,
Lequel, a ma fantaſie, ne procede que de quelque inſtinct
naturel de Semblance & correſpondante Féauté, Veû la
naturelle fidelité du Chien qui n'eſt méſongére: Ainſi que
bien l'entendoit Maſſinyſſa, iadis Roy de Numidye, Lequel pour ſa Garde, ne voulut onc Suyſſes, Lanſquenetz
ny Gaulloys, a la mode de Cléopatra qui en auoit quatre
cens, comme dit Egéſipus, Mais vne Compagnye de
bons Chiens, arméz au Colet comme Maſſiers de Pape.
Coutume de Femmes (ie croy) qui par les Princeſſes fut
introduite, plus pour donner exemple de fermeté a tout
Seigneur ſ'approchant d'elles, que pour plaiſir qu'il y ayt
a la camuſe Beauté de petit Chien. Lequel Amour plus
cordial es Femmes, eſt ſemblablement congnu par vn
moyen de peu de gens encor' imaginé, Aſſauoir, par l'vſage differant de porter Aneaux. Conſideré que les Hómes
les portent ordinairement au petit Doigt, & ne ſçauent
pourquoy, Si ce n'eſt pour vne ſignifiance ſecrete (d'eux
pourtant encor' non auyſée) de leur foible Amityé. Mais
les Femmes, & iacoit qu'elles ne ſachent le Secret de l'Inuention de l'Aneau, le portent toutesfois au lieu deü &
inſtitué par l'Inuenteur d'icelluy, qui fut Prométhéüs, cóme ie feis enregitrer a Pline. Lequel Inuenteur enſeigna
qu'il le failloit porter au quatrieme Doigt de la Main, en
l'honneur de la Veyne cordialle: Auquel Doigt encor'
a preſent les Femmes le plus ſouuent le portent, Ouy ſans
ſçauoir ces petitz miſtaires. Choſe, par cela, qui demontre
bien leur vraye Amytié outrepaſſer la maſculine. Mais
par combien de moyens cet Amour feménin ſeroit-il pl⁹
que probable, ſi l'experience n'en etoit apparente aſſéz
plus que de la Hayne? A propos de laquelle, il fault entēdre, en ſomme, Que toute Choſe qui eſt de ſoy Belle &
Bonne, comme la Femme, requiert par Droit de Nature,
eſtre conſeruée en tel Etat, ſans l'induyre a contrarieté:
Pourautant que le haut FORMATEVR de Tout (qui eſt
la Bonté & la Beauté luy meſme) n'à rien créé de ſpecial
en ce monde, pour eſtre ſoillé ou tranſmué a mal par les
Hommes

Hommes, fans leur Détriment , Pour lequel, Celluy qui
en ce Dommage eft encouru,ne fe deüft lamenter que de
fon Vice . Enquoy eft aucunement demontré l'Amour
ne deuoir eftre es cœurs des Perfônes moins pur, que vif.

O R' pour dauantage confirmer l'Amour de la Femme *Hiftoire d'vn*
eftre plus véhément que celluy de l'Homme,ie feray *Pape furfait*
pour ce coup efcuzée du Récit qu'ay défir de faire d'vne *d'Amonr.*
petite Hiftoire d'Amour, Non fi petite pourtant, qu'vn
Pape qui f'appeloit Pius Second,ne m'ayt vn coup doucement appelée a part, pour la rendre immortelle par mes
tretz, Et eft telle . Que du viuant de l'Empereur Sigifmond,& enuiron lan mil quatre cens & vingt,luy étant a
Siéne, Cité d'Italye (baftye par les Antiques Gaullois &
par les Gaullois de maintenant en tout Deuoir fecourue:
mais bien plus fort encores vn iour de par eux fecourable a toute Outrance, Veü que les premieres fautes es
premieres Entreprinfes, caufent fouuent perfe&tion en
l'yffue) l'vn des Cheualliers de la Court dudit Empereur
Sigifmond deueint tant efpris de la Beauté d'vne ieune
Damoyfelle de la Vile, Que tant par fes Geftes courtois,
que fort bien follicitée Pourfuyte, il rendit en fin cete
Gentifemme de luy tellement paffionnée, & au fleuue
Léthé d'oubliance auffi bien que luy embarquée, Qu'a-
yans tous deux habandonné le Port de Raifon , les Ra-
mes d'Amour acouplées, les Ancres de la Honte tyrées,
& les Voeles de leurs Cœurs appareillées, ilz feirent
peu apres des Brigantins de leurs Corps fort familiére
Aproche . Or écheant le Départ d'icelluy Empereur, *Mort etrãge*
ce Cheuallier fut contraint f'élongner de S'amye : Au *de Fille*
moyen du dueil duquel elongnement, la langoureufe *Amoureufe.*
Amante tumba en fi extreme angoiffe de regret,qu'apres
auoir eté quelques mois oppreffée de telle Continue,
Aueint qu'vn iour au gyron de fa Mere (qui pour allege-
ment f'efforçoit luy donner parolles de Confort)elle rendit piteufement l'Efprit. O Vigoureufe force d'Amour.
Ce Gentilhomme ainfi par trop aymé, qui f'appeloit le

Seigneur Eüral, auerty de mort ſi pitoyable, fut aſſez longuement ſaiſy de Déplaiſir, Toutesfois, ſa playe amoureuſe en fin ne fut iugée mortelle, ny au cœur ſi profóde, que
celle de la pauure Amante, quand le ſuſdit Empereur le
voyant ainſi deuenu mélencolique, luy donna a Mariage vne Damoyſelle de ſa Court: L'acointance de laquelle luy feit en brief éuan ouyr toute amoureuſe fumée de
l'autre ainſi pour luy décedée : De ſorte qu'auec le temps
qui tout conſume fors que moy, il receuoit le ſouuenir
de telle Amytié pour vn Songe matutin. Et la deſſus, vous
autres Damoyſelles, Fyéz vous aux Hommes : Car au pis
aller il n'en peult que mal auenir. Outre ce, & pour plus
élargir ce ply d'amoureuſe Foy, comme plus ferme au
cœur de ce gentil Sexe, que de l'autre, Ou fut iamais
l'Homme au monde, qui pour la Rencontre inopynée de
Créature viuante q̃ l'on penſaſt eſtre morte, Soit luy meſme a l'inſtant décedé de Ioye ? Genre de mort, certes de
treſgrande admiration, & qui fait coniecturer la Femme
eñ ſon Decez, eſtre generallemēt plus heüreuſe que l'Hóme, Lequel (comme lon dit) meurt ſouuentesfois de Dépit, & la Femme de Ioye. Et de fait, Ie croy qu'il ne fut
onc memoire d'Homme qui mouruſt de Ioye, fors du

bon Pape Leon dernyer, qui ayant receü la nouuelle que
les François auoient perdu Mylan & Parme, deux iours
apres ſ'empoyzonna luy meſme de fine forte Ioye : Soit
qu'aucuns dient que ce fut en mengeant Meneſtre trop
ſaffranée. Pour apparence duquel cas admyrable cy deſ-

ſus entamé, I'ay autresfois affectueuſement incité l'Hiſtoriographe Vallere, a honorer, ce qu'il a introduit en ſon
neufieme Liure, ou lon peult voir a l'œil, Qu'a peine eſt
il vrayſemblable, que vne meſme Ioye ayt autant eü de
puiſſance que la foudre, a faire departir pour diuers cas,
l'Eſprit du Corps de deux Femmes Romaines. Ce que
neaumoins fut veritable. Car l'vne d'elles ayant entendu vne Routte de Gens en laquelle ſon Fils auoit eü
Honneur, Sortit de la Vile pour aller au deuant, & le
receuoir : Ou l'ayant rencontré, A l'improuueü ſi ar-
dam-

ardamment l'ambraffa, qu'en vn moment elle rendit
l'Ame : Et l'autre feante en fa Maifon toute défolée
pour le faux Rapport qui luy auoit été fait de la Mort
de fon bien aymé, en telle Ecarmouche : Et icelluy
retourné, Au premier regard qu'elle ficha fur fa Face,
ne luy pouant porter vn ambraffement, inuifiblement
luy enuoya fon Ame pour ce faire, voire d'vn auffi ar- *Madamoyfel*
dant zele d'Amour que feit la pudique Damoyfelle & *le de Fourque*
Femme du vaillant & fage Baron de Fourqueuaux, fu- *uaux.*
bit qu'elle reçeüt pour vraye, la fauce nouuelle de la mort
de fon Mary a la Bataille de Tufcane, la ou de Terre il
auoit feullement eté a coups de Piques releué & mené
prifonnier dans la Vile de Florence. O l'Amoureux Parentage. O l'ardante foy de femenine Amytié, Qui pourra maintenant contredire que ton Cœur ne foit bien autrement paré d'amoureufe Inclination, que celluy de
l'Homme? Qui foutiendra le contraire auec l'vmbre
d'vne feulle Vériffimilitude. O Celefte & néceffaire
Amour de Iudith, A la mienne Volunté que ton Glaiue
trenchant feüft icy eguyfé, pour par façon plus fiére que
la myenne, ouurir mes propos es Teftiéres trop Ofti-
nées fur ce cas. Veritablement, bon befoin de Lunettes a quinze pointz a Celluy, qui (aumoins en Confideration de la fecourable Nature de ce Sexe) ne voit *Sans les Fem*
que fans la Femme, les Hommes n'eüffent fceü rencon- *mes ny auroit*
trer en cete tenebreufe Vallée aucun principe d'Amytié: *amytié au*
& qui pareillement n'apperçoit que les plus haux Domi- *Monde.*
nateurs de la Terre, Sans pactions conféderées hors les limites de leurs Regions, ou bien fans le moyen des Femmes (que l'Empereur Augufte, demandoit voluntiers
pour Hotages a Peuples qui f'allyoient a luy) n'eüffent
iamais peu regner en paix & triumphe, comme ilz ont
fait : & comme encores ne pourroient Ceux d'aprefent.
Lefquelles amyables Conféderations tant néceffaires, ne
fe peuuent bien contracter & ioindre, que par le cyment
copulatif de ce noble Sexe plus Amoureux qu'aymable.
Duquel finallement prend cours toute Source d'amou-

reufe liqueur,& prendroit,Encores queNature eüft enfei-
gnè aux Humains autre voye de Production que celle de
femenine Acointance. O l'heureux Lignage de Chreftiens,fi d'Amour(qui le Ciel gouuerne)leurs Efpritz etoient
gouuernez. L'Amytié eft la Lyaizon du Monde.

AVCVNES DIGNITEZ DE
Nature donne'es a la Femme,& non
a l'Homme.

Chap. VII.

Les Cheueux propre conuerture de la Fême.

POVR acroiffement de cete merueilleufe Beau-
tê femenine par cy deuant fpéciffiée(en laquelle eft confit ce trait diuin d'amoureufe Grace:
le tout pour venir a mes fins de Préexcellence)
les Femmes font naturellement anoblyes d'aucunes Dignitéz aux Hommes impertinentes & non octroyées.
Premierement, en ce que leur belle Cheuelure fe peult
épanyr en fi épeffe longueur, qu'il femble Dame Nature
ne leur auoir peü choyfir Manteau de Crefpe plus elégât
a couurir toutes les mignonnes parties de leur Corps, q̃
cete honorable Coéffure. De laquelle au befoin,elles ont
plufieurs fois fecouru leurs Hommes en fait de Guerre,
cóme i'ay dit en vn paffage précédant : Et de laquelle encores , elles fe pourroient vétir, comme etant leur propre
couuerture,ainfi mefme qu'aux Corinthes dift vne fois *1.Corinth.11*
Sainct Pol . Chofe qui d'autant plus eft indécente a l'Hô-

Cefar tondoit ceux qui portoient Perruque

me,que feante & bien conuenable a la Femme . A Raifon dequoy,& pour courtoyfemét aprendre aux Mignós
la Toufure,le grand & premier Céfar tondoit volontiers
luy mefme,le derriere de toutes les belles Perruques trouf

Le Roy cõme Cefar.

fées qui fe rencontroient deuant luy. Et ce,tout ainfi,que
le grand Roy Henry,par vn gay motif feullement(& cóme tenant ie ne fçay quoy des bonnes parties de cetuy la)
voulut

voulut faire auec belles Forffettes de Tondeur (comme lon dit) aux douces Perruques de ces paranymphes qu'il rencontroit en fon voyage de Clery, luy encores Dau-phin de France Secondement(a mon propos)Combien quela Tefte de l'Homme foit le fuperieur membre de fa Perfonne par lequel il demontre fa diuine Effence, etant par icelluy,different a l'Animal brut : Toutesfois il ne la peult entretenir en fa premiere beauté, Veü qu'elle deui-ent diforme en ceux qui lon voit eftre Chauues. Et cela iamais n'entreuient a la Féme,exempte de femblable Di-formité,en figne de quelque préuilege de la Nature. Ce que congnoiffant bien l'Empereur Domitian (a qui les Gaulloys feirét fi fort la Guerre pour leur liberté)il eüt tou te fa Vie tant de dépit d'eftre Chauue,qu'il prenoit a Iniu re,quãd cela en ieu ou autrement,etoit reproché a vn au-tre.Tiercement,le Vifage mafculin fe transforme de foy & peu a peu, en quelque obfcurité, Speciallement a l'oc-cafion du poil qui acroift fur icelluy.Ce que fut ancienne ment abhorré par les Romains, qui tous faifoient razer leur Barbes : Eftimant que cela ayt ainfi eté obferué en general,iufques au temps du bon Empereur Traian Efpa gnol & amy des Gaulloys, lequel cõmença a porter lõgue Barbe,A quoy adioufta la Cheuelure apres luy,Celluy qui fut fi defireux de l'Amytié de Gaulle,Adrian. Au cõtraire defquelles Barbes,le grand Alexandre feit expreffe deffé-fe a tous fes Soldatz,de porter poil de Barbe : Ainfi qu'en femblable a eté par plufieurs fois parmy la France,mefme ment du Viuant du memorable Roy François, qui trou-uoit indigne,que les Hommes de plus vil etat,& ceux du plus noble de fon Royaume (hors mis le Princes & Gens de guerre) portaffent longue Barbe,Enquoy certainemét y a du regard & en particulier pour enfuiure en cela les Romains & grand Princes du téps paffé, qui n'obferuoi-ent telle chofe,fans quelque raifon au bien publiq conue-nable.Ainfi donc lon congnoift euidemment les Barbes auoir eté prohibées, non feullement entre les Anciens, mais aufsi entre les François,& la pureté de la Face auoir

PP

La Féme ne deuiét Chauue.

La Féme ne deuiét Barbue

Allexandre hayoit les Bar bes

Le Roy Fran-cois fur les Barbes.

eté en tout lieu recommandée, fpeciallement celle de la
Femme honnefte, tant eft a chacun agreable la Beauté
femenine, dans le Myroer de laquelle celle des Cieux
quelque fois fapperçoit figurée ou protraitte. Icelle Deffence de Barbes fufmentionnée ayant ainfi eté comme
ie croy continuée, entre autres raifons pour le regard que
ce cas fut generallement trouué farouche par le monde,
d'auoir la face empefchée d'vne Foreft velüe ainfi que le
mufeau ou menton d'vne Cheure : Auffi que cela peult
plus toft nuyre que feruir, Si ce n'eft pour trencher du braue, Enquoy lon a voulu cóplaire a ce beau Dieu de furye,
ceiourdhuy trop plus recongnu que la palladine Princef-

Des Epithetes
du Mentô de
l'Homme. fe. De maniere, que pour la grand' diuerfité & fot vfage
de monfieur de la Mentonnyere, Ce à eté forcé d'orner
madame fa Barbe de plufieurs épithetes & nominations.
En l'appelant aucunesfois Barbe follette, Barbe grizatre,
Barbe a fourchete, Barbe a barbute, Barbe a bauette, Bar-
be a décrotoyre dite a la Sçipionne, Barbe a Rouet, Bar-
be rebarbatyue, Barbe recoquillonnée, Barbe fauce, Bar-
be a l'étuuée, Barbe a étuy, Barbe plombée, Barbe a four-
chon rompu, Barbe a mouftache, Barbe pelée, Barbe
de l'Empereur Commodus a charbon ardant, Barbe a
cordons, Barbe faupoudrée, Barbe recollée & non con-
frontée, Barbe raze la picquante, Barbe blanche mal duy-
zante, Barbe trouffée, Barbe quarrée, Barbe plate, Bar-
be d'Ecreuyffe, Barbe a queue de merlu, Barbe de mafque a Senateur romain, Barbe épanye fouz vn gros mouftache potager, Barbe efclauonne mouftachée d'vn Arc
turquoys, Barbe de Guenon, Barbe a lambeaux, Barbe
de Gallere, a pourceau brulé, Barbe a buuettes, Barbe
caduque, Barbe articulée, Barbe a ryuer, Barbe décrépi-
tée. Sainête Barbe, ou me fuis-ie ainfi embarbutée au bois
velu des Barbes ceiourdhuy tant barbillonnées? Mon chemin propofé, etoit-ce pas de pourfuyure, & dire le Vifage de la Femme n'eftre fubiet a deuenir velu par faueur
de Nature, & que de foy il f'entretient toufiours en déli-
cate maniere? Donc & fans plus barbotter, ie maintiens que outre ce que la Femme ne f'embabouyne de tât

de Placars & ridicules Intitulations a l'enuiron de son Mẽ
ton delicat, les Romains ont autresfois eü grand egard a
la policeüre d'icelluy. Car affin que par mauuaise coutu
me ilz ne feüssent frustréz du cõtantemẽt que reçoit l'œil
a la rencontre du taint agreable de toute belle Femme, ilz
auysérent d'ordõner par la Loy des douze tables (promul
guée en Rome 448. ans auãt le diuin LEGISLATEVR)
q̃ les Fémes ne feüssẽt si hardies de passer Razoer sur leurs
Mentons, doutans l'emotion du poil. Les propres termes de laquelle Loy, sont telz. *Mulieres Genas Ne Radunto.*
De passer la fau sus le petit Pré, ie n'en ay rien ecrit, Mais
il est vraysemblable, qu'en leur faisant par Loy publique
deffense du Razoer, ilz leur feissent aussi par Loy domesti
que & priuée, deffense de toutes Forssettes, Veü que l'vne
& l'autre Loy, est encores obseruée par les Romaines
principallement. Ausquelles ie conseillerois voluntiers d'estre desormais saizon de se geter hors de tant
sauuages Loix ou subietions, & sans s'amuzer a si friuoles
Constitutions, d'essayer vn coup a faire des Loix pres des
Hommes, qui feüssent plus vmbragées de grauité que
celles la, ou les nobles Espritz des Romains semblent
auoir eté empeschéz, comme en temps de Vacations, au
respect de tãt d'autres dignes Statuz par eux emologuéz.
Sans point de faute la Loy des douze tables auoit bon besoin de matiere, pour la vouloir emplyr de la crainte du
Menton de la Femme. Qui me fait, pourtant, penser qu'il
y a quelque chose de bon au hault de la Teste femenine,
puis qu'ilz auoient telle crainte du bas qu'ilz en formerẽt
vne Loy si expresse: Aussi esse, a vray dire, vne partie qui en
toute belle Dame se fait exellemment admyrer de ceux
qui vont epluchãt, par louable desir de sauoir, les secretes
Operations de DIEV sur la Nature, de luy si richemẽt cõ
plete en l'ouurage du Corps femenin: & dont, si biẽ y etoit
pensé, dependent tãt de secretz, qu'il ne sera iamais licite
a Imprimeurs de s'en ozer vanter, cõme ilz ne pourront ia
faire, deuo° dõner recette (o Fémes qui etes subietes a Por
tée) pour vous pouoir deliurer tost du mal d'enfãt, ny aussi

Statuz des antiques Romains sur les Barbes.

Le Razoer deffendu aux Femmes Romaines.

comment la Femme d'vn Preſtre (voicy grand cas) puiſſe guerir les Hommes de la Fieure, ou faire Vryner vn
Cheual par ſa ſeule parolle. O DIEV, que ne ſuis-ie vn
coup aymée bien a point, tant i'ay de treſors & de ſecre
tes Richeſſes qu'on ne congnoiſt. Et qui eſt-ce pourtant
qui ne congnoiſt (ſil n'eſt du tout Ignorant) que ie ſuis
a vn beſoin, la plus ſecourable Femelle de ce Monde?
Et que pour ſauuer la Vie a vn Amy, ie puis, a veüe
d'œil, & en pluſieurs ſortes, deceuoir les plus ſubtilz
d'entre les Hommes, & entrer en Cauernes abymées
pour y ſeruir de confort, Conſeil & liberté? Que diriéz,
vous Dames, Si pour faire vn tel office, vous me rencon-
triéz, vétue de quelque Robbe neuue de vieux drappe-
aux, ou d'vne peau de beſte, a l'antique : & puis que dans
vn Oeuf, faiſant ſemblant de me vouloir iouer a la Roul-
lée aux Oeufz auec les autres, ie me feiſſe rouller & prendre a la main d'vne Perſône deſeſperée pour luy donner
eſpoir a l'extremité, voire ſans qu'Homme viuant m'oſaſt
dire Hola a toute entrée de porte? Pluſieurs choſes ie pou
rois bien déployer a ce propos. Mais il n'eſt, ce dit on, hôneſte d'écrire ſes louenges : puis qui ne m'ayme comme il
fault ne peult receuoir fruit de moy. Et pourtant en reprenant le diſcours principal du Sexe icy ſoutenu, pour

La netteté de la Femme. ſa préexellence, Ceſt choſe toute notoire, qu'elle aparoiſt
(outre ce que cy deuant ie vous ay peü dire) en la Pureté
de la paſte charnelle de chacune Féme honneſte. Dautant que ſi elle ſe va lauer la Face & les mains en quelque
endroit, & que ſubit elle ſaille lauer en vne autre eau net-

La Féme ne tumbe iamais le nez en Ter-re. te, Cete ſeconde eau, n'en ſera en rien troublée ou plus
orde. Ce que n'auiendra ainſi de l'Homme. Auec ce (&
qui fait a notter) Conſideré, qu'entre toutes les Creatures
qui ont Ame, ny à que la Femme & l'Homme qui ayent
l'aſpect dreſſé au Ciel : En ce cas la Nature & la Fortune
ont merueilleuſement prouueü a l'humble Sexe plus qu'a
l'autre. Car ſil auyent par accident qu'vne Femme vienne a tumber, ce ſera touſiours le yeux au Ciel, & non pas
le néz en terre comme les autres Creatures. Ha, ie les oy
ſour-

fouryre ces Ryoteux, le ieu leur plaiſt. A la miéne volôté,
qu'en leur endroit les Femmes tumbaſſent comme Moy,
I'entens qu'ilz n'euſſent en cela non plus de bien d'elles
que de Moy quand ie verſe, Ny auroit pas a rire pour cha
cun, Car les pauures Ricaneurs ſeroient plus froidz que
Platre, & auroit-on plaiſir, par motz argutz de quelques
nobles & promptz Eſpritz (comme de ceux deRyéz) de ſe
voir rire d'eux, puis que tant ilz ſont actifz aryſée ſur tout
propos de Féme qu'il leur ſemble n'auoir eté faite au Mô
de que pour plaiſir ou ſeruice. Encores eſt ſigniffiée çete
Préexellence femenine par vn certain Vouloir de Nature, qui a la production du Genre humain à prépoſé les Femelles aux Maſles, en leur faiſant plus de diſtribution de
ſes Secretz, par la Grace qui communement leur eſt don
née de viure plus longuement, ainſi que ſ'aperçoit en tant
de Femmes vielles en tous clymatz: Enquoy elles acom-
pliſſent plus que les Hómes l'intention d'icelle Nature.
Qui eſt vn point que pluſieurs ne voulurent iamais confeſſer, aumoins que cela ſoit naturel, diſans, pour couurir
l'enuye qu'ilz portent a telle Grace, que ſi les Hómes ne
ſ'acópagnoient des Fémes, qu'ilz viuroient plus longuement qu'elles, mais que la frequentation d'elles les debau
che & acourcit leurs iours. Cecy Dames fait a notre proufit, Car puis qu'ainſi eſt, que par Nature vous vous fortiffi-
éz de la meilleure part du bien qui eſt entour les Hómes,
ceſt apparence claire que vous auéz grandement eté fauo
riſées plus q'ueux par intelligence de la Nature de beaucoup de graces, En vous ayant imparty vne infinité des
ſiennes, & outreplus, la plus naturelle qui ſoit es Hommes
pour (en leur accourciſſant la Vie) prolonger la votre. Surquoy vous ſouuienne, ie ſupply, qu'il n'eſt que d'eſtre.
Suyuant laquelle diſtribution ſuſalleguée des Secretz de
Nature, tout votre Sexe a auſſi eté digne d'vn Don fort
merueilleux, qui eſt de Conceuoir, & gouuerner ce qui
eſt conceü. De cela prouient, que pluſieurs Hommes
reſſemblent ſouuent a leurs Meres, comme faitz du Sang
d'elles, Et telle ſemblance eſt aucunesfois de Geſtes: mais

Les Femmes viuent plʰque les Hommes

PP iij

ordinairement de Coutumes : en maniere que si la Mere
La semblance aura eté peu sage ou peu ciuile, les Filz en auront quelque
des filz a leur habit, mais s'elle aura eté prudente & honneste, telles sin-
Meres. gularitéz seront aussi en eux. Neaumoins tout le côtraire
s'approuue iournellement quant aux Peres, lesquelz étans
sages & courtois, auront voluntiers des Enfans lourdaux,
& indiscretz. A l'opposite, si telz Peres sont vicieux (&
moyennant que leurs Femmes soient sages) leurs Enfans
seront plains d'honnesteté, par nature. Qui est certes vn
treseuident signe de speciale grace & bonté de DIEV dô-
née a la condition des Femmes, dont l'experience en cela
s'est voulu montrer maistresse de raison en faueur de leur
aymable Sexe : Auec licence duquel ie veux sur ce propos
satisfaire a ceux qui auroient desir de sçauoir de Moy, la
cause pourquoy les Meres ayment plus leurs enfans que
les Peres, Qui est (selon que i'en puis conceuoir) pource
qu'icelles Meres se sentent auoir plus du leur es Enfans q̃
les Peres : estimant aussi, que pour telles causes iceux En-
La proprieté fans soient plus adherans a l'amour maternel q̃ paternel.
du Laict. Outre que ce Sexe a tãt eté fauorisé par la Nature, qu'elle
luy a donné le Laict de si singuliere sustance, qu'il peult nô
seullement alymenter toute Enfance & Vieillesse, mais
aussi restaurer les Malades selon la complexion d'iceux,
& qualité de leur mal, Comme en especial, le Philosophe
Géber Roy des Indes, à autresfois dit estre chose approuuée, & fort propre a ceux qui sont trop longuement tourmentéz de la Fiéure, si par plusieurs fois ilz se plongent la
Teste en Laict de Femme. Lequel auec ce, à de soy telle
proprieté, qu'etant meslé auec du Pauot, il donne le souhaitté repos du sommeil a tout fébricitant, & aussi a autres
qui ne pouans dormir, tiennent les nuyctz pour vray purgatoire en ce monde. O douce liqueur femenine au detriment d'vn chacun tant peu prisée ou enuyée, que peu
de gens se daignent en faire essay, & a faute de ce, de nuly
Les merueilles presque congnue fors des Enfans non seüréz. Quoy
de la Féme. plus? Grandes merueilles indubitablement s'apperçoi-
uent entour la Femme, Speciallement lors qu'etant

enfeynte elle pourra auoir appétit de manger terre,
chair crue, poyíſons crudz, charbons, pierres, metal,
& venyn qui peuuent eſtre digeréz de ſon Eſtommac,
ſans en eſtre offenſé, ains plus toſt a la norriture du Fruit
qui eſt en ſon Corps : Lequel a faute de la choſe appetée
par la Mere, eſt ſouuentesfois transfiguré ou perdu, auec
l'inſuportable trauail d'elle : Choſes qui a cete cauſe ne
doyuent eſtre refuſées a Femmes groſſes. Et le motif de
ſemblables appétitz ne procede, o vous Siluius & Hou-
pil, royaux Lecteurs de Medecine, a la Lecture de cecy
ne me ſoyéz pas côtraires, car cela ne procede cômevous
ſçauéz, q̃ des groſſes & indigeſtes humeurs qui montent
au Cerueau de la Femme, la ou a leur arryuée ſouure l'appétit & ardant deſir de leurs ſemblables, Ceſt a dire q̃ ſi
ces humeurs ſont de chaude qualité, alors la Mere pourra auoir enuye de choſes chaudes en ſoy, Si au rebours,
elle ſera voluntiers enuyeuſe de choſes etrãges & froides
côme de Venyn, qu'vn tas de Ieunes, aſſéz plus Folz que
Filoſophes de ce temps, diſent eſtre occaſion que la Femme eſt treſdãgereuſe en ſoy, & qu'elle peult enuenymer
autruy, voire & en particulier de ſon ſeul Regard, ainſi
que le Bazilic. S'arrétans, a mon auis, ſur ce qu'en vn
prologue d'Auerrois au Liure des Phiſiques, eſt ecrit
Qu'il y a eü autresfois des Fémes, qui ſe nourriſſoient de
Poyzons. Mais de côbien tous ceux la ont enuye de réuer
& en meriteroiét vn Touret de talmouze pour leur ſeruir
de cachenéz a les rendre incongnuz en femenine troupe
cela eſt tout notoire, Veü que les Fémes n'ont iamais eté
de deux diuerſes Natures : & que ſi celles d'apreſent ne ſe
peuuent nourrir de Venyn, il eſt ayſé a croire, qu'elles ne
l'ont peü auſſi par le paſſé : Et quant a l'appétit extraordinaire de Femme groſſe qui en ayt (ſ'ainſi eſt) quelque fois
peü vſer ſans danger, Cela eſt vn miſtaire particulier en ce
noble Sexe femenin, pl⁹ pour dénoter l'exellente & vigoureuſe Complexion des Fémes, que pour eſtre autremeat
congnu des Hommes, quelque curieuſe diſpute qu'ilz
en puiſſent former. Tellement (pour concluſion de ce
point,

*Rien ne doit
eſtre refuſéa
Féme groſſe.*

*Reueurs Phi
loſophes de ce
temps.*

point)Qu'il ny a rien es enuirons de la belle Femme, qui

Propriété de l'vryne de la Femme.

ne plaise, qui ne soit noble, & en toute exellence bien or-
dóné: Ouy, & qui n'aye quelque secrete proprieté, &feusse
iusques a cógnoistre son Vrine, Laquelle (au témoignage,
plustost de quelque bon Alquemyste, que de Braillon qui
congnoissoit celle des Vaches) porte en soy merueilleux
efficace en diuerses choses, quand elle est bien distilée &
coniointe aux compositions elémentaires qu'elle requiert selon la Recette de l'Ouurier. Bien sçay-ie pourtant
qu'elle ne vault rien a faire la Pierre philosophale, Aussi
n'esse que Soufferye. Mais a lauer la teste des Asnes, ie
la penserois plus propre que Léssyue, & fusse de celle de
la Chambriere des Gobelins de Paris, qui fut toute vne

Léssiue faite de Brexil.

nuyt chauffée de bois de Brezil en grand' magnificence,
pour la faire meilleure. Parquoy la Noblesse & digne
Condition des Femmes sera a la fin confessée. Mais
l'Enuyeux hayt ce qui le précede.

DE LA PREEXELLENCE DE la Femme par le Regard de la Benediction de par elle donnée a l'Homme. & comment elle est aussi Ymage de DIEV.

Chap. VIII.

V surplus, Desirant a chacun point tetourner a
cete diuine Ecriture, comme a la fontaine de
Verité pour l'apparence de mon entreprinse,
qui est, de confirmer en toute Pensée capable
de Raison la grande Préexellence & Dignité de la Fême,
Ie diray que la Benediction que l'Hôme receüt de DIEV
luy fut donnée par le moyen d'elle, pource qu'auant sa
Creation, il n'auoit obtenu telle grace, & aussi qu'en dautres

Gene. 1.
Ruth. 4.
3. *Reg.* 17.

Pro. 18.

Prouerb. 20.

Ecle. 26.

Prouerb. 19.

Pro. 12.

Corinth. 11.

1. *Cor.* 15.

tres lieux du vieil Testament il en appert a l'endroit d'autres Hommes, A quoy de plus correspond cete Sentence
de Salomon . Qui trouuera (dist il) Femme bonne, aura
trouué le Bien, & se réplira de la Ioye ou Benediction du
SEIGNEVR . Prouerbe duquel aucuns se penseront incontinent icy emparer, pour dire que cela fait coniecturer, qu'il y en a bien peu de bonnes, Sans auoir regard a ce
qu'icelluy Salomon en autre lieu me seit tressagement
ecrire en cete sorte, Homme fidele, Qui le trouuera? Voulant luy mesme inférer par la, qu'il y en a bien peu. Ce que
ne se peult ainsi prendre de ce que dit est, ny pareillemét
de ce qu'on lit en vn autre passage, sçauoir est, Auec les
Femmes bonnes l'Homme est heüreux, & le nombre de
leurs ans se redouble, & apres, Nul Hómese pourra parã-
gonner a celluy qui sera digne de rencontrer Féme bône, Soit qu'il dye en vn autre endroit que c'est vne couuerte pestilence en vn mesnage, qu'vne Femme rioteuse.
Ce nonobstant il est dit par les raisons cy dessus & suyuãt
icelles, Que la Dame qui est Sage & bonne, est vne telle
Grace entre les autres, qu'elle enuironne l'Homme d'autre multitude de graces , Qui fait qu'encores icelluy
Salomon en autre endroit de ses Prouerbes, nomme
la Femme diligente, la Couronne de l'Homme . Et
Sainct Pol en l'Epitre aux Corinthiens, declare semblablement qu'elle est la Gloire de l'Homme, en la maniere que
i'espere donner a entendre cy apres. Or' si selon ces parolles, la Femme est la Benediction, la Grace, & la Gloire de
l'Homme, il semble estre non moins louable que nécessaire, q̃ de tous Humains elle soit reuerée: Et qui l'aura en
mespris, ainsi que noz Detracteurs, qui n'ayment rien que
par momentz de variable Ceruelle, se trouuera allienné, nõ
seullement de Ciuilité, mais aussi de l'heüreuse fruition de
bon Sens. Finallement, la Benediction fut donnée par le
moyen de la Femme: Et la Loy par le moyen de l'Hôme.
A l'Homme fut expressement deffendu la P O M M E.
l'Homme engendra le Peché en mangeant, Non pas la
Femme . Tous les Hommes (comme dit icelluy Sainct

QQ

La cause de la Circoncis-on des Enfàs d'Ifrael.

Pol)ont peché en Adam, non en Heue, Tous Humains ont contracté le Peché Originel, non de la Mere Femelle, Ains du Pere Mafle. A l'ocafion dequoy aufsi il fut pour cela(ce femble)ordonné par laLoy antique, que tous les Mafles feüffent circoncyz pour le Peché de l'Origine & non les Femelles, A celle fin de conuenablement former la pugnition & penitence d'icelluy, fur le Sexe qui auoit caufé la grauité de telPeché, tant feullement. En ver tu dequoy fe pourroit quafi foutenir que la Féme n'a fait le Peché, pour la Iuftice duquel les Hommes tumberent deflors en Ruyne, bien qu'elle en ayt eté occafion. Et par cela, ne faut pas pourtant appeler la Femme Chef de Pé-

Faute d'Ori gene.

ché, comme a fait Origene. Car Chef de peché fut Adam, puis que DIEV luy dift ces motz [La Terre fera maudite a l'occafion deToy]&aufsi que par euident miftaire il fut congnu tel que deffus, lors de la Pafsion memorable de L'HOMMEDIEV, au lieu propre ou fut plâtée la Croix. a l'endroit de laquelle auoit eté enterrée la Tefte d'icelluy Pere Adam, comme notamment me fouuient auoir écrit

Pourquoyau pied de la Croix on met vne tefte de mort.

fouz Saint Crifoftome, Qui eft caufe, qu'encores a prefét les Chreftiens mettent volontiers vne Tefte de Mort au pied d'vne Croix. Lequel miftaire de plantation deCroix dénotte affez que celluy qui etoit Chef de peché auoit a eftre abbatu & caffé du heurt de la Croix Sacrée au lieu propre ou il auoit eté enterré & etoit encores dormant, qui fut lendroit ou ladite SainteCroix fut plantée. Donc pour cete fpeciale confideration, l'Homme eft congnu

Pourquoy le filz de Dieu print pluftoft l'habit Maf-culin que lautre.

pour le Chef de Peché, & non la Femme, ainfi que l'à voulu dire Origene. Confideré dabondant q celluy qui feit fi volontaire étendue de fes Bras précieux fur la dure Croix, Ayant voulu defcendre en cete tenebreufe Vallée pour la Réparatió de telle Offenfe, y voulut aufsi naiftre le plus humble de to°, Acelle fin que par telle Humilité il purgeaft l'arrrogance de l'Ereur du premier Pere. Et a cete fin il preint pl° toft le Sexe Mafculin que l'autre. De plus(&qui ne fait a oublier) Veü que les Hommes furent códamnez pour le Peché de l'Hóme, non de laFemme

la

la MAIESTE diuine ordonna que la pugnition de tel Peché ſe feiſt au Sexe qui l'auoit commis, & que la Vengeance en feûſt faite par la main de l'autre Sexe, qui par diabolique aſtuce auoit eté circonuenu. Car il fut dit du Serpent (ſi i'ay memoire de l'auoir notté en Genezc) ſemblables parolles, Ie metray inimytié entre toy & la Femme, entre ta Semence, & la Semence d'elle qui te caſſera la Teſte. De cela prouient, que l'Ordre preſbiteral, à iuſtement plus toſt eté attribué par l'Egliſe, a l'Homme qu'a la Femme, Pourceque tout Preſtre repreſente IESVCHRIST, & luy repreſente le prémier Homme pecheur Adam, duquel il luy pleût amoureuſement venir payer le Debte, de nul autre ſoluable. Surquoy ſentend ce Canon de Decret qui commence Hæc Imago, ſelon que treſbien en ſauroit temoigner le profond Rébuffy, ou l'eloquent Quintini) Auquel Canon, eſt contenu, la Femme n'eſtre faite a la ſemblance & ymage de DIEV, que i'entens, a la ſemblance corporelle de CHRIST, qui ça bas pour ſatisfation de tous Obligez par le Deü de l'Homme, deſcendit, print forme d'Hôme, non de Féme dans le Ventre (outre ce qu'il a touſiours eté virginal) de tous autres le plus precieux, le plus pur & ſanctiffié, Ainſi, par la Féme, le Fils de DIEV fut appelé Fils de l'Homme immédiatement, & non par l'Homme. Cela eſt ce grand Myracle, au regard duquel le Prophete Hiérémye ſe ſentoit éblouy, quand il diſt. La Femme à circondé l'Hôme. Mais pourautât que ie doute qu'aucuns me voudroient guetter, & prendre par le Bec ſur vn point qu'il ſemble que i'aye tacitement laiſſé couler, qui eſt, que le Texte du Canon peu auant allegué, notte la Femme de n'eſtre ymage de DIEV : & que d'autant que ie n'en ay parlé à ſuffizance, ce point pourroit eſtre par eux corroboré (pour me déprimer) par vn paſſage, écrit en Sainct Pol, ou il eſt dit, Que l'Homme eſt l'ymage & Gloire de DIEV, & la Femme, la Gloire de l'Hôme, I'ay enuye, outreplus, de donner préſentement a entendre, qu'il faut autrement regarder,

.QQ ij

Gene. 3.

Dôt viêt que l'ordre de Preſtrize fut oſté aux Fémes:

Cauſa. 33. Queſt: 5.

La Féme eſt image de Dieu.

Hiére. 31.

Corinth .11.

telles Letres, qu'auec Lunetes d'affectée pafsion de Sens (le tout pourtant fouz la digne & réuerée Corréction de la Collonne de l'Eglife Gallicane) & ce faifant donner a congnoiftre a qui ne le fçait, Que la Femme eft ymage de D I E V comme l'Hôme, Sans dérroger a rien du vray Sens des fainctz Volumes.Ce que ie n'entés faire pour n'eftre fi préfumptueufe:Confiderant bien que ie ny

Expofitiõ de ce mot yma-ge de Dieu. ay feruy que de Clerc ou Miniftre. Pour clarification dequoy conuient prefupofer, que ce mot Ymage de DIEV fe peult confiderer & préndre en l'Homme par trois manieres. La premiere, felon & fuyuant que l'Homme à proprieté naturelle d'entendre & aymer DIEV: Et cete proprieté confifte en la Nature de l'Intellect,qui eft commune a tous. La feconde maniere, eft felon & fuyuant, que l'Homme congnoift & ayme D I E V en fes actes & fon gefte,neaumoins imperfaitement:Et en cela l'Homme eft ymage de D I E V, par conformité de Grace. Et la tierce,felon & fuyuant que l'Hôme actuellement & perfaittement congnoift & ayme DIEV,Et en cete maniere il f'appele Ymage de DIEV,felon la fimilitude de Gloire.

Pfal. 4 A locafion dequoy,fur ce Pféaume cy[S E I G N E V R la lumiere de ta Face eft fignée fur nous]la glofe a fait triple

Signatũ eft fuper nos, &c. diftinction d'ymage de DIEV en l'Homme;Affauoir,vne de Creation, Lautre de Récreation,qui vaut autant a dire que Régeneration,& la Tierce,de fimilitude & femblance. La premiere ymage fe trouue en tous Hommes,La feconde,es Iuftes, & l'autre,es Bienheüreux feullement. Par cela donc, l'ymage de DIEV eft imprimée autant en en la Femme qu'en l'Homme,en ce que confifte la raifon de l'ymage,Sauoir eft,quant a la Nature intellctuelle prin

Gene.1. cipallement. Surquoy etant écrit en Geneze, que DIEV à créé l'Hôme a fon ymage & femblance, Cecy y eft aufsi fufioint, affauoir, Il les à crééz Mafle & Femelle. Ce qui à ainfi expreffement eté mis en plurier,pour figniffier que la Femme fut pareillement créée a la femblance du S EIGNEVR, qui eft quant a ce point d'ymage. Et quant

1.Cor.2. a ce qu'eft refté a expofer d'vn autre paffage cy deffus touché

ché, Sauoir est, Que la Femme est la Gloire de l'Homme.
Ie dy que ce point ne s'entend pas comme d'vn Seigneur *Mulier est*
sur son Vassal, ou d'vn Vainqueur sur le vaincu, dont il tyre *gloria Viri*
honneur ou gloire: mesmement que Salomon dit, que la
Femme qui est gracieuse, trouuera Gloire en sa Vie. Mais
qu'en cela l'Homme doit auoir égard, Veü que ce luy est
vne bien grand Gloire, que tel, & si beau Ioyau qu'est la
Femme, soit ainsi exellentemét procedé de son Corps qui
n'est que Terre: & que réciproquement l'Homme produi-
se sa Vie d'elle: Et qu'outreplus, elle n'ayt voulu estre vaincue en cela, d'office d'amytié: Car pour vne Femme tant
seullement qu'vn Homme donna au commencement du
Monde, Vne Féme a depuis donné mile millions d'Hómes, en les purgeant tous songneusemét & getant hors de
toute crace naturelle tout le temps de leur facheuse enfan
ce. Conclusion, la Femme est ymage de D I E V comme
l'Hóme, & de luy la Gloire: A l'aspect de laquelle, il doit
gloriffier sô CR E A T E V R de si précieux & final Chef d'œu
ure de ses Mains, Comme aussi tenu qu'il est d'adhérer a
elle inséparablement selon la Loy, ainsi qu'a chose tres-
aymable extraite de ses Os: Et a l'ocasion dequoy il fut dit
(selon le vieil Registre de Geneze) La Femme a eté extraitte de l'Homme, Et par ce l'Hóme laissera ses Pere &
Mere, & adhérera a sa Femme. Or' soient maintenant
disperséz les Obietz de noz Aduersaires, qui ne peuuent
rien alencontre de ma principalle Position, proposée pour
le support de ce haut & tresexellent Sexe femenin. Vérité est comme l'huyle en la Lampe.

DE LA PREEXELLENCE DES
Femmes en Acquisition plus naturelle qu'acquise
des Sciences: Et comment elles ont eté
appelées au Conseil des Anciens.

Chap. IX.

V reſte, & ſi lon veult tournoyer par toutes les circonférences du Centre de Vertu, Sera congnu que les Femmes, ou pour eſtre viuement protraittes a quelque ſpeciale figure de Diuinité, ou pour autre cauſe, ont en tout & par tout obtenu par grace de Nature le Siege & premier Ranc (eü regard au nombre d'elles qui ont eté induytes a cela, au preis des Hommes) Voire nonoßtant la Subietion de tout le pauure Sexe. Choſe touteſfois que ie ne tiens pour trop merueilleuſe. Car tout ainſi que le Vice (bien qu'il ſoit neütre) ſera touſiours par Genre, prochain parent du Maſculin : Auſsi la Vertu, comme ſimplement femenine, & par Genre n'approchant rien du Maſculin, eſt la Grämere de ce noble Sexe : Lequel par Nature ſ'efforce touſiours en ſoy de la pouoir enſuyure. Et cela eſt vn point que ce gros Crocquelardon de Vulgaire tourné a mal, quand pour dire que les Femmes ſont deſireuſes de voir & ſauoir, il les *La norriture* appele Enuyeuſes. Et pource ſuyuant le prochain Voi- *ſubicte obſcu-* ſinage ſuſdit : & ſans ſ'arreter a ce que cy deuant a eté de- *rit la vertu* claré, & ſera encores cy apres, lon pourroit bien mainte- *femcnine.* nant confeſſer, qu'il ne tient qu'a la nourriture & cōmune vſance, que les Femmes ne ſoient ce iourdhuy générallement telles qu'elles ont eté par le paſſé. Veü qu'elles ſont autant capables de toute choſe temporelle & ſpirituelle que les Hommes, Ouy & i'oſerois bien dire encor' plus, ſi tous les Philoſophes anciens n'ont reué, Au *Ariſt de* Rapport & bon Iugement, voire de Tournébus, Gallan- *Phiſio.* dius ou Strazel treſdoctes & ſuffizans Lecteurs de la Fran- *De Ani.* ce, leſquelz confirmeront touſiours auec Moy, que tou- *c.9.* te Secte philoſophale du paſſé, n'a honneſtement ſçeü celer, que les Femmes etans plus douces & delicates de Perſonne que ne ſont les Hommes, il cōuenoit par raiſon qu'elles fuſſent auſſi plus delicates & viues d'entendemēt *Femmes do-* Comme par infinité de Dames du Sexe a eté par diuers *ctes es plus* temps amplement cōgnu en diuers effaitz, meſmement *haux degrez* es plus haux degrez de la Philoſophye, que i'appele icy *de Philoſo-* Science contemplatiue pour ſa principalle Diffinition. *phie*

En

En preuue & confirmation defquelz effaitz, Que dira
lon de cete Sainte Damoyfelle nommée Prifcile, laquelle endoctrina ce grand Théologien Apollo, Euefque de
Corinthe? Dauantage la fainte & Catholique Eglife fe
complaift elle pas en la diuine Catherine? O docte Gentifemme, qui feulle, & encor' Pucelle, outrepaffa tous les
Sages & Lettréz de fon temps en doctrine, & en particulier coufuta les Propofitions argumentaires de cinquante Docteurs payans, & perfecuteurs de l'hôneur du FILS
Eternel, qu'elle conuertit en fin a la Foy d'icelluy, pour
l'augmentation de la Religion Chreftienne : tout ainfi
qu'encor' morallement fe fait chacun iour entre les Gentilz de la Chreftienté par vn nombre infiny & trop celé,
de Gentifemmes de Vertu & bon Sens. Outre ce, Par les
Hiftoires anciennes du fidele Scripteur Iofephus, entre *La Dame*
autres eft grandement celebrée la prudente Tecnyte *Technite.*
qui difputa & teint Barbe, fans en auoir, au Prophete
Royal Dauid. Comme puis certain temps en ça, en *Caffandre*
la Cité de Venife faifoit a plufieurs, la Fille d'vn Ci- *Venitienne.*
toyen d'icelle nommée Ange Fidelly. Laquelle Fil-
le qui f'appeloit Caffandre, outre cela, & les Difputes apparentes qu'elle magnifioit a merueilles, etoit
trefexperte es fept Artz Liberaux, & faifoit Leçons publiques a tous, quafi auant qu'elle feûft en age de Mariage : Et ce tout ainfi que de ce temps montra bien fa
grande experience en toutes Sciences, au Pape Paule
dernier vne Gentifemme d'honneur de la Sœur du Roy
de Portugal, nommée Loyfe, quand elle ecriuoit audit faint Pere, en Arabic, en Caldée, en Hébreu & en
Grec fort doctement. En quoy certes le Sens d'vne Fême
Sage (côme penfent aucuns) n'eft point broillé d'humeur
de variable diuerfification : Ainfi que le Deuis honnefte &
folide d'vne Damoyfelle frãçoyfe, dite Marye Reynault
le témoingne a chacun Docte qui l'aborde en propos. *L'amye d'un*
Quoy dauantage? l'Amour conioint que porta vne Fem- *Philofophe.*
me de Thébes au Philofophe Anacarfe, fut il pas couuert
& comme loué, pour la Science qu'elle en tyra? Qui fut

telle que ce Philofophe etant quelque fois detenu de Maladye, & pour obuyer a la difcontinuation de fesLectures,
fupplioit inftáment cete Dame f'amye, d'aller lire en l'A-
cademye en fon lieu, & faire les Leçons pour luy, Côme
elle feit par diuerfes fois, dont elle acquift honorable Renommée, qu'elle n'eüft, a mon auis, acquyfe, fi d'vn Ignorant elle fe feüft acointée. Qui peult nyer, dautrepart, q̃

La Fême de Pithagoras. Théane Femme de Pithagoras n'ayt eté approuuée trefexperte & docte, ainfi que fa Fille qui faifoit auxHommes
fuffizante expofition des Philofophalles Sentences defon
Pere? Or' celles la n'ont eté feulles, Car la Doctrine de

Les Femmes Socratiques. Socrates, en lan quatre cens vintquatre auant L'INCAR-
NATION de celluy qui ne voulut eftre Ignorant, fut ftudieufement fuyuie d'vne Damoyfelle nommée Afpafye,
& d'vne appelée Diotyne fes difciples : Et ce non moins
ardamment qu'eft encor' de ce temps ocultement fuyuie

La rare Poé-trice de flo-rence. de maintz Poétes Italiens l'admirable & pl⁹ que prompte
Poétrice florentine Lauréta, quánd es Repas publicques
des Papes & autres grans Seigneurs elle eft dignement

Les Femmes Platoniques. appelée pour voir en elle vne preuue expreffe & rare des
puiffances de l'Efprit humain. Plato fut ftudieufement
fuiuy fouz habit viril, de celles qui f'appeloient Afsiotée,
Fylafie & Laftenye mantinée. Et tout ainfi que Plotin,
pour telles chofes eftima grandement ces deux Damoyfelles, Auficlée & Gemyne compagnes, en lan de Salut,
deux cens cinquante quatre, Aufsi Lactáce a fait le femblable d'vne Dame nommée Thémyfte, comme etant
d'Efprit & de Perfóne myxfte & myfte non moins q̃ laDa
moyfelle de la Iaye, qui pour les fleurettes de fes diuerfes
courtoyfies, en Paris fait emerueiller fa Vye. En apres
Ie ne puis aufsi oublier la prudente Fille de Ariftipe Philofophe Socratique, Laquelle eüt telle vigueur d'Efprit,
qu'apres la mort de luy, elle maintenoit toufiours fon Ef-
cole en grand Renom par tout le païs: & de pareilles Dif-
ciplines a celles commécées par fon Pere, faifoit Leçons
& pareil exercice, que les fages auoient a grand' Réuerence, non a merueille, Comme auroient maintenant plufieurs

pluſieurs, ſi d' vne ſemblable Femme ilz auoient la préſence . En fin, ce que deſſus bien prins & conſideré,
ny a choſe plus probable, que les Femmes n'ayent touché & a plain entendu toutes les facultez de vertueuſes operations dont le Monde ſeſt peü decorer ou en-
tretenir, Ouy de telle façon, qu'il ny à Philoſophes, Ma-
thématiciens, Aſtrologues ny autres en leurs Diuinations
ou précognitions, qui n'ayent autresfois eté vaincuz de
pauures Vilageoyſes, tout ainſi que ſouuēt auient que Mé-
decins ſont tout court arrétéz par l'expériénce ou ſain Iugement de quelque bonne vieille Femme . Pour ſoy de
laquelle Victoire femenine ſur maintz Hommes Sages, il ne ſeroit quaſi beſoin d'alleguer autre, fors l a
Chambriere du grand Philoſophe Anaximene, & ſil ne
ſuffit, Celle de Thalés Mileſius, lun des ſept Sages de Grece, Leſquelles voyans leurs Maiſtres ſeſtre laiſſez tumber
dans vn foſſé en philoſophant aux Etoiles, ſe mocquerent
d'eux & de leur reputée ſageſſe, par motz ſi bien fleurans
la Philoſophye, qu'elles furent eſtimées de plus philoſo-
phal cerueau qu'eux. Mais pour myeux faire croire la capacité de l'Eſprit femenin a l'enuiron de toute Science.
Soit rémemoré, ie ſupply, le premier Liure des Com-
mentaires de Ceſar, Auquel eſt recité, que faiſant la
Guerre es Allemagnes, & ayant en ſon Camp aucuns Allemans priſonniers, leur demanda aquoy il tenoit q̃ leur
Chef, qu'on appeloit Ariouiſte, ne vouloit venir a Bataille, Qui reſpondirent, que c'étoit, par ce, que ſuyant leur
Coutume, pluſieurs Femmes du païs prédiſoient de choſes futures, meſmement quand & en quel temps il etoit
bon de combatre pour eux : Et que telles Femmes auoient
ſigniffié audict Ariouiſte, que ſil dōnoit Iournée auant la
nouuelle Lune, qu'il la perderoit : Et que de cela ilz ſe tenoient auſſi certains cōme fut certaine la grand' Déſtruction de Troye, ſouuentesfois parauant prononſtiquée par
la Dame Caſſandre, Et comme depuis fut certaine la
Défaitte du grand Pompée par icelluy Ceſar, auſſi pré-
dite par la Damoyſelle Erictho : Pareillement la Fuyte

R R.

des Anglois hors les païs de France par la Pucelle Iane.
Laquelle en cela faisoit de bien plus claires & certaines
Propheties particulieres que de present ne sçauroient faire plusieurs qui s'en embroillent. Au semblable, côme de
nouueau sçeut tresbien préfigurer certaine Gentifemme

Route de Tuf Senoyse nômée Iullia Saluy, la Routte & successiue perte
canepô dite par des Places du Senoys, soufferte par le martial Mareschal
Femme. Strossy es annees mil cinq cens Cinquante quatre & cinquante cinq. Laquelle Femme susdite, & autres parauât
nommées, ont sceü en leur Vie, & sans en faire grand sem
blant, trop myeux deuyder les Figures, Scituations, As-
pectz, Oppositions & Coniunctions des Astres, que tout
Homme Astrologue ne sauroit deuider vn Echeueau de
Lin, Voire & y deüssé-ie comprendre le docteur enfumé

Nostradam⁹ Nostradamus, qui soubz couleur de quelque erratique
rencontre écheuc en son dernier Almanac, me prome-
toit au possible de me faire Dame de sa Monnoye: Et tou-

Les Prophe- tesfois il ne me feit onc forger autre chose que des Deni-
ties de No- ers ou Quatrins tant enroilléz & mal lyméz qu'on ny ap-
stradamus perçoit figure aucune de raison a les pouoir faire cou-
de l'an 1555. rir pour Propheties, si ce n'etoit dans les Quinzevintz,
Aumoyen dequoy la Court (a bon droit) les feit bien tost
décryer: mais non pas encor' de telle vehémence que furent les petitz Douzains de France, a l'auénement du
Roy Croyssant que les Flamans & Alemans (ce dit on)
venoient entasser en petitz Cacques, iusques dans Paris
comme Saumure sans odeur, pour en faire la feste & Cry
public a leur païs. Dabôdant, & pour décryer icy tous Nobles blasonneurs, a la rosée de femenine Science: Tous
Angelotz, c'est a dire tous petitz malins Espritz de moc-
querye: Toutes Portughézes & trop haut montées opinions de Dépréssion: Tous Pistoletz d'italique seruitude &
autres sortes de Gens de myse, par arrogance trop haut
eleuéz en France contre la Réputation des Dames, A
celle fin quilz ne puissent plus auoir cours sinon d'autant
qu'ilz vallent parmy les honnestes Compagnies d'elles
Ie feray presentement entendre côme a Son de Trompe,

&

& (en suyuant mon propos) du fait de la rare Science de Magye, autresfois tant seürement entendue par plusieurs Espritz du capable Sexe femenin. En disant que les sainctes Letres me seront a iamais en preuue de la Dame Phétonysse, a laquelle le grand Roy Saül se veint luy deuzieme adresser, pour la suplyer de luy faire susciter le Prophete Samuel parauant decedé, & le faire parler a luy, ainsi qu'elle feit sur le champ, dont il en raporta d'asséz mauuaises nouuelles, qui furent de sa mort, en vne Bataille qu'il deuoit donner le lendemain contre les Philystins ses Ennemis. Chose qui fut aussi certaine, qu'il est certain a ceux qui portét foy aux Histoires profanes, que ces deux Femmes Circes & Médée feirent en leur viuant, choses autant ou plus merueilleuses que Zoroaste Roy de Battrye antique : Bien que l'oppinion de plusieurs le face Inuenteur de l'Art Magique. Laquelle Circes, Femme d'vn Roy de Sarmatye es enuirons de Hongrye, & qui fut tresexperte en la Vertu des Herbes sans auoir estudyé son Dioscoridés, mua vne fois tous les Cópagnons du Cheuallier Vlysses en Bestes brutes, ainsi que mesme ont notté souz moy Homere, Virgile, Téocrite & autres qui de long temps sont décedéz. Et encores pour le iourd'huy y a des Femmes en Italye, qui pour refréner l'intemperance d'aucuns Hommes, vsent sur eux de certains Charmes, par vigueur dequoy elles leur retraignent si fort la Force naturelle, qu'il leur est impossible pouuoir seruir de Maryz a Femme aucune pour vn temps de sept a huit mois, & quelque fois plus. Chose qui quasi me donne enuye de Rire, quand il me souuient (comme il fait maintenant) de la tant curieuse & ridicule Visitation, que lon va faisant (sur la necessité de telz cas en plusieurs autres lieux) des parties hontenses de Gens maryéz, Dont ce m'est force legerement parler (du Ryre honteux qui m'en prend) Pour a mes premiers termes de la Magye, réciter ce que me semble auoir autresfois pleü a Sainct

L. Regñ. 28.

Fémes Maistresses en l'art magie.

Magie de Femmes Italiques.

RR ij

Recit de saint Augustin.

Auguſtin de croire & auoir veü en quelque quartier d'I-
talye, Aſſauoir, Qu'il y auoit de ſon temps des Femmes
de telle façon experimentées en l'Art magic, qu'elles
faiſoient a leur plaiſir, conuertir des Hommes en vieilles *Lib.18.c.18,*
Iumentz, pour ſ'en ſeruir a porter fardeaux & Léſſyues.
Puis les reconuertiſſoient en leur premier etat. Choſe
qui ſe faiſoit ainſi par elles, en leur dónant a manger d'vn
fromage cőpoſé a cet effait. O Belle apparence de femenine Exellence, des Hommes en faire des Beſtes cő-
munément : Et de Beſtes en faire des Hommes par Art
ou Science. Foy de Gentifemme (i'en iure) il ne fut onc
apperceü que les Hommes eüſſent pouoir ou Science de
faire les Femmes Beſtes:Soit que Nature ayt voulu qu'ilz
dőmaſſent ſus elles pour les induyre a porter le pénible
fardeau de l'Enfant. O donc, quel changement de ſaizon ce ſeroit,ſi ce noble Sexe n'etoit ſi aſſeruy & par trop
ainſi ſouzmis : Ains qu'il feüſt tout auſſi bien & librement
inſtitué que la docte éloquente & rare Madalene Bryſ-
ſonnet, qui d'Hyuer ou Eté ne fut onc ſterile de fruit de

*Fémesexper-
tes en Mu-
ſique.*

Science & honneſteté. Suyuant ce que dit eſt, & entre
toutes Sciences cy dedans alleguées en l'honneur de ce
Sexe ingenieux,& autres dont le récit ſeroit ennuyant,ne
laiſſeray celle de la Muſique en ſa collaudation,En diſant
que Darius dernier Roy de Perſe a fait de tel cas preuue

*Le Roy de
Perſe.*

aſſéz plus ſpecialle que tout autre Prince de la Terre par
l'entretenement ordinaire qu'il faiſoit en ſa Court de qua
tre cens vingt neuf Damoyſelles toutes Muſiciennes,Sans
qu'il ſoit trouué par ecrit qu'il entreteint aucun Homme
en tel art,Comme,ce ſemble, ne trouuant Muſique aprochant a quelque point d'angelique douceur, qu'en la Fé-

*Riche repos
de Darius.*

me : Soit qu'aucuns ſe peüſſent eſſayer de vouloir rabatre
icy ce point par la grand' magnificence de ce Prince
telle, qu'il ne dormoit qu'en Couche d'or, dont le Ciel
fait en façon de Vigne a fueillage auſi d'or,étoit tout emply de Perles & Pierreryes pour les raiſins de la Treille:&
le Cheuet rehauſſé d'vn Couſſin de trente milions d'or,
les piedz de vingt. Toutesfois, ce ne fut onc pour cete

te tant

tant grande magnificence sienne qu'il entretenoit les
Damoyselles susdites, Ains seullement pour Musique pl°
agreable a son Oreille. Reprenant le propos de laquelle
Musique, me souuient auoir autresfois entendu, du temps
que me suis promenée par les Ecolles d'Orleans, que vne *Madame de*
Gentifemme nómée par Surnom la Martinuile a eté fort *martinuile.*
experte & louée en cecy, tant pour sa perfection d'organe naturelle, que pour son experience en musicalle composition: Et pareillement vne autte qui sut Fille de l'Amy- *Madamoy-*
ral Grauile appelée Damoyselle d'Antragues, entre tou- *selle d'An-*
tes (sans nulle autre abaisser) grandement recueilly e- *tragues.*
pour sa musicale Voix, outre tout l'ornément de son
honnesteté, lors qu'il plaisoit au Roy Francois me dóner
entrée en ses Chambres royalles. Le semblable dequoy,
pour espoir de crédit que i'ay en celles de son Fils, ie pour- *Madamoy-*
ray tant seullement dire, d'vne nommée Damoyselle de *selle de Hau-*
Hauteuile, de qui l'honnesteté & bonne grace meriteroit *teuile.*
bien quelque Eguillon d'hóneur dauantage pour l'inciter
a ne laisser perir en elle, & tout autre, ce qui est tant desira
ble. Cete Douceur agreable de Musique ayant de toute *De qui la*
antiquité eté introduite es Gaulles par vn Roy tresancien *Musique in*
d'icelles, nommé Bardus du temps du septieme Roy de *troduite en*
Babilone. Lequel Bardus tant pour son Inuention de Car *France.*
mes & Poësye en France, que pour sa douceur musicale,
fut premierement cause de l'hóneur que les Francois em-
portent sur toutes Nations de bien chanter. Enqnoy ce
nonobstant les Femmes se sont tousiours trouuées les Su- *Demande de*
perlatiues. Quoy qu'en sachent dire Sendrin, Arcadel, ou *la Plume a*
Iennequin, de ce temps les renommez Musiciens de l'Eü- *Cendrin Ar*
rope, Ausquelz ie demanderois volontiers, la ou c'est que *cadel & au*
lon pourroit trouuer suauité de vocalle armonye, en géne *tres.*
ral, fors qu'en la Gorge organisée de la Femme, soit qu'elle ne déploye que son petit Ramage. Et filz me respon-
doient qu'en aucuns Hommes s'en trouue dauantage.
Pourrois-ie pas bien replicquer, Qu'elle est la cause mes
Amys, que si peu d'Hómes de votre qualité sont maryéz & que tous fuyéz Mariage, fors pour n'estre Subietz

par honnesteté (& au lieu d'Enfans de cœur) de mener voz Femmes es Chambres des Princes, tenir la Partie auec vous, ou sans vous, qui trop plus douce seroit trouée que de toute autre Voix puérile ? O quelle Armonye si vous etiéz tous communement maryéz a belles Femmes : Qu'elles feüssent de vous bien instruytes des Reigles de Musique : Et qu'en la façon dessusdite, vous vous accordissiéz bien auec elles. Le plaisir de vous écouter seroit double, le proufit triple, & si, bien souuent ne seroit chanté qu'vn Duo. Et a propos encores de cete agreable voix femenine, y eüt il iamais chose qui tant etonnast la fleur des Musiciens d'Italye, que faisoit en l'année de la fondation de ce Fort, le Chant naturel d'vne Femme de quarante ans, qui dans Rome (elle ouye & sans estre veüe) gettoit subit tout cœur, pour vieil qu'il feüst, en campagne d'amoureuse lyesse ? Ou bien, y à-il en la Court du grand Roy, personnage quel qui soit, qui se puisse vanter d'auoir la Voix si a commandement & au gré de toute Oreille, que la Denise de Mómyral seruante de l'heüreuse Royne ? Toutes ces tréblantes ou Lombartines Voix d'Italye (qui n'ont grace sinon d'autant qu'vn Instrumét leur en dóne) seront elles a parangóner a celle d'vne Francoyse ou Fille d'italye ? O Combien de Persónages de rude cóplexion seroient adoucyz & reduytz a Ciuilité tout ainsi que les Elephás par les Son des Cloches, & les Sangliers par le Son des flutes s'apriuoysent, si ordinairemét on prenoit garde au Son amoureux du Chant des honnestes Dames. De l'ordre des propos de la plus part desquelles tant seullement (pour peu bien nourryes quelles ayent eté) sort aucu nefois vn Esprit mouuant de si viue qualité, qu'entre leurs parolles se fait sentir vne Ame, qui en vertu d'vn Son proprement angelique rauyt a soy les Cœurs des Ecoutans les amolyt & leur persuade ce que bon luy semble. Outre ce que dit est, Et quant a l'Art de Painture, la Femme de Varro le Romain y a bien prouué l'exellence de la Capacité femenine. Car de son viuant, elle ayant raporté Victoire de perfection sur tous les Paintres d'Italye, feit

par .

par deſſus cela, vn cas plus qu'admirable. Qui etoit de
ſe paindre ſoy meſme au vif, quand il luy plaiſoit. Cho- *Michel An-*
ſe qui pour lors feit cacher le Pinceau, non ſeullement de *ge & Genet.*
tous Ouuriers ſemblables aux renchéryz Michel Ange,
& Genet de ce temps : Ains auſsi le fait encor' en autre
qualité, pour le peu d'Hommes, non qui ſe peüſſent paindre au vif, mais, qui ſe ſoient iamais peü congnoiſtre tant
ſeullement.

ET quoy ? Preſumptueuſe que ie ſuis, Ou pretens-ie
diſcourir ? Serois-ie bien tant Outrecuydée de m'é-
ſtymer ſi brauement empanée que ie peüſſe diuiſer ou
particulariſer a l'œil de tous la celeſte nuée des Singularitéz & précieuſes Graces de choſe ou le grãd OVVRIER
à employé ſa puiſſante Volonté, pour y eſtre honoré
& recongnu ? Car auec ce, ie me ſens étonnée de ce qu'il
me ſemble, que tant plus ie trauaillé & vois auant, tant plᵒ
auſsi me ſuruient noȗuelle flotte de Raiſons, qui toutes
ſont trophées d'Honneur femenin. Le Triumphe duquel
requerroit bien, ie croy, autre Capacité que celle des Hȏ-
mes pour eſtre entierement clariffié ou depaint, Ouy
ſi toutes celles de l'Ile, dont ie ſuis yſſue (auſquelles les
Hollandois ont, ce dit Eraſme, pieça laiſſé leur Sageſſe) y
etoient employées. Conſideré que tout Repos, Conſer- *Ordonnance*
uation & Amour de l'Humanité, ſe contemplent chacun *des Romains*
iour au Myrouer exellent de ce Sexe tant neceſſaire *en faueur des*
& doux. Ce que bien & ſans Ingratitude, congnoiſ- *Femmes.*
ſans les premiers Romains, & la Guerre des Sabins a-
payzée, ordonnerent publiquement, que les Femmes,
(comme indignes de ſeruiles operations) ne feüſſent
de la en auant tenues de moudre, cuyſiner, balloyer, ny
ſemployer a choſes ſi baſſes : Et auec ce, que toute Femme ſe voulant marier, ne donneroit rien au Mary, ne
luy auſsi a elle, A celle fin qu'ilz entendiſſent par cela,
leur Bien eſtre egallement commun & leur forme de
Vye toute ſemblable. De maniere que pour myeux ré-
duire ces pointz en Coutume authoriſée, Il fut cȏmandé

à toute Femme qu'on menoit aux Epouzailles de dire a
l'Homme ce mot, a haute voix, Ou es tu? & puis cetuy,
Ie suis icy. En signiffiance que la ou etoit le Mary, la, elle
etoit la Femme: la ou il etoit Seigneur, la elle etoit Dame
& aussi que la ou il etoit Maistre, la mesme elle etoit semblablement la Maistresse. Ainsi, ce noble Sexe fut lors
tant honoré d'iceux Romains, & consécutiuement des Em
pereurs d'iceux que rien plus, hors mis d'vn, toutesfois,
qui contre les Femmes exerça sa tirannye par ecritz, Et
sçay bien pourquoy, qui etois forcée de ce faire. Ce fut
pourautant qu'elles auoient fabuleusement notté ses secretes Imperfections, Donc cetuycy etant récusable,
Venons vn peu a l'Empereur Iustinian, enuers les Femes
Iuste & debonnaire. Neaumoins (ce pendant) & quant a
ceux qui présument de m'arner ou forcer a écrire leurs
enuyés satyriques contre les Vertueux, Ie requiers tous hô
nestes Lecteurs, que si doresnauant ilz voient que en autres endroitz & de par autres Autheurs que celluy de ce
Fort, Ie denigre ou fresse persônage de vertueux Esprit en
son honneur, par aucun de mes tretz: ilz se vueillent bien
informer de la Vie de l'Autheur, auant que d'y adiouter
Foy aucune, Veü que les Vertueux ordinairement sont les
plus oppressez d'inuectyues & faux Raportz, & nen puis
méz, Car les Malins a présent suppeditent tout, puis ie suis
de peu de Princes soutenue. Suyuant ce que dessus, &
pour reuenir a l'Empereur Iustiniâ, aucûs soutiénent qu'il
pria Dorothée Theophile de ioindre a l'abreuiation des
Loix Ciuiles que quâd il seroit necessaire pour le Bié de la
République, faire aucunes Loix ou Statutz, les Femmes y
feüssent appelées, & leurs opinions enregistrées en la
Court souueraine de Rome. En souuenâce dequoy, il semble que les Droitz montrent encores la Femme estre vne
Créature en soy si fauorable & digne, que si le Mary d'vne
vient a estre éleué a plus haute qualité que deuant, par
quelque moyen que ce soit, sa Femme en receura pareille grandeur que luy. D'où procede, que la Compagne d'vn
Roy, est appelée Royne, d'vn Empereur, Imperatrice, &
d'vn

Les Romaines feirent vn coup Comedies côtre vn Empereur.

Edict de l'Empereur Iustinian pour les Femmes.

d'vn Seigneur, Dame. Chofe qui par l'Etat bien ordonné des Romains eft afféz approuuée: Du temps defquelz les Surnoms de Cefar & Augufte, ne furent feullement communs aux Empereurs, mais aufsi a leurs Femmes Imperatrices, Sans auoir regard a autres chofes quelconques. Cela a ma fantazye, ayant eté dignement obferué depuis la Famille du Rénouateur du Monde apres le Déluge, qui fut le Patriarche & feul Monarque Noé, par les antiques Aramées nommé Ianus, qui vault autant a dire que Grace, & en leur Langue (que les Grecs appellent Syrienne) que Inuenteur de la Vigne. Lequel Ianus ou Noé, fi par les premieres progenyes d'apres le Deluge, il auoit eté honoré comme vn DIEV, mefmes apres fa Mort auenuë en Italye: Pareillemét aufsi, fa Femme, qui fappeloit Tydée & la grand'Mere Iäne du Surnom de Ianus fon mary (ainfi que fe doit entendre fus Poftel) elle fut comme icelluy Noé réuerée, & pour Déeffe reputée de tous les Dieux par l'Erreur des Gétilz. Veü auec ce, qu'elle fut puis apres nommée Arétia, c'eft a dire Terre ou Mere, & encor'depuis les Hommes la furnommerent Efta, qui vault autât a dire que Feu, pource qu'elle fut honorée pour Royne des Sacrifices, & auoit inftruit les Vierges de fon temps a conferuer vn feu durable, fans le laiffer etaindre, Surquoy fut tant dignement conftruyt le Temple des Veftalles Sacrées dans Rome, a fa louenge & memoire, qui pour Femme de Noé n'etoit pourtant congnue, ny de Poftel iuftement recongnue. Et combien que fur le propos cy deffus allegué fur l'egalle Authórité de Prince & Princeffe Vlpian dye qu'vn Roy & Empereur ne font Subietz aux Loix: Sans qu'il ayt parlé de Royne ou Imperatrice. Toutesfois telles Princeffes ne peuuent en ce cas auoir moindre authorité que leurs Marys. Car felon cete confideration il a toufiours eté loyfible a femblables Princeffes (toute Réquifition préfupofée) de iuger, determiner & fe pouoir inuéftir, & eftre inuéfties de Droitz feodaux, & aufsi de donner Raifon entre les Vaffaux. Ainfi que fçait treffagement faire la belle Françoyfe de Foix Conteffe de

Ianus veult dire grace & inuenteur de la vigne.

La grand Mére Iäne fundatrice des Véftalles facrées

L. Princeps de B, 6.

SS

Tende au païs de Prouuence, enl'abfence quelque fois de fon Mary, Outre ce qu'elle, & toutes fes femblables ont & peuuent auoir Seruiteurs propres & domeftiques comme leurs Marys, Ouy encor' de donner Iugement entre Etrãgers, Côme chofe de toute ancienneté obferuée, fpecial-lement parmy les Efpagnes, ou les Hommes (ainfi que i'ay fait recueillir a Polydore Virgile) ont eü coutume de fe re-pofer de tous negoces fus leurs Femmes ainfi qu'encor' ilz font aucunement, mais bien dauantage du temps qu'il leur etoit permis, & ont eü moyen, fouz le pauois de pro-feffion martialle, de f'approprier les Chofes a eux voyfi-nes. Durant l'adminiftration defquelles Femmes en leur Région, leurs affaires fe comportoient aufi bien pour le moins, qu'elles font maintenant. Chofe qui me fait icy fou uenir de cete grande & fi memorable Dame Loyfe de Sauoye Régente en France. Laquelle durant la Prifon du magnanime Roy François es Efpagnes, déploya fi ra-rement les Valeurs d'vne fage Princeffe, auec l'ayde des bons Miniftres de la Courône (entre lefquelz le merueil-leux Légat du Prat fait a rémemorer) qu'elle obtemperant toufiours au bon Confeil de tous (ou le fien auoit lieu) fut vn long temps obuyé que la pauure France alors fe trou-uant Veuue & fans Mary ne fut onc cherchée ny guettée, pour la molefter ou metre en autre Main, foit qu'elle eüft alors d'affez roydes Pourfuyuans. Ce qui etoit principal-lement empefché par la dilligence, & grande Sageffe de la fufdite Loyfe fa Gouuernãte, qui de tous coftéz par pre-fentz & gracieufes Ambaffades en efpecial, rompoit fou-dain le coup aux déliberations machynées de diuers Prin ces, qui lors fe faifoient & pouuoient ayfement faire d'im-portuner & facher cete ferme & belle Veuue Frãçoyfe, En reconfirmant d'autre part & rafrefchiffant les Alliãces de la Couronne par femblables moyens au bon befoin, En-quoy l'honorable Maifon de la Bordéziere (dont alors fi-dellement elle fe feruoit en cela) ne peult eftre de peu de preis en France. Dauãtage (& pour reuenir au chemin) on voit en diuers paffages de l'Hiftoire latine, la grand'

fa

faueur obferuée par les Anciens alendroit des Fémes, en
efpecial & entre autres chofes, Qu'il n'etoit loyfible a vn
Mary, ou autre, de batre Féme, non plus que de violer vn
Temple, Dautrepart, que vne Dame mal traittée de fon
Mary, pouuoit auoir action en Iugement contre luy. Outre ce, Il eft tout notoire, que par diuers pointz de Droit
Ciuil, les Femmes peuuent iouyr de Preuileges fort fauorables en réuerence de leur Préexellence. L'vn defquelz
Préuileges eft, Qu'il eft prohibé a tout Huiffier ou Sergét
de préfumer metre la main au Colet d'vne Femme honnefte, pour quelque Dette ou autre ciuile matiere que ce
foit. Ains (& qui plus eft) non fans caufe fut decreté, que le
Iuge qui auroit difcerné telle prinfe de Corps, la doit amé
der. Mais au cas qu'il feüft queftió de Crime ou Délict puniffable (felle en eft conuaincue) doit eftre fimplement
emprifonnée en vn Monaftaire (non pas d'Hommes) ou
bien entre les mains d'autres Femmes, pour congnoiftre
du fait, ou l'auoir en garde, Le tout pourautant que la Códition femenine merite eftre plus reuerée & choyée que
tout' autre, Qui fait (pour conclufion) que fi vn Homme
eft conuaincu d'Adultaire, il eft puniffable par rigueur de
Droit. Au contraire fi par cas fortuit, ou autrement par
l'erreur des Hómes la Femme etoit de pareil cas attainte
elle ne doit encourir autre pugnition que de Prifon clau-
ftralle. Et la deffus a eté fagement décreté par les faintz Ca
nons, Qu'vn tas d'Infenféz qui fe préfumét auoir loy d'oc
cir leurs Femmes (les trouuant empefchées a ce qu'ilz
deüffent faire) Sont priuéz de la Cómunion du Sainct Sa-
crement de l'Autel, iufques a la fin de leur Vie, quand tel
crime prodigieux d'Homme eft notoire. Mais la Région,
qu'on dit éftre maintenant fi douce Nourrice d'Athéyfme
fe foucie peu de cela, & n'en fait que le cerf, En foulageant dautant de peine fa Iuftice ordinaire, qui de telz cas
n'oze prendre cógnoiffance de caufe, Au lieu qu'elle dé-
ueroit rendre puniffables en leurs propres perfonnes telz
Marys, pour obuier a fi enormes abbuz. Peine aux Corbeaux, Aux Colombes la Grace.

Anciénemét vn Mary n'euft ofé ba- tre fa Femme.

Point de droit ciuil pour les Femmes.

No. iufti. 134 auth. hodie no uo iure. C. de Cuft. re.

D. No. 134.

L. quamuis c. de adult.

C. Admone re. 33. q. 2.

Les Sainctz Canons con- tre ceux qui tuent leurs Fé mes.

CONTREMYNE

DE LA PREEXELLENCE DE
la Femme, par la saine Exposition d'aucunes
Authoritez de l'Ecriture, & comment
les Dames ont iadis iugé sur Regions etranges.

Chap. X.

ET pourautant Dames, qu'aucuns se pourroient emerueiller de ma si longue Aleyne, & de
me voir, pour vn commencement de parler, la
Bouche si fresche, ie feray icy vne poze. Et ce
mien taire pourtant, seruira de Réponse a l'Insolence vaine de tous Imitateurs de ceux a qui mon parler se peult
adresser, voz plus grans Aduersaires, Affin de pouoir plus
fort exclamer alencontre de leur tant ingrate Compléxion,

DOncques, Ou sont maintenant voz Acusateurs, Dé-
tracteurs, Calumniateurs & ordinaires Causeurs? Ou
sont les Cailloux de fardée mensonge assembléz pour lapider votre Honneur veritable? La Rénommée seullement de la façon militaire exercée a l'enuiron de cetePla-
ce, rópera elle pas autât etroittement le but de leur malin
vouloir, comme la Terre clorra vn iour le Bec de leur Face ridée? Ia les voyéz vous pas muetz? A votre auis, que
Allegatiõ de
Sainct Pol &
de Sainct Pi-
erre cõtre les
Femmes. sauroient ilz plus bégayer pour dernier hocquet de Blasõ
enuyeux? Il me semble que i'en sens encor' quelques vns
confirmans au contraire de notreEnseigne leur pongnã-
te Hayne, par certains autres passages de l'Ecriture Saincte. Que dy-ie? Ilz ne parlent plus, Mais ie voy sur le
bout de leurs Langues echauffées ie ne sçay quoy figurant la Malediction d'Eue, souz couleur de ce texteSaint, Gen.3
Tu Seras (Dist Le CREATEVR) Souz Le Pouoir De L'Homme Qui Sera
Ton Seigneur. Pour combatre cela en eux, & enuoyer
telles Langues au Sallouer de pourriture, Sera-ce asséz

de

de môtrer en Letres azurées, que le PELICAN Celeste à
leué & amorty telle Malediction, & par le moyen du Ven
tre Virginal à affranchy les Fêmes de la seruile Subietion
des Hommes? Nennyn. Car ilz se pourroient encores
acrocher a vne autre Authorité de saint Pierre a laquelle ne contredit saint Pol aux Ephéses, ny aux Collosenses
aussi, bien qu'il y ayt vn mot apres qui leur nuyse grandement. Lequel saint Pol en telz passages (outre ce qu'il
écriuit aux Corinthiens) dit ainsi. Les Femmes se doyuent taire es Eglises. O Pauures etonnéz, Sans fainte iay
compassion de votre Sort, qui ne voulé brouter aucune
verdure de ce bel Arbre Sainct sinon l'écorse. Sauéz vous
pas (quant a ce Taire en l'Eglise) l'ordre eclesiastique de
la Chrestienté cy deuant mentionné, estre tel, Qu'il fault
que les Hommes soient préposéz aux Femmes a l'admi-
nistration d'icelluy, ainsi que les Hebreux furent préposéz
aux Grecs, quant a la Promission? Le CREATEVR,
ce nonobstant ne feit onc acception de Persōnes, Comme dit l'Ecriture: & en IESVCHRIST ny a réffugé préferé de Femelle ou Masle, Ains seullement de la nouuelle Créature. Sauéz vous pas aussi, que cela est pareillement prohibé aux Hommes qui ne sont d'Eglise, comme
speciallemēt l'enseigna saint Gregoire, ecryuant au neufieme Arceuesque de Mylan? Or si aux Hommes Layz,
pour Doctes qu'ilz soient, la Prédication est deffendue,
Qui dira qu'aux Femmes elle soit interdite pour cause de
quelque Incapacité? Mesmement qu'il y a encor', comme
ie croy, Femme pour le iourdhuy (ainsi qu'a eté dit au cō-
mencement de cet Oeuure) qui en plain Temple de Rome, & par authorité de Pape Paule tiers, a bien montré en
ce cas le peu de Religion de plusieurs qui s'engressent du
beau Glan de l'Eglise sans dresser les yeux vers le Rameau
celeste d'ou il tumbe. Et par especial, cete honorable Da
me Espagnole, qui pat toute l'Italye (outre les admirables
prédications de son théologal Esprit) fait offices de charitable Chrestienne enuers Iuifz & autres persōnes déuy-
ées, tant par oeuures de Bourse & de Langue docte, que

Marginal notes:

1. Petr. 3.

Ephe. 5.
Col. 3.

Corinth. 14.

*Solution des
Alegations
susdites.*

Deuter. 10.
Roma. 2.
Acto. 16.

*Isabel de Ioye
Précheuse.*

par ordinaire pourſuyte, a la gloire du REDEMPTEVR,
& grand' honte de ceux qui ſont commis & ont fait Foy
de ſemblable profeſſion. Dauantage, il y a vne conſideration qui ne fait a oublyer ſur ce paſſage, que les Fémes
ſe taiſent es Egliſes, Qui eſt, qu'en cela, elles apparoiſſent
aumoins, de moindre fragilité par nature que les Hommes. Veu que (ſelon que me ſouuient auoir écrit en vne
Cent ſoixante dixſeptieme Queſtion, de la ſeconde partie de la Seconde de la Somme de ſainct Thomas) la principalle cauſe pourquoy fut deffendu aux Femmes de parler, c'eſt a dire de Preſcher, es Egliſes (d'y Cacqueter ne
dy-ie pas) fut fundée ſur vn texte de Salomon, diſant. *Eccleſ. c. 9.*
Que la Parolle de la Femme incite & echauffe l'Hom-
me admirateur de ſa Beauté. Enquoy ia ſe congnoiſt,
que l'Hóme generallement tyre a ſoy ſcandalle de choſe
bóne ou belle. Suyuant lequel Chapitre les ſages Perſonages qui ont fait la defféce deſſuſdite aux Fémes, préuoyoiét
bien, & doutoient que pluſieurs deueinſſent amoureux des
Sœurs preſcheuzes, comme plus fragiles qu'elles. Car les *Eph.*
Femmes plus toſt ſ'endorment au Sermon, que de ſ'émouuoir d'amour vicieux enuers les Preſcheurs, & ſont en cela congnues d'autant plus temperées & moins fragiles
Reſponce à ñ ne ſeroient les Hommes, par le mérite de femenine
l'authorité de Déuotion. Confeſſez donc Meſdiſans, Confeſſez, Qu'en-
ſainct Pierre. cores que lon ne vouluſt auoir egard a tout ce que dit
eſt, Sainct Pierre n'a pas penſé la Femme deuoir eſtre
ſubiete a l'Homme ſi ſimplement comme vous le vouléz. *1. Petri. 5.*
Car tout ainſi qu'en meſme Epitre il dit que les Ieunes
ſoient ſubieétz au Vieux, puis quilz ſoient reciproquemét
ſubietz l'un a l'autre : Et qu'en cela, il n'entent pas principalement de l'Age, ains de la Prudence, qui touſiours eſt
vieille, comme dit le Roy Salomon en quelque endroit. *Sap. 4.*
Auſſi au Chapitre troiſieme d'icelluy paſſage de Sainct
Pierre, il n'eſt pas entédu ſimplement que les Fémes ſoient
Subietes a leurs Marys, mais bien en la maniere que ſera
dit peu apres. Et de dire ce pendant & a la trauerſe qu'il
ne fut iamais autremét que la Féme ne ſe trouuaſt ſubiete
a l'Hom-

Pol. Virg.

a l'Homme, Le contraire eſt notoire: Tant par laConſtitu
tion d'vne Royne & Imperatrice des Aſſyriens, qui ordo-
na & feit fort longuement obſeruer, que les Hommes
feüſent Subietz aux Femmes : que par la Coutume, &
Loy des Peuples d'Egipte & de Sauromatye, la ou anciennement les Femmes ne voulans endurer diminution de leur Authorité pres de leurs Marys, elles a
l'inſtant des Epouzailles proteſtoient formellement,&en
premier article remontroiēt au Fyancé Qu'il luy conuenoit obeyr au vouloir de la Femme. Choſe qui encores
es Régiōs de Sparte & autres auſſi fut par anciēnes ſaiſons
obſerué, & dont proueint & fut nottée par ecrit (comme
ſçauent les Clercs) la Réponce que feit vn iour Dame
Léonide, Femme d'vn appelé Gorgon, a vn Hoſtelier
etranger,lequel par moquerye luy diſant que les Femmes
de Sparte etoient maiſtreſſes de leurs Marys, Et maudom
mage (diſt elle)les Femmes font elles pas les Hommes?
Confeſſéz pareillement Enuyeux, que le ſuſnómé ſainct
Pol,n'a pas entendu telle Subiection ſeruile comme vous
la préſuméz, Veü qu'il à tout exprès écrit aux Epheſes, nõ
pas que les Femmes feüſſent ſubietes aux Marys comme
ſubiugées ou ſerues,mais Subietes a eux,ainſi(ce dit il)que
l'Egliſe aIESVCHRIST.Et pour plus doucement le faire
entendre, Il a puis apres mis ſemblables motz ecriuant
aux Colloſenſes, aſſauoir,Femmes (dit ſainct Pol) ſoyez
ſubietes a voz Marys,en DIEV,ainſi qu'il appartient,Qui
n'eſt certes autre choſe,Dames,qu'vne pure Liberté,non
pas Subietion. Dequoy O ryoteux Marys,vous pretédéz
trop longuemét abuzer.Mais bien libre ſe peult nommer
celluy qui ſert a DIEV, Veritablement libre ſe peult appe
ler l'Egliſe qui ſert a CHRIST ſon Epoux,& en grand'Liberté eſt la Dame & tout' autre Perſonne,qui pour Réuérence de ſon CREATEVR ſe rend ſubiete & humilyée a
autruy,&par eſpecial la Féme au Mary. Et ce tout ainſi,có
me pour cela,& auſſi pour les hõneſtes cõditions d'vn(qui
pour ſon Renom iamais de la memoire ne m'échape)luy
a ſçeü treſbiē faire en amoureuſe cõiunction de Mariage

Edit d'vne
Royne qui
feit obeyr les
Hõmes aux
Femmes.

Ephe.
5.

Mulier ſit
ſubdita Viro.

Colloſ.c.3.

L'humble et
douce Fran-
coyſe de Péce

la Damoyſelle qui en Paris pour Françoiſe de Ponce non
moinsq̄ pour obeiſſante eſt cõgnue a ſon Mary. Mais deſirant diuertir les Hómes(abuzás d'vne ſubiete Humilité fémenine)de tel erreur, Ilz ſeroient bien etonnez ſi on leur
diſoit que telles Authoritéz ſuſdites de Sainct Pol, ſe
doyuent entendre ſur leur vieille Cher. rydée qu'il a pleu
a ce ſainct Homme appeler Femme, & leur noble Eſprit
le Mary, noble de ſoy, mais par eux inciuil. Et ſ'ilz ne m'en
veullent croire, qu'ilz en aillent conférer auec le Docteur   *Hugo. Lib. I*
théologal Hugues, Lequel par ſon Liure des Sacrementz   *parte. 12.*
leur fera entédre que le ſaint ESPRIT eſt coutumier d'ob
ſeruer telle proprieté en ſes Letres ſacrées, de ſigniffier
pour l'Ame ou l'Eſprit, le Sexe maſculin ou l'Homme, &
pour le Corps ou la Chair, ce mot de Femme, Mulier. Et
cela eſt ny plus ny moins que ſouz ce nom d'Ame, ſouen-   *Iohan. 12.*
tesfois eſt entendu la Vie, Comme lon peult voir en vne
des Euangiles, la ou eſt dit[qui ayme ſon Ame en ce mon
de, ſi la perde]Et par ainſi ſ'uyuant tel regard leur apperra
que es endroitz de ſainct Pol cy alleguéz, il eſt veritablement parlé de Coniunction matrimonialle qu'il fault(cõme i'ay dit)ſainement entendre, en DIEV:& pareillemẽt
auſſi que l'vniformité d'accord qui doit eſtre entre l'Eſprit
& la Chair auſi bien de tout Séculier que Régulier, y eſt
préſuppoſée. Laquelle vniformité, ne ſe peult former
ſinon quand cete Chair débile ſe rend ſubiete & ſerue de
l'Eſprit prompt & Seigneur du logis corporel de l'Homme. Neaumoins ſi aucuns ſe vouloient totallement arréter a la Letre dicelles authoritéz, & ne vouloir receuoir en
ce propos l'allégorye ſuſdite, En voulant ſoutenir que
réallement icelluy ſainct Pierre, & ſainct Pol auec, entẽ-
dent que la Femme ſoit Subiete au Mary, & ne vouluſſent
admetre auec ce, que telle Subietion prinſe ainſi crue, n'a
Reſolution de   plus d'efficace, comme elle à eü depuis le premier Peché
la Plume es   iuſques a la Paſſion du REDEMPTEVR(ce qui fait pour
diſputes cy   tant a notter) Ie reſoulz dabondant, pour du tout vuyder
deſſus.   ce point(aſſauoir que la Femme ſoit ſubiete au Mary)Que
cela pourra bien auoir lieu en ſon expoſitiõ literalle, ainſi,
Entant

Entant prémiérement que Charité commande a tous
d'aymer fon Prochain côme foy mefme. Et en ce cas tout
Homme docte & fage, eft obligé d'inftruyre & enfeigner
le moins Prudent, & principallement le Mary fçauant fa
Femme ignorante. Qui fait, qu'ainfi elle luy doit porter
obeyffance & Subietion, tout ainfi aufsi qu'il luy doit réciproquement porter obeyffance fecrete & moderée, fi elle
fe rrouue plus docte, ou pl⁹ vertueufe que luy principallement. Car la Femme fage eft l'édification de la Maifon,
ce dit leSage. Chofe qu'il femble que faint Pierre vueille
inférer au mefme paffage allegué contre les Fémes, quád
il dit, O Marys, foyéz habitans auec voz Fémes felon Science, en leur portant honneur. Et aquoy aufsi correfpond
la Parolle de Salomon, qui dit, que la Perfonne folle doit
feruir & obeyr a celle qui eft fage. Mais qui veit onc les
prudentes Femmes afferuyes que des Sotz & Outrecuy-
déz Marys? Certes les Vertueux Hommes les ont toufiours tenues Collaterales & a eux femblables, Confiderás
bien, Qu'entre les deux Sexes ny a grandeur qui ne doyue eftre egalle, finon par le déffect du Vice, qui rend l'vn
vaffal de l'autre, qui eft vertueux: ou bien par le deffect de
l'Ignorance de tous Baudetz, qui doit rendre l'Homme
Ignorant aucunement fubiet a la Perfonne fage & experte, tout en la forte que les Afnes du grand Cayre en Egipte font feullement fubietz aux Fémes du païs. Ces Raifons fi bien congnues (ie croy) des honneftes Dames de
Rome, que fe voyans communément traitées par leurs
Marys en belles Mulles entrauées quelque Vertu qu'elles
puiffent auoir, elles y ont difcretement prouueü par vn no
table figne & ordinaire façon de faire, qui eft, Que lorsde
la mort d'iceux Marys elles les font porter a la fepulture
les poings lyéz de fortz Cordons faitz de leurs propres
Cheueux, qu'elles ne craignent de fe faire coupper a cet
effait, Pour fecretement montrer a chacun, qu'elles pro-
teftent en ce faifant deuant D I E V de la tyrannie coutu
miere des Hommes de maintenát, & qu'elles efperent par
cela, que tout ainfi que ça bas elles font tenues, quafi cõ-

TT

Pro. 14.

Pro. 11.

Ny a que les fotz qui tien-nent les Fé-mes fubietes.

Subietiõ des Afnes du grand Cayre

Coutume des Femmes de Rome dapre font fort no-table.

me pauures Efclaues a la chaifne, pour rémumératió de ce
elles fubiugueront aufsi immortellement & rendront Efclaues telz Marys a la moindre puiffance d'elles qui eft
le Cheueu, Comme Creatures qui par le triumphe de
Patience auront plus grand grace & durable Liberté que
toutes autres. Lefquelz Marys deüffent pour cela, deformais entrer en la peur d'vn bien auyfé & affez rénom-
mé Patiffier de Paris, qu'on apeloit Michau, lequel fe doutant bien de la Subietion dont eft queftion : Et fe recor-
dant a l'article de fa mort des menaffes que fouuentesfois fa Femme luy auoit faites de fe vanger de fes Outra-
ges, & de luy fouller le Ventre a beaux piedz apres fon
Trefpas, Ordonna trefexpreffement par fon Teftament
qu'il feüft enterré tout debout. Pour reuenir ce neaumoins a la façon de faire & confideration des Vertueux
Marys, defquelz ay parauant tenu propos, quant a tenir
leurs Femmes a foy égalles, Icelle Confideration à toufiours eté approuuée par les Philofophes qui l'ont tous de-
montrée par autres termes, En difant, qu'en l'Ame aufsi
bien de l'Homme, comme de la Femme, la Raifon actyue doit eftre ferue & fubiete a la Contemplatyue. Cela
pour & affin, que la Vertu, Fille des Cieux, puiffe eftre au

Aduertiffe-
ment de la
Plume.

Monde la Maiftreffe felõ le Vouloir de la diuine Puiffance & digne Sapience, que vous allez cherchant, O Gens
de Vulgaire, ainfi que l'Ecreuyffe, Veü qu'en faifant tant
de tours en erreurs d'Efprit, vous vo⁹ diligentéz a la mort
de double cercueil enfeuelye, Sur le pas de laquelle ie vo⁹
appérçoy, auec Salomon, fi bien toft de vous mefmes vain Sapien.1.
cuz, & defarméz de voz lourdes Anymes, Morrions & fuperfticieux Bagage de Caufer, le Carquoys de voz fleches
mefprifantes rompu par le meilleu, Vous ne recongnoif-
féz bien toft, par Hómage a Verité long temps à payable
& deü, Que la noble Dame eft autant que le noble Hóme
vertueufe & perfaite par Nature, voire affez plus aymable pour les caufes de mon Difcours. Mais au cas que votre-
tre fenfuelle fantazye, fuperbe vfurpatrice de Verité, vous
commandaft de ne confeffer le plus cy deuant prouué
                                                              (de-

(dequoy l'humilité de ce doux Sexe fera touſiours bien
peu d'eſtyme)aumoins gardéz vous bien de le nyer : Car
celluy qui nye les Circonſtances de la Verité, fait coniecturer,que totallement il ne croit au grand Oeuure du
Iaco. 2. .DIEV viuant. Qui n'en croit vn point,commence a def-
faillir au tout, qui pourroit eſtre cauſe de quelque ſecrete
contradiction es circonſtances fidelles de la Nayſſance
du FILS bien aymé en l'Arche de femenine Confédera
tion, lequel eſt la Verité luy meſme. Pour vous préſer-
uer duquel Inconuenient ſi fatal, & etoupper icy le ſcrupule oſtyné de ſi grand nôbre de pauures Creatures Vul-
gaires, & de tous autres quelz qu'ilz ſoient, qui ne peuuent prendre autre Loy de Raiſon, que de l'Idée ou prémiere figure qui ſe vient offrir a leur Imaginatyue,Ie veux
de rechef m'arréter a ce paz,& dire,Qu'il faut tenir pour
Oracle de Sentence non incertaine, &plus né douter,   *Replique de*
que ſi la Femelle (qui comme le Maſle toute nue du Ven- *la Plume dun*
tre maternel fait ſaillye) etoit ainſi que luy cómunément *poinct prin-*
enmaillotée des Langes, Bandes & Beguyns de bonne   *cipal.*
Diſcipline: Puis en la fleur de ſon Printemps exercitée en
lyſſe d'exercices & meurs dignes de CHRIST, lon ne
verroit tant de Peſtes ruyneuſes , tant de Calamytéz,
tant d'Abbuz , tant d'Erreurs ny tant de ſcandaleux
diffames epanduz & ſecretement entretenuz par tous
les Sentiers de la Terre. Car beaucoup plus de chaſtes
Déffenſeurs de la Vertu,ſeroient en ordre duCiel ſoudoy-
éz, & en leurs cœurs bien appareilléz a courageuſement
ſe geter en Campagne pour la déſtruction du Vice, qu'il
Ecleſ. 26. ny à : Et pourroit-on generallement chanter ſur le Cleron eccleſiaſtique du Fils de Syrach cete victorialle Retraitte, Aſſauoir. Heüreux ſont ceux qui ſe retyrent &
habitent auec Femmes Sages,Honteuſes & de bon Iugement . Choſe, ſans difficulté, qui empeſcheroit grandement, que l'Iniquité ſe feiſt ſi forte entre les Humains
qu'elle mortiffiaſt la Charité & chreſtienne Iuſtice, Suy-
Mathe. 24. uant ce que me fut cómandé d'ecrire ſouz l'Euangeliſte
ſaint Mathieu:Et ny pl' ny moins qu'vn auyſé Secretaire

lors qu'il me veult employer, tyré d'entour Moy auec la pointe de mon Glayue, ce Larron secret qui tousiours m'acópagne : Aussi tout Larron de Vertu & tout Ennemy d'honneste simplicité etant apperceü, Seroit incontinent getté hors de Chrestienne assemblée, & moins les Femmes en entretiendroient l'acointance que les Hommes.

Erreur coutumier des Hommes.

Lesquelz me pardonneront pour ce coup s'il leur plaist, si ie dy, que maintenant ilz ne se soucyent pas fort en plus part, de qui ilz s'approchent, pourueü qu'ilz voient de pouoir paruenir a leurs menuz désseins, Qui fait & est cause pourtant que les Gens de bien se voyent, par façon ordinaire reculez, Pauures ou en peu d'estyme. Et tout gentil Messager d'Amours, tout bon vanteur d'Alquemye, tout Homicide enmouflé, tout beau Raporteur, tout ocieux & beaudizeur Zoyle, tout Flateur ou maigre Bouffon d'Italye, tout Retrâcheur de morceaux de famille, tout Riche lourdaut & subtil Crocheteur de Benefices, tout Gabelier nouueau & sollicite Broilleur de Proces, tout Espion muzard, & Lanternier honneste, tout moderé Faussaire, & Homme bien fardé, & tant d'autres semblables dont les grandes Courtz de la Terre se font tousiours trouuées en plus part gentyment farcyes, sont au contraire de tous autres, entretenuz & honoréz, Voire & souuétesfois eleuéz aux Etatz d'vne République pour vne asseürée préparation de sa Ruyne, ensemble des Intentions propres ou Esperances particulieres de qui se laisse embabouyner de telles Gens. Ce que ne seroit ou n'auroit eté congnu si les Considerations susdéduyttes pour l'instruction des Fémes eussent eté formées en bó vsage. Et auec ce, l'Imperfection renuersée sur la Region de la grand Beste aux Dentz de fer, n'auroit (helas) eü si long cours & appuy, que pour arréter ou diuertir son flux détestable, il eüst eté nécessaire (comme encor' il semble estre) de prosterner & faire secher pour l'augmentation du Feu terrible, quinze ou dixhuit mil' Fleurs femenines tributaires en vne Vile de tel Clymat tant seullement, & sans parler des autres. O Pauure Sexe trop asseruy. Lesquelles Fleurs ou Beautéz

feme-

femenines, par l'offufcation coutumiere de l'épez Broil-
laz d'Ignorance principallement, font facilement trebu-
chées a telle perdition. Grand erreur, qu'il faille, Que tout
ainfi que l'Empereur Conftantin penfa guerir fa lepre par
le Sang d'vn grand nombre de petiz Enfans, preftz a égor
ger a tel effait : Ce foit auffi contrainte pour penfer guerir
ou détourner vn Vice inaturel de quelques vns, & les amufer a moindre offenfe, que telle quantité de fimplettes
Creatures d'angelique Beauté foient ainfi de race en race abbatues. & honorablement menées a la mort immortelle, Voire & auec opinion cõmune entre elles de faire
peu de mal en leur courtizane Lubricité. O l'Heüreux &
bon Pere, qui par vn zele Chreftien donne a fes Enfans
le Flambeau de Science pour les garder en leur Age meür *Heureux le*
de la trappe euytable de la Déeffe aueuglée. Car fans au- *Pere qui auec*
bonne fin fait
cun doute, & ainfi qu'a fagement declaré le diuin Philofo *etudier fes*
phe en fa Pollitique, Il eft quafi impoffible, qu'vne Perfon- *Enfans.*
ne qui n'à le Cerueau etoffé des opinions certaines qu'il
conuient auoir es circonftãces de toutes chofes qu'il faut *Graue autho-*
fuyr ou enfuyure, puiffe en foy conftamment porter la *rité de Plato.*
Vertu, & que cetuy-la ne fe laiffe fucumber chacun iour
en de trefgrandes fautes, que Coutume vient puis recueillir, & tresbien déguyfer, pour en faire vn habit ordinaire,
& tresfacheux a dépoiller a qui f'en eft faify. Defquelles
Fautes & tant d'autres communes, les pauures Ignorans
pour le moins ne fe peuuent garantir, Comme ceux (par
efpecial) qui dans Rome font quelque fois fottement per-
fuadéz d'aller vifiter(comme il y en va)le Gippon du faint
ESPRIT, aux feftes de Pentecoufte. Ou bien, comme Celle qui f'alla vn iour confeffer a fon Vicaire d'auoir fait vne
Secrete au Sermon, Pésant que ce feüft quelque nouueau
Peché mortel, & il n'etoit que véniel. Pour l'abfolution
dequoy elle fut par luy incontinent renuoyée au Curé cõme au Superieur, pour l'emboucher de cela, & en obtenir
l'abfolution. O tenebreufe & trop ridicule Sottife(ne puis
dire fimplicité)tant aygrement defauouée de toute Philofophye & en efpecial du fufnommé Plato & de Lycurgus

TT iij

Plato & Lycurgus en faueur des Fémes.

auſsi, antiques légiſlateurs, & graues Inſtituteurs de Républiques, leſquelz préuoyãs bien deſlors, que tant moins la Terre ſeroit habitée de Creatures exercitées a la Vertu par le ſupport des Letres, tant plus les Hommes yroient, a perdition : Et pour obuyer a cela, & a ſemblables choſes que celles prochainement declarées : Ne congnoiſſans auec ce, rien moins en la Condition femenine qu'en l'autre, iadis ordonnerent que les Femelles en leur ieuneſſe feüſſent induytes a toute vertueuſe operation ainſi que les Maſles, ſans difference. Choſe qui fut en tant de lieux ſi bien iadis entretenue, que par aucunes Hiſtoires encores on l'apperçoit : Ou i'ay fidellement ecrit q̃ es Regions de Scythie, de Thrace, de Lacédemone, d'Allemagne & de Gaulle, la Science, & Vertu acquiſe des Fémes a autresfois ſi fort multiplié, & en telle reuerence, que les Etatz & Offices des Hommes (a preſent a elles prohibéz) leur etoient quaſi egallement cõmuns, Qui fut cauſe principalle de faire receuoir au nombre des Anciens

Article à notter.

Senateurs Romains, la Mere de Marc Aureille Heliogabal, Laquelle teint honorablement ſon ranc en ſi digne Parlement : Et conſequemment etoient les Femmes alors iournellement appelées es Conſeilz priuéz qui ſe faiſoient ſur tout gouuernemẽt de Republiq̃ : Ainſi qu'en eſpecial fut veü de la Royne Arthémyſe, qui par le grand Roy de Perſe Xerxes, ſes Princes & Gouuerneurs, etoit ordinairement aſſize en Conſeil : La Réſolution duquel fut maintesfois cloſe ſur les Sages oppinions d'elle. En quoy & en ſemblables cas iceux anciens n'ont acquis petit Honneur, au moyen des Vertus qui trop plus qu'apréſent auoient cours en leurs temps par l'entretenement qu'ilz faiſoient plus coutumyer a l'étude de perſonnes de l'un & l'autre Sexe. Cecy Dames (ſauoir eſt qu'ayez eü charge par le paſſé aux gouuernementz & Etatz des Païs) eſt approuué & plus congnu que confeſſé de tous ceux qui me hantent, par certaine Conféderation iadis faite entre Hannibal & le Peuple renommé des Celtes, qui habitoit (cõme encores il fait) vne des trois parties de la France.

Alex. ab Alex. Lib. 4. c. 11.

En

En laquelle Confederation l'Article qui enfuyt, entre autres etoit expréffement enregitré, que ce m'eft force de produire puis que ne puis parler par cœur, & eft tel. Item Si l'vn des Celtes fe vient lamenter d'auoir eté outragé par aucun de Carthage : De cela feront Iuges les Magiftratz de Carthage, Ou bien les Empereurs qui feront en Efpagne ou leurs Licutenans. Mais fi aucuns des Carthageniens auront eté offenféz ou autrement moléftez par quelques vns des Celtes, les Femmes d'iceux Celtes (a préfent nommées Françoyfes) en auront la Congnoiffance & en determineront par ordre de Iugement, & non autres. O grande preuue de femenine prudence, Gentifemmes de France Voyéz Voyéz icy l'antique four ce de votre Nobleffe & Authorité, qui à eté feule caufe (cóme ie penfe) de la Liberté qu'auez toufiours eüe plus que toutes Femmes de ce Monde. Et au cas qu'on eüft en- *Vne Femme Iuge d'vn Peuple.* uye de contefter alencontre de cecy par quelques veriffimilitudes, Ie diray de plus, Que puis qu'ainfi eft que le *Mathe. 24.* grand IVGE du Ciel & de la Terre, à de fa propre bouche voulu declarer qu'vne Femme (qui fut la Royne Sabba) fe leueroit par Iugement & confunderoit les Hebreux, il eft ayfé a préfuppofer que de la Iudicature des chofes baffes, les Femmes ne font generallement incapables de foy. Grand' merueille Qu'vn iour deuant la Face du hault & redoutable I V G E, vne Femme foit Iuge de tout vn Peuple : Et que d'Homme aucun, tel cas n'ayt onc eté écrit (qu'il me fouuienne) fi ce n'etoit des Apoftres. Ce nonobftant, & *Luc. 11.* au contraire de tout ce que deffus, le fard d'Eloquence d'aucuns Legiftes (qu'Auerrois dit eftre tous Menfongers, & que ne puis croire) à tant préualu contre l'Intention de toute bien ordonnée Ancienneté, que telles Dignitéz humaines cy deuant dittes, & par les Femmes autresfois exercées, leur ont eté retrenchées, tant par force de nouuelles Conftitutions & par Coutume, que par la Nourriture feruile enquoy eft ceiourd'huy

détrem-

détrempée la Vigueur & naturelle capacité de la Femelle deflors de fon enfance. En contreuenant par cela

Les faintz Pe-
res endoctri-
noient leurs
Filles.

(qui eſt bien dauantage) a l'Introduction premiere des
Peres & vieux Patriarches du Peuple élu, qui endoctrinoiēt
coutumierement leurs Filles de toute Leçon proufitable,
& fpeciallement de la Loy Moſaique, ainſi que ie pourrois
dire de maintes Femmes : mais en eſpecial de la Belle &
chaſte Suzane. A propos de l'érudition de laquelle le $^{Daniel.13.}$
Prophete Daniel, voulant louer fes Parentz les appela Iuſtes, comme en cecy ſe pourroient bien appeler tous Peres, qui a l'exemple des Parentz de l'honneſte & bien
inſtituée Damoyſelle de Byron, s'approprient a iuſtement
orner (& tout d'vne parure) plus toſt les Eſpritz de leurs
Filles & Filz, que les Corps d'iceux, Veu qu'autant vault
l'Ame de l'vn que de l'autre, & que femblable & autant ra
tionalle eſt celle, qui viuiſſie le Corps de la Femelle, que
celle qui maintient le Corps du Maſle. Ce que bien confiderant l'Ecleſiaſtique, & que l'Ignorance en fes actions
vicieuſes n'a rien en foy qui l'arrete, par faute de congnoi
fance, Voulut prudemment inciter les Hommes a faire
auſſi etudier les Femmes : Et pour cela me feit notter cete
Sentence. La Grace de la Femme diligente (diſt il) délecte-
ra fon Mary, & la difcipline d'elle engreſſira les os d'icel- $_{Eclefiafti.16}$
luy. La Femme fage & paifible, eſt don de D I E V, & ny a
point de Cōmutation correſpondante a l'Ame bien enſei
gnée. Obſtant leſquelles contrauentions & grande contrarieté de la Coutume prefente a l'ancienne : & qu'a l'occafion de ce, la Complexion exellente de ce Sexe en foit
tant fuffoquée, qu'elle eſt communément tenue pour imbecile, indigne & fragile, Si eſſe pourtant qu'elle niontre
bien fouuent fes effortz merueilleux, quand on voit a lœil

La ftudieufe
Niece d'vn
Prefident.

que la Science au poſſible cachée voire & deffendue a la
Ieune Pucelle de quatorze ans (comme a celle de Thoulouze Nyece du Préfident Bartholoméy dont i'ay perdu
le Nom) deuient fecretement & peu a peu plus Sçauāte
que pluſieurs (ie ne veux dire de fes Parentz) auſquelz il
falloit congner la difcipline en la Teſte auec tant d'Inſtrumentz

mentz qu'a femblables chofes, le Vaiffeau bien fouuent
fen défonfe,& y fait on perte bien autre que de leffyue.

Theff. 5. Vn bon Efprit(difoit faint Pol)ne doit pas eftre étaint.

DE LA PREEXELLENCE DE
la Femme par le regard du Ciel, des
Eaux & des Anymaux.

Chap. XI.

EN apres, Voulant icy montrer mon habondan
ce fur la Préexellence afféz a plain elargye es
propos précedentz en faueur du Sexe par Nature tant preuilegyé,lon ne peult nyer,ou bien
ignorer que cete Préexellence ne foit figniffiée a tout œil
de pres y regardant,nonfeullement par le Ciel(qui à clai- *La Lune.*
rement fait aparoir par ordinaire experience,d'auoir dóné plus d'influence fur la difpofition des Corps humains,
a la Lune,comme femenine qu'au Soleil, comme mafculin,bien qu'elle prenne fa Lumiere de luy) mais auffi par
l'arretée qualité des Ryuieres,& pareillement,par celle de
tous Animaux. Dequoy, pour breueté, l'exemple pré- *Le Phenix eft*
mier fera prins fur la confideration de l'Exellence du Phé *femelle.*
nix,Oyfeau tant merueilleux & rare, qui fengendre en
Egipte en la maniere que chacun fçait : & lequel onc ne *Le Bazilic eft*
fut Mafle comme le Venimeux Serpent Bazilic. A cecy *mafle.*
i'attens que vienne quelque Frérot, pour ioufter & com- *La Poule auf*
batre,preft d'amener icy le Coq', En difant qu'au regard *fi noble que*
de fes qualitéz,ma Propofition pourroit bien eftre faufe. *le Coq*
Veü que le Coq eft de plus noble eftyme que la Poulle,
& comme tel,logé & toufiours eleué au plus haut des Clo
chers de la France,fans Poulle, comme plus vile & baffe.
A quoy pour me deffendre,Ie pourray bien confeffer,que
veritablement les belles qualitéz du Coq ne peuuét eftre
contredites. La Poulle pourtant ne laiffe pas, a mon auis,

d'eſtre auſſi nobleOyſeau que luy, ne feüſſe aumoins qu'au
moyen de ce que par les Loix cy deuant alleguées en
quelque paſſage, le Maſle ne peult eſtre eleué a Dignité

Autre digni té de laPoulle aucune d'honneur, que la Femelle n'en ſoit auſsi décorée
Mais ſans ſ'arréter a cela, la Poulle eſt digne de treſgrand
preis pour l'ordinaire diſtribution qu'elle fait aux Hommes de ſes Oeufz, Seruans en particulier a réſtaurer le
matin la Bourſe de ceux qui ont paſſé toute la nuyct a iou
er a la Premiere cete bonne Commére, Dequoy les Malades, & Bleſſez ne ſe doyuent pas rire, veü le bien qu'ilz
reçoyuent d'vn Oeuf au premier appareil, puis en Chau-
deaux & medecinaux Brouetz. Choſe, dont le Coq ne
peult ſeruir les Hômes. Et quant a dire que laPoulle n'eſt
pas ſi hault huchée que luy ſur la pointe des Clochers,
lon peult bien penſer que la cauſe en a eté, pourautant que
ſes Oeufz tant requis, tumbans de ſi haut (apres auoir cou
ué) ſe caſſeroient, ou bien en tumbant, l'Air les pourroit tellement endurcir, que rencontrans les Teſtes
des Moynes déchapperonnées, ou de ces pauures Hom
mes Chauues, ilz leur romperoient le taiz, ainſi qu'vn
iour aueint en Sicile d'vne Tortue qu'vn Aigle tenant
en l'Air, laiſſa tumber droit ſur la teſtiere découuerte d'vn Poëte tragedic qu'on nommoit Echyle, comme

Exemple de la Poulle a toute Féme. dit Vallere, Penſant l'Aigle que telle Teſte chauue fuſt
vn Caillou propre a rompre ſa Tortue. Neaumoins
la Tortue rompit le Caillou, & en mourut le Poete.
Le danger dequoy a fait que les Poulles ne ſont pas ſi
haut huchées que les Coqs non pas l'indignité d'elles,
qui outre plus, par leur curieux accroupiſſement ſur la
Couuée, demontrent bien aux Femmes le Soin qu'elles
doyuent employer a l'éléuatió de leurs Enfans, du temps
qu'elles ſont groſſes ou en Gezyne: Et aux Hommes que
toute leur Vertu ne ſeroit ſuffizante a parangonner a la
patience naturelle des Femmes, par tout congnue de
ſi longue durée & tant inſuportable en ce cas. Quel
cas? A metre les Hommes au Monde. Voire mais (dira
quelqu' autre) les Hommes les font, non pas les Fémes.

Et

Et ilz font ie no'ze dire quóy. N'ay-ie pas écrit fouz faint
Ian cecy? *Qui Non Ex Sanguinibus, Neque Ex Voluntate Carnis, Neque
Ex Voluntate Viri, Sed Ex Deo Nati Sunt?* Ce pendant, Qui en porte le faix finon les Femmes? Qui les nourrit auant qu'ilz
foient hors l'écalle? Qui leur met la bechée au bec puis
apres? Qui leur mache les morceaux pour les leur faire
aualler? Qui les purge & nettoye? Nature force, Elle f'en
foucye fort fans point de faute. Et finallement qui les fait
parler, Ryre, danfer, dormir, Coeffer, Reuer, Enfagea-
rrir, voire & deuenir Folz fi befoin eft, finon les Femmes?
En fomme, les Femmes font les Hommes telz qu'ilz
font : Et pour recompenfe de cela, les Hommes ne cherchent par leur arrogance, qu'a monter au deffus, en dire
mal, & les tenir fubietes, & en toutes chofes leur faire
entendre (ainfi que lon dit en prouerbe) que Vecyes font
lanternes, En iouant d'elles, le plus fouuent au Bilboquet, *Les Marys
font caufe du
mal des Fem-
mes.*
pour auoir eté nourries en ignorance, Aumoyé de laquelle, fi le Mary d'vne tend a mefchanceté, las, la Pauurette
y acourt comme fimplette, comme perfuadée de luy
& cõme n'ayant aucun refrain d'experience pour cõtredi-
re a l'Hõme, & fe garder fouuentefois tous deux de mort
honteufe iufticyée. Et en cete façon les pauures Fem- *Les beftes femelles plus vi-
ues que les
autres.*
mes participent en tout du mal des Hommes & Marys,
du Bien, bien peu. Au refte & pour reprendre propos, Sé-
blable Régad que deffus, touchant la Préexellence femenine, pourra toufiours eftre arreté fur la Nature des Chiens & Chiennes, entre lefquelz ny à difference quant a
leur naturelle Bonté, ny pareillement quant a la garde
d'vne Bergerye ou Maifon : Et tout ainfi que pour viuement deffendre la Breby de la gueulle du Loup, la Chienne eft autant adroitte & duyfante que le Chien : Auffi
par fimilitude, lon peult facilement penfer le femblable
de toutes autres Beftes, Bien qu'entre plufieurs ou la plus
part (pour venir a notre Préexellence) lon trouue la femel *Les Iumentz
de Hongrye.*
le plus viue, & trauaillante que le Mafle, comme es Iumentz du païs de Hongrye, dont ceux de Scythye & des
hautes Allemagnes ont toufiours anciennement vfé

VV ij

en Guerre au lieu de Cheuaux ligers, car l'Agilité de telles
Beftes femelles fut de tout temps fi approuuée, qu'encores maintenant trois ou quatre d'icelles etans bien acouplées a vn Chariot, peuuent ordinairement courir cent
cinquante Lieües de païs de leur Région en Vingtquatre heures, fans débrider qu'vne feulle fois (côme lon dit).
En maniere que c'eft cas veritable, que la Saluation des
Hommes de telz lieux, n'eft fundée que fur l'agile trauail
de telles pauures Femelles, quand ilz fentent le Turc a
leurs portes, pour les furprendre. Lequel ne trouuant que
le nic, & quelque pauure Vieille delaiffée pres les Cendres, qui le certiffie que peü auant tout le Bagage (en vn
inftant fagotté dans le Chariot du Maiftre du logis) aura
eté enleué & fauué auec les perfónes par les Iumentz, eft
contrainct f'en retourner fans Butin. De telle forte de
Beftes, ou quafi pareilles, les Anglois ont grãd'quantité, &
les mettent aux Ambles, pour plus ayfément f'en ayder
en tous cas, fans les choyer aucunement, veü leur nature
tant gaillarde. Aufquelles Iumentz lon ne peult a cete
caufe, comparer aucuns Cheuaux, de quelque païs on bõne race qu'ilz foient. Dequoy ia la Condition femenine fe trouue auoir eté douée de plus parfaites qualitéz, q̃
La Truye plº
noble que le
Porc.
la mafculine. Encores y a il vne autre Confideration de
Préexcellence non indigne, qui fe peult prendre fur la nature du Porc, & de la Truye, Veü que le Porc, eft toufiours Porc, n'ayant en foy autre inftinct naturel, ou autre
proprieté qu'a manger, dormir & grongner, a la femblance de plufieurs gros Pourceaux, maryéz a belles Marguerites. Mais la Femelle a eté douée de ne fçay quoy de
gentil par deffus luy. Car tout ainfi, que (pour figure) lon
peult voir parmy la Frãce aucunes Truyes qui fylent: Auf
En Italye y a
des Truyes
qui cyflent.
fi es principalles Citéz d'Italye, y à vne infinité de Truyes qui cyflent. Ie parle fans fiction, & eft chofe que i'aurois
a myracle fi ie n'etois bien certaine de nouueauté fi commune en tel païs. Or qu'on m'ameyne icy vn tefmoing
qui dye auoir iamais veü Cyflet au groyn de Pourceau,
ny fuzeau entre fes piedz fourchuz, & fuffe biẽ celluy, qui
ia-

iadis naſquit a teſte d'Homme es en uyrons de Rome, audit de Titeliue. Que lon m'alleguē outre ce, qu'en lieu
ou Vile de ce Monde, y ayt Feſte annuellement celebrée
pour les Cochons ou Pourceaux, comme il y à en la meſme Rome pour les Coches, le quatrieme du mois d'Aouſt
de chacune année. Par cela la qualité des Coches & Truy
es eſt elle pas congnue plus exellente que celle des Cochons ou Pourceaux, & conſequemment celles des femelles toutes autant pour le moins que celle des Maſles?
Ce que deſirant dauantage approuuer, ne ſoit deſormais
oublyé que l'experience a fait voir la naturelle qualité des
Mulles trop plus ſecourable & d'eſtyme pres des Hommes que celle des Mulletz (qui ne ſeruent auſſi qu'a porter Balles & Coffres par Voiage, & non pas a porter Papes, Roys, Cardinaux, & toutes autres perſônes d'authorité) Côfideré que du temps du Pape Alexandre de Borge,
le Duc Vallentin ſon Neueu, ſe ſentant auoir eté en Rome empoyzonné du meſme Vin qu'il auoit mis en broche
pour féſtoyer ſept ou huit de ſes amys Cardinaux, Subit
ſ'alla getter tout nud(& comme bien auyſé) dans le Ventre, non pas d'vn Mulet, mais d'vne belle Mulle, comme
dans la Matrice de ſa Mere, pour recouurer vne autre Vie
ſentant le bout de la ſienne. Ce que le grand & regreté
Cardinal Ridolphy eüſt auſſi, bien plus que volontiers fait
ſil eüſt congnu de quelles drogues, ou bien de quel Apo
ticaire venoit la Medecyne italique dont il fut ſurprins au
Conclaue dreſſé pour l'Election du Pape Iulle tiers a la fin
de l'annee. 1549. que commença le Iubilé. Choſe qui é-
toit aſſez ſuffizante a faire prendre lors des Lunettes aux
plus ieunes Cardinaux de France & autres qui la etoient
plus toſt a l'heure du Repas qu'a l'heure du Breuyere. Or
pour reuenir a ma Préexellence de Femelles, l'on voit dauantage, que le haut SEIGNEVR à en quelques cas aſſez
plus honoré les Femelles que les Maſles, Car a l'entrée
qu'il pleüt a l'humble R O Y des Roys faire en la Cité de
Hieruſalem, il ſe daigna plus toſt monter ſus vne Aſneſſe
que ſus vn Aſne. Et outre ce, il ne fut onc trouué Aſne

La feſte de Coches de Rome.

Les Mulles plus dignes q̃ les Mulctz.

La Mule ga¹ rantit de Peizon.

La mort du Cardinal Rodolphy

Le maiſtre môta ſus vne Aneſſe non ſus vn Aſne,

Vne Anesse a parlé.

quel que soit a longues Oreilles qui parlaſt (d'autres y en a prou) Ce que feit autresfois l'Aneſſe de Bala-an Prophete , dont ay ouuert propos au commence-ment de mon dire, Laquelle (mil quatre cens Soixan-te & dixſept ans auant Celluy qui veint faire parler les Plumes meſ Seruantes, & les Pierres auſſi, de cho-ſes ſalutaires) faiſant ſagement la retyue a ce que ſon Mai ſtre vouloit, qui pour cela dautant plus la frappoit, Com-mença a parler en cete ſorte. Balaan ? me veux tu for-cer a paſſer outre, pour donner la Malediction au Peu-ple de D I E V ? O grand douaire du Ciel, les Dia-bles font taire les beaux Aſnes: & les Anges font parler les Aneſſes. Bien eſt vray (pour ne laiſſer rien en arryere) qu'il fault que ie confeſſe, que Pline & Titeliue refferent que du temps du Côſulat de Caius Domitius en Rome y eütvn Beuf qui parla, & cria a plaine bouche ces propres

VnBeuf par-la a Rome.

motz *Roma Caue Tibi*, Rome garde toy, qui fut enuiron deux cens quarante deux ans auant le FILS du DIEV des mer ueilles. Mais cela ne peult rien contre ce que deſſus, Veü que l'Aneſſe de Balaan faiſoit (en parlant) Office de Clé-mence & femenine Vertu : Ce Beuf au côtraire, feit Of-fice de Menaſſeur de Ruyne & parla cete ſeulle fois. Eſtimant a ma ſimple penſée, que de cecy procede que les Romains acoutumerent encor' iuſques a preſent de ne faire tuer leurs Veaux en Boucheryes, Veü qu'ordinaire-ment il les conſeruent, & font, en lieu, aſſommer les Ge-nyſſes pour leur bouche: En eſperance, poſſible, qu'il vien-dra de rechef a naiſtre quelque autre maiſtre Beuf en Ita-lye , qui par ſon Oracle , aura a donner vn aduertiſſe-ment de leur futur Etat. Encores peult on iuger la Pré-exellence du noble Séxe Femenin, par la qualité des

La Grenoille pl° digne que le Crapauli.

Grenoilles & des Crapaux, qui naturellement font en-fléz de Venin, Les Grenoilles au contraire. Ains de leurs membres blancs & delicatz le Corps humain ſe re-paiſt ſans danger, hors mis du temps qu'elles font apro-chées d'iceux Crapaux. Enquoy certainement vne clai-re ſigniffiance ſe peult bien prendre, que la Condition
feme-

femenine eſt de ſoy touſiours belle & bône ſinon au temps
qu'elle eſt trop aſſubietie ou importunée du Maſle, lequel
d'autant qu'il eſt pl⁹ Lourd Vicieux ou Crapaudin, d'autāt
plus auſsi il ternit la Beauté voire & Bonté de la Femme,
ainſi que par trop ſ'en cognoiſſent les exemples en celles
qui ſont poſſedées ou hantées d'hommes Groſſiers ou
Vicieux. Finallemēt, & ſi lon adiouſte foy a aucuns Philoſophes qui diſēt, que d'entre les Etoiles tumba vne foisvn
Veau (comme font de l'Air les petitz Grenoillatz en Eté)
Il fauldra eſtymer par quelque côſequence, que la Vaché,
ſa Côpagne eſt demourée la haut, côme moins odieuſe, &
plus aymée des Cieux q̃ le Veau, puis qu'au Ciel ny ayant
iamais eü qu'vn ſeul Veau, encor' y fut il incompatible, &
l'en fallut chacer. Choſe, a mon auis, qui a fort du vrayſē-
blable, Veü qu'en belle côpagnie, il n'eſt encombre que de
Veaux, Temoin la Lôbarde fourmagere qui tant honore
le Beuf & le Veau luy put. Et quant a prouuer la ſigniffiance de la femenine Préexellence par le regard ſecret des
Eaux & Riuyeres, Ie maintiens q̃ les Fēmes ſont en ſuperlatif degré pl⁹ plaiſantes & douces par nature, que tout' autre choſe. Qu'il ſoit ainſi, que lon déchiffre vn peu les qualitéz des Riuyeres de la Seyne de la Saune, & de la Loyre
tant ſeullement, ſans en nômer d'autres ainſi femenines.
Leſquelles Riuyeres ont touſiours eté ſaines a boire claires plaiſantes & non perilleuſes. Ouy ſans parler du Bien
qu'on en reçoit par les bons Poyſſons qui en ſon tyréz.
Puis q̃ lon cherche auſſi les qualitéz de ces trois Fleuues
maſculins du Rhone, du Danube, du Rhyn & (ſi lon veult)
encores du Tybre romain, qui ſont tous obſcurs, épez, de
nul ou peu de fruit pour la norriture des Hômes, & grādemēt perilleux, ſpeciallement le Tybre, qui de ſoy eſt tant
friant de Chair humaine, q̃ pour vn Poiſſon fāgeux qu'il ſe
laiſſe robber, il engloutit tant d'Hômes, qu'il ſêble le Peuple luy eſtre chacun an tributaire de cent Perſônes dans
le paſſage ſeullement qu'il fait par la Cité (côme ſ'eſt entendu) ſans le vouloir icy acuſer de trois Roys quil a autreſ-
fois déuorez, deſquelz, ce ſemble, il ioiſt encores pour cela

Les Veaux ne peuuent du-rer au Ciel

La Préexellē-ce de la Fem-me par le re-gard des Eaux.

Le Tybre en-gloutiſſeur d' Hommes.

Tiberyr. Albula. Alb 1.

du nom. Lefquelles odieufesqualitéz, ne me fauroiët eftre
nyées quant a iceux Fleuues. On me pourroit bien dire
Pourquoy le pourtant que le Tybre fufdit eft dormant & non pas impé
Tybre n'eft tueux, Ce qui eft vray, Mais en cela, conuient entendre q̃
Impetueux. non fans myftaire il a eü cete nature dormante, iointe a
fon obfcurité & epeffeur perilleufe differente aux autres,
pour donner figniffiance aux Etrangers (qu'il tient pour
Barbares) la Complexion generalle des gens qui l'ont autresfois tant fait bruyre & renommer, & qui tiénent enco
res de telles qualitéz, Ainfi que tresbien le figurent & font
entreuoir les Animaux, les Murailles dépaintes, les Feneftres, les Habitz, & quafi toutes les Fanfares ordinaires
du Païs a ceux qui ont bonnes Lunettes, & vont vifiter telles Terres pour autre intention, que pour defir d'acumu-
ler. Car femblables Gens oublyent fonuentesfois l'Etuy
au logis, pour hafte qu'ilz ont du Crochet, a crocheter,
Offices & Benefices, ou quelque autre vfuraire marchan-
dife. Defir d'auoir, ferre l'huys a la Veüe.

DE LA PREEXELLENCE DV
Sexe femenin par le regard de fa Douceur &
Inocence. & comment tous les Maux
ne procedent que des Hommes.

Chap. XII.

AR deffus toutes les Dignitéz, Perfeƈtions & fi-
gniffiances d'icelles cy dedans fpeciffyèes pour
la Preéxcellence de ce gracieux Sexe femenin,
ne faut obmetre de traiter vn peu de l'aymable
Inocence & Douceur d'icelluy. Laquelle Douceur fpeciallement, eft caufe es Femmes d'vn fi grand zele de Paix,
(comme mediatrices de tout Accord ou elles ont faueur
de fen entremefler) qu'il eft vrayfemblable les grans Prin
ces

ces de la Terre auoir de tout temps acoutumé de leur dōner fauorable entrée en leurs Courtz royalles, entre autres raifons, principallement pour celles que deffus. Veü
qu'il eft notoire, qu'vn Roy ayant eté irrité, ou bien qui *L'agreable*
eft en quelque cas refolu de donner lieu au Glaiue de fa *douceur d'v-*
ne Fēm̄ fau-
iufte Fureur, ne peüt onc, & ne fauroit eftre mieux adou- *ue la Vie a*
cy, plus toft paciffié ny conduit a élargiffement de Grace, *plufieurs.*
que par le doux & oportun moyen d'vne fage Princeffe
ou autre Dame, de luy tant foit peu familiere. Chofe qui *La Ducheffe*
par plufieurs exemples de maintenāt fe pourroit facile- *deValētinois.*
ment prouuer en toute Court principale de la Chrefti-
enté, & fpeciallement en celle de France : Ou la haute
& trefprudente Ducheffe de Vallentinois, Diane de
Poitiers en a bien montré les preuues pres des deux Roys
qui de leur temps ont en l'Europe fi fort émeü les Lettres,
les Armes & l'Empyre. Defquelz elle à eü tant d'heür &
faueur, que non feullemen elle à fauué la Vie a plufieurs
par le moyen de fa grace & douceur, mais auffi a plus que
plufieurs a fait otroyer grans Biens : toufiours fe metant
au deuoir de recongnoiftre par vif effait tout Homme
luy portant feruitude, dont elle fera remercyée & reuerée
fans fin, voire de ceux en qui la Reuerence eft d'honorable durée, puis q̃ iournellemēt en fa Vie fe va cōfirmant ce
qu'autresfois (a mon auis) fut chanté d'elle fur le propos
du changement de l'Arc de Diane, a celluy de Cupido,
par ces vers, qui ne font icy a oublyer en fa louenge,
Ie voy qu'Amour chace fouuent aux Beftes,
Et qu'elle attaind les Hommes de Vertu.

Et f'ainfi eft, toute Perfóne d'honneur aura d'autant plus
argument de l'honorer, qu'elle eft congnue fi conftante &
virile en fa parolle, qu'oncques Mortel ne fut deceü de
promeffe qu'elle feift, tant eft facrée l'organe de fa Préfence, qui d'elle en fon cœur ne fe fent démentye. Mais
pour en cet endroit n'encourir figne d'affection, ie me
à Regũ. 14. veux hafter de dire, que au Liure des Roys, il appert affez
de mes propos, par la memoire qui leans f'entretient de la
prudente Thecnyte, pour auoir eté vn coup médiatrice de

XX

Paix entre le Roy Dauid & Abſalon ſon fils, comme auſſi
ne doit eſtre celé de la Princeſſe Heſter, qui voyant le *Heſter.7.*
Peuple Iudaïque eſtre en branle de Condemnation mortelle, & le Roy Aſſüere ia aſſis en ſon Throne pour en dõner l'Arreſt, ſ'alla parer d'habitz précieux, & conſtãment
ſe preſenta deuant luy, en le diuertiſſant de ſa rigoureuſe
penſée, de ſorte que ſon cœur amoly du ſimple rays des
yeux de la belle Dame, il luy feit offre aſſeuré de telle demande qu'elle voudroit faire, qui fut de Grace, encores
qu'elle en euſt beaucoup. Aumoyen de laquelle demande femenine, vn nombre infiny d'Hommes eurent alors
la Vie ſauue, le tout en faueur des Vertus ſuſdittes d'Inocence & Douceur de ce Sexe tant ſecourable dequoy ie
propoſe raiſonner cy apres. Toutesfois ce ſont ſingularitéz ſi femenines, que du Chapeau d'honneur des Da-

mes les belles Plumes ne ſ'en peuuent leuer, Qui fera
que pour cete ſeulle conſideration (& en lieu de me
rendre ennuyeuſe en cela) ie ſeray preſentement diſpo-
ſée de rompre cete myenne propoſition, pour eſtre dite
Vertueuſe, vertueuſement & ſtoïquement mouuante la
Vertu par émotion hardye de ſon contraire. Enquoy les
Hommes vertueux ſeront aucunement ſatisfaitz, & les
autres malcõntans, dont peu me chault, veü ma fin chari
table, veü que n'ay recours qu'au Papier pour la manifé-
ſter, & auſſi veu ma baſſe qualité, qui toſt ſeroit pouſſée au *Math.18.*
loin, ſi (ſuyuãt le texte euangelique) i'entreprenois dire ce
que deſſouz aux grans Magiſtratz & Gouuerneurs entre
eux & moy : puis Letre écritte demeure & ſert d'exemple & doctrine. Nayant crainte aucune, outre tout cela,
de mourir en cete Contremyne, le cas auenant que les
Hommes, en hayne de mon entreprinſe, me teyﬦſſent
pour Ennemye. Car ſ'ainſi etoit, pour le moins ſerois-ie
ſeüre que ma renõmée en ſeroit bien plus longuement cé

lebrée, qu'elle n'eſt de pluſieurs perſonnes qui par Mynes
faites en places fortes, y ſont ſuffocquées pour le ſeruice
de mainte République. Et pource hardyment ſera icy
manifeſté en votre préſence Dames, ce que n'eſt plus
temps

temps de tenir caché: Affin de faire voir a l'Hôme inique
que ceft que de l'Homme, & qu'il ayt par cela Argumét
d'abbaiffer fon Arrogance, ou qu'il meure en icelle, Et a
cete fin ie ne craindray a dire tout haut, Que tous Maux
& leurs cómencementz ne procedent finon des Hómes
fauf l'hôneur des Vertueux.   Adam, Premieremét eût
hardieffe d'enfraindre la Loy de fon CREATEVR, A l'o
cafion dequoy (nottéz) il ferra les portes du Ciel, & affer-

1.Corint,15.

uit les Hommes & les Femmes a la Mort, qui ont tous
peché en luy, & meurent par luy, non par Heue, cóme en
quelque endroit précedant me fouuient auoir naguères
montré: & en approbatió dequoy, le S E I G N E V R luy

Ge ue.

dift, que la Terre feroit maudite a l'ocafion de luy. Enquoy l'Innocence eft de la part de ce doux Sexe. Donc
ce fut luy (le bon Pere) qui premier, pourtant, feit ouuerture des Gouffres infernaux, dont le Deluge vniuerfel mon
tra bien l'apparence, par l'irrégularité des Hómes Geans
de la Terre, qui auparauant affubietiffoient a leur effré-
née puiffance les Meres, les Filles, les Sœurs, les Filz, & les
Beftes indiférenment.   Le Premier qui maligne-
ment & trop honteufement fe mocqua de fon Pere, fut
Cam, Apres le Deluge, premier Rénouateur de toute
corruption, des Egiptiens iadis appelé Saturne, & qui fut
fils, du bon Patriarche Noé, dit Gallus, Ianus & Vadymó:
Lequel Cam (outre ce) l'enchanta par art magic, de maniere quil le priua pour vn temps, de puiffance generatiue
ainfi que réfere l'antique Autheur Bérofe.   Le Premier
Tyran, fut Nymbroth, q ceux de Babilone nómerent iadis leur Saturne, lequel cent trente & vn an apres l'éuacu-
ation du Deluge faifoit conftruyre la Tour Babel pour-
combatre les Cieux, & forcer les Etoiles: Et du temps du
quel, le fidele Noé enuoya fes Collonyes par l'Vniuers,
partiffant les Regions de la Terre a fes Enfans & Neueuz, cóme audit Cam l'Egipte, a Thuyfcó l'Allemagne
Sarmatique, & a Gomer Gaullois & a fa pofterité, l'Afye &
la plus part de l'Eurôpe, luy conftituant fon premier Siége en la Tufcane, le plus noble quartier d'Italye.

Le departi-
ment diuin
de la Terre
apres le De-
luge.

Le Premier qui getta les Fundementz de toute erreur
déteftable d'Idolatrye fut Nynus, premier Monarque
d'Affyrye. Les Hommes Filz de Iacob, prémiers feirét
vendition enuyeufe de leur Frere. Le Premier qui
dépucela la Terre (dont depuis elle fut dite la Grammere
de tous) fut vn antique Roy de Colchys, qui commença a
foiller les Conduytz & tater les veynes de la Terre alors

La fource de la toyzõ d'or encor' Vierge, & d'icelle tyra fi grand' quantité de maf-
fes d'Or & d'Argent, qu'il en commença la Guerre en Egi
pte: Et en fon Palais n'auoit Collonnes, Poutres, Voutes
ny Portes qui ne feuffent d'Or ou d'Argent maffif, d'ou
print origine la fable de la Toyfon d'Or. Le premier
qui feit onc mourir cruellement les petitz Enfans) qui furent ceux d'Ifrael dont echapa Moyfe, par la douceur d'u
ne Fille de Prince tyran cy nómé) fut Pharaon Roy d'E-
gipte. Et le Second foillant fes Mains trop inhumaines
dans le Sang innocent, fut Herodes, penfant y atrapper

La caue pe l'inuentiõ des Echez. L'INOCENT fuperceleſte. Le Premier qui
preint fon paffetemps a battre & tuer fes Maiſtres, Philofophes & Précepteurs, fut MerodachRoy de Babylone,
enuiron cinq cens cinquante neuf ans auant la nayffance du Précepteur de la Chreſtienté: Et pour le diuertir dequoy le Philofophe Xerxes inuenta alors le Ieu desEchez
a quoy on le faifoit ebatre, qui fut du viuant de Ezéchias
Roy de Iuda. Le Premier qui par fa cruauté de courage feit boullir vn Enfant tout vif, comme chair de Beuf
puis le feit manger fus Table royalle, au Pere qui l'auoit
engendré, fut Aftyage Roy des Medes, Oncle de l'Empe
reur Cyrus. Le Premier qui iamais print peyne d'apprendre aparler a diuèrsOyfeaux, pour par leur gergon fe
faire eftymer DIEV, fut vn nommé Pfapho, qui en cela
voulant couurir fa Vie déteftable, apreint a dire a grande
quätité d'Oyfeaux féblables parolles[Le grand DIEV eft
Pfapho]Au moyen dequoy leur ayant dõné fecretement
les champs peu auant fa mort, Il fut apres icelle adoré cóme vray DIEV du Peuple de Lybie, Veü la merueille du
parler de tant d'Oyfeaux, qui çà & la châtoient ceteDeité.

O

O prodigieuſe Inuentiõ d'Hõme, a tout Diable faiſant ver
gõgne. Le premier qui n'eſtimant Hõmes ny Dieux,
feit feſſer la Mer qui le fachoit de ſes tourmentes, fut
Xerxes Roy de Perſe auec les Verges plattes des infiniz
Vaiſſeaux de ſon Armée de dix cens mil Hõmes, vn coup
par luy leuéz alencontre des Grecs. Les Premiers,
qui au grand intereſt des Pantagrueliſtes feſſerent (en
ſemblable) le bon Homme Pyot, furent fines Guepes, cõme lon dit. Le Premier Inuenteur & machyna-
teur de Tourmentz, de Banyſſementz, & de gros Fers a
enchaſſer Bras & Iambes, fut Tarquyn fils du Superbe,
Roy des Romains. Le Premier qui onc feit deſ-
honneur a Nature, comme dit Plyne, fut le Romain Anthoine, qui a ſes Affaires de chambre ne ſe ſeruoit que de
Vayſſeaux d'Or, le plus digne métal de la Terre. Les
Premiers qui meyrent onc la grand Gorre en ſon infame
& haut appareil, furent les Françoys, Apres que les Napo-
litains la leur eurent liurée, dont ilz font encor' ſouuent
dietté de déplaiſir, la voyans trop pellée en leur païs, & en
France toute ecorchée de la frotter. Le Premier
qui donna onc etat ou Prouiſion a Gens qui faiſoient
diſcipline ou meſtier de bien compoſer toute maniere
d'empoyzonnement, fut le cruel Nero, Sauf l'honneur
duquel, ſon Empire, en cela n'eſt de rien empyré. DIEV
gard' la France d'en empyrer, ny d'entretenir le plus grãd
Doſteur qui fut onc en telle Science, nõmé Martelloſſe,
des Venitiens aſſez bien prouiſionné pour quelque cauſes, & entre autres (ce dit on) pour faire de belles Eaux a
farder les Dames Venitiennes, quand les Marys ſ'en veul
lent honneſtement dépeſcher. O Françoyſes, gardéz
vous ſur tout de ce Fard, car il eſt mortiferé, & ſ'appele, le
Fard de Martelloſſe. Vn autre vous en enſeigneray-ie biẽ
ſi ie congnois que vous faciéz compte de Moy cy apres,
& lequel eſt fort propre aux Vieilles d'entre vous, & en-
ſemblement treſvtile a la conſeruation de la Santé, ce q̃
Fard d'Homme ne fut onc. Ceſt dequoy ie me farde Dames, & qui me rend ſi longuement freſché & plaine de

La grand Gorre.

Aduertiſſe-ment aux Dames.

XX iiij

Santé. Le Premier qui pour le côplet de ſes méſchan-
cetéz, feit vn iour déflorer des Filles par ſes Bourreaux,
puis ſur le champ par eux meſmes les feit etrangler, fut
Ceſar Tybére. O cas par trop etrange & indigne. Le
Premier Empereur qui par forme deSalutation ſe feit ſou
uentesfois bézer les piedz, fut Maximin. Le Premier
qui iamais feit déterrer vn Pape mort, pour le faire vétir
d'habitz pontificaux & luy faire ainſi trencher la Teſte
par le Bourreau, comme ſ'il eüſt eté vif, puis le feit getter dans le Fleuue du Tybre, fut Sergius tiers Pape de ce
nom. Moins mal aumoins ſil eüſt cherché de le déterrer
tout vif, ainſi que ſont maintz Gentishommes de France par droittes Gens. Le Premier Pape, qui pour
ſe vanger des Cardinaux de France qui n'auoient conſen
ty a ſon Election, en feit noyer cinq en la Mer, a l'ayde
d'aucuns Italiens & Geneuois, fut Vrbain ſixieme, Napo-
litain, enuiron lan mil trois cens quatre vingtz. Le Pre
mier Homme pontifical qui trop toſt ſe vanta de leuer la
iuſte Couronne de deſſus la Teſte d'vn Roy des Gaulles auec layde d'vn ſien Empereur, fut celluy qui ſe trouua peu apres de Vie & de ſes Intentions démonté: Et a
l'ocaſion dequoy ie verrois voluntiers décrier les Iulles
parmy la France, puis que tous luy furent ſi contraires.
Le Premier qui de ce temps feit onc manger & dilanyer
des Hommes vifz a ſes Leuriers pour ſe donner plaiſir
puis feit meurdrir ſa Mere, qui l'en reprenoit, fut Ian Marye, Viconte & ſecond Duc de Mylan. Le Premier
a qui iamais print cruelle enuye de manger d'vn cœur de
ieune Homme françois, qui le tua pour cet effait, & en mã
gea, fut vn Italien dans la Cité de Naples, lors y étant
le Roy Charles ſettieme. Le Premier qui par eau em-
poyzõnée feit indignement mourir vn premier Fils de la
confidente Couronne de France, dont le Pere etoit
le magnanime Roy Francois, fut vn noble Ferrarois dit
Démontécucu, qui dans Lyon, par la force de quatre
Cheuaux feit, pour cela, largeſſe de ſes laches membres.
Le Premier qui diaboliquement inuenta les tonnantes
Bou-

Bouches a feu depuis cent ou fix vingtz ans en ça, fut vn
Moyne allemant, felon le bruyt. Inuention fi fort depuis exercitée es inuentifz engins d'Italye, que (a la barbe
des François en tous cas es Italles auffi bien qu'en leur
païs peu prophetes) on y laboure maintenant d'Artillerie
cŏme de Cyre, tant par Vyz, Bandes plattes refoulonnées
que autrement. Telle Inuention pourtant d'autant plus
dŏmageable au Genre humain, odieufe a tout braue Cheuallier & reprochable a tout Soldat, qu'elle eft yffue d'vn
Homme de Religion entre Guerriers, communément fi
peu pryfé. Le Premier qui de façon trop fuperbe
fe faifoit feruir a boyre par myftaire, célebré de deux
Torches vierges allumées, & portées a tefte nue & genouz ployéz, fut vn Duc Efpagnol, ainfi que plufieurs fois fut veu en Rome enuiron l'an mil cinq cens
quarante cinq. Finallement, & pour trencher *Aucunes*
propos qui n'auroit iamais fin, Les premiers Adultai- *vmbres de*
res, Incéftueux & qui premierement feirent confédé- *Propheties de*
ration auec les Diables, par le cŏfeil defquelz ilz trauail- *la Plume.*
lent encor' ce iourdhuy a réédiffier les grandes Citéz
de Sodome Gomorre & leurs circonuoyfines, floriffan
tes fouz le figne du Leon principallement, furent & font
les Hŏmes, voire les Hommes au Bézer hebraique, qui
las, font fi offufquéz, qu'ilz ne voient pas venir le iour
de la Ruyne, la chantent & la prophetifent de iour a
autre fans y penfer, en diuerfes manieres. Confideré
que les Preftres de telz lieux la prénoncent, toutes &
quantes fois qu'ilz celebrent le facré Setuice de la Meffe. : Car il ny a chofe plus certaine qu'vne grand' partie d'eux, en lieu de dire *Oremus*, prions DIEV, difent
a plaine bouche ce mot, *Horremus*, nous auons peur epouentable : Quafi voulans figniffier aux Affiftans, que la
Iuftice de L'OMNIPOTENT eft ia fentie & trem-
blée dedans leurs os, & ne la veulent euiter par penitence & delaiffement du Vice enorme régnant en la Region.
Cete Ruyne me femble pareillemĕt anŏcée par plufieurs
champeftres & fimples Perfonnes d'alenuiron (Inftru-

mentz familiers du Saint ESPRIT)qui fouuent viennent
vendre du Laict caprin par les Rues : Chaffans deuant
foy vn petit nombre de Cheures,& en criant a hautevoix
ce mot, Loth, Loth,en lieu que ceux la deuroient & penfent dire Lat,Lat, en leur langue,qui (ie croy) varye ainfi
en leur bouche a effait de ce miftaire prophétique . Si-
gniffians par tel Cry, ces pauures Gens,que le Vertueux
qui habite en telz lieux (lequel en cecy & par fimilitude
fe peult bien appeler Loth) aytl'œil a fortir de leans, fans
y attendre l'Orage . Les Cheures figniffient, que tout
ainfi que iadis le bon Homme Loth congnoiffant par le $^{Gene. 19.}$
Cry angelique la foudre du Ciel a auenir, délogea de la
grand' Cité,acópagné feullement de trois Femelles,dont
l'vne regardant arryere fut tranfmuée en ftatue deSel(qui
fut iuftement mil neuf cens feize ans auant le RESTAV-
RATEVR de l'Humanité) Auffi le vertueux Perfonage
qui par diuine infpiration defire euiter femblable ou autre tempefte, foit auyfé de fortir de la Contrée dont les
Terres(mefmement par leur nature) demandent le Feu
& ne rendroiét pafturage fi chacun an elles n'étoient bru-
lées au mois de Iuillet . En f'accompagnant icelluy Perfonage de Cheures, ceft a dire (pour expofition des Bé-
ftes femenines, menées par les fimples Perfonnes fufdites) de ces trois fingulieres Femelles, Foy, Efperance & Charité en efpecial . Femelles qui comme les Cheures broutent toufiours en haut & fe repaiffent de chofes diuines : & qui ont auec ce, pour leur deffenfe la
tefte fi ferme & roide, qu'il ny à au monde Animal vicieux qui les puiffe offendre ou faire fuyr arryére . Et fuyuant l'ordre de céte Signiffiance ou figure, foit femblablement aduerty le bon Loth, fauoir eft, toute perfonne
vertueufemét chreftiéne qui eft en telz païs,de ne tourner
la Face pour regret vers l'Orage, ny auffi vers fa Statue
de Sel, qui fe doit faire de la plus grande de fes Femelles
affauoir, de Charité,qui eft telle felô le dire de faint Pol.
Car elle fera en cetuy,ou ceux la,la Statue,cóme étát cel- $^{Corinth. 13.}$
le de qui le Corps (i'entens l'effait humain & charitable)

de

demoure toufiours debout en terre, ainfi que de l'Auocat royal Maryllac, pour temoignage de l'heüreufe faillye q̃ luy & tout autre élu fait de l'Egipte de tout vice, & conféquément de toute tribulation a l'éternelle Confolation.

OVtre ces deux Figures, telz troubles font de plus figuréz par la commune vfance des Feuz qui fe font efdits lieux, lors que les Hômes y veullent manifefter leurs ioyes mondáines. Enquoy faifant, Maifons Palais, Portes, Feneftres, Carneaux & hautes Tours font tout en Feu qui montrent (a voir chofe fi etrange & aux Hômes plaifante) vouloir faire la Guerre au Ciel, & déffier fon Feu, auec infinité du Fuzées, Girlandes, Canonades & autres manieres artificielles de Feu martial. Et pourautant que ie vois confiderant la diuine Iuftice auoir en foy telle proprieté obféruée, qu'en ce, dont l'Homme f'eft le plus fouuent ou plus fenfuellement complu & déleété, il eft en ce cas mefme, ou femblable, fouuentesfois contrifté ou puny
Apoca. 18

Sapi 11.
felon que me fut commandé d'ecrire en l'Apocalypfe & auparauant au Liure de Sapience, Ie crains, helas, ie crains (encor' que le fait ne me touche) q̃ a caufe de tout ce que deffus, & pour entier acompliffement de telles Figures prophetiques, les autres Peuples, apres cela, f'en aillent difant pour hiftoire durable de telz lieux (que i'écryz a contrecœur) femblables parolles.

Et fi par Feu f'y faifoit l'Allegrece,
Voyez comment y furueint la Trifteße

Et auec ce, que la complette Prophetye de faint Ian fur
Apo. 18.
Babylone ne voye quelque point de fon effait entour cete faifon, fi par le moyen d'vn grand Pape & petite Perfonne, fon plaifir n'eft d'y obuyer. En laquelle Prophetye qui procede du faint ESPRIT, on amonnefte les Bons, en femblables termes, Sors de ce lieu, mon Peuple, Sors A ce que tu ne fois participant de fes crimes & que tu n'ayes ta part de fes playes, car iufqu'au Ciel fes Pechéz crient Vengeance, Qui dautant plus f'eft gloriffié en fes Délices, dautant luy foit dóné de tourment & de plainte.

YY

CONTREMYNE

Aduertisse-ment de la Plume aux Hommes.

O Humaïns, de qui ie me fais ſerue, les Exemples & di-uines Raiſons que depuis le commencement de la grand' Arche, ie vous ay fait toucher au doigt iuſques a preſent, auront ilz point force en voz penſées de vous re-tyrer, aumoins, du bourbier de tout crime, côtre les Cieux contre Nature, & contre les Enfers meſmes perpetré? Auec quelle aſſeürance oſéz vous bien attendre d'heûre a autre les flâmes, ou autre euitable diſcipline d'vn ſi haut Iuſticier & myſericordieux Prince, que celluy qui en vous contre vous, & de par vous, vous fait crier Iuſtice q̃ ne vou driez ſonger? Auéz vous déffiance de ſes Graces copieu-ſes au regard ou de votre Eſſence infime & corrompue, ou autrement? Ou eſt votre Foy? Celluy, ie vous pry, qui ſans ſoucy prend quelque ſoucy de Moy qui ne ſuis rien, qui m'entretient: & me fait croiſtre les Ayles ſouz l'ayle d'vn ſimple animal volatille: qui miraculeuſemẽt auecvo' me donne Vie touſiours durable, ſans auoir Vie, n'aura-il pas ſoucy de vous, qui auéz Vie, & par ſa grand' Bôté auéz eü ſon ymage pour forme? Que ne retournéz vous donc a luy? Mais pourautant que tant vous differéz, & que tou te Femelle à honte de votre Vie proprement camézene,

Plainte de la Plume de la Iuſtice.

ie puis bien dire, & clorre mon premier point, que des Hô mes ſeulz tout mal procede. Veü d'abondant qu'encor' de ce temps, les Priſons, Fourches & Roues (dont les Ita-liens ſemerueillent en France) ne ſont chargées que de pauures Vicieux, qui ſe ſont efforcéz excercer plus toſt Offices d'Ames infernalles que d'humaines par toute la Terre vniuerſellement, & en particulier ſur le fait de la Iu ſtice, que ie congnois en la plus part de l'Europe tellemẽt & ſi ocultement abbatue, Que dy-ie ocultement? mais ſi ouuertemẽt corrompue, que tant pour n'eſtre aculée vers le haut & Iuſte PRÉSIDENT du deffaut de mon Office & Deuoir (ſe préſentant icy l'occaſion) que auſſi pour le maintien & long Regne que ie ſouhaite a tout Chef qui en eſt Amateur, & qui ſans le regard qu'il doit a Iuſtice n'eſt qu'vn deſloyal & compagnon de Larrons, ſuyant ce que me ſouuient en auoir autrefois aygrement écrit *Eſaie. c.1.*

ſouz

Aug. L. 4.
Arift. 2. fouz Efaye & auffi fouz faint Auguftin au Liure de laCité
de DIEV, & long temps parauant auec Ariftote, en fes
Ethiques & auec autres, La ou Gens de Gouuernement
qui ne font Iufticiers font declarez Tyrans, Ie ne puis
moins faire que pour le Bien du Public déclarer icy
vn cas d'iniufte Iniquité fi patente, que pour l'horreur d'i-
celluy, i'ay ouy la voix du Ciel, me difant, Ecry.

Heureux font ceux qui ont l'Oeil a Iuftice,
Heureux les Roys, pour ce cas, de la France,
Mais plus heureux qui abhorre Iniuftice.

O détéftable Iniquité d'aucuns d'vne Court tramontaine,
la ou dans lannée quarante neufieme du mil & cinq cens
fut enduré, que non vn Aduocat, non vn Notaire, mais
vn des Iuges, feüft protecteur d'vne Faufeté commyfe
par vne Partie en vne Commiffion du Prince, en vertu
de laquelle on procedaft fcandaleufement alencontre
d'vn Prelat abfent par Senfures ecclefiaftiques pour chofe
ciuile fouz quelque couleur pourfuyuie : Et que de la
main de cetuyla lon ne peüft iamais tyrer la Commiffion pour a plain clariffier fa faucefé : Soit que le fait ne
luy touchaft, & que le Prince (que n'eft autrement be-
foing de nommer) eüft ordonné qu'elle feüft exhibée.
Ce que pourtant ne f'executoit, tant eft grande par
fois en vn Senat la prefumption de Richeffe ou Faueur
de quelques vns, en telz lieux trop prodigieufe. O éfron-
tée affeurance d'Iniuftice, de plufieurs congnue, de nul
inquietée, & fouz vne iniufte couleur d'Equité fi bien fortiffiée par long vfage, que Iuftice (comme f'apperçoit)
eft fouuentesfois ainfi que Suzane entre poupins Vieil-
lartz manyée. O préfage de Ruyne irréparable. Qui
fera-ce Chreftiens, qui fera celluy, qui de l'ouuerture que
ie fais de cecy a bonne fin d'exemplaire, m'appelera témé-
raire, aigre ou maldifante? Ou bien fubit fera l'éfarouché
qu'il entendra que ie m'attache a vn du Corps? Ce ne fera
au moins le Vertueux, pour peu Seruiteur de Vertu qu'il

YY ij

puiſſe eſtre, ny celluy qui aura tant ſoit peu contemplé le texte precieux de l'Eccleſiaſtique qui aſſeure que DIEV ſoutiendra contre tous ſes ennemys l'Hôme qui aura iuſques a la mort ſoutenu la Iuſtice: Et encores moins ſerace celluy que IESVCHRIST le grand Iuge futur appelé en son Euangile, le Bienheureux, pour la ſoif qu'il a de voir regner Iuſtice. Car tous ceux de cete volonté la (comme entr'autres d'apreſent, ſont les Gens du Roy de l'Europe Ryant Bourdin & Bruſlart, Collônes fermes de ſon Authorité, en ſa Court ſouueraine, deſquelz ie demande ladiunction en cete partie) ſoutiendront touſiours pour moy, qu'a Son de trompe mon Dire requiert eſtre cryé, pour en faire détéſter l'obiet qui trop pululle en pluſieurs endroitz de la Chreſtienté : Et pour reſolution, tous Eſpritz détermineront par Sentence auec moy, Que ceſt Pieté d'eſtre cruel a Iuge iniuſte, & Cruauté luy eſtre pitoyable. O regreté voire des Pauures regreté Preſident Lyſet, de qui l'ardeur iuſticiére outrepaſſoit la Grauité des Sénateurs âtiques, Liſéz. Lyſéz le Maiſtre des quatre le premier, à qui l'hôneur ne ſe peult dényer. Liſéz André, de qui la pourtraiture, figure bien d'vn bon cœur la droiture. Lyſéz Mynart, qui portez bien la myne d'eſtre hôme rond, dont chacun vous eſtyme. Lyſez Mégret, qui etes aſſez remply de preudhommye en Sçauoir acomply. Lyſéz Seguyer, au nom du royal Prince, qui vous attend a pollir ſa Prouince. Lyſéz de Thou, de viue dilligence loué de tous, dont vous paſſéz Science. Lyſéz Baillet, qui baillez bien matiere de vous louer pour humaine maniére. Lyſéz auſſi Lignery le meſlé, qui de tout voir voꝰ etes entremeſlé, Lyſéz. Et tout ainſi que de voz grans Arreſtz vous faites tyrer les extraitz, de l'extrait de mon parler véritable tyréz & forméz vn Arreſt, Pour comme Chefz de Iuſtice ſus Terre la myeux pollye, eſtre de par votre ſouueraine Court dellegué es mains de l'Idée encheſnée de l'antique Senat, ſéant au Capitole, A celle fin que pour vn exemple memorable, l'execution de tel Arreſt ayt lieu ſi poſſible eſt.

Eck 4.

Luc. 6.
Math. 5.

La Plume de mande l'adiunction des gens du Roy.

Determinatiô de la Plume contre faux Iuges.

Voila

VOila Princeſſes, vn des bons tours de Iuſtice quelque fois enrouée. De pluſieurs autres diuers Autheurs feront, poſſible, diuerſes hiſtoires, & ie puis dire, ſans poſſible. Car le bruyt des murmures (ce dit
le Sage)ne ſera pas celé. Puis il ny à Point notable d'Iniuſtice en ſiege aucun de Chreſtienté qui plus ſecretemét
& ſeurement ne ſoit ce iourdhuy notté, qu'il n'eſt ou ſauroit eſtre entre Gens de conſeil, en maſque ſubtillement
déguyſé. Et ce, par expres vouloir du grand I V G E, qui
abhomyne celluy ou ceux qui iuſtiffient le Meſchant &
condannent l'Inocent. I'eſpere bié pourtant, que parmy
le grand trouble des choſes qui ſont a preſent en debat
par l'Europe, la Conſcience des Humains aura bien toſt ſi
nouueau ſubiet de feueiller, qu'elle ſe redreſſera: Ou bien
(au pis aller)que leur Iuſtice ne faudra d'eſtre, au iour de la
grand Moyſſon par copeaux totalement recueillye &
fagottée cóme l'yuraye, pour metre au feu qui iamais ne
ſetaint: Ainſi que facillement eüſt bien peü eſtre fait de
cellé du honteux Iuſticier qui de ſon temps fut ſi ſouuerain réfformateur & neaumoins réceleur & bon frippi-
er des Finances de France en ſá tour quarrée, ſi le SOV-
VERAIN miſericordieux ne luy eüſt fait la grace de pré-
uenir ſa Mort auec vn peu meilleure congnoiſſance de
ſoy que parauant, & auſsi auec vn peu plus de honte par
forme de Iuſtice potentialle, plus toſt que de le faire reten
tir par cry d'honorable decéz iuſques dans vne grand'
Chambre dorée. La ou ny es enuirós, certes, il ne meritoit
pas ocupper Siege préſidial, puis que l'émouchouer des
épaulles de ſon païs (comme i'entens) luy auoit fait paſſer les montz, vétu d'vne grand robbe de fin drap noir,
tainte en graine d'aſtute diſſimulation, toute propre a
ſintroduyre entre ceux, qui des Etrangers font trop plus
grand compte par nature qu'on ne fait d'eux es autres Re
gions. Grand' deſaſtre qu'il y ayt ce iourdhuy par le
monde tant de Sçauantz & en eux meſmes tant de Sotz
ou Vicieux (des Vertueux iuſticiers ie ne parlé ains les
ﬃeuere)Mais encor' plus grand deſaſtre celluy de la Fráce

YY iij

de plus careſſer & trop ſouuent éleuer chéz ſoy (voire ſans aucun reciproque) vn Incongnu Vicieux Sçauant Taciturne, Ignorant Vanteur ou vindicatif Diſſimulateur d'alliene contreé (en l'introduyſant au manyment des Affaires) qu'vn bien congnu Sçauant ou Simple honneſte du païs . Sans conſiderer, qu'vne Bonté ſuperabondante maintefois a eté nuyſante : Sans auoir record qu'autresfois & les Gaulles ia paciffiées ſouz l'Empire Romain, toute Rome auec ſes Conſulz murmuroit

Cor. Tacl.

& eüt ſi long dépit de la Reception d'vn François, alors dit Gaullois, en certain degré du Senat: Sans auoir de nouueau deuant les yeux, qu'il y eüt nagueres plus affaire a intrometre en la Compagnye des Auditeurs Romains vn docte Perſonnage françois nommé Reoman, qu'il ny eüt onc a toute Brigue de Recteur d'Vniuerſité: tant que ſans la collerique réſolution qu'en eüt contre eux le courageux Pape Paule tiers, il n'eüſt onc eté reçeü: Et finallement ſans conſiderer, qu'au temps de maintenant plus que iamais, celluy qui deſire paſſer de païs en autre, ne ſetudye qu'a bien ſhabiller de la Gorge & de l'Habit pour venir a ſes intentions : & du reſte ſe tenir clos & couuert. O France, que i'aurois regret, que par alliene commiſtion, ta franche Complexion ſe changeaſt : & que tu preinſſes nouuel habit : Ou que, cóme par autruy aueuglée, tu tumbaſſes apres en la Foſſe auec tes nouueaux Aueugles. Princes chreſtiens, de qui i'ay touſiours eté voluntaire Seruante, ou fut iamais trouué (a propos de mauuaiſe Iuſtice) vn moins remyſſible forfait que celluy cy deuant entamé? Ou penſéz vous Roys de la Terre (parlant auec toute réuerence & pour votre honneur) ou penſez vous, que votre Sang ſoit plus émeü, votre Empyre plus ebranlé, & votre Sçeptre plus affoibly qu'au fait de Iuſtice mal adminiſtrée? Y a-il au monde plus vif protrait d'impropre Poſſeſſion contrediſante a toute legitime Succeſſion, que de laiſſer trop longuement gouuerner les Peuples par Iuges d'auare ou inique volonté? Qui à mis de notre temps la Duché du bon Duc

en

en triple main, fors la Iuftice dépitée de f'eftre veüe du
propre Prince négligemment entretenue? Pouruoyéz
donc au nom du grand Iuge, aux Offices de Iuftice def-
-formais non aux Perfonnes, ainfi que feit de fon temps
l'heüreux Empereur Anthonyn. Et d'autant plus que les
cœurs des Hommes font difficiles a congnoiftre, Pourquoy aumoins a ce ne met-on peine, Ceftaffauoir de pouuoir prendre vn coup le Malyn au pyége de fes Oeuures
irreguliers? Et fi cela parmy tant d'autres fi grans Né-
gocés ne fe peult bonnement entreprendre par les grans
Princes (qui certainemènt en font excufables quand la
Confcience ne f'en fent offenfée) Ne verra lon iamais a
tout le moins communément auancéz au Seruice principal de Iuftice, Gens de Droiture fi affeürée, qu'en figne
de tel auancement chacun d'eux a peu pres portaft le
Surnom d'Auanfon? Ne verra lon iamais affemblé le
grand Confeil des Humains, pour en chacune Court fu-
préme de la Terre y faire préfider le Glayue trenchant
de Iuftice, en France Coutel furnommé? Ne verra lon
iamais par toute Chreftienté de Viallars de Mefmes Au-
bery, ceft a dire, des diligens Conferuateurs de ciuile Iuftice eftre fi bien & honorablement entretenuz en leurs
Chaftellenies & populaires Chaires, que pour les faire Maiftres des Requeftes ou d'autre qualité, le Peuple
par regret, ne f'en peüft plaindre? Et ce, ny plus ny
moins que tout le Mylanois nagueres fe plaignoit de
l'abfence du SeigneurDonferrand de Gonzague, pour vn
Acte de Iuftice fi trefdignement alencontre d'vn Iuge
vn iour par luy executé que toute fa Vie en fera trop plus
honorée que d'acté de grand' Cheuallerye qu'il ayt ia- *Donferrand*
mais fceü entreprendre pour le Seruice de l'Empereur *Lieutenât de*
fon Maiftre. Lequel Acte fut, de faire mourir vn Iuge *l'Empereur*
mylanoys en la place mefme ou par Sentence d'icel- *au duché de*
luy vn gentilhomme criminel auoit eté peu auant exé- *Mylá.1549.*
cuté pource que tel Iuge auoit indignement violé la
Femme de l'autre fouz promeffe a elle par luy faite
                                        de deli-

de deliurer le Mary, moyennant qu'elle luy donnaſt con-
tantemēt. De laquelle promeſſe il ſe péſoit bien puis apres
démeſler, pour dire a la pauure Femme déceüe, qu'il luy
auoit tenu promeſſe, en ce que ſon Mary etoit deliuré &
hors de captiuité ſelon ſa parolle: & ce pendant il l'auoit
fait executer a mort. Choſe qui fut ſi dignement chaſtyée
par icelluy Donferrand, qu'il montra ſemblant au Iuge de
le vouloir cōtraindre a epouzer la Damoyſelle pour re-
tablir par ce moyen l'honneur d'elle. Ce que le Iuge recu-
ſant faire Il fut pourtant a la fin conſeillé d'accepter le
party, craignant les menaſſes de la Vie que luy faiſoit le
Seigneur ſuſdit. Et a cete fin, apreſce point accordé, fut ſur
le champ contrainct d'enuoyer querir & fournir trois mil
ou autre ſomme d'Ecus a la Gentifḗme, cōmē pour vne
aſſeürance de ſon Douaire, puis de l'épouzer quant& quāt
ſans differer: & pour cela fut appelé le Preſtre, qui ſe trouua bien etōné &encores plus le Iuge, de ce que ſubit apres
le Mariage ainſi fait, il fut rigoureuſement ordonné a l'un
& l'autre d'entrer en Cōfeſſion pēdant qu'au Iuge &nou
ueau Maryé on dreſſoit vne Potence en lieu de beniſtre
ſon Lict nuptial qu'il auoit peu auant tant indignement
pollu, ſ'etant montré ſéuere Iuſticier par rigueur de Loy
alencontre du Gentilhomme condamné, & encores
plus lache & faux Iuſticier alencontre de la Damoyſelle & de ſa Promeſſe tout d'vn coup par luy vyol-
lées. Donc, ſuyuāt mes precedentz ſouhaitz, ne verrayie
iamais au Monde (a la ſimilitude du ſouhait de Simeon)
des authoriſéz Donférrandz, ou bien des pareilz Princes
au memorable & ſecond Roy de PerſeCambyſes, pour de
rechef faire tapycer les Sieges iudiciaires de la peau de
telz Iuges, ainſi qu'il feit publiquement cinq cens vingt
huit ans auant L'INCARNATION de l'Amy deDroitu
re? Ou bien (& au fin moins) ne ſera il iamais veü, que tou
te Court iuſticiere en general, ſoit métizée, ou bien qu'el
·le puiſſe deuenir de telle ſorte alternyſée, qu'aucun Iuge
ſelō le vouloir diuin ne ſe peüſt plus accorder a la voix de   *Exo.23.*
pluſieurs, ſi la Vérité ne ſy accorde : Ou bien que le bon
veint

veint seruir de Controlleur a l'autre:& que chacun d'eux
pour doute de son Alternatif & de sa meilleure diligence,
se peüst resoudre d'aller droit & vite, A celle fin que par
tel moyen la réputation des Iuges bons & mauuais de
maintenant feüst rétablye, en sorte, que Celle qui porte le Surnom d'Astrée en eüst contantement? Laquelle certes, depuis quelques Saisons en ça, reçoit grand
dueil de honte en plusieurs quartiers de l'Europe, que son *Le Dueil de Iustice.*
Etat iudiciaire soit deuenu a tant qu'vn Populaire face a
present quasi moins de compte d'vn Hôme honorable de
Iustice que d'vn Laboureur ou autre mesprisée personne,
Et que ces motz de Iuge, Podestat Sénateur, Fiscal & sem
blables ne seruent plus que de basse histoire en la bouche du Vulgaire, qui en contr'échange d'vne sainte leuée
de bônet que par fois il leur presente, Se souryt puis en ca
chete de leur graue rencontre, & apres en fait des fabuleu
ses & trop indignes sornettes pres les cendres, entre Com *Les Vices particuliers cau-*
peres & Enfans a chacun coup, voire indiferemment, c'est *sent le mal general.*
a dire sans en exclurre les bons Iusticiers & Gens d'hon-
neur. Chose qui pour cela & autres considerations ne se
deüst souffrir, & en tout euénement qui ne se feroit, si chacun habitant de Vile ou autre qui en murmure pensoit
aussi souuent aux Oeuures du haut DIEV qu'a son bas
artifice ou proufit, & que chacun regardast de pres aux
Imperfections de soy, & de tout particulier, qui bien souuent peuuent estre cause de cellesque lon aperçoit es mébres generaux d'vn Corps publiq. Car tous Hommes, en
general, sont forgerons de leur malheur, si bien ilz y pen-
sent: Et le SEIGNEVR permect quelque fois par le vice
trop coutumier des particuliers, & chacun pour le sien
propre, que l'Ordre principal de l'humanité aille vn temps
au rebours pour le soit des Peuples, Qui sans se vouloir cô-
gnoistre sont trop plus promptz a se plaindre du Prochain
ou des Chefz (qui par fois sont instrumens de DIEV en
ces choses) que de se plaindre de la propre ou domésti-
que maluersation qui cause leur clameur. Et toutesfois, O
rare Cecité, (Excuséz moy Gens de droiture, cecy n'est q̃

ZZ

pour plus faire honorer les Bons,&eueiller les autres trop
aſſopyz en leur ruralle & ce leur ſemble, autant licite que
coutumiere façon de Vie)Rare cecité dy-ie,que tant de ſi
doctes opulentz actifz & exercitéz es pratiques de ce mode,ne congnoiſſent pas (quant a leur part) que la Supreſ-
ſion ou vil eſtyme de leurs venerables Perſonnes voire &
de leur ſi ſacrée Profeſſion,dont i'ay regret,ne prend ſour
ce auec le temps que du peu deſtyme qu'ilz font ou ſouf-
frent eſtre fait de la V E R T V , Vertu qui par dedans les
peult rendre diapréz d'infaillible eſperance d'immortelle
ioye,& par dehors,de toutHoneur humain,voire maugre
l'iniquité des Barbares ou autres leurs hayneux, qui contre la dureté ou malice de leur nature , ne peuuent moins
faire que de recognoiſtre d'vn certain tribut de reuerence craintiue de penſée comme vn Sanctuaire,la preſence
d'vn Iuge qui à bon Renom . Et ceneaumoins Ceux
d'entre les Hommes qui ne penſent a cela, en faiſant par
fois leur compte en cas de quelque future Propoſition d'erreur,de ſe ſauuer des plaintes,en l'abyſme des alibiforains
de Playderye embartolée, ne penſent pas auſſi,que l'Eſprit du Prince vient ce pendant & d'vn autre coſté,a eſtre
incité,a la mode de celluy de Daniel,a leur donner vn tor *Daniel.13.*
dyon dont Pratique ne fut onc déieunée, au grand meſpris de l'Etat, grief creuecœur des Iuſtes d'entre eux &
peu de prouffit de pluſieurs, meſme de ceux qui en ſont
cauſe:Sans qu'on face ſéblant de ſentir vne ſi grand' playe
qui puis vient a rompre les deſſeings de tout Homme ſe
conduiſant en ſes offices ſans la lumiere de droîture,quoy
qu'vn temps il puiſſevoir proſperer ſaMaiſon par le deſſus
pendant que par le deſſouz elle va peu a peu penchant iuſ
ques au iour de la ruyne,ſus les propres Enfás ou Neueuz
ſi ce n'eſt ſur les Peres en leur Vie,ainſi qu'en diuers lieux
ſe voit plus que ſouuent,&ſans parler de la hydeuſe Ruyne de l'Ame . Le tout pourtant prouenant de la part du
Grand IVGE,qui(ne trouuant ça bas Nature aucune plus
viuement iointe a la diabolique,qu'en vn faux & ſçauant
Iuſticier)en feravn coup,ne faut douter,treſhorible Iuſtice
pour

pour montrer qu' Iniuſtice eſt acquiſition de la Mort
& non ſans cauſe, puis que ſouz faux Iugés tant ſoit
peu ſur vn Siege acroupyz, le Diable prent aſſeürance
de forger & faire éfrontément introduyre voire & fauoriſer en vne Republique des faux Aduocatz quand il ſy
en trouue. De telz Aduocatz prennent habit les Broil-
lons & faux Procureurs, parlant a ceux qui ſont telz. De
tous ceux la prennent connyllante courſe & exaction
les fauxNotaires, traiſtres Solliciteurs, & faux Temoings.
De faux Temoings ſe braſſe, helas, la mort iniuſte ou la
déſtruction de pluſieursHômes, Veuues, & OrphelinsQui
fait puis cómunémét de telle ſorte deſeſperer tous autres
du train de la Iuſtice, qu'ilz commençent ça & la, a la vou
loir faire de leurs propres mains ſur le Prochain qui ne
leur fait raiſon, ainſi qu'en quelque contrée de l'Europe
eſt tout commun, la ou les Proces (ſe concluans fort ſouuent de partie a partie a coups de poignard ou Venyn)
font de cela, comme de Cailloux entrefrappéz, etinceler
la viſible Diuiſion qui y eſt, pour mal augure, & quelque
fois auſsi pour la mort meſme d'aucuns Iuſticiers, comme nagueres du Lieutenant Moges a Rouen: & d'vn Aduocat de Roy a Caen. Et cela n'eſt a mon auis autre cas
fors vne expreſſe & temporelle pugnition du I V G E
futur, a faute de ſa Iuſtice par aucuns Hommes au rebours adminiſtrée, qu'il punyra encor' trop plus griéue-
ment qu'on ne penſe, quand aſon Auénement épouentable il viendra dóner la derniere Audience a la Terre ſans
appeler Aduocatz. La ou alors tout Prince ſera par
luy au vif regardé de ſon voyantOeil de Iuſtice principallement, en luy demandant raiſon de la ſienne. Et Toy femenine Douceur & apparent Myroer d'Inocence, que
tu ſeras alors regardée de l'autre Oeil miſericordieux de
tel IVGE, qui des oppreſſéz eſt chacun iour attendu.
L'Inocence eſt laGrace des Femelles.

ZZ ij

semper
voli
tans

ADLOCVTIO
PENNÆ

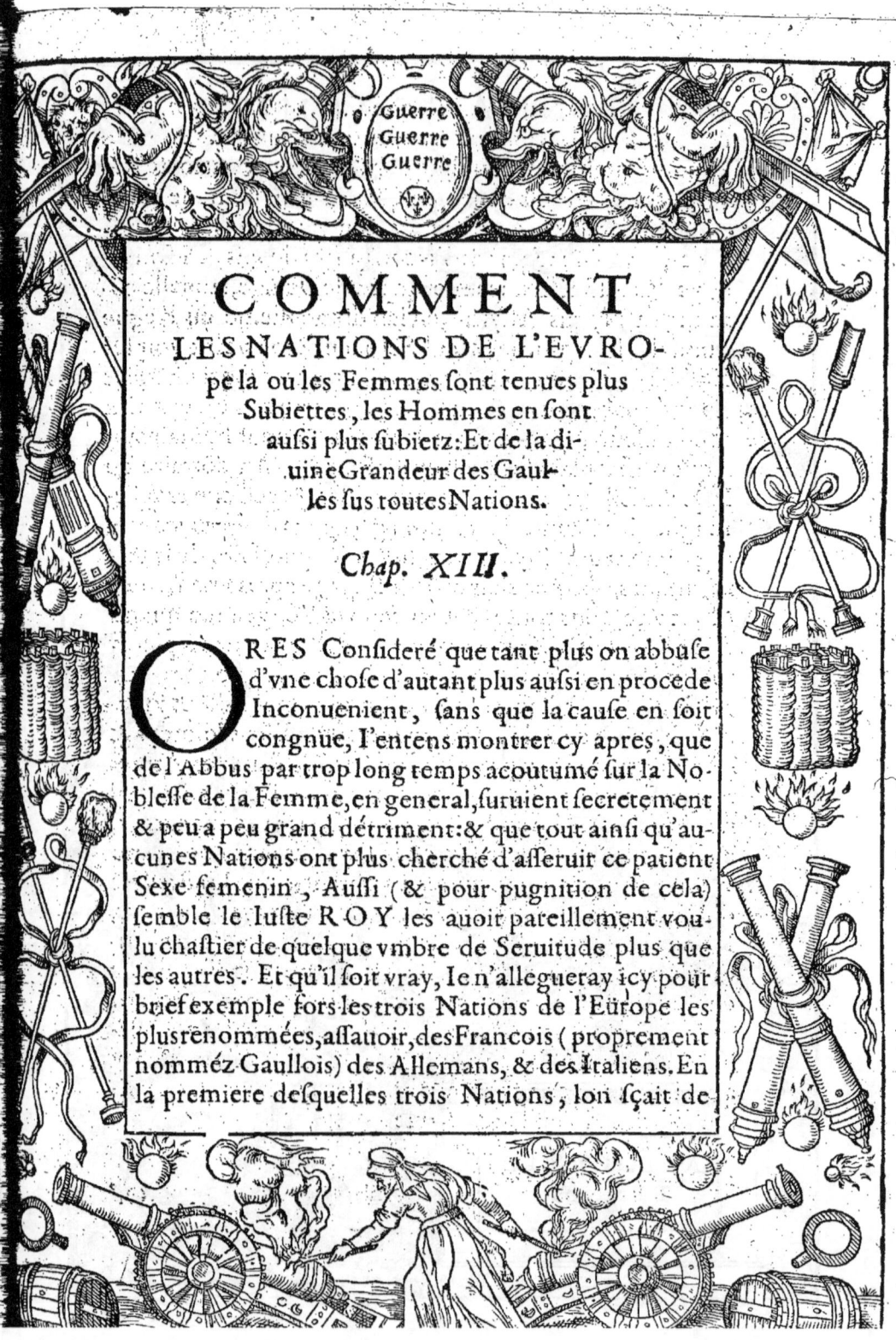

Guerre
Guerre
Guerre

COMMENT
LES NATIONS DE L'EVRO-
pe la où les Femmes ſont tenues plus
Subiettes, les Hommes en ſont
auſsi plus ſubietz: Et de la diuine Grandeur des Gaul-
les ſus toutes Nations.

Chap. XIII.

ORES Conſideré que tant plus on abbuſe
d'vne choſe d'autant plus auſsi en procede
Inconuenient, ſans que la cauſe en ſoit
congnüe, l'entens montrer cy apres, que
de l'Abbus par trop long temps acoûtumé ſur la Nobleſſe de la Femme, en general, ſuruient ſecretement
& peu a peu grand détriment: & que tout ainſi qu'aucunes Nations ont plus cherché d'aſſeruir ce patient
Sexe femenin, Auſsi (& pour pugnition de cela)
ſemble le Iuſte ROY les auoir pareillement voulu chaſtier de quelque vmbre de Seruitude plus que
les autres. Et qu'il ſoit vray, Ie n'allegueray icy pour
brief exemple fors les trois Nations de l'Eürope les
plus renommées, aſſauoir, des Francois (proprement
nomméz Gaullois) des Allemans, & des Italiens. En
la premiere deſquelles trois Nations, l'on ſçait de

combien les Femmes y ont touſiours eté plus libres, librement & plus doucement traitées qu'en aucune des autres
& conſéquemment auſſi, de combien cete courtoyſe Région françoyſe eſt douée du Ciel en tout point de fauorable Conſtellation, non ſeullement par deſſus les ſuſnô-
mées, mais encor' par deſſus tout autre depuis la Monarchye des Aſſyriens, premiere apres le Déluge, laquelle cô-
mença a Nynus Aſſyrius, en lan dixneuſieme du Regne
duquel, le legitime & ſeul Seigneur Noé veint voir ſes
Enfans Gaullois en Italye, qu'il leur auoit ſpeciallement
donnée par Primogeniture, & qui (a cete cauſe) encor' a
preſent leur appartient par droit diuinement humain ain
ſi que bien a plain ſera veü cy deſſouz. Au côtraire de
laquelle Liberté de Fémes francoyſes, & veü que es Allemagnes les Pauurettes ſont, en grand' part, aſſeruyes & in
dignement employéęs aux choſes les plus viles de la terre, iuſques a porter chaudrôs & Bagage apres vne Armée
(dont vne, pour toutes eüt vn coup la Vengeance quand
elle enuoya ſon Mary mort yure & vif en douce ſepultu-
re) Auſsi voit on qu'il ny à en l'Occident Region preſque
plº ſeruilement hautaine & neaumoins martialle & inge-
nieuſe qu'eſt celle la. Car pour quatre Eſcus le moys &
l'Appointement du premier Fueillet, l'Allemât en Armes
treſpuiſſât, yroit plus toſt ſeruir les Furyes infernalles qu'il
ne cherchaſt d'émoudre ſes grans Couteaux ſur autruy,
au hazard d'en faire eſſay chéz ſoy. Et puis que lon ne
vienne encores importuner a conſentir que les Preſtres
d'Allemagne ſoient maryéz. Dames, n'en ayéz pas peur,
Ilz ont beau proteſter: Car pour votre intereſt, ie n'eſti-
may onc choſe a pudicité ſi contraire, ne tant d'honneſte
en tout lieu qu'vne Femme preſtreſſe: & pour le regard
de la Religion, qui eſt le principal, ie croy qu'il ny à qualité de Gens ſi offuſquée qui ayt (en CHRIST) conſenty
a cela. Chacun congnoiſſant bien par quelque raiz de diuin Eſprit tant ſeullement, que

L'Etat diuin requiert la Continence
Qui ne la veult aux Ordres ne ſ'auance

Or'

Fémes ſont trop ſerues en Allemagne.

Zeno. 49. Imp.

Or' quánt a la Nation Italiéne, & combien qu'elle ne ſoit vmbragée de ſi ſeruile condition q̃ quelque autre qu'on pourroit bien dire : Si eſſe a mon auis, qu'elle en tient vn peu, tant au moyé des Diuiſions trop inciuiles du païs, qui la contraignent ſe ſouzmetre a autruy pour en auoir appuy a fin de Végeance ſur ſes propres Parentz & Voyſins que pour autres conſiderations, Soit qu'en pluſieurs autres ſortes elle ſe puiſſe tenir fort libre & memorable, ainſi que ſera veü au ſuyuant chapitre. Cet vmbre de ſubietion de deux Regions cy deuant propoſée, ne procédant d'allieurs (ce ſemble) que de la ſeruitude qui eſt generallement vſurpée & trop continuée ſur leurs Femmes. Veü q̃ celles d'Allemagne, ſont Serues & domeſtiques menagéres, comme attachées qu'elles ſont a vn gros trouſſeau de Clefz, ainſi qu'vn ſongneux meſſire Ian de famille : Et les autres, qui comme plus modeſtes & ſobres deüſſent ioir de Liberté, ſont les recluſes es maiſons enfeneſtrées de double Ialouzye, dont les Freres propres (ſi i'oſe dire) n'oſent quelque fois aprocher : Ayans iniuſtement donné (les Hommes de ce monde) le riche ioyau de Liberté aux impudiques (par eux ainſi façónées) & de pluſieurs adorées, ou pompeuſement charoyées en toute part. O ſiniſtre préſage. Le vice bien diapré triumphe ſouz le point du Mydy, pendant que la Vertu honneſte y eſt en plus part priſóniere. France droitturiere, ne changéz pas votre ordre & façon en ce cas, & plus toſt ſoyez moins poupyne que pour apparoir belle a tout œil mondain le diuin ſe retyraſt de votre face pour deplaiſance de ny voir plus reluyre la ſimple & humble honneſteté qui vous a-franchit de toute Ialouzye. A propos de laquelle, & des Gens qui l'entretiénent a leur plus grand dómage qu'ilz ne penſent, voire & de Seruitude, a la miénne volonté qu'encores a preſent on leur peüſt reprocher ce qu'au-tresfois reprocha aux Romains le grand perſonage Cato lequel (ne congnoiſſant pourtant encor' de ſon temps q̃ pour la ſeruitude des Femmes vn païs en peüſt deuenir aſ-ſeruy) diſoit q̃ alors il voioit les Romains de to⁹ Peuples

CONTREMYNE.

Seigneurs, & de leurs Femmes treshumbles Seruiteurs. Le contraire dequoy étant ce iourdhuy tout congnu, i'ay opinion que les Dames françoyses ne seroient moins prisées pour faire desormais vn peu les renchéryes de leurs acoutumées Caresses si liberallement par elles chacun iour departies (en merite, ie croy, des grãs Valleurs de leur Royne) a tous ceux qui viennent d'alliene contrée, En remontrant doucement a chacun Etranger qui apres le Bézer nouuelet les vient entretenir, qu'il retourne côme par maniere d'vn hôneste pellerinage de la ou il estvenu, pour offrir son Vœu de seruice aux honnestes Fémes qui y sont Et puis qu'en faisant par dela la preuue de sa fidelité (a Françoyses tant offerte) il se mette en deuoir de geter hors des antiques tenebres de Ialouzye leurs pauures Sœurs chrestiénes entrauées de leurs hautes mulles, A celle fin qu'elles puissent (au moins vne seulle fois) receuoir plus libre traittement que par le passé. Et que cela fait, & par certification suffizante en main, chacun d'eux trouuera lors es païs du grand Roy telles & si humaines Faueurs de Gentifemmes, qu'on iugera la France n'estre ingrate d'aucun bienfait. Autrement certes, i'estimeray toute ma vie vne assez mal seante simplicité a toute Damoyselle, & diray que ce n'est droiture (a la semblance de ce que dist vn iour le IVSTE) de dôner le Pain des Enfans aux Abbayãs, c'est a dire icy a aygres Rôgeurs de liberté femenine, souz vmbre d'auoir d'vn plain sault ça & la présenté vn comble de courtoyse Ciuilité. A force dequoy on tend par fois de secretement priuer les autres de mainte Conuersation tout ainsi qu'en Italye on sçait bien les moyens de cacher aux Suruenans la Présence de ses Nymphes, pour en lieu de cela les festoyer d'antiquailles muettes & de Medalles la ou pourtant celle de la grand' Royne ne se trouue. Dure façon, Que les Francois ne trouuent hors leur pais le reciproque d'aucun abbord d'honneste accueil de Femme, Comme silz etoient de ces monstres marins qui autrefois ne sortoient de leurs flotz que pour rauyr les Femmes de Sicile qu'ilz apperceuoient en la plaine.

Mais

Aduertissement de la Plume aux Francoyses.

Alex. ab Alex.

MAIS pour reuenir a la bataillante Generation d'Allemagne fufdelaiffée, & puis qu'il m'en fouuient, Ie fe
ray Dames, s'il vous plaift excufée, fi en taifant vn peu
la Suytte de mes propos en votre louenge, i'entame cy
deffouz vn cas de nul Hôme encores touché, & du tout
contraire a l'Opinion commune des François, que dy-ie
François? Ie veux deformais toufiours dire Gaulloys fi ie
puis & neaumoins par le paffé trop pareffeux de fueilleter
& recongnoiftre leur vraye & premiere Source, ouy encores les diuins miftaires de leur Grandeur fecretement réferuée es derniers iours, & dont quelque docte Allemant
mefme, m'a nagueres remis a memoire. Lequel febayffoit
que les Gaullois de maintenant feüffent de fi grand' nonchalance, que de f'amufer trop plus a traductions (le plus
fouuent fabuleufes) de Liures etrangers, qu'a la Côpofition
& perpetuelle durée des Geftes antiques & nouueaux de
leur Contrée pour la décorer : voire & de delaiffer affopir
ou en arryere ce que des Cieux leur a eté fi longuement
gardé : n'en faire aucune mentió en leurs Croniques, & ne
fe pouoir encores perfuader quilz feüffent quelque chofe au Monde auant Cefar & Faramond premier Roy Allemant fur les païs de Gaulle. A cete caufe ie veux prendre ce coup hardieffe de les attacher icy en propos en l'é-
quipage que ie fuis maintenant, fouz votre ferme protection Dames, A celle fin que franchement ie me puiffe
dégorger, & leur dire en premier lieu, Que ie ne me puis
trop ébayr du fi long entretien d'vne coutumiere Perfuafion dont ilz fe font pieça laiffé coéffer, quand ilz eftimé-
rent, comme encor' ilz font en plus part, que leur vraye
Tyge ou Progenye ayt prins fource & foit defçendue des
Troyans, qui étans fugitifz a l'occafion de leur honteufe
Deftruction, fe veinrent retirer & germanyzer en Sçithye
& es Allemagnes. Faifans iceux Gaullois, encor' vn autre faute toutes & quantes fois qu'ilz diront, qu'ilz foient
defcenduz, ou qu'ilz tiennent aucune chofe des Allemans
forsvne antique côfanguinité, Speciallemét depuis la Ra-
ée des Vallureux Caperz, qui fut la tierce & feulle legitime

Courroux de
la Plume cô-
tre les Frâçois

AAa

des Roys de France, & qui dure encores maintenant depuis que preindrent fin les deux précedentes illegitimes lignées étrangeres. Icelle tierce Race ayāt eté authorifée (par diuin vouloir, & comme inftrument choify du Ciel) en Meffire Hugues Caper, defcendu du Sang trefantique des Gaulloys, & pour lors grand Conte de Parïs. Confideré quant au premier point(fçauoir eft, que les Gaulloys, voire & ceux aufi qui fe feyrent appeler Fran çois foient yffus des Troyans) que tout le contraire eft plus que vray-femblable a tout œil qui ne fe laiffant guyder de coutume de dire, voudra chercher le fons des vrayes Cronologies & fupputations des Temps: Efquelles par ma grace apperra touliours, que depuis la Ruyne d'icelle Vile de Troye

Entre la de-
ftruction du
Troye, & la-
venue de Fa
ramond en
France y a
feize cens ans

iufques au temps que les Mérouyens les Francs ou Allemans, voyfins des Gotz barbares entrerent es Gaulles, il y à entre deux Seize cens ans & plus, affauoir(mefmes feló Hugues de Saint Victor) vñze céſ quatre vingtz & dix ans iufques a la venue du POSSESSEVR celefte, & quatre cens vingt fix ans depuis fon Incarnation iufques au commencement du Roy Faramond Allemant Scithyen, premier regnant en chef efdittes Gaulles apres les Romains: Luy, fils du Duc Marcomyre premier Conducteur de ces troupes es pais de Gaulle touliours du depuis appelée France. Et par ainfi ceft fe perfuader chofe trop lointaine de Verité, que les François, non point Françoys, ains parauant cela nomméz Gaulloys, foient yffuz des Troyens, mais plus toft les Troyans d'eux, iaçoit que les Francs ou Merouyens fufditz(touliours fongeans le Nom de Frā co de Troye) en euffent eté extraitz, Ce que ne peult, veü les mutations par trop diuerfes & grandes de toutes chofes, des Perfónes aufi, & des Generatiós & etaz, qui dans l'interualle defditz feize cens ans & plus, aueinrent en to⁹ les Climatz de la Terre, auant qu'iceux Allemans (demy Scithiens, Sarmatiens & Gotz, & qui encor par vanterye

Les Fräncoys
daprefent ne
tiennent rien
des Allemãs

fe faifoient appeler Francs & Gregeois) veinffent occuper lefdites Gaulles, Qui eft quant a cet Article. Et quant eft de clariffier l'autre faute par laquelle on va confirmant

que

que les Francois tiennent encor' ce iourdhuy de la Race
auentureuse & anciéne d'iceux Allemans, qui au temps
dessusdit veinrent occuper les Gaulles souz la conduyte
de Marcomyre Pere de Faramond premier Roy des Fran
cois (soit qu'il y ayt entre eux bien autre & plus antique cõ
sanguinité que de par Faramõd, cõme sera veü cy dedans)
Ie resoulz, que tout bien fueilleté, lon congnoistra que la
generation diceux Allemans ou Francs ainsi oppressans
les Gaulles, n'a duré depuis Faramond premier Roy de Nõ
que cinq cens cinquante ans ou enuiron en deux Lignées
La premiere commençant a icelluy Faramond, & la Seconde au Roy Pepin fils de Charles Martel, lequel etoit
Fils d'vn autre Pepin Duc de Braban, que les Allemans
en leurs Croniques nõment Duc & Gouuerneur d'Autriche, qui s'émeüt de venir chercher ses aduantages en Frãce auec main forte. Par ainsi la premiere Race susnõmée,
ayant prins fin a Pepin fils de Martel & pere de Charlemagne, Lautre apres, & toutes deux ensemblément expi-
rerent & furent du tout extirpées au commencement du
Regne de Messire Hugues Capet grand Conte de Paris,
fils de l'autre Conte de Paris nommé Hugues le grand &
Neueu de Odo d'Aniou, autresfois surrogé au Royaume.
Tous ces Capetz yssuz non pas de la Lignée d'iceux Allemans ou Francs, Mais bien de la tresantique & mémorable progenye des Gaullois, seulle & certaine source des
vrays Roys de la France qui depuis luy encores a present
florissent des lan de Grace neuf cens quatrevingtz & dix.
De sorte que telz Merouyens Allemans ou francs, Ensé-
ble ceux de cete seconde Race etrangere de Pepin, furent
deslors (comme ilz sont pour le iourdhuy) entierement &
iustement mis hors tant de la possession de la noble Région Gallique que de la conionction de l'ancienne Nature de ses Habitans.

La race des Allemans par le Roy Capet effectuellement deboutée de France suyuãt le dessein de Ganelõ

CHOSE, dont icelluy Hugues Capet sçeüt trop mieux
venir a fin & a son hõneur, q̃ long interualle de temps
parauant n'auoit peü faire l'antique Cheuallier, qui etant

Conte de Poytiers, Seigneur de Hauteryue, de Corbeil &
autres lieux, ſe ſurnommoit G A N E L O N de Mante.
O Déeſſe de Verité, Ou me veux tu icy pouſſer pour ſubit
alencontre de Moy faire ébranler toutes le Picques mortelles de Calumnye, voire & de la Tourbe louche du Cō-
mun me faire lapider ? Fais aumoins que les Cailloux
des Perſónes qui ſi volontiers contrediſent a toute nouuelle lueur de raiſon, ſoyent ſuyuiz & cōpenſéz de pareille
faueur que celle du premier Martir : Et que les Cieux, ou
plus toſt les Yeux de Raiſon ſoient ouuertz, A ce que chacun de mes Contraires puiſſe voir comme moy, le Fil
de l'Homme ſoutenu en eux par la dextre de DIEV, ceſt
a dire le Fil du ſain Iugement de l'Hōme, ſur le Fait cy entamé du pauure, treſriche, malheureux mais plus heureux
Seigneur de G A N N E S, enquoy il n'à ſeruy que d'Inſtrument éclatté a la préparation d'vn Oeuure tout diuin,
ainſi que ſera veü. Et vous treſdignes Princeſſes, Soyéz
moy, a votre pouoir, icy fauorables : & par les doctes Do-
ratz de la France, & d'ailleurs faites en riche façon dorer
mes Parolles, d'autant plus, que Ceux a qui cecy ne touche me viendront chacun coup préſenter aux yeux le ty-
zon allumé de vieille Coutume ou croyance : & qu'aux autres (ſaucuns y en à) peu en chaudra, ainſi qu'a Enfás ſouuentesfois auyent des Peres de leurs Grā Peres. Dautant
plus donc, encor' vn coup, ſoyéz moy fauorables en ce cas
Puis qu'outre cela, ce vous ſera bien plus grand Gloire,
que parmy les rares Déductions de votre Hōneur cy dedans immortalizé, l'Hōneur d'aucuns Princes Biemmé-
ritans de la Republique qui vous alaitte, ſoit quant & quát
par Moy diuinement retably, & en eſpecial Celluy du
grand Conte Gaulloys Ganelon, dont i'eſpere vn iour
faire pleurer la France de l'indigne & ſi long Tort qu'on
luy porte, en lieu de gloire, pour eſtre mort a ſon plus grãd
Seruice, Qui n'eſt cas de peu de conſequence a qui aura la
patience de me contempler cy dedás ſans paſſion ou merueille. Lequel Seigneur (pour venir au point) Comme
vray Gaulloys & de Maiſon treſancienne qu'il etoit, eüt
tou-

toute sa Vie pareil desir qu'eut onc icelluy Conte de Paris
a dechacer d'icelles Gaulles les susditz Merouiens Allé-
mans & Brabansonnoys, de ce temps la plus que iamais
mal vouluz des Hommes Gaulloys, voire & particulierement de la Maison des Valloys, dont le premier qui s'appeloit Phlipes en tua vn iour dixneuf mil huict cens en
plaine Campagne, sans ceux qui en grand nombre furent
assoméz es buyssons. Lequel Conte Capet (duquel dépé-
dent lesditz Valloys) sçeut si bien faire & executer le Desir
trop chaudement souhaitté du Seigneur de Gannes &
le sien, a temps si oportun, qu'il a remis la France es mains
de ses Enfans & propres Heritiers: En déchaçant d'icelle
toutes autres gens & Roys vsurpateurs descenduz d'Alemagne. Et lequel ne fut pourtant appelé Traistre comme
l'autre, Iaçoit que par trayson qui fut faitte de la Vile de
Lodun (selon l'histoire) il veint a ses fins, en prenant Charles Frere du dernier Roy Lothaire qui pretédoit a la Cou
rône, & l'enuoya auec sa Femme prisonnier a Orleans:
Iaçoit aussi que selon l'Auis de Personnes de profond &
sain discours & les apparences qui en seront montrées, la
Pensée de ces deux Seigneurs Gannes & Capet ayt eté
vne & semblable: mais a l'execution l'yne bien fortunée,
l'autre tresmal. Qui a fait, que ce courageux Seigneur
de Gannes a acquis le Renom de Traison, grand mercy
a l'Ignorance ou plus tost flateuse seruitude de quelque
Croniqueur entretenu de Charlemagne alors tresmémo-
rable Prince, & comme tel, figure du Sçeptre imperial es
Gaulles. Lequel Croniqueur pour luy complaire, feit obscure histoire de ce cas, & du depuis a tatons ensuiuye par
le moyne Gaguyn, qui (outre cete faute recueillye) à bien
osé sottement appeler le Roy Capet Vsurpateur de la Frá
ce, qu'il deuoit bien plus tost publier pour le vray Posses-
seur & Restaurateur d'icelle, mais il n'auoit pas notice de
mes Secretz le bon Frere. Ainsi voila comment par l'erreur insuportable de ceux qui abbusent de mes Offices (&
en ensuyuant le plus souuent la sotte Voix du Commun)
les Vertueux sont lapidéz de bien faire, comme ce ma-

Capet n'est mal renômé.

La cause du mauuau re-nom de Ga-uelon.

Erreur de Gaguyn.

AAa iij

gnanimeConte de Poytiers faucement tenu pour infidelle a la Courône par l'apparence exterieure de son Entreprinse, & condemnation mortelle qui luy en aueint par
fureur de Charlemagne a qui le cas touchoit de bien pres

Le but de
Ganelon.

Sans que le Populaire sçeüst ou peüst considerer la fin &
le haut but ou le malfortuné Seigneur pretendoit pour le
bien de la Republiq̃ de son païs, Qui etoit de faire regner
des Princes Gaulloys en Frãce(cõme ilz font maintenãt)
& en dechacer les Occupateurs & braues Allemans,sans
legitime droit lors detenans cete tant ancienne Region
Gallique. A quoy faueur celeste ne l'ayant regardé, cõme elle feit du depuis ledit Capet, le tout luy tourna a
mort cruelle,Ruyne de ses Terres & belles Places & aussi a deshôneur de Traistre a la Courône, contre verité, &
soubz couleur de dire,qu'il setoit acointé d'vn Roy Sara-
zin pour espoir de Pecune. Chose qui n'est ny vraye ny
vraysemblable(speciallement quant a ce desir dePecune)
Veü en premier lieu,l'histoire de Charlemagne qui y con
tredit sans s'en estre aperceüe,veü le Renom de premier
Chrestien qu'on dit auoir tousiours porté parmy les gaul
les la Lignée dont il etoit sorty, veü aufsi la valleur de ses
belles possessions epandues par la France, puis l'ancien-

Hõme n'osa
ecrire le mo-
tif de Ganelõ
durantChar-
lemagne.

neté de sa Maison, & finallement qu'il ny à Greffier en
France qui ayt Registre ou Instrument de son Proces,ny
Autheur auec qui ayt osé ecrire le motif de son affaire
auant ny apres le decez de Charlemagne & ses Enfans.
Durant leurVie,pour crainte ou Amour d'eux,Apres icel
le & iusques a maintenant, pourautant, peult estre, que
plusieurs ont eü trop grand crainte d'auoir a cõbatre l'o-
pinion duVulgaire,par sa nature plus enclin a dõner bruit
a vne chose faulse,qu'a taire ou retenir la vraye. Qui sont
signes tresaparentz que ce pauureCheualierdeGãnes fut
iugé tel que dit est,tant seullement par la notice extrinseque du cas qui comme chose fort contraire a Charlemagne lors regnant,sembla & semble encor'a tous vne vituperable trayson.Mais au rebours,& comme il deüst cõ-
stamment declarer a sa mort, son cœur ne cherçoit autre

que

que de reduyre la pauure France (d'autruy enulopée) en
la liberté qu'elle eſt maintenant, & de la deliurer du ioug
de toute Oppreſſion etrangére comme dit eſt : Et au lieu
des Allemans y faire regner des François, ceſt a dire des
Hommes du Sang des antiques Gaulloys, auſquelz (ainſi
qu'a preſent ſ'entreuoit) cete noble Couróne etoit heritage deü, & des autres prémierement vſurpé par forces &
moyens cherchéz auec cómode Occaſion. Iay dit peu   *Ganelon fut*
auant icelluy Ganelon de treſanciéne Maiſon, le ſurnom   *de ſang Gau*
mant Gaulloys (& a bon droit pour obuyer a obiet) veü q̃   *lois.*
cela eſt ſoutenable par les vieux & fidelles Regitres que
i'en ay autresfois faitz, & que lon pourroit bien encores
maintenant trouuer en particulier, dans les Volumes en-
chénéz de la Mynerue romaine. La ou (ſi bien me ſouuiét)
ce Nom françois de Ganelon eſt aucunesfois ecrit ainſi
en Latin Gauallo, Gauelonem, & aucunesfois auſſi Gau-
lonem, quaſi Gallum, ou Gaulloys en vulgaire. Qui eſt
vn nom propre & particulier que ſes Anceſtres auoient
de long temps tyré du treſnoble Nom general des Hommes de la Nation Gaulloyſe, pour dénoter ou engrauer
par ce mot la leur treſantique & plus noble race, & faire
voir qu'ilz n'étoient de celle des Allemans, Cóme ayans
touſiours eté ſes Maieurs des plus gransHommes du pais
auant que Ceſar, Faramód, ny Charlemagne (qui laſſiégea
vn iour dedans Poytiers) euſſent fleuré les Gaulles. Dans
leſquelles ſeroient pieça enſeuelyz le Nom Renom Antiquité & Proeſſe des Gaulloys ſans mes ſecretz trauaux
ailleurs qu'en France employéz par diuine Prouidence,
aquoy ceſt force d'auoir recours en cas de droit, nobleſſe
ou antiquité de maiſon, quand autres plus particuliers
Enſeignementz ou Titres déffaillent a la verification de
ſemblables choſes, ainſi que ſçauent toutes Perſónes de
Conſeil.

A VANT pourtant que de déduyre icy les cauſes trop   *Priere de la*
plus que raiſonables du motif du Seigneur de Gânes: *Plume.*
& affin que Perſonne ne ſe puiſſe ſcandaliſer de mon
Dire tout nouueau & diuinement contraire a l'Oppinion

cõmune tant inuéterée, Ie requiers voire & fupplye d'a-
fection, que ceux qui de prime face ne voudront adiouſter
foy a decy & le trouueront rude ou odieux; ſe vueillét premierement garder cy dedans d'aſſoir Iugement ſur au
cun point de mes propos ſans auoir donné lœil a la Suyte
veü que tout en tout ſy entretient, Puis qu'ilz ayent
auſſi regard a la nature de ce dernier Age qui en toutes
choſes fait & fera voir merueilles a noz yeux, Sans plus
ſefforcer d'empeſcher la nouuelle lumiere de Verité pour
fauoriſer la Coutume : & en fin qu'ilz aillent, ſans paſſion naturelle d'affection, contempler vn peu l'hiſtoire de
l'Empereur Charlemagne faite par l'Arceueſque de Reims
nómé Turpin ſon affectionné Seruiteur, auant que de
me regarder a œil renfrongné : Et en ſagement pezant
chacun mot de ce qui a eté mis par ecrit alencontre d'i-
celluy Ganelon (Amy de la Republique gaulloyſe &
aduerſaire iuré de Charlemagne, comme d'vn Détenteur irregulier de la France de par ſes Predeceſſeurs & ſon
Pere cóme lon ſçait) qu'ilz iugent en leur conſcience &
bon Eſprit ſi telle hiſtoire n'eſt pas quaſi autant ſemée de
Comptes fabuleux & proprement menſongers que de
Geſtes réallement auenuz. Cóme en eſpecial, de dire que
Charlemagne trouuant vn Hóme tout armé ſus vn Cheual bien bardé, le fendoit d'vn coup de ſon Epée (dite Ioyeuſe) depuis le heaume iuſques aux Sangles du Cheual: &
qu'il rompoit quatre fers de Rouſſin enſemblément acoupléz entre ſes mains, & mil autres menteries grégeoyſes,
certes tant indignes d'vn Hiſtoriographe & d'vn Arceueſque (auquel ie n'oſois contredire pour l'obedience aux
Prelatz) que iaurois icy bon beſoin de ce vif, & tant élé-

Monſieur Ragant Lecteur royal Ramus, Pour tout ainſi qu'il voulüt
mus Lecteur vn iour faire contre Ariſtote & Cicero, auec admiration,
du Roy. de to⁹ les Doctes de France, me veint auſſi ſoullager a faire des Animaduertions contre icelluy Turpin, & a tout
le moins renuerſer a plat le point de ſon hiſtoire touchãt
la mauuaiſe réputation de Ganelon, Tant que tous ſes
courageux Ramyſtes acouruſſent incontinent enuiron

cete

cete place auec mes Plumyſtes, pour cet effait, comme a
vne anciēne Brigue de Reƈteur. Mais pour n'entrer en
ce trouble & diſcõtinuer ſes merueilleuſes Leƈtures, il me
pourroit promptement bien repondre que l'Arceueſque
ſuſdit, ne ſemble pas auoir eté ſurprins en ſa Cronique
daucune inaduertance quant au fait de ce Seigneur de
Hautefueille Ganelon, Ains que ce fut choſe par luy faitte a la main & tout expres, qui, pour cela, ne merite qu'on
en face Animaduertion, mais ſeullement vn effort de viues & antiques Raiſons ainſi que ie feray cy apres, ſuffizã-
tes a purger le Blame qu'on a ſi longuement ſouffert eſtre
fait au Seigneur de Gannes, Iuſques a huy touſiours odieux a chacun par vigueur d'hiſtoire faite de trop grand
Perſõnage, que le Vulgaire n'oſe iamais contredire. Pour
montrer donc, que tout ainſi que l'hiſtoriographe Turpin
n'a peché ny par ignorance, ny auſsi par inaduertance en
dépaignant l'affaire de Ganelon pour pure Trayſon : Et
qu'en cela il n'a craint d'épargner Verité, non plus qu'a-
lenuiron du récit qu'il voulut faire du Cas dont eſt queſtion, En-y taiſant & celant ce q̃ requeroit le deuoir d'hiſtoire, & ce que y requiert encores tout eueillé Leƈteur:
Ou eſt ie vous pry, le Paſſage de cete hiſtoire, O vous Studieux, qui l'auéz contemplée la ou ſoit fait vn ſeul brin
de mention du Motif de la Trayſon ſi impudemment
imputée a ce Cheualier Gaulloys? Ia n'eſt a croire qu'vne
telle Entreprinſe ſe feiſt, ſans quelque fin eſperée de merueilleuſe conſequence: & moins doit on penſer que cete
fin n'ayt eté ſceüe & declarée. A quelle intention donc,
& pour qu'elle eſperance, O Turpin, tendoit la trayſon
ainſi par toy encroniquée? Ou eſt la Cauſe & principal
mouuement qui eüt vigueur de commouuoir Ganelon a
coniurer ainſi alencontre de Charlemagne? Cete intention ou principal but de Cheualier Gaulloys, que n'eſt il
exprimé en tõHiſtoire auſsi bien que la Condẽnation de
ſa perſõne, & que le fait dont mort ſ'ẽn enſuyuit? Dittes
moy d'abondant, Leƈteurs, Celluy qui pretend montrer
auec verité vn cas de nouueauté auenu, doit il pas par

Obmyſſion expreſſe de Turpin.

BBb

raison d'histoire, ensemblément declarer la cause d'icelluy, & a quelle fin tendoit le Faiseur de la nouuelleté? A
cete cause, Qui a retyré Turpin l'Arceuesque de faire tort
si grand a sa Cronique pour ny auoir declaré la Cause du fait du Seigneur de Gannes qu'il appelle Trayson?
Mais encores, Qui a retyré le grand Chancelier de Charlemagne Eginhart Allemant de ne faire aucune mention en la Vie qu'il a ecrite de son Prince, du faict trayson
ou louable Entreprise de Ganelon, fors qu'il congnoissoit
bien qu'il etoit plus séant a rien n'en dire qu'a en parler
&n'oser dire le cas reallement comme il etoit, en hazard
de faire louer Ganelon plus tost que de le faire mespriser?
Se pourront ilz tous deux en cecy excuser de faulte tres-
apparente, eux qui se trouuerent presens a tout le manyment de la Clarification du fait du Seigneur de Gannes,
& mesmes a sa mort qui ne fut pas subite, ains long temps
apres l'Accusation? Certainement pour autre intention
cela n'a eté tenu caché, que pour crainte de déplaire a
Charlemagne. Qui fait toucher a doigt, que la Conception d'icelluy Ganelon (qui necessairement deuoit estre
enregistrée aussi bien que le reste) demoura comme vne
chose du tout assoppye, & tout expres de par autre non
écritte que par ledit Turpin. Consideré qu'alors qui
eust écrit ou ozé dire priuément que le dessein de Ganelon etoit louable ou aucunement soutenable, n'eust pas
eté Cousin germain des Pepyns. Ce qu'aussi garda tresbié
tous les Seigneurs complices de tel affaire, de se décou-
urir(soit qu'il y en eut depuis de découuertz en Allemagne & mal traittéz pour cela) Ains est a estymer que plus
tost ilz crierent au cómencement tous, qu'il feust crucif-
fié, & que ses belles Tours de Gannes feussent a plat ra-
zées. Par cela doncques s'apperçoit clairement que
l'intention d'icelluy Seigneur Ganelon nayant eté declarée aussi bien que fut tout le reste de son Entreprinse, Cela se feit expressement a celle fin, que pour plus
agrauer sa peine, il portast a iamais & sans scrupule, le
Renom de desloyal. Chose que l'Historiographe con-
gnoi-

gnoiſſoit bien ne pouoir auenir ſil eüſt tant ſoit peu découuert par ecrit la memorable intention de l'infortuné
Cheuallier, Qui etoit(ſelon le progréz de mon diuin diſcours & des Ecrituresd' Italye)de vouloir regner au lieu de
Charlemagne étranger & irrégulier Détenteur des pays
de France de par ſon Pere ſpeciallement, Cóme Seigneur
naturel (aſſauoir ledit Ganelon) a qui la Couronne pãr
droit etoit myeux appartenante qu'a aucun de tous les au
tres Seigneurs étrangers, depuis Roys, & Occupateurs
des Gaulles : Puis en icelles faire regner de par luy des
Roys Succeſſeurs de la vraye tyge & antique progenye
Gaulloyſe,tout ainſi & ny plus ny moins qu'ilz ſont main
tenant par vertu de la meſme Intention & Entreprinſe
depuis conduytte a bon port par Meſſire Hugues Capet,
ancien Seigneur Gaulloys auſſi bien que Ganelon , teſmoing meſmes les Ecritz des Allemans qui le confeſſent
tel. Auquel pauure Seigneur de Gannes le tout eüſt
fort bien ſuccedé ſeló ſes deſſeins,ſi le ſort(ou pour mieux
dire,le temps deſtiné a tel affaire) eüſt permys que Charlemagne eüſt peü eſtre Priſonnier es mains des deux
Roys infidelles qui lors etoient en Eſpagne, deſquelz
il voulut bien accepter mile Sarrazines pour en eneruer
ſes Soldatz dont veint ſon Malheur d'alors. Car ſainſi feüſt ſuccedé, Icelluy Ganelon, tant au moyen des
tortz & iniures qu'il auoit reçeües de la Maiſon d'icelluy Charlemagne,que au moyen de ſa Richeſſe,& Amour
que le Peuple luy portoit, & auſſi des Partialitéz qu'il y a-
uoit encores dans le Païs, Il pouuoit & eſperoit ſe ſurroger
puis faire Roy: Et ce en vertu ſpeciallement des remontrã
ces(telles que cy deſſouz)qu'il eüſt fait publyer es Prouinces de France,voire & auſſi par le ſuport deſalyances qu'il
auoit & pouuoit auoir faites, de plus, auec les Baſques,
qui furent de la partie,outre la Conuention de luy & de
ces deux Roys,qui craignoient & hayoient a mort icelluy
Charlemagne en leurs penſées,leſquelles euſſét puisapres
autrement eté tournées que ne leur auoit, peult eſtre,
promis ledit Ganelon, qui eüſt négocyé en cela comme

EsCroniques
d'Allemague
y a ces motz.
Hugo Cape-
tus primus é
Galloru̅Gen-
te, Regnum
Francie occu-
pat anno &c

BBb ij

vray Chreſtien qu'il etoit d'anciēneté: N'etoit que pl'toſt
eſt croyable qu'ilz ſe feüſſent vouéz Chreſtiens fidelles
a luy apres la prinſe de Charlemagne qui leur etoit odieux, ſ'ainſi auenoit ou feüſt auenu par le moyen d'icelluy
méſme Seigneur de Gānes, qui en toute telle Menée ne
tendoit qu'a remetre la Courône la ou elle eſt a preſent,
comme elle deuoit eſtre, par vn autre ſi par luy ce n'a eté.

Excuſe de Ga-
nelon ſur l'a-
lyance des In-
fidelles.
ET de dire en ce cas, qu'il n'etoit hôneſte a Ganelon de
ſ'allier d'Infidelles pour paruenir a ſon Déſſein çomme
choſe qui a pluſieurs pourroit ſébler indigne d'vn Chreſtien: I'éſtime a l'oppoſite, que luy, voullant metre a effait
ſa neceſſaire Entreprinſe (& alors ſ'en offrant l'occaſion)
il pouuoit conuenablement vſer de l'ayde de Princes infidelles ſans faire tort a ſa Réligion, Voire encores qu'ilz
neüſſent eü intention d'eſtre battiſéz par apres: & ce, tout
ainſi que du temps du Roy Loys douzieme, & par le conſeil de l'Empereur Maximilian, feit vn Duc de Mylan
nommé Loys Sforce, dont il ne fut blamé. Lequel (ainſi
qu'a ecrit Iouius) ſ'allya des Turcs & d'icelluy Maximilian pour ſe deffendre du Roy ſuſnommé qui par
armes querelloit ſa Duché encores tant querellée: & pareillement tout ainſi que diſcrettement le ſemblable a
peü eſtre fait du depuis par le Roy François treſchreſtiē
quelques années auant ſon decéz auec le grand Turc Solyman, Nonobſtant qu'en l'année 1542. le grand Empereur Charles l'en eüſt taxé en deux Lettres par luy enuoyées au Pape Paule tiers, Enuers lequel icelluy Roy
François ſe iuſtifia de telle alyance, & par Letre reſponſy-
ue euydément remontra a toute Nation, ſon motif royal
eſtre receuable de Religion, meſmement au regard que
ledit Empereur auoit auparauant pourchaçé cete alyance dont il fut, côme i'entens, reffuſé: Luy Treſchreſtien
La cauſe de
l'alyance des
Turcs.
treſinſtāment requis du Solyman de la vouloir receuoir,
côme il feit, auec Côditions toutesfois & côuentions telles qu'a la Religion ne pouuoient préiudicier, ſi encor' ny
proufitoient. Icelle alyance ainſi du Roy Frāçois acceptée,
Pour

Pour par le moyen de telle Bride, rendre la Chreftienté tranquile & hors de crainte ordinaire qu'elle
auoit des puiffantes Incurfions du Monarque, Les Déffeins duquel furent par cela vn temps refrenéz, au repos
de plufieurs & en particulier des Allemans mefmes, qui
encores en plus part f'en recordent. Et de telle Alyance
de Turcs ne fe fault trop emerueiller, car elle fe pourfuyt
auec les Gaulloys, cõme de ceux qui font logéz fur le leur
ainfi que font les Turcs, qui veinrent habiter en la Galla-
tye ou Gaulle d'Afye des lan de Salut fept cens cinquante
& fix, que les Romains tenoient. Dequoy ilz ne peuuent
moins que de payer par Amytié, fi ce n'eft par tribut, les
louages de leurs Habitacles aux Gaulloys comme ilz
font. A ces caufes (cy deuant deduytes au propos de l'alyance du Seigneur de Gannes auec Infidelles) Ie dy qu'il
eft fouuentesfois licite & grand befoin, d'vn Glayue etrã-
ger combatre ou tenir en crainte l'Ennemy priué. Et fuyuant ce, audit Ganelon (a qui meilleurs moyens, poffible
deffailloient a fa Diuine Entreprinfe) excufable fut l'alyance par luy faitte auec ces deux Roys infidelles, & ne
fenfuyt pourtant fur cecy, qu'on ayt volunté f'acointer de
Turcs, fors pour peu a peu les attyrer a la Foy & f'en ayder: mais le temps de cela n'etoit encores venu, & ne
feruyt fon Fait fors d'ouuerturé qui etoit neceffaire. Et a
ce qu'on pourroit alleguer que nonobftant tout ce que
dit eft, Ganelon toutesfois fut caufe de la perte & Route
des Gens de Charlemagne qui furent chocquéz par les
Sarrazins, Ie repondray, Que fi l'hiftoire eft bien & au
vray fondée, lon y congnoiftra que Charlemagne feul par
le moyen du mauuais ordre de fa Gendarmerye fut caufe de tout le malheür. Car luy ayant receü a fon gré, ainfi
que porte l'hiftoire, les trente Cheuaux chargéz d'or &
d'argent, & les autres quatre cens Cheuaux chargéz de
Vins fortz de l'Afye, enfemble les mile belles Femmes
Sarrazines dont fut faitte fi licencieufe & indigne largeffe a fes Gens, Cela fut caufe (auec la ferueur du Vin)
que les Soldatz par apres de telz cas ényurez & corrom-

*Diuine, f'en-
tẽd cõmue de
dieu, ainfi que
fera veü.*

*Ganelon ne
fut caufe de
la routte des
gens de Char
lemagne.*

puz, fe trouuerent dénuéz de leur force acoutumée a
l'heure de Combat, & ainfi furent vaincuz, Côme plus am
plement ne feft peü tenir me faire ecrire ledit Turpin pro
pre, & aufsi comme en vne autre hiftoire de tel temps eft
dit, q̃ les Bafques côme malueillans a Charlemagne pouf-
fèrent bien a la Roue, Le tout ie croy par pugnition de diuine Volunté. Confideré en ce que deffus que l'intention
du Cheuallier de Gannes ne fut onc de faire faire boucherye des Soldatz de France, defquelz (aumoins d'vne
grand part) il eüft bien peu tyrer Seruice au befoin, comme trefaymé qu'il etoit au païs de plufieurs Cappitaines
& autres gens: & dauantage il ne leüft peü, bien qu'il leüft
voulu (fauoir eft de faire faire outrage a l'Armée de Char
lemagne) côme n'ayant alors aucune charge en Guerre:
Ains cherchoit, & fon intention n'etoit qu'a faire rendre
prifônier Charlemagne au détroit ou il l'auyfa de paffer
ou etoit force qu'il paffaft . Pour aquoy plus facillement
paruenir par luy, Il fault notter, que depuis qu'il fut retour
né de la Court des deux Roys (voiage qu'il obteint par
moyen pourfuiuy, & qu'on ne luy ofa reffufer pour ne luy
montrer trop grand figne de mefpreis ainfi qu'on auoit ia
fait d'autres Gaulloys qui en murmuroient) Il ne laiffa
onc la Perfône de Charlemagne depuis fon retour. Pour
ces confiderations doncques il ne pouuoit auoir promys
aux Ennemys (comme fans apparence chante l'hiftoire)
les Soldatz des France: mais fimplement auoit bien peü
promettre de faire fon effort a dreffer ou achemyner Char
lemagne par tel détroit qu'ilz pourroient ayfément le fur
prendre. Ce que fut toute fois empefché par Rolland &
Oliuier, qui menoient l'Arriere garde, ou pl⁹ toft par ceux
de l'Auãgarde, a l'occafiõ du trop fubit & inordõné côbat
qu'ilz dõnerent aux Ambufcades bien ordonnées des En
nemis, qui fe voyans découuers & écarmouchéz furent
contraintz de f'émouuoir plus toft afféz qu'ilz n'auoient
propofé : Voulans laiffer paffer l'Armée pour feullement
fe ruer fur le Chef , qui fans aucun foupefon venoit
apres afféz bien acompagné . Chofe qui n'etant ainfi
fuc-

succédée par malauenture, & pour les apparences fufdites, tout le Déffein d'icelluy Ganelon fut rompu,
Au grand dommage des Gens de Charlemagne : luy
non empongné, comme auoit eté deliberé : & ces deux
Roys, futurs Chreftiens, ou l'vn deux, peu apres occis:
Luy Ganelon découuert, pour Traytre a la Couronne
reputé, vn temps apres mis a mort, & puis expréffemét
deffendu, que fon motif, fon deffein, ou fin pretendue
(comme etant de confequence) ne feüft aucunement ré-
memorée de Bouche ny ecrite, de peur qu'apresil en peüft
eftre eftimé ou regreté : mais plus toft pour n'entamer &
faire renaiftre tel exemple es cœurs d'aucuns autres Seigneurs Gaulloys a l'auenir, comme vrays Heritiers des
païs vfurpéz par les Predeceffeurs de Charlemagne & fon
Pere. Neaumoins tout cela ne peüt tant faire, que du
depuis la forme de telle & fi iufte Entreprinfe de dépoffeder ces Princes etrangers de la Couronne Gaulloyfe, ne feüft tentée & effayée fur les Enfans d'icelluy Charlemagne par aucuns autres Seigneurs Gaulloys ainfi que
ie diray, & iufques a l'Execution realle qu'en feit fort
heureufement le Prince Capet, qui en deueint Roy tref-
agreable, & au Fil des Roys d'aprefent encores attaché
par tel Bienfait, qui (a purement parler) n'a rien eté autre chofe en luy, ny en Ganelon fors vne diuine & expreffe Volunté du haut D I E V, pour la perfection de la
Grandeur de la France, ainfi que bien au long, & a diuers
traitz fera icy declaré apres les Remontrances iuftes du
fait & excufe du mal fortuné Cheualier de Gannes, qui
en cela (bien qu'il en ayt receü dommage en fa Vie)
a toutesfois feruy de premier Inftrument de D I E V,
a commouuoir le mefme Déffein de luy en autres Seigneurs, au temps ordonné a l'effait d'icelluy, qui fut
du viuant de l'heüreux Roy Capet, Prince du Sang
Gaulloys.

ORes pour faire entendre que fans trefgrande & quafi
forcée Occafion le Magnanime Conte de Poytiers&

Les occasions qu'auoit Ganelon a faire dessein sur Charlemagne

Seigneur de Hautefueille n'auoit conçeü l'Entreprise susdeclarée,tant pour le Bien du Public,& Réstitution de l'Héritage a qui il appartenoit,que pour sa réputation & proufit : Aussi pour la hayne en luy commeüe de la part de Charlemagne & des siés,Il est asséz vraysēblable atout Homme de sain Iugement,que de telle & si haute Entreprise de Ganelon(pour trayson a la Courōne a tort estymée)les Motifz & chaudes Occasions feüssent prinses sus ce que sensuyt(qui est tout texte &lumiere de texte de l'histoire de France) Premieremét au regard de la premiere Oppression faitte sur les païs de Gaulle,par force dequoy Faramond occupa la France, si i'ose dire, comme Payan qu'il etoit entre les pauures Gaulloys, ia des lan

La premiere occasion.

de Grace quatrevingtz & quinze tous fidelles Chrestiens,qui fut enuiron trois cens cinquante ans auant sa venue des froides Régions de Sarmathye & Allemagne,ou il auoit eté engendré d'vn noble & hardy Cappitaine, en ses vieux iours de titre asséz seigneurial illustré & de cela(par se dire descendu desTroyens) enhardy a la conduyte qu'il entreprint es Gaulles de ses Scythiens, Sarmathes & Allemans ça & la ramasséz pendant que les Gotz tourmentoient l'Italye, d'ou la France ne pouuoit auoir Secours pour s'opposer a sa Venue, qui fut ainsi (veü le temps)timidement receüe. O belle Source de la Gaulle,si de tel costé on maintient son Origine : & que des Gaulloys de DIEV instituéz,& subit apres le Deluge Courōnéz on ne face nul compte. Lesquelz Gaulloys furent ainsi que dit est, longuement oppresséz par les Parentz & Successeurs d'icelluy Faramond & ses trouppes iusques au temps de Clouis cinqieme Roy, qui a la persuasion de saFemme(poussée a cela par remontrances de Seigneurs semblables a ceux de Ganelon) se feit battiser

La ou premierement fut cryé en Frãce viueCesar.

a tresgrand peine. Apres lequel Battesme l'Empereur Anastaze luy enuoya de Constantinoble le Sceptre imperial & la Clamyde au nom desGaulles: L'institua Empereur & le feit publier pour tel,en cryant dans Paris,Viue CesarEt ce ny plus ny moins que la premiere fois que

fut

fut crié Viue France, fut deuant la vile de Plaisance qu'on appeloit Graffes, que ledit Roy Clouis tenoit assiegée con tre les Sarrazins, la ou les Fleurs de Lys furêt enuoyées du Ciel pour les Armoyries nõ duRoy, mais du païs, qui auoit perdu les antiques de Samothes, a la force des Romains & receü les Crapaux ou Grenoilles couées a la venue de Faramõd. Surquoy fault noter que lors de tel Enuoy aucũ Prince Allemant ne f'etoit point encores intitulé Roy de France. Qui fait croire que lesdites Fleurs deLys furent a cete cause enuoyées en faueur & pour premier signe d'vn rétablyssement de grandeur future de la Couronne des Gaulles sur toutes autres de la Terre. Par ainsi, en a-compagnant ce propos de Fleurs de Lys a celluy de cy dessus, touchant cete Clamyde & Sceptre Imperial, lon peult comprendre que nonobstant cela, & que ledit Clo-uis se peüst licitement faire nommer Empereur & Cesar, il ne le voulut pourtant souffrir, ny ses Successeurs aufsi, pour la playe de l'Occupation des Gaulles qui de son temps etoit encores fresche & chaude, & leur dõnoit vne crainte, de laquelle Charlemagne depuis ne fut qu'vn peu arreté, quãd il iura dans Rome q̃ s'il eüst pensé que Pape Leõ l'eüst voulu faire Empereur le iour deNoël, qui fut lan .801.il ne se feüst trouué ce iour la a la Messe, Toutesfois il voulut bien puis vser plainement de tel titre. Clouis pour tant & ceux de son sang auoient ainsi laissé couler telz honneurs, tant pour le iuste regard, ie croy, qu'ilz eurent au peu de droit qu'ilz sentoient auoir es païs de Gaulle, q̃ cõme cõmençeans ia (& Charlemagne auec) a fleurer que l'ancien & legitime Sceptre des Gaulles leur apportoit & dõnoit tout tel & plus grand hõneur que d'Empereur ou Cesar. Et que souz ce Titre de Roy simplement la Monar chye du Monde couuoit pour autres que pour eux dans le reply de la diuine Couronne des trois Gaulles, qui ont a se réunyr ensemble ainsi qu'elles etoient apres le Déluge qu'vn Roy legitime d'icelles nõmé Samothes tenoit paci-fiquemêt en main, comme par le Monarque Noë diuine-mêt deslors institué en tel Clymat pour principal manoir

CCc

La ou premie rement fut cryé viue Frã ce.

Ou cest que les fleurs de-Lys furent a portées.

Clouys n'a voulu estre appelé Empe reur.

Le premier & legitime Roy des Gau les Samothes.

felon que mieux fera veü cy deffouz.

La feconde Occafion de Ganelon.

SEcondement, grande Occafion de l'Entreprinfe duSeigneur deHautefueille, Ganelő, fut pouffée par le regard de la Cruauté naturelle & trop durable de plufieurs d'entre les Roys defcenduz d'icelle Lignée allemande, qu'il confideroit auoir eté tant exceffiue, que ce fut chofe plus qu'odieufe es cœurs des humains Princes & autres Seigneurs Gaulloys de tel temps, qui (par nature plus vertueux) ne pouoient eftre en leurs courages vrais Amys, ou Seruiteurs d'iceux Roys, bien qu'il le falluft diffimuler.

Les Roys Allemans hays du Peuple de France.

Lefquelz Roys & leurs fauoryz etrangers en auoient auffi plufieurs toufiours pour fufpeétz a l'approche des Etatz du Royaume, comme remors de leur indue Détention du Territoire Gaulloys. Au moyen de laquelle Cruauté

Façon craintiue de faire des premiers RoysdeFráce

(& comme n'ignorans pas iceuxRoys, quilz feüffent hayz ceft a dire peu ayméz de tous les Seigneurs du Païs & du Cőmun, Aucuns d'eux auant que d'eftre confirméz, faifoient de trefdouces Oraifons au Peuple, fardées de belles parolles & promeffes pour gaigner les Cœurs des Hőmes, ainfi qu'en efpecial fut trefbien auyfé de faire le Roy Houtran en plain Paruy de la grand Eglife de Paris. Icelle Cruauté de Roys nouueaux tellemeñt effrenée, que

Cruauté du Roy Clothere

Clothaire non feullement feit bruler fon propre Fils tout vif, pour luy auoir eté contredifant, mais auffi la pauure Conforte d'icelluy pour auoir adheré a fón Mary, voire fans pardonner au petit Enfant qui ia tremylloit en fon Ventre. A l'occafion dequoy, & auffi pour apparent Signe du couroux de D I E V fur la Cruauté du Roy Childeric, le pauure Royaume fouffrit vne infinité de Calamitéz & etranges miferes, comme petitzDeluges, Feu de

Calamitezde France durát les roys Allemans.

Ciel, Ruyne deViles, Impofitions infuportables, Peftilécieufes maladyes, & iufques a Pluye de Sang qui dans Paris (vn iour de telle faifon comme contient l'hiftoire) montroit les Hommes paffans par les Rues tous moyttes de merueilleufes goutes fanguines. Et en ces Cruautéz & miferables Calamytéz paffa grand partie de fon temps

la

la premiere Lignée d'iceux Roys étrangers occupans la France alors afféz defolée.

DE plus, & commencée que fut la feconde Lignée de *La tierce Oc-* ſemblables Roys, vne autre grande Occaſion veint a *caſion de Ga-* cômouuoir le cœur magnanime du Seigneur de Mante *nelon.* Ganelon & d'afféz d'autres Seigneurs auſſi, toutes & & quantes fois qu'il leur fouuenoit de l'entrée indirecte fucceſſiuement faitte a la Couronne par Pepin, Duc de Brabanſonnoys, premier Chef d'icelle feconde Lignée. Laquelle outre ce, fut choſe d'un chacun trouuée ſi peu licite ou iuſte, que pluſieurs f'emerueilleroient encores ce iourdhuy grandement (n'etoit le regard de fon Fils) cô- ment le Lys celeſte peüt alors ſouffrir le Regne d'icelluy Pepin en ſi pacifique maniere: Combien pourtant que ſes hoirs du depuis n'en ioyrent auſsi pas fort longuement, en ſigne de Raiſon diuine fur fon etrange & bien moyen- née vſurpation. Laquelle Vſurpation fut (pour parue- *L'entrée de Pe-* nir a ce degré de Roy) de marchander ou fecretement *pin à la Cou-* côuenir auec vn Pape qu'on appeloit Zacarie, a déchacer *ronne.* par quelq̃ couleur vn Roy preud'hôme de fa Chaire roy- alle, le tondre (ſi i'oſe dire) côme vn Aigneau & l'enuoyer garder vn Cloeſtre: & en cçte maniere luy oſter le Sceptre des mains par ambicieuſe machination, en le diſãt Puſila- nime & qui rien ne faiſoit q̃ tenir le Royaume endormy, & nõ pas pour l'augmẽtation d'icelluy: & fur tout prome- tant alors icelluy Pepin grandes choſes de fa proeſſe. Qui fut vne trouſſe hennuyere en eſpecial affez odieuſe & treſmal reçeüe des bons Seigneurs anciens de la France, foit qu'il la falluſt diſſimuler auſſi bien que celle du de- puis donnée a fon propre Frere, qu'il enferma pareille- ment en vn monaſtaire pource qu'il luy venoit remon- trer d'Italye qu'il n'auoit iuſte cauſe de faire la guerre aux Lombars. Ce qu'il failloit alors, comme iay dit, porter patiemment, tant a l'occaſion de la Main forte d'iceux Errangers, que pour le reſpect de l'Auis du Pape Za- carie fur le fait de l'Expulſion de ce pauure Roy fuſ- mentiôné, a quoy le Peuple, comme treſchreſtien, f'etoit

toufiours mõtré obeyffant: Et fans lequel Auis papal ainfi
pratiqué par icelluy Pepin, a peine eüt-il onc eté Roy, ny
confequemment fes Enfans qui (au propos fufdit) furent
tous en leur-têps, grans Faifeurs de Moynes, dont en particulier en eüft bien fceü q̃ dire le Roy Loys Fils de Charlemagne que fes propres Enfans déchacerent & enclo-
éftrérent en l'Abbaye Saint Medar a Soyffons. Ce que le
Cheuallier Capet Conte de Paris & d'Angers qui fçauoit
toutes ces Menées & beaux Geftes, notta de bóne forte.

*La quatrieme
Occafion de
Ganelon*

EN apres, Autre & nouuelle Occafion venoit éguillõ-
ner le Seigneur de Gannes a chercher l'execution de
fes Déffeins toutes & quantesfois qu'il fe fouuenoit que
dans la Salle propre du Palais de Charlemagne, Renault
de Montauban fe meit vn iour en deuoir de le tuer, dont
l'inimytié d'entre luy & les parentz d'icelluy Renault to'
confanguins de Charlemagne, print cõmencement, ainfi
que les effaitz quelques années par apres f'en feirent voir,
quand Charlemagne ayant fait paix auec le Roy Colo-
rion payan, le pria de luy faire compagnye au Siege qu'il
vouloit metre deuant la Vile de Poitiers, pour la voir battre & y prendre le Conte Ganelon qu'il vouloit chaçer
de fes païs, & ce, en vengeance de la mort (ce difoit on)
d'un Seigneur lors fauory, qu'on appeloit Alexádre Ennemy d'icelluy Ganelõ, Auquel pourtant Charlemagne
ne peüt rien faire nonobftant les affaux dónéz a la Vile en
fa préfence. Au moyen dequoy, & du depuis, fut traité
apointemét felõ que me fouuient auoir écrit en quelques
Papiers d'Italye de long temps impriméz.

*La cinqieme
Occafion de
Ganelon.*

OVtre ces quatres fuffifantes Occafions y en auoit encor' vne affez notable, qui du depuis fut donnée par
icelluy Charlemagne fils de Pepin, aux Princes de l'ancienne fource Gaulloyfe, & qui entre autres piqua au vif le
Conte de Poitiers fufdit, Voyant que fuyuant l'ancienne
& couuerte fufpicion d'iceux Roys fur les Seigneurs de
l'antique generatiõ du païs qui n'etoient de leur conditiõ

tous

tous Etrangers etoient encores de son temps coutumiérement auancéz aux Etatz & hôneurs de la Courône, &
lesditz Seigneurs Gaulloys premiers Chrestiens comme
luy, reculéz, peu éleuéz & en derriere peu priséz: Et qu'en
cela icelluy Ganelon (qu'aucuns songent auoir eté des
douze) fut extremement irrité a la creation des Pers
de France, qui tous si bien me recorde furent d'étrange
nation, Comme Oger le Danoys qui etoit de Dänemarc,
Oliuyer, qui etoit de Gennes. Neymes qui etoit de Bauyé-
res, Rolland qui etoit Brabansônoys, Astolphe qui etoit
d'Angleterre, Guy de Bourgongne, Beranger, Anseaume
& les autres qui pour m'auoir peu aymée auront icy peu
de fruit de moy. Chose aussi (cestassauoir dépit) que Char
lemagne aucunement apperçeüt a l'œil de Ganelon,
& pour cela douta de le laisser en France quand il fut question de marcher au voiage d'Espagne ou le feit la deffai-
te par cy deuant mentiônee: Congnoissant bien que ledit
Seigneur de Gannes n'etoit pas hay par le Païs, & a cete
cause luy commanda de le suyure auec parolles d'attrait
fauorable qui luy dônerent hardiesse de requerir l'Am-
bassade deliberée vers les susditz deux Roys infidelles
pour demander tribut, la ou il brassa l'execution de son
Entreprinse long temps parauant souhaitée. Laquelle
Creation de Pers de France & autres Etatz ainsi ordinairement conferéz a Seigneurs étrangers, etoit, certes, chose fort difficile a supporter a tout noble Courage qui s'en
fentât digne, deuoit plus tost estre preferé aux autres, tout
ainsi qu'vn legitime heritier a tout illegitime detenteur,
Puis il luy fachoit que pour plus authorifer les autres a sa
Barbe, on les appelast chacun coup au temoignage des
Lettres Royaux & Chartres de consequence, & non luy
ny fes femblables, Comme en celles que l'on voit encores
de Charlemagne en certaine Abbaye d'entour les Arda-
nes, ou y à en cete sorte sur le reply, Dôné en notre Palais
a Oaly, en chauffant noz Eperons doréz, present Rolland
& Olyuier. Et ce, outre que si toutes histoires sont bien re-
uysitées, on trouuera les familliers & fauoryz de la Court

Les Premiers Pers de Frãce tous etrangers.

de Charlemagne tant écclefiaftiques que lays, auoir eté tous Allemans, defquelz ie metteroys icy les noms q̃ ie fçay, mais le Liffrelof eft mal féant en bouche femenine ou françoyfe. Parquoy, En bien comprenant toutes ces véhementes Occafions & leur fuyte fera force de iuger ce memorable Conte de Poitiers auoir finy fes iours tref honorablement, comme Prince qui expofe fes Biens & fa Vie en hazard(fans le hazard de fes Amys)pour laLiber té ou meilleur etat de fon païs: & y veult faire d'vne Opref fion publique & iniufte, vne iufte & magnanime Venge-ance. Vray eft q̃ pour le regard du louable &haut Regne d'icelluy Charlemagne qui ia commençoit a décorer la France, mais auffi plus l'Allemagne ou il faifoit Baftymés & Réparatiós plus qu'ailleurs, Ganelon eüft certainement mieux fait de choifir autre faifon a executer fon Entreprife. Car combien qu'vn Prince quelque fois foit illicitePof-feffeur d'vne Prouince, Neaumoins fe gouuernant bien en icelle felon qu'eft requis a vn Proprietaire, il eft fouuét tenu pour vray Seigneur. Puis Charlemagne, felon quel-que fecret myftaire(& fans fes merites toutesfois, comme cas de toute Eternité promys au Peuple fur lequel il re-gnoit) deuoit rendre facile l'efpoir du Sçeptre imperial aux autres Roys Gaulloys d'apres luy qui feroient plus lé-gitimes, ainfi qu'il feit dudepuis. De forte que la Voye d'y rentrer en eft ceiourdhuy affez plus ayfée áux vrays Roys du païs, qu'elle n'eüft eté, & auffi de plus dura-ble tenue, au moyen de l'éxemple de la perte qui en de-uoit auenir apres icelluy Charlemagne; pour feruir d'In-ftruction a céux de maintenant qui pourront bien repré-dre l'Empire, de le tenir plus ferme fans iamais le lacher: Ainfi que trefbien auoit entendu & pourfuyuy en fesDéf-feins l'agreable Roy Loys douzieme, qui veritablement fe feüft facilement fait créer Empereur fans les Empefche-mentz du Pape Iulle fecond, qui pourtant feüft tumbé es mains de ce haut Prince, fi vn Seigneur tramontain ayant plaine charge de la France en Italye, eüft voulu

fran-

Ganelon euft myeux faitde choifir autre faifon que du temps de Charlemagne

Faute de Ga-nelon

Le Roy Loys .12.

Le Pape Iul-le .2.

franchement satisfaire à l'entiere Seruitude que mérite la Couronne des Gaulles ainsi qu'au long se peult cóprendre es papiers de l'historiographe Iouius Italien: Ce
qu'on auoit quelque temps esperé deuoir estre vn iour reparé par le tiers Iulle démóté si haut en Chaire par le Roy
Henry remonté. Nonobstant ce que dessus (sauoir est du
respect que le Seigneur de Gannes deuoit auoir au bon
gouuernement de Charlemagne) vne bonne Intention
toutesfois, comme fut la siéne cy deuant narrée, ne doit
estre blamée, ains plus tost décorée, & auec ce benignement reçeue s'elle n'a eü tous les respectz qu'il conuenoit
a l'enuiron du but seul regardé & pretendu, mesmement quand on ne gaste riens, ainsi que le susdit Ganelon
par son Entreprinse, Obstant laquelle tout ce qui etoit a
auenir de par Charlemagne (pour figure de ce que deuoit
chercher, & peult legitimement pretendre vn Roy de la
tierce & proprietaire Lignée de Fráce) n'a laissé d'estre a-
comply : Et laquelle Entreprinse ou Intention à sur tout
proufité d'exemple pour estre ensuiuy par quelque autre
& executé a meilleure opportunité, Comme cas qui sur
tous autres deuoit estre fait par diuine Prouidence,
ainsi & par la maniere que du depuis apparut & fut fait
par le grand Conte d'Angers Messire Hugues Capet,
premier Roy de la noble Lignée encor' apresent ré-
gnante.   La dessus (sauoir est de la haute Entreprinse du Seigneur de Gannes) & en estimant, auec l'Auis
des Sages, que ce qui l'encourageoit grandement d'en
venir a bout, etoit la consideration & clair exemple qu'il
print sur le cas principal de la Vie de Iule Cesar premier
Dictateur perpetuel des Romains, touchant l'Entreprinse
par luy faitte alencontre de la Republique romaine, pour
la Grandeur & accroissement d'icelle, I'estime en cas
pareil que Ganelon souuentesfois rémemorast en son entendement le Motif & la mesme Raison dont icelluy
Cesar se faisoit grand Bouclyer, cóme atteste Cicero, qui
etoit d'vne Sentence philosophale d'Euripide Grec, que
ce Prince apres l'auoir lue vn coup, auoit souuent en la

*Excuse de Ga-
nelon sur ce
qu'il ne se de-
uoit pas atta-
cher a Char-
lemagne.*

*La pensée de
Ganelon par
eile a celle de
Cesar.*

Si Ius violã-
dum Regnan
di causâ vio-
landum est.
bouche auant qu'il feüft ſi grand Seigneur, Laquelle Sentence etoit, Que ſi le Droit ou Ordre acoutumé d'vne République ſe doit violler, Cela ne ſe doit faire que pour cau
ſe de regner(a mon auis légitime) A l'imitation dequoy il
eſt aſſez croyable que ce magnanime Ganelon de Mante
rien moins courageux que Ceſar, ſe feüſt hardimẽt efforcé pour la iuſte Reductiõ de l'heritage Gaulloys (qui ſãs
cela ne pouuoit venir en Croiſſant) de ne craindre a trou
bler l'Etat de Charlemagne & l'ordre de la choſe publique
de France, par luy ſouz foyble titre paternel tresbien adminiſtrée, le tout pour paruenir a ſes fins cy deuant déduytes. Préſumant en ſon cœur cela luy eſtre loyſible &
plus qu'honorable, ſi Fortune, qui malheureuſement luy
préſenta le temps comme proſpere, ne luy eüſt tourné la
face, non plus que depuis au Roy Capet, & qu'auparauãt
a Ceſar, qui auant ſon Entreprinſe ſi auentureuſe n'etoit
pas plus grand Seigneur que Ganelon hors mis les Conqueſtes des Gaulles. Préſumant comme i'ay dit, cela luy
eſtre loyſible ſpeciallement par l'efficace de cete Sentence ſuſdite ſagement iadis enſuyuie par Ceſar, qui en prenãt les Armes (ce ſembloit) alencontre de ſon païs romain
luy encores petit Seigneur, entendoit faire (comme il feit)
ſon païs quaſi ſuperieur de tout le monde : En ſe faiſant
auſsi, & par meſme moyen, le principal Chef de la grand'
Monarchye lors par luy en Rome cõmencée, tout ainſi &
ny plus ny moins que veritablement pretendoit bien faire de la France, tant pour tant, le mal fortuné Conte de
Poitiers Ganelon, & comme en ſon lieu feit du depuis le
mieux fortuné Capet, qui en aboliſſant les deux premieres races de Roys étrangers detenans les Gaulles, ſe feit
premier & iuſte Roy de la tierce & derniere Lignée touſiours floriſſante. Lequel Roy Capet, ayant ainſi remis ſuy
uant la Conceptiõ de Ganelon, la France entre les mains
de ſes deſiréz Poſſeſſeurs, & propres Heritiers, l'à enſemblément remyſe en Etat & ſeüre voye d'vne triumphante Monarchie aquoy elle ſe voit ceiourdhuy bien diſpo-
ſée, & de meilleur fundement que du temps de Charlemagne

magne, dont le Sceptre Imperial ne fut que pour seruir de
Figure & seüre attéte de Reprinse aux treschrestiens Roys
de maintenant.

E T pour icy répondre a tout ce que lon pourroit penser de faute alenuiron de l'Affaire du susdit Ganelon Seigneur de Corbeil & de Mante, Comme seroit
de soupesonner son cas ne pouoir autrement estre entendu que pour pure Trayson par rigueur de Loy, a cause des
Foy & Hômage qu'il auoit faitz a Charlemagne cóme a
Roy lors regnant, luy son Vassal: Et que simplemét pour
telle Foy pretée & nonobstant les bónes fins de sa pensée,
que cela toutesfois s'appele Trayson. Sur cecy, il me dé-
plaist assez que ie ne puis plus au long discourir sans donner indice de particuliere affection en cet endroit, & aussi
sans delaisser de trop loin le propos principal de ce Chapitre pour vous Dames, que ie n'ay pourtant égaré, mais
seullement entremis, pour le dépit qui me poind de voir
les Bienméritans d'vne République (comme ledit Ganelon) estre ainsi honteusement recompenséz de mauuaise
Renommée, sans que les Hômes s'éuertuent de resusciter
semblables Persónages du Sepulcre de deshóneur: & qu'il
faille que Moy pauurete de qui on tient si peu de compte
sois forcée de faire ce Myracle a leur Barbe par expres
commandement de la Verité, qui en tout cecy me dóne
ferme espoir qu'a l'auenir quelque vertueuse Personne
peult estre m'en saura gré. Au moyen dequoy ce Discours me sera, outre ce, tant plus tost pardóné pour estre
fait hors celluy de femenine louenge, que ma Nature est
de me faire aymer, comme de toute Femme: Et que ce
que i'en fais en especial, n'est aussi que pour premieremét
seruir a Vertu, qui tousiours tache tant qu'elle peult a dé-
racyner a tout propos les vieilles & crues Opinions du
monde, & y faire authoriser la Verité: Voulant en fin mótrer aux Hommes les grandes felicitéz de la digne Couróne des Gaulles, en cecy diuinement entrelacées: & a ce
propos qu'il n'est plus temps de se laisser mener par le na-

*Par vigueur
de Loy le fait.
de Ganelon
n'est traixon.*

*Excuse de la
Plume a ce
long discours*

DDd

zeau comme le Bufle, Ains qu'il fault foiller les bonnes
Chofes, puis les goufter auec faine raifon non plus par lei-
gere croyance ou Coutume. Mais pour venir a faire ob-
ftacle a l'obiect cy deffuspropofé, Ie n'en diray autre cete
fois, fors qu'il fault entendre en premier lieu, que Hugues Capet (qui etoit aufsi bien Vaffal du Roy Lothaire
défcendu de Charlemagne, comme Ganelon le pouoit
eftre d'icelluy Charlemagne) a bon droit ne fut pourtant
appelé Traytre pour auoir rompu fa Foy & Hommage a
Lothaire & a fon Frere, & en quoy faifant il trouua moy-
en de furprendre la Vile de Loudun par forme de trayfon
ainfi qu'a eté dit cy deuant, & en cete façon fe faifir du
Royaume: En conftituant prifonnier celluy qui par Sang
& dégré de Pepin & Charlemagne y penfoit paruenir,
qui etoit le Frere dudit Lothaire. Ains au rebours de laquelle eftime de trayfon icelluy Capet a eté & eft celluy
par la hardieffe duquel (fauf le deffeing de D I E V en cet
affaire) les Roys trefchreftiens ce iourdhuy font régnans
en paix & grandeur. Chofe qu'auoit parauant pretendu
faire, & eüft auancé de longues années le Seigneur de
Gannes, fi le Sort luy eüft eté propice aufsi bien qu'audit Capet. Et cecy eft vn exemple qui feul cloft le bec
a toute Opinion commune du Vulgaire. Veü que s'ainfi eft que coutumiérement lon vueille toufiours dire ce
loyal Gaulloys Ganelon auoir eté Traitre, on pourroit aufsi dire par femblable que le Roy Capet, Autheur des Roys d'aprefent, l'eüft eté: & que d'vn Prince ainfi illegitime la legitime Lignée de France, par conféquent, portaft la Couronne. Ce que ne feroit a fupporter non plus que tout grand Crime de Lézema-
iefté, Mefmement qu'il eft ecrit que par la Vifion de
DIEV octroyée au fufdit Roy Capet par faint Vallery &
faint Richer, il eüt affeurance que luy & ceux de fa pofté
rité feroient a iamais Roys de France, qui f'entend, fans
eftre interrópuz en leur Poffefsion côme furent & deuoiēt
eftre les autres. Et cela eft vn figne trefefpecial de la légi-
timation de cete derniére Sourfe de Roys qui eft la prémiere

On ne peult appeler Gane lon traiftre fans taxer le Roy Capet de tel cas.

miere es païs de Gaülle, & de l'illegitime & permise
Occüpation des autres precedentz & étrangers. Et pour
n'oublyer ce point de rigueur de Droit cy deuant promis
a rabatre ; Il me semble auoir iadis fait notter a Balde a
Bartolle & autres Gens de droit, en leurs Traittéz tyran-
niques, Loix decernées & vieux Codes , parmy quelques
Paragraffes indigestes , vne semblable Conclusion que
celle cy, Assauoir que tout Serment, Hommage & Foy
pretéz a personnage quel que soit , au contraire ou non
prouffit d'vne République & côme par contrainte, sont
de nulle valleur : Et qu'il a tousiours eté licite rompre sa
Foy & déceuoir, côme Tyran, tout Hôme non seulement
qui est Pyrate & Larron publique, mais aussi tout Dépre-
dateur, ou autrement vsurpateur d'alliene Possession ou
dômaine , quant au fait concernant telles choses . Et par
ainsi la Foy & Hommage faitz a Charlemagne non propre titulaire des Gaulles, par icelluy Ganelon antique
Cheuallier du Sang Gaulloys, ne faisoit a obseruer par
vertu de telle Cause de droit, & autres cy deuant déduytes. Consideré de rechef cete Occupation premiere
faitte es païs de France par Faramond Allemant Scy- *Collection bre
thien, qui au grand trouble & regret de tous les Habi- *ue des Occa-
tans se feit créer Roy, sans s'ozer appeler Roy de France *sions de Gane
& encores moins sans dire par la Grace de DIEV, dont *lon.
il auoit autant de congnoissance, que de droit es païs pos-
sedéz, y ayant regné Payan sur vn Peuple Chrestien.
En rémemorant aussi la Cruauté & barbare Vie subseque-
te de ses Successeurs publiquement par trop exercée,
alencontre de plusieurs Seigneurs & autres gens de la
Nation Gaulloyse : Ainsi qu'est tout manifeste du Roy
Clotaire alencontre de Messire Gaultier Diuetot qu'il *La mort de
tua vn iour propre du Vendredy Sainct, par grand fu- *Gautier Di-
reur : Et dont pour Récongnoissance de cela, est pro- *uetot.
cedé le creté Royaume Diuetot, duquel encores maintenant le titre est porté auec ses dépendances par vn Seigneur de la fort reputée Maison de Langey qui d'un titre
vn peu plus fructiferé se rend digne par le mérite de

fa viue loyauté enuers la France : Et aufsi (fuyuant mon propos) comme pareillemént lon ne peult nyer auoir eté

Cruauté de Childeric.

cruellement vfé par le Roy Childeric, qui pour auoir fait pendre par le Pied vn fimple perfonnage du Sang Gaulloys nómé Bolydun , & en telle forte l'auoir fait foytter pour fon plaifir, fut mis a mort allant a la Chace, ou il fut guetté par les Amys de celluy la. Et parce fuyuant la Conclufion fufdite telle Foy ou hommage de Ganelon ne faifoit a obferuer fpeciallement pour ces Cófiderations & encores pour celle qui de nouueau fe prefentoit toute frefche a luy par l'iniufte Poffeffion du Royaume que print Pepyn, Pere de Charlemage. Lequel , combien qu'il feüft louable en fes geftes, & qu'il foit fort memorable entre toutes Gens, mefmes entre les Gaulloys comme Figure de la grandeur de leurs vrays Princes a prefent croif fans, il tenoit toutesfoys la France fouz le delaiz impropre de fon Pere, Et duquel Royaume, pour cela, fes Enfás furent defheritéz par myftaire diuin, cóme ilz deuoient eftre, aumoins par le bien fortuné moyen du braue Cheuallier Capet, fi par celluy de Gannes ce n'a peü eftre: Et en ce cas a lon congnu, que des chofes mal acquyfes les Heritiers n'ont pas voluntiers longue Ioyffance . Ie n'ay dit fans caufe, la fus, Par myftaire diuin, Veü que non feul-

Ce fut myftaire de Dieu que la France fut deliurée de Roys etrãges & occupateurs.

lement pour tel effait ces deux prémieres Races etrangéres de Roys ont eté & deuoient eftre reallement dechacées des Gaulles , comme fans aucun droit les ayans occupées : mais auffi les Romains qui depuis Cefar, qui etoit le temps venu que Gaulloys deuoient commencer a porter leur Croix d'opreffion en ce monde , & par telle façon de penitence preparer le chemin a celle de celluy qui toft apres veint, & leur feit tante graces, & entre autres cóme deffus eft dit, de dechacer iceux Romains, qui depuis Cefar auoient abbufé de cete noble Region parauant les Faramondoys plus de quatre cens ans : & au décroiffement defquelz Romains, ces Auenturiers Allemás preindrent augure & fort propre Occafion d'y entrer pour fe conftituer Seigneurs Payans fur vn Peuple ia

Chre-

Chreſtien .Lequel Peuple ne ſachãt ſur quel pied danſer a
leur arryuée, fut enuloppé de leurs nouuelles forces : Et
entre la peur d'iceux, & la hayne que lon portoit auſditz
Romains : Entre l'eſperance de meilleur traitement par
nouueau changement d'Etat : Le doute auſſi de pouoir
faire reſiſtãce a ceux cy (pour n'en eſtre certaine la Victoire) Et en eſperant, entre tout cela, ſecours diceux Romains
nonobſtant les diuiſions qui pour eux couuaſſent eſcœurs
des vns, alencontre des tenans la part Gaulloyſe qui ne
pouuoient oublier leurs antiques & premiers Roys Gaulloys, le pauure Païs ſe trouua le Ioug ſur les Epaulles, Voire Ioug auquel ce fut force de conſentir ſans vn ſeul auan
tage, fors que telz Roys ainſi receuz ſeroient tenuz de garder aumoins leur antique Loy Gallique , d'aucuns pour
quelques friuoles raiſons appelée Salique : & lequel Ioug,
ce peuple Gaulloys porteroit peult eſtre encores ſans Ganelon pour ſon Inuention, & ſans Capet pour ſa realle ex
ecution . Le ſemblable dequoy en apres (ſauoir eſt de la
complette expulſion d'étranges Poſſeſſeurs de la France)
ſe peult aſſeurement ſoutenir eſtre auenu par myſtaire diuin alencontre des Angloys qui touſiours ont eté battuz
& a la fin repouſſéz de leurs Entreprinſes : Comme en eſ-.
pecial fut veü du temps du Roy Phlipes, qui ſeullement &
auec l'ayde de Loys ſon Fils, feit teſte au Roy Ian d'Angle
terre, acompagné de l'Empereur Otho , & d'vn Conte de
Flandres, tout ainſi qu e feit le Roy Françoys mon Maiſtre alencõtre de l'Empereur Charles quint & le Roy Edo
art, voire & vn Pape pecuniairement meſlé parmy : Et ce
ſans parler de la Réduction neceſſaire a la Couronne des
Armoriques, Acquitains Bourguignons Sauoyans, & quel
que iour Flamans, & autres . Leſquelz Angloys , encores
du depuis, & par le moyen myraculeux d'vne ſimple Fille
(qui pourtant en mourut, comme Ganelon pour ſon Entreprinſe) furent tous dudepuis diuinement & roidement
expulſéz de cete treſantique Region : Ne l'ayans pyremét
en rien endómagée, que d'auoir bruſlé & conſummé tous
les autentiques Enſeignemẽtz & Pancartes de la Diuine

Comment le
Peuple Gau-
loys eſtoit en
branle a l'ar
riuée de Fat a
mond.

Angloys chã
céz de France
par myſtaire
diuin.

Diuine & no-
table Conſide
ration.

Ancienneté des Gaulles qu'ilz y trouuerent, pour en é-
teindre la memoire, Aquoy la Prouidéce des Cieux voulut pourtant remedier en diuerfes manieres, cóme pour
cótrarier a chofe qui grandemét luy auoit dépleü (felon ꝗ
f'aperçoit) Ceftaſſauoir que non feullement ceux la, mais
ausfi parauant eux les Romains, &autres fe feuſſent ainfi fans ceſſe ambicieufemét efforcéz de marcher fur le Déffein celefte de DIEV, qui etoit & eft (a ce qu'on en peut
comprendre par fa permiſſion,& que fera declaré cy deſ-
fouz) de vouloir remetre tout l'Heritage Gaulloys, maintenant dit François, es mains de ceux qu'il auoit de tout
temps préordonnéz & fait naifire en icelluy par continue nayſſance de la prémiere & legitime progenye Gaulloyfe, yſſue de Gomer, a qui par droit de Primogeniture
de luy confirmée apres le Déluge, fut donnée la Principauté de l'Europe: Et en fin faire regner iceux Gaulloys
en particulier, en leur antique Territoire auec douce &
longue maniere, comme vne ifraelite Generation dont il
prend cure, en la getant du tout cóme hors d'vne égiptié-
ne Subiection de Dominateurs etrangers: & a propos de- *Pfal. rrr.*
quoy vn Vers de fes faintes Ecritures fe pourroit icy apliquer, qui eſt tel, Il a declaré a fon Peuple la vertu de fes
Oeuures, en luy donnant (que i'entens rédonnant) l'Héritage des Gens. Au plain meilleü duquel Peuple ou de
la France le SEIGNEVR vouloit finallement faire
aſſoir les Collonnes de fa Religion, touſiours plus qu'allieurs auſſi foutenue es parties de Gaulle occidétalle. Qu'il
foit ainfi, & auant que conclurre a ce point de Ganelon,
i'en diray partie de ce que i'en ay touſiours eü en ma fan-
La Plume pro- tazye, l'entens de la future Grandeur de la Couronne
pofe d'enfon- des Gaulloys en ce dernier Age: Et pour ce faire fera
cer le miſtaire icy déduyte l'origine du Nom de Roy, & confequem-
de Dieu fur la ment l'Authorité &Primogeniture de celluy des Gaulles,
felicité de la
France. par deſſus tous autres. Le tout feruant a la décharge de
Ganelon, en cela premier Inftrument de la diuine Intelligence & pour fes pechéz (peult eftre) enfeblémént auſſi inftrument de fon malheür, cóme en pareil fouuent entreuient

ʓa. Regum 6. uient a plusieurs en diuers cas, a l'exemple de l'Arche de
D I E V & d'Oza, enquoy Dauid (figure du Roy d'Israel)
fut marry de ce que le SEIGNEVR auoit fait diuision en
icelluy Oza, pour auoir voulu faire bien : tout ainsi que
Charlemagne (figure de la grandeur des legitimes Roys)
se peüt aussi douloir de la diuision que le mesme Seigneur
cõmença a faire de sa Lignée & de laCouronne en la per-
sõne de Ganelon, qui en mourut, nonobstãt son bon office ou zele, cõme Oza mourut antiquement du sien, selon
le viel Téstament.

PRémierement, & pource que sans la congnoissance
du fundement des choses, difficilement se paruient a
la notice d'icelles, il fault présuposer icy pour la grandeur
de Frãce, que le ROY eternel apres auoir materiellement
du tout acomply sa Machyne ronde, y voulut incontinẽt
introduyre pour sa perfection, vne Perle spirituelle & d'au
tant plus precieuse q̃ tout le reste qu'elle est inuisiblement
procedante de son Saint ESPRIT, qui est la R A I S O N
generalle & pollitique: A celle fin que par le moyen d'elle
y eüst & se peüst former vn Ordre continu entre les Hõmes, pour par ensemble se pouoir mieux conduyre, aymer
gouuerner, multiplyer, & sur tout en tout le recongnoistre
& adorer. Lequel Ordre, est en especial la Iustice, de laquelle se nourrit non seullement l'vniuersel entretenement de l'Humanité, mais aussi le Triumphe & salutaire Espoir des Ames en chacun Corps particulier par
grace. Etant donc la Iustice rationalle (pour cete cause) la Chose plus sacrée d'entre les Humains & des
Cieux descẽdue (enquoy se cõprend aussi la Loy) la haute
MAIESTE, cõme de cas a soy fort proche, en voulut mes
me exercer l'Office sur Terre des le cõmencemẽt, puis la
faire exercer deGeneratiõ en autre par les plus dignes Espritz dentre les Hõmes, iusques a ce q̃ par son ROY bien
aymé il lauienne faire exercer & reluyre a perfection sur
toutes choses crées a la fin des Siecles, comme par le trop
plus que digne Humain qui onc fut ne sera en nature, &

Opinions de
la Plume sur
la grandeur
future du Sce
ptre des Gau-
loys & de la
dignité du
Roy.

Dieu premier Iuge fur terre.

pour cela, en plus part auſſi appelé Roy. Par ainſi le prémier I V G E au Monde fut le C R E A T E V R, Veü que
lors que le premier Pere eüſt offenſé, il l'adiourna pardé- *Gene.3*
uant ſoy, & l'appela : Puis donna contre luy la iuſte & premiere Sentence dont les Humains to⁹ ne ſceürent depuis
appeler fors en la Court ſouueraine de ſes Graces. Encores depuis, Quand Cayn eüt cõmis l'homicide en ſon *Gene.4.*
Frere Abel, Il fut pareillement appelé deuant D I E V, &
Interrogé. De ſorte qu'en cela le SEIGNEVR excerça
l'Office de Iuge, ainſi qu'en autres choſes parmy les Hõmes. Cela fait il delaiſſa puis le Droit de la Iuſtice a Adam

La Iuſtice de laiſſee aux hõmes.

qui l'excerçoit ſur ſes Enfans, quand l'un formoit com-
plainte de l'autre : Car Raiſon mouuoit les Hommes, par
vertu de cete Anthorité diuine, a faire que les Enfans ſe
ſoumyſſent au Pere. Le S O V V E R A I N pourtant ne
ſe voulut pas du tout déſſaiſir de l'Etat de Iuſtice, veü qu'il
ſeſt touſiours depuis reſerué a ſoy & ſon Conſeil etroit, la
Congnoiſſance & Iugement des Maux ſecretement cõ-
myz, A loccaſion dequoy iay notté en quelque endroit
Que ſi tous les pechéz qui ſe font etoient punyz en ce
monde les Iugementz de D I E V n'auroient lieu. Donc
apres le CREATEVR le Pere cõmença a eſtre Iuge de
ſes Enfans. Mais auenant que aucunesfois les Filz ne ſuy-
uoient pas la doctrine du Pere & ne luy etoient obeyſſãs
au moyen de la Corruption du Peché originel: Auſſi que
pour meſme cauſe les Peres d'aucuns n'etoient bons Iuſticiers en leur Famylle, comme trop Piteux & enclins enuers la paſte charnelle de leurs Enfans, & que quand les
vns venoient a offenſer les autres, chacun deffendoit la
partie de ſon Sang contre le Vray de l'équité, Cete pré-

La vraye ſource de nobleſſe humaine.

miere Perle ſuſdite de Raiſon diuine, eueilla les Hommes
a elire vn Souuerain d'entre eux qui eüſt par le commun
accord de tous, puiſſance de faire la Iuſtice des Crimes &
delictz, ſouz recongnoiſſance de la diuine Authorité du
premier I V G E, qui en cela venoit a dõner au Iuge ou gou
uerneur terrien vne certaine ſuperintendance legitime &
reuerée de tous autres. Et ainſi ſe feit & print ſource en
ter-

Terre la premiere Conftitution ou Erection des Hommes Nobles & des Princes en chacune troupe de Vilage
Vile ou Chafteau. Nobles depuis par fus tous les autres
furnôméz, comme plus & myeux congnuz par l'effait de
leur Iuftice & gouuernement fur tout le refte de leur Peuple. Tellement que telle premiere Election etant faite
par naturelle&particuliere raifon desHômes, elle fut pour
tât excitée de la capitalle Raifon dôt deffus eft parlé, qui
dépend d'un fil de la pureVolunté de l'eternel PRINCE.
Du depuis, & multipliant le Genre humain en malice, en
force corporelle, en diffentions, rapines & debatz, par la
diabolique Enuye autant ou plus qu'en habondance, gene
ration & biens de la Terre par la Grace diuine, les Iuges
& Gouuerneurs ainfi eluz pour Princes, commencerent
d'une part & d'autre, pour la conferuation de leurs Cômu-
nautéz &fouuét auffi pour plus feüre conferuatiô duButin
fait fus le Voyfin, de fenclorre, & baftirMaifôs fortes, Cha
fteaux Bourgages & Citéz. Au dedans & dehors defquelles, iceux Iuges comme les plus Sages vaillans & courageux faifoient a toute Entreprinfe de guerre ou autre affaire, la-premiere Pointe: & a cela etoient fuyuiz des Hômes du païs pour l'augmentation, hôneur ou meilleur repos de leur République, ou petite affemblée. Au moyen
dequoy, de Iuges & anciens Gouuerneurs, de Scyndicz,
Maires Echeuyns Senateurs Magiftratz Peres Poteftatz
ou Princes, veinrent puis a eftre appeléz Roys, dont le Nô
fingulier emporte& comprend en fa fuftance (& toufiours
fouz l'Obedience du grand R O Y) toutes ces autres qualitéz nômées, côme fouuerain Nom conuenable au Souuerain Prince desHommes de par le fupreme S O V V E-
RAIN de l'Vniuers qui expreffement voulut ainfi infpi-
rer les Humains a nommer ceux qui pour fa Maiefté ex-
cerçoient la Iuftice entre fes Peuples & tenoient en cela
Sapi. 6.
Ad Ro. 13.
1.Pe.2. fon Siege ou gouuernement vifible & materiel en Terre.
Et pour cete caufe il eft ecrit que toute Potefté vient de
DIEV, A celle fin, en particulier, que fouz cete generalité,
la Specialité f'entende de celle qui eft Royalle, pour faire

la differéce dentre l'Imperiale & elle qui, felon cecy, eſt dé
la Volûté ordónée du SEIGNEVR, & l'autre de la permiſſiue tant ſeullement. Comme voulant (pour ſes Déſſeins)
laiſſer prendre cours aux effrénées voluntéz de la Nature
& la laiſſer vn temps ſouller de ſa fange dans le gros Bour
bier des quatre grandes Monarchyes ou Empyres dont
ſera cy deſſouz plus amplement parlé : Leſquelles furent
cómencées & agrandies depuis le Déluge par force de ty
rannye non pas par ſaine & publique Election, voire & qui
fut faite contre le Droit des Primogeniteurs & vrays titu-
laires du Sceptre legitime, qui auoit eté par Noë (en cela
inſtrument du MAISTRE) conſtitué ſur la Terre, cóme
grand Patriarche & ſeul Seigneur téporel d'icelle: & pour
cela, telles Monarchyes dautant plus ſubietes a extermination préordónée de DIEV, a telles & ſi ſuperbes Electi-
ons d'empyre nullemét auſſi appelé ou recógnu. Qui fait
par cela, clairemét cógnoiſtre l'Illegitimation de telz Em
pyres, & la legitimatió de la Royalle Poteſté entre les Hó
mes, touſiours odieuſe a l'Empire. Laquelle poteſté de
Roy ſe fait pour telles cóſideratiós apperceuoir d'aſſéz pl'
grande exellence en tous les endroitz de la Sainte Ecrittu
re, ǵ n'eſt l'imperialle: Veü que par icelles DIEV ſe fait a-
peler ROY des Roys & SEIGNEVR des Seigneurs, qui
ſentend des Empereurs & Monarques. Son bien AYME
en ſemblable, eſt appelé fils du Roy Dauid, par humanité. .Pſ: 2.
Saint Pierre & Saint Pol preſchans aux Peuples, par fois Rom. 13.
les admoneſtans d'Obedience, leur diſoient que pour la
Reuerence de DIEV, ilz ſhumiliaſſent a toutes Perſónes
mais par eſpecial au Roy, comme au ſuperieur ou plus exellent. Vn d'entre les Papes auſsi a eté (dont le nom m'eſt
preſentement echappé de la memoire) qui par vne Lettre
qu'il enuoya vne fois a l'Empereur Anaſtaze luy écriuoit
ainſi, Il fault que tu ſaches que deux choſes ſont en ce Mó
de, qui doyuent gouuerner les Hómes, ceſtaſſauoir la Dignité Epiſcopale & la Poteſté Royalle. La deſſus cógnoiſ-
ſans bien les Empereurs derniers l'exellence du Titre de
Roy, ont tant pourſuiuy par couuerte Intentió, qu'ilz ont
                                                         fait

fait adiouſter & ioindre à leur vert Laurier vne fleur royal
le, A celle fin qu'ilz peüſſent faire entédre par vertu du Titre d'Empereur, qu'ilz etoient a eſtymer plus q̃ les Roys:
& a ċet effait a eté trouué vn Expedient, de faire, que auãt
qu'vn Prince ſoit créé ou cõfirmé Empereut il fault qu'il
ſoit fait Roy desRomains. Ce neaumoins, & auſsi nonobſtant tout ce que lon voudroit alleguer cy encontre tant
par Loix humaines, par Raiſons, ou Coutumes, Voire &
par le regard du Denier que IESVCHRIST diſt vn coup
qu'il failloit rendre a Ceſar (qu'il faut icy entendre ſainement) la Primogeniture & Ayneſſe des Roys de Gaulle
toutesfois, flottera touſiours en effait & raiſon, ſur tout cela par diuine droiture, ainſi q̃ ſ'aperceura cy apres: Cõme
etant la Courõne Gaulloyſe la Norme de tous les autres
Roys, entre leſquelz ceux de France d'apreſent peuuët a
bon droit eſtre appeléz les Sires, comme ainſi conſtituéz
qu'ilz furẽt deſlors du grand Déluge ſelon la forme acoutumée de l'antique Benediction des Patriarches & bons
Peres ainſi que les ſainctes Letres, nous enſeignent la ou
il eſt encores ayſé a veriffier qu'iceux Peres & Princes
voulans donner la Benediction de Primogeniture au fils
ayné, prioient prémierement D I E V, de luy donner la
Rozée du Ciel, & de la Greſſe de la Terre en grandeur &
habondance : Puis diſoient a l'Enfant en preſence des
autres, ces motz, Tu ſois Sire de tesFreres. Choſe qu'apres
le Déluge feit le grand Patri arche Noë a Iaphet ſon fils,
quand il luy dõna la Primogeniture & droit d'Ayneſſe ſur
la Terre: En l'intitulãt, de plus, du noũueau Nom de Gaulloys pour tel regard. Duquel nom auoit eté ſurnõmé icelluy Noë ſubit apres le Déluge, pour ſigniſiáce perpetuelle & diuine de la Renouation de laTerre & des Humains
en luy, qui auoit eté conſerué en la grãdArche. Or pour
mieux encor' faire entendre maConception en faueur de
la treſantiqueCouronne des Gaulles, & de ſon diuinTitre
de Roy par deſſus tout aũtreDignité Imperialle, Ie ne me
puis que touſiours émerueiller, de ce q̃ ie voys, outre ce,
rememorãt par diuers Ecritz, que ce ne peũt eſtre qu'auec

La couronne de France eſt norme de toutes les autres.

Gen. 27.

fpecialle Volunté ou gråd myftaire de L'ETERNEL, que
le Prophete Daniel, m'ayt iadis fi fongneufement entrete
nue pour me faire dépaindre l'Etat des Empires principaux de la Terre, Voire auant qu'ilz feüffent quafi com-
mencéz ou fongéz de Creature viüante. Car ce grand
Prophete ou Secretaire de DIEV, congnoiffant bien par *Daniel.*
lueur du Saint ESPRIT, les Succéz de ce Monde, il fignif-
fia aux Hommes, qu'il feroit quafi du tout reduyt, comme
afferuy, fouz quatre Monarchyes principalles, que DIEV
permeit contre fa diuine Authorité eftre par la malice
ambicieufe des Hommes nommées Empires. Ainfi Daniel battifa ces Monarchies, chacune a par foy, de quatre
noms de Beftes les plus fauuages qu'il peüt imaginer,
felon la proprieté du gouuernement, & de la generalle conduytte qui fe pouuoit faire & fe feit d'icelles. A la
quatrieme defquelles Poteftéz ou Monarchyes qui fut la
Romaine, voulant icelluy Prophete dénotter fa grand
puiffance & rapacité, ne luy fçeüt trouuer aucun nom
d'affez fiere Befte, pour a fon gré ou plus proprement la figurer, & par tel moyen faire fecretement entendre fa qua
lité lors future. Or'etant chofe croyable, que fi le Monde eüft deü porter le faix de plus de quatre Monarchyes
ou Beftes generalles, le Prophete eüft auffi toft parlé d'vne
cinquieme ou fixieme, côme de quatre que nous voyons
depuis eftre echues, affauoir celle des Affyriens, celle des
Perfes, celle des Grecs, & celle des Romains, Il fenfuyt tref
bien, que les trois prémieres ayans pieça fait leur cours,
ny à plus que la Romaine a faire ou plus toft paracheuer
le fien: & confequemment que icelle finye, autre Monarchye au Monde iamais plus ny aura: l'entens qui foit illé-
gitime, generalle, & tenue fouz titre & Puiffance d'Empereur côme les fufdites. Et que nous foyons a la fin de cete cy, il en appert affez, tant par la durée plus longue qu'el
le a ia eü par deffus les autres trois: que comme etans les
Empereurs de ce temps en trop moindre puiffancé & grå
deur que leurs Predeceffeurs, qui tenans les Gaulles fouz
eux, femble quafi les Gaulles tenir maintenant tel Empyre

fouz

souz bryde : Soit que la Grandeur memorable de l'Empereur Charles d'apresent en luy mesurée, puisse estre egalle
voire & a preferer a plusieurs de ses Predecesseurs : Et au- *La France ob*
quel aussi la France est asséz redeuable, en ce qu'il luy à *ligée a l'Em*
mis les Armes au poing(ou bié les luy à éguysées)pour cô *pereur Char-*
me grand' Iusticiere future de la Terre, se trouuer du tout *les.*
equippée au définiment de cete Monarchye Romaine.
Qui est ce dont i'ay maintesfois ecrit souz aucuns Prophetes en termes generaux & couuertz, & dont les Turcs
mesmes font telle merueille en leurs principalles Ecritures, qu'ilz en ont particuliere inclination a la France.
Sur tout cela donc, ie resoulz (sauf le Secret des incongnues particularitéz du hault D I E V, & le meilleur Iugement des Hommes de Vertu & Sçauoir) que cet Empyre
finy, le Monde & principallement l'Europe prendra nouuelle forme de Seigneurye : & que ce Nom d'Empereur
etant aboly ou reduyt a sa premiere valleur(comme ayant
eté odieux au SEIGNEVR qui etât seul Empereur de tout
entend estre recongnu pour tel , & que les Princes de ça
bas ne sont que Récteurs Roys ou Gouuerneurs souz luy)
la Terre sera alors en termes destre regye & dominée(souz
le Nom de ce seul E M P E R E V R) par Princes qui por-
teront le Titre de Roy, que luy mesme voulut faire porter
en ce Monde au grâd ROY autresfois incongnu, son Fils,
& non pas d'Empereur : & ce tout ainsi qu'il auoit voulu ses Eluz au premier Ordre de l'Vniuers d'apres le
Déluge estre gouuerné non souz Potestéz Imperialles *Les faitz de*
mais Royalles : & ainsi qu'encor' depuis il en montra son *Dieu se corres*
Intentiô sur les Enfans d'Israel. Et pourautant q̃ tout sain *pondent en*
Esprit peult comprendre que les Faitz du DIEV viuant se *leur fin & cô*
correspondent en leur Fin & Cômencement : Et que s'il a *mencement.*
voulu(a cete raison)constituer anciennement des Iuges &
Roys sur son Peuple élu, non des Empereurs, il est pl⁹ que
vraysemblable que a la fin des Ages tout sera aussi consummé, & aura parauât eté regy souz Titre Royal non Im
petial . A l'occasion dequoy lon peult en cecy considerer,
comment par les Iugementz incomprehensibles du

CONTREMYNE

1.Cor.x.

SEIGNEVR, la Sageſſe des Hómes ſe trouue á la fin ren-
uerſée ſelon que dit ſaint Pol, & cóment a ce propos ſe
trouueront friuoles leurs Loix & ſi authoriſéz Pointz de
Droit qui veullent expreſſement que tous Chreſtiens C. ſi qui
uoi Volume.
Iuifz & autres Gens ſoient ſubietz ou recongnoiſſent
l'Empereur, ſans excepter ny porter reſpect, au grand
Roy des Gaulles, ny a autre. Et voila par ce que i'ay dit, có
ment ie penſe préuoir la fin totalle des Empyres & ſur cela le rétablyſſement ſuperlatif de la Couronne Gaulloyſe
qui en l'Occident ſe va de iour a autre reſſormant, & a
veüe d'œil reprend ſes forces & membres anciens, pour ſe
fortiffier & faire voir a cet effait, meſmement que les Al-
lemans(dont cy dedans eſt queſtion) doyuent auoir plus
*Les Allẽms
ontcauſe d'a
uoir foy a la
France.* d'eſperance & de Foy a vn treſchreſtien Roy de France (ſpeciallement quant a paruenir a leurs principaux
poinctz pretenduz) quilz n'en ont eü a dautres grans
Princes , enuers leſquelz leur Attente a eté vaine:
Et au moyen dequoy apres auoir congnu tel Benefice
du Roy Gaulloys, ilz ſe feront a luy pour iamais indiſſolu-
bles Confédcréz & amys : en recongnoiſſant leur Con-
ſáguinité trop plº etroitte & antique entre eux, & les prémiers Gaulloys au monde renóméz auant le trouble des
Troyens, qu'oncques elle ne fút depuis l'Alyance de Fara
mond & ſes Succeſſeurs par forcée Amytié entre eux &
les Gaulloys plus toſt accordée que autremét: & qui pour
cete cauſe ne pouoit auſſi durer. Choſe qui ſemble deuoir
indubitablement ainſi auenir, ſi les Humains croient que
DIEV ayt cure de ſa Religion en Terre, & ſilz penſent q̃
ce ſoit quaſi dé neceſſité que en l'Arriere ſaiſon , la Verité
doyue eſtre entiéremét congnue & rétablye en toute qualité : & que (ſuyuant cela) tout ce que deſſus ſe face pour
vne certaine Rénouation de l'Europe ſpeciallement. Pour
laquelle Renouation (& ſans qu'aſſéz d'hommes y ſon-
gét) elle ſe voit ce iourdhuy toute comme en vn Ploton
meſlé, toute en Contrarieté & diuiſion ebranlée, & vniuer
ſellement offuſquée dun Chaos & grand' Confuſion de
Troubles, de Guerres, de Sciſmes, de Vices , de partialles
affe-

affections,& de facheuses mutations de temps : Acelle fin
ce semble, d'estre remyse par le seul MONARQVE des
Cieux en ordre a son plaisir réformé auant la Consummation des Siecles , pour sa Gloire eternelle & Lumiere de
tous Hommes: Et a cecy ne discorde, ce que saint Augustin me feit vn coup non sans cause noter en vn endroit de
ses Oeuures par seblables parolles[Aucuns Docteurs,dist il
affirment que vn des Roys de Gaulle possedera entiere-
Aug. L. 9. ment l'Empire, & lequel au dernier temps sera tresgrand
Prince,& de tous les Roys le dernier Roy , Qui apres a-
uoir heureusement gouuerné son Royaume yra a la fin
en Hierusalem & metra son Sceptre & sa Courône sus le
Mont Olyuet, pour alors voir la Consummation totalle
de l'Empire,& puis la Venue de l'Antecrit,selon que dit
saint Pol,lequel côme Homme de peché , Fils de perdition & source de tout mal, sera reuelé] De tout ce que
dessus ie ne fais scrupule ,sans que passion aucune me
transporte : Consideré de plus,que si par ordre diuin les
trois Partz de la Terre doyuent gouster par ranc les Biens *Autre Consi*
de DIEV,& les faueurs de ses Astres,&infiniz dons de ses *deration dela*
graces : & que la Playe de l'Orient , en son temps, en ayt *Plume.*
receü sa Portion , celle de Mydy apres : Celle de l'Occident aussi,ne pourra pas, ce semble, estre frustrée de la
sienne a son tour. Car tout ainsi que le Mydy tyra de l'O-
rient toutes les habondances & Richesses du monde,tant
en biens temporelz qu'en Vertuz , en Science & en tous
Artz: Et qu'en cela s'aperceüt la fin de l'Empire oriental,
Aussi voit on q̃ au decroissement de l'Empire meridional
que i'appelle le dernier & Romain,l'Occidentale Playe,
sur laquelle, est plantée la Gaulle antique souz le signe
du capital Aries , a pieça commencé de tyrer a soy
pour la grandeur de son Sceptre,tout ce que s'est trouué
de bon & a flory non seullement en Rome Italye ou Espa
gne,mais aussi de tous autres quartiers esquelz se soit peü
choisir chose d'exellence,en Esprit,en Corps ou en façon,
Voire outre la copieuse Bôté qui est entre les Frãçoys plus
qu'ailleurs de tout ce qu'est necessaire a la Vie , comme de

CONTREMYNE.

Bledz, de Chairs plus delicates Poyſſons & bons Vins ſpe
ciallement. De maniere que cete Région Gaulloyſe ſen-
richit outre cela, & chacun iour ſ'anoblit de tout cas digne & celebré qui puiſſe eſtre ſouz la Face des Cieux par
grace a elle gracieuſement dónée du gracieux & ſupernel
DONATEVR, qui pour ſes Déſſeins l'appele a haut Affai
re en terre. Et a ce propos (comme dit vn ſpirituel Poete
parlant des grandeurs volontaires d'icelluy) on peult bien
apliquer cecy en faueur du haut Sceptre Gaulloys.

Il hauſſe ⊕ baiſſe, il aſſiet & puis change
Quand il luy plaiſt l'Empyre en main etrange.
Du Mede, au Perſe, & du Perſe au Gregeois,
Du Grec a Rome, ⊕ de Rome au Gaulloys.

Signes du cõ-
traire de ce
que dit eſt. MAis ſi entre cy, & la perfaitte Faueur d'icelle Couronne Gaulloyſe, aucune apparence ſ'apperceuoit du cõ
traire, veü que des ſecretes Voluntéz de DIEV nous ne
pouuons (tous & toutes) proprement parler que par forme d'énigme, I'eſtime que les Signes ſpeciaux en pourroi
ent bien eſtre, quand en France lon verroit le Prince non
aymé comme il conuient. O Populaire ſourd, qui a chacun coup vas en cachette murmurant pour l'emprunt de
l'Eſcu contre tes Roys, ſans auoir ſouuenance que par le
texte des ſainctes Letres du CREATEVR cela teſt def- *Eccl. 10.*
fendu, & ſans pouoir congnoiſtre les Graces qui'l te fait
chacun iour plus qu'aux autres, & vient a t'en preparer
de meilleures en ſes Intentions par les Inſtrumentz de ſes
Voluntéz ou dignes Permiſſions, qui ſont les Roys au ſoutenement des longues Guerres, qui ont, comme vne furieuſe vague de Mer, a angloutir, & aucunesfois a ſeullemẽt
bagner & faire peur aux peuples ça & la pour les chaſtier
& reduyre a la voye de Raiſon, ou lon ne te peult toy meſ
me achemyner que par la diſcipline qui ſi doucement teſt
baillée de par luy en telz empruntz, Murmure tu ainſi cõtre la Prouidence celeſte pour ta ruyne? Penſe ſeullement a murmurer, & a faire que les Cottiſations du fott
portant le foyble ſoient iuſtement aſſiſes en telles choſes

&

& que lon ne face iamais plus comme vn coup du viuant
du Roy Fráçoys se feit a Rouen, la ou l'authorité de Cot-
tiser etant donnée a des plus grans de la Vile, oublyerent
a y cotter les plus grans, leurs parentz compéres & amys
pour myeux charger le Commun, qui cryoit a l'ayde &
murmuroit contre son Prince, ainsi que souuent se fait a
tort, par la malice d'aucuns Ministres. Et cela refformé
Ou sont ces Romains antiques, Peuple Chrestien, ou
sont ces Romains, pour ton exemple & reproche, qui
sans les diuines Considerations susdites, & seullement
pour celle de l'honneur porterent autresfois si franchement & sans se faire tyrer l'oreille, toutes leurs bagues &
Argent dans le tresor de la Vile a toute necessité, pour ré-
sister a tes Grã Peres Gaulloys? Voire & dõt si grand' Ri
chesse leur en aueint depuis, que les Citoiens furent vn
long temps en Rome non moins riches que petitz Roys.
Ecoute donc icy, & releue ta pensée d'enbas, pour cõsiderer q̃ chacun est forgeron de son mal, Puis aussi pour
mieux comprendre mon dire, & l'autre Signe cõtraire a
la Vocation temporelle, voire & spirituelle (en general) de
toy mesme dont i'ay peu auant entamé propos. Cest,
ou ce pourroit bien estre, quand le Corps de la théologal-
le Faculté de Paris, qui est la Collonne de l'Eglise Gallicane, en Rome & ailleurs réucrée, iroit en décadence par
faute d'estre bien soutenue : Et que le Sanctuaire du Roy
seroit administré par Pharisées, ou peu reuerémment reuy-
sité : Et que l'improuuëue distribution du Pain qui pour
DIEV se donne seroit par trop continuée, au contraire de
la chrestiéne façon d'en vser de si long temps enseignée
en cela par le bon Pape Vrbain cinqieme, que les Roys
en reuerence de son Siege & de sa Vie aussi, alloient visiter
& honorer en Rome, ainsi que feirent entre autres, vn
Roy Ian, vn Empereur d'Allemagne, l'heureux Roy Capet, & vn Roy de Nauarre. Choses pourtant (quoy
que ie dye) que ie n'espere futures en la Gaulle, i'entens
quant a l'effait de telz Signes presagieux, Puis que pour
tant d'autres & diuines Raisons parauant déduytes

FFf

le feul EMPEREVR de ce bas Territoire, fe mefle defon affaire, en mefurant les Temps & Saifons a la mefure iufte de fes Voluntéz, Entre lefquelles, mefmes il veult que fon FILS bien aymé fe paiffe parmy les fleurs royalles du beau Lys, iufques a tant que les vmbres ou tenebres de toute Occupation etrangere foient du tout abbaiffées & chaffées d'alenuiron à celle fin de mieux faire épanyr telles fleurs, Pour puis fe faire vifiblement congnoiftre de ceux qui par foy ne l'ont, ou ne l'auront voulu écouter, & n'auront voulu goufter la Mort iufques a ce qu'ilz ayent veü le FILS de l'Hóme en fa Maiefté . Par grace de qui i'ampliffiray encor' mieux ce plus que diuin & neceffaire Déffein parauant demené en faueur des Gaulles & de to⁹ fes Habitans apres le paracheuément du fuyuant propos de Gannes dont le Déffein eft ataché a l'autre , & qui en vertu de cela, y a feruy d'Inftrument fans qu'il fçeüft (peult eftre) qui le mouuoit d'enhaut.

Cantic. 2.
Cantic. 6.

Math. 16.

Reprinfe du propos de Ga nelon pour y conclurre.

POur reuenir doncques a la conclufion du Cas parauāt enfeigné touchant l'Entreprinfe memorable du grand Conte de Poytiers Ganelon de Mante, laquelle peult biē eftre pour telle honorablement recongnue en vertu des precedentes raifons, & auffi de celles qui enfuyueront, veü que tout cecy eft vn pur myftaire du hault SEIGNEVR, Il fe faut refouldre a croire, que celle mefme Entreprinfe, indignement appelée Trayfon, fut vn temps apres fi heureufement renouuellée & myfe a execution, que par l'adreffe bien fortunée du valleureux Roy Capet, oncques

L'entreprinfe de Ganelon re nouuellée a- pres luy fur les Enfans de Charlemagne fans celle du Roy Capet qui fut la der niere.

puis Etranger n'occupa la fauorifée Couróne des Gaulles, Comme ayant eté la hardieffe de luy vigoureufement fufcitée fur l'obiet premier d'icelluy Ganelon, ainfi ꝗ fut chofe (nottéz) qui de pere en fils defcendans de la maifon de Gānes & autres Seigneurs Gaulloys de fon temps lon n'auoit pas myfe en oubly (foit qu'il la falluft diffimuler) Veü que le femblable fut du depuis renouuellé par Meffire Hugues grand Conte de Paris (d'aucuns appelé Conte d'Aniou) Peregrāt d'icelluy Roy Capet, dont le Roy Loys troifieme Fils de Charles le fimple, fe douta fi fort qu'il fut con
train**ct**

contraint faire Alyance auec Otho troisieme Empereur
de Germanye,pour en tyrer ayde alencôtre d'icelluy Messire Hugues, qui fut par luy assiegé dans Paris, & ne luy
peürent rien faire. Et la cause de tel Siege fut entre autres
raisons,pour crainte & auis qu'auoit icelluy Roy Loys de
pareilles coniurations q̃ celle du Seigneur de Gãnes,qu'il
doutoit iuridiquemét estre dressées contre luy & les siens
par ces Seigneurs Gaulloys,soit q̃ selon les temps &les affaires, ilz s'entreteinssent l'un auec l'autre en apparences
exterieures quand ny auoit guerre ouuerte entre eux, qui
pourtant y fut fort souuent, depuis Charlemagne contre
tous ses Enfãs qui ne vescurét iamais en seureté tant qu'ilz
furent Roys,Iusques a ce q̃ plainement ilz eüssent laché le
Titre & la possession de la Courône Gaulloyse. Et a cete
fin d'Ayde q̃ dit est,fut promyse au susdit Empereur Otho
toute la Lorraine par le Roy Loys. Sur ce pas(par ainsi)
se congnoist euidente la Sottize trop hôteuse de ceux qui
au rapport d'vn Ouy dire cõmun,procedãt de l'impuden-
ce de Villon & du Poete Dante Florentin,croyent que le
Roy Capet fut ignoble ou fils de vil Artizan,luy qui de
part du Pere etoit sorty de Princes Gaulloys quelquesfois
surrogéz au Royaume & tenans des Roys en garde:& de
part de Mere sorty de la seur d'vn Empereur d'Allemagne
Chose q̃ ie réprouueroys cy dedans de braue sorte, cõme
i'ay fait allieurs(I'entens ce vulgaire Ouydire)n'etoit que
ie rougis quasi de honte moymesme de pl⁹ ouyr parler de
si craceuse Opinion, dont ie sçay fort bien les causes,indi-
gnes certes de toutHôme de valleur.Pour mieux dõcques
montrer icy q̃ de race en race de ces deux nobles & anciennes Maisons de Gãnes &Capet speciallemét,le Déssein
de l'Entreprinse dõt est questiõ n'etoit oublyé,ny aussi les
Considerations qui la causerent cy deuant déployées,faut
notter que encores apres le decéz du Roy Capet Chef de
la tierce& legitime lignée desRoys d'apresent fort Croys-
sante,le Roy Robert son Fils, en montra bien quelque effait de souuenãce,veü qu'en dédain cõmemoratif du mauuais office de l'historiographe Turpin (qui auoit expressé-

Le Grãpere du Roy Capet assiegé dãs Paris par vn Roy & vn Empereur.

La sotte croyance de l'ignobilité de Capet.

Le Roy Robert peu amy des parêts de Charlemagne

ment caché les Occafions de l'Entreprinfe de Gânes)il af-
fébla vn bon nôbre d'Euefques en forme deConcile,pour
dépofer de la Chaire épifcopalle l'Arceuefque de Reims
d'alors, Raoul côme auoit eté Turpin, & qui etoit grâde-
ment hay du Roy pour autant, en partie, qu'il fe difoit de
la fource de Charlemagne, en fecret odieufe aux vrays
Gaulloys & Capetz : Qu'il luy rememoroit ledit Turpin tant Seruiteur de Charlemagne: & qu'il fut conuaincu
de quelques cas a luy impofez, Au moyen defquelz, & en
hayne de ce q̃ deffus, il fut démytré, & pour Arceuefque
deReims fut colloqué en fon lieu,Gilbert,du depuis nommé Pape Silueftre,fecond. Ce qui fait clairement conie-
ƈturer que non fans grandes Occafions, les Seigneurs
Gaulloys auant Ganelon, apres luy, & encores apres la
mort de Charlemagne & de fes Enfans, auoient conçeü
hayne iufte d'expulfion alencontré de tous ceux des deux
races prémieres de Roys de France, côme Occupateurs
en partie Payans (lon n'oze dire Tyrans) & impropres ti-
tulaires d'vne tant antique & legitime Courône. Finallement donc, ce Cas etant ainfi heureufement auénu a Capet tout ainfi que parauant il auoit eté conçeü au cœur de
Ganelon,& depuis luy en la penfée de quelques autres de
la maifon du fufdit Roy Capet qui diuinement (bien qu'il
ny penfaft) entrepreint & repreint felon telz Déffeins la
Saifine du Royaume de Gaulle au nom de tous les vrays
Gaulloys,Ie puis hardiment attefter,que ceté louable generation d'Allemagne (qui par Vertu des caufes & moyens fufditz print congé du païs)ny a rien laiffé de ce qu'elle à maintenant de bon,fi ce n'eft de l'auoir nómé France,Voire encores fi cela fe peult dire, au regard de l'antique Roy des Gaulles Francus qui auoit bien peü faire
côurir ce nom auant Faramond,& auffi au regard de la
perte du Nom antique de Gaulle,dont Region n'eüt onc
& n'aura le femblable, côme etant le premier Nom du
Genre humain qui fut fus Terre apres le Déluge vniuerfel. Iay dit,ny auoir rien laiffé de Bon, eü regard de rechef,& affin qu'on ne l'oublye,a ce point particulier, qui
eft.

eſt, Que depuis le Roy Faramond, iuſques au temps
du Roy Capet, ce n'a eté qu'Idolatrye & Cruauté en la
plus part des Seigneurs & autres Gens de ſa Conduytte,
Ainſi que veritablemēt fut congnu (outre tout ce que cy
deuant a eté dit par foy d'hiſtoyre) entre les Enfans meſmes du Roy Clouis, mené au Batteſme cōme lon ſçait,
Leſquelz non contans de tuer Femmes, Norrices & Nor-
riciers de leurs propres Neueuz, voulurent puis embroil-
ler leurs mains du ſang de leur frere charnel : & de fait
dreſſerent vne Armée alencontre de luy pres Orleans, de
quoy ilz furent pourtant diuertyz par le moyen de leur
Mere, yſſue de la Maiſon de Bourgongne . O Princes
du treſnoble & treſantique Sang Gaulloys (ie ne puis plus
dire François, qui ne l'ay acoutumé en aucune Langue,
Pyramyde, Statue ou Medalle pour votre Renō) que votre mémoire eſt au Roy Capet redeuable : Veü que par
ſon moyen qui fut pouſſé du motif exemplaire de Ganelon, qui luy auoit ouuert la voye de regner, voz Enfans
nayſſent tous quaſi Roys, futurs Monarques. Dittes moy
ie ſupplye, ſi ce n'euſt eté l'ouuerture de ſi haute & iuſte En
treprinſe de regner par Ganelon comme Gaulloys de race anciéne & treſchreſtienne : ſi ce n'euſt eté auſsi le ſuſdit courageux Prince Capet, qui a ſaiſon oportune enſui-
uit & exécuta ce premier Déſſein & a bon droit ſen feit
Roy de tous aymable : Ou feuſſiéz vous Roy ſaint Loys
de ſainéte Vie canonyzé? Ou feuſſiéz vous de votre Renom Phlipes de Valloys, qu'on appela le bien fortuné &
qui pour ſigne ſpecial de votre legitimation feuſtes emeü
de reduyre les Fleurs en figure d'vne trine Vnité, nō Char
lemagne ny les Siés? Ou feuſſiéz vous Fráçoys premier de
nom, qui mile fois euſſiéz cy dedans getté ce bel Oeil
apetible de Sciéce, ſi l'euſſiez veü? Ou feuſſiéz vous Henry ſecond, qui de nul autre, ie croy, ne ſerez ſecondé? Voz
Armoyries, pour ſeigneuriallés qu'elles euſſent peü eſtre,
euſſét elles porté le Lys incōparable?CeteCourōne, plº no
ble aſſéz que tout Laurier ceſarin, euſt elle fait la ronde
entour votre Chef treſroyal? Ou feuſſiéz vous Maiſon

Exclamation de la Plume aux Princes Gaulloys.

FFf iij

royalle de Vendome,qui de bonté la perle etes eſtimée?
Ou feuſſiéz vous Ciuilité françoyſe ſus tous Peuples ré-
clamée, ſi iuſques icy l'Allemagne vous euſt domptée?
Donc,par Vo⁹ tous Graces ſoient rendues au haut DIEV
d'Equité . Au magnanime & grand Conte de Poitiers
Ganelon ſon premier Inſtrument(iaçoit qu'il ſe rompit)
rendéz hôneur humain:Et de Capet celebréz la mémoire, côme de l'autre Inſtrument qui, ſans ſe rompre , a fait
L'OVVRAGE que deſſus.

EN apres, Et pourautât qu'il me ſemble ne pouoir eſtre
trop prolixe a montrer de côbien eſt differente la Nation Gaulloyſe a celle,non pas des vrays Allemans d'apre
ſent,mais bien a la Troupe qui fut ramaſſée en Scythie
& Gotye par le Pere de Faramond pour venir occuper la
Gaulle:& conſequémént que le Païs ne tient en choſe aucune d'iceux Faramondoys ſelon qu'a eté propoſé au cômencement de ce Chapitre, & qui ailleurs qu'icy pourra
vn iour eſtre plus amplement déduyt tant ſur le fait deGa
nelon ꝗ dautres cas y ſeruãs: Et ſuppoſé,que i'ay cy deuãt
aſſéz dit de la Nature diceux Allemans,Ne me reſte qu'a
metre en euidence la Contrarieté de ces deux Voyſins par la declaration de quelques proprietéz qui ſont au
Coq : Et ce,ſouz la permiſſion de vous toutes treſdignes
Princeſſes,icy a mes propos attentyues,Qui pour ce peu,
& auſsi pour le plus ꝗ i'entens dire cy apres de l'infaillible
Grandeur de laFrance qui ſi librement vous entretient,ne
ſeréz,ie croy,malcontantes d'ouyr choſes encor plus nouuelles,en lieu du diſcours de voz Préexellences,dont ie re
prendray peu apres le fil a votre meilleur contantemét en
eſpoir d'obtenir de vous vne requeſte .Pour deuyſer donc
quelque peu des plaiſantes qualitéz du Coq, Nous dirons
que par les Anciés il fut de tout temps appelé Gallus,pour
la ſeblance qu'il tient en ſoy de la nature du Gaulloys, ou
François. Et a cete raiſon on peult bien ſoutenir que ny
plus ny moins que le Coq eſt de belle & releuée façon de
corps, Auſsi eſt leGaulloys,& leur païs auſſi denômé Gallia, côme etans les Peuples Gaullois autant ou plus blancs,
souz

Graces à Dieu,

Graces à Ganelon.

Graces à Capet.

La difference qu'il y a en-tre les Fran-coys & les Allemans.

Des braues qualitez du coq.

souz le Linge & ailleurs que tous autres, car Galla en grec
veult dire Laict, & Gallus en latin eſt le nom du Coq, outre ce que Plato, a raiſon de telles nominations, infere en
quelque paſſage que les Gaulloys ſont plus deuotz que les
autres. Toutesfois la vraye ſource de cete parolle Gallus,
qui procede de Langue armenique ou hébraique, à touſiours eté entēdue pour vn, qui du peril des Eaux eſt échapé : & de fait les Armenyens ont touſiours appelé vne
Gallere Gallerin qui vault autant a dire en leur païs, que
Vaiſſeau ſauuant des Vndes. Suyuant cela, ce mot antique
Gallus ſigniffie Celluy qui en ſe ſauuant, Sauue quant &
quant les autres du peril de mort, Ainſi q̃ feit le grand Patriarche Noë de tous les ſiens alors du Deluge vniuerſel.
Lequel ceſſé, ce Nom de Gaulloys fut par luy ſpeciallemēt
dõné a ceux d'entre ſes Enfans qu'il iugea par diuin Vouloir meriter ſa Benediction auec le Droit de primogeniture ſur l'etat principal de la Terre, qui furent les Gomerites
deſcenduz de Iaphet & Gomer par les Babiloniens touſiours en vertu de cela nõméz Gaulloys, comme dit Xenophon. Leſquelz Gomerites (dont ſont yſſuz tous les Gaulloys antiques & auſſi ceux qu'on appele maintenant François, ayans ſeulz herité le Titre premier de leur Grãdere
Noë qui (a effait de Primogeniture) leur fut dõné, auec le
Sceptre de l'Empire vniuerſel, pour en ſon nom renoüer
toute la Terre a l'hõneur du haut DIEV paciffié : Et d'Ar-
menie veinrēt en Grece & en Italye (ou Noë les fut voir) &
puis veinrent en l'Occident es ryuages de la grand Mer,
& auſſi du Rhone, de la Sone, de la Seine, du Rhyn & dautres Ryuieres, tout cela pour & affin de conſtituer les premieres & legitimes Seigneuries ou Royaumes, Me feront
dire icy auec Hérodote, iceux Gaullois, que les Frãçois d'a
preſent cõme telz, ſont ceux de la vieille Tyge deſquelz
toute l'Europe en eſpecial fut apres le Deluge habitée, &
pour leur vray Territoire erigée : & d'icelle, par cõſequent
ſe peuuent pour iamais appeler les vrays & premiers Ti-
tullaires & poſſeſſeurs. En ſouuenance & perpetuelle memoire dequoy & a l'honneur du Patriarche donateur de

telz Titres, les Enfans Gaulloys d'icelluy voulurent expressement battizer de son Nom, les premiers lieux des païs ou ilz alloient planter leurs Collonyes, Ainsi que se congnoist particulierement en Italye du Mont Ianiculus qui est en Rome, nommé en memoire du nom de Ianus, lun des surnoms de Noë, & comme encor' se peult bien dire de la Tuscane que les Gaulloys nommerent premierement Vmbria pour le regard du Déluge, & de l'éthymologie de Mer, puis aussi Tuscia ou Tuscane, en signiffiance des premiers Sacrifices que le bon Patriarche y feit & enseigna de faire ausditz Gaulloys : & côme par semblable & tout exprès ilz voulurent aussi faire parmy la France, es lieux ou ilz faisoient leurs premiéres Déscentes & voluntaires pozades, selon que la preuue en est encor' tresmanifesté, au regard des lieux cy nommez, Tous portans en vn seul petit mot les deux noms d'icelluy Patriarche, qui furent Noë Ianus, apres qu'il se feust depoillé de celluy de Gaulloys, Comme de NoIan le Roy, qui est en Bourgongne, qui vaut autant a dire que basty ou battizé en memoire de NoëIanus, ou NoëIan, & par syncope NoIan, Côme aussi celluy qu'on dit sur Vernysson pres Montargis, Puis de NoIan le Retro au païs du Mayne, de NoIan sur Seine, au dessus de Paris, de NoIan l'artault, en Brye, de NoIan sur Marne, & aussi de Noyon en Picardye dont le temps & le Vulgue ont abuzé d'vne letre A, au lieu de O, pour pouoir estre dit NoIan ainsi q̃ les autres. Chose qu'ilz imiterent puis pour la fleur du nom Gaulloys, par tout le Monde ou ilz feirẽt expeditiõs martialles, Selõ qu'appett par ces motz Gallatées, Gallogrecs, Gallice, Portugal, Senégaille, Loy Salliq̃ pour Gallique, & autres seblables. Et qui doutera du fons principal pourquoy i'allegue tout cecy (cest a dire de la proprieté du Titre d'Aynesse & du Nom des Gaulloys sur toute l'Europe) Qu'il prenne garde, s'il sen veult asseurer, à tout le discours de la Theologye, & de l'historiographye la ou diuersement, çà & la, cete Intelligence à tousiours couuertement coüué parmy tant d'autres grãs choses qui

trop

trop plus y reluyſent pour la gloire eternelle,& font qu'on
paſſe ſouuent par deſſus ces petites touches de Benediction Gaulloyſe,ſans les apperceuoir.Et ſi cela a pluſieurs eſt
difficile, Qu'on aille aumoins fueilleter l'antiqueVolume
des élegances de la langue caldée & hébraique, intitulé Thargum,mot hebreü: Et ſi auec Iuiſz aucuns diſoient
ne vouloir auoir affaire, Pour ſen dépeſcher qu'ilz aillent
vite vite epouſſeter les vieux fragmentz du bon Cato,
& rafreſchir les antiquailles du vray Beroſe, qui de ſon
temps ecriuoit dans Babylone les nouueaux Succéz de la
Terre,& les diuers Princes d'icelle, dequoy quaſi a peine
me ſouuient tant i'etois ieune alors . Qu'on aille voir les
merueilles de Solyn, Qu'on aille côtempler l'Age dor du
paintre Fabius . Qu'on epluche vn peu plus ſongneuſement que de coutume les antiquitéz de l'approuué Cheualier Ioſephe,quiBeroſe approuue & qui ſe trouua ala hi-
deuſe deſtruction de Hieruſalem. Qu'on demande a Ceſar côment il en a ecrit,ou a Strabo en ſa Situation du Mõ
de.Et ſi ces Témoings ne ſuffiſent , Qu'on compare deuant vn Myrſſilus lesbien, Ioignant a luy le grec Autheur
Eüſebe . Qu'on appelle vn Xenophon,& (ſi ie n'équiuoque)vn Sempronius,vn Eſforus,vn Diodore,vn Plutarque
en la Vie de Marius & autres auec , leur prouueront mon
dire par petites parcelles recueillyes , Qui eſt certes vn
expres Myracle en cet Age & vne aigre Héréſie en Italye plus qu'ailleurs,dont pluſieurs ſeront ſcandaliſéz &fa-
chéz côme gens que lon eueille d'vn dur Sommeil pour
leur grand bien: Contre lequel ce neaumoins ilz com-
batent, toutes & quantésfois qu'ilz rechignent au Gaulloys,côme a vn Etranger en leur païs, a la ſemblance de
ceux qui en leur Vile diſoient du bon Hôme ces motz,
Cetuy cy eſt venu pour demourer comme Etranger, &
il dominera,fera ? Or' pour montrer q̃ ie ne ſuis pas hors
des gons & qu'il me ſouuient de mes Propoſitions, ie reprendray les termes de l'exellence & bon heur du Nom
Gaulloys en diſant,ſuyuant iceux, que ſelon la grecque ex
poſitiõ les Frãçoys(né diray-ie iamais touſiours Gaullois)

GGg

*Thargum ſe-
cond liure des
Iuiſz.*

Cato Romain

*Beroſe Au-
theur antique
de Caldée.*

Solinus.

Fabius pictor.

Ioſephe.

Ceſar.

Myrſſilus.

Xenophon.

*Sempronius
latin.*

*Propres quali
tez des Fran-
coys.*

Gene. 19.

CONTREMYNE

font congneuz, outre tout le refte, gracieux & blancs cóme Laiȼt parmy tous autres Peuples. En apres, fi le Fran-

Le Francoys amoureux&liberal.çoys eft Amoureux & plus liberal que tout autre, On le voit figniffié par la proprieté du Coq. Lequel de plus, à telle qualité naturelle, qu'il eft eueillé comme vn Françoys,& comme tel,il fe excite de fes Ayles propres,en affemblant fes Poulles & Pouçins ,ceft a dire fes amys, prochains & fubietz, Defquelz tenant le benin gouuernement, il prend plaifir a leur tyrer le grain de dedans la Paille, dequoy il fait a tous gracieufe largeffe, & fpe-

La hardieffe des Francoys.ciallement aux Femelles. Au refte, la Hardieffe redouttée des Gaulloys, ne fçeüt onc eftre figurée par plus vif exemplaire que par la qualité courageufe des Coqs, ordinairement acompagnée d'vne certaine gayeté de Vie dont les Françoys, ont ainfi que les Coqs eté douéz par naturelle grace. Chofe a mon auis, qui

Les Banyeres de Cyrus.iadis commeüt le grand Roy & premier Empereur des Perfes Cyrus, a porter en fes Batailles, vn Coq d'or affiché au bout d'vne Lance pour Baniere la plus noble & du meilleur Augure qu'il eüft peü imaginer : Et de fait peu apres il feit de fon Empyre la feconde Monarchye du Monde. M'ebayffant affez que les Gaulloys pour vn immortel Renom de leur trefantique Progenye ne facent a prefent autre trophée de ce noble Animal,leur protrait, tant Heureux, tant Royal, & de leur Nom Nobleffe & Gloire fi autentique Enfeignement, que les Anceftres d'iceux Françoys (en leurs cœurs toufiours Gaulloys) faifoient pozer pour cete raifon au plus haut de Terre qu'ilz pouuoient, comme au bout de chacune Eguylle de leurs grans Clochers, depuis qu'ilz furent Chreftiens ainfi qu'encores f'apperçoit. Et ce, tant pour

Forme dePro teftationfecre te des Ani ens Gaulloys.vne forme durable de Proteftation (cachée fouz vn figne de congnoiffance des Ventz) qu'ilz vouloient a la uenir eftre entendue fur laCommutation ou perte de leur premier nom Gaulloys,a celluy de François, qu'ilz auoient eté forcéz de prendre comme vne Marque a l'efclauonne des Roys etrangers d'Allémagne qui fe faifoient

efti-

eſtimer parentz de Franco dé Troye,du viuant deſquelz
on n'euſt ozé donner ſoupeſon de telle Proteſtation.
Tant donc pour cete proteſtation, cela iadis ſe faiſoit par
les Gaulloys, q̃ pour laiſſer en France quelque ſigne euident de látiqueSource Gauloyſe.Laquelle certes,pour vn
Nõ etrãge &nouueau qui rend quelque douceur a l'ouye,
ne meritoit eſtre etainte, voire & des ſiens propres . Par
la pareſſe ou ignorance des Ecryuains paſſéz deſquelz
François(cauſée du peu d'amour que les Princes ont aux
Letréz) il fault que toute autre Langue que celle cy
(que iay prinſe pour la plus pudique) voyſe ça & là preſ-
chant leur Nobleſſe,leur Antiquité, leurs douaires de félicité,& leurs droitz & diuins preuileges ſur toute la Terre: Et y tiennent ce neaumoins l'Oreille etoupée , &
les yeux bandéz, N'eſtimans & ne faiſans Etat en toutes
leurs Croniques,que de Faramond, de Pepin & de Charlemagne: Comme ſi c'etoit vn Songe que de l'Antiquité
Gaulloyſe, qui de toute lointaine géneration touſiours

Ceſar.
com. 6.

fut ſeulle recongnue en l'Europe,tant pour les Armes par
lesSamothées,Celtes,Druydes,Senonoys Gallathées,Gal
logrecs & Gaulloys authoriſées en tous les Clymatz en
recherchant leur Droit paternel(bien q̃ pluſieurs d'entre
eux n'entendiſſent ce ſecret) que auſſi pour les Letres qui
prémierement ont eté auec moy en fleur parmy eux qu'a
uec les Grecs Latins ny autres ſouz leRegne de tãt d'anti
ques &memorables Roys des Gaulles dont on ne fait cõpte en France:& qui par moy ſeront cy apres quaſi comme Samuel par la Phetoniſſe,ſuſcitéz en cete Contremy
ne, par la prouidence du haut R O Y & en ſa gloire plus
toſt q̃ pour leur hõneur ou de ceux qui ce iourdhuy tiénét
leur Sçeptre a fin de chercher a rentrer en ce q̃ les autres
ont de toute anciẽneté regy es Gaulles ſpecialemẽt. Deſ
quelles me ſeble,neſtre plus ſaiſon d'ignorer le droit &bé
nedictiõ ſur peine de reprochable Ingratitude enuers l'E.
TERNEL.Pourquoy donc O Princes de valeur treſchre
ſtiéne,ne vous myréz vous au Myroer hiſtorial de ceux la
trop plus precieux que tout autre de cryſtalin de roche

Samothes lite
ras ſagas de-
dit quæPhœ-
nices erant,&
quibus Græci
ſuas formaue
runt quaſprin
cipio Galla-
this & omco-
nibus tradide
runtGalli pri
ſci. C.

Puis que par ſi ſinguliere tranſparence mes tretz durables
d'Ecriture font encor' entreuoir a chacun Oeil actif, que
vous etiéz & etes en votre ſang & droitture, les Roys &
Succeſſeurs de ſi antique Courône, auant que Ceſar feuſt
Page ſecret d'vn Roy de Bithinye: Auãt que les Romains
aumoyen de voz Biens, en plus part, deuinſſent ſi ſuperbes
& encores auant que Faramond Payan, Pepin l'vſur-
pateur & Charlemagne (protrait de votre Monarchye ré

Suyte de pro-
pos ſur les
qualitez du
Coq.

cuperable) feuſſent conceuz es ventres de leurs Meres?
Mais pour reprendre la ſuyte de mon propos alenuiron
des notables qualitéz du Coq, il me ſemble l'auoir cy deuant nõmé heureux, & non ſans cauſe : Voyant que par

Le coq eſt heu-
reux.

preuilege de Nature il dône aux Humains l'aſſeurée meſure du temps & des heures : Et qu'il à outreplus aucun
ſentiment du futur en ſoy, cõme confeſſant D I E V en ſa
Trinité, & l'enſeignant aux Hommes toutes les fois qu'il
chante: & auſſi cõme vray témoing de la parolle du ROY   *Co, Query,*
ainſi que l'apperceũt le Prince des Apoſtres a faute de fer-   *Coo.*

L'augure des
Grecs & Ro-
mains ſur le
chant du Coq

me Foy qui luy fut renforcée par le miſtaire du chant du
Coq heureux. Surquoy (meſmes quand il chantoit hors
d'heure) les Grecs & les Romains ont touſiours aſſis de
leur temps quelque certain Augure de bon heur : Ainſi
qu'apparut trois iours auant la Bataille victorieuſe des
Grecs alencontre du myllion d'hômes du Roy Xerxes,
qui furent rompuz aumoyen du courage que preinrent
ceux du païs ſur le préſage du chant extraordinaire de
leurs Coqs, qu'aperceũt lors le Philoſophe Thémyſtocles,
leur Chef: Et auſſi cõme en ſemblable fut vne fois cõgnu
par ceux de Thebes, contre les Boéciens, que leurs Coqs
ſe meyrent à chanter & rechanter pendant qu'iceux Boé-

Le Coq eſt
Royal de ſa
Nature.

ciens etoient en Conſeil ſur le fait de leur Guerre entreprinſe & perdue. I'ay dit pareillement cy deſſus le Coq
eſtre tant Royal, Conſideré que la Nature, pour le
montrer tel par ſus tous Oyſeaux, le voulut anoblir d'entiere & bien renforcée Courône ſus le Chef, ce que n'a
l'Aigle. Et cõbien que l'Aigle ayt le ſigne de préemynêce
a l'Empire Romain, comme Oyſeau qui en viuant de Ra-

pine

pine, regarde plus outre que tous autres, Si eſſe pourtant
qu'il y a grand' difference entre regarder, & ioyr des choſes regardées, temoings les Amoureux. Nonobſtãt donc
laquelle préeminence de l'Aigle a l'Empire romain (dont   S. P. Q. R.
par quatre de mes Letres ſeullement il fut debouté ſouz
Tarquyn, Réintegré ſouz Ceſar, & ſouz le Roy preſt
a ſ'en déſſaiſir) Si eſſe que la Nobleſſe & royauté du
Coq a eté par deſſus luy dautant plus exellente, que outre
tout ce que dit eſt, la Courõne ne ſera onc ſubiette a tumber de deſſus ſa Teſte, ainſi qu'auoit vne fois penſé vn Pape, qui certes euſt bien peü autrement penſer, ſ'il ſe feüſt
tãt ſoit peu ſouuenu des pointz de ſes Décretales, la ou, ce
me ſemble, il eſt dit que le Roy Gaulloys n'eſt ſubiet a aucun Prince terrien: ou bien ſ'il ſe feuſt aumoins recordé
de laGloſe que ſur telles Décretalles auoit autresfois faite
le Pape Inocent de luy predeceſſeur, Car telle Courõne
eſt naturellement plantée ſur la Teſte du Coq, cõme ſur
le Roy de tous Oyſeaux, Naturellement ſ'entend, & non
pas par art de painture dont on ſ'efforce maintenant coé
fer l'Aigle. Lequel auſſi ſe gardera treſbien de chanter
tout ce qu'il fleure en ſoy des Exellences de ce royal Animal, Se doutant bien a peu pres qu'il n'eſt pas pour ſatisfai
re a luy: Et que plus toſt le Coq ioyra a la fin de l'Aigle, q̃
l'Aigle du Coq, puis que ce royal Oyſeau quand il eſt
rarement emplumé (ſelon que dit Pline) fait par ſa voix
ſeulle naturellement trembler les membres du plus fier
& gros Animal qui eſt le Lyon, ſi cruel en ſoy qu'il n'a
Ply. lib. 8. pitié de chair mouuante aucune (ſelon le meſme Au-   Le Coq fait
theur) ſurquoy il puiſſe planter la griffe, que de la féme   trembler le
nine, cõme eſt la Françoiſe, des Cieux en cela de luy con   Lyon.
ſeruée, pour les cauſes cy deuãt dittes, & qui a cete fin fait
pululer en ſoy des Coqs de telle Guiſe & ſi vaillans, qu'ilz
ont ia a veüe d'œil ces années precedentes mené battant
tant de Lyons, en Aigles bien maſquéz, qu'on peult aſſeurement dire auec Ariſtote, Plyne, & laMaiſtreſſe des choſes, qu'ilz feront deformais craïdre les Lyons & les Aigles

a toute rencontre.

Des qualitez de l'Allemât

MAis O quel heur, & auſſi quelle Royauté des Gaul-loys en leur Gal recongnue, & en ſôme qu'elle ayma ble Complexion françoyſe fut anciennement des Gaul-les derriuée, Sans difficulté celle de la Nation germanique de Faramond cy deuant propoſée par contrarieté n'eſt pas ſemblable, aumoins pour deuoir eſtre dit, que les François tiénent aucune choſe des Allemans d'alors, fort differens auſſi a ceux d'apreſent. Qui eſt vne grand' inaduertance ainſi que iay inferé au cômencemêt de ce chapi-

Origine des Allemans.

tre (duquel ie reprendray bien toſt le Subiet pour les Da-mes) Eü regard quant a telle & ſi longue inaduertance, que l'Origine prémiere de tous Allemans en general, eſt en vn point differente a celle des Gaulloys François, En ce que la Germanie eſt yſſue (ſi i'ay memoire) & fut premierement inſtruite d'vn Gean qu'on appeloit Thuy ſcon, & en ſigne dequoy (outre les Autheurs anciens' qui en font foy) encor' ſont les Allemans nôméz Theütons & Thudeſques, Soit qu'aucuns fundent telle Origine ſur Aſ-kenaz, comme fundateur des Germains. Lequel Thuyſ-con ſorty des branches de Caam, Nembroth & autres, commença a regner en Germanie la quatrieme année du Regne de Nynus, ceſt aſſauoir deux cens cinquante & quatre ans apres le Déluge vniuerſel. Mais la Gaulle memorable a preſent ſurnommée France, en la meſme ſaiſon fut diuinement populée regie & inſtruite par ſon ſage & premier Roy Samothes cy deuant auec les autres mentionné, & qui fut reputé le plus vertueux Perſonage de ſon temps, Parent pourtant & treſprochain de ce Roy Thuyſcon, qui pour le luſtre & grand Renom dudit Gaulloys Samothes & du parentage d'entre eux, ſe nom ma deſlors ſon Frere germain. Choſe pour cela qui par premiere Origine fait euidemment congnoiſtre l'Al-lemagne eſtre encor' ceiourdhuy fort allyée & neau-moins par ceux de Faramond fort differente a la Gaul-loyſe

loyſe Condition : Et la France (comme ayant eté dés
le commencement adminiſtrée de par le plus vertueux
de ſon viuant, ſelon Beroſe & autres) ſe fait voir emporter auſſi maintenant l'exellence d'humble Ciuilité a
l'œil de toute autre Region : Et de cela, ie croy, eſt procedé, Qu'il n'eſt Nobleſſe que de France : Et a bon droit
elle eſt ainſi durable, puis qu'elle fut gettée ſur vn fundement de Vertu en la perſonne noble d'icelluy Samothes premier Roy des Gaulles, qui de Sang & d'Eſprit en
laiſſa telle Semence, qu'elle eſt encores ce iourdhuy en
germe de Croiſſante & Royalle Nature. Ainſi, ſoient
finiz tous les Altercaz particuliers de Nobleſſe ancienne
en chacun noble François, Voila d'ou elle vient. Sur
tout le propos precedent il fault que ie confeſſe, que l'Allemant d'apreſent congnoiſſant bien les braues qualitéz du Coq, ou pour ſigne de quelque bon parantage,
le contrefait a ſon poſſible, & de fait il ſe marche comme luy, a pied pattu & haut releué : mais au reſte, qu'on
iuge icy, ſ'il tient du Coq ou du Gaulloys, Voire &
m'en deuſſé-ie arreter au Iugement du martial & grand
Marquis de Brandebourg, dit Albert, qui congnoiſt
l'vn & l'autre païs. En premier lieu, le Port ou façon de
faire ordinaire de l'Allemant, eſt d'vn Perſōnage fort
haut a la main, Ayant la face ſi martialle, qu'elle figure
en luy toute fureur plus qu'autre choſe. Les yeux torues, la
Voix d'vn gargariſme etrange, le deuys & les meurs ruda-
nyeres, l'habit epartillonné & encor' a la lourdoyſe gigan-
tine decoupé, & pour abreger, en ſes Amours froid cōme
vne Vecye, ce dit Eraſme, & pour cela (ce croy-ie) grand
ampletteur des doilletz petitz Connins de France pour
ſ'en rechauffer. Au contraire deſquelles qualitéz, le Francois (ie veux dire Gaulloys) eſt modeſté a ſa marche, en ſes
Geſtes plus qu'humain, a ſon regard doux & ioyeux, en
ſon Organe rezonant, en ſon deuys plus que facile
& prompt, en ſes meurs par fois meſuré, en ſon habit copieux & muable, & en ſes Amours peu ſecret &
courtoys Seruiteur, apres la Ioyſſance vn peu moins. De

D'ou prouiēt
qu'il neſt No
bleſſe que de
France

L'Allemant
contrefait le
Francois.

Les meurs de
l'Allemant.

Les meurs du
Francoys.

Muſique d'a
lemagne d'I-
talye & d'E
ſpagne.

plus, on dit que les Chanſons des Allemans ſont communement ſi muſicalles, que de heurler eux meſmes tant ſeu
lemēt ne ſebranlent, mais auſsi en font retētir leurs Poyles & Chaudrons, Dequoy non ſans propos ſe ſouryent les
Italyens, qui dautrepart (& quant a leur muſique) ordinai
rement ſe lamentent, & ont raiſon ſilz l'entendoient. Et
deſquelz Italiens ainſi chantans ſ'émerueillent de prime
face les Eſpagnolz, qui quant a eux (& ſilz ſe mettent a
chanter) tremblent touſiours cōme Pouçins ſouz l'Aigle.
Mais les Gaulloys ſont ceux, qui furent de tout temps
douéz de l'agreable douceur de Muſique : Auſſi ny a-il

Le Francoys
chante.

point d'ordure en leur flute, Et pourtant toutes gens confeſſent ce los immortel, Le François chante. Cela ſigniffi-
ant en eux la perfaite grace de louenge naturelle qu'ilz
rendent au SEIGNEVR de toutes Armonyes, Comme
Peuple de ce Siecle, a veüe d'œil, elü de luy entre tous au
tres, & cōme tel, de toute ancienneté auſſi exempté de
l'Atheyſme, ſelon meſme qu'on voit en Iuſtin : & de nouueau ſi bien polly de la Foy, que leur Roy n'eſt iamais ſub
iet a Héreſie, ainſi que ſe pourroit dire d'Empereurs chreſtiens, dont(ſi bien me ſouuient) y en a eü plus de vingt hé
retiques. N'étant pareillement ſubiet a ſoutenir les Sciſmes en l'Egliſe : De vingt & vn Antipapes deſquelz(qui
ont eté) les Empereurs ont fait en plus part le ſupport cō
tre les legitimes Papes, qui tous n'ont eü en cela recours
ny ſecours, qu'a la fidelle Couronne des Gaulles, Outre
qu'il ny a eü qu'elle qui ayt deployé ſes puiſſances alencō-
tre des Meſcreans ou Sarrazins, & les a toute ſeulle chaſ-
féz & élongnéz des Eſpagnes, du Royaume de Nauarre
de Daulphiné, de la Principauté d'orange, du Royaume
d'Arles, de Guienne, de Narbonne, de Carcaſſonne, de
Thoulouze & autres lieux . Choſes a mon auis dont pluſieurs portent Enuie aux François ſi treſviue & couuante,
que non ſeullement ilz ſont communement ſi meſpriſéz
plus ſouz le Leon qu'ailleurs, que quelque Secours ou bon
office qu'on ayt iamais receu de telle Courōne, On à beau
pour cela ouurir les Oreilles chacun Vendredy Saint ſi

on

on oyt en pas vne Eglife du païs aucune Priere pour le
Roy de France, entre celles qui au Seruice de ce iour la
fe font de toutes gens en general & en particulier de tous
grans Seigneurs, O grãde ingratitude, Mais auffi lon fef-
force en tous ces lieux la de-vouloir eteindre en mainte
façon les Valeurs, & faueurs celeftes, de fi noble Royaume
Outre qu'il entretient vne generation qui ne va moleftant
autruy f'elle n'en eft picquée, a la femblance de la nature de Lours & des Suyffes fes Comperes & confederéz.

Allemans grans croniqueurs aleur auantage.

Ce que Strabo grec expofe fort bien entre autres chofes,
Toute la Nation laquelle (difoit il de fon temps) on nõme
ce iourdhuy Gaulloyfe ou Gallique, eft fort martialle, &
d'vn courage vehement & impetueux, toute deliberée
pour la ioye du Combat, & aufurplus fimple & fans aucune mauuaiftyé. Donc felon ce que deffus, retournant a
propos, ie comprens en particulier que par mes Caraˆtai-
res & fimples fignetz (dont on à trop abbuzé a mon grand
fcandale) il ny a maintenant fi petit grymault d'Allemagne, cõme Naucler, Carion, Achiles & quelques autres
qui depuis que ie luy ay adoucy le gorgerin d'vn peu de
Latin, ne prefume de faire ou tranfmuer quelque nouueau Recueil de Cronique a fon plaifir, la ou on ne fe retiêt
pasla petite part du gafteau d'Hõnˆeur, & craint-on d'y tou
cher fur plufieurs pointz la Verité, tout ainfi qu'on feit es
Hiftoires de Ganelon & Capet. Et fi lon me difoit
que ceft moy qui fais telz Regitres, & que i'en fuis coulpable, Ou eft, ie voꝰ pry, celluy qui fe trouuaft onc en Alle
magne qui ne f'y foit auffi trouuéfubiet au moindre Lyfre
lophe ou Lãfquenet? Ou bien qui effe qui pourroit cõtrari
er a la nature des Allemans, puis qu' vn fi grãd Empereur
ꝗ Charles, fe trouuant parmy eux apres les auoir vaincuz

Larcin quife fait fur l'honneur des Gaulloys.

n'en à luy mefme fceü ioyr, & a fallu qu'il ayt fait en plus
part a leur mode? En femblable donc, Voila comment
ce m'a eté force de laiffer leans dans ces Poyles etuuéz,
fecher l'hõneur des Gaulloys & de leur Region, comme fe
voit clairement en diuers paffages des Croniques figurées
d'aucuns. Efquelles iaçoit qu'on y face recueil de toutes

HHh

chofes memorables de ce monde, ny ont pourtant daigné faire par expreffe deliberation, aucune mention ny
des Roys de la France de cete faifon (fors de la Prinfe du
Roy Frãçois)ny de ceux qui ont precedé & fuccedé Char
lemagne & Pepin fon Pere, pourautant que les Geftes
de ceux la, font a lauantage de la Germanye cõme for-
tyz du païs,dont ilz fe font vn grand Bouclyer contre les
Gaulloys.Et fans difficulté ceux la furent & font encores,
Princes qui a tous leurs defcendans feront a iamais honneur, tel que la generation des Allemans en eft fort mémorable en toute Europe fans les valeurs & fort fubtilz
Efpritz de la Région qui n'en eft de peu enrichye. Pour
cela toutefois, que ie laiffaffe maintenant a dire pour le
grand Roy des Gaulloys,Qu'il ne conuient a Perfonne
robber l'honneur d'autruy,ie penfe que ce me feroit pufilanimité, & n'aymerois pas la Raifon comme fe doit,tant
pour l'vne que pour l'autre Nation. Me deplaifant affez
que plufieurs d'entre les Allemans, fans auoir égard a la
Verité ny a l'antique Confanguinité d'entre les Gaullois
& eux(que les Romains,ce dit Strabo, congneurent eftre
germains & freres d'iceux Gaulloys) aillent ainfi cherchant de petites Rancunes pour fe difioindre, la ou les
Cieux labourent autant que iamais pour les conioindre.
Et a ce propos de petites Picques,Ilz vont difant entre au
tres chofes au mefpreis de la France,voire & font Imprimer,que les Gens qui antiquement f'appelloient les Cel-
tes(Braue populaire de la Gaulle antique qui longuemét
porta le nom du Roy Celte,dont Cefar,Titelyue ennemy
du nom Gallique,Herodote,Iuftin & autres ont fait foy)
etoient vrayz Allemans. Le contraire dequoy,& de cõbien cela fe doit rabatre, les Autheurs fufditz trefaprou-
uéz en portẽt ca & la témoingnage. Auec lefquelz iay pié
ça fait ecrire au vray, que longues années apres le decéz d'icelluy Roy Celte, le Chef des Celtes Gaulloys
(qui par les Romains furent depuis nomméz Sénones)
etoit appelé Brennus, yffu d'vne Maifon noble de Breta
gne armorique, dite Douualon : & qui auoit épouzé la
fille

fille d'vn Roy de Sams en Bourgongne nommé Allabre,
Lefquelz Celtes Gaulloys & Sénones etoient en efpecial-
les Gens de la Prouince de Sams, ainfi ditte par abré-
uiation françoyfe, de ce nom Samothes premier Roy des
Gaulles, lefquelles depuis furent entendues & comprinfes fouz ces deux Noms de Celtes & Sénones,
qui etoit la principalle de toutes, encores ceiourdhuy
fort grande en fon Reffort : & qui pour l'antiquité du
bon Prince qui la forma (qui fut icelluy Samothes premier Roy)fe doit ecrire Sams, & non pas, Sens en Bour
gongne, Aumoins puis que par le témoignage de Herodote confirmé dans Euterpe, ces Gens la ont iadis brauement enuahy toute l'Europe, iufques a fon extremité occidentalle. Outre plus, les Enuyeux pretendent
faire acroire a l'auenir que les Gallogrecs & les Gallatées (dont i'ay fait fpecialle mention fouz Saint Pol) é-
toient Allemans menéz par icelluy Brennus au pais de
Grece, comme fi ces motz Theuto, Germanus, ou
Allemant, approchoient fi pres de ces deux parolles
de Gallogrecs & Gallatées par correfpondance, que fait
cete antique nomination de Gallus, Gaulloys, ou Gallia.
Laquelle Region de Gaulle reprint ce mefme Nom, &
oncques puis ne le laiffa q̃ le Roy Gallatas regna es Terres Celtiques du temps de Altadas douzieme Monarque des Affyriens : Auquel temps aufsi regnoit en Allemagne Vandalus, & peu apres vn nommé Hercules Allemannus duquel ce nom d'Allemant eft forty.
Et pour donner autre vray femblance, que les fufditz
Gallatées & Gallogrecs etoient vrays Gaullois non Allemans, lon peult ayfément congnoiftre qu'ilz furent
ainfi nomméz par les Grecs, quafi comme demy Grecs
& demy Gaulloys. Et fus ce paffage ces beaux Croniqueurs fe gardent bien de notter, que celluy qui
funda lefditz Gallatées en Afye, fut vn autre Roy
des Gaulles qu'on appeloit Gallatas le Ieune, qui du
temps que Tros regnoit en Dardanye (d'ou proueinr
la grand' Troye deftruite) leur feit trefapre Guerre.

Sams 'en Bour gongne, & nõ pas Sens en Bourgongne.

CONTREMYNE

Honte que fait la Plume aux Francois.

Et au cas que lon vouluſt ignorer ce point,qu'on aille viſiter l'antique EgiptienManethon,au Traité qu'il a fait des
Roys d'Egipte.O grand Vergongne ou ſimplicité,que les
Gaulloys(côme i'ay forcé Iuſtin d'écrire)leſquelz iay tou
ſiours fait dignes de mes Sciences,voire plus de huict cẽs
ans auant que Rome feuſt ſongée : & ont d'antiquité im-
memorable eté treſpuiſſantz d'Armes & de renômée autant ou plus que les Latins & Allemans,voire & qui prémiers apres Hercules le Gallique paſſerent,ſelon le meſme Autheur,les inhabitables & haux coupeaux des Alpes
dont encor ilz ſont entre les gens immortelz, me laiſſent
ainſi doucement marcher ſur ma queue:Et qu'il faille que
par faute de l'entretenement des Letres, & le deffault de
l'Amour des Prinçes du paſſé enuers tant de bons Eſpritz
en leur Langue , le Renom & honorable Vie d'eux meſmes & de toute la Nation ſoient plus toſt pourryz au Sepulcre de Renômée que leurs Corps en Cercueil de boys
putriffié : Et que les Anciens de Region lointaine ayent
eté curieux par contraignante Verité, de plus les faire reuiure,qu'aucuns en plus part ne furent coutumiers par nô
challante ignorance,de ſe haſter a la mort,a tout brutAni
mal en ce cas indiferente : En lachant ce pendant & en
cete façon la bride a toutes gens circonuoyſins d'entreprendre par Armes immortelles d'Ecritture ſur ceux deſ-
dites Gaulles qui par ce moyen perdent peu a peu les Pieces & Enſeignementz de leurs Droitz en diuerſes parties
de l'Europe,dont ilz ont eté,&pourront encor' eſtre a l'ad
uenir côtraintz de rechercher leLeur par force d'Armes,
Enquoy ilz pouuoient plus ayſément rentrer auec moy,
qui par Paix & Raiſô ecritte,puis fortiffier toute choſe,en
produiſant titres autentiques par vraysEnſegnementz de
letres plus toſt que la Lance,aux yeux de chacun Rebel-
le ou detenteur desAppendences de leur antique Courône . Car ie penſe eſtre ça bas la Norriſſe du Droit diuin
& humain ,qui(puis qu'ainſi il a pleû, au SOVVERAIN)
ne peuuent durer ſans moy, Qui fait,qu'il ny a nation qui
ne vueille que ſon Droit ſoit ecrit prouué & immortaliſé,

par

par mes Trets, Sachant bien que la memoire des Hômes
paſſât de l'vn & l'autre d'age en age, n'eſt ſuffiſante ne cho
ſe ſeure a cela. En nonchalance dequoy, & outre ce quon
ne peult plus clairement prouuer ſon droit pretendu en
pluſieurs Seigneuryes, & que les Princes ſont touſiours en
cela appointéz contraires deuant l'ambicieux tribunal
de Mars, Ie craindrois fort de mon hôneur, ſans le fauora
ble & digne ſupport de la Maiſon Valloyſe, qui a ia bien
cômencé a me remarquer, & congnoiſtre mes bons Serui
ces, & ɋ̃ie ſuis de peu de déſpenſe en vne maiſon & ſouuêt
de grand aduâtage, & que ceſt moy ſeulle qui au fin moins
puis ſeruir de garder que le temps ne mette la Confuſion
ruyneuſe dans le môde. En ne laiſſant pourtât de me vou
loir vn iour côplaindre des Gaulloys, qui ainſi ſe laiſſêt enleuer les plus belles Plumes de leurs Chapeaux d'hôneur,
a leur detrimêt & bien petit auantage de leurs ſucceſſeurs
Soit toutesfois qu'au regard du temps preſent, ilz ſoient
aucunement a excuſer, puis qu'ilz congnoiſſent que leur
Royal Prince ſ'éuertue par tous moyens de gaigner, & ſe
reconſilier auec ſes Voyſins & Ennemis meſmes par chre
ſtienne Bonté, par franc Secours, par Courtoyſie, par Fide
lité royalle, & auſſi (ſi ce n'eſt quand il à les Armes au
poing) par Remyſſion voluntaite de toutes les trauerſes
qu'on luy voudroit faire. Préuoyant bien par quelque
lumiere d'Eſprit & bonté que moyennant la Puiſſance diuine, il pourra bien eſtre vn iour le Roy de nul hay, puis ɋ̃
ſon Nom & ſes Forces luy ont fait ſonder l'heur de ſa
Vie. Mais bien que luy & ſes Subietz vueillent vſer de telle
& ſi humble modeſtie enuers ceux qui les pongnêt de Pic
ques qui iamais ne ſ'éclatêt, Si aurois-ie plaiſir (& ſi ſe pour
roit faire) que ce fuſt ſans mon intereſt. Car tout ce que iay
dit cy deſſus de leur hôneur derrobbé, ſe fait ſans que par-
mý la France on ayt plus, ce me ſemble aucun egard aux
Extorcions qui me ſont ainſi faites par ces Hiſtoriens é- *Fundation de
trâgers, voire & de l'Italye, qui (quant a elle) fut fundée, *l'Italye.*
par l'antique Gaulloys Gomer, peu auant que les Gomeri-
tes Gaulloys arretaſſent leur manoir en la Frâce touſiours

HHh iiij

Gaulloyſe. En laquelle Italye vn meſſire Paul Iouio, qui n'agueres ecriuoit la Vie des Ducs & d'aucuns Papes, non la ſienne fort honneſte, receuoit en ryſée d'aſſéz bós preſentz des Princes de France, pour en general & en particulier encor' plus, les appeler nommément Barbares inſolentz & Boutillons. Soit qu'autrement il ayt dit autant de bien (& non tant qu'il ſuffize) du Roy Françoys, pour ſa liberalité enuers les Letres, qu'il feit de mal du bó Pape Paule tiers auec bien peu de reſpect a l'honorable Maiſon des Farnezes qui luy auoit fait tant de gratuitéz. Eſtimant ſur cecy (quant a cete pointure de Barbare) qu'aucuns de ſa faction levoudront peult eſtre excuſer ſãs vouloir pezer ce mot la ſelon ſon poiz de maintenant ains tant ſeullement ſelon celluy des anciens Romains qui appeloient toutes autres Nations fors la leur, Barbares:& comme ſi ledit Iouio feüſt quelque diuin Autheur d'Ecriture ou quelque graue hiſtoriographe Romain par preudhommye approuué, qui parlaſt au temps que Rome armée etoit au Monde. En laquelle Rome d'alors il failloit vn temps fut, ecrire droit, & en liberté, non pas en cachettes ainſi que fait l'Aretin au fons de la riche Cuue de Venyſe, la ou il ſeſt luy meſme battizé le Foyt des Princes, non ſans quelque équiuoque, deſquelz il parle quãd il luy plaiſt a bouche ouuerte, faiſant la Petarrade a ceux qui rien ne luy donnent, & a tous leurs Arreſtz, ou Sentences criminelles. Nayant au reſte aucune peur du Feu, Comme déterminé de mourir ſur aſſiete marityme, la ou il raizonne ſouuent, & met par ecrit entre autres ſes Elegances imprimées, Que les Françoys ſçauent trop mieux perdre que gaigner: Qu'ilz ſont ſubietz au Godet, & qu'ilz bézent a la Carlonne, ceſt a dire (ô Françoys qui l'enduréz) c'eſt a dire a la Lourdoyſe: & au demeurant qu'ilz ſont plus puſilanimes que les autres, en ce qu'ilz ne ſont point Vindicatifz, & qu'ilz ne ſe peuuent acommoder a mil autres pareilles petites Vertuz, qui les gardent d'eſtre en tout temps compagnables en Italye. O quelz Autheurs, qui par vn fard de langage polly,

cher-

Paul Iouio qui ſe moc- quoit des Frã- cois en Italye.

L'Aretin ſe diſant le foit des Princes.

Ce que lon dit en Italye des Francois.

cherchent de donner durée a leurs Ecritz fophiftiquéz,
& a leur Vie proprement camezene : Les Oeuures defquelz, enfemble les Perfonnes fe deuffent aigrement
puriffier pour mieux faire celebrer leur memoire : Aumoins fi de Plato la Sentence eft notable, telle qu'il l'à déduyte en fa Pollitique a ce propos : Et laquelle (quoy que
foit) i'eftime en tout autre fort digne de chacun Chreftien.
Mais & dauantage qu'en France foit enduré d'imprimer
voire & de traduyre les Croniques dont cy deuant ay
parlé, comme en particulier on fait encores chacun iour
celles d'Achyles & de Carion, qui ne tendent a autre fin
que a la fuppreffion de la gloire antique des Gaulloys, &
du fainct Siege, fi bien on y prend garde, outre ce qu'en
maintz paffages de telz liures ilz ont trop licencieufemēt
touché la Verité & contredit a plufieurs bons Autheurs,
qui foutiénent les Françoys Gaulloys auoir ediffié Mylā
Pauye, Siene, Cremonne, Vicence, reftauré Plaifance
& autres lieux d'Italye : Veü que par tout ces Croniqueurs
fe vantent que ceft de leur Ouurage, foubz vmbre (ie
croy) que le grand Cappitaine Brennus, Roy de Sams
par fucceffion de fa Femme, voulant faire la guerre a vn
Roy d'Allemagne fut requis d'apointement & feit puis
quelque voyage auec luy en Italye : le tout neaumoins &
quoy qu'il en foit par enuie expreffement auācé pour fin-
ueftir de la gloire de France acquyfe par fes Enfans Gaul
loys long temps parauant que Faramond fçeüt de veüe, ᵹ
c'etoit des Riuages de Seyne.

SVr tout ce que dit eft, & pource que lon me pourroit dire que puis qu'ainfi eft que les Allemans ont fi long tēps
regné en Gaulle & y ayent engraué ce nom de François
pour leur memoire, Cela ne peult eftre fans auoir laiffé
grand nombre de perfonnes de leur nature & Complexion entre les Françoys, Ie repondray, que fi lon veult
que i'accorde ce point, fans m'y montrer teftue, Il fault
auffi que lon m'accorde, que fi entre les Françoys

S'il y a rien de l'Allemāt en France ceft a Bourgᵉˢ.

CONTREMYNE.

y a maintenant fcyntile d'aucun cas de naturelle inclination, aux Allemans, que lon peuft dire eftre demourée de
la vieille trace d'iceux depuis le temps de leur Occupation & ioyffance, Cela à eté accueilly & referué dans l'Allemagne fcolaftique de Fráce, côprinfe en lenclos de l'antiq
Cité de Bourges: Tant pour la douce affiette du lieu &an-
ciêne Renômée d'icelluy, que pour les Ecolles de ciuile
droiture leans de tout temps entretenues : Mefmement
qu'encores a prefent côme chacun fçait, les Allemás cher

Collaudation chêt l'approche d'icelle vile a leur poffible pour f'anoblir
de la vile de ou plus toft f'amolir de doctrine ciuile. De laquelleCité de
Bourges. Bourges (que 'appeleray côme deffus l'Allemagne fcolaftique de France) font pour cela forties d'auffi hôneftes&
bien inftituées Gentifémes que d'autre lieu d'alenuiron.

Clemence de Ainfi que pour exemple fe peult bien icy alleguer d'vne
Bourges. ieune Damoyfelle, Pour le noble Efprit de laquelle & vi-
ne adreffe a diuerfes hôneftetéz, tout ainfi que iadis y eüt
debat entre deux Viles de Grece, a qui d'elles pour fa reputation môtreroitvn certainPhilofophe y auoir eté nay,
la Vile de Lyon en femblable, & la fufdite de Bourges fôt
en hazard d'auoir vn iour la picque, fur ce que cete Damoyfelle etât nômée Cleméce de Bourges, Lyon foutient
eftre de fon creü, & l'autre au contraire pour le regard du
Surnom. Et quant a parler des Hômes, de Bourges font
auffi yffuz (par Etude ou nature) des Allemans autát douéz de courtoyfe liberalité que François d'autre contrée,
& par efpecial côme ie croy, les Enfans de l'habondante
& par tout renômée Maifon des Fourques. La liberalle in
clination defquelz enuers gens de letres feroit icy dignement engrauée n'etoit de crainte d'obfcurir celle de plufieurs Princes en ce cas. A propos de la Maifon ainfi louable d'iceux Fourques, me viennent en memoire deux au
tres Allemans, lun, fi ie ne fuis deceüe, n'agueres tenant
l'Etat de Treforier de l'Artillerye Françoyfe: l'autre pour
fes bons Scruices & honnefte valeur a prefent Confeil-
ter & Maiftre des Requeftes du grand Roy, furnômé tou
tes fois fouz vn nom feigneurial de Marmagne, l'Allemât
digne

digne a ma faueur d'vn hôneur autant merité qu'en pourroit ôc receuoir la mefme Cité de Bourges de l'honorable
Villier qui n'eft Mort, pieça Lieutenant en icelle, Côfeiller
& depuis Ambaffadeur des deux Roys trefchreftiés prés la
Seigneurye de Venyfe grandement plaignant le terme
de fa Charge, tant y fut rare en luy l'Idée de françoyfe hô
nefteté : Et ce au moyen des Vertus d'icelluy Perfônage
acquifes, a mon auis, dans ladite Allemagne fcolaftique
en fes premiers ans, pour es derniers fe repofer fus la
Pre lature d'Orleans . Et fur ce pas (pour y attacher ma
Conclufion)ie ne me puis autrement perfuader que toutes humanitéz & Courtoyfies, toutes Sciences, toute Val
leur terreftre, & toute humaine Authorité , ne facent fin
& dernier cours dans la France & fes deppendances, Côme en la plus noble part de l'Occident, Icelles chofes ve-
nues de l'Orient, & pieça paffées par le Mydy & autres Ré
gions d'alenuiron, la ou iamais plus elles ne feront retour,
qui ne voudroit croire la Reuolution des trente fept mil
ans de Plato. Et fault notter ce paffage de Faueur celefte.
Car il me femble que les Docteurs des Hebreux (antiquement nôméz Rabins)n'ont fans caufe toufiours dilligem-
ment enregitré & retenu entre autres Ecrittures Saintes
du viel Téftament, ce dicton du grand Prophete Helye,
& de fa Maifon, affauoir, Que le Monde dureroit(dift il)
fix mil ans, puis termineroit. Deux mil fans Loy, deux mil
auec Loy, & deux mil en CHRIST . Defquelz deux mil
derniers, & depuis l'Incarnation du SAVVEVR y en ayant ia mil cinq cens cinquante d'acomplyz, Ie laiffe à pen
fer, f'ainfi eft, quel peult eftre le refte, mefmement qu'il
femble (fi i'oze dire) ce point eftre touché es Euangiles, en
fignifiance que ces deux mil ans derniers pourroient biê
eftre abbregéz, la ou eft dit ainfi, [Si ces Iours la n'etoient
acourcyz, nulle Chair feroit fauuée]. Cecy eft, a celle fin
en plus part, que chacun foit cômeü de penfer a foy, Veü
que les Iours des Humains font courtz & particulierement incertains, Et que le temps du grand IVGE approche : Veü aufsi qu'il fault que lefdites Ecrittures ayent

Conclufiô de
la Plume fur
les grandeurs
et dignes qua
litez de Prâce

Cas a notter.

Math. 24.

acompliſſement. En concluant(ſuyuant cete grand’ Faueur de Ciel donnée a la France) Que puis que le Monde approche peu a peu de ſon but,& que les fauorables Aſ
pectz des Aſtres ne peuuét retourner en arriere,On peut
conuenablement réſoudre, qu’ilz ſont tous maintenant
aſſébléz & arretéz ſur l’Occident pour regarder laFrance
en tout point de Grandeur & bon heür, téſmoing le Signe d’Aries, Comme Region la moins maligne, la plus
humaine, la plus forte en Teſte & auec ce,la plus Religieuſe qui ſoit ſus la Terre,&comme telle d’autant plus durable & habontante en ſon Croiſſant. Mais pour plus toſt

Choſe ſouhai-
tée de laPlu-
me pour ha-
ſter la gran-
deur deFráce

& bien amplemenr gouſter cete ſienne Habondance ou
Grádeur & ſans empeſchement,il ſeroit beſoin d’auoir é-
gard a deux choſes de mon ſouhait, qui ne ſont de petite
importance. La Premiere, que a l’exemple du grand Roy
de PerſeXerxes,ie verrois volûtiers feſſer iuſques au Sang
laMéditerranée,& que en lieu deVerges ou Anguyllades
(pource qu’elle eſt ia trop grande)on print des Houſſynes
Eſcallynes ou longues Gaulles treſpropres a tel affaire.
Autrement l’Occident(a ma fantaſye) ne peult eſtre bien
gallé pour plus toſt le reduyre a ſon point,aumoins tádis
que cete vagabonde Déeſſe pourra a ſon plaiſir aller & ve
nir ſans crainte des Gaulloys chéz la Fille trop diſſolüedu
viel Roy Italus,Chéz celle du Roy Siculus,Chéz celle de
Calabre,Chéz celle qui ſ’habille enCorſet,Chéz celle qui
ſe tyffe a l’Eſpagnolle,Chéz la mangeuſe de Sardynes &
auſſi chéz la chaude Poilleuſe, qui toutes par trop ſaffret-
tes qu’elles ſont,ont beſoin d’vne ſobre &diligéte Garde,
du Maiſtre en tout authoriſée:ou bié d’vn principalRegét
qui les redreſſe & viſite,nó pas cóme le bourguignonTem
peſte qui auoit la main ſi rude, qu’il écorchoit en lieu de
chaſtier,mais vn peu plus humainement. Toutesfois ſi
leur coutume ou diuerſe façó deVie eſt ſi inueterée qu’on
n’en pëüſt,pour ce que i’ay dit,venir a bout d’vn temps,&
qu’il y faille a la fin vſer d’vn plus rude regime,chaſtimét,
ou medicament propre a leur mal , Voire, & en elles venir viuementtaſter le pouz naturel de la Monarchye leur
Grá-

Grã Mere, On peult bien notter ces motz, comme d'vn Oracle de la principale Mynerue d'entre les Mynerues antiques, que ie suis.

Gare ce ieune Medecin

A qui Raison garde en son Seyn

Plus qu'vne Fleur d'Italye.

De luy faudra qu'on s'allye

Pour se sauuer d'Accident,

Car il courra tout l'Occident.

Lautre Chose importante des deux que i'ay cy dessussou haittées, est, que nonobstant que les Gaulles soient appe- lées a toutes les Grandeurs parauant figurées & a ce que sera aussi peu apres conclud en semblable cas, Telles cho- ses pourtant ne viénent pas quelques fois a effait, quand on repugne par certains moyens de viure a la Vocation de soy mesme, ainsi que par le plain des sainctes Ecritture se congnoist de la Vocation & grand heür promys a plu- sieurs Hómes & Princes, qui (mesmes au contraire de la promyssion ou Election de DIEV en eux) ne sont parue- nuz a ce qu'ilz en auoient creü & deü esperer. Par ainsi se roit necessaire desormais pour obuyer a sèblables Empes- chementz, metre peine que les Blasfemes & autres cho- ses ecrittes par l'expres vouloir de L'ETERNEL, au Lé- uitique, en Esaye, en Zacarye, en Salomon & autres en- droitz, feussent en France rigoreusement retranchéz : les Procés, les Heresies, & les particulieres Querelles, selon q̃ l'Ecclesiastique désigne la dessus la translation des Roy- aumes : & aussi qu'on eüst regard a desormais faire cas& aymer a veüe d'œil ses Subiectz, puis que cest euidente Bé nediction de DIEV & signe de Grandeur seigneurialle, q̃ les Gaulloys soient plus affectiónéz & vrays seruiteurs de leur Roy que tous autres Peuples de leurs Princes, cóme Gens aussi qu'ilz sont legitimement donnéz & vouëz au plus legitime Prince du Monde des la Renouation de la Terre de par & apres Noé le legitime Monarque.

Choses dont la France se doit garder pour mieux venir a sa Vocation

Leui. 24.

Ecclesia. 23.

Eccle. 10.

IIi ij

ORes maintenãt pour dõner fin a tous ces difcours, quaſi maugré moy tyréz de propos en propos, cõme filetz
délyéz d'vne bõne Fuzée, ie reprendray le principal nœü
de mon écheueau, Ceſtaſſauoir le point premier, par lequel i'ay propoſé que es Païs la ou les Fẽmes ſont plus ſub
iettes & tenues de court, Iceux meſmes Païs ſont auſſi deuenuz aucunemẽt abaiſſéz de quelques choſes. Ce qu'ayant eté montré au cõmencement de ce Chapitre par les
exemples des Allemagnes & d'Italye, ou les hõneſtes Da
mes princi pallement, ſont cõme cheryz Eſclaues, ie puis
dire qu'il fault dorenauant notter & bien retenir (outre ce
qu'à eté montré cy deuant) Que d'autant plus qu'en Fran
ce les Femmes furent touſiours plus fauorablement traitées, Auſſi voit-on que pardeſſus la franchiſe naturelle
des François, l'Etat de leur treſantique Couronne a plus
duré (i'entens ſeullement a le prendre depuis Faramond
iuſques a preſent) que tous autres Sceptres d'Empyre ou
Monarchye qui onc ayent eté depuis celluy des Aſſyriens

Les Aſſiriens premier apres le Déluge, dont Babylone etoit la principa
le Cité es parties orientalles. Lequel Sceptre d'Aſſyriens
dura depuis le temps de Nynus & de Sémyramis ſa Femme hardye, enuiron vnze cens ſoixante & trois ans ſouz
trente ſix Roys en Etat d'entiere domination, qui fut la
premiere du Monde depuis le Patriarche Noë. Pour aparence duquel long Regne François, En premier lieu, les

Les Perſes. Perſes, qui ont regné es parties meridionalles & maintenant tiénent la Loy de Mahomet, n'ont pas demeuré en
leur Etat de Monarchye qui fut la ſeconde, plus de ſix cẽs
ans depuis Cyrus premier Empereur iuſques au dernier
Roy Darius, domté & deux fois chacé par Alexandre

Les Grecs. le grand. En apres la Monarchye des Grecs, qui fut la
tierce, & qui apres la deſtruction de Troye & du temps
des Maccabées, cõmença en Macedone par icelluy Alexandre vers les parties de Septentrion, feit ſes grans ſautz

Les Romains en aſſéz moins de quatre cẽs ans. Du depuis, l'Etat redou
té des Romains, qui au moyen des Gaulles a eux par Ce-
ſar acouplées leuerent ſi haut la Teſte es parties occiden-
talles

talles, & qui auoit eté ediffyée du temps de l'abolition de
la premiere Monarchye d'Affirye, quatre cens ans apres
la deftruction de Troye, qui fut fept cens foixante ans a-
uant la Reparation de l'humain Sauuement, ne dura onc
huit cens ans en plaine domination, que tout ne foit, Sauoir eft, quatre cens ans en Ordre pollitique auãt LHOM
ME incongnu, & autant apres en degré de Monarchye.
Car parauant cela, ce n'etoit encores rien au preis, veü en
efpecial que les Gaulloys a leur defcente faifoient trembler cete grand' Republique romaine, de trois cens lieuz
loin, toutes & quantesfois que les haux Montz trem-
bloient leur Arryuée. Et apres ce temps ainfi nombré iufques a prefent, ce fut encores moins de l'Etat d'iceux Romains. Au refte, l'Etat de la Couronne d'Efpagne n'a pas   *L'Efpagne.*
eü durée de plus de quatre cens ans. Celluy d'Angleterre,   *l'Angleterre*
autant ou enuiron, ceft a dire en exellente Royaulté, Car
en lãnée mil cét quatre vingtz, le Roy Henry d'Angleter
re feit hómage au Roy de France Phlipe Augufte, fils de   *Vn Roy d'an*
Loys le ieüne, Voire de telle façon q̃ le iour du Couróne-   *gleterre feruit*
ment d'icelluy Roy Phlipe, le fufdit Henry d'Angleterre   *a table vn*
luy fut Efcuyer trenchant, qui etoit vn grand & digne fe-   *Roy de Fráce.*
cret de la Reftitution de lantique Couronne des Gaulles
aux Princes de fon nom Gaulloys, pour la reprinfe de
fa Grandeur future felon mes precedentz & fubfequentz
difcours. Au refte & pour parler de l'Etat honorable des   *Les Allemãs*
Allemans, A le prendre depuis Charlemagne que com
mença l'Empyre, il n'a pas eü cours, fi iay memoire, de pl⁹
de fept cens ans ou enuiron. Et quant a l'Etat de Republi-   *Les Venitiens*
que des Venitiens & autres femblables, bien que telles Ari
ftocraties ayent eü affez longue durée, neaumoins, comme chofes (a faute de Chef real) n'etans du nombre des au
res Principautés, ne feront icy comprinfes : & fpeciallement qu'elles ne tiénent (cóme les fufdites) de l'Ordre ou
forme du principal CHEF & grand Moteur. Mais l'Etat   *L'Etat de la*
fauorifé de la Couróne de France, & bien qu'il ayt autref-   *Couronne de*
fois eté amoindry de quelques Places qui toutesfois furẽt   *France.*
depuis reünyes a foy, a ia duré & flory l'efpace deunze cés

trente troys ans iufques a l'année de la fundation de cête
Place 155. Sans parler du long Regne de fes antiques Roys
par tout nomméz Gaulloys, Source naturelle & legitime
de ceux que maintenant on appele Françoys. Laquelle
Courône ou Monarchye de France (côme etant vn Sceptre par Grace diuine maintenu autant & mieux polly de
tout ornement defirable que nul autre de la Terre, & ce
iourdhuy deûment adminiftré par Princes qui en font
les vrays proprietaires) eft en etat de bien plus durer outre
lefditz vnze cens trente trois ans: voire & par deffus toutes
ces autres Monarchyes Empyres Republiques & Royaumes fufditz, Si (auec les Confiderations peu auant déduyttes) fon beau Croiffant, qui autrement Henry fecond s'appele, en plaine Lune eft vn coup apperceü, felon
& ainfi qu'au Môde ce iourdhuy le promettent fon Nom
fon Sort certain (& autresfois non efperé) fon Enclin martial, fon Age, l'Etat prefent de l'Europe, Coniecture pré-
uoyante des Sages & Letrez, & finallement felon q̃ tout
Signe des Aftres (fi ie fçay) encores le figniffient.

E N fomme, & pour mieux paracheuer de faire voir icy
l'antiquité de fa Courône & le droit qu'a icelle fut don
né par le haut DONATEVR en toute fuperiorité d'Em
pire ou Monarchye, ie concluz & ampliffie de rechef,
que les chofes cy deuant narrées en faueur des Gaulles
feront côgnues & auiendront: Ouy & ne feuffe en fin, que
pour cete fimple caufe, affauoir, Qu'il eft de neceffité (aumoins fi le Monde doit iamais receuoir quelque pacifique forme de Renouation ou Refformation) que ce qui
appartient a DIEV, a DIEV, & que ce qui appartient a
Cefar, a Cefar foit rendu & reftitué, ainfi que l'Autheur de
ce Fort feit nagueres entêdre affez a plain fouz forme d'E
pitre au Pape Iulle tiers. Mais qui eft ce Cefar? (pour
Cefar fe doit icy entendre le legitime Potentat ou Roy de
la Terre) Ce ne fut onc, ô Peuples meridionaux, & fi affe
ĉéz Imperiaux, Ce ne fut onc Nynus Chef de la premiere
Monarchye imperialle, ny Cyrus Chef de la feconde,
ny

*Fin de la de-
duction de la
grandeur fu-
ture de la
France.*

*Qui eft le
vray Cefar.*

ny Alexandre Chef de la Tierce, ny leurs Succeſſeurs.
Ce ne fut onc non plus le Iulle qui fut Chef de la quatrieme, Soit que de luy ce Nom de Ceſar ayt prins ſource.
Ce ne fut encor' Auguſte ſon Succeſſeur, ny pareillement vn autre, trop moins auguſte que luy.

Donc le Ceſar que nous cherchons, aura eté l'Heritier *Adam pre-*
& vray Succeſſeur du premier Pere & poſſeſſeur du cō- *mier ſeigneur*
plet de toutes les Seigneuries de la Terre, Adam. Et qui *de la Terre.*
fut cet Heritier? Ce fut le ſecond Monarque principal *Noé ſecond*
Noë : Pour metre lequel en poſſeſſion paiſible de la Sei- *Monarque*
gneurye du Monde, tous les Hommes en ſa préſence en *Seigneur ou*
furent chacéz par façon non moins épouentable que mer- *Roy.*
ueilleuſe ★——————★ Ce fut, a ce coup, Iaphet ſon fils ayſ- *Iaphet tiers*
né, non ayſné d'ordre de Sang, mais bien de Benedicti- *& legitime*
ction & treſexpreſſe Volunté paternelle a cela pouſſée *Monarque.*
par la diuine Intelligence ★———————★ Ce fut puis, en vertu
de ce Droit diuinement humain, Gomer, premier Hoir
de ſon Corps : de qui les Gallathées ſelon Ioſephe, & les
Cymbres ou Cymmeriens, ſelon Euſebe, furent nomméz
& ſont deſcenduz : Et lequel Gomer, eſt par infinité d'hi- *Gomer qua-*
ſtoires antiques & autentiques recongnu & confeſſé pour *trieme Mo-*
Pere & fūdateur de Gaulles & des Hōmes Gaulloys apres *narque de la*
qu'il euſt aſſiz ſō premier Siege en Italye auec Noé, ſecōd *Terre & pro-*
Pere des Humains & du Siecle d'Or ★———————★ Ce fut par *prietaire de*
Moyſe apres Samothés ſon Heritier & Succeſſeur, Beau Ne- *l'Europe ou*
Berroſe ueu du grand & ſecond Monarque Noé, qui par luy fut *des Gaulloys.*
Ceſar. enuoyé peupler & habiter les Gaulles, auec multitude
d'Hommes Gaulloys & d'Animaux de toute eſpece, Leſquelles (par maniere de dire) il trouua encor' toutes moyttes & cōme beauſſeronnées du grand Déluge ★———————★ Ce
furent & ſont, par ainſi, les Enfans de cetuyla, dont les
premiers Roys feirent longue legitime & memorable Lignée, ainſi que ſera maintenant montré par la plus part de
leurs Noms, ſelō que l'Antiquité en a peü reſeruer iuſques *Les Gaulloys*
au temps preſent, Tous pourtant ſurnomméz Gaulloys, *legitimes Sei-*
par diuine inſpiration, du Nom du Peregrand, & de *gneurs du*
par luy faitz Heritiers de la Primogeniture, & du Sceptre *Monde,*

de la Principaute du Monde, qui de par eux receüt la pre
miere Loy temporelle, encor' es Gaulles obferuée, qui
eft la Gallique, par tranfmutation d'vne Letre dudepuis appelée Salique. Lefquelz Gaulloys, comme telz, &
par confequent comme les vrays Cefars qu'ilz furent &
deuoient eftre en leur Courône, Premiers habiterent l'I-
talye & les Gaulles, premiers y regnerent & y enfeignerët
a facrifier au SEIGNEVR, & a honorer la Vertu felon les
diuins enfeignementz du fufdit grand Monarque & Patri
arche Noë, Qui apres la premiere Donation a eux faite de
ce q̃ deffus, & plus de deux cens ans apres, la leur recon-
firma, nonobftant les troubles que leur feift a diuerfes fois
par enuye, le malin Caam, qui par icelluy mefme Noë en
fut vn coup chaçé & chaftyé auec fes complices G eans.
Icelle Reconfirmation ayant eté faite alendroit propre de
Rome côme fur le Chef de la Region qui portoit & porte
encores, le Surnom du Neueu Iaphet, dit Ital, Atal, ou
Athlas, Faite ie dy, par le Téftamët de derniere Volunté
d'icelluy Noë, quand alors il mourut audit lieu de Rome pacifique & legitime Roy d'Italye fpeciallement, &
auffi Empereur, Ordonnateur, Senat, Cefar ou Dictateur
perpetuel de tout, qui fut mil fix cens foixante & trois ans *Ptolome.*
auant l'auenement du PRINCE, qui entre les Humains
fe voulut faire nommer ROY non Empereur, en faueur,
ce femble, de la Courône des Gaulloys * ——— *Gaulloys
pourtant, fouz titre dequoy, & apres le decéz du fufdit
Samothes, veint a fucceder a l'antique Sceptre Magus fecond Roy fon Fils, premier Batiffeur de Bourgades & villes parmy les Gaulles, côme Nouiomagum en honneur
de Noë & memoire de fon Nom Magus, qui eft la vile de
Noyon, d'aucuns dite Noyan: Et en femblable, de Rotho-
magum pour Rouen, & autres de telle terminaifon qui fe
trouuent es Païs des Gaulloys * ——— *Gaulloys ie dy,
Qui depuis eürent pour Roy Sarron, fundateur d'Angers
par permiffion donnée a gens de doctrine de fon temps,
qui fut .3 4 0. ans apres le Déluge dont toufiours font for
tiz des angeliques Efpritz, & encor' a prefent des Ecolles

par

par luy premierement ordónées en l'Occident au prouffit
& honneur de tous Gaulloys★───★Gaulloys ie dy, entre lesquelz veint puis a regner leRoy Druydes fundateur
de Dreux, chef des Druides & sages Gaulloys★───★Gaul
loys ie dy, qui depuis eurent Bardus duquel les histoires etans chiches, ie ne puis dire autre cas fors que ie l'esti
me d'auoir eté le premier équipé des Bardes & roy des Lã
ces dont encor' ont si grand bruit les Hómes d'Armes ou
Cathaphractes Gaulloys★───★Gaulloys ie dy, qui par
apres eurent pourRoys vn nómé Longho, & puis vn appe
lé Bardus le ieune, Icelluy Longho fundateur deLangres,
& tous deux ensemble du Nom des Lombardz, qui iadis
des enuirons de la Gaulle belgique descendirent enLom-
bardye lors dite Gaulle Togée, appeléz qu'ilz y furent par
vn dépit de Narses, leans gouuerneur pour l'Empereur
Iustin, peu amy des Gaulloys★───★Gaulloys ie dy, qui
pour leur exellence & valleur furent vn long temps appeléz Celtes du Nom de leur Roy subsequent Celté, & de
l'autre qui fut nómé Ambigat tenant son siege a Bourges,
de la ou il feit de merueilleuses expeditions en toute l'Europe, dont a iamais, selon Cato, seront renoméz les Gaul-
loys★───★Gaulloys ie dy, qui depuis eurét vn autreRoy
du nom du premier Samothes, du viuant duquel Authum
fut ediffié & les gens du païs fort estyméz par Cesar, & par
luy appeléz Hedui Gaulloys★───★Gaulloys ie dy, qui
apres eurent cet heür de voir du viuant de leur Roy Galla
thes, la Fille aysnée de luy, si grande, si belle, & si magnanime, qu'elle ne voulut onc autre Mary, que Hercules Egi-
Diod. ptien pour ses valeurs, Lequel en eut vn Fils aussi nommé
Gallathes duquel prindrent Origine les Galletées; & les
Gallogrecs en Asye, en renouuellant par tout le Monde
le Nom antique de Gaulloys★───★Gaulloys ie dy, qui a-
pres le susdit furent regyz par le Roy Lemanus fundateur
du Mans, de Lozane, en Sauoye, & Parrin du Lac de Gene
ue autresfois dit Leman, q̃ le Pseüdoprophete interprete-
roit voluntiers autrement sil pouuoit au mespreis des tref
chrestiens Gaulloys★───★Gaulloys ie dy, qui depuis ce
                                                KKk

furent en l'une de leurs Prouinces furnomméz Braccati
du viuãt de leurRoy Harbon fũdateur de Harbône main
tenant dite Narbône,la ou les longues Chauffes n'auoiét
cours comme depuis entre tous autres Gaulloys★━━★
Gaulloys ie dy,du Nom dequoy tous nobles Lyónois fe
doyuent encores éioyr, puis q̃ de fi longue faifon ilz fe fẽ
tent auoir eté mriz fus,& fi bien logéz par l'autre Roy des
Gaulles Lugdus,fundateur de leur Vile,& Origine du Nõ
des Loys, en latin dit Ludouicus par fyncope &iadis Lug
douicus,dont furent & font encor'battyféz maintz Gaul
loys★━━━★Gaulloys ie dy,qui par apres eurent vn Prince,au nom & Droit duquel la Souueraineté de Flandres
fe pourra a iamais iuftemẽt rechercher cõme Fundateur
d'icelle,Qui fut Belgius,auffi fundateur de Beauuays,&
Seigneur de la Gaulle Belgique ainfi nómée de fon Nom
pour vray titre ou Enfeignement a fes pofterieurs &vrays
Princes Gaulloys★━━━★Gaulloys ie dy,Pour le Régi-
mẽt defquelz nafquit puis Allobrox leur Roy,En recõmã
dation duquel ie ne puis dire, fors qu'auec les Cofmo-
graphes le nommer Pere de Bourgongne, Daulphiné,
Sauoye, fundateur de Gennes a prefent nómée Geneue
& depuis de la Géne Lygurique & auffi de Breffe & d'Am
brum anciénement nómée Allobrogum & maintenant a
tort Ebréduum,non fans vn peu de honte & negligence
d'aucuns Gaulloys★━━━★Gaulloys ie dy, qui par apres
eurent pour Chef le fils de cetuyla, nómé Romus,funda-
teur de la Vile de Romans en Daulphine,& de la Cité de
Vallence,& auec ce du langage Roman ou Vualon, temoing le Roman de laRoze encor' a prefent fueilleté des
renyéz Gaulloys★━━━★Gaulloys ie dy, qui de peu ne fe
deuffent refentir de la memoire de celluy qui fut fundateur de la grand' Gaulloyfe dite la Nõpareille, qui fut Paris Roy des Gaulles,& non pas l'Adultaire, cõme baftye,
cinq cens ans auant les fundementz de Rome,& parCe-
far du depuis augmẽtée pour figne fecret (& de luy non
cõgneu)de fa grandeur & de celle de fon Prince legitime
lors futur &efperé des vrays Gaulloys★━━━★Gaulloys ie
dy,qui par apres furẽt quelq̃ téps regiz par le Roy Allabre

*Raphael.
Volater.*

furnõmé en éfpecial Roy de Sams, pour le renom qui lors
couroit du vaillãt Peuple fortant de telleProuince al'hon
neur desGaulloys ———★Gaulloys ie dy, qui par leur Roy
Iafius font encor a celebrer, Soit q̃ ie ne foys bien memo-
ratiue fi ceft celluy qui fut caufe de faire goufter le Pain
aux Italiés dãs Viterbe lors q̃ par tout etoit fi bruiffãt leRe-
nõ desGaulloys ———★Gaulloys ie dy, qui fouz leurRoy
Gallate le ieune, dõpterent les Peuples de Sarmathie, a la
confufion de to⁹ Sarmates ou Gotz qui de regret en portẽt encor' enuye aux vraysGaulloys ★———★Gaulloys ie
dy, Qui depuis feirent ediffier la riche Vile de Nantes en
Bretaigne, par l'ordõnance de leur Roy Nãnes dont elle
porte encores le nom pour letre de marque, dont to⁹ Bre-
tons n'auront iamais qu'hõneur de fe vanter d'eftreGens
mais pl⁹toft antiquesGaulloys★———★Gaulloys ie dy, qui
des hoirs de cetuyla eurẽt vnRoy nõmé Rémus, En memoire duquel furent nomméz les Rémins, & auffi la Vile
de Reims dont il fut fundateur pour le Sacre de fes Suc-
cefleurs Roys Gaulloys★———★Gaullovs ie dy, qui de luy
eurent vn Gendre pour Roy dit Francus, duquel i'eftime
la vraye fourfe du NomFrãçois, & la mõnoie duFrãc pour
Liure & ce mot de Frãc pour libre ou liberté des Frãçois
nõméz de luy, toufiours pourtãtGaulloys★———★Gauloys
ie dy, dõt apres la Vie de leurs legitimes & premier Roys
fufnomméz la Lignée royalle par quelque celefte IN-
TENTION fe trouua deffaillãte certain tẽps auant q̃Ce
far veint troubler leur repos en Frãce en hayne des precé-
détz trauaux par eux dõnéz aux Romains en recherchãt
leurPropre par vne diuine Intelligence.Le fil de laquelle
Lignée deffaillante pourtant, deuoit eftre en la Perfõne
royalle deHugues Capet Gaulloys & Chef de celle qui a
prefent f'acroift, renoé & reprins cõme il eft, pour eftre
en tout l'Occident perdurable, au regret enuieux de tous
ceux qui depuis icelluy grand Cefar, iufques auditRoy
Capet, auoient occupé le titre & fruition de tel Royaume contre la diuine & première Inftitution du Droit de
Primogeniture du Monde fauorablement donné aux

Hômes Gaulloys★——————★Gaulloys ie dy, de la fatalle Oppreſſion deſquelz, Ceſtaſſauoir pour auoir eté auçunes
faiſons fouzmys a la patte de la Louue affamée, qui depuis
cauſa tous ſes autres Troubles, on ne peult prendre que
bien bon Augure de felicité pour eux. A raiſon que ce la
leur aueint côme ſur ceux entre les Peuples qui ſeulz en
eſpecial deuoient courir la Fortune du grãd Legitimateur
des Roys, IESVCHRIST, auec luy, côme Eluz pour treſchreſtiens. Conſideré que au meſme temps des indignes
Tourmentz & Oppreſſions de tel SEIGNEVR, enuiron
meſme faiſon auſſi iceux Gaulloys cômencerent a eſtre
oppreſſéz & flagelléz de ceux la meſmes fouz l'Empyre
deſquelz L'INNOCENT & ROY celeſte le fut: Participans ainſi des Paſſions du Maiſtre, côme Seruiteurs deſlors choyſiz pour bien ayméz. Lequel tant plus ça bas ſe
va faiſant congnoiſtre, tant plus auſſi les va-il éleuãt pour
ſa gloire, & pour en leur faueur chaçer du Môde l'arbitrai
re Droit de regner, qui iuſques icy à gaſté tout l'Ordre humain. Et ſur ce pas d'Oppreſſion, eſt touché ce mot de celeſte INTENTION de cy deſſus. Puis par la coutume an
cienne de la Gaulle, le Roy côme Myneur, eſt touſiours
quoy qu'il tarde, releué, au proufit du Territoyre Gaul-
loys★——————★Gaulloys ie dy, Sauoir eſt ceux la meſmes, qui
du temps d'iceux leurs premiers Roys, & fort longues ſaiſons auant Ceſar, ſetans bien reſentyz d'auoir etétroubléz
& empeſchéz en leur premiers Manoirs de Rome, Italye
Tuſcane & Lombardye, par les premiers Romains (lors
ditz Saturniens) auec les Cameziſtes, qui eſt l'Origine de
la hayne du Nom Gaulloys en telz lieux long temps a-
uant que Rome feuſt fongée, feirent pour cela plus d'vne
fois trembler de peur ceux qui (baſtye) poſſederent telle
Cité, Ouy feullement quand la nouuelle arryuoit dans le
païs q̃ les Gaullois vouloient paſſer les Montz, Témoing
(ce dit Apian Alexandrin) la Loy de l'Immunité des Preſtres & des Vieux, ou etoit adiouſté ce mot, Sauf que en la
Guerre contre les Gaulloys, Temoing auſſi les derrache-
mentz de Cheueux des nobles Romaines quand telle
guer-

Guerre auenoit,& leurs riches Ioyaux, que coup a coup
befoin fut de ce temps la metre au Billon,pour faire obſta
cle a la iuſte Fureur de ces braues Gaulloys✱━━━✱Gaul-
loys ie dy, qui ce nonobſtant & apres pluſieurs Teſtes rō-
pues, paſſerent plus outre, & ſouz ce nom de Senoys ou
Senonoys montrerent bien aux Romains & aux trois Fa-
biens leurs Ambaſſadeurs (meſmes ainſi que recitent Ti-
telyue & autres)que leur Droit etoit aux Armes,& le tout
des Hōmes fortz(c'eſtoit a dire,de force de diuine droiture.) quand ſouz ce Secret ilz rechercherent leurs vieilles
Maiſons ou Poſſeſſions en Tuſcane pour y réhabiter.
Paſſerent outre,i'entens,Ceſtaſſauoir pour recognoiſtre
& marquer les endroitz de leur Saluation & Origine Gallique faite en Armenye,& en paſſant,reprendre l'Italye:y
fundans & y plantans(& en Aſye auec)des belles & grandes Collōnes, ie veux dire des Collonyes,Places & Citéz,
cōme Verone, Breſſe, Bergame, Trente, Vicence, la vieille
Cité de Siene, Reſtauré & ampliffyé Mylan qui lors n'é-
toit que Bourgade,& autres lieux,cōme le Port de Sené-
gaille.Deſquelles Villes & lieux les Gaulles ſont bien toſt
pour eſtre recongnues d'effait,vueillent ou non,auſſi bien
que de nom elles le ſont encor en plus part au grand triumphe du Nom Gaulloys✱━━━✱Gaulloys ie dy , de qui
le Nom au Monde ne fut onc enſeuely,ains touſiours tenu en réuerence ou craint , tant que des Celtes & Gaulloys toute l'Europe a iadis eté nōmée, Le tout nonobſtāt
le Cours permiſſiuement déſtyné des quatre grand' Beſtes i'entens des quatre Monarchyes de la Terre protraitt-
es en Daniel,cōme plaines de Tyrānye déuorante & ſās
diuine legitimatiō,dont cy deuant ay parlé en faueur des
Gaulloys✱━━━✱Gaulloys ie dy , pour la gloire & grand
Proeſſe deſquelz Saluſte n'a ſceü taire cecy,Que ſi les Ro
mains ont iadis fait la guerre es confins de l'vniuers pour
les Principautéz,& contre ceux de Carthage pour l'Empire,Il à fallu pourtant qu'ilz l'aient faite pour la propre
Vie, cōtre les Gaulloys toutes & quātesfois qu'ilz en ont
fait eſſay,tant eſt martialle(ſelle le cōgnoiſſoit) la Nature

KKk iij

d'iceux Gaulloys⋆————⋆Gaulloys ie dy, qui par cela de
toute anciéneté possederent l'Angleterre dequoy porte *Eufcb.*
encores le nom la Principauté de Galles,& le païs de Cor *Ptol.*
noaille qu'on dit en latin Cornugalliæ ; & par semblable
le païs de Portugal, qui ne signifie autre chose que le Port
des Gaulloys⋆————⋆Gaulloys ie dy, qui iusques a la ont
eté regardéz de diuine Bonté, que iamais ne se banderent
par Armes l'un contre l'autre, Ne profanans leurs païs par *Agatim.*
Sang de ciuiles Batailles cóme ont fait tant d'autres nati- *Grec.*
ons ne tenans rien du Gaulloys⋆————⋆Gaulloys ie dy,
de la Benediction desquelz, & de leur Bonté naturelle, tou
tes Gens ont d'ancieñneté receü Secours, Support, & en
diuers temps diuerses Faueurs & Courtoisies, veü que ce
furent eux qui anciénement & encor' de nouueau decha-
cerent vn coup les Geans & Sarrazins de l'Europe, qui sef-
forçeans de remetre sus les enormes Vices qu'ilz sçauoient auoir eü cours auant le Déluge, sefforcerent de plus,
de tyranniser sur autruy atoute rencontre. Et le Signe de
telle Benedictió fut, que tout le Peuple Gaullois a de tout
temps eü Foy & creü la digne Immortalité de l'Ame. Voi
re & tant sen fault, que les habitans de telle Region ayét
iamais rien eü de l'Atheisme, qu'encor' a present ilz ont
non seullement le Nom par dessus tous autres Peuples de
Treschrestiens & d'obseruer l'Immortalité de leurs Ames
cóme leurs Peregrans, mais aussi celles des Proces, penfans y trouuer la perfection de Iustice a l'hóneur du Nom
Gaulloys⋆————⋆Gaulloys ie dy, Par le moyen ou amyable faueur desquelz, le premier Pain fut antiquement fait
& gousté en Italye dans la vieille Cité de Viterbe, la ou la
Dame Isis ou Ceres, veint de Lybie voir les Noces de Iasi-
us Ianigene Roy des Celtes Gaulloys, & de Cybelles son
L'Idole faint Epouze, Soixáte & dixhuit ans auát la fundatió de Troye.
Germain a Ce que les Enuieux ou Paresseux a peine vouldront croi-
Paris fut fai- re & que ie renuoye pour cela a l'Idole faint Germain,
te au nom de pour en receuoir quelque Oracle, en honneur des Gaul-
Isis. loys⋆————⋆Gaulloys ie dy, qui encores dudepuis ont eté
cause que Rome (cóme lon sçait) fut tant de temps assize
en

en son superlatif Degré, par le moyen de leurs Forces &
Richesses, si tost que le chauue Dictateur les eût a luy ac-
crochées, Dequoy toutes les Grandeurs d'Italye sont
procedées, & ne le pense; ce semble, pour le long Creuecœur qu'eut l'antique Senat alencontre de la Nation
Gaulloyse qui n'auoit sceü pl' aigremēt se vanger des Ro
mains (cõme leur sébloit alors) q̃ de leur faire bézer & recõ
gnoistre le Sceptre d'un Roy (a eux tant odieux) en la personne mesme de Cesar leur Cõmis, souz titre de Dictature
perpetuele, puis q̃ par vn des Gaulloys alors ce ne pouoit
estre, pour laisser prédre cours a la grãd Beste prédestinée
auant le Rétablyssement du legitime Sceptre Gaulloys
★————★Gaulloys en sõme, qui tousiours par apres & souz
ce Nõ de Frãçoys se sont au besoin mõtréz les Parentz &
Cõperes d'Allemagne (silz en ont eté recherchéz) Amys
ouuertz de leurs Amys & les Peres d'Italye, Chaçeás Roys
nouuelletz & Antipapes d'icelle, voire & a mon auis, aucuns Empereurs qui la gourmãdoient, & souz le pied me-
toient la Chaire apostolique qui l'entretient: Y faisans ras
soir les vraiz Papes qui bien souuét etoient laz & rompuz
d'estre debout sans Siege. Et lesquelz Gaulloys encor' ius
ques a maintenant ne cessent en telz Offices & autres de
fidele Protection, comme ilz ont acoutumé faire de tout
temps mesmes selon ledire de Iustin qui temoigne que
les Roys de l'Orient quand ilz etoient chacéz de leurs
Terres n'auoient recours qu'aux Gaulloys, & ce tout ainsi qu'à vrays Ministres du seul SVPERIEVR qu'ilz se sont
fait & font par tout cõgnoistre, & par consequent dignes
de tout Empyre, puis que de leur Main plus de biē est ça &
la élargy que de toute autre humaine★————★De tous les
quelz dessusditz Gaulloys ou vrays Cesars (& comme au
Nom & en vertu de leur antique Couronne tant seullement) sont descenduz du depuis pour Signe & renou-
uelante Grandeur de Monarchye, le Roy Clouys, par
grace de DIEV, Vertu de la Couronne Gaulloyse & de
ses Hõmes, fait Roy Chrestien puis Empereur en Gaul
le par instinct de l'Empereur de Cõstantinople Anastaze.

Et apres icelluy Clouis defcédit pour les Gaulloys le Roy
Charlemagne. Tous deux(l'vn par ledit Empereur,&l'au
tre par l'Eglife Romaine)conftituéz Monarques ou Empereurs au nom des Gaulloys,cône Figures qu'ilz furent
tant feullement(veü leur improprieté fur la Courône) du
Rétabliffemét entier du hault Sceptre es mains des Roys
proprietaires d'aprefent comme Capet, faint Loys, Phlip
pes de Valloys Françoys & Henry fon Fils, vrays droitu-
riers Poffeffeurs en cet Age de la premiere & plus noble
Courône du Monde qui eft la Gaulloyfe,& confequémét
de la vraye Monarchye : Voire Monarchye qui en eux
eft euidémét recuperable, par le Regard tant feullemét
du Nom de Capet chef de leur Lignée, qui non fans myftaire fut nômé Capet,cône celuy qui auoit a décapeler
ceft a dire a leuer le Chapeau Royal de deffus la tefte des
autres ainfi qu'il feit,& font pour faire fes Succeffeurs de
plufieurs autres pour reuenir en leur Droit de Primogeniture felon les Intelligences du Ciel & le difcours prefent.

VOila donc les CESARS,fi Cefars fe doyuent appeler,
Aufquelz la Potefté Orientalle (par la main d'Ana-
ftaze,& la digne Potefté Ecclefiaftique(pat la main du tiers Leon)infpireés de tous mes precedentz difcours , par
diuine prouidence rendirent autresfois publiquement le
DENIER,ceftaffauoir l'Empire, Rendans hôneur a IE-
S V C H R I S T : En metant icelluy Denier es mains des
deux feaux Cômis,figuréz & établys pour vn temps au li
eu & certain Siege des Roys Gaulloys, pour quelque celefte Intention, Ie dy , Clouis & Charles , Qui en temps
abfolument ordonné en ont puis rendu compte fuc-
ceffif par leurs Enfans auec titre de repetition es mains
du legitime Roy Capet & fes Succeffeurs vrays heritiers
de la Succeffion Gaulloyfe par les autres permiffiuement
quelque temps poffedée & afféz bien regye en attendant
qu'il pleüft au diuin TESSIER reprendre le Fil royal de
la Progenye antique des propres Enfans de G O M E R
Gaulloys, & des Gaulloys de maintenât. Fil qui auoit eté
rom-

rompu pour vne Preparation, ce femble, au cours de la
quarte & grand' Befte Romaine, côme aufsi (peult eftre)
pour le Chaftiment des imperfections de Gaulle déplai-
fantes a leur MAISTRE, afféz auant que Cefar, Faramõ-
doys, Allemans ou Anglois qui auoient eté Gaulloys, con
gneuffent les Gaulles que par renômée.   Voila donc
de rechef les Cefars, qui come figures ou inftrumentz de
laReprinfe de Poffeffion du Territoire Gaulloys pour les
vrays Cefars d'apres eux, doyuent eftre des Gaulloys ou
François d'aprefent honoréz, nonobftãt lexpulfiõ de leur
Sang hors de tel païs. Et ce tout ainfi qu'Abrahan & Dauid font celebréz par les Hebreux plus pour auoir eté figures entre eux du vray ROY promis, que pour auoir ré-
gné corporellement en Iudée. A l'exemple des Gens de
laquelle, & côme elüe de DIEV qu'elle fut, Iay (ce me fem
ble) en mes fonges, receu vn Signe en faueur des Gaulles
pour temoignage de prochaine Grandeur, Ayant puis
peu de iours (fi bien me fouuient) ouy beller en Rome *Vifiõ nocture*
vne Sybile ou douce Mufe au plain meilleu du Camp an- *de la Plume*
tique de Mars, ou cete Place a prins fõ fundemẽt. Laquel- *en Rome.*
le Mufe par vne voix plaintiue, parlant des tragiques Regretz des grans Cefars fur l'Occident (qui a l'heure etoit
touché de l'Afpect d'vn beau Croiffant) chantoit ce que
fenfuyt fort proche a mes Préuoyances.

Heüreux Vainqueurs, & plus heüreux encores

Si des Gaulloys la Droiture, qui ores

Se voit par tout heüreufe renaiffant

N'euft rencontré notre Cours finiffant.

L'Heür des grans Roys a notre heür fi contraire

Et leur Pouoir, qui fcait les Gens attraire

Pour fur l'Europe en Croyffant s'auancer

Nous garde bien de Plus outre, penfer.

MAis pourautant que plufieurs pourroient douter &
encores heriffonner fur toutes les chofes propofé çs

(quoy qu'elles foient affez tranfparentes a tout bon Oeil)
& fe voudroient arrefter fus le long Cours des Monarchyes & grans Empyres de fi long temps continuéz, &
tenuz d'autre main que de celle des Gaulloys, Ie fens bi-
en qu'il m'eft outreplus, befoin de pourfuyure a dire encor' vn Mot qui mérité eftre tout premierement difcou-
ru fur tout mon Difcours pour fe débroiller de Scrupule,
affauoir, Que le premier Fils que le CREATEVR
donna au Pere ADAM, ainfi que lon fçait, fut Cayn,
lequel comme Ayfné, deuoit poffeder l'Empyre de la
Terte par fus tous fes Freres:& pour figniffiance de cela *Gene. 4.*
il fut fait Agriculteur pour metre la main a l'Oeuure bas
& profane. Et le fecond Fils fut fait Pafteur, Pour fouz
ce Titre deuoir gouuerner le Fait Sacré de la Religion,
laquelle pourtant n'eût pas loyfir de bien affoir en luy
fes fundementz, aumoyen de la tyrannie de Cayn. Al'o-
cafió dequoy le FORMATEVR prouueüt à Adam d'vn
autre Enfant nommé Seth, qui feit l'Office diuin & eüt
generation dont defcendit le Patriarche Noë, en la Perfonne duquel l'Eglife fut maintenue, comme etant tout
le droit d'Abel deuolu en luy par la Lignée des Iuftes, &
confequemment en Sem & les autres qui eürent fa Bénediction & Ayneffe. Au contraire, par l'Irregularité
éffrenée des autres, yffus de Cayn, la Chair des Hommes fe trouuant tant corrompue que le SEIGNEVR
n'etoit plus obey ny recongnu, Il pleût a fa diuine MA-
IESTE, de renouueler & purger la Face de la Terre
par le moyen du grand Déluge. Lequel ceffé & pour du
tout donner Rénouation auffi bien a l'Ordre de la feconde Famille du Monde, comme il l'auoit donnée a
l'Vniuers, Voulut que es feconds & nouueaux Hommes d'apres telle Inundation, l'Ordre de la Primogéniture ou Ayneffe temporelle feuft changé pour le rendre different a celluy qui auoit eté fait en Cayn au có- *Gene. 9.*
mencement de la Creation. Tant que pour cete fin,
& moyennant la Malediction donnée au Mocqueur,
Cayn, le Patriarche Noë fut infpiré a faire, Que le
                                                            der-

dernier ou tiers de ſes Enfans obteint la Primogéniture
de la Terre & feüſt Fils d'Ayneſſe pour le Fief noble, non
le premier. Et quant a luy (qui etoit Sem) Qu'il auroit, en
lieu de cela & pour le mieux partir, la ſacrée Dignité pon-
tificalle & l'Ordre éccléſiaſtique, qui eſt en DIEV le prémier : Et qu'il auroit auſſi ſa Portion du Dōmaine, & des
Fruictz de la terre pour ſon entretenement : Et tous deux
la Benediction du Pere, qui les feit Seigneurs de la Poſté-
rité de l'autre. A l'occaſion & en hayne dequoy Cam le
malin (par nature le ſecond Fils de Noë, & Ayſné de Iaphet) neaumoins qu'il euſt obtenu pour ſa part de la Seigneurye terreſtre toute l'Egipte, commença a murmurer & porter enuye a ſes freres, mais ſpeciallement a celluy qui auoit eü la Benedictiō du Pere pour le droit d'Ayneſſe & le Sceptre principal du Monde a luy & a ſes hoirs
auec le ſurnom de Gaulloys pour ſigne de telles Graces
& diuines conſtitutions, dont Gomer Fils ayſné de Iaphet fut ioyſſant. Et pour cela, ce n'eſt ſans cauſe que en
vn point des Pancartes des Iuifz, qui commence ainſi
Filij Autem Gomer, il ſoit audeſſouz ecrit, Que a eux fut dōnée
la Principauté de l'Aſye, de l'Affrique, & de Facoï, qui eſt
entendu pour l'Europe, Soit que Sem & ſa Progenye dont
veint Abraham, eüt dudepuis ſon Régne en l'Orient, cōme Ayſné ſpirituel : & Iaphet & ſes déſcendans Gaulloys
en l'Occident principallement. De maniere (a ce propos
de l'Enuye de Cam) que tout ainſi que Cayn ſus Abel,
Auſſi Cam ne ceſſa oncques puis, contre l'ordination
du Pere & qui plus eſt contre la Volonté permiſſy-
ue du CREATEVR, de pourſuyure & faire Guerre audit Iaphet & a tous ſes déſcendans, Primogeniteurs du Monde par Succeſſion légitime de Gomer.
Leſquelz de main en main, par les Succeſſeurs d'icelluy
Cam furent ainſi touſiours ſucceſſiuement inquietéz,
tant que Nembroth Nynus & autres (ſortyz de la Tyge de ce Cam réprouué) s'éfforcerent ſelon l'ambicieuſe
coutume de leurs Peresgrans, d'occuper la Terre, &
commencerent deſlors a tyrāniſer & eriger (au deſauan-

tage du tresdiuin Droit des autres) la premiere Monarchie, d'édiffier la Tour Babel pour forcer les Etoiles,
puis la grande Cité de confusion Babylone. Et voila côment Iapet, Gomer, Samothés & les susditz autres Gaulloys, Ainéz Princes du Monde, furent par tyrannye des
autres, & contre l'Authorité diuine & humaine, de saison
en autre & aussi bien en Italye qu'ailleurs, spoliéz de la po
sefsion (non pas du droit & titre) de la principalle Potesté
d'être les Humains, iusques au plain meilleu de l'Age pré
sent, la ou il conuïent & semble estre chose asseurée que
(finy que pourra estre le cours des quatre grans Empires,
précongnu par le Prophete) la Legitimation & Primogéniture de DIEV en Noë Iaphet & Gomer, soient a plain
& par vif effait remyses sus & restituées, auec le Sceptre
general du Mode (ou au fin moins de l'Europe) a leurs pro
pres & legitimes Hoirs & Successeurs qui sont les Gaulloys par cy deuant speciffiéz, & qui ont par vne ferme cô
tinuité de treslongues années tousiours fait aparoir en ge
neralle renômée, leur Nom, leur Sang & Païs estre celluy
qui porte le premier surnom des Hómes apres le Déluge
toùt expres pour l'effait dessusdit, soit que peu d'entre eux
l'ayent entendu. Par ainsi donc & suyuant ces dignes
considerations ne se fault plus emerueiller si lès Gens
du Peuple Gaulloys n'ont ioy de leur Primogeniture &
droit d'entiere Monarchye qu'ilz ont de tout temps & en
diuers lieux querellée a l'Epée contre tout le Monde &
qu'ilz vont maintenant a veüe d'Oeil recherchant voire
& reprenant par tous moyens & sans y penser, auec la
Force de la diuine INTELLIGENCE. Chose pour
cela, que lon ne peult dire estre préscrite, Car es Affaires
du DIEV Viuant ny à Préscription, veü que tout luy est
present, & veult a la fin faire amplement congnoistre au
Monde sa Verité & Iustice & rassoir les choses principalles de la Terre en leur droite police & raison selon ses
diuines Intentions, ainsi qu'il semble par mil & mil spiri
tuelles Imaginations qu'il vueille faire asséz tost de la Ré
stitution de la principale Principauté des Hómes a Celluy

luy on Ceux a qui elle a touſiours appartenu de droit par
ſa côſtitution en l'Office du Rénouateur de l'humain Gen
re Noë, legitime & ſeul Côſtituteur des Seigneuries de la
Terre de par luy, qui ſont les Gaulloys maintenant ſurnô
méz Françoys, leſquelz apres auoir antiquement eté par
tout le Monde diſpercéz pour laiſſer par leurs Armes, Letres de Marque en tout lieu du Tort reparable qui leur
auoit eté fait, furent puis par le SEIGNEVR rappeléz &
raſſembléz au plus fertil Territoire de l'Occident ou ilz
ſont, pour les faire préparer a la repriſe de poſſeſſion de
tout ce qui leur appartient, & du Sceptre occidental ou
dernier d'entre les Humains. Et nonobſtant que l'Aiſné
du Monde Iaphet, Gomer, Samothes & iceux Gaulloys
leurs hoirs, ayent ainſi q̃ iay montré, eté gettéz hors de tel
le Succeſſion par le cours tyrannique des quatre grandes
Monarchies paſſées, Si fuſſe choſe faitte contre la volunté (non pourtât permiſſiue) du TOVTPVISSANT, qui a
ces fins deſormais fera voir le temps eſtre venu a renuerſer telle Improprieté par l'apparente Réſtitution du plus
beau de l'Héritage de l'Europe ſpeciallement, auRoy des
Gaulles l'ayné du Monde de par Noë, auſſi bien qu'en pa
reil cas (& en ayant ia treſbien cômencé par les menuz au
fait de l'expulſiô des Romains Allemãs & Angloys pour
la meſme Couronne) il luy a pleü antiquement faire en
diuerſes Regions, ſelon que ſe peult comprendre par
l'ample diſcours ou côſideration des faiᴄ̃z de ſa Maieſté
ſus l'Humanité, pour dôner a congnoiſtre aux Hômes
qui ne le croyent, que ceſt luy qui ſe meſlé en eſpecial
des Etatz des Royaumes Empyres & generaux Affaires
de la terre. Pour toutes ces Raiſôs & diuins exéples, Voi
la en ſôme la Repriſe ou Nœu du hault TESSIER au fil
de la Lignée ou Race des antiques Gaulloys en faueur
de ceux de maintenãt, pour apres venir a reprédre auſſi le
fil de l'Interruption de la ioyſſance du grandEmpyre ceſt
a dire de la plus digne Seigneurye ou legitime Poteſté de
l'Europe, & a bon droit, puis que la Baze de la Monarchye
temporelle eſt la Gaulle : Et comme telle auſsi par le

MAISTRE expreſſement aſſize ſouz la droite & haulte
Collõne de la Région,qui entre autres,eſt en effait, le plº
certain Manoir de deſſouz le Ciel la ou ſe ſoit touſiours
mõtrée Continuitè certaine & ſucceſſiue de ſon Nom &
poſſeſſoire,ainſi q̃ pour ſẽblable aparence ont fait les Hébreux de la Cõtinuité de leur tyge en Abraham & Melchi
ſédec. Sus donc,ô Roys nõ moins treſheureux q̃

treſchreſtiens,Sus,Puis q̃ les Cieux ſi fauorablemẽt vous
appelent a leur Seruice:Et en aſſemblant a toute aſſemblée de Royauté voz honorables Princeſſes & parentes
enſẽble les plus dignes Inſtrumentz de votreGloire ſi bĩe
ce iourdhuy en Lorraine éguyſéz, voire (& dautre part)
aplanyz au Mont moren cy mémorable; Faites que par
tout l'Vniuers ſi poſſible eſt,la GALLIADE,non plºL'IL
LYADE ſoit deſormais lyriquemẽt châtée,& par voz Sa
mothées ou Druydes nouueaux premieremẽt cõpoſée, a
l'ayde de voz tãt douces Muſes Dorates,Melynes,ouRõ-
ſardes,dont votreGaulle eſt ſi noblement décorée.Dora-
tes,i'entens,cõme dorées de trilingue Richeſſe . Ronſar-
des ie dy,cõme celles qui accrochent le Paſſant a l'ouye.
Melynes,comme plus douces q̃ plaiſante Gelée, en toute
ſaiſon fretillante ſus voz Tables royalles. Et ce,a celle fin
que votre noble & treſantique Sang ſoit entre les Hõmes

recõgnu par force d'Ecriture immortelle auſſi bien q̃ par
Armes toſt mortelles:Et qu'en votre Gaulle aſyatique ou
gregeoyſe l'Alcoran face vn coup voluntaire place a cete
GALLIADE pour y eſtre veue, Auſſi bienq̃ feront l'Ario
ſte en votre Gaulle Togée,l'Amadis es Eſpagnes,les Can
tiques de l'eſperéCõcile en Allemagne,& les Tryolletz de
la triennalle Poſſeſſion de la France,au Païs de la vieille
Brette,qui ſen gloriffie,eſperant encores y rentrer,en ra-
dottant. Et par ce moyen la GALLIADE aura cours & ſe
ra par tout chantée en lieu de tant dautres choſes vulgai
res imprimées:Au hazard au pis aler (& ſainſi n'etoit) de
puis apres faire par vn ſouuerain cõmãdemẽt,danſer vne
Gaillarde a qui ne plaira la GALLIADE. Dequoy &
de toutes les autres choſes cy deuant déduytes a la haſte
                                                        pour

pour crainte d'auoir trop entremis le Seruice desDames,
iay plus d'affeurance que iamais en mes fimples Côcepci-
ons, & y fais fundement fans aucun get de pafsion : Ouy
d'autant plus, que ceft chofe trefaprouuée par vertu de
Letres autentiques(côme ie penfe auoir ia dit) que le pré-
mierNom du Peuple de ce Monde apres le Déluge, fut le-
Gaulloy s, qui eft votre. Pour la Grandeur duquel & le fup
port de la Verité, ce fera force que les Gens adiouftent
foy a votre GALLIADE, quand elle fe trouuera elegamm
ment fortiffiée d'Ecrittures qui ça & la ont iufques icy cou
uertement tenu caché par quelque diuin Voüloir leMiftai
re digne & reparable de la legitime Potefté d'entre les
Hómes, & qui toufiours a couué fouz la triple Couronne
des Gaulles. Lefquelles ont a fe réunir enféble pour en rédre vne feulle Gaulle, ceft a dire vn feul bafton royal & fu
perieur de la Iuftice du Monde fi roide & fort es mains
de fon legitime Potentat, qu'il puiffe, en croyffant, & felon
l'éternelle Intention a plain authorifer fus Terre es dernieres Saifós & y faire cógnoiftre a enfegne deployée l'in
faillible & trefdiuine PVISSANCE de IESVCHRIST
fon ROY, fon MAISTRE, fon LEGITIMATEVR &
fon DIEV. Duquel pour gaige de cela il eft facré d'Onéti   *Les gaiges*
on au Ciel cópofée, Confirmé du myraculeux Signe des   *de Benedicti-*
Ecroelles, Recongnu par la Baniere des trois Fleurs   *on deFrance.*
celeftes, Purgé d'Infidelité par l'Eponge chreftiéne, &
preft, par le gaige des trois précieux Cloux, a rétendre fes
Forces fur les trois Coings plus Seigneuriaux de la Terre.
En gardant tout expres pour cela au Cœur de fon Royau
me, outre ladite Eponge & Cloux, vn Ordre diuin en fes
Secretaires, & aufsi la Lance & la fainte COVRONNE
d'Epynes de fon EMPEREVR iufques a ce que fouz la
Gaulloyfe toute autre ayt doublement recongnu telz
plus qu'humains Trophées.   Les GAVLLES font
les Collonnes du Monde.

.PENNA ET ARMIS.

semper voli tans

ADLOCVTIO
PENNÆ

Guerre
Guerre
Guerre

REQVESTE

QVE LA PLVME FAIT AVX DA-
MES en faueur des SECRETAIRES, & de la
diuine Source de leur Etat: Aussi de sa côfor
mité auec celluy de DIEV en ses Prophetes, pour Signe d'vn Heür
a la France.

Chap. XIIII.

FINALLEMENT, Princesses tresaymées,
Veü le trauail necessaire que i'ay voluntiers
employé a la façon de cete Contremyne: &
que ie sens mon taint, ce me semble obscury,
& ma voix tout'enrhumée de la grand'poussiere que
ie y ay bien voulu souffrir pour votre Hôneur, & a la
Confusion de ceux qui voudroient seruir de pyôniers
pour myner les Bastions de cete Place, Ce m'est
force de reprêdre vn peu l'Air, dont ie seray excusée.
Aussi que ie pense auoir en partie satisfait a ce que i'a
uois enuye, dont toutes deurez estre contantes & receuoir mon Seruice tel que dessus, pour tresagreable,
tout ainsi qu'vn bon gros plotton de ma Fuzée, tresdif
ficile a démesler a tout Ennemy blasonneur de voz
Graces. Suyuant cela, & pourautant qu'en cherchât
l'Air le plus serein ie pourrois bien reprendre la Voye

qui tend vers la celeste Dame qui m'a icy enuoyée: & considerant auec ce, que tout Ouurier(comme disent les Ecrittures)est digne de son loyer,&qu'oncques on ne vo° feit en honneur vn seul bryn de Seruice sans bonne recôgnoissance, voire que de vous Princesses de France on ne peult pas dire ce qu'on pourroit bien de quelqu'vne, & ce qu'on dit fort souuent des Hommes, cestassauoir,qu'vn grandSeruice est maintesfois payé dune grâde Ingratitude,le Loyer ou recompense qui ia par Vous m'est appareillée pour mon labeur ,soit ie supply conuertye en vne Chose que seulle ie desire en ce Monde,&dont voz bônes Graces ne me sauroient bonnement econduyre . Cest q̃ dun vertueux mouuement de courage votre plaisir soit, chacune endroit soy,& toutes en general,de prendre doresnauant la Protection & Soin fauorable pour l'amour deMoy,de tous mes Enfans masles, mais speciallement & sur tout,des Puynéz ou Orfelins d'entre eux , communément appeléz Secretaires. En ne leur faisant par Vous iamais aucune épargne en quelque rencontre que ce soit de voz graces & puissantes faueurs,tant pres de vous q̃ de tous Roys & Princes, que par fois vous tenéz souz votre empyre par vn doux Lyen de bonne Grace & Vertu,Soit que de tout ilz se dient les Maistres.De cete myenne Requeste Dames , ie ne vous fais instance sans honneste & tresrequyse Occasion : Congnoissant bien que ça bas ie ne pourrois ailleurs plus seurement recommander iceux Secretaires mes Enfans qu'en votre endroit : Et outre ce ie congnois bien encores que au grand mespreis de moy ces loyauxPersônages ont pieça eü trop grãd'dizete de suport en aucunes côtrées,mais pl° assez en Frãce qu'en autrepart ou ilz puissẽt estre peu recôgnuz,Biẽ q̃ telleRegiõ m'ayt tousiours eté autãt ou pl° obligée q̃ tout'autre.D'autre part,les Secretaires n'etãs si riches & bien prouueuz q̃ leurs Aynez,ont d'autant pl° besoin d'appuy , Car ilz ne sõt en cete saisõ ordinairemẽt participãs des Fiefz & principaux droitz de mes biẽs en Sciẽce,ainsi q̃ les autres,qu'ẽ general i'appele to° Philosophes& Sçauãtz:Ains ilz se sõt
seul-

Luc. 10.
1.Thimo. 4

Le desir de la
Plume.

Les Secretaires en France
moins qu'ailleurs prisez.

feullemét faifyz en leur mynorité hônefte des fruicts pro-
uenás de mes Letres & neceffaires Caractaires, ainfi q̃ l'In
genieur de ce Fort, qui tout fon Auoir ou Billõ n'à non pl⁹
epargné au baftiment d'icelluy pour la Défféce eternelle
de Vo'toutes, q̃ Maiftre Artus Fillon n'à pas long têps E-
uefqué de Senlys fõ Oncle, faifoit en Normandie pour la
protection du Païs par luy deffendu & foulagé de maintes charges dont il emporta de fon viuant le nom de Pere
de la Patrye a la mode antique. Par vertu defquelz Caractaires, iceux Secretaires f'éiouyffent de fe pouoir a bon
droit vãter d'eftre aucunemét illuftréz de nobleffe, ny pl⁹
ny moins que les autres f'en authorifent par lueur de Science. Faifans fundement de tel Droit, fpeciallement fur
trois chofes. Sauoir eft, fur vn Cœur toufiours loyal, tenant ie ne fçay quoy de votre humble maintien, Dames,
Puis fur vn bon Sens naturel: en la plus part d'eux enuirõ-
né de telle vigueur d'Efprit, que fi ie ne penfois mouuoir
Ialoufye fus vn, non des moindres·d'entre eux, ie les ap-
pellerois voluntiers Vigenaires, Et tiercement fur Moy
bien empênée entre leurs doigtz, pour figne de louable &
neceffaire profeffion de Vie. Ie dy, fur Moy, cõme etant
Celle, qui a mon poffible, leur fais fidellement manyer les
Etatz & affaires des grans Princes, au foulagement de
leurs Perfõnes & aduantage de leurs Subietz. Or' pour
autant encores, que chofe aucune ne peult eftre bien ou
longuement aymée fans eftre, en plus part fondée: Et a
fin que la beneuolencé que vous porteréz en mõ nom cõme i'efpere, a fi aymable qualité de Gens, foit durable, Iay
propofé de vous donner cy deffoubz la congnoiffance de
la diuine & trefantique Source & Condition des Secretai
res. A celle fin en partie de declarer, que les royaux Perfonnages de chacune Republique & autres qui pour les
Negoces les appellent au manyment de leurs Secretz, les
ayent a tenir cy apres, & faire tenir par leurs Soudéléguéz,
en autre reputation, qu'on n'a fait depuis quelq̃s années.
I'entés fi on à vn brin cure de la feurté de la Vie, & des affai
res du Publiq, qui neceffairement doyuent paffer par les

Le droit de
nobleffe des
Secretaires.

Vigenaire qua
fi vigueur nay
ue d'efprit.

L'àtique four
ce des Secre-
taires.

La fin preten
due de ceCha
pitre.

MMm ij

mains d'hómes de telle cődition, veü qu'autremét iamais ne s'eſt peü faire. Et ſoit notté, qu'vn Cœur loyal ne veult eſtre picqué daucun meſpris.

La cauſe de l'erection des Secretaires.

LEs Secretaires donc (tyréz d'entre les Mamelles de Ver tu, & a Moy, qui ſuis ſa ſeruante, bailléz a norrice pour leur acroiſſement) furent d'anciéneté eluz par la Prouidence diuine, cőme moyens & inſtrumentz ſiens au gouuernement & droite police de toute Principauté, qui du Prince deuoit par eux entendre la Loy & Volunté pour eſtre myſe a effait, & en cote maniere ſuruenir a la neceſſité des Hómes par expedition feale (aux vns ſecrete, aux autres declarée) de tous affaires. Toutesfois, & nonobſtant que de tout temps iceux Secretaires ayent eté préordőnéz a cela, les Cőmunautéz pourtant n'en eurent cőgnoiſſance quaſi de tout vn Age apres la nayſſance du grand Pere Adam, cőme priuées de ſi grand bien par le Peché des Filz des Hómes qui tout ainſi que beſtes, ſans foy, ordre ny Loy, auoient en plus part veſcu. Ains durérent ces tenebres entre les Gens, iuſques a tant q̃ le CREATEVR (ayant deliberé dy enuoyer certain temps apres ſa Grace trop plus que neceſſaire, par les Mains meſmes de ſon Fils) euſt conſtitué & ce pendant etably vn Secretai re en Terre, qui a ſő Peuple enſeignaſt & dőnaſt par ecrit & autrement, la Loy, la Diſcipline & politique Gouuernement, cőme vne impoſition de fin a la Loy de Nature, & vn cőmencement & bien ordőné preparatif a la Reception

Moyſe premier Secretai re et eſcriuain de Dieu pour les humains affaires.

eſperée de ſa Paix & Bonté. Choſe que plut au ſouue rain SEIGNEVR miraculeuſement cőmuniquer de face a face ſur le haut Mont Syna a vn nőmé Moyſe, tant fauoriſé de ce grand Moteur des Cieux qu'il fút elu & pour tel effait etably premier Secretaire de ſa Maieſté diuine entre les Humains (cőme iay fidellement noté en Exode) Et ce, tant pour ainſi ſe ſeruir de luy au gouuernement de ſon Peuple elu, le gloriffier a l'œil des Roys de la Terre, & luy faire voir la Gloire celeſte, que en particulier pour metre ſouz le Pied le Sceptre des Egiptiens, en attendant la Venue de IESVSCHRIST le grand & ſeul

Ecclesia. 45.

feul Chancellier ou Secretaire éternel, qu'il enuoya du
depuis perfaitemét muny des Letres & Patentes siennes
deüment expediées par vne incomprehensibleTrinité, en
forme iamais plus non ouye. Ainsi voila cómét par Moy- *Exemple aux*
se, qui a eté au Monde le premier Clerc cest a dire le bien *Princesses de*
auenturé ou elu secretaire & Prophete de DIEV, puis Duc, *France.*
& qui en son Enfance auoit eü la Vie sauue par la Fille du
Roy Pharaon, pour exemple a toute Princesse (ce semble)
Exod. 2. d'estre tutrice des Secretaires, Voila dy-ie, cóment il fut
signiffié par la Vocation de Moyse, a chacun Roy de la *Forme de te-*
Terre d'elire, entre tous ses Vassaulx en faisant ses Etatz, *nir secretaires*
vn hónestePersónage de ma norriture pour le moins, non *donnée aux*
gentilhóme selon le Monde, mais simplement anobly *terre.*
de droiture & petit Sçauoir, cóme etoit Moyse: Pour en se
seruant de luy, l'aprocher de sa royalle Persóne, luy communiquer familierement les plus nobles parties de ses có
ceptions, & l'anoblir en sa Court a l'œil de tout Gentil. A
celle fin qu'en telle & si nouuelle maniere il recongnoisse
sa noblesse du plº Noble, d'ou elle vient: & q̃ les choses re
quises etans par luy écrittes & signifiées aux Subietz foy
y soit adioustée, & son Vouloir royal acomply, A l'ampliation de son Royaume, Soulagement & droite Vie de son
Peuple, & a la Gloire d'icelluy SOVVERAIN de qui tou
te Potesté est ou permyse ou dónée.

APres le premier Secretaire Moyse, le SEIGNEVR vou
lant augmenter son Etat sur les Enfans d'Israel, y vou- *Iosué second*
lut pareillement eriger nombre de Secretaires, autrement *Secretaire pro-*
nóméz Prophetes, cóme ses proches & diuins Ministres, *phetique de*
A celle fin de tousiours renouueler en la memoire des *Dieu.*
Hommes les Ecritz & ensegnementz d'icelluy premier
Secretaire, en particulier: Auec charge d'y adiouster &
extraire ce que par lueur du saint ESPRIT leur semble-
roit conuenable pour l'entretenement & plus heureuse
conduyte du Peuple elu, selon les temps & nouuelles oc-
currences, Ainsi que depuis Moyse feit le Prophete Iosué,
pour tel choysy, & puis aussi pour Duc ou Conducteur du

MMm iij

Peuple apres ledit Moyſe. Lequel Ioſué tant ſ'euertua par
Grace a luy dőnée en ſa qualité de Prophete ou Secretaire, qu'il executa ce que l'autre n'auoit peü, c'eſt aſſauoir d'in
troduyre les Enfans d'Iſrael en la Terre de Promyſſion,
qui par luy leur fut diuiſée, & les Tribus ordőnéz: En con-
trollant iuſtement tout ce qu'en cela faiſoit a voir ou de
pres controller.

Samuel tiers
Prophete.

A Ioſué vint a ſucceder, le Prophete ou Secretaire de Fé
me ſterile engendré, & des ſa ieuneſſe cőſacré a DI-
EV, Samuel. Lequel ecriuit lorsle premier liure desRoys a
intentiő dy honorer le ROY Superceleſte, ſon Seigneur,
de luy ſi fort fauoriſé, qu'il faiſoit le Sacre des premiers
Roys.

Eſdras qua-
trieme Iob &
Tobie cinq,
& ſixieme.

A Samuel ſucceda Eſdras, du SEIGNEVR auſsi Secretai
re, qui quaſi reſtitua du tout la Loy, apres que le feu des
Caldéés eüt paſſé ſus les ſacréz Volumes des Gens eluz. Et
ſuyuant icelluy Eſdras, ſ'apparurent les Secretaires prophé
tiques Iob & Tobye, l'vn de Patience en toute ſa Vie autãt
recongnu, ꝗ l'autre d'vne nayue & non fainte bőté, a tout
Secretaire fort bien ſeante & cőmune.

Dauid ſetie-
me Prophete
et Secretaire.

A Pres les ſuſditz fut fauorablemét apelé a ce diuin Serui
ce de Prophetye, le Prophete royal Dauid, tyré d'vne
Bergerye, choyſi pourtant pour Secretaire de DIEV, puis
fait ſon Roy, cőme figure du grand ROY promis cy deuãt
nőmé grand Chancellier & Secretaire eternel. Sans auoir
regard ſi ledit Dauid etoit gentilhomme, Rural, ou non.

La Plume ſe
ſouuient des
careſſes que
luy faiſoit le
Roy Dauid.

Ains (quant a luy) ce fut le Roy qui de Moy ſimplette
plus ꝗ de ſa Courőne faiſoit ſouuét eſtyme & tant me caréſ
ſa, qu'en ma preſence prenãt la Harpe en main, chantoit
iadis a plaine voix vn Cãtique ſpirituel fait a la Louenge Pſal. 45.
de ſő bon Maiſtre en quoy il ne m'auoit oublyée, quand il
diſoit: Que Moy petite Plume etois ſa Langue propre, ou
bien (ſ'il me ſouuiét) que ſa Langue etoit cőme Moy en la
main d'vn prompt Eſcriuain: dequoy deuotes Princeſſes,
vous pourra bien ſouuenir lors qu'en diſant pozémét voz
Heures vo'trouueréz en vn paſſage ces motz, *Lingua Mea*
Calamus Scribæ Velociter Scribentis, &c. Et a ce propos de
Har-

Harpe royalle, Ie m'éioyſſois nagueres & d'aũtant plus a-
uoys-ie confiance de votre familiarité, q̃ i'alloys conſidé- *Regret de la*
rant que Vous vo⁹ etiéz ces années précedentes rendues *Plume pour*
amoureuſes, ſãs y penſer, de la Cytre mon petit Inſtrumét, *la Cytre.*
q̃ ie dy myen, cõme ne vo⁹ pouant dõner plaiſir ſans Moy
ou partye de moy entre voz doigtz: ce qui me faiſoit eſpé-
rer q̃ a l'imitation d'vn ſi noble Secretaire & Roy que fut
Dauid, vous diriéz vn iour bien de Moy ſur tel Inſtrument
quand vo⁹ m'auriéz cõgnue. Toutesfois puis que la Ialouzye eſpagnolle (qui de ſes terres le feit vn coup banyr,
pour dire que ſa douceur eſt trop mignotte ou atrayante)
l'à, cõme ie penſe, auſsi fait euanoyr de votre Court, ie ne
ſçay preſque a quoy m'en tenir, ny qu'en dire, fors que
vous deüſſiéz plus toſt banyr de voz honneſtes Compa-
gnyes ceux a qui la douceur eſt aygreur, ſi, non pour autre cauſe que celle la, on m'auoit chacée de voz Chambres & propres Cabynetz auec ma petite Cytrine, q̃ iay
ſeulle choyſie a moy, tant me plaiſt auſſi bien qu'a vous,
la douceur, en fuyant toute ſorte de Rudeſſe a mon poſſible.

Mais pour ſuyure mon propos de Dauid, l'Etat de Pro *Salomon Pro*
phetye ſ'entreteint en Salomõ Secretaire Prophete & *phete & Se-*
Roy, auquel non pour ſa royauté, mais pour ſa qualité de *cretaire.*
prophetique ſageſſe, vne ſi grand' Dame que Sabba, veint
vn coup faire le grand preſent q̃ chacvn ſçait, en prenant
coppie ſpirituelle de ſes Ecritz Sentences & Prouerbes, *Ieſu Syrach,*
pour ſ'en enrichir, tout ainſi, que maintes perſõnes d'hon- *& Helye*
neur feirent auſi des Dictõs & diuines Ecrittures du Pro- *Prophetes &*
phete Ieſu Syrach, & de l'aſſéz congneu Helye en la mai- *Secretaires.*
ſon de DIEV.

A ceux la veinrent de plus a ſucceder en etat de Secretai *Les quatre*
re, quatre grans Perſõnages, humbles par nature & tou- *grans Prophe*
tesfois dautant plus magniffiéz & bien familliers de leur *tes & Secre-*
MAISTRE, qui furent les Prophetes & Secretaires appe- *taires de dict.*
léz Eſaye, Hiéremye, Ezechiel & Daniel, deſquelz ny le re
nõ ny les Ecritz ne furẽt onc tributaires a la mort, pour y
auoir pl⁹ aſſiduement trauaillé, & fait grandes Dépeſches

DOuze Prophetes & Secretaires feirent puis la fuytte de ces quatre fufditz, A la difference defquelz ilz font encor' nomméz les douze petits Prophetes, qui furēt (si par ordre ie le puis dire) Abbacuch, Aggeus Sophonias, Naom, Iohel, Malachias, Zacarias, Amos, Abdias, Amycheas, Ionas, & Hofeas.

AV mefme gouuernement d'Israel furent auffi etablyz pour Prophetes & Secretaires du ROY viuāt, ceux qui enfuyuēt, trefbien enrolléz en l'Etat formé, ainfi q̄ dās les articles du viel Teftament encores fe congnoift, affauoir, Elyfée, Séméya, celuy qui eft appelé VirDei, Ahyas Iehu fils d'Anani, Micheas, Olda, Azarias Anani, Iazihel. Elyefer, Obeth, & les autres. Lefquelz tous enfemble acōpliffoient le nombre de Cinquante neuf, y comprinfe la Perfōne du grandChancellier lors futur: Sans qu'aucun fe doyue icy ebayr de n'y voir nommer les autres qui roftent dudit nōbre, Car ilz auoient eté occyz pour le Seruice & hōneur de leur ROY, fouz le Sceptre d'Acab Roy d'Ifrael. Auquel temps ne furent non plus nomméz ou enrolléz les Cent autres fupernumeraires, a caufe que fe fentans de la perfecution fufdite de leurs Confreres ou Compaignons, ilz furent cachez & a autre effait cōme i'eftime referuéz, ainfi que le Regiftre des Roys le teftiffye, la ou ny par toutes les fainctes Letres ne fe trouue autres Prophetes ou Secretaires depuis Moyfe. Tous lefquelz Secretaires prophetiques de la Maifon & Couronne d'Ifrael, donnerent non feullement inftruction par fideles & fecretes Depefches, de Letres, Ecritz & aduertiffementz au Peuple Iudaique, pour l'ordre de fa Vie, felon les Voluntéz du SEIGNEVR fur chacun d'eux, mais auffi pour tout l'Vniuers. Car ilz etoiēt créez feaux Secretaires de faMA IESTE, non pas pour en taire les Secretz, mais pour diuerfement les dire & manifefter par Ecritture fainte. Et fuyuant cela, ce mot de Secretaire, qui d'antiquité a toufiours eté comprins fouz plufieurs nominations, cōme de Clercs, Prophetes, Symmiftes, Scribes, Notaires & Greffiers,

L'etat des Prophetes & Secretaires de Dieu, fut de cinquāte neuf

Que ceft de Secretaire.

3. Reg. 12.
14. 16. 22.
4. Reg. 24.
3. Paralip. 15,
2. Paralip. 16
20. 28.

3. Reg 18.

ers,ne f'entend pas que l'Hôme qui porte tel titre foit appelé Secretaire,pour taire & bien celer le Secret du Maiftre fimplement, Mais f'entend, que en fachant par luy au
fcûr la penfée d'icelluy,il ayt a difcrettement en vfer a fon
Seruice & intention : en tayfant aucunesfois fermement
lesSecretz,& felon l'occafiô,ou qu'eft requis , les manifé-
fter auffi:en obferuant fagement en tous cas les graues &
par fois les cômunes formes d'Ecriture,puis aufsi les lieux
les téps & les Perfônes a qui on à affaire,le tout auec vne
diligence viue d'Efprit& deMain, que les Princes gentilz
iadis eftimerent chofe trefnoble,& que les Gentilz d'apre
fent(non Princes que ie penfe)eftiment en plus part eftre
baffe. ◆

OR'acomply & finy que fut le College le Cours ou E-
tat des Cinquanteneuf Prophetes & Secretaires par
cy deuant nomméz,qui auoient ainfi eté erigéz de DIEV
pour le gouuernement desAffairesde la Iudée,Tout ainfi
que pour ceux de la France le legitime Roy faint Loys,
fut cômeü d'Efprit pl⁹ qu'humain a y faire toute telle Eré
ction.de Notaires & Secretaires , felon que l'vn & l'autre
Etat fera confronté cy apres,pour figne de particuliereBé *Le grãdChan*
nedictiô en la derniereLignée des Roysd'aprefent,il fault *cellier fut IE*
entendre que les Enfans d'Ifrael fe trouuerent quelques *SVCHRIST*
faifons fans Secretaires (aumoins qui euffent l'Efprit de
Prophetye cõme les autres.Cela,a mon auis,etant ainfi a-
uenu,a celle fin,que auec meilleure attente & fidelle affe
ction d'vn chacun , le grand Secretaire des Secretaires
IESVCRIST (par les autres entretenu en promeffe felô
l'ordonnance du Pere)feuft attendu. Cetuy la Dames,eft
le diuin, & feul Chancellier du Ciel,qui dans le Cofre pré
cieux de la Vierge aymée (fouz la fcorte de laquelle cete
Place f'eft fortiffiée a votre hôneur) vo⁹ apporta les grãdz
Seaux de Grace fupernelle qui fur le bois de la Croix facrée ont eté plantez pour immortelle Chartre & aparent
temoignage de la Paix, faitte par le moyen de luy entre
DIVINITE,& Nature rebelle:entre DIEV,& l'Homme

perdu, & en ſóme entre le gráд ROY viuant, & le mortel
Vaſſal. Chargé qui par aucũ des autres Secretaires n'euſt
iamais peü eſtre faite , Veü q̃ luy ſeul a eté digne de porter en ſon cœur tous les Treſors des Sciences & incompré
henſibles Secretz du SEIGNEVR, comme FILS vnique
de ſa Maieſté, & non autre. O noble & ſecourable Condition de Secretaires, qui (comme du fons de toute Douceur derryuée) es encores ce iourdhuy des plus aymables
d'entre toutes les qualitéz ſeruiables qui ſoient ſouz vne
Couronne. Nonobſtant l'interuale deſquelles ſaiſons,
& Interruptions du cours des Secretaires prophetiques
dont les Enfans d'Iſrael eurent dizete durant quelques
ans de la Captiuité, Si eſt-ce pourtant qu'ilz ne furent dépourueuz (tant en general, qu'en particulier) de
Notaires & Secretaires, L'vſage deſquelz auoit eté con-
tinué touſiours depuis icelluy Moyſe GráPere d'iceux,
ſur la ſigniffiance des deſſuſnomméz Prophetes & Secretaires de DIEV. Car ceſt cas tout certain que depuis
Moyſe (& veü la multiplication des Tribuns, ceſt a dire
des Lignées d'Iſrael) furent entre eux erigéz des Secretaires, tous Gens de Plume & d'Authorité pour faire les
Regitres certains des Genealogies & branches de chacu
ne lignée d'icelluy Populaire multipliant, auſquelz plaine
foy etoit aiouſtée. Coutume & generalle inſtitution de
Secretaires, qui iuſques a la Déſcente de ce diuin Chancellier FILS de la VIERGE fut continuellement obſeruée, de ſorte qu'aumoyen des loyaux Offices d'eux, les
Iuifz ne peuuent nyer ce que les Chreſtiens confeſſent
a plain, ſçauoir eſt, que IESVCHRIST, eſt humainement yſſu de la lignée de Dauid, par le Tribu de Iuda
comme en eſpecial l'écruit ſaint Pol, aux Hebreux,
aux Romains & a Thimotée. Et parce ſuyuant ce que
dict eſt il appert euidemment la Condition des Secretaires eſtre treſantique & de DIEV premierement erigée.

ET affin que mieux & ſans ſcrupule ie puiſſe montrer
le bon heur de telle qualité de perſonnes, il m'eſt
for-

La condition des Secretai-res eſt hôné-ſte entre tou-tes les autres

Les Secretai-res depuis Moyſe ont touſiours eu cours.

Par l'etat des Secretaires la lignée de Chriſt fut cõgnue.

L'etat de Se-cretaire fut etably de Dieu.

Grande ſem-blance entre les prophetes & les Secre-taires.

Rom. x.
Hebr. 7.
2. Thi. 2.

force auant paſſer plus outre, obuyer icy a ce que quelques
vns me pourroient alleguer que l'Erection des Prophetes
cy deuant nomméz fut vne choſe toute plaine de Diuinité & que l'Etat des Secretaires que i'entens magniffier
cy dedans ne peult rien auoir de commun ou ſemblance auſditz Prophetes, qui outre ce luſtre de prophé-
tye ont eté en grand partie Ducs, Gouuerneurs & Roys
entre les Enfans d'Iſrael. Et pourtant ie pretens maintenir au rebours de cete opinion, que quant a telle qualité de Ducs & Roys, cy apres ſera veü le ſemblable de Secretaires de Princes terriens qui ont en pareil eté Ducs
Roys Empereurs & Papes entre les Hommes. Et quant a
l'exellence de Prophetye obtenue par les Secretaires de
D I E V (comme la plus digne qualité qu'ilz ayent eüe)
Qu'il y à & touſiours fut ſi proche ſimilitude entre les Pro
phetes & Secretaires antiques (hors mys celluy que i'apel-
le Chancellier diuin) & ceux des Princes humains, que
combien que les premiers ayent eü l'Eſprit de Prophétie
par deſſus ceux qui ont depuis eté, & d'apreſent, il apperra
toutesfois que ceux cy furent (ainſi qu'encor' ilz peuuent
eſtre) commeuz du ſaint Eſprit en leurs Offices, & que ſilz
ne ſont ſimplement Prophetes, auſſi n'en eſt il plus mé-
tier, Veü que la ou eſt apparu le Figuré la Figure ceſſe.

Q V'il ſoit ainſi, aſſauoir qu'autres Secretaires (meſmes *Secretaires cõ*
d'entre les Gentilz) ayent eté commeuz du ſaint Eſ- *meux du ſaint*
perit en diuerſes faiſons pour le ſoulagement des Hu- *Eſprit en leur*
mains, Ie pourrois appeler pour bon temoing Ptolomée *office.*
Philadelphe ſecond Roy de toute l'Egipte la ou il ré-
gnoit cinquãte & cinq ans apres le treſpas d'Alexandre
le grãd. Lequel Ptolomée fera touſiours foy par enſeigne-
mẽt d'hiſtoire, qu'apres qu'il eüt fait recueillir a grãd couſt *Vn Secretaire*
telle quantité de Volumes de chacune Science qu'il auoit *fut cauſe de*
peü en toutes les parties de la Terre (dont il dreſſa vne ſi *la lecture du*
grande Librayrie qu'elle fut plus eſtimée que tout' autre *viel teſtamẽt*
qu'oncques feiſt faire Prince) il demanda a ſes Philo- *parmy le Mõ-*
ſophes & Hommes doctes, meſmes au Maiſtre d'icelle *de.*

Librairye, nómé Démétrius Phaleréus, s'il leur sébloit pas
que a ce grand amaz de Liures on n'y en peust plus adiou
ster aucun, & si de tous les œuures du Monde il en auoit
pas recouuert l'original ou coppie. A quoy ayans répondu que leur auis etoit, ny auoir autre chose en Terre digne de recueil qui peust dauantage décorer sa Librairye,
Alors son Secretaire qui present etoit, & cóme inspiré de
grace spirituelle, cómença a parler ainsi. Sire, Veü que la
Gloire de l'humanité, est celle qui seullement se conserue
au sacré Tresor des Letres, Chose aucune votre Maié-
sté n'eust sceü imaginer qui plus la peust faire reuyure, que
d'auoir tant honoré les Sciences, qu'en ayéz fait dresser
l'Amaz que vous voyéz, dont il sera a iamais memoire.
Toutesfois, tout ce qu'est faict en cela, me semble (auec
toute reuerence) bien peu de chose, pour le deffault d'vn
Liure seul, qui en Iudée est des Hebreux plus cher tenu q̃
leur Vie propre, a nul autre peuple (ie croy) iamais encores
cómuniqué, & pour cela fort dificile a recouurer. Cest le
premier Liure du Monde, qui traitte de la Creation d'icel
luy, ensemble des Gestes & voluntéz, de leur grãd DIEV.
Et pourautant Sire, que sans ce Liure si precieux & rare,
votre Librairye seroit imperfaite, i'estime que plus tost
deussiéz engager votre Couronne q̃ de laisser chose si digne en arryere.

Aristeas Se-
cretaire du
Roy d'Egipte

L A dessus songeant a par soy ce royal Prince, les moyés
possibles d'auoir tel Volume, quelques iours apres ap-
pella a part icelluy Secretaire, qui se nommoit Aristeas,
pour se cóseiller a luy sur cet affaire, de maniére qu'apres
qu'ilz en eurent ensemblement consulté, & congnu la dificulté qui etoit de tyrer vn tel Liure des mains des Hebreux, pour le grand cas qu'ilz en faisoient, fut a la fin cóclud par le bon auis du Secretaire, que pour pl' seuremét
venir a ces fins, besoing faisoit en premier lieu de gagner
leur amytié par courtoise façon, puis apres impetrer d'eux
& de Eleazar, pour lors grãd Prestre de la Loy, le Liure dé
siré, ou a tout le moins la traduction d'icelluy. Ce qu'ainsi
                                                            fut

fut fait, apres que le Roy eüt àmyablemẽt renuoyé en Iudée Cent ou six vingtz mil Hebreux qu'il tenoit en feruitude en fes païs . Dequoy telles Gens attyréz en amytié,
puis auffi par la requefte que leur feit le Secretaire Ariftéas ambaffadeur a cela deleguè, accordèrent que en Langue grecque tranflation fe pourroit faire de ce que le Roy
demandoit:A quoy fuyuant cela fut apres Labourè en foix
ante & douze iours, par les Soixante & douze Interpretes fi renōméz,qui ainfi feirent traduction trefdigne du
viel Teftament,de langue hebraique en grec , trois cens
& vn an auant le Méffye figuré par le plain d'icelluy.
Tout lequel Oeuure receü & reueü par icelluy Ptolomée
il femploya de le colloquer en fa grand'Librairye comme
vne Ecarboucle de preis entre les Pierreryes d'vn royal
Cabinet . Et par ainfi f'apperçoit comment par le moyen
d'vn Secretaire de Prince humain,non prophete (infpiré
pourtant du faint ESPRIT) les Gentilz, d'ou font for-
tiz tous Chreftiens de maintenant, cōmencerent a congnoiftre par ecrit aufi bien que par l'Ouye, leur CREA-
TEVR,leuans les yeux au Ciel, Iaçoit (en cecy) que trois
cens ans parauant,le Liure dont eft queftion euft auffi eté
traduit en langue babylonique par Aggée Secretaire prophetique d'entre les Gens eluz,l'vn des douze cy deuant
nōméz . O fidelle & heureufe Condition de Secretaires,
de qui(cōme Inftrumétz entre tous autres choyfiz)le haut
ROY feft voulu feruir es effaitz les plus fpirituelz de ce
monde. Quel Heur Princeffes trefchreftiénes,qu'elle Dignité, quel Benefice eft cetuy la,que par office & moyen
de Secretaires, les Hōmes ayent eté de fi long temps é-
ueilléz a Bien & ayent entendu la Voix & grand Amour
de leur CREATEVR pour y affeoir vne infallible efperã-
ce d'entrer tous en la Terre celefte de promiffion qui leur
deuoit eftre montrée, cōme elle a puis eté, par le diuin
Secretaire &Chancellier du DIEV des Dieux? Suyuant
mon propos & confideré que le triumphant Monarque
des Cieux n'auoit donné ouuerture du Bien que dit eft,
tant feullement pour la Saluation des Caldées , Egiptiens

Cent vingt cinq mil Hōmes gettéz hors de ferui tude par le moyen d'un Secretaire.

La fource des foixante & douze Inter pretes.

Heur des Secretaires.

& Grecs, mais encores pour le repos eternel des Gaulloys Latins & toutes autres nations: Aufsi auoit il prouueu en fa diuine Prouidence, que de Grec, ce Liure faint & ancien Teftament feroit traduyt en latin, Aquoy (le temps echeu) il elut de rechef, pource faire, vn Secretaire entre les Hommes de tout' autre qualité, quelques dignes & fufizans que feuffent alors plufieurs autres. Lequel Secretaire, fut celluy, que maintenant encor' on appele faint *Saint Hiero-* Hierome, en fa ieuneffe Secretaire domeftique de Dama-*me Secretaire* *d'vn Pape.* fus quarantieme Pape. Par cela donc (& pour rabatre l'obiet cy deuant laiffé) on ne me pourra pas nyer la coniointe déduction qui a toufiours eté entre les Secretaires premiers (anciennement prophetes) & les Secretaires manyans les humains affaires, qui to⁹ ont prins cours par qualité, nõ par race, de ce premier & fauorifé Secretaire Moyfe, q̃ le ROY des Roys, fon Maiftre appeloit a part, & fe daignoit bien aprocher de luy (laiffant tous autres Hommes & Roys) pour luy communiquer de fes diuins Vouloirs afin de meilleur gouuernement es Creatures de fon *La triple tra-* bas Empyre. Qui fait ayfément iuger, que ce n'eft mer-*duction des* *faintes Lettres* ueille fi les Secretaires ont eü du Ciel cete noble Di-*a eté par trois* gnité par deffus tout' autre qualité de Gens, d'auoir fpeci-*Secretaires.* allement manyé & traitté entre leurs mains la triple Traduction des faintes Ecrittures, Comme chofe bien conuenable que puis que le fundement d'icelles auoit eté mys es mains d'icelluy Moyfe premier Secretaire, le paracheuemẽt auffi en feuft manyé par Secretaires en tel etat qualifiez, & non par autres, ainfi qu'eft diuinement auenu des fufdites faintes Ecrittures, long temps apres Moyfe, traduytes de Langue Hebraique en Caldée par le Secretaire Aggeus Iuif, qui fut la premiere traduction: depuis en la Langue Grecque, par le moyen du Secretaire Ariftéas Egiptien, & finallement de Grec en Latin par le Secretaire Hierome fidelle Chre-*A tẽps pre-* ftien.
ordõné le grã OR' le temps préordonné en la Prouidence haute pour
Chancellier la Redemption de l'Humanité etant echeu, &le
vint en terre. Pere

PERE eternel par fa grace & Bonté, enuoya ça bas fon
FILS vnique, fuyuant fa fainte Promiffion aux Hommes
manifeftée fpeciallement par les ecritz de Moyfe fon
humain & premier Secretaire, puis par l'Office de tous
les autres Secretaires prophetiques cy deuant nomméz. Lequel FILS vnique, en ratiffiant & metant
fin a tout ce que par les fufditz auoit eté publié aux Humains voulut femblablement, & de plus, approuuer en
fa Perfonne diuinement humaine, la qualité de Secretaire pour bon refpect, voire fans intereffer fon Etat
de Royauté, pour denoter lequel il fut nommé CHRI-
STVS. En confideration dequoy, ie l'ay cy deuant
appelé & appeleray cy apres, le grand Secretaire des
Secretaires, comme celluy qui feul & par deffus tous
a toufiours eu les Secretz & Penfées de DIEV fon Pere, en fa mefme penfée: Speciallement pour iceux Secretz reallement faire congnoiftre en luy a tout Mortel pour le viuifier. Grand Chancellier proprement l'ay
voulu auffi nommer (pour venir a mon point) comme principal Secretaire qui eût toute charge & puiffance
du haut SEIGNEVR, non feulement d'anoncer la Paix
& Reconfiliation entre le Createur & la Creature : ny
de la faire mynuter & groffoyer par fes quatre Secretaires
Euangelicques particulierement, puis par autres fes apoftoliques Scripteurs: mais auffi de Séeller patentement &
a huys ouuert Graces, Mandementz, Pardons & plainie-
res Remyffions de tous Forfaitz en Cyre rouge & Vierge,
faicte de Sang immaculé fur fimple queue de Foy par œu
ures bien formée. O merueilleux & trefdiuin Chancellier, qui (en décorant l'Etat de Secretaire dont entre Humains luy plut faire celefte office) preint tant de peine de
venir féeller les Patentes remyffoires du monde de fon
propre Sang, apres encores n'auoir epargné fueurs ny labeurs a la formelle compofition d'icelles, le long de trente trois années. Dõnant par cela bel exemple a tout perfõ
nage qui fouz vn Roy a obtenu la noble charge de Chã-
cellier(Chef de Secretaires) de prendre charitablemẽt &

a gré,tout trauail a l'expeditiõ des affaires du public. Pour
lequel trauail , & que telle Dignité feit premierement
yſſue de Secretaire,il a merité en France d'eſtre conſtitué
& nommé Chef de toute la Iuſtice. Voyéz Dames & Mai
ſtreſſes ,voiéz icy de quelle exellence eſt l'humble Condition des Secretaires,& combien pourra eſtre agreable
nõ aCupido folatre,mais au DIEV d'Amour veritable,la
faueur non fainte q̃ ie requiers par vous leur eſtre faite de
formaïs,puis que ſon FILS propre,ne dédegna ça bas ren
ger ſa naturelle qualité au Rolle , & humble Etat d'iceux,
comme Secretaire & Chancellier , a celle fin de plus con-
uenablemét metre a effaict &publier par ecritz &en autre
forte,les Intentions du ROY ſuperceleſte: Outre , que de
cecy ie puis tyrer,la VIERGE auoir etéMere,De qui ? du
FILS de L'ETERNEL,Secretaire & feal Chancellier de
luy ſus la Terre.

*Comment du
fonsde laRe-
ligiõ letat des
Secretaires
eſt forty.*

MAintenant,& puis qu'il vous appert de l'antique Ordonnance &neceſſaire qualité de mes Enfans,Secre
taires,tant par le regard de la Source du premier de leur
Etat (qui fut Moyſe) que par ſes Succeſſeurs Prophetes &
Secretaires,&auſſi par ce grand & plus,q̃ diuin Secretaire
& Chancellier IESVCHRIST , qui en tel habit , & portant les Seaux de Chancellerye paternelle en ſes mains &
piedz alla rompre les Priſons Infernales,& remplir leCiel
& la Terre de ſes Graces : Supoſe de plus , que de tout ce
que dit eſt deppend encores a preſent la ligne & cours v-
ſité des Secretaires de tout Roy,tout Prince, & autre Seigneur , Ie toucheray cy deſſoubz,vn peu,des Author.téz
& grandes Faueurs,dont (en vertu des choſes deſſuſdites) ilz ont iouy en diuerſes Regions, voire & ſans formalité generalle de leur Etat,telle qu'en France on l'aper
çoit pour ſa Grandeur , ſi myeux que cy deuant cete formalité generalle eſt a lauenir entretenue. Mais pourautant que du fons de la Religion ce noble Etat eſt forty
par Moyſe,que commença l'Hiſtoire de Geneſe(premiere au Monde du temps d'Abraam, & viuant Ninus , pre-
mi-

mier Roy des Aſſyriens, ne ſoit oublyé auant qu'entrer en
ce diſcours d'Humanité, que l'Egliſe Chreſtiéne, ſuyuant
le cours entretenu des Secretaires, auiſa dés ſon cómen-
cemét de ſe ſeruir de Gens de ſi antique & hôneſte qualité. Conſiderant bien que ſouz le ſaint Pere ilz etoient
autant ou plus de beſoin, pour meilleure forme des choſes ecleſiaſtiques, que ſouz vn Roy pour le manyment des
laïques. Mais encor' depuis, & veü que pour pluſieurs có-
ſiderations vn ou deux Secretaires priuéz du Pape ne ſuf-
fiſoient, fut deliberé d'en créer vn nombre conuenable
de publicques. Ce qu'en eſpecial fut fait du temps du Pape Iulle, premier, en lan de grace trois cens trente ſix, peu
apres la mort de l'Empereur Conſtantin. Lequel Pape
Iulle, entre autres raiſons fut cómeü a faire ce que deſſus,
Voyant que pluſieurs Chreſtiens etoiét alors empongnéz
& menéz au Martyre pour la Foy Catholique, & auſſi que
telles Perſécutions pouuoient continuer, cóme elles feirent. Ainſi il erigea en Etat reuéré, vne quantité de Perſónes hôneſtes de la qualité de Secretaire, pour ſeullemét
enregitrer la Mort Martyre & Confeſſion des pauures
Chreſtiens, qui de façon ſi cruelle faiſoient a DIEV Sacri
fice voluntaire de leur Vie, & auſſi, a celle fin que la mémoire de telz Martyrs peuſt a iamais eſtre celébrée par
les autres Chreſtiens, a la confirmation de leur Religió, &
que de la en auant elle ne deueint troublée par inconué-
nient de faux Martyrs, cóme elle euſt peü eſtre, ſans le recours qu'on auoit aux Papièrs de telz Secretaires, qui mô-
troient, pour qu'elles cauſes, diuerſement articulées, etoient mortz les vns & les autres. Leſquelz feaux Perſonnages (etans maintenant nóméz Prothenotaires du ſaint
Siege Apoſtolicque) furét ceux qui ſouz tel tiltre ſont encor' les Secretaires de l'Egliſe. Et auſquelz Prothenotaires (cóme Secretaires) tous Scripteurs & Notaires Apoſto
liques ſont tributaires d'hôneur & recongnoiſſáce, cóme
yſſuz & deppendans d'eux en leur qualité.

Onobſtant tout ce que deſſus, ſçauoir eſt nonobſtant
l'honorable Condition de tous Secretaires mes En-

*L'Egliſe ſeſt
ſeruye de Se-
cretaires.*

*Source des Se
cretaires pu-
bliques de lE
gliſe appelez
Prothonotai-
res.*

*Toʃſcripteurs
apoſtoliqueſet
notaires doy-
uent recógnoiſ
ſance aux Pro
thenotaires.*

*Le meſpris
dun Secretai-
re eſt la Ruy-
ne des affaires*

fãs, du Ciel en Terre diuinemét ordónée, & en Moyſe, pre
mier Duc & Secretaire du haut SEIGNEVR cõmencée,
puis encor' en IESVCHRIST authoriſée cõme en Chã-
cellier & Secretaire éternel, Il ſemble toutesfois q̃ depuis
quelque temps on face moins d'Etat des Perſonnes de
cete ciuile Qualité, que d'aucune autre qui ſoit au ranc
d'honneur, combien que d'eux on ne ſe puiſſe paſſer non
moins quaſi que de Vous. Et a l'ocaſion dequoy, ie me

Dépit de la
Plume.

feuſſe ia maintesfois offert la mort (pour par dépit faire plonger au lac d'oubliance toutes choſes humaines)
n'euſt eté que i'apperçoy la Vertu(de qui ie les ay tenuz a
nourrice)elle meſme auoir patience du peu d'Authorité
qu'on luy donne maintenant. Ce peu d'Etat ou meſpreis ce pendant, au grand Scandale de la France, la ou
(comme i'entens)tel Abus eſt plus qu'ailleurs entretenu,
& particulierement es Maiſons de pluſieurs, voire qui ont
charge des Affaires du Royaume, Qui ſouuent ne penſent pas de quelle conſequence a maintesfois eté vn Meſ
preis, meſmemét quand il eſt ſouffert d'aucuns de leur famille ſus le plus famillier & humble Seruiteur d'icelle
qu'eſt tout Secretaire, dont la qualité ſera cy dedans trou
uée bien autre qu'on ne l'a eſtymée par le paſſé, & par cõſequent de fort digne Recommandation & Reputation
en tout lieu. De laquelle tout ſage Prince, & qui a l'œil a
l'augmentation de ſes Affaires à touſiours eü ſouuenance & ne ſ'en eſt fait fable, Comme (pour exemple) ſe gardoit bien de faire le renommé Cheualier de l'ancienne
Maiſon du Bellay, appelé Seigneur de Langey dont i'ay
cy deuant peü parler. Lequel en faueur & digne louenge de Moy & des myens, Lors qu'il vouloit tendre a quelque braue Entreprinſe auoit ordinaire coutume de me fai
re touſiours ſecretement marcher vn temps auant aucune Cheuallerye ou Trouppe piétonnyere, qui n'euſt ozé
ronfler en Piémont premier que i'euſſe fait l'explanade,
& recongnu tout ce que fait a recongnoiſtre auant que
ſ'élancer en Campagne. De maniere que luy me faiſant
ſeoir ſus le haut des Morryons doréz (dont ſans eſtre ap-
per-

perceüe ie portois fecretement les Plumes) ie luy ay auffi
fait tant d'honneur pour recompenfe, Que oultre ce qui'l
fera a iamais regreté de Mynerue & de Mars tout enfemble, i'ay mis peine qu'vn grand Empereur à depuis le decéz d'icelluy Langey quelque fois dit ces motz. La Plume de Langey(difoit il) m'à trop plus fait la Guerre, que
toute Lance bardée de la France.   Toutesfois ce qui
pl'mouuoit ceCheuallier d'auoir mes Enfans Secretaires
en recommandation & a les biens traitter entre autres
Gens de Letres comme il faifoit, Cétoit premierement
pource qu'il les aymoit pour l'amour de Moy, craignant
apres fa Vie d'eftre par le monde autant eftymé qu'vne
Souche pourrye, ainfi que luy fouuenoit qu' auoit eté
l'Empereur Licinius Licinianus mefprifeur desHommes
de Sçauoir. Secondemét, & outre le neceffaireVfage des
Secretaires, Il auoit fouuentesfois penfé telz Perfonnages deuoir eftre tenuz en eftime pour plufieurs cófidéra-
tions, mais fur toutes(nottéz cecy Gens de Plume) Pourautant quel'honorable qualité des Secretaires, n'auoit
eté figurée ou protraitte en la France (ce dift il vn coup)
fur la forme & tout a la femblance des Prophetes &
Secretaires de L'OMNIPOTENT, fans vn fpecial myftaire ou figne de bon Heür. Lequel myftaire
(que ledit Cheuallier entendoit feullement en faueur
de l'Etat des Secretaires) i'entens & le prens vn peu
plus haut, ceftaffauoir pour la faueur & Grandeur future de toute la France & de fes vrays Roys, es prochains
iours, toufiours fuyuant mes difcours du precédent Chapitre: Comme fi le SEIGNEVR auoit voulu faire entreuoir aux Gens de la Terre, fes Enfans Gaulloys (a
prefent ditz Françoys)auoir eté eluz entre autres Chreftiens pour Peuple aymé de luy, par le regard (en partye) le l'Erection, de l'Ordre ou College formé des Secretaires de leur Roy: Tout ainfi que par le regard de
l'Erection de Moyfe en fon Etat d'Ecritture & notariat
Office, & confequemment de l'Ordre des autres Prophetes d'apres luy au Nom de la diuine MAIESTE,

Dignes & di-
uines raifons
de Langey à
aymer les Se-
cretaires.

les Enfans d'Ifrael, en particulier, furent congneuz pour
Peuple elu. Sans en cecy qu'il foit bruyt que iamais autre
Prince ou Roy terrien, que ceux de la legitime Couronne
de France d'aprefent, ayt onc eté auyfé de tenir telle forme d'Eroction de Secretaires a la femblance de celle de
DIEV en fes Prophetes, pour le gouuernement des Peuples appeléz a fa congnoiffance. Qui eft vn gaige fpecial de Benediction.

POur preuue & euidente foy de laquelle fimilitude d'Or
dre de Secretaires royaux a celluy des diuins: & fuppô
zé que la fource des Gens de la fidele qualité dont ie parle ayt toufiours depuis Moyfe premier Clerc Ecryuain

*Le Sort heu-
reux de la Frã
ce en fes Se-
cretaires for-
mez a la fimi
litude deceux
de Dieu.*

Secretaire Prophete & Duc, eü cours en toutes les Republiques de la Terre fouz diuers noms & diuerfes erections
felon les païs, les langages & manieres de viure des Hom
mes, la Courône Gaulloyfe, côme enuirônant vne Regiõ
qui ne fut onc attainte de l'Atheyfme , & entre les Chreftiés la trefchreftiéne, a obtenu des Cieux ce fort heureux
(fans le deffein d'humaine penfée) de feulle eriger & former pour le manyment de fes affaires, vn College, vne Cô
fraternité vn Rolle ou vn Etat noblement qualiffyé, du
tout a la femblance & vif protrait du College Rolle ou E-
tat cy deuant déduyt, qu'il pleüt au FORMATEVR eriger en Moyfe & autres fes feaux Prophetes & Secretaires
pour le manyment & regime des plus grans Affaires du
Peuple entre autres premierement choyfi par fa Bonté,
qui fut celluy d'Ifrael dont il print cure. Chofe qui au Iugement de tout fpirituel Efprit n'a ainfi eté faite, & ia de fi
long téps entretenue dans la Courôné & Maifon de Frãce depuis la Reftitution des Gaulles en Capet, fans quelque figniffiance des dons & graces du feul SEIGNEVR
vers les Hommes Gaulloys en la faifon prefente. Et
femble en cela le CREATEVR auoir dôné ce bel exéple
d'Erection de Secretaires es premiers ans de Promiffion,
pour eftre fait & enfuiuy es derniers l'endroit auquel fa
Religion fe trouueroit plus ferme, qui eft en France. Pour

en

en particulier faire entēdre aux habitãs d'icelle de deuoir rendre(de leur part)les Oeuures de DIEV perfaitz &leur Vocation infaillible par bonne Vie . Et que ſi le premier Peuple aymé,a la fin &nonobſtant tant de graces receües luy tourna la Face.&fut ingrat,Aumoins le dernier aymé ſoit en luy Fidelle & conſtant a ſon pouoir. I'ay dit le Peuple de France elu de DIEV,ſans que ie vueille pourtāt exclurre de ſemblable Election les autres PeuplesChreſtiens cōme les Italiens de qui ſe produyſent tant de Vertueux Hōmes auſſi bien que des Allemans,Angloys Eſpaignolz & autres:Entre leſquelz (ne leur déplaiſe) l'autre a pieça porté la Palme de ferme Religion,en ſorte qu'il n'eſt encores ſoutien ou apuy que de l'Egliſe gallicane(toute obédience portée ou il conuient).

Aduertiſſe-ment auxGauloys.

Ais pour venir a cete promyſe Semblance d'Etatz d'entre les Prophetes & Secretaires de DIEV,& les Notaires& Secretaires du Roy des Gaulles.Premieremēt l'Ordre ancien fut tellement inſtitué en la Maiſon de France,que le Roy ſaint Loysſémeüt(par auis plus qu'humain)de dreſſer vn College &vn Rolle de ceux qui pres de ſa Perſōne, comme dit vne Cronique,etoient appeléz ſes Clercs,& qui depuis furent nōméz Notaires & Secretaires:A celle fin que cōme participans de ſes Secretz &Voluntéz,Foy feuſt adiouſtée a leurs Ecritz pour le gouuernement de ſes Subietz , & a intention que tel Ordre feuſt inuiolablement entretenu par ſes Succeſſeurs,cōme il eſt. Et non ſeullement il erigea plus grand nombre de Secretairés en ſa Court & ailleurs qu'il ny en auoit,les feit enroller cōme Confreres & ſiens Cōmenſaux,leur feit toucher toutes ſortes de Bourſes,Gaiges & ſinguliers Preuileges de Nobleſſe , Mais auſſi, ployé qu'il fut de ſon humilité Chreſtienne enuers Seruiteurs ſi fidelles & humains que ſont Secretaires, il ſe feit par ſa ſeulle Bonté (luy qui etoit leur Roy & leur Maiſtre)enroller & coucher en ſe Rolle,en cet Etat,Confraternité ou College, comme

Inſtitutiō premicre de l'Etat des Secretaires de Frāce.

Le Roy premier Secretaire & grand Bourſier.

Secretaire a la semblance (sans qu'il y pensast) de DIEV
en celluy de ses Prophétes. De sorte qu'ainsi qu'encor se
voit en ses Successeurs Roys d'apresent, ledit Roy saint
Loys ne se voulut reseruer autre prééminéce en tel Rolle
ou Confraternité, fors le premier lieu & de toucher la
premiere Bourse d'entre celles de ses Secretaires, quasi cô
me pour se montrer en cela premier Secretaire de ses Secretz & voluntéz, & Songneux de l'entretenement de sa
Couronne, de DIEV apres le Deluge legitimée : a sa Li-
gneé par le Vouloir du mesme SEIGNEVR restituée,
& en ses Successeurs de plus en plus affranchye ou asseurée des Interruptions de toute illegitime Potesté ou Empyre. Couróne qui par la main ferrée de la Romaine puyf
sáce auoit & a eté soustraite & tant troublée q̃ Rome cau
sa puis sur elle tous les troubles & occupations d'Allemás
& autres iusques au Roy Capet predecesseur dudit saint
Loys legitime Roy d'apres les antiques en l'autre Chapitre par moy resuscitéz. Sur ce pas ne doit echapper q̃

Les Secretai-
res de la Mai
son de Fráce
tresnobles.

les vrays Roys de France ayans ainsi voulu eleuer & ano.
blir la Condition de leurs Secretaires par le regard de la
fauorable cómunication qui leur est donnée des royallés
conceptions:& que d'vne mesme Bourse auec eux ilz tou
chent deniers de gaiges ou droitz royaux, comme Secretaires eux mesmes, il s'endend tresbien, que c'est a celle fin
qu'ilz soient reputéz nobles a l'œil de leurs Subietz, Entre
lesquelz les Roys Charles & Loys vnzieme en particulier
les appelerét leurs Cófreres & Cómensaux ainsi qu'ó voit
par leurs Chartres, & comme telz tousiours affranchyz de
toutes Tailles, Subsides Impositions Gabelles Empruntz

Le Roy des
Gaullés est
Chef de No
blesse.

& autres charges aquoy sont de raisó tributaires ceux qui
ne ioyssent du titre de Noblesse· De plus Consideré que si
vn si grand Roy que le Treschrestien, librement se qualif-
fié comme Secretaire, Ceux qui au dessouz de luy sont in-
scritz (ne pouás estre Roys ny Princes) sont pour le moins
nobles, Ne feusse que de par luy, qui est Chef de noblesse,
Soit que la Source dont ilz coullent cy deuant congnue
en Moyse, ensemble la Vertu particuliere d'vn chacun
d'eux

d'eux, ne les peuſt anoblir. Ce Rolle ou College royal
donc, ainſi bié ordōné & ſigné de la main duPrince en en-
ſuyuāt la coutume duRoy ſaint Loys, me ſeble (pour venir *Dieu Chef de*
au point) auoir eté heüreuſemét dreſſé ala ſéblance de cel-   *ſes Prophetes*
luy de L'ETERNEL, lequel en l'Erećtion de l'etat ou Ca-
talogue de ſes Secretaires & Prophetes fait pour le manyment des Affaires plus vrgens des Humains, ſ'eſt vou
lu faire entendre pour Chef & Autheur d'icelluy, Veü en
eſpecial, qu'apres luy, ſon FILS & grād Prophete tient le ſe *Chriſt ſon Se*
cond ranc perſōnel de ſon Rolle cōme ſon proche Secre-   *cretaire &*
taire & grand Chancellier, qu'il auoit de tout temps deli-   *Chancellier.*
beré d'enuoyer ſus Terre auec treſample charge de ſes Vo
luntéz, les Seaux de toute Grace en main. Pendant & auāt
laVenue duquel, il ordōna & etablyt les autres Secretaires
humains q̄ lon peult auſſi appeler ſes Clercs cōme choyſiz
ou, en cela bien auēturéz, & enrolléz en ſon diuin Etat de
Prouidence : leſquelz furét ſpeciallemēt appeléz Prophetes enquoy ſe cōprend le nō du Secretaire. Tous en ce cas
dépendās & tenans de luy & de ſon aymé Chācellier lors
futur & depuis arryué. Et auquel Rolle, ainſi figuré en la *Le Roy Chef*
Péſée diuine, ilz furét ordōnéz & enregiſtréz ſouz leROY *de ſes Secre-*
des Roys, en la maniere qu'au Rolle & au deſſouz du Roy *taires.*
de France Chef d'icelluy, & de ſonChancellier, ſont encor'enregiſtréz les autres Secretaires. Ie dy de ſon Chāce- *Apres luy*
lier, Parce q̄ pour ſa qualité particuliere, ſa Science & cōti- *ſon Chancel-*
                                                            lier ou premi-
nu trauail, il eſt aux autres preferé, puis q̄ Mynerue cōme *er Secretaire.*
Olyuiers (& quelque fois en leur lieu) eſt coutumiere de
planter ſemblables Perſonnages au terrin de Iuſtice frā-
çoyſe. Mais encores aux autres eſt il en cela d'autāt pré
Symmiſta.   feré qu'il à'pres ſaPerſōne ſes Secretaires particuliers ainſi
Secretorum   que le diuin Chancellier eüt pres la ſienne ſes Secretaires
conſciu.   euangeliques, par origine nōmez Symmiſtes, & par Moy
Phyſis, quaſi   Phyſes, Cōme tous par nature treſfideles, ſoit que par gra-
1 Phyſi fidelis ce on les peult auſſi dire telz.

Grans Bour-   OR' puis q̄ ia eſt apparu de la formatiō de l'Etat des Se-
ſiers.   cretaires du SEIGNEVR dont il eſt Chef, & de ſon
FILS cōme de ſon grand Chācellier perſōnel qui en ce-

la ont eté enfuyuyz par le Roy des Gaulles au Rolle de fes
Secretaires,la ou fon Chancellier & grand Secretaire eft
enregiftré apres luy,me fault venir a la fuytte de ce Rolle
& dire que tout ainfi ꝗ DIEV au deffouz de luy & de fon
aymé Chancellier,appela aucuns de fes humbles vaffaux
de la Terre,au preis de luy trop moins ꝗ Creatures, pour
les colloquer par telDon gratuit en fon diuin Etat felon
leur ordre cóçeu en faDiuinité,Aufsi leRoy Gaulloys feit
& fait encor' le femblable daucuns de fes fauoryz,plus hū
bles & fidelles Vaffaux. Veü que fi au Rolle diuin,Moyfe
eft au ranc du tiers cóme Secretaire & grand Audiencier qu'il fut de la propre Parolle du SEIGNEVR, pareillement au tiers ranc du Rolle du Roy eft couché & enregiftré Hurault fon Secretaire,& grand Audiencier de Fran-

*Hurault Se-
cretaire &
grand Audi-
ccier deFráce* ce,Par fa vertu a la fimilitude de l'autre (ie croy) aymé de
DIEV & desHómes& aufsi bien huré de rayons de douce
hónefteté aperceüz a fa Face,cóme a celle deMoyfe la hu
re ou rayons de lumyere diuine, dont fon front fut par
fpecialle grace rehauffé.

*Iofué Secre-
taire de Dieu
autheur dor-
nement ou có
trole de la ter
re dePromif-
fion.* A La femblance puis de Iofué qui enfuyuoit Moyfe,en-
fuyt aufsi au Rolle royal le Secretaire d'Orne,qui cóme Controlleur de l'Audience de France,tient beaucoup
des proprietéz d'icelluy Prophete Iofué,lequel etát outre
fa qualité de Prophete, Conducteur des Enfans d'Ifrael,
fut celluy qui premier demontra,& controla les lieux &
endroitz de la Terre de Promyffion au Peuple,diftribuât
aux vns & autres les Graces du SEIGNEVR au preis de
fes Volontéz:en ornant de fa prefence l'Etat de toute l'af
femblée hebraique. Et fi ce Seigneur d'Orne n'eft Duc có
me Iofué,on en verra cy apres de fa qualité qui furent
Ducs Roys Empereurs & Papes parmy les Hommes.

*Longuet an-
cien Secretai-
re du Roy ou
doyen duCol
lege.* A Iofué fuccedoit le Prophete & Secretaire Samuel, de
fort vieille & fterile Féme yffu,& de longue main aufsi
a DIEV cófacré,Hóme fimple & en fa fimplicité trefcon-
tant & de longue Vie,Ainfique fe peult dire maintenant
le

Secretaire Longuet Doyen des Secretaires royaux &
le plus ancien d'iceux,& côme tel quasi auant les autres re
cognu sur le premier Liure des Roys,ainsi que Samuel sur
le sien,qui côme l'autre est aperceü tresfidelle, & de nul
Hôme de rien inculpé,tant fut sa bonté propre sans graui
té qu'il sacroit les Princes d'antique onction.

Eccle. 46.

*Moyens Bour
siers.*

APres les susditz,selon l'ordre du viel Testament furent
& sont encores enrolléz pourProphetes &Secretaires
de DIEV, sept eluz Personages qui(si bien y est prins garde)ont tellement touché par ecritz & par leur Vie exemplaire le vif du support des affaires de leur Maistre,pour le
biê du public,& la fin de ses Intentiôs, q̃ ce ne me sera pas
chose imputée hors de propos de dire q̃ ce sont ceux qui
ont(par maniere de parler)signé enFinâce A la similitude
de ceux qui y signent en Frâce,qui sont les Seigneurs d'Al
luye,de Vybraye,Burgensis,Rageau,Robertet,Villandry
& Villeroy . Veü que tout ainsi que le Secretaire d'Alluye
susdit,est sorty d'vne Maison deSecretaire qui a fait reluyre par honneste magnificence la Noblesse ces ans passéz
peu congnue en l'habit des Secretaires de France(tant est
ciuile & plaine de gentillesse telle race) Aussi auoit fait le
Prophete & Secretaire Esdras en sa qualité & son temps,
côme ayant quasi restitué & fait reluyre la Loy de Felicité
entre les Enfans d'Israel, apres q̃ par le feu des Caldées
les sainctz Volumes auoient eté détruitz & renduz incongnuz. Et en cela il fut visité de grace specialle du CREA-
TEVR ainsi que le grand Florymond Robertet ou d'Alluye le fut vn iour par grand faueur du Roy François son
Maistre iusques en sa Chambre. Suyuant lequel Esdras&
pour confronter le nôbre des six autres ses Compagnons
Ce furent les Prophetes & Secretaires Helye Iob Tobye
Dauid Salomon & le Filz de Syrach de toute benedictiô
remplyz,dont les autres susnôméz sont par apparence de
leur honnesteté fort vmbragéz.

*Moyens Bour
siers.*

AV beau plain de la Compagnye de tous lesquelz Prophetes & Secretaires se doyuét icy nôbrer ceux qu'on

PPP

*Les sept Pro-
phetes & Se-
cretaires qui
ont fait parti
culiers ecritz
ou signatures
de la fin de la
redemption.*

*Les Secretai-
res des finan-
ces.*

*Esdras Secre
taire deDieu.*

appele encores maintenát les quatre grás Prophetes souz
lesquelz se peuuent auſſi figurer les quatre grans Notaires euangeliques aſſauoir Eſaye ou Mathieu, Hieremye
ou Marc, Ezechiel ou Luc & Daniel ou Ian, comme Secretaires & Notaires de DIEV qu'il ſemble auoir plus fait
d'expeditions, de Dépeſches, Mádementz ou Ecritures q̃
les autres, A la ſeblance(d'eux tyrée)des quatre grans Notaires & Secretaires des Commandementz de la Maiſon
de France, ſurnóméz (ſi par ordre ie le puis dire) Bourdin
ou Saſſy, ainſi que les premiers, de courtoyſe & humble
Dilligence loué. Clauſſe ou Marchaumont, cóme les autres, ſans bruyt marchant au mont de contantement ſou-
haité. L'Aubeſpyne ou Hauteryue, d'vn franc Vouloir có
me les tiers aperceu, & du Thier ou Beauregard, D'vn Bé-
auregard & de haute Ecritture, par grace, ainſi que les der
niers reuétu, & de cela ſouuent ſ'entretenát auec ceux qui
en la foſſe offuſquée des Negoces importuns le viennét
enuyronner, quaſi cóme Lyons affaméz le Daniel qui a
peine ſen pouoit dépeſtrer. Sur leſquelz quatre grans Secretaires des Commandementz eurent obiet, a ma fantaſye, les Roys Erecteurs de ſi noble College, a le former a
la ſimilitude des quatre Euangeliſtes ſuſnóméz, en prenát
ſaint Ian pour Patron, & nõ ſans miſtaire particulier. Veü
que en cela ilz viennent a renouueler & faire entendre au
Peuple François la vraye Origine de leur ſang en & de
par Noé nommé Ianus, qui ne ſigniffie autre choſe q̃ Ian,
ceſt a dire grace ou Inuéteur de la Vigne, dont la France
eſt encor en bonté plus fertile que tout autre païs par fauorable grace. Venans iceux Secretaires a ſigniffier de
plus par tel patrocine de ſaint Ian, le ſigne particulier de
françoyſe felicité (cy dedans, non que ie croy au dézert,
a plaine voix proclamée) par la congnoiſſance de l'Etat
royal de leur College ſemblable a celluy de DIEV, tout
ainſi q̃ ſaint Ian leur Patron preſcha la celeſte felicité futu
re a tous Chreſtiens au meilleu du Peuple elu, cóme fundateur, ou bien preparateur des diuines & celeſtynes graces, dequoy ont aproché ces gracieux Secretaires en ce
qu'ilz

Les quatre
grans Prophe-
tes & quatre
grans Secre-
taires des Có
mandementz

qu'ilz ont eté fundateurs des Celestins & confreres Chre-
stiés au beau meilleu de la Fråce, dont encor' ilz en attribu
ent le nom & hôneur a leur Chef & Roy tout ainsi q̃ saint
Ian leur Patron atribuoit tous ses Offices a son DIEV &
a son Agneau, en appelant tout Pecheur a la grace pres d'i
celuy ainsi q̃ tout Secretaire appele par ses Offices de signa
ture tous Criminelz aux Graces ou Remißiõs de son Roy
auant qu'attendre sa Iustice.

petitz Bour-
siers. OR' pour reuenir a l'ordre du College de tous lesGrans
moyens & petitz Boursiers, Prophetes & Secretaires
du grand ROY leur Chef, furent de plus comprins en
son Rolle douze Prophetes & Secretaires maintenant
encores enregitréz en ses sacréz Volumes & communement appeléz les petitz Prophetes ainsi qu'au Rolle de
Fråce on dit les petitz Boursiers Secretaires. Lesquelz Pro
phetes ou Secretaires prophetiques etoiét nõméz Abacuc
Aggeus, Sophonias, Naom, Iohel, Malachias, Zacarias
Amos, Abdias, Amycheas, Ionas, & Hozeas: ainsi comme
en sêblable se peuuent icy nõmer ceux de cy dessouz cõprins & enregistréz au Rolle de France pour signe particu
lier de leur Vertu & hôneste profession de Vie, Assauoir
les Seigneurs de Neuuille, Courlay, Bohier, du Tillet, Ma-
lon Bonacorsy, Preudhôme, de Launoy, le Iay, De Lomé
nye, Le Chandellier & Dardoy.

Gagers. NE suffizans pourtant tous le dessus nõméz, au manyment des Affaires du Peuple elü, le SEIGNEVR en
erige amais plustost continua vn nõbre d'autres, qui n'ayans eü de luy si grandes faueurs que les premiers furent
seullement & se peuuent dire au preis des autres Prophetes ou Secretaires Gagers & non pas grans, moyens ou petitz Boursiers: Veu q̃ par leur vocation a cet etat de Secre
taire ilz eurent gaige predestyné de Vie eternelle tant seul
lement sans autres grandes charges en Terre, & ce neaumoins du mesme Corps ou College & tresbiẽ enrolléz au
cathalogue & mesme preuilege q̃ leurs Confreres, & pour
Foy de cela nõméz ainsi, Séméya, Virdei, Helisée, Ahias,
Iehu, Micheas, Olda, Azarias, Anany, Iazihel, Elyezer,

3.Reg. 12.13.
14. 16. 22.
4.Reg.24.
3.Paralip. 15.
2.Par. 16.
20. 18.

PPP ij

Obeth & les autres qui ne font icy nomméz comme
occyz qu'ilz furent pour le Seruice le leur Chef, fouz le ³·*Reg.* 18.
Sçeptre & Idolatryé du Roy Acab, Lefquelz fé mon-
toient en tout & par tout le contenu du Rolle de DIEV
iufques au nombre de Cinquante neuf, dont le C R E A-
TEVR par fa grand Bonté faifoit (côme fe peult inferer)
le Soixantieme de fa premiere & feulle Erection ou forme du Rolle ou Etat de fes Prophetes, pour le gouuerne-
mét de fon Peuple elü. Souz & en enfuyuant la formalité
ou femblance dequoy, le Roy faint Loys aufsi fut auyfé
de faire fa premiere Erection & forme d'Etat de Secretaires du nóbre de Cinquante neuf, Luy, faifant le Soixantieme, ainfi q̃ fe peult veriffier par les Chartres & preuil-
leges a eux depuis côfirméz par les Roys de France, Sans
que rien fe puiffe maintenant trouuer de celles d'icelluy
faint Loys pour les ruynes que parmy la France feyrent
fur Moy les Angloys, penfans abolyr les Antiquitéz & No
bleffes des Gaulles. Pour la Verification duquel nóbre pre
mier de Cinquáte neuf, enfuyuent les Noms du perfait des
Secretaires côprins au Rolle royal de la Maifon de Fran
ce, côme de Perfonnages a cela appeléz pour autant les
anoblir de Titre, qu'ilz le font de Graces, Affauoir les honorables Perfonnes & Seigneurs Babou, Picart, Forget,
Gaudart, d'Aubray, De Granrye, De Pontac, Le Maiftre, De Hacqueuile, Hénequin, De Saueuzes, De Bô-
nefoy, Huault, Berthier, du Drac, Grollier, De la Croix.
De Thou, Popillõ, Brunault, Le Iay, Le Seigneur, l'Allemãt
Laguette, Du Perier, Marchant, Turpin, Cherruyer, Lato
my, Riglet & de Morogues : Tous les fufditz Cinquante
neuf Clercs de DIEV, appeléz Prophetes, & par Origene
Symmiftes ou Secretaires, a double titre, Ainfi que fut a-
uyfé le Roy de France d'appeler tous les fiens (nombréz a
cinquante neuf) Notaires & Secretaires aufsi a double titre. O correfpondance trefcertaine & digne, iufques a
maintenant encores non entendue.

D Epuis laquelle Conftitution de Soixante Secretaires
(y côprins le nom du Roy) il eft bien vray qu'on y en à
encor

encor' adioufté foixante,& de ce temps quelque autre nôbre par l'heüreux Roy Henry,préuoyant ia , ce femble,la
future Grandeur de faCouronne,par l'ampliation iournel
le de fes Terres: Toutesfois cela ne vient en rien empef-
cher mon Argument de fimilitude a l'Etat des Secretaires de DIEV & le Sien,Veü quil eft ecrit que outre le nom
bre des Prophetes couché en l'Etat du CREATEVR,il y
en eut Cent autres non ecritz,qui par vn nômé Abdias fu
rêt cachéz & receléz de la fureur de l'Idolatrye & cruauté
de la Maifon du Roy Acab,& pour cela,tenuz côme réfer
uéz a vne autre crue & non enrolléz en l'Etat diuin des
Secretaires de DIEV côme dit eft . A l'Exemple de la
Referue defquelz Cent Prophetes,les Roys de Gaulle en
peuuent aufsi toufiours auoir vn nombre referué en leur
penfée,pour les créér a leur bon plaifir & quand il en eft
befoin,ainfi q̃ fe peult dire des quatrevingtz nagueres ac-
cruz &erigéz par le Roy aprefent floriffant. Veü auffi que
iceux Cent Prophetes cachéz & non nôméz eurent peu
ou rien d'expeditions ou charges a manyer,pourautant,a
ma fantafie,qu'encor' de leur temps le grand Chancellier
etoit attendu.Lequel en déchargeant les autres de la côti-
nuatiõ de leurs offices(& tous Hômes l'écoutans,de leurs
pechéz)deuoit porter fur fes Epaulles les Charges ouChar
tres croyfées de tout le faix des Affaires de fon Pere fur les
Humains,comme feul fuffizant a cela . Le femblable dequoy pour telle caufe ne peult eftre icy quant a ce point
enfuyuy ou congnu au Chancellier de France Olyuier,
qui de fes fruitz & annuelz offices à(peult eftre) eté pour
mefme confideration foulagé de fon faix depuis quelque
temps en ça.Neaumoins pour remplir ce petit deffault de
fimilitude,Ie puis bien dire que a la femblãce du Chancellier fupercelefte,il eft aucunement(comme luy)felon l'ordre de Melchifedech , ceft a dire felon l'ordre de Iuftice,
Au regard que tout Chancellier fe dit Chef de la Iuftice,
outre que luy feul à charge en France (ainfi q̃ lautre l'eüt,
au Ciel & en toute la Terre)délargir les Graces &Remif-
fions des Crimes commyz contre la Iuftice & fon Roy,

j. Reg. 18.

qui font les deux principalles & plus dignes Charges des
Cieux & de la Terre . Surquoy ie puis quafi conclurre en

*L'Etat de
Chancellier
eft venu de
Secretaire.*

cecy qu'il ny à Perfonnages (fubietz d'vn Roy) qui foient
plus dignement qualiffiéz que fontChancelliers de Fran-
ce(dont la qualité fut premierement de Secretaire)& có-
fequemment que font aufſi tous Secretaires du Roy : De
la lueur defquelz viennent a eftre illuftréz leurs Enfans
legitimes, ainfi que les Enfans des Prophetes font encor'
clariffiéz es Liures des Roys : Outre que du luftre d'iceux
Royaux Secretaires fanobliffent aufſi peu a peu tous autres Secretaires de Seigneurs qui ont manyment des Affaires du Royaume , confideré quilz font tous du mefme
bois duquel ceux cy deffus ont eté ainfi dignement façõ-
néz de Main royalle plaine de toute Nobleffe humaine.
Iay dit cét etat de Chancellier, eftre defcendu du Secretaire , Au regard qu'au cõmencement & lors qu'il n'etoit
encor' nouuelles de ce terme de Chancellier, tel Perfonnage etoit Secretaire du Roy, en Chef & tenant le
Seau . Mais veü depuis que la multiplication des Affaires deuenoit fi copieufe , par reünyon des Duchéz &
autres Seigneuries, que ce Secretaire royal ny pouoit fatif
faire comme auparauant, Le Roy agrandiffant fes riches
Cachetz, fauorablement les remeit es mains d'icelluy Se
cretaire fien, qu'il luy pleüt quant & quant authorifer en
dignité & ainfi l'émanciper du Seruice ordinaire de fon
Hoftel: Luy enioignant ce néaumoins que de fa Court ne

*Saint Loys ap
pelloit le Chan
cellier fon
Clerc.*

felongnaft comme Perfóne grandement neceffaire, que
le bon Roy Loys mefmes, cóme iay dit, appeloit pour cela fon Clerc , & qui dudepuis au lieu de Secretaire ou
Clerc, fut nommé Chancellier a l'occafion que l'abbord

*D'ou vient ce
mot Chancelli
er.*

a fa Perfonne n'etoit plus fi facile qu'auparauant, pour laf-
fluence des affaires, & qu'il conuenoit parler a luy (etant
au Seau) par barreaux, autrement ditz Cancelz, d'ou fut
derryué ce mot Chancellier: l'Etat honorable duquel eft
ce iourdhuy en France au lieu de l'autre diligément excercé par le renommé Miniftre des troys Fleurs , Ber-
trandy, non pourtant appelé Chancellier, & a bon droit

&

& son plus grand honneur, veu qu'il ny à Cancelz ny Bar
reaux a parler a luy, cest a dire aucun épeschemĕt, tant est
familiere l'aproche & grand' humanité de luy, & d'autãt
plus prisable, qu'elle est en tel Etat non moins necessaire q̃
la profundité, en aucuns, selon saint Pol, trop enflée, mesmement pour Gens en telle Dignité constituéz. Et pour
dauantage montrer de la noble qualité de tel Personnage
cestassauoir de Secretaire ou Clerc, il est de fort longue sai
zon & de Main royalle fait Chancellier voire & Cheuallier de l'Ordre du Roy son Maistre ainsi que i'ay dit,
quel Ordre? Non pas de saint Michel (pour la difference)
mais de l'Ordre des troys Fleurs de Lys (Armes tressingu
lieres des Roys treschrestiens) lesquelles leur furent du
hault Ciel enuoyées pour temoignage de la Grandeur de
leur Principauté, & cõme pour vn gage certain de l'élection (cy deuãt figurée par l'Etat des Secretaires) q̃ le FOR
MATEVR auoit preordõné faire a soy, entre autres gens
de l'humain Peuple Gaulloys sur la fin des six Ages selon
qu'ay montré en autre endroit plus aplain.

DOnc reuenant a propos de la noblesse des Secretaires
Si le grand ROY des Roys, l'EMPEREVR des Empereurs, le MONARQVE des Monarques (duquel le
moindre rayon vmbrageux est sans comparaison plus
noble & diuin, que n'est doublement obscure & basse tou
te Noblesse de la Terre) a tant voulu fauoriser entre les
Hõmes, les Secretaires & premiers Scripteurs q̃ laissant
tous Seigneurs tẽporelz en arriere, il les ayt expressement
choisyz de simple Condition pour entieremẽt les anoblir
entre les autres, en leur qualité necessaire par le moyẽ de
son aproche a eux quasi incroiable, en leur cõmuniquant
ses haux Secretz, dont l'Vniuers fut depuis restauré : Si
outreplus a l'exẽple de cela, les Princes terriens (sãs y pen
ser, & par quelq̃ raison de mistaire) ont receu cet heür, de
tousiours depuis auoir tel egard au necessaire vsage des Se
cretaires, qu'en les tenãt pres leurs Persõnes, les ayẽt ainsi
anobliz : & q̃ d'iceux les Roys treschrestiens & non autres

ayét de lóg téps expreſſemét dreſſé vn Rolle, vn College
& noble Compagnie en laquelle Cópagnie deſirant eſtre
eux meſmes enrolléz, ilz n'ayent prins autre prééminéce
par deſſus leurs Secretaires, que de tenir le premier ranc:
Et qu'en ce faiſant ilz les ayent par cela receuz tous comme Confreres, tout ainſi que le Roy & diuin Chancellier
IESVCHRIT voulut faire, en eſpecial, de tous leurs Prédeceſſeurs Prophetes & Secretaires: Et ſainſi eſt en ſomme que la Vie & condition d'iceux Secretaires (en general recourue)ſe trouue toute honneſte, toute ciuile, libera-
le & plaine de courtoiſie, & que de leurs fidelles Offices la
neceſſité ſoit apparente : Quelle eſt la cauſe, qu'vn tas de
Gens(en cœur par fois pl' ruraux que Laboureurs)ſe viennent ainſi ordinairemét bâder par meſpreis alencontre de
mesEnfans, leur reprochát baſſeſſe & Vilanye? Et ſilz ont
ſouuenáce de ce que par vne Voix duCiel, il fut vn iour dit

Aɫuum.10

Ignoráce cau
ſe de la hayne
portée a Secre
taires.

a ſaint Pierre, qu'il n'eſtimaſt iamais vil ou cómun ce que
le SEIGNFVR auroit puriffyé ou accueilly a ſoy, quel eſt
le motif de leur hayne ou vil preis? Seroit ce point cete ly
me ſourde Ignoráce, qui d'un groin dépiteux, ſur la Vertu
touſiours ronge ſon frein d'enuye? Car vn Homme bien
nay, & qui ſcait ou a deſir.de ſçauoir quelque choſe, a mon
auis, ne trouuera mauuais, & n'aura ia pour vil, ce que ſon
DIEV & ſon Roy anobliſſent pour ſen ſeruir es plus ſei-
gneuriaux cas comme ſont ceux de l'Eſprit : Eſtimant

Diffinition
de vraye
Nobleſſe.

auec Moy, que la vraye Nobleſſe (en partie) eſt d'eſtimer
noble toute choſe qui tend a Nobleſſe par lumiere deVer
tu, encores que regard de race y feiſt empeſchement. Et
la vraye Villanye a touſiours eté, cóme i'entens, de ſeruir
a rudeſſe:& en ſe vantant d'eſtre noble de ſang, ne faire

Que ceſt: de
vrayeVilanie

cas de ce qui eſt(ſans le ſang) anobly, meſmes quád laVer
tu & le Roy y ont mis la main.Ce que tout vray Prince au
ra touſiours ainſi en opinion quand il conſiderera que les
fundementz premiers & ſeürs de la Nobleſſe furent diuinement aſſyz pour l'appuy de Vertu. Laquelle du Ciel il-
luſtrée à depuis clariffié entre les Humains la Progenye
de tout Seigneur & Gentilhomme de Lignée en autre.

Ce

Ce dont le Sang ny la Chair n'euſſent eü préuilege ou vā-
tance, Si la Vertu ſe feuſt elle meſme ſi peu pryſée qu'elle
ſe feuſt voulu faire viſible ou corporelle. Choſe qui iamais
ne fut ny ſera apperceüe en Terre, fors en la diuine Perſône du haut CHANCELLIER conceü au Ventre
virginal. Auquel & par lequel (cōme la ſeule Vertu ſpirituelle & enſemblément corporelle qu'il fut) tout Hōme
ſe peult perfaitement anoblir par foy & imitation, non
par Sang ou race.

MAis au cas que ie n'euſſe a ſuffizance faict voir de la
Nobleſſe des Secretaires, ny des hôneurs ou royal
les Faueurs dont de tout temps ilz furent illuſtréz, Voire
Secretaires autres que ceùx que iay nōméz Prophetes &
Secretaires de DIEV, ou leurs conformes, qu'on dit en
France Notaires & Secretaires du Roy, Ceſt choſe aſſez
manifeſte a qui ſe délecte dentendre les Geſtes des anciens Monarques & autres Princes du Monde, que les Secretaires ont touſiours eté non ſeulement continuéz depuis leur Source en Moyſe, Prince de l'Ecritture, mais auſſi, magniffiéz & honoréz des grans Roys & Princes dentre les Hommes, ainſi que facilement ſe peult imaginer
auoir eté fait en Egipte lors de la fleur de tel païs, puis q̃
a la requeſte, ou bien par le moyen du Secretaire Ariſteas
vaſſal du Roy Ptolomée dont par cy deuant ay parlé, furent tout-d'vn coup afranchyz de captiuité cent mil perſonnes du Peuple hebraïque. Du depuis, par toutes
les Seigneuries d'Alexandre le grand, yſſu des Roys de
Mecédone, l'Etat de Secretaire, entre tous autres, fut ſi dignement obſerué, qu'en tel Degré ne ſouloient eſtre eleuéz aucuns perſonnages, ſilz n'etoient cōgneuz Gens de
grand' valeur : Et ce, plus pour eſtre par cela pouſſéz
au comble d'vn honneur haut qu'vn Roy peuſt faire
a vn ſien Subiect, que pour autre cauſe, ainſi qu'apparut
entre autres de tel temps du noble Eüménes Gardianus
Secretaire du Roy Phelippe de Macédone pere dudit Alé-
xàndre. En enſuyuant laquelle honorable coutume, & de
combien ce grand Seigneur Alexandre (de ſa part) ayt dé-

Les grandes faueurs que les monarques antiques ont fait a leurs Secretaires.

Les Secretai-res iadis ré-uerez en Egi-pte.

Les Secretai-res priſez en-tre les Grecs.

Eumene Se-cretaire du pere d'Ale-xandre.

QQq

firé par deffus tous autres Roys, fauorifer telle qualité de
Gens, fi mort importune ne luy euft rompu fes deffeings,
Dames vous le pouéz eftimer, puis qu'il feit fon premier
Secretaire(nommé Simon) Prince de Capadoce, & qu'il
regretta tant vn bon Ecriuain, & en porta fi grand' enuye
au preux Achyles qu'en regardant feullement fa Sepulture, il geta vn fouſpir acompagné dautất riches parolles de
fouhait que celles de regret que laiffa echaper le magna
nime Roy Françoys fus la Perſône de fon grād Secretaire
Robertet lors de fa maladye mortelle, pour déplaifir q̃ ce
haut Prince auoit de la perte d'un fi honorable Seruiteur
auquel il auoit fait tant de faueur & aduantages auffi bien
qu'il feit dudepuis a ces troys autres, Breton, Bayard & la
Chenaye, defquelz ont prins en Fráce fi heureufe origine
les Enfans yffuz de leur fang & en particulier d'icelluy la
Chenaye, q̃ fi l'Etat trefantique des Secretaires en reçoit
encores iournellemẽt vn point de recõmandation particuliere, auffi fait le grand & authorifé Sénat des Gaulles,
par la Perfonne affable, & de tout luftre a digne Iufticier
fouhaitable enuirõnée, du Confeiller de laChenaye, entre
autres fes femblables.

*Secretaires fa
uorifez en
Italye de tou
te antiquité.*
EN mefme faifõ, ou quelques années apres le fufdit Alexandre le grand, les Roys de Tufcane en Italye, ne furent fi anõchalyz en foy de laiffer anéātir le degré par to⁹
Princes auant eux attribué aux Secretaires q̃ plus toft fe
peult dire qu'ilz ayent outrepaffé les autres en fi royalle
magnificence, ainfi que pour brieueté fera facile a comprendre par l'effait de cõiuration que iadis entreprint fur

*L'heur qui
vint a vn Roy
pour auoir
magnifié fon
Secretaire.*
la perfõne du Roy Porfenna, le Cheuallier Séuola. Lequel
ayant coniuré auec autres fes complices de férir a coups
de dague l'eftõmac du Roy fufnommé (a l'occafion qu'il
pretendoit remetre au regne des Romains Tarquin peu
auant deçhacé pour Lucrece) entra fecretement ce hardy
Cheuallier au camp & pauyllons d'icelluy Porfenna, dans
le Syn duquel penfant ficher fon glayue, a l'improuueü
frappa fus celluy de fon Secretaire, en belle prefence d'vn
nombre de Cheualliers. De l'erreur & mefprife dequoy,

fubit

ſubit qu'il ſen aperceüt, ſe voulut lors bruler le poing
qui tenoit encores le glayue, pour pugnition de ſa faulte d'auoir choiſy le Secretaire en lieu du Roy. En cecy
doncques on ne peult nyer q̃ l'apparence & grandeur des
Secretaires des Roys de Tuſcane, qui ont eté les premiers
ſur toute l'Italye, ne feuſt merueilleuſe, puis qu'vn tel Roy
enuironné de tant de Seigneurs entre leſquelz etoit ſon
Secretaire, ne fut occis, ains le meſme Secretaire fut plus
toſt apperceü pour Perſonne de royalle apparence qu'aucun des autres, & cṍme Roy mis a mort. Ce qui fait bien
entendre que l'authorité que dṍnoit icelluy Roy Porſen-
na a ſon Secretaire, (telle qu'il en ſentoit ſon grand Prince) fut vne heureuſe & bien collocquée authorité, puis
qu'elle ſauua la Vie au Prince qui l'auoit octroyée, lequel
congneut alors, que en plus d'vne maniere vn grand Seigneur pouuoit tyrer ſeruice d'vn Secretaire par luy magnifié.

E N apres, & ſil eſt beſoin de montrer la grandeur des
Gens de cete hṍneſte qualité pendant le cours des Empereurs Romains qui les ont congnuz pour perſṍnages
d'entiere loyauté, Iceux Empereurs, outre ce, les ont touſiours tenuz ſi a gré pres leurs perſonnes, que le premier
Ceſar & ſes ſucceſſeurs, en marchant a leurs Triumphes,
vouloient leurs Secretaires aux coſtez de leurs magnifiques Chariotz, comme leurs plus aymez domeſtiques
& familliers, pour leur donner en cete façon, vn ſigne de
participation du triumphe, plus qu'aux parentz meſmes
de leur ſang, qui tous (enſemble les Chefz & Cappitaines
de leurs Armées) marchoient deuant & a coſté des reſnes
de diuers Animaux qui tyroient ces riches Chariotz en
Rome.   Et quant a ce propos de Ceſar, ie ne dai-
gnerois taire ce qu'en derriere aucuns me voudroient
mettre au deuant, aſſauoir que l'vn de ſes Secretaires fut
accuſé dauoir machiné ſa mort par empoyzonnement: ny
auſſi qu'encores du depuis, le Secretaire de ſon ſucceſſeur
Ceſar Auguſte, qui ſ'appeloit Attalus, fut puny d'auoir
communiqué vne Lettre pour le gain de cinquáte Eſcus,

Les faueurs
des Empereus
Romains en-
uers leurs Se-
cretaires.

Qui eſt choſe de petite ou nulle notte ſur l'Etat vniuerſel
des Secretaires,meſmement veü la compenſation que ie
faiz cy deſſouz de cete faulte de cómunication de Letre,
me taiſant de lautre,pour n'eſtre cas dont il faille doubter
en France principallement.Laquelle compenſatió eſt telle,que en la meſmeCité de Rome,& enuiron lan mil cinq
cens trente deux,vn qui ſans hôneur ne pourroit eſtre icy
appelé (pour bon reſpeᵈt toutesfois reſerué)refuſa vn iour
deux mil eſcus d'or,par les mains d'vn Banquier,pour (au
nom d'vn perſónage qui ne vouloit eſtre nommé)lùy dóner vne coppie de Letre, trois iours parauant enuoyée au
Roy François treſchreſtien, par vn grand Cardinal de ſa
Nation.Lequel vertueux reſſus fut acompagné de ſi viues
parolles que le demandeur ſ'en alla aſſéz confus, comme

Le Secretaire ſ'etant preſumé auoir affaire a quelques bons Marchantz
Landry pari- ſemblables a ceux du deffunᵈt Marquis du Guaſt, qu'vn
ſien. Secretaire du mémorable Langey(nómé Landry)menoit
ſecretement par le bec iuſques au fons de leur penſée par
voye d'argent. Le tout pour l'affeᵈtion qu'il portoit a vn
Maiſtre qui ſe faiſoit faire au beſoin,volútaire ſacrifice des
cœurs de ſes Secretaires& d'autresGentizhómes,dont en

Vrays Serui- cor' a ſa louége(& pour auyſer laFrance des gens de ſerui-
teurs de la ce de ſon temps)on dit en maint hôneſte lieu ce motNor
Courône ſouz riture deLangey,non ſans l'honneur & digne recommá-
Langey. datió de pluſieurs,dont pour le Trident eſt ceiourdhuy re

Le Baron de congnu l'heureux Cheualier & Baron de la Garde , entre
laGarde Che- autres: Pour les Letres & treſoportunes adreſſes de négo-
ualier de lor- ciatió,l'honorable Ian de Morel,ambrunois, qui cóme te
dre. nant copieuſement des vniuerſelles qualitéz de ſon Mai-

Le Seigneur ſtre,ſe cógnøiſt,auec ce,de quelques autres vertueuſemét
de Morel. meſlé par le dedans,bien qu'a ſon œil de chacun ne ſoit
apperceü:Et pour la Lance, y à en recómádation daucuns

Ludouic de qui ont eté en cela façonnéz par la main du grand Lan-
Byrago. gey,outre ceux qui depuis ſont deuenuz ſi grans qu'ilz auroient peult eſtre a mal d'eſtre icy couchéz, y a,dy-ie au

Francifque Seruice de la Courône le renómé Seigneur Ludouic de
Bernardin. Byrago en Piemont, le tempéré Franciſque Bernardin, le

Sei-

Seigneur de Vilegaignon & tant d'autres Capitaines & braues Soldatz, que plus q̃ volũtiers ie honoreroys cy de dans, ſi ie ne craignoys d'y eſtre trop ſoudain enuloppée de leurs careſſes, au hazard de trop plus y dépẽdre a les re ceuoir que ie n'en veux de prouffit ou ſeruice, Car i'ayme ſur tout ma Profeſſion literalle, & dautant plus pour cela ce grand Langey qui m'y ſçauoit & luy auſsi, heureuſemẽt entretenir. Mais au propos, ſera-ce pas ſuffizante com penſation de deux mil Eſcus reffuſéz pour cinquante exi géz? Celle cy pourtant ſera encor'bien autre. Car en la meſme Cité de Rome, & ſãs parler de ſemblables Vertuz faites par Secretaires de France & d'Italye dont on ne fait regiſtre, vn autre Secretaire pariſien ſurnõmé Raince (qui demãdoit aux Papes des Eueſchéz, pour puis les dõ- ner aux Italiens amys de la Courõne de ſõ Roy) refuza vn iour d'vn riche Seigneur imperial, non pas cinquante Eſ- cus ny deux mil, mais cinq mil Ducatz, pour ſeullement laiſſer prendre copie des Papiers concernans les affaires d'Etat, par luy manyéz en trente ans en Italye: & aumoy- en dequoy le puiſſant Empereur Charles feit vne fois, tãt d'hõneur a la qualité de Secretaire que de dire (cõme par vn froid Souryz) au ſuſnõmé Secretaire, qu'il n'auoit en Italye vn plus grand Aduerſaire que luy, & ce en preſence du Pape Paule tiers, du deffunct Cardinal de Maſcõ & au- tres, qui lors pezérẽt au pois de haut merite la valeur d'vn loyal Secretaire.

Le Seigneur de Vilegaignõ

Le Secretaire Raince pari- ſien.

ENtre tous mes menuz diſcours cy deuant aſſéz fran- chemẽt alongez, m'eſt ſuruenu, a memoire de deuoir obuyer a la legere opinion d'aucuns qui ſe pourroiẽt ſans cela perſuader, que au meſpreis de l'Italique Nation quel ques choſes euſſent eté trop viuement touchées en ce Liure. Et pourtant, en retenant ſur mes epaules la to- talle charge de tel cas, cõme bien auouée de l'Autheur pour ſa part, ie dy qu'il fault ſainement receuoir notre in- tention, & tout au rebours de malignité ou autre ſorte d'o- dieuſe paſſion. Veü, qu'au rapport de tout ſain Iugement,

Digreſſion de la Plume en l'honneur des Italiens.

ce ne peult estre parlé qu'auec deuoir de l'écriture, de quel
que Region que ce soit, quand on touche en general & a
point les choses mal sonantes & qui s'y commettent. A celle fin que chacun corps general de la terre ayt eguyllon
de congnoissance de ce que de loin on apperçoit entour
ses membres, & par tel moyen, plus vif argument de cure
songneuse a se puriffyer de ce q̃ l'autre le poind & amon-
neste, a la charge d'en endurer le reciproque s'il y échet,
& en cete façon s'entre exciter l'un l'autre a conuenable
forme de Vie: En metant peine par le motif de couuertes
attaintes non hayneuses de tyrer au myeux qu'il est possible d'entour soy, ce qui peult empescher l'honneur & la
Vie de son païs, qui en so tout consiste en la Vertu quand
elle est plus que le Vice authorisée en bonnes meurs &
coutumes. Qui est certes vne diuine & fort louable
hayne ou passion (s'ainsi se pouoit nõmer) & que a ma mode chacune Nation se feist ainsi la Guerre: Veü que ce seroit vne Guerre, vne hayne ou mespreis q̃ le SEIGNEVR
auroit pour tresagreable en toute part, puis que mesmes
par ses Ecritures il est dit a ce propos, que Correction ma- *Prouerb. 29.*
nifeste vault myeux qu'Amour secret: Et que ceux qui ob-
temperent a qui les reprend seront glorifiéz, disoit le ri- *Pro. 13.*
che & pacifique Roy. Doncques ou veult on trouuer plus
necessaire & moins facheuse espece de touche ou pointure que celle qui par moy s'exerce en tant de Langues con
tre tous Vices, en toute & contre toute Nation la ou plus
ilz se manifestent? Qui dira que ie calumnye les Italiens, si
ie dy qu'en leur païs on y abbuse des Fémes, & qu'aucuns
Vices y ont trop grand reduyct? Qui m'accusera de soutenir que d'Alemagne la Sobrieté est en grand'part banye
& que rudesse de meurs & appétit cõmun de troubles &
guerres particulieremét y domynét? Qui m'abayera d'en
tre les Françoys pour leur redire q̃ les Blaphemes, les Proces, les Enuyes & autres Déffectz y ont trop long cours?
Qu'il ny ayt par tout des Hõmes de Vertu, on ne le peult
supposer, qu'autant y en eust-il en chacun lieu & autant y
feussent ilz soutenuz que d'autres de qualité contraire, Il
ne

ne feroit ia befoin f'ainfi etoit, de tant me faire trauailler
fans prouffit, ny auffi de me demander qui me meut, &
de quelle authorité ie m'employe a telz offices, car ie ne
ferois contrainte par la vehemence d'vn pouffouer fpirituel des Cieux a telz trauaux, dõt lyffue eft peu fouuent
fructueufe. Mais i'eftyme, qu'aucuns ne fauroient faite de moins, q̃ en diuerfes formes & fouz diuers pretextes
faire etynceler coup a coup aux yeux des humains les ray
ons de la diuine Volunté, quãd il luy plaift, & qu'on y eft a
bõne fin appelé d'enhaut:& fi ce n'eft pour reduyre le Mõ
de a la lumiere deSalut(au cas que de telles chofes aucuns
foient ébloiz & fachéz) ce foit aumoins, que cela puiffe
feruir au MAISTRE, de iuftification pres des Hommes,
(par maniere de dire)a ce qu'ilz ne luy puiffent aux grans
iours repliquer, q̃ non feullemẽt ilz nont point eü en leur
fõge de Vie naturelle des Prophetes, des Ecritz facréz ny
encores des playes de fon Fils fuffifantes a les remetre en
grace pres fa Maiefté, ny autres exẽplaires defaincte Vie
ou de Prélature, mais auffi qu'ilz ne le puiffent au befoin
arguerq̃ iufques aux Poetes fatyriques & autres prophanes
Ecriuains, ilz n'en euffent eü, pour a chacun coup, lieu &
faifõ les citer, les vifiter & aduertir des trauerfes erratiques
qu'ilz auront tenues & tiennent au chemin de leur Chri-
ftianifme. Ains au contraire le grand IVGE veult pl°toft
auoir telle barre fur eux, par les faire emouuoir d'vne fi pe
tite chofe q̃ ie fuis, & aucunesfois de l'vn a l'autre felõ fon
Euangile, veü que tous Chreftiens, foient Italiens Frãçois
Allemans ou autres, font d'vne mefme & trefnoble Famille, portans to° au front la marque du Prince auquel ilz ont
iuré la foy & feruitude. Qui fait pour ce regard, que ie n'ay
acception aucune de Nations d'entre les Eluz, & que
fi ie grate aucunesfois l'vne ou l'autre la ou il ne luy de-
mange pas, les Vertueux de la ou ie touche en reçoyuent
plus d'honneur, & les autres en font par fois emeüz de
dépit(& a tort)par fois auffi, de particulier chãgement de
vie. Car le CREATEVR ne feit iamais riẽ faire de biẽ fãs
caufe, mefmement quand le Public y peult prendre part.

Et pource ié concluz que ie ne crains & n'ay cy dedans ré
spect qu'aux Vertueux & Vertueuses personnes, de qui ie
m'attens pour le moins deuoir estre bien receüe. Et quoy
que contre quelques vns i'aye eté & deuſſe estre pl° aigre,
en faueur toutesfois des Hómes d'hóneur, ie veux maintenant commencer a dire que ie ſuis & doys estre tenue
dautant plus amoureuse & ſerue de tous Etrangers,&ſpé-
ciallement des Italiens (ſi telz ie les dois nommer)que ie
me tiens maintenant bóne Françoyse & que cóme telle,
& ſelon la nature des Françoys ie me trouue affectiónée
éuers tout autre qui n'eſt de leur païs, Veü qu'il eſt certain
qu'il ſeroit difficile de trouuer Prince ou Duc parmy l'I-
talye,qui ayt recongnu ou traitté vn Françoys, ſoit Secre
taire ou autre, a comparaiſon du bó traittemét qu'ont fait
& font encores ördinairemét les Seigneurs de Fráce aux
Italiens pour peu recómandéz ou en aucun cas ſpirituelz
qu'on les trouue. Outre que le Cómun d'Italye,ne luy déplaiſe,ſ'eſt touſiours fait fable ſur ſon fumier des François
qui y paſſent (que i'ay pourtant touſiours eü a bon ſigne)
ſoit qu'il faille confeſſer que les Princes & autres grans
Seigneurs y ſoiét fort bien & honorablement receuz ainſi qu'ilz meritent d'eſtre en toutes partz. Et a propos du-

Le Cardinal
de Ferrare fa
uorable aux
Secretaires.

quel traittement ſeigneurial d'Italye, ie priſerois volontiers de tout preïs immortel le grand Prelat de la treſnoble Maiſon d'Eſt,qui par nature &fort ciuile grandeur,&
nó pas tant ſeulemét pour ſon zele vers la Couróne,eſt ſi
magnifiquement actif a vne deſirable reception & faueur
d'Etrangers,Mais ie le voudrois quant& quant louer,ouy
& de tous les myens le faire reuerer & ſeruir de Vie ſi
poſſible me feuſt, pourautát qu'il m'appert eſtre le Phénix
en Italye qui ſeul de la ſuſtance nayue de ſon franc vouloir ſ'éuertue,outre ce que deſſus,a bien & honorablemét
entretenir mes Enfás & Secretaires qu'il appele pour cete Langue a ſon Seruice:En leur portant(qui plus eſt)au-
tant de cófiance & foy de ſes Secretz qu'a aucuns domé-
ſtiques familiers qui ſoient entour ſa Perſonne : Enquoy de maint autre Seigneur il ne ſe voit encores enſuy-

uy pour certaine raiſon que ie puis taire .   Dauantage
ie me ſens dautant plus obligee a decorer, non ſeullement
la fleur de beauté de l'Italye, les fertilitéz & grandes douceurs qui y ſont, qu'il me ſouuient auoir eté le temps paſſé
fort honorée en ſes païs: Et pource i'ay dit non ſeullemēt
l'Italye eſtre a honorer de moy,   mais auſsi les Princes.
Princeſſes & autres nobles Seigneurs y prenans origine,
& qui iuſques au fons de l'Occident viennent faire reluyre la ſplendeur naturelle de leur Sang, meſlé parmy tant
grandes graces du Ciel en tous cas, que la France ſpeciallement ne ſen ſent de peu enrichye . Et nonobſtant tout
ce qu'aucuns pourroient rechercher au contraire, Il ny à
pourtant Hōme qui peüſt dire que l'Italye ayant tant lō-
guement ioy par ſpecialle faueur des Cieux , du comble
de tous les Biens, Triumphes, Richeſſes, Nobleſſes, Vertus
& humaines perfections, Il ne faille auſsi croire que toute la Région ne ſoit encor' vmbragée & decorée de telles
& ſemblables choſes: & que parmy ce qui y eſt en cela de
déchëu, il ny ayt des Perſonnes de l'vn & l'autre Sexe de
merueilleuſe recōmandation & qui trop plus congnues
ſeroient qu'elles ne ſont ſi le Vice n'auoit non plus de pré
éminence ou lumiere en tous païs que la Vertu: Qui me
fait penſer (& ſi eſt vray) que par l'Italye il y à des Chreſtiens en toute doctrine & experience ſi extremement auā-
céz, meſmes au fait de la Réligion , qu'ilz ne ſont (a qui
de pres y prend garde) non ſeullemēt congnuz gens bien
viuans ſelon DIEV, mais encor' a égaller a la Sainteté
approuuée en pluſieurs Sainctz celebréz par l'Egliſe. Des
Femmes y à en cas pareil, de ſi grande doctrine es ſain-
tes Letres qu'a la France ſeroit fort difficile le faire croire,
ouy encor' outre celles qui (aumoins depuis dix ans) y ont
eté aperceües ſi ſpirituellemēt viuantes que publiquemēt
elles prédiſoiēt (& a pluſieurs fois) de ce qu'apres y eſt ſuccedé depuis le decéz du Pape Paule, & auſsi des particulieres fortunes d'aucuns grādz Prelatz de Rome, a la face de leurs feneſtres, que Verité me cōtraint d'anōcer auſſi bien que de faire entendre a l'hōneur de tous Italiens

                                              RRr

que la Ieuneſſe du païs eſt ceiourdhuy compoſée auec
telle lueur d'Eſprit, qu'elle eſt habile a tout excercice,
Science ou graue Geſte, aſſéz plus qu'Enfans de tout
autre lieu. Ce qui eſt ſpeciallement treſnotoire quand
en vn cas ſeul (comme eſt le Theologal) ſe font veüz
puis nagueres tant d'Enfans d'Italye de huit, de neuf,
de douze, quinze & vingtz ans d'Age, preſcher & dans
Rome particulieremét anócer la Parolle de DIEV en tou
te circonſtance de preuues ſainctes & de Reprehention
de Vie, & auec telle aſſeurance ou graue contenance, que
les plus ſpirituelz Hommes (ce voyans) ſe ſouuenoient
des Viſitations du Peuple premier elu, & ſ'émouuoient
d'en louer le DIEV des merueilles: les autres ſ'émouuóiét
d'admiration, & les plus vilz, de Scandale ou ryſée . Et de
cecy ie ne cherche pour teſmoings fors aucuns d'être les
Cardinaux qui l'ont peu voir, & en particulier le ſaintPere
de maintenát qui dez ce temps la, entre autres, portoit renom de treſchreſtienne Vie.   Et ſi plus bas ie veux
deſcendre pour parler de laCiuilité de ce ſiecle, Ou eſt-ce
qu'elle ſe peult trouuer, d'ou eſt-ce qu'elle prouient en tou
te circonuoyſine Region, ſinon de l'Italye ? Ou pourroit
on ſouhaiter plus ny tant de ciuile hóneſteté & courtoyſe
reception qu'en la Maiſon de Mantoue, ſi honorablemét
toute bien figurée en la perſóne du treſdigne Cardinal d'i
c elle ? Ou ſe trouue encores maintenát Élégance ou ſorte aucune de royalle magñificence de Palays, de Princes
de Perſónes, & ſi ſingulieres inuentions y accómodées ǧ
es enuirons de laTuſcane, ſpeciallement la ou pour leLys
céleſte auóit de tout téps ſecretemét bourióné dansvn lys
floriſſant, la Fleur de bonté des Roynes de ce Monde ? A
vray dire, l'Italye eſt la norme de Ciuilité, deDiſcretió &
treſadroite Grace en la conduite particuliere de ſes Né-
goces. Particuliere ie dy, & non pas generalle, Car ſi la ge
neralle y etoit & que les particuliers l'entreprinſſent, Il fau
droit que les Oyſeaux de proye cherchaſſét allieurs laCu-
rée. Mais le SEIGNEVR n'eſt iamais defraudé de ſes In-
têtions aquoy ſes Prophetes (& moy ſouz eux) ſ'acómodét
ain-

Merueilles de
la ieuneſſe d'I
talye.

L'honorable
& noble Mai
ſon de Man-
toue

ainſi qu'auChapitre de Ganelon ſeſt peü voir touchant les
quatre Monarchyes, & la Primogeniture desGaulles: Ains
pour faire choir a leur but ſes Prouidences, & a tẽps or
donné, il vient a ſe ſeruir des affeⱪtions baſſes, partialitéz
deſunyes & deſordres des Hõmes. Mais a ce propos de la
vraye cõduite particuliere des Italiens en leurs affaires, Ie
leur feray par vertu de mõ cours cet hõneur entre autres
leurs proprietéz, qu'ilz ont touſiours tenu vne treſprudẽte
forme de négocier auec tous Hommes, & par meſure ſi
temperée qu'il fault qu'en cet endroit i'en celebre le treſprudent, pacifique & bien armé Duc de Ferrare Hercules,
comme vn des plus aptes Princes au fait politique d'vn
païs qui ſoit en l'Europe, & ſi bien entendu en toutes tra-   *Le Duc de*
uerſes d'humaines négociations qu'il paruient auſſi, a ſou-   *Ferrare.*
hait au but deſiré de tout grand Seigneur, qui eſt, de la
Richeſſe, de la Reputation de ſoy & de l'Amour de ſes
Subiectz, enquoy auſſi pareillement ſe voit bien fortuné l'éloquent, le magnanime, le modeſte & fort con-   *Le Duc de*
uerſable Prince & ſecond Duc de Parme & Plaiſance,   *Parme.*
dautres louables qualitéz que celles cy d'vn chacun encores fort loué.   A l'vmbre deſquelz genereux Princes &
d'autres de ſi finguliere condition, ne fault douter quãt
au fait de la Guerre, qu'il y ayt aſtuce aucune d'Ennemis
qui ne ſoit entre Italiens biẽ préueüe, ſ'elle peult offendre
& qui de leur part ne ſoit auſſi excogitée pour y ſeruir de
contremyne. Iamais ne ſe vanterent de ce qu'ilz eürent
a faire. Diſſimulent le poſſible leursConceptions: Simulẽt
& contrefont voluntiers ce qu'ilz n'ont enuye de faire.
En Guerre fort habiles, & plus fortz d'Eſprit que les autres, qui eſt la vraye & chreſtienne qualité de guerroyer
trop plus que de force deCorps qui peu dure. En apres ilz
ſont treſpromptz & fins aEſcarmouches, Vigilantz & non
moins patiens en Ambuſcades, fortz & treſacortz a la
deffẽce d'vne Place, ainſi que particulierement ilz le   *Le Coſlonnel*
montrerent dans Montreul contre les Anglois ſouz la   *Charamont.*
charge du hydeux aſpeⱪt de Charamont, du temps du

memorable Roy Françoys, & côme vn Corse Chef d'Italiens bien aussi le montra en mesme saison dans Boulongne la picarde, qui sans sa mort n'eust ia eté congneue de Langloys, car celluy la, qui s'appeloit Phelipe Corse, etoit ainsi q̃ font tous Italiens, actif a surprendre l'Aduersaire & grādement ingenieux. Outre ce, & si qui que soit se vient presenter a vn Seigneur Italien qui ayt charge de quelque Prince, & qui cetuy la (a son simple geste seullement) luy dōne signe de luy vouloir cōmuniquer d'vn affaire, Ce Seigneur (toute compagnye habandonnée) s'auancera benignement pour receuoir le petit persōnage, en l'écoutāt & laissant parler si franchement quil ne presumera iamais tant de soy, que de luy trencher le propos en bouche, ainsi q̃ plusieurs autres ont fort mauuaise & a eux mesmes tresdangereuse coutume. Car voulans par trop hausser les épaulles de reputation, contrefaire les Princes & les enafferéz, ilz ne congnoissent pas quilz intimident voire & decouragent si fort la nature d'vne petite persōne qui les reuere, qu'ilz luy font perdre la hardiesse & bon courage de leur discourir & decouurir des choses dont les plus Grās font souuentesfois les plus ignorans, & n'en sentent l'importance fors apres le détriment. Cela procedant, que Simplicité craint Grauité & ne l'ose aborder: & a la Simplicité pourtant, plusieurs Secretz se reuellent par diuine Volunté, pour dōner a entendre aux Princes (cōme ie croy) qu'aumoins ilz luy doyuent bō visage d'accueil, & sont tenuz (ne feust-ce que pour le respect de leurs affaires) de prendre autant de cure a l'asseurer de l'approche de leurs Persōnes graues, qu'ilz en font prendre a leurs Faucōniers pour asseurer vn farouche Eperuyer sur le poing d'vn Gétilhōme. Et a ce propos, Ie demanderois voluntiers a vn des plus nobles, expertz & en toutes choses vsitéz Prelatz d'Italye, qui des Farneses est l'Alexandre en Vertu nō moins qu'en nom : Ou bien a vn des plus haux Prelatz de la Chrestienté (cōme est celluy de Guyse d'apresent, dont la bonté diuinement familiere & enuloppée d'vn iugement tressain de nature, outrepasse la grauité profunde

de

Instruction a Princes neces saire.

Farnese.

Guyse.

de plufieurs, A ceux la dy-ie, demanderois-ie voluntiers
voire (& fil ne fuffit) a tout autre Prince de grand Efpoir *Nemours*
cóme eft celluy deNemours, Quelle fut pl° a honorer, ou
l'humble prudence de Cicero, qui famillierement preta
l'oreille a vne fimple Chambriere pour myeux tyrer d'elle le fons de la Coniuration de Catillina alencontre de la *Dangereufe*
Republique Romaine, ou bien la Grauité imperialle de *grauité deCe*
Iulle Cefar, qui montant au Capitolle le matin qu'il fut *far.*
occys, feit fi peu de compte d'vn pauure Hóme & de la
Lettre de luy prefentée,qu'il paffa legerement outre fans
quafi le daigner regarder. Lequel fimple Hóme, par l'en
trée de telle lettre le venoit certiffier de la coniuration cótre luy braffée dont il fut indignement circonuenu par
trente deux coups de dague deux heures apres : Ce qu'il
pouoit euyter, fi fa Maiefté euft fupporté de farrefter vn
peu pour dóner vne faueur de bras a l'épaulle d'vn petit
Perfónage en l'écoutant, ou bien, lyfant la Lettre. Mais q̃
nuyft-il, ievous pry, de toufiours fçauoir & de continuellement entendre ou aprendre, ouy & feuffe bien d'vn Sot,
d'vn Pot, ou d'vne Moufle ? comme dit vn Philofophe.
Qu'en aueint il iadis & long tẽps parauant Cefar, au grãd
Alexandre,qui vn iour enuyróné de fes fauoryz apres la
Route du Roy Darius,auoit reffuzé a parler a vn petit Cõ *Alexandre*
pagnon ? Mile Regretz,pour ne l'auoir iamais peü recou- *depité d'a-*
urer par apres, au befoin. Qu'en etoit il aufsi auenu aux *uoir refufé au*
Romains,vn coup que les Gaulloys les chaftiérent, pre- *Soldat.*
nans leur Capitolle, dequoy ilz fe pouuoient garder f'ilz
euffent creü ce que leur en auoit prefiguré Ariftote,&que
peu auant leur en voulut dire ou prédire vn pauure Mer-
cénaire nómé Cédécius ? O Princes entre les Chreftiens
renóméz,que grande & bien eftymée eft en ce cas la Na- *Ferrare.*
ture du digne & plus que magnifique Cardinal de Ferrare, grand Protecteur de la catholique Couróne: & pareil-
lemẽt(quant en faitz marciaux)l'admyrable complexió *Nauarre.*
du trefaymé Roy de Nauarre de ce temps, & aufsi du tref-
affable Prince & vaillant Duc de Neuers , & tous ceux de *Neuers.*
leur Sang, Veü la tant acointable prefence de leurs Perfó-

aes a plufieurs feruant d'exemplaire, voire & a plus que
plufieurs: D'entre lefquelz to⁹ les Amys & Seruiteurs d'v-
ne Couronne y deuffent auoir regard fort curieux, ainfi
que tant par parolles que par geftes de douce humanité fe fait en cela & autres chofes d'honneur bien congnoi
ftre pour Françoys plus que pour autre, Celluy qui dans
fa Place des Imperiaux admyrée,à,comme vn petit Hercules planté le Coq fur fa Collône au plain meilleu de la
Lombardye, pour y démonter plus d'vne Armée. En fou
uenance & honorable recommandation duquel, les Ita-

Louenge aux
Italiens.

liens font outreplus treflouables d'vne bien peu congnue
difcretion : En ce que fi aucun leur aura communiqué
par Letres ou autrement, vn Secret d'importance duquel
il foit befoin auyfer leur Pape, Empereur ou Roy : & fup-
pozé que tel Prince fefforçeaft de fçauoir l'Autheur de
l'aduertiffemét, Iamais pourtant ne le décéleront, de peur
(ie croy) de perdre la chalandize de tel Efprit famillier:

L'Italye trai-
te honorable-
ment fes Se-
cretaires.

Qu fait qu'il y a de fi nobles Efpyons en leur païs , quoy
que foit,au defauantage de quelque autre, qui a le bruyt
d'affez mal recongnoiftre ou congnoiftre telz Efpritz.
Mais par deffus toutes chofes, & en reprenant notre
difcours des Secretaires, il fault que i'honore la Nation Italique plus que toute autre, a l'ocafion de ce, que
de tous ceux qui ont les affaires publiques & priuéz entre leurs mains elle fait tel eftyme, que toutes faueurs
& auancementz leur font appareilléz. Ce dont eft fpeciallement vfé a l'endroit de leurs Secretaires, qui en
plus part font préferéz a tous Scruiteurs domeftiques, &
publiquement appeléz non pas feullement Secretaires,
mais Chancelliers: Gardans fort bien les Seigneurs de
eete Nation, qu'aucun de leurs Vaffaux aille iamais mur
murant contre telz Seruiteurs par mefpreis, ainfi que
fe fait en autres lieux la ou ne feft encores peü congnoiftre que vault vn Secretaire qui foit digne de ce

Faueur de
l'Empereur
Claude a fon
Secretaire.

Titre. Cete fi noble façon de Seigneurs Italiens,
d'ainfi fauorifer leurs Secretaires, tenant encor de la
Grandeur memorable de leurs Princes , Parentz &
Em-

Empereurs antiques : Apres lefquelz, ceftaffauoir dê Iulle Cefar & Augufte, l'Empereur Claude a bon droit anoblit de telle forte fon Secretaire nómé Narcyfe, & en faueur de luy le grand Treforier de fon Epargne, dit Pallâ-
te, qu'il leur dóna des plus haux Magiftratz de Rome, les
acquita de grandes fommes de deniers, & qui plus eft, leur
pêrmeit plaine liberté de fe pouoir faire tant Riches qu'il
leur feroit poffible: Ce qu'alors Prince Romain n'euft ozé
faire, veü que fur peines fort grieues fut prohibé a tous
de ne f'enrichir de plus d'vne valüe a chacun limitée. Ayant en cela prins opinion icelluy Cefar, Que de faire honorer fes Secretaires & de laiffer enrichir Treforiers (plus
toft que de les enuoyer a l'Hopital, pour myeux purger
leur Confcience) ce ne pouoit eftre qu'a lauantage & d'v-
ne Republique & d'vn Prince, lequel peult ayfément tyrer de telle condition de Gens tout l'Auoir & Credit par
l'attrait d'vne parolle douce a tel moment qu'il plaift a fa
Maiefté, cóme Seruiteurs qu'ilz font de franc courage a
leur Seigneur. Et pour faire congnoiftre que les Secretaires ne furent ainfi fauorifez de tel Empereur par vn *L'honneur &*
tranfport d'humaine affection, ains plus toft par le refpect *grand hôneur*
de leur Condition treffidelle, outre quelque point particu- *que l'Empe-*
lier d'honnefteté qui eft en eux, il eft ecrit dans l'Hiftoi- *reur Vitellius*
re romaine (d'ou tout cecy fe tyre) que depuis le temps du *feit d'un Se-*
Prince dont eft queftion, l'Empereur Vitellius regretât *cretaire.*
la Vie de tel Perfónage & Secretaire Narcyfe le voulut,
(& l'autre auec) dignement honorer apres la mort, de ma
niere qu'il en feit faire deux Statues au vif, non d'Albaftre
non de Bronze, Marbre ou Pourphyre comme a Empereurs, mais d'or maffif & fin, dont on eüt ebayffement.
Icelles faittes, les feit affoir en fon Cabynet qu'il nómoit
Larare, la ou les Romains tenoient les effigies de leurs
Dieux familliers, maintenant Diables familliers d'Italye
par ie ne fçay quelle méthamorphofe.

EN apres, les Gens de Plume furent fuccefsiuement en
tel credit entour les grans Monarques, que en faueur

d'vn Secretaire tant feullement, Vafpafian(du depuis Empereur) fut enuoyé en Allemagne Collonnel d'vne Legió
de Soldatz au nom de l'Empyre Romain, la ou il fe montra fi vaillant que depuis il paffa en Angleterre & par tréte fois y baiffa la Pique contre fes Aduerfaires. Et non ingrat aufsi de fi bonne fortune a luy aduenue par le moyen
d'vn Secretaire il n'eût crainte pourtãt, du depuis qu'il fut

Vn Empereur
epouxa la fille
d'vn Secretai-
re.

Empereur, d'eftre eftymé moins noble ou royal pour fe
ioindre en mariage auec la Fille d'vn Secretaire desFynã-
ces nommée FlauiaDomicilla, de qui le Pere etoit appelé
Flauius: A l'exemple duquel mariage ie penfe que maintz
Gentizhómes feroient ce iourdhuy fcrupule de f'accoin-
ter a parantage auec Secretaires & Financiers pourueü

L' Empereur
Tum voulut
deuenir bon
Ecriuan.

qu'ilz y trouuaffent du fons. Depuis le decéz d'icelluy
Vafpafian, fon Filz Titus, grandVindicateur de la mort de
IESVCHRIST, portoit fi priuée affection a fes Secretaires, qu'il voulut luy mefme qui etoit fi grand Prince, deuenir bon Ecryuain, tant qu'il fe vanta par fois qu'il entre-
prendroit bien d'écrire auffi vite qu'on eüft fceü parler, de
quoy il fe fentoit louable, & fuyuãt cela il etoit affez coutumier de faire appeler fes Secretaires, auec lefquelz il faifoit gageure, a qui de luy ou d'eux cõtreferoit myeux les
Tretz du meilleur Ecriuain ou Clerc qui feuft lors viuant,
tant il auoit la main adroite & prompte a liberalité qu'vn
coup il regreta vne Iournée pour l'auoir paffée fans rien
donner. A la femblance duquel Titus (quant a l'Ecriture)
l'Empereur Charlemagne, qui en fes vieux iours aprenoit

Charlemagne
de fa vieilleffe
aprint a ecri-
re.

a bien ecrire, paffoit ainfi fon temps entour moy: Montrant par la, a tous Allemans de fa Court (dont tiennent
encores aucuns Frãçoys)que de ne pouoir écrire fon nom
ou bien de ne le fçauoir figner qu'en Raftellier, en contre-
faifant les grans Princes, C'étoit fort maigre preuue de
Gentilleffe, & des mauuais payeurs le vray Signe, Ainfi q̃
pourroit biẽ certiffier auec moy, celle qui de l'Hõneur en
France a fait fon deffenfeur, & de moy fi familiere com-
pagné, qu'elle fait de mes petitzTretz cẽ qu'il luy plaift,
fpecialement depuis que par la fuftance de fon Nom
ren-

renuerſé, elle m'eüt fait entendre l'intentiõ de ſon Amy-
tyé en ces motz, *Si Fidelle, me plairai*. Que diray plus pour dauãtage confirmer la nobleſſe & antique grandeur ou reputation de l'Etat des Secretaires? Ceſt treſnobles Princeſſes qu'il me ſemble, que d'vn Perſõnage qui pres dun Em
pereur auoit des ſa ieuneſſe fait plus toſt Office de Secretaire, que de Gouuerneur & grand negociateur, ſe feitvne
fois vn Empereur, qui fut l'EmpereurMacryn apres le treſ
pas de celluy auquel la Maratre feit vn coup entendre en
deux petitz motz quil nétoit ſubiet aux loix. Veritablemẽt
ie ſuis icy contrainte de ceſſer propos pour ne le pouoir
dauantage enrichir en faueur de mes Enfans, fors de dire en concluſion, que en tout & parmy leur diuin Etat de
Secretaire(qui manya les traductions de l'Ecriture ſain-
ɛ̃te) il y a eü ſelon le progrez de mes diſcours, des Ambaſſadeurs, des Chancelliers, des Ducs, des Empereurs, des
Roys, des Cardinaux & des Papes, comme de nouueau le bon Pape Marcel, parauant dit Cardinal de ſainte Croix, &encor' parauant, Secretaire de la noble Maiſon Farneze.

Si Libet
Licet.

Spartia.

OR' craignant vne attainte qu'vn iour receüt vne fort
grand' Princeſſe de France, d'vn docte, qui luy diſt en
familliarité, que au parler d'vne Féme tant plus eſt ſçauã-
le, tant moins y à de bout, ie veux dõner fin a mes parolles
ou ciuile Requeſte faite en recõmandation de tous Secre
taires. Doncques en finyſſant & touſiours adreſſant ma
voix a vous treſilluſtres Princeſſes auNom de votre Sexe,
i'employe tout le pouoir qu'à la Vertu en voz penſées, enſemble tout ce que i'ay cy dedans ſpeciffyé a votre grand
auãtage, & outre ce, l'vniuerſelle faueur de qui me fut onc
fauorable, Pour tout a la fois vous requerir & impetrer de
vous, de vouloir doreſnauant prendre en amour & ferme
protection tous Perſonnages qui ſeront aperceuz d'eſtre
par Moy aduoüéz du treſantique Etat de Secretaire.
Et retenéz en cecy, que ſi la Fille d'vn puiſſant Roy d'Egi-

L' Effort de
la Plume a re
cõmander les
Secretaires.

Faueurs de
Princeſſes fai
ɛtes a Moyſe

pte nómée Thémur fauua la Vie a leur Peregrant Moyfe,
Puis auec ce,le teint pour fon fils adoptif,le battiza du nō
qu'il portoit: & q̃ d'vne autre Fille du Roy des Ethiopes
(dite Tharbys)il ayt eté depuis ce temps la tāt aymé,qu'el
le le prouchaffaft a Mary, Retenéz dy-ie,que votre réputation ne fauroit que fe rendre plus memorable & digne
d'aymer ou aumoins fauorifer fes Enfans & defcendans
pour l'amour de luy qui leur fait encor'iournellement re-
nouueller fouz Moy fon premier & diuin off.ce d'Ecriture. En eftimant au vray par vous Dames,que Gens de tel
le qualité ne furent iamais vaffaux d'Ingratitude,par natu
relle femblance d'icelluy Moyfe premier Secretaire ecriuant,lequel en fouuenāce des faueurs femenines que i'ay

Secretaires nō dites par luy receues,& congnoiffance de voz graces , ne
igratz enuers peüt en toute fa Vie endurer aucun dépit ou mefpreis
les Femmes. eftre fait a Femme ou Fille: ainfi que bien il le feit voir en
particulier au fupport &grand contentement de fept ieu-
nes Damoyfelles,vn iour mocquées & dechacées d'alentour d'vne plaifāte Fōtaine par aucuns riches & fiers lour
daux de peu de grace, de la ou (felon qu'on lyt encor' en
Iofephe)ilz furent peu apres eux mefmes dechacéz, par
vn honteux effort d'icelluy Moyfe,Tout ainfi que pour a-
uoir cy dedans remys fus & eclarcy ce que le temps &
l'Enuye des Hommes auoient amorty de voz celeftes
qualitéz, l'Autheur dechacera, & rendra ebloyz du
luyfant cours de Raifon voire & du plaifant babil de
mefpreis ou ryfée tous gros Patous & fçauans déffa-
ceurs de voz louenges, par le Chapitre qui enfuyt. En
recongnoiffance dequoy & de Moy auffi (qui fuis immortelle, immortalizant qui m'ayme) i'efpere que ma
Requefte fera cy dedans par vous toutes regardée de
bon œil, & touchée du vif eguyllon de celle part qui
eft referuée en lenclos de voz cœurs,que ie fçay & fça-
uez de peu d'Hommes encor'eftre congnue.   Votre
Vertu n'eft a tous manifefte.

FINALLE PREVVE DE LA PRE-
exellence des Femmes, En ce que les Faultes Vices
ou Imperfections d'aucunes de leur Sexe,
font plus aprouuées par les Ecritu
res faintes, que les Vertuz ou
bons offices d'aucuns
Hommes.

Chap. XIIII.

Ommairement, & pour rabatre tout ce que lon pourroit faintement ou allégoriquement fonger de mal, d'imperfection, de fragilité ou indignité alenuiron de tout le Sexe femenin, Ouy au cas encores que ce qui eft diffuzément foutenu cy dedans feuft fabuleux ou faux, ce point feul fuffiroit & fera pour fuffire en toute modefte péfée, affauoir, Que les Fautes, les Erreurs, les Trauerfes, les Brunchures, les Trópery-es, les Trayfons ou Imperfections de plufieurs d'entre les Femmes font & ont eté excufées receuées & approuuées de DIEV en fes fainctz Regiftres. O ferme Bouclyer de deffenfe a Femme conuenable. Rebbeça n'eft elle pas

Gene.27. louée de la tromperye aumoyen de laquelle Iacob eüt la Benediction du bon Pere Ifac, & a fa perfuafion euita la fureur du Frere ainfi par elle deceü auffi bien que le Pere?

Iofué.2.et 5. Raab la fragile deceüt elle pas ceux de fon païs qui veinrent dans fa Maifon chercher les Efpions d'Ifrael, Ieans

Hebre.1. venuz pour efpyer la Vile de Hiérico qui puis apres fut mife a feu & a fang? Cela toutesfois luy eft imputé à bien fait

Iudicum.4. ou Iuftice. Iahel, en pareil cas, qui alla au deuant de Syzarra, lieutenant du Roy Iabyn vaincu fus le mont Thabor, feit elle pas tant qu'il entra en fa maifon comme pour fecret refuge, ou etant par luy requyfe, de luy

SSs ii

dõner a boire, luy dõna du Laict, le feit dormir, puis faignãt
le couurir luy martela vn clou de fer en la teste? Or' cõbiē
qu'elle l'euſt occis, luy s'étant cõfié en elie, toutesfois
l'Ecriture ſainte, ſēble auoir approuué vne ſi crue trayſon
de Féme par ſēblables motz, Iahel (dit l'Ecriture) ſoit benei
ſte entre les Fēmes & ſoit beneiſte en ſõ tabernacle. Outre *Iudicum.*
celles cy, y a il pas de pl° la frauduleuſe trayſõ de la veuue
Iudith ? y a il pas celle de Rachel, qui ſouz pretexte de ſes *Iudit.89.10.*
fleurs tēporelles ne ſe voulut leuer pour ſaluer ſon Pere de
peur de faire cõgnoiſtre ce qu'on cherchoit & qu'elle te- *Gene. 3.*
noit caché ſouz ſa cotte acroppye? Ha Blaſõneurs dreſ-
ſéz l'oreille, maintenant ie ſuis des votres, car i'ay horreur
de ces choſes. Quelles faultes, quelles tromperyes ou
meſchancetéz ſont celles la? Ce nonobſtant ò Cauſeurs
ie vous tourne ia le manteau & vous ſuis traytreſſe, a celle
fin que cete myéne faulte ou fragilité ſoit iointe a celles
de cy deſſus, & que i'aye tant de faueur, s'il m'eſt poſſible,
de me voir priſée en Liure ſi precieux. L'heüreuſe faulte
qui du Ciel eſt receüe. Les votres ne ſeront pas ainſi, car
moy cõme ennemye de vous, & qui cherche vengeance
de ceux qui m'ont forcée a détremper mon bec en ancre
de femenin cõtennement, Ie ſuis auſſi forcée a ne vous
epargner. Et pource ne faignez ia d'auoir l'oreille dure
pour ouyr a votre regret ce q̃ ſans collere i'entens mõtrer
icy, Qui eſt que toutes les ſuſdites Fautes, Crimes, Forfaitz, hontes, ou autrement que les ſauriéz nommer ou reprocher aux Femmes, ne furent tant ſeullement receües
es ſainctz Volumes, mais auſſi, qu'elles ont eté myeux odo
rées & cõme du SEIGNEVR acceptées que voz Sacrifi-
ces ou autres bonnes œuures qui enſuiuét. Qu'il ſoit ainſi, *Gene. 4.*
Cayn ne faiſoit il pas bien lors qu'il ſacriffioit a DIEV la
premiere recueille des bons fruitz ſelon la Loy? Toutesfois il fut reprouué. Eſaü faiſoit il mal, quand pour obeyr
a ſõ Pere il alloit a la Chace affin de luy aporter a viure par
douce humanité? Ce pendant toutesfois & ainſi que teſ-
moigne le Secretaire Moyſe, la Benediction luy fut em- *Gene. 27.*
blée, & luy fut dit qu'il ſeruiroit a ſon Frere, qui de luy,
pen-

pendant son bienfait, auoit eté constitué Seigneur . Outre ceux la, Oza mourut il pas subitement qu'il voulut par
bon zele de Pieté soutenir l'Arche de DIEV qui môtroit
signe de se renuerser ? Le Roy Saul ne fut il pas chacé de
son Regne a cause qu'en vne Bataille il fut, au rebours du
diuin commandement, si debônaire & humain dauoir sau
ué la Vie au Roy des Amalechytes son aduersaire, & qu'il
auoit emmené en son host les plus grasses Bestes du Butin
pour dicelles sacrifier a DIEV en luy rendant graces de
sa Victoire ? Au reste, ne fault nyer que les Filles de Loth
n'ayent eté plus tost louées que blamées du larcin incestu
eux qu'elles feirent a leur Pere, Consideré premierement
que les pauuretes & simples Filles le feirét plus par pitoia
ble conseil que par impudique volunté, Voyans que le feu
du Ciel auoit tout consummé le païs d'alentour elles qui
étoit (ce leur sembloit) tout le Môde, & craignoient en ce
la que du Genre humain ne deussent demourer aucunes
reliques s'elles ny prouuoioient par l'acointáce paternelle qui se presentoit a elles par son erreur : Veu aussi qu'en
tel temps le precepte diuin etoit encores en vigueur : Voi
re & qui fait a notter, que de la premiere de ces Filles est
descendu le REDEMPTEVR par Ruth moabitide, dôt
notáment est parlé en saint Mathieu . Quoy plus ? Il est
ecrit que Thamar l'incestueuse a eté de ses fautes excusée
de telle sorte qu'elle fut reputée plus iuste que le Patriarche Iuda, qui le confessa luy mesme . Alléz maintenant
vous autres Gaudisseurs & letréz mespriseurs qui de vaine
presumption etes plus souuét guydéz que de raison, alléz,
& auec mesme force de preuues, apparences & exemples
si aprouuéz, trouuéz moy que l'Iniquité de l'Homme soit
meilleure que la Femme bien faisante, en exposant saine-
ment ce passage . Soutenéz moy icy vne position d'Aristote qui dit l'Homme myeux valloir que toute chose de
ce monde, si vous n'entendéz l'Hôme en Genre cômun
en cela . Certainement ce vous est vn impossible, & alé-
uiron de tout ce que i'ay dit ne sauriez mordre, si ce n'est
qu'ayez recours a belles Sornettes, ou graues Alégories,

i. Reg. 5.

1. Reg. 15.

Gene. 19.

La filles de Loth.

Crescite & multiplicami ni.

Boos autē ge nuit Obed ex Ruth.
Math. 1.

Gene. 38.

Eclesiasti. 4.

CONTREMYNE

Par lefquelles encor' ne fauriéz vous moins faire que
d'y entreuoir la nobleffe & finguliere qualité de la Femme eftre en toute circonftance obferuable. Toutesfois
Argumēt de la Plume aux Calūniateurs
pour faire fuytte a cecy par vn regard de l'Inocence& pl⁹
pure condition de ce Sexe trop peu congnu,ie vous veux
icy former vnArgumēt,En difant que le Genre peult bi-
en eftre dit inférieur ou moins foutenable que lautre, la
chofe pyre duquel eft plus pyre que la pyre de l'autre.Or'
au Genre femenyn ne fut onc commis forfait ou Crime
qui ayt eté tel ou pyre que le Crime ou forfaitture auenue
du Genre mafculyn, Et par conféquent le Genre que i'en
tens fe voit moins vicieux, plus illuftré de Vertu &moins
imperfait qu'on ne l'à iufques a cy eftymé. Pour notice
dequoy,Quel eft ie vous prye le Crime d'entre tous les
Crimes du monde qui onc ayt peu eftre pyre ou egal a
la traïfon du Baizeur iudaique, en luy machynée & par
confeil executée alencontre de celluy qui etant CREA-
TEVR de tout etoit (de plus)fon Maiftre par humanité?
En figne de l'énormité de tel forfait, ce mot fut il pas
prononcé, Que bon luy euft eté de n'auoir iamais eté
nay? Ou bien,qui eft-ce,a votre auis,qui a eté ou pourra
eftre pyre, plus inique ou diabolique fus la Terre qu'vn
Antechrift,en qui toute malice infernalle fera organyfée?
Qu'attend on plus de Moy? Pour confirmation de tout
ce que deffus, Ie n'ay fouuenance d'auoir iamais ecrit aucune Femme auoir eté damnée. Ce que ne fe peult ainfi
dire des Hommes,Soit que ceux de Turquie en plus part
croyent que les Femmes n'entrent en Paradis: & auffi q̃
lon me peuft icy metre au deuant la peruerfité grande
d'aucunes, & l'apre Inuectyué faite vn iour contre elles
par l'élegant faint Crifoftome,qui ayfément,que ie croy,
f'en feuft retiré fil euft eü alors deuant les yeux partye de
ce que deffus, auffi (qu'a le bien prendre) il n'à par fes aigres traitz contre Herodiade,touché que les mauuaifes,
dont les bonnes en reçoyuent plus grand louenge : Outre que tout le Blafme,que lon fauroit (au pys aller) dégorger fur les moins louables fe deuft plus toft leuer
de

de deſſus la Condition de tout le Sexe , & le reprocher
aux Malins & vicieux Ignorans, de qui tout mal prend
ſource & qui par leur tant preſumée authorité ſus toutes choſes de la Terre viennent a contraindre & induyre ces ſimples Creatures femenynes a eſtre (quand il ſ'en
trouue) Sottes, Imbeciles , Puſilanimes & par Ignorance bien ſouuent trebuchantes en erreurs d'Eſprit, particulierement : Et les Sages & vertueuſes,ſans aucune authorité ou Loy d'ordonner , voire ny de ſ'excuſer ou deffendre, & ce maugré toute bonne Influence des Cieux. :
par grace deſquelz toutes celles que lon voit communément bonnes,ſpirituelles ou honneſtes,ſont créées telles
non pas par le bon office des Hommes . Deſquelles
Femmes toutes en ſomme,les faultes ſont Roſes, puis que
es ſacréz Iardyns de la Foy elles ont meilleur odeur que
les Oeilletz bien faitz de leurs Aduerſaires , & que par
tout le diſcours de ce preſent Oeuure les Imperfections
de tout le Sexe en general ne ſeront plus pour Imperfaites recongnues,ny déclamées deſormais en aucune compagnye ou penſée capable de Raiſon,côme elles ont trop
violentement eté par le paſſé . Pluſieurs cas Dames
me reſtent a dire qui ne ſont ecritz cy dedans, Mais
l'Eſprit de bonne grace qui ſera inuoqué de ceux qui
ſe conuertiront a la congnoiſſance de Vous,pour les diuerſes qualitéz dont etes atourées,leur ampliffira le Contenu de cet Oeuure & ce qui en dépend : En conſiderant
ſur toutes choſes qu'il fault croire les haux cas auant que
les pouoir bien entendre : & que ceux que le Vulgaire
tient pour les plus petitz ſont ſouuentesfois ceux de
plus grande Valeur . Car, a propos de croire les haux
cas auant que les pouoir entendre, iay expreſſément é-
crit en quelque endroit cete Sentence contre les Meſ-
croyans, Si vous ne croyéz, ô Incredules (diſoit ce
me ſemble Eſaye) Vous ne ſauriéz entendre. Choſe
diuine veult la Foy pour hoſtage.

Les faultes
des Femmes
ſont Roſes.

Eſa. 7.

CONTREMYNE
CLOTVRE OV CONCLV
sion generalle de ce FORT inexpugnable.

Arquoy, Auant que serrer l'entrée de ma secrete Cõtremyne, pour faire cloture entiere de sa Place: Et desirant laisser vn Signe pour Adieu a tout le tresnoble Sexe des Femes, au moyen duquel el les se puissét myeux souuenir de Moy & par mesme façon desormais reietter a chacun coup toute sorte de mespreis aussi affin que tout Flateur de presence (ò tant il y en à) soit par elles sur le champ intimidé d'vne viue deffese d'Esprit, A cete heure, singulieres Princesses ie vous presente icy les quatre petitz Traitz que vous voyez, tyréz de ma grecque Armoyrye, pour a iamais en pouoir faire pointe a l'œil de tout Calumniateur & Flateur,

Qui touchera l'Honneur
D'vne seulle en absence,
Sur luy & le flateur
Nous tiendrons la Balance.

SVrquoy & pour vous faire souuenir du besoin qu'auez toutes de semblables Armes, & de la notice de voz hay neux, le Philosophe Diogenes etant vn iour pryé d'enseigner lequel de tous les Animaux auoit, a son auis, la morsu re plus apre. Entre les Sauuages, dist il, le Mesdisant, entre les priuéz le Flateur. Ainsi donc, en concluant au perfait de cète Forteresse, & affin qu'a l'aspect d'icelle chacun puisse receuoir quelque fructueuse yssue, Ce sera de resou dre, Que par faulte de la consideration ou amour des Rai sons cy dedãs encloses, & aussi a l'ocasion du trop ordinai re mespreis qui se fait des choses entre les humains plus prisables, le Monde, pour cela, à bien peu de Persónes qui soient armées de vertueuse Science, soit qu'au contraire il se puisse tant qu'il vouldra éioyr d'estre vmbragé d'vn
fu-

(marginalia:) Lequel Animal plus dau gereux.

(marginalia:) Le fruit de la fin de ce Liure

fumeux appétit de fauoir, pour mieux & richement fen
pouoir particulieremét & en general emparer de terreftre
pécune, dequoy le pauure Sot fait fi grãd etat & ruyneufe
admyratiõ outre les Pénaches d'Arrogáce d'Ambitiõ &
vilpreis dont fur les hûbles il etend fes trophées, que ceft
chofe fort douteufe qu'apres auoir ainfi longuement en-
tretenu(en peruerfiõ de bon Sens) fes conduytes & manieres deviure fur les perfonnes & chofes qui luy font de
côtraire party, l'Arrieregarde horrible de fes trois aduerfaires vicieux & plus que familiers ne fe viéne yn iour fi
epouentablement ruer fur luy & fon riche Bagage, qu'il
ne foit tout dun coup mené battant iufques aux portes
de la Foffe infernalle, lieu ppre a fon dernier reffuge. O
infenfées tenebres de la Terre,

L'Aueugle au Chien de fes paz fe confye,
Du fons d'vne Eau chacun croit la houffyne
Et a Raifon, ou eft cil qui s'y fye?

Ou eft maintenant la fiance qu'on dõne a cete fainéte pa
rolle qui fait encores prouuer chacun iour aux enfans de

Prouerb.
20.

tant de Perés, que le Bien ou Heritage aquoy on fe hafte
de paruenir au cõmencement, fe trouue circuy de default
de Benediétiõ a fa fin? Ou eft la cõfiance qu'on à ceiourdhuy a l'experiéce qui faitvoir d'heure a autre q̃ la Science en fi grande diuerfité de langues aprinfe a vn enfant
auec fin ou intention peu creftiéne, eft fouuentefois caufe
en luy mefmes de plus grãde ignorãce ou malheûr pour
expreffe & téporelle pugnition ou rage de telz parentz?
La Routte epouentable deffufdite toutesfoys, au grand
décroiffemét des forces de la Vertu norrice des Sciences
qui ce pendant, las, verra fa beauté defirable fi peu defirée.
qu'elle fera en fin contrainte a rechercher par deffus tous
Aftres fon manoir & immortel repaire, Bien que ce ne
puiffe eftre qu'auec acroiffement d'angoyffe de tous miferables Piétons qui feront trouuez marquez a lécharpe
d'icelluy Mõde auaricieux, fuperbe & detraéteur leur Sei
gneur. S'accompagnant icelle Vertu de toutes les Géti-
femmes qui ça bas pour crainte des vicieux Tyrans l'au-

*Les femmes
humbles ac-
coupagnerõt
la vertu es
cieux.*

TTt

ront amyablement retirée chez foy auec fes Seruátes Pa-
ciêce & Humilité, qu'elles mettront peine de careffer en
cœur dautát plus que cete. Place leur remet fus toute préexcellence & grandeffe. Auquel lieu & manoir immortel tout homme vertueux & non faint déffenfeur du tant
fupportable Sexe des Fêmes efperera fans fin fi perfaitement contempler en paix le loyer infiny de la paciente
Victoire d'elles(qui lors aumoins feront defenuloppées
dhumaine fubiectiö)que le triüphant T R I V M P H A-
T E V R des Cieux, des Hommes & des Enfers en fera
particulieremét glorifié . En fauorifant toufiours par luy
ce pendant cete infupérable Forterefſe d'hôneur, a ruyne nullemét tributaire, Laquelle on verra ça bas a foyzon
emparée, côme elle eft, de toutes Inuentrices & Doctes,

Colleĉtiö des principalles vertuz de cet œuure. Magnanimes & Fortes, Chaftes & Honneftes, Douces &
Liberalles , Deuotes & Pitoyables Princeffes & Dames
de ce Siecle, plaines d'hôneur & de grace du tout en tout
trop plus que neceffaires , A la confufion de l'odieufe nature de tout Vfurpateur de louenge en autruy meritée,
V E R T V fera la Monarque du Monde,

F I N,

❧

EXTRAIT DV PRIVILEGE
du Roy.

HENRY par la grace de Dieu Roy de Frã
ce, à noz amez & feaux conseillers, les gens tenans noz Courtz de Parlement de Paris, Tho
loze, Bordeaux, Rouen, Diion, Prouuence &
Grenoble: Preuost de Paris, Senechaux de Lyon, Tholo-
ze Prouuence, noz Lieutenãs & gouuerneurs esditz païs,
Baillifz, Preuostz, & autres Iusticiers, & officiers quelzconques de nostre Royaume & à leurs Lieutenans & à
chacun d'eulx respectiuement, salut & dilection. Receüe auons l'humble supplication de notre cher & bien aymé Françoys de Billon, Contenant qu'à grand soin, labeur
& despense il auroit fait & composé en Italye, certain liure intitulé Le FORT inexpugnable de l'honneur du
Sexe femenyn, & d'iceluy fait faire & tailler les figures
conuenables, En quoy il auroit longuement vaqué, Lequel
liure il feroit maintenant voluntiers imprimer en notre
Royaume, mais il doute qu'apres auoir fait faire de nouueau à ses propres despens (oultre les premiers) ledit liure,
aucuns Imprimeurs de notre Royaume ou autres par irre-
guliere cupidité de gaigner le veynssent à frustrer du recueil de ses fraiz par occultes impreßions, distributions &
façons de contrefaire ou pocher figures, dont aucuns sauent
vser, outre l'incorrection qui en telz cas communément en-
treuiennt es liures ainsi contrefatiz & imprimez. Qui
ne se peult faire sans le deshonneur de l'Autheur & peine
de tous Lecteurs, si par Nous n'y etoit proueü de notre gra

TTt ij   ce

ce & speciale prouision, humblement requerant icelle.

POVRCE est il, que Nous ces choses conside-
rees, & que ledict Billon puisse recouurer partie de ses labeurs frayz & myses faictz & à faire, A icelluy pour ces
causes & autres à ce nous mouuans auons permys & per-
mettons, voulons & nous plaist, qu'il puisse faire imprimer & vendre lesdictz liures par telles personnes & toutes & quantes foys que bon luy semblera. En faisant ex-
presses Inhibitions & deffenses de par Nous par la simple teneur de l'extrait de ces presentes tant seullement qui
sera pour cete cause inferé à la fin dudit Liure, à tous &
chacuns autres que ceulx qui auront charge dudict Billon,
Qu'ilz n'ayent à Imprimer Vendre ou faire vendre ledit
Liure, ne d'en apporter ou vëdre en quelque lieu que se soit
de notre Royaume, Pays, Terres, & Seigneuries, par autres ne encores ailleurs imprimez s'ainsi etoit, ne d'autre
Caractere, Figure ou forme que ceulx que ledit Billon aura fait imprimer, & qui seront de sa main paraffez. Et ce
iusques à dix ans prochainemët venans à compter du iour
& datte que ledit liure sera acheué d'imprimer. Et pour
obuier aux Abbus qui se font à la supposition d'aucuns
lieux etans hors de notre obeissance, dont lon met l'Impression d'aucuus Liures estre faicte, comme à Basle, Genéue,
& autres lieux semblables, qui ce neaumoins auront se-
crettement eté faictz en lieux à nous subiectz, dequoy
grandz scandalles peuuent aduenir, tant, de liures qui en
sortent par ce moyen incorrectz, que aucunes fois semez de
fauce doctrine, sans qu'on puisse sauoir l'Imprimeur d'i-
ceux, Nous voulons, comme dit est pour obuier à cela, que
au

au cas que ledit Liure fuſt ou ſoit par apres trouué d'autres
que de par ledit Billon imprimé, vendu, ou diſtribué, par
d'autres que celuy ou ceulx par luy deputez, pour quelques
cauſes, raiſons ou excuſes que ce puiſſe eſtre, ny ſans s'y en-
hardir apres la ſeconde, tierce, quarte, ou autre ſubſequen-
te impreſſion ſienne, Tout cela ſoit ſur peine, Non ſeulemẽt
de la confiſcation de tous les liures ainſi imprimez, contre-
faitz & venduz qui ſeront trouuez non paraffez de la
main dubit Billon comme les ſiens premiers imprimez,
Mais auſſi par empriſonnement des perſonnes qui en cela
ſeront trouuées imprimer ou auoir imprimé, vendu ou de-
bité ledit Liure ainſi contrefait & non paraffé en quelque
lieu que ce ſoit de notredit Royaume, pays & Seigneuries, & auſſi d'Amande arbitraire, enſemble des domma-
ges & intereſtz dudit Billon. SI VOVS mandons,
commandons, & treſexpreſſément enioignons par ceſdites
preſentes & à chacun de vous ſur ce requis endroit ſoy &
ſi comme à luy apartiendra, Mais ſpeciallement à vous no
tre Preuoſt de Paris, pardeuant lequel nous voulons en cas
de debat les Parties eſtre renuoyées de quelque part que
ce ſoit pour en congnoiſtre par vertu de ceſdictes preſentes,
Que de noz preſens Grace, Permiſſion, Congé & licence
& de tout le contenu en ceſdites Preſentes vous faictes
ſouffrez & laiſſez ledit Suppliant & ceulx qui auront
charge de luy, ioyr & vſer plainement & paiſiblement,
Sans luy faire, mettre ou donner, ne ſouffrir eſtre fait mys
ou donné aucun deſtourbier ou empeſchement au contraire: Lequel ſi fait, mys ou donné luy auoit eté ou etoit, il ſoit
reparé & remys & le faites reparer & remettre incon-

TTt iiij   tinent

tinent *&* ſans delay au premier etat *&* deü. Et à ce faire ſouffrir & obeir contraignez ou faictes côtraindre reau-
ment *&* de fait par toutes voyes & manieres deües ou rai
ſonnables *&* par empriſonnemēt. Et en cas d'oppoſition ou
debat, Icelles contraintes inhibitions *&* deffences tenans,
Car tel eſt notre plaiſir. Nonobſtant Oppoſitions, ou Ap-
pellations quelzconques *&* ſans preiudice d'icelles Pour
leſquelles ne voulôs eſtre differé, *&* Lettres ſubreptices *&*
obreptices impetrees ou à impetrer à ce contraires. Mandons *&* commandons à tous noz Iuſticiers, Officiers, *&*
Suiectz, que à vous *&* à chaſcun de vous, voz Commis
& deputez en ce faiſant obeiſſent *&* entendent diligemm-
ment. Dóné à Villiers coſteretz le neuſieſme iour de No
uembre, L'an de grace mil cinq cens cinquante cinq. Et de
notre Regne le neuſieſme. Ainſi ſigné, Par le Roy.
M. Pierre de Sainct Martin, maiſtre des Requeſtes ordinaire de l'hoſtel, preſent. Breton. *&* Seéllé.

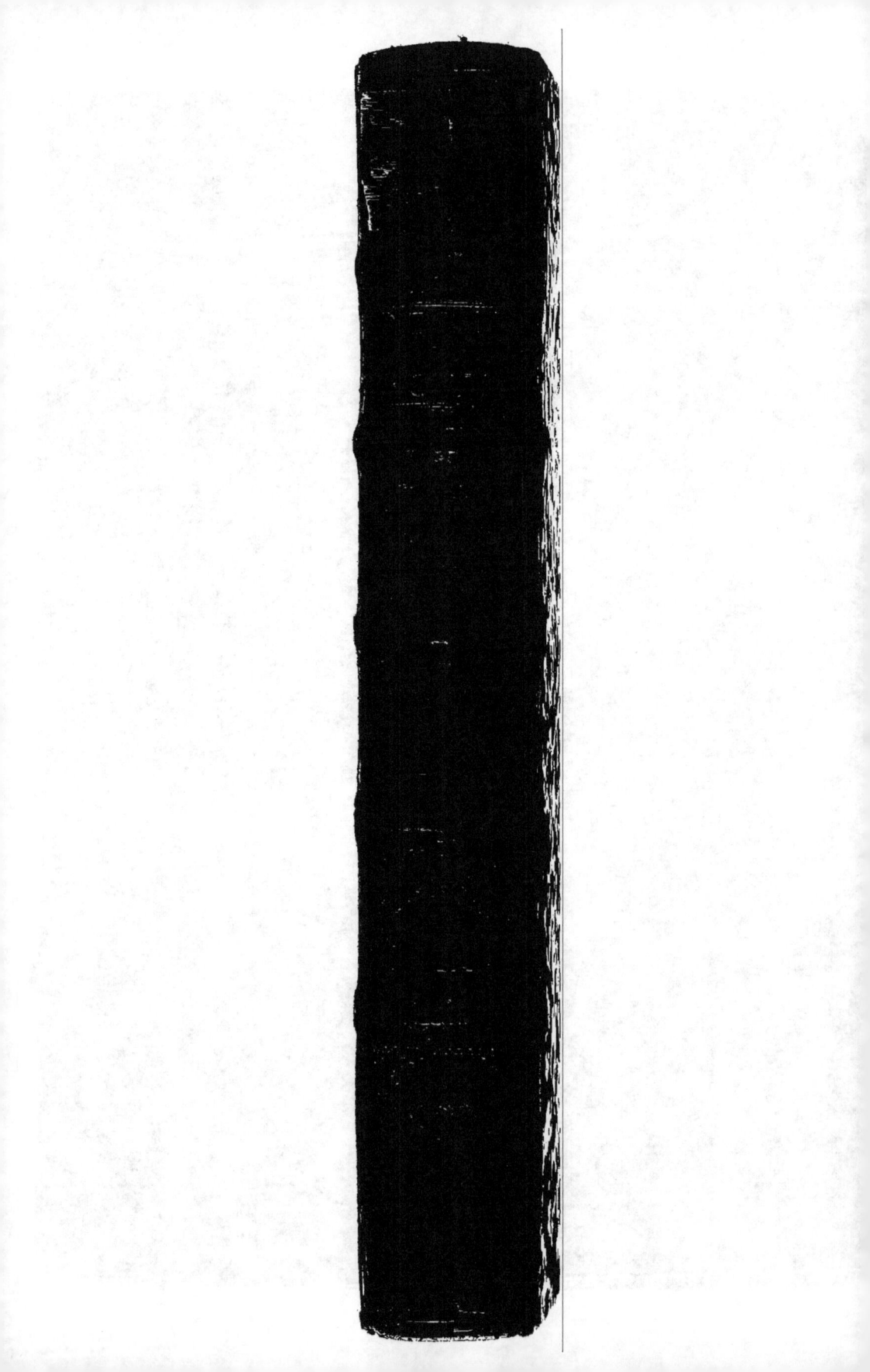